[中国新文学发展史研究丛书]

U0749758

转型与深化

——20世纪90年代文学研究

刘江凯 著

浙江工商大学出版社
ZHEJIANG GONGSHANG UNIVERSITY PRESS

·杭州·

图书在版编目（CIP）数据

转型与深化：20 世纪 90 年代文学研究 / 刘江凯著.
— 杭州：浙江工商大学出版社，2020.1（2020.12 重印）
（中国新文学发展史研究丛书 / 高玉主编）
ISBN 978-7-5178-3511-0

Ⅰ.①转… Ⅱ.①刘… Ⅲ.①中国文学 - 当代文学 -
文学研究 Ⅳ.① I206.7

中国版本图书馆 CIP 数据核字 (2019) 第 224680 号

转型与深化——20 世纪 90 年代文学研究
ZHUANXING YU SHENHUA —— 20 SHIJI 90 NIANDAI WENXUE YANJIU

刘江凯 著

策划编辑　郑　建
责任编辑　徐　凌
封面设计　王　辉　张俊妙
责任印制　包建辉
出版发行　浙江工商大学出版社
　　　　　　（杭州市教工路 198 号　邮政编码 310012）
　　　　　　（E-mail: zjgsupress@163.com）
　　　　　　电话：0571-88904980，88831806（传真）
排　　版　庆春籍研室
印　　刷　杭州高腾印务有限公司
开　　本　710mm×1000mm　1/16
印　　张　26.75
字　　数　411 千
版 印 次　2020 年 1 月第 1 版　2020 年 12 月第 2 次印刷
书　　号　ISBN 978-7-5178-3511-0
定　　价　58.00 元

总　序

当今文学教育主要是通过文学史来完成的，本科教育是这样，研究生教育也是如此。在学科分类和学术研究中，文学史都是文学中最重要的内容，没有之一。在某种意义上，文学史涵盖或牵涉所有的文学现象和理论问题，所以不论是学术研究还是教材编写，文学史都将是说不完的话题，文学史作为教材"常编常新"，作为学术"常研究常新"。

大约从 2008 年起，我和同事们有意编一套中国现当代文学史教材，并且希望有所突破和创新。这种突破和创新不仅体现在教材内容上，也体现在体例上。我们也希望这能对中国现当代文学的教学改革有所推进，避免各种陈陈相因。我发现，很多教材之所以陈陈相因，很重要的一个原因是编纂者缺乏对他书写内容的深入研究，因而多是人云亦云，甚至以讹传讹。我们最大的努力就是把教材编写建立在研究的基础上，以此希望能够提供一些新鲜的东西，于是就有了"中国新文学发展史研究丛书"这个项目，并于 2015 年申请浙江省高校人文社科重大攻关项目，获得通过（编号 2014GH006）。

需要特别说明的是关于中国现当代文学（或"新文学"）"时间段"划分及其模式的问题。虽然说中国新文学发展至今只有一百余年的历史，就时间而论其无法与古代几千年的文学史相提并论，但这百余年与古代的任何一百年都不一样，就其发展演变的复杂性、内容的丰富性（如涉及的材料、文学现象、文化背景的交融等）、矛盾的多重性（古／今、中／外、城／乡、传统／

（左侧竖排）转型与深化——20 世纪 90 年代文学研究

现代等）、作家作品数量上的巨大性（21世纪以来，仅每年出版的长篇小说，就达数千部之多）等特征而论，它是全新的类型和品质，所以中国现当代文学史与古代断代文学史式的简单叙述不同，需要一种新的研究方式。

同时，百年来的新文学本具有一体性，把它简单地划分为中国现代文学与中国当代文学，在20世纪80年代是适合的，在今天则完全不合适了，最重要的原因就是内容上的严重不平衡。现当代文学史在发展上是"自由落体运动"式的，也即文学现象特别是作品在量上是以"加速度"的形式增加的，90年代以来的中国文学"密度"很大，内容非常丰富且复杂，但在文学史的版图里却被"压缩"在非常有限的空间里。现代文学仅30年，而当代文学已有70年，且时间上还在向前延伸，这不仅在时间上不平衡，在内容上更不平衡。当代文学内部，由于内容的丰富性与复杂性，再加上巨大的差异性，笼统地研究中国现当代文学已经不可能，笼统地研究当代文学也不可能，因此，中国现当代文学研究也需要分工协作，需要分"时间段"来研究。

事实上，自晚清以来，新文学经历了多次转型，其中既有晚清以降传统向现代的新旧转型、中华人民共和国成立后"十七年"文学的当代转折，以及70年末80年代初的新时期裂变等这样具有"知识型"层面的大的转折，也有像五四时期新文学的发生发展、20—30年代的新文学繁荣、40年代初至1949年的文学发展的区域性分割、"文革"前后文学演变的反转、80年代文学的盛世想象、90年代文学的"大转型"等阶段性特征非常明显的时段。如此种种，使得以发展阶段为基础，对其特征进行深入、细致的"史"的研究，成为必要。中国现当代文学史研究既需要宏观的演变研究，也需要更为细致甚至琐碎的"横断面"的"解剖性"研究。

狭义的"中国现代文学"最初作为一个独立的学科有它的合理性，它意味着一种不同于过去三千年文学的新文学的开始，但随着新文学的发展，它越来越成为新文学的一个组成部分而不具有独立性，现代文学在实绩上的确具有巨大成就，伟大作家群星闪耀，但从文学史的角度来说，现代文学作为一个宏观时期越来越不合适，它甚至没有纯粹属于自己时代的作家，鲁迅、郭沫若、茅盾、巴金、老舍、曹禺等多跨两个时代，或者从晚清到民国，或者从现代到当代，没有跨越时间之外的叙述，这些作家都不可能是完整的。正是从"完整"的角度，本丛书专著"清末民初"文学一册。我相信，将百余年文学发展的自然时段作为分段的依据，这既是一种分期法和对约定俗成的文学现象的认知，也是一种新的文学史观的体现。这一体例既能有效避免在现代和当代之间人为强制地划定界限，避免对现代文学和当代文学中各自复杂性的化约，也能更为详细地梳理百年文学的纹理脉络，有利于我们更好地把握百年文学的历史走向。

高　玉

2019 年 10 月 23 日于浙江师范大学

序

我和江凯相识于 2003 年，那一年他来辽宁师范大学读我的硕士研究生。十几年来，他风尘仆仆地执著前行，已然成长为一个有自己研究阵地的青年学者。

这些年，我一路见证了他的成长。江凯 2006 年硕士毕业后，在大连的东北财经大学工作了两年后，考取了北京师范大学张清华教授的博士，期间又出国跟随德国汉学家顾彬教授求学，博士毕业后在浙江师范大学工作，最近几年重新回到北京师范大学工作。我知道，在这简单的履历后，隐藏着他的艰难与不易，光荣与梦想。

和其他人相比，江凯是那种"路遥知马力"的人，一开始很难给人留下强烈印象。他活跃但并不张扬，敏锐却也执拗，开放的同时也能坚守底线。他愿意为自己确定的目标付出不懈的努力，有时为了集中精力甚至会牺牲掉其他的生活内容。看起来，他还是相信这个世界付出努力总会有回报，至少在个人的学术成长上，我认为他确实反复地验证了这个道理。他的这本新著，再次让我看到了他在学问之路上的自知与自省。

我简要地勾勒了江凯的学术履历：一个语文老师的孩子，从读大学至今一直从事着中国文学的学习与研究，他的生活地理空间从鄂尔多斯出发，经由辽宁大连、北京、德国波恩、浙江金华后，又回到了北京，但始终未离开校园。他的文章、著作、课题和他的履历之间充满了互文性的证明，忠实匀称地"记录"了他奋斗的每一步变化，甚至可以看出其中的前因与后果。这是一个人文学科青年学者正常的发展履历，这履历本身就是对他学术成长的最好肯定。

江凯的学术履历显示他的研究先后涉足三个相关领域。他最主要的研究阵地首先集中在中国当代文学批评及其海外传播研究领域，尤其是在中国当代文学海外传播研究方面，具有一定的开拓和深化贡献。

他在德国波恩大学留学期间完成的博士论文《认同与"延异"：中国当代文学的海外接受》（北京大学出版社2012年版），被认为是一项具有"补白"意义的研究。在此基础上，他和团队持续聚焦于中国当代文学及其海外接受、当代中国文化国际影响力等跨文化理论研究与实践交流。最近出版的他的另一本国家课题成果专著《中国当代小说海外传播的地理特征与接受效果》，以及他在《文学评论》《文艺研究》《当代作家评论》等期刊上发表的一系列文章，开拓了中国当代文学海外传播研究的基本模式与方法，提供了基础性的研究资料与方向，形成了以年轻学者为主的国际合作研究团队，得到了国内外同行的关注与肯定，相关研究成果处于前沿领先水平。

针对中国当代文学海外传播，他基于多年的研究经验提出"对象统一""各归其所""跨界融合""和而不同"的研究观点，以研究对象来统一不同国家、文化、语言等因素的切割，坚持当代文学中国立场和学科品质，强调把海外研究资料纳入自身的学科体系，形成一种"对话"式的研究述评，兼顾汉学、翻译学、比较文学等学科的方法与成果，在交叉"跨界"研究中实现新的融合创新。我以为这些观点不仅对于当代文学海外传播研究富有参考价值，对于其他涉及海外传播的学科也有一定的启迪意义。

从江凯的学术履历上看，他的第二个研究领域主要集中在当代文学批评与作家经典化及文学史研究方面。他请我作序的这本新著大概属于这方面的最新成果。我一直以为，在什么样的时间和空间视野里讨论文学，其中潜隐着时间与空间的美学问题。用什么样的立场方法和问题意识研究文学，又会直接影响到材料的使用和观察的结论。20世纪90年代文学作为一种研究对象，学界对其已有不少讨论，但就其在中国当代文学史或者更长的中国文学史的转型定位与价值意义来看，它仍然有许多值得探讨的空间。

江凯的新著《转型与深化：20世纪90年代文学研究》的写作有着鲜明的个人探索痕迹，可以看出作者尝试着用自己的一套文学史观念来理解90年代文学的努力。作者认为中华民族自鸦片战争以来开始陷入民族国家的各种"现代性焦虑"之中，在先后缓释了现代民族国家的主权和生产力焦虑后，文学想象从20世纪90年代起步入对外缓和、多元内化、文化焦虑的时期，由此他提出了鸦片战争以来的文学是"现代民族国家文学"，20世纪90年代是这一进程中最重要转折年代的观点。正是基于这样一种宏观的理论认知，作者在实际研究的展开过程中，以第一手资料的发现与挖掘为基础，对20世纪90年代的文学现象、文学创作、作家个案等展开了富有个人色彩的理论思考和作品研究，提供了一些独特的研究视角与结论，比较准确地总结了20世纪90年代文学步入"转型"并不断"深化"的总体特征。

从博士论文到此书可以看出，较好的问题意识、宏观的理论思考、扎实的个案研究、注重对第一手资料的开掘和利用、敢于发表富有开拓性的个人看法，这是江凯这些年形成的一些学术品质。他的学术训练在本书中也有相当多的体现，比如他从90年代初报纸期刊的第一手资料中去感受当时表面平静、实际焦灼的文学现场氛围；他对《中流》杂志在90年代文学研究中独特价值的发现，等等。在众多繁华纷乱的90年代文学现象中，他筛选并加以讨论的文学现象也颇能显示出一些个人的文学史见解。比如他把1991年大陆出现的"三毛热"现象纳入20世纪八九十年代台湾与大陆文学的交流互动的格局中来理解，认为这是一种深刻的女性自由与平等观念的作品启蒙。对王一川20世纪小说大师的争议、余华发表在《读书》上的文学随笔，提出"学者的文学"和"作家的文学"观点。他对北村、王朔、刘震云，尤其是余华、莫言等作家作品的讨论，渐渐有了些成一家之言的意思。至于书中尚存的缺陷和遗憾，江凯在后记已如实交代，亦可看出他的诚实与自省。当代文学确有浮躁之气，以什么样的方式，以多大程度介入当代文学批评，这对每个年轻学者的成长都是一种考验。我希望年轻人们能尽量多地保持锐气和冲劲，只要前进的底盘稳固，快一点或者慢一点并不重要。

近些年江凯回到北京师范大学以后，跟随黄会林资深教授在跨文化交流与当代中国文化国际影响力生成的理论与实践方面展开研究，也有新的拓展。理论研究方面，他在多年当代文学海外传播研究经验的基础上，协助黄会林资深教授申请 2016 年度国家重大项目"当代中国文化国际影响力生成"。学科建设方面，他积极参与北师大戏剧与影视学科的"双一流"申请工作。实践方面，他多次组织国外、国内高端文化论坛，全面参与"看中国·外国青年影像计划"，并根据自己的学术优势，对项目机制不断优化并进行理论提升，积极助推项目成功申报高等教育教学成果奖和国家艺术基金等。江凯之所以在转换领域后，在知行两方面都能很快上手，甚至取得突破性的成绩，这和他此前十多年的学术积累和创新意识是分不开的。

江凯把"冰山"理论延伸了一下，认为在现实和艺术的世界其实更多的是"冰水"理论，因为有太多真实存在的故事像冰融于水一样，永远不为人所知。行笔至此，我觉得自己大概也只是说出了露出水面的部分。但我想，正是因为有了那些仍未被挖掘的故事，才让我们对未来充满了新的期待，是所望焉，为序。

张学昕

2019 年 12 月 10 日于辽宁师范大学

本书系国家社科重大招标项目

"当代中国文化国际影响力的生成研究"

（批准号：16ZDA218）阶段性成果

此书献给我的兄弟姐妹和朋友

目　录

导　论　现代性"焦虑"与中国想象的"缓冲"

——兼论 20 世纪 90 年代的文学史意义

当我们讨论 20 世纪 90 年代文学时，也许应该把思考的目光投射得更久远和宽广一些，并且要同时观照文学的周边。在什么样的时间和空间视野里谈论文学？这其中潜隐着时间（空间）的美学或哲学问题 [01]。同样的作家作品、文学现象、文学思潮甚至文学时代，在不同的时空视野里呈现的（文学或文学史）意义可能并不相同。时间的拉长，视域的扩大，会使一些被遮蔽、掩埋、忽略的问题和意义自然地浮现出来，加之对新材料、新理论方法的应用，我们有可能进一步完善相关的学术判断。看法可能会过时但并不一定会失效，事实虽然沉默却不会改变，对象始终是统一的客观存在，每一代人都有权利寻求新的答案以最大程度地接近历史的真实。关于 20 世纪 90 年代文学，当我们在纵向的历史链条上从现在往前推 30 年、60 年、100 年、150 年甚至更长的时间，它展现出来的意义可能不尽相同。如果我们同时把这种思考置身于横向的世界联系中，现存的某些事实仍然能够强有力地支持上述观点——20 世纪 90 年代独特的文学（文化）史意义可能远未被充分地挖掘。

一、文学史观及其分期

当我们试图对 20 世纪 90 年代文学进行某种文学史意义上的考

---

[01] 关于中国文学的时间美学或哲学问题，可参考张清华先生《时间的美学——论时间修辞与当代文学的美学演变》（《文艺研究》2006 年第 7 期）一文，这方面的研究也需要切实推进。

察，或者将其作为一个 10 年的文学断代史进行反观和述评时，90 年代文学作为"当代文学"的一个重要组成部分，不得不首先面对一个基本的问题：文学史观及其分期。

文学史观问题当然是文学史研究最重要的基础性问题，系统地去比较、分析各种文学史著作表现出的文学史观，虽说不是一件很困难的事情，却也会遇到许多纠缠不清的理论问题。好在不论文学史观多么复杂，都往往会有一个简易而直观的评判方式——文学史的分期。笔者很赞同"所谓文学史研究的一个根本的问题，是一个分期问题"[01]的判断，这个问题看似简单，但通过分期确实可以解决对文学史的根本理解问题。

据媒体报道，我国已有 1600 余部文学史，佳作却寥寥[02]，有学者指出该数字可能源于《台湾出版中国文学史书目提要》一书附录的统计数据：从 1880 年到 1994 年（含 1995 年的一部分），新加坡、韩国、日本、欧洲、美国、苏联、中国出版的中国文学史著作总数达 1606 种[03]。同时，根据不完全统计，以中国出版的严格意义上的中国现代文学史即完整的现代文学断代史为例，从 1951 年到 2007 年，共检索到 119 部。其中，改革开放之前的 20 年，出版了 10 部，平均每两年 1 部；改革开放之后的 29 年，出版了 109 部，平均每年 3 到 4 部。那么当代文学史的写作状况如何呢？许子东教授也做了一个统计：截至 2008 年 10 月，中国已出版的当代文学史至少 72 种。许子东特别指出两个当代文学史出版最密集的年份：1990 年有 10 部，1999 年有 7 部[04]。1990 年的意识形态环境比较紧张，所以 10 部文学史均在省城出版，1999 年出版的当代文学史较多，则是因为那年是中华人民共和国成立 50 周年。这些统计还不包括其他类文学史，诸如系列丛书，各种断代、分体、区域、专题文学史，其数量已令人吃惊。就文学分期而言，某些文学思潮史同样应该引起我们的关注。笔者虽然没有精力全部仔细阅读这些关于中国现当代文学史的著

---

[01] 王德威：《我看当代文学六十年圆桌论坛（二）》，王德威、陈思和、许子东：《一九四九以后——当代文学六十年》，上海文艺出版社 2011 年版，第 428 页。

[02] 朱自奋：《1600 余部中国文学史——佳作寥寥》，《文汇读书周报》，2004 年 11 月 12 日。

[03] 张泉：《现有中国文学史的评估问题——从"1600 余部中国文学史"谈起》，《文艺争鸣》2008 年第 3 期，第 54—56 页。

[04] 许子东：《四部当代文学史》，王德威、陈思和、许子东：《一九四九以后——当代文学六十年》，上海文艺出版社 2011 年版，第 83 页。

作，但对最有代表性的中国现代文学史（思潮史）、当代文学史（思潮史）或者以"中国现当代文学""20 世纪中国文学"名义出版的著作及系列丛书（如谢冕、孟繁华主编的"百年中国文学总系"丛书）基本涉猎，并初步形成了自己对文学史分期及其背后文学史观的印象。笔者很愿意在此学习百家之长，提出自己的一孔之见，求教于大方之家。

本书对 20 世纪 90 年代文学的观察与述评，是以当下中国在世界的发展趋势为出发点，以 1840 年鸦片战争以来的中国近代史为整体思想文化背景，世界其他现代民族国家文化想象为对照进行的。文学在本质上是无法离开社会政治的，尤其是 1840 年以后的中国文学，脱离中国社会政治的历史发展和世界现代民族国家的联系，我们对其中任何一段文学史的理解都有可能难以展开。文学研究虽然不尚大而论之，但倘若没有从"大处着眼"的思考，从"小处着手"恐怕多少会显得小家子气。好在已经有了那么多部文学史著作供我们参考，站在前人的肩膀上描绘几句"瞭望"到的风景，大概也不至于闪了舌头。

我把读过的各种版本的文学史、思潮史、系列丛书、重要论文中的文学分期年份罗列了一下，按照时间顺序有三十多个：1840、1892、1894、1896、1897、1898、1902、1903、1907、1911、1915、1917、1918、1919、1920、1921、1927、1929、1937、1942、1945、1949、1956、1957、1962、1966、1971、1973、1976、1978、1985、1989、1990、1992、1993、2000[01]。不论是作为文学史分期起讫的确定还是内部阶段的划分，每一个年份后边必然有一个划分的理由，如除 1949 年中华人民共和国成立外，与当代文学分期密切相关的年份还有 1942 年（一体化开始的前身）、1945 年（抗日战争结束）、1956 年（社会主义改造基本完成）、1957 年（反右扩大化）、1962 年（提出"千万不要忘记阶级斗争"口号）、

[01] 根据王瑶《中国新文学史稿》，刘绶松《中国新文学史初稿》，司马长风《中国新文学史》，赵遐秋、曾大瑞《中国现代小说史》，夏志清《中国现代小说史》，钱理群等《中国现代文学三十年代》，朱栋霖等《中国现代文学史》，朱寨《中国当代文学思潮史》，洪子诚《中国当代文学史》，陈思和《中国当代文学教程》，孟繁华、程光炜《中国当代文学发展史》，吴秀明《中国当代文学史写真》，丁帆等《中国当代文学史新稿》，陈晓明《中国当代文学主潮》，［德］顾彬《20 世纪中国文学史》，［澳］杜博妮、雷金庆《20 世纪中国文学》及"百年中国文学总系"，孔范今《中国新时期新文学史研究资料》等综合而成。

1966 年（"文化大革命"开始）、1971 年（林彪事件）、1976 年（"四人帮"倒台）、1978 年（十一届三中全会召开）、1985 年（现代派小说兴起）、1989 年（政治风波）、1992 年（邓小平"南方谈话"）、1993 年（文学市场化的全面展开）等。不同年段的组合包含了每位撰写者的文学史观，其中不同的分期方式，有时甚至会产生一种戏剧化效果——如近代、现代、当代文学存在大量"交叉"范围，这种交叉甚至可以达到取消其中一个学科的程度。以笔者掌握的近代文学的起讫时间为例，其开始时间有四种，最远可上溯至晚明，最近则是戊戌变法；而其结束时间有三种，最早为五四运动，最晚则延伸到中华人民共和国成立之前（此说最早时间以鸦片战争为上限），理由是从鸦片战争到中华人民共和国成立的百余年，中国社会性质未变，反帝反封建的文学主流未变[01]。现代文学的开始时间从五四运动推进至 19 世纪末[02]，有的甚至认为其源流可以上溯到鸦片战争甚至更早的晚明[03]，其下限可以延续至 20 世纪 70 年代末[04]甚至 90 年代前后。

就目前的中国近代、现代、当代文学史而言，这种大规模相互"进入"对方的讨论至少可以为我们提供以下几个方面的思考：其一，该讨论表明这三个时代的文学确实存在着"打通"和"整体"研究的可能，我们有必要去思考、寻找更有效的文学史观及其写作策略。其二，该讨论暗示了文学史的写作会拒绝简化的"大一统"讨论方式，需要我们从各个角度、层次分别讨论它的对象，并最终勾勒、拼凑、还原文学史大概的面貌。其三，文学史的事实，作为统一的研究对象，会被不同的看法和史观人为地割裂，我们研究时有必要"往前"或"往后"甚至在文学的"周边"寻找源流及影响，弥补由于切割带来的缺陷。

随着中国当代社会的发展、世界视野的重新接纳等，20 世纪 80 年代，学界提出"20 世纪中国文学""新文学整体观"等重要的文史概念，"重写文学史"的讨论与实践迅速展开，形成了一系列重要的成果。在《新文学史研究中的整体观》一文中[05]，陈思和首先明确

---

[01] 叶易：《中国近代文艺思潮史》，高等教育出版社 1990 年版，第 17 页。

[02] 谢冕：《1898，百年忧患》，山东教育出版社 1998 年版。

[03] 周作人：《中国新文学的源流》，江苏文艺出版社 2007 年版。

[04] 吴中杰：《中国现代文艺思潮史》，复旦大学出版社 1996 年版，"后记"，第 345 页。

[05] 陈思和：《新文学史研究中的整体观》，《复旦学报》（社会科学版）1985 年第 3 期。

指出"现代"和"当代"文学是一种基于政治标准"拦腰截断"式的人为划分，已经妨碍了人们对新文学史的研究，并指出现代文学局限于狭小的时空范围之内，而当代文学一方面斩断了与现代文学的历史联系，另一方面却无限延伸，造成学科发展的不稳定。他提出要打破 1949 年的界线，把以 20 世纪 10 年代为开端的新文学视作一个开放的整体，从宏观的角度把握其内在的精神和发展规律，有效地解决现代、当代文学各自面临的问题。他从作家群与创作倾向的角度，把五四运动以来的新文学史划分为五四初期、30—40 年代、抗战后期、50—60 年代、粉碎"四人帮"以后、70—80 年代六个层次，并进一步以 1919 年、1942 年、1978 年三个重要年份为分界点，分为三个阶段。结合陈思和的文学研究，我们发现这个文学分期及其整体观，与他后来展开的诸多关键研究如战争文化心理、潜在写作、民间文化形态、共名与无名等学说关系密切，可以说，两者构成了一种充分的理论与实践关系。

在《论"二十世纪中国文学"》及《"二十世纪中国文学"三人谈》（下文称《三人谈》）中 [01]，黄子平、陈平原、钱理群开篇就强调："20 世纪中国文学"不光是一个文学史分期问题，跟一些研究者提出的"百年文学史"（1840—1949），或者近代、现代、当代中国文学"打通"的主张有所不同，也不只是研究领域的扩大，而是要把 20 世纪中国文学作为一个不可分割的有机整体来把握，涉及建立新的理论模式问题。他们对"20 世纪中国文学"进行了一个非常清晰明确的内涵说明：

> 所谓"二十世纪中国文学"，就是由上世纪末本世纪初（19 世纪末 20 世纪初）开始的至今仍在继续的一个文学进程，一个由古代中国文学向现代中国文学转变、过渡并最终完成的进程，一个中国文学走向并汇入"世界文学"总体格局的进程，一个在东西方文化的大撞击、大交流中从文学方面（与政治、道德等诸多方面一道）形成现代民族意识（包括审美意识）的进程，一个通过语言的艺术来折射并表现古

---

[01] 两篇文章分别发表于《文学评论》1985 年第 5 期和《读书》1985 年第 10 期。

老的中华民族及其灵魂在新旧嬗替的大时代中获得新生并崛起的进程。

　　他们也认为"历史分期从来都是历史哲学的重要范畴之一，文学史的分期也同样涉及文学史理论的根本问题"，同时又强调"20 世纪中国文学"这个概念所蕴含的内容远远超出分期问题。这篇文章第一部分主要论述"世界文学"的形成，笔者以为，在《三人谈》中钱理群提出的"世界文学中的中国文学"这一视角非常重要，只是没有看到他这一说法的学术实践究竟包含哪些内容和思路。第二部分围绕"启蒙""改造民族灵魂"的总主题进行，指出如果把"世界文学"作为参照系，除了个别优秀作品，从总体上说，"20 世纪中国文学"对人性的挖掘显然缺乏哲学深度。而一种根植于民族危机感的"焦灼"便成为笼罩"20 世纪中国文学"的总体美感特征，这种深刻的"现代的悲剧感"也是第三部分论述的核心。第四部分则以"内部"的文体形式、语言转变为特征，从诗、小说、戏剧、散文等文体的转变展开。最后，第五部分强调了"整体意识"是"20 世纪中国文学"重要的方法论特征，把研究对象置于世界历史的宏观尺度下，置于两千多年纵向的文学传统和 20 世纪世界文学的横向大背景中。

　　"整体观"和"20 世纪中国文学"都强调了"整体意识"，试图改变原来"断裂"的研究局面，在研究理论、模式等方面实现突破，但在理论内涵及实践的展开方面却各有表述。当我们仔细体味"20 世纪中国文学"的内涵界定时，便可发现，作为一种理论设想，其中提出的许多理念至今尚未在学术实践层面真正有效地落实和展开。比如关于"世界文学中的中国文学"，以往的研究往往侧重于"西学东渐"式的"影响"研究，而对于反方向的研究，即在充分考虑中国文学传统和西方文学影响的前提下，从"20 世纪中国文学"的立场出发，按照"对象统一"的原则 [01]，在世界文学和中国历史的参照体系中，考察"20 世纪中国文学"的海外传播与接受，重新思考"20世纪中国文学"各个阶段的文学成就与历史特点的研究相对滞后。尽

---

[01] "对象统一"原则，即以研究对象来统一不同历史、民族、国家、语言等因素的切割，而不是相反。这一说法由本人在博士论文《认同与"延异"：中国当代文学的海外接受》（北京大学，2012 年）中正式提出。

管三位学者做出了具有历史穿透性的判断，但拿今天中国在世界的影响力和当时相比，这种巨大的变化可能会影响他们对中国文学在世界体系中的话语期待。面对中西方对中国文学的解释时，其心态和立场也会有相应调整。比如陈平原对顾彬关于现代文学、当代文学的反批评，以及其他北大学者对西方汉学的态度、中国立场的强调等。

不论是"整体观""20世纪中国文学"还是其他学说，近代以来，我们其实一直面临着西方在政治、军事、经济和文化等方面施加的压力。我们在"西学东渐"、奋起直追的过程中，文化方面的"输入"远远多于"输出"。而这些年，不论是民间、学界还是国家，加强中国文化的战略输出渐成共识，并在不同层面快速展开。就这一角度而言，窃以为我们的实践成果并不是很成功。就20世纪"世界文学中的中国文学"而言，除了少数文学领域学者组织的系列丛书外，在以中国现当代文学学科为出发点的海外传播与接受方面，切实的研究成果确实较少，呈现理论讨论多于实践、零散讨论多于系统整理的特点，整体上基本属于一块学术"飞地"。而种种迹象表明，这方面的研究不但重要，而且亟须加强，不论是对作家作品的批评与研究，还是对整个现当代文学学科的发展，都可能存在着重要意义。出现这种局面的原因，一部分是这一跨文化、跨语境、多语种的研究模式在实践方面存在许多现实的困难，更为根本的是这种时代的大格局直到近年才真正形成。

当前关于中国学术研究的格局，笔者窃以为可大致分为五种：一是中国人在中国文化场域（文化场域指人长期生活、工作的某一国家或地区）中研究中国（如多数中国学者）；二是外国人在外国文化场域中研究中国（如美国的宇文所安、德国的顾彬等）；三是中国人在外国文化场域中研究中国（如王德威、刘禾等）；四是外国人在中国文化场域中研究中国（如英国的戴乃迭、新西兰的路易·艾黎等）；五是混合视域中的中国学术研究，即研究者固定的身份角色和文化场域渐渐退隐，具有较强的"流动"性，拥有多重文化场域生活经历（随着国际文化交流的增加，此类学者会渐渐增多）。当我们以这样的格局来观察中国当代文学的研究现状时，就会发现我们最倚重的是第一种研究格局——中国人在中国文化场域中研究中国当代文学，其次可能是第三种（中国人在外国）和第二种（外国人在外国），而最后两种格局（外国人在中国、混合视域）目前表现得并不充分。随着中国的世界影响力的切实提升（中国在 2010 年成为世界第二大经济体可视为象征性的标志），这种国家时代大格局的变化也将影响学术格局中各方力量的调整及文化流转的方向。

我们尤其想强调这是一种建立在新格局下的研究心态与立场。这种立足于中国文学，主动"走出去、看回来"的研究心态和立场，既不同于传统中国学者习惯的"在内"立场，也不同于海外学者的"外在"心态，又不同于华人学者的"在外"研究，而是一种"内在外看"的新研究心态与立场，并和传统意义上的汉学研究也有区别，这种研究心态与立场的调整必然会深刻影响研究展开的方方面面。这种姿态将会对我们的文学史评价，作家作品的评论，写作、批评、研究的范式等产生潜移默化的影响，在根本上更有利于打破本土语境的限制，构建立足于中国本土的学术新话语 [01]，带来文学创作和学术研究的新突破。

二、现代民族国家文学中的"焦虑—缓冲"模式

本书把鸦片战争以来的中国文学称为"现代民族国家文学"，这其实是对那个令人纠结的西方"现代性"理论内涵的一种转换与阐释。笔者希望通过这样一种转换，把"现代性"的相关问题从各种云里雾里的争论中剥离出来，让这个高度抽象的概念变得更加具体可感，当然，笔者有必要在下文对这一理解做出解释。

1936 年出生在中国云南的本尼迪克特·安德森（Benedict Anderson）在《想象的共同体：民族主义的起源与散布》一书中认为，民族、民族属性与民族主义是一种"特殊的文化的人造物"，因此他对"民族"的定义是"它是一种想象的政治共同体——并且，它是被想象为本质上有限的，同时也享有主权的共同体"[02]；并认为，民族这个想象共同体最初而且最主要是通过文字（阅读）来想象的。印刷语言的发展是完成民族想象、认同的重要环节，而民族想象的完

---

[01] 高玉：《中国现代学术话语的历史过程及其当下建构》，《浙江大学学报》（人文社会科学版）2011 年第 2 期。

[02] 本尼迪克特·安德森：《想象的共同体：民族主义的起源与散布》，上海世纪出版集团 2005 年版，第 7 页。

成，又能在人们心中召唤出一种强烈的历史宿命感和归属感，并能诱发一种无私的牺牲精神。安德森的理论很有启发意义，它在戳破了许多文化幻象的同时也构建了新的文化幻象。按照这种理论，我们可以把任何通过（印刷）语言宣传形成的、无法全部亲历的概念，诸如"东方""西方""国家""美国""恐怖分子""中国文学"等，都视为一种"想象共同体"——因为没有一个人可以亲身认识、经历这些概念中的每一个对象，我们只能通过"语言文字"（包括现在的各种媒介）的描述完成对这些共同体的想象。这就意味着语言及其表述内容完全可以制约人们对很多概念共同体的"想象"与"认同"；意味着强势话语会利用各种手段扩大自己的影响力，左右人们的认同观念；意味着在一种不对等的语言文化关系中，较弱的一方往往容易被"制作、驯化、表述"；意味着我们通过文学或其他文化印刷品得到的各种认同观念，不过是这种以印刷文字为载体、通过阅读来承载各种文化想象、实现个人或民族认同的一种文化想象共同体。那么，在历史文化真相的各色皮相中，有几件"皇帝的新装"当然也未可知了。

　　今天，我们基本会认同百年中国文学中"感时忧国"（夏志清）、"启蒙与救亡"（李泽厚）或者诸如"忧患是它永久的主题，悲凉是它的基本情调"[01]、"焦灼"的总体美感特征等这些判断，我们也会认同20世纪90年代的"转型"特征等。笔者的疑惑在于，当人们没有全部亲历或者有限接触评判对象时，为什么会产生这种整体性的认同感？这些判断当然有其严谨的学理步骤，但其根源或者延伸出去的影响显然都离不开文化的想象共同体。如果认同以上各种命题的合理性，我们也可以总结近代以来在中国文学中表现出来的民族心态的基本模式——"焦虑与缓冲"；相应地，一百多年来我们民族的集体动词就是——"追赶"。这样，一百多年的文学史似乎突然形象化成一个可感的人物：一个内心悲凉、满脸忧患的启蒙与救亡者，露出焦灼的眼神，一路追赶着狂奔了一百多年，在焦虑和缓冲之间，重复着他感时忧国的论调——有点像一个放大了的过客。笔者对20世纪90年代文学的理解就是建立在这样一种"民族心态"的理解上的。

[01] 谢冕：《辉煌而悲壮的历程》，"百年中国文学总系"丛书，山东教育出版社1998年版，"总序一"。

从"民族心态"的角度观察中国自鸦片战争以来的历史，就会发现这一个半世纪以来，我们一直处于民族"焦虑"与"缓冲"的过程中，直到现在也没有完全结束，但开始出现历史性的拐点。

民族心态本身就是个不容易说清楚的对象，更何况要对其进行"史"的概括。但作为一种认知角度，正如我们可以通过张承志的《心灵史》去体会一个民族的心灵史，或者通过对其他民族国家文学的研究去理解他们的民族心态一样，根据中国的历史、文学、文化等，我们也会感受和把握中华民族文本意义上的心态变化。这一角度的观察虽然有难以确切把握的弊端，却也因为经过层层文化过滤，极大地冲淡了社会政治意识形态的干扰，呈现出深刻的民族心态结构。原来按照历史、政治标准划分的重要年份，在这一体系中呈现的意义将会有所变化，一些极为重要的年份可能变得不那么显要，而另一些年份却会凸显出来。

中华民族自鸦片战争以来，就开始不断陷入民族国家的各种现代性（化）"焦虑"中。正如张清华所认为的，"现代化"是 20 世纪中国人最高的神话。早期民主主义者、自由知识分子、共产党人，不论其政治主张存在何种差别，"现代化"却是他们共同认可和为之奋斗一生的中心目标。只有"现代化"才能改变中国贫弱的面貌和被侵略的命运。因此，不论是研究 20 世纪文学还是文化，"现代化"都是一个最根本、最初始的逻辑起点。正因"现代化"的努力与渴望给 21 世纪中国文化和知识者带来了多种焦虑，因此，20 世纪中国文化的基本情境实际上可以概括为"现代化的焦虑"。这个世纪里中国文化的一切存在根由、构成特征、复杂矛盾都与此有着根本的联系 [01]。他认为这种"现代化焦虑"主要分为"错位的焦虑""断层的焦虑""影响的焦虑"三种类型，并在下篇中对 20 世纪文化的本质——复合式启蒙进行了精要的分析。该文主要着眼于 20 世纪中国文学，笔者的论述起点将前移至鸦片战争，并努力提出一些自己的观点。

造成中国"千年未有之大变局"的根本因素可以归结为西方现代

[01] 张清华：《反观与定位：20 世纪中国文学的文化语境》，《文艺争鸣》1995 年第 6 期。笔者以为，现代性（或现代化焦虑）固然概括精准，却也是纠缠不清的概念，应该结合中国文学发展特点对其理论内涵进行重新转化和阐释。

性的入侵。从这一东西文明的正式碰撞开始，中华民族就开始了它的现代性"焦虑与缓冲"之旅。之后西方列强与中国签订的各种不平等条约、甲午海战、抗日战争都在延续并加深着这种民族"焦虑"，而洋务运动、戊戌变法、辛亥革命、五四运动、中华人民共和国成立其实都可视为这种民族"焦虑"情绪的某种释放和缓和。所以当我们以中国历史及世界文明作为双重参照来看鸦片战争以来的中国社会发展，就会发现近代中国文学想象在整体上确实存在着"焦虑—缓冲"的基本模式，并以"现代民族国家文化想象"的方式存在于整个文学史中。"焦虑—缓冲"不仅是整体的民族心态文学史模式，同样也适用于同一时代文学阵营内部。在实现"现代化"目标之前，这种文学心态将会存在于整个文学实践中，只不过在不同的历史时代表现的比重会有区别，在同一时代不同的作家作品中表现的轻重程度不同。比如五四文学分化后，也存在着"焦虑"或"缓冲"的文学类别。从"文学革命"到"革命文学"不过是一种焦虑变成另一种更激进的焦虑；而那些和时代革命主题保持距离，注重文学审美、闲适功能的作家，不过是从焦虑的中心退回到缓冲的边缘。"十七年""文革""新时期"，焦虑（及其文学表现）的背后总存在关于民族国家现代化的期盼。只是相对于民族国家的文化想象，个人之于文学应该有更多自由选择的权利。

从民族心态的角度来看，这种民族"焦虑"作为一种现代民族国家的文化想象方式，在文学上表现为"感时忧国""焦灼""救亡与启蒙"等关键词；它和民族国家的历史命运相联系，随着民族国家的"危亡"与"希望"、"困厄"与"进步"，自然会表现出相应的"焦虑—缓冲"模式。毕竟，文学最终是脱离不了社会政治的。

1840年应该是现代民族国家焦虑的直接源头，它把传统的中国和现代的中国一分为二，至少民族国家的主权危机开始被囊括进一种关于民族命运的"焦虑"当中。这种"焦虑"在随后的一百多年间，或加重或减缓，但整体在激烈的震荡中慢慢地趋向缓和。由之前相对于西方现代文明的"外部"民族焦虑演变为20世纪90年代后多元缓和、逐渐内化的民族焦虑。所以，我们认为1840—1990年是现代民族国家对外焦虑的积累、震荡、缓和期，它在20世纪80年代末一次性总爆发后，从20世纪90年代起开始步入"对外缓和、多元内化"时期。这一变化将会极大地影响之后文学中民族国家的文化想象方式。对外"焦虑"的缓和与转向意味着剧烈改变方式的减少，社会进入一种相对稳定的发展阶段。人们的生活方式和观念也将因此实现一次缓慢却巨大的转变，而由于种种"焦虑"并没有被完全消除，并有可能在一定条件下发生复杂的转换，尤其是民族国家内部的不平衡可能引发的"焦虑"，都会使得这一时期及以后的文化想象方式孕育着丰富的可能性。这对于我们理解 20 世纪 90 年代的文学状况以及当下的文学发展很有启发，比如 90 年代中期"现实主义冲击波"、新世纪"底层文学"现象的出现等。

从"现代民族国家"的角度来看，1840 年至今的中国历史本身就具有相对独立的完整性，或者说从鸦片战争开始形成的"现代性焦虑"过程直到现在依然没有结束。这种"民族焦虑"从鸦片战争起就设定了一个集体无意识的潜在目标：建立一个超越欧美列强的新型现代民族国家，完成民族国家主权统一与复兴强盛伟业。这一目标至今也没有完全实现。"民族焦虑"的核心其实是一种关于民族国家前途的忧虑，而这正是中国传统或现代知识分子共有的特性。此后出现的各种危亡事实不断地强化并激发了中华民族的国家认同，促使中华儿女寻找实现前述总目标的各种路径。所以从戊戌变法到辛亥革命，再到中华人民共和国成立，都是中华民族寻找出路的尝试，只不过历史实践选择了最后一种方案。社会政治的激烈变化，在文学上则表现为各种各样的现代民族国家及其文化想象的重建。正是以上诸多因素的整体性及其未完成性，保证了这一个半世纪中国文学史的统一视角。从这一角度来看，我们也可以用一个专门的名词来称呼 1840 年至今的文学史——现代民族国家文学史。这也是笔者尚未完全成熟的一种基本文学史观。

焦虑其实源于差距。从"民族焦虑"角度来看，这种差距首先表现为与外来文明的差距，当这种外在的差距缩小时，其内在的不平衡性便演变为新的焦虑源泉。目前就整体而言，我们仍然处于"内外"交困的复杂状态，需要做出许多更审慎的判断。近代以来中国历史中的民族焦虑主要表现在以下三个方面：首先是民族国家的主权焦虑，这是一种激烈的外在表现，至今仍未完全休止。其主要表现期在1840—1945 年，中外矛盾始终是民族国家的主要矛盾，与之相应的即是国家政体的现代化，不论是中华民国还是中华人民共和国，其实都是重建现代民族国家的一种努力。1949 年的国共分治只是这种主权焦虑的一种分化，除此之外，我们的主权焦虑还涉及诸如南海、东海、藏南等其他复杂的国际问题。其次是生产力焦虑。这是一种更为根本的焦虑，也延续至今，尤其以 1840—1990 年的表现更为突出。与之相伴的就是生产、生活的现代化。这一过程经历了晚清、民国等不同阶段的努力后，主要由中华人民共和国来推进和实现，特别是改革开放以后我国的生产力实现了一种实质性的发展，2010 年中国成为世界第二大经济体，获得了象征层面的格局逆转。第三种是文化焦虑，这是一种潜隐而深刻并在根本上制约我们复兴的焦虑。这一过程也持续至今，并与主权、生产力焦虑纠缠在一起，在不同的历史阶段有其特异的表现方式。

在社会的实际运作过程中，以上三种焦虑始终纠缠在一起，不可分割，互相影响，但就缓和的顺序来讲并不一样。主权焦虑的缓和是第一位、基础性的，它的缓和为生产力焦虑、文化焦虑的缓和奠定了基础。这一缓和的标志就是民族危亡的命运得到彻底改善，民族国家的主权不再受到致命的威胁。这种焦虑在洋务运动、戊戌变法、辛亥革命中不断得到体现，直到 1945 年抗日战争胜利后才得到一次显著的缓和；1949 年中华人民共和国成立，使此焦虑又一次得到缓和；改革开放后国际关系的调整更大程度地缓和了这种焦虑，但它始终没有得到彻底解决。其次是生产力焦虑的缓和，这种焦虑的缓和因其周期较长，很难有爆发性的标志。但与世界发达文明的差距逐渐缩小，人民生活水平得到明显改善，国家综合实力得到显著提升应是其基本的表现。最后是文化焦虑的缓和。主权和生产力焦虑的缓和，为基于它们的文化焦虑缓和提供了大的历史平台。然而，文化有其不同于主权、生产力的特殊一面，相对于前者的客观性、可控性，文化的主观性和启蒙性以及巨大的包容性等特点给它带来了更复杂的变化。一方面，从文化的延续性与包容性讲，即使遭受了鸦片战争后西方文明的巨大冲击，中国文化的根基仍然非常牢固。在文化上，中国可以说从来没有分裂过，其历史影响仍然发挥着最广泛意义的"文化中国"的认同与统一的作用。另一方面，正如前文所述，当中外整体的文化焦虑经过爆发、转向，得到一定程度的缓和后，民族国家内部的文化焦虑开始上升为主要表现形式。改革开放至 20 世纪 90 年代后期，尤其是 1992 年邓小平"南方谈话"后，经济体制市场化、政治生活变革及其衍生的现象促使人们重新思考社会和生活。文化焦虑成为这一时代的重要社会表征，所以 90 年代"人文精神的危机"大讨论的出现有其历史合理性，在文学上表现得尤为明显。需要强调的是，以上三种焦虑至今仍然纠缠存在，只是在不同的历史阶段各有侧重而已，但显然它们之间内在的逻辑关系也非常值得我们留意。

三、20 世纪 90 年代的文学史意义

当我们对鸦片战争以来的中国文学及其表现出来的现代民族国家文化想象的模式——民族心态的"焦虑—缓冲"模式有了以上基本理解后，20 世纪 90 年代的文学史意义就会显得格外突出。不论是整体的社会文化语境，抑或是文学自身，从 20 世纪 90 年代起，中国文学中关于"现代民族国家文化想象"的整体方向开始出现转型，从某种意义上讲开创了一种新的文学形态，演绎出更复杂的文化想象特点。从文学的角度考察民族心态，或者反之，我们也会发现 20 世纪 90 年代以后的文学呈现出和之前非常不同的特点。不论是"转型"说 [01]，抑或是"无名"特征，或者是"文学边缘化"、市场化文学、《废都》的争议、"人文精神"的讨论等，20 世纪 90 年代文学在"继承"与"断裂"中显然有了自己新的内涵。那么，20 世纪 90 年代文学的独到之处究竟是什么？能使它在 1840 年以来的中国文学中凸显出来的新内涵究竟是什么？

首先，从民族心态的角度讲，20 世纪 90 年代文学由整体上对外的"焦虑"开始进入"缓和"期，民族焦虑的内化倾向明显，这一点在从 90 年代的"现实主义冲击波"到新世纪的"底层文学"等文学现象中已经呈现出比较明显的轨迹。其次，从文学本身来看，20 世纪 90 年代的文学再次回到文学应该有的自为状态，它和政治、社会关系的"松绑"让它的主题多元化、角色边缘化、功能多样化，这一变化逐渐改变了之前一百多年文学发展的主调。当然，如果我们结合 20 世纪 90 年代的社会、经济、文化的整体语境，把它和一个半世纪

---

[01] 谢冕、张颐武：《大转型——后新时期文化研究》，黑龙江教育出版社 1995 年版。

以来中国与世界的关系联系起来，就会发现从这一时代开始，我们真正进入了一个"经济人"时代。如果说 1840 年后中国知识分子开始"觉醒"和"寻找"出路，整个 20 世纪是"启蒙与救亡"的历史实践，那么从 20 世纪 90 年代起，这些具有意识形态色彩的"焦虑"主题（至少"对外"焦虑）注定会变成知识分子空洞的想象，它已经失去了"觉醒"和"寻找"的历史背景，它要启蒙什么？又想救亡谁？"经济人"时代引发的民族焦虑"内化"和由此衍生出来的新问题，需要我们重新寻找问题的答案和文化想象的方式。

关于 20 世纪 90 年代特殊的文学史意义，我们不妨借鉴其他学者的观点来讨论。陈思和教授提出的"无名"说，在学界很有影响力，他对百年中国文学的基本理解如下：

1898—1911 年：共名状态

　　共名的主题：改良维新、救亡、反满革命

1911—1916 年：无名状态

1917—1927 年：共名状态

　　共名的主题：启蒙、民主与科学、白话文

1927—1937 年：无名状态

1937—1989 年：共名状态

　　共名的主题：抗战、社会主义、"文革"、改革开放

1990 年至今：无名状态 [01]

笔者首先想追问的是：首先，在"共名"阶段真的没有"无名"的文学吗？或者反之，在"无名"阶段找不到"共名"文学表现吗？其次，出现这种文学"无名"或"共名"现象的原因是什么？套用陈思和的观点来讲，其背后是否存在一个更不易觉察、宏大的隐形文化结构？

[01] 陈思和：《试论 90 年代文学的无名特征及其当代性》，《复旦学报》（社会科学版）2001 年第 1 期。

转型与深化——20世纪90年代文学研究

　　我们当然明白任何一种概括都有其化繁从简的特点，但这并不意味着它是周全的万能公式，而是更多地着眼于求同存异的理解。因此，陈教授的这个划分自然有其合理性。有趣的是，当笔者把"焦虑—缓冲"模式嵌入他的这个概括中后发现，其"共名"部分正好和对外民族焦虑有着密切关联；而"无名"部分则相对处于一种"缓冲"阶段。当然，按照笔者的理解，即使在"共名"阶段，也有许多"无名"的文学表现；反之亦然。即"焦虑—缓冲"作为一种现代民族文学心态其实是充斥于整个近代文学史的，这和它从大幅度地接受"现代性"入侵到还未完全实现"现代化"目标是密不可分的。从这一角度讲，把 1840 年至今的文学称为"现代民族国家文学"的合理性再次彰显——正因为有了西方"现代性"的参照，我们才真正开始发现和建设"现代""民族""国家"，才会在政治、经济、文化方面开始全面迈向"现代化"。

　　发现 20 世纪 90 年代文学特殊意义的学者可能不止一位。比如复旦大学从事古代文学研究的谈蓓芳教授，在一篇文章中明确彰显了20 世纪 90 年代文学的重要意义。她认为，在明白了 90 年代是"文学回归自身"的倾向进一步确立了主导地位的时代之后，我们就可以进一步理解 90 年代在中国 20 世纪文学史上的特殊地位了。20 世纪以前的中国文学，就其总体来说，是政治、伦理等的附属品。因而强调文学自身价值的观念在中国始终不占主导地位。所以，"文学回归自身"的观念在 90 年代取得主导地位，在我国文学史上是一个意义无比重大的事件，至少改变了中唐以来的文学格局；就文学本身而言，其意义似乎并不亚于五四新文学的形成。也正因此，80 年代虽是在总体上向五四新文学传统回归的时代，但作者认为，90 年代文学将逐渐与五四新文学传统产生距离，只不过产生距离这一过程绝不意味着背弃五四新文学已有的成就，而是在这成就的基础上朝着符合文学本身特征的方向发展。所以，把 90 年代作为当代文学的开始也许是适当的 [01]。

　　谈教授从事古典文学研究，因此多了传统文学的比较视野，我们注意到她对 20 世纪 90 年代文学的肯定不仅仅是以 20 世纪文学作为

[01] 谈蓓芳：《再论中国现当代文学的分期》，《复旦学报》（社会科学版）2001 年第 1 期。

参照的，而是上溯到中唐。从理论上讲，我们将对某一对象的观照放在古今中外的体系中去看，最有可能获得全面、深刻、客观的理解。德国汉学家顾彬教授的观点也许能从另外一个侧面提供参考，他不仅从研究唐代文学转向研究现当代文学，而且还多了西方文学的参照。有一次我们聊到 20 世纪 90 年代文学时，他表示，他同意 90 年代中国文学发生了一次大转型，特别是从 1992 年邓小平"南方谈话"开始，第一次有一个中国领袖公开地说赚钱是好的，因为 1992 年以前，毛泽东不会这么说，孙中山不会这么说，孔子也不会。1992 年以前，赚钱不一定是最重要的，还有一些其他更重要的 [01]。他认为，90 年代从多方面呈现出一种社会性转向。知识分子以及作家失去了以往作为警醒者和呼唤者的社会地位，被排挤到了边缘，在过去的理想丧失之后，他们一时还找不到新的非物质性的替代品。这个转向在许多方面都是根本性的，它使得艺术脱离了原先作为党的传送带的身份，头一回为艺术家敞开了一种真正具有个人性立场的可能性，使艺术家们不用理会人们是否赞成这种立场 [02]。顾彬更多是从社会文化整体环境上来讨论 20 世纪 90 年代的转型性，他也认为文学在这一时代发生了许多根本性的转向，只是面对市场经济、商业化浪潮的侵袭，顾彬对 20 世纪 90 年代后的文学批评的意见更多一些。

虽然 20 世纪 80 年代是公认的"文学黄金年代"，"重返八十年代"固然有其必要性，然而，在 80 年代热闹的表象之后，被人们视为文学边缘化的 20 世纪 90 年代反而表现出许多热闹之后的冷静来，文学开始复归多样性与多元化。一方面，比较 20 世纪 90 年代与其前后的文学，我们就会发现，之前和之后的文学既有"焦虑"的文学，也有"缓冲"的文学，只是焦虑和缓冲的指向有了区别。20世纪 90 年代后的焦虑更多地开始指向民族国家内部的不平衡，比如"现实主义冲击波""底层文学"等。单纯就文学实绩来说，20 世纪 90 年代文学也不见得比 80 年代逊色多少，比如长篇小说的兴起与成就。另一方面，20 世纪 90 年代的文学自然会发展成"新世纪文学"，有论者指出，新世纪文学"已逐步过渡到与 20 世纪八九十年代完全

[01] 刘江凯：《关于中国文学研究与中国当代文学——顾彬教授访谈录》，《东吴学术》2010 年第 3 期。
[02] 顾彬：《20 世纪中国文学史》，范劲译，华东师范大学出版社 2008 年版，第 360 页。

不同的另外一种新的形态和新的格局"[01]。笔者并不认同这个判断，理由是：新世纪文学与 20 世纪 80 年代文学相比，的确发生了很大的变化，但与 90 年代相比，它是 90 年代文学的一种延续和强化。我们不能总是运用"新时期"的模式，动辄就夸张地制造出一种新的形态与格局。今天，当我们在"重返 80 年代"（及之前文学）或者"新世纪文学"（及其后）的视野下去看 20 世纪 90 年代文学时，它与其前后文学的"断裂"与"延续"及它在这一历史转型时刻的重要意义仍然需要我们进行更多的挖掘。

　　综上所述，按照"焦虑—缓冲"的民族心态模式来看待自 1840 年以来的中国文学，20 世纪 90 年代就变得意义非凡起来。如果说 1840 年中国以其传统与现代、东方与西方的冲撞作为历史"爆发点"，开始了"现代性（化）焦虑"旅程，成为第一级转折年代的话，20 世纪 90 年代则因其经历过百年"感时忧国"的焦虑，一路"追赶"着启蒙与救亡的脚步，终于开始分享"现代化"强国的希望、对外焦虑开始缓和而成为第二级转折年代。而传统的文学史分期年代，诸如 1949 年、1937 年、1919 年、1898 年等年份则不过是这种"焦虑—缓冲"模式中相对突出一些的年份而已。

　　20 世纪 90 年代后，国家政治、经济、文化体制的调整与发展裹挟着文学一起走到"新世纪"的世界之中，而随着国家的强盛，文学这个当年被"政治"绑架过的"新娘"的"心态"继续演变、深化甚至逆转，其标志可能是中国连续多年的高位经济增长及 2010 年正式成为世界第二大经济体。尽管这里"象征和想象"意义远远大于现实意义，但与传统列强低迷的经济增长态势相比，这无疑诱发了国人民族心态的扩张，从鸦片战争积累下来的民族衰败的"焦虑"感已然开始逆转，面对西方时会有更自觉的"中国立场"及"话语权"的追求，在文化上也渐渐表现出强烈的"走出去"愿望。

　　如果我们在传统中国与现代世界的体系中，从现代民族国家的角度出发，结合近代以来现代民族国家文化想象的"焦虑—缓冲"模式来理解 20 世纪 90 年代文学，诚如前文所述，这次转型的意义甚至超过了 1919 年或 1949 年的社会、政治转型，因为它是前两次走向

[01]　白烨主编：《中国文情报告 2005—2006》，社会科学文献出版社 2006 年版，第 122 页。

"现代化"的综合成果，汇聚了一百多年的集体奋斗资源。此时的中国，民族国家主权的焦虑和生产力的焦虑都依次得到了有效的释放和减缓，文化的焦虑渐渐浮现出来。回顾这段历史，我们不难发现，尽管主权、生产力、文化焦虑始终纠缠在一起，但它们在作为民族国家的集体选择时却有先后、缓急的区别。这三个方面及其内部的不平衡性、未完成性正在并且继续共同演绎中国社会历史的纷乱现象。

第一章　在意识形态与市场经济之间"转型"

——20 世纪 90 年代文学的开始与背景

第一节　在平静与焦灼之间开始的"90 年代"

　　20 世纪 90 年代文学显然并非和 80 年代文学存在着直接的断裂关系，也不意味着从 1990 年起就出现了一个"文学"意义上的新时代。换句话说，这里我们只是从纪年的角度讨论 90 年代文学的"开始"——1989 年 12 月 31 日意味着 80 年代的结束，1990 年 1 月 1 日则意味着 90 年代的开始。如何去理解和认识 90 年代文学？我们当然可以有不同的方法和角度。比如"返回"历史现场，通过最有时效性和现场感的报纸来观察 90 年代文学，大概不失为一种有效的方式。我们也可以借助已有文学史或其他关于 90 年代文学的著述去理解它。严格意义的历史"现场"其实是永远无法"返回"的，即便是那些与 90 年代同行甚至专门记录历史的人们，也没有办法做到。说到底，历史的叙事不可能一次性完成，尤其是那些离我们比较接近的年代，总是要经过沉淀、修正、确认、更改、再确认等一系列过程，这大概也是杰姆逊大胆提出"永远历史化"的重要原因吧。那些期刊、报纸、评论甚至文学作品，只要是文字，无疑会沾染上每个著者自己的观察、立场、角度和方法，只是对 90 年代文学的一种理解而已。所以对 90 年代文学，一方面我们会从各种文献材料中体会"文字的时代现场"，另一方面我们必须清楚地意识到，这种"返回"依然是有局限性和私人化的，只不过是在众多 90 年代文学"历史化"沉淀过程中的又一次"搅动"。

一、平静的媒体语言与文学作品

历史经过文字的层层过滤，被一代代人一点点遗忘，当年许多新鲜的气息早已变淡了。如果我们只是从文学史中那些高度概括的语句，或者从今天媒体的描述来看，20 世纪 90 年代似乎和其他年代一样，在人们的期待中平静地开始了。浏览一下当年发表的文学作品名录，似乎没什么特别之处。那些主流的媒体照样体现出对即将开始的 90 年代满怀信心的期待。然而，当我们仔细阅读和回味 1990 年的各种文学评论及其他文学事件时，就会意识到，1990 年文学其实是在表面的平静与实际的焦灼之间开始的。

我们先从香港《文汇报》1990 年 1 月 1 日头版的报道切入 90 年代文学的讨论。《新年前夕接受电视台访问，江泽民谈九十年代任务：巩固安定团结发展经济》这篇报道摘要如下：

> 记者：江泽民同志，今天是一九八九年的最后一天，也是八十年代的最后一天，我们国家又经历了十年历程，您对这十年是怎么估价的？
>
> 江泽民：谢谢你。我们中国有句俗话："光阴似箭，日月如梭"，不知不觉地十年过去了，很快就进入九十年代。回忆起一九八〇年一月，小平同志曾经给我们提出了八十年代的三大任务。

江泽民回顾了十年来中国人民取得的各种成就，如"一国两制"构想的提出、国家经济实力明显增强等，也指出"在现代化建设和改革开放当中，怎样坚持社会主义，怎样反对资产阶级自由化，我们付出了代价，也取得了经验"。

> 记者：您刚才的讲话是对八十年代的回顾，您对于九十年代有什么样的展望呢？
>
> 江泽民：对九十年代，我想可以用一句话来说，我们将

继续沿着建设有中国特色社会主义道路坚定不移地走下去。

关于江泽民的这个访问，许多报纸上都有报道。仅就媒体宣传来看，对于刚刚经历了一场风波的中国来说，即将开始的90年代显然成了人们寄托美好希望的有效对象。"90年代"迅速成为各种媒体宣传的关键词。在"稳定"基础上继续发展，这应该是90年代初媒体宣传的核心要义。比如《文汇报》的社论（第2版）《回顾八十年代，瞻望九十年代》也做出了自己的总结与期望，主要表达了以下几点意思：其一，风云急变的80年代过去了。其二，发展经济仍然是解决政治问题的基础。其三，缓和、改革、发展的潮流，仍然是90年代的主调。《文汇报》的内容充满了广告、娱乐、社会新闻等，商业化气息浓重。然而，对于90年代开始的期待，却在这一年的各种信息中都有体现。

如果说在媒体文字中开始的90年代给了我们许多金色期待的话，那么文学报纸杂志中开始的90年代则有点静水流深的意思。内地《文艺报》1990年第1期看起来比较平实。在这一年最初几个月内，它除了正常地报道各种创作、评论、文艺新闻外，主要突出报道了各地学习《邓小平论文艺》的情况。《文艺报》并非没有思想批判，在继1989年11月报道了取消刘宾雁（时任中国作家协会副主席，后被取消）、苏晓康中国作家协会会员会籍，并邀请部分作家、批评家座谈后，1990年也有相关批判文章。比如马午阳的文章《从"知识精英"到"暴乱先锋"——苏晓康"大胆地"走向何方》（1990–03–10，转自《中流》创刊号）、陈志昂《〈心中的日出〉及其殒灭——关于〈河殇〉的"续集"》（1990–04–07，第5版）等。从1990年《文艺报》及其他文学期刊的讨论文章来看，可以感觉到在一种平静的氛围中，文艺界的思想统一行动与宣传工作其实在有序进行，只是表现得没有从前那么激烈罢了。

文学作品相对来说，不会像评论这样迅速地发生变化，基本保持着原来的姿态，没有明显的"动荡"之感。这一点我们可以通过被称为当代纯文学期刊的"四大名旦"杂志，来感受90年代文学开始的"时代现场"。这些文学杂志在1990年第1期刊发的文学作品大概如下：《收获》（双月刊）主要有中篇小说于劲的《蛐蛐的年代》、杨争光的《黑风景》、周海彦的《月亮船》、蒋小丹的《等待黄昏》、西殇的《树林》；短篇小说王蒙的《我又梦见了你》、阿城的《专业，炊烟，大风》、林白的《大声哭泣》。《十月》（双月刊）发表的作品有中篇小说龚雪夫的《狼岛》、邓九刚的《驼路歌》、胡忠良的《低烧》、卞祖芳的《庐山神女》；短篇小说有许淇的《市长书家》、刘文生的《人生回旋曲》，报告文学有霍达的《大西洋上打鱼船》。《当代》（双月刊）发表的作品有中篇小说南台的《离婚》、田中禾的《坟地》、周大新的《铁锅》、陈海萍的《红土》；短篇小说啸客、马慧娟的《美丽星》，许淇的《守旺莜面馆》、石山浩的《野渡》，报告文学李鸣生的《飞向太空港》（后获 1990—1991 全国优秀报告文学奖）。《花城》（双月刊）有中篇小说林坚的《别人的城市》、莫言的《父亲在民夫连里》、王剑章的《梅家堡》；短篇小说楚燕的《象牙手杖》、翟永刚的《深情》、崔立新的《喜丧》、肖俊志的《作贼的舅舅》、叶曙明的《龙蛇》等。

除以上杂志外，1990 年初发表的名家作品还有：余华的《偶然事件》、北村的《劫持者说》、马原的《北陵寺等候扎西达娃》（《长城》1990 年 1 期），迟子建的中篇小说《原始风景》（《人民文学》1990 年 1 期）。莫言的小说《十三步》由洪范书店 1990 年 1 月出版。在这一年发表的其他重要文学作品主要还有格非的小说《敌人》（《收获》1990 年第 2 期）、叶兆言"夜泊秦淮"系列之一《半边营》（《收获》1990 年第 3 期）等。我们把以上文学作品名单和《文艺报》的评论内容相比较，发现作品里几乎感觉不到"思想意识形态"方面的痕迹。单纯地看文学作品，它仍然是 80 年代文学的某种"延伸"——至少在 1990 年没有出现标志性的所谓"转型"之作。

然而，一个新的十年毕竟开始了。尤其是在刚刚经历了一场巨大的政治风波之后，作为一个时代中拥有最敏感触角的文学，1990 年的文学界并非像文学作品那样保持相对"稳定"的运行态势。我们也许可以从另外几个文学事件中去感受 20 世纪 90 年代文学的开始与预示。

二、焦灼的思想斗争：以《中流》等杂志为例

1990 年 1 月，一本重要的文艺杂志——《中流》创刊了，这是

由光明日报社主办的综合性文化、艺术、社会评论月刊，由林默涵、魏巍任主编（2001年停刊）。这份期刊从一个角度非常完整地记录了90年代中国社会、文学走过的历程，围绕着《中流》也发生了许多值得我们探讨的故事。因此，我们想通过这份期刊来感受90年代初期文学的样貌，我们也希望有机会对这份期刊做出更充分、深入、有趣的研究与解析。《中流》在"创刊词"里详细说明了该刊的创办、存在理由和性质：1988年下半年就开始酝酿，"当时，并未奢望通过一个小小刊物，就能从根本上打破、扭转资产阶级自由化思潮的恶性泛滥和垄断文艺、思想主要阵地的极不正常局面。而只是想通过它，为那些坚持马克思主义信念的同志，提供一块能够自由发出声音的阵地。然而，当时各种资产阶级观点可以通行无阻，低级、庸俗、下流的报刊、书籍可以无所顾忌地充斥文化市场。而这样一个小小愿望，却遭到种种压力，终于未能实现"。正是平息反革命暴乱，"从根本上打破了资产阶级自由化思潮及其政治势力控制思想阵地的局面。在各方面的热情关怀、支持下，《中流》终于顺利诞生，同广大读者见面了"。接下来一段讲得非常清楚："《中流》是为对抗资产阶级自由化思潮而提议创办的，它本身就是同这股思潮斗争的产儿。这就决定了它的根本性质和使命。"紧接创刊词之后由佟仁温撰写的《迎接九十年代》里，虽然作者开篇即讲"告别八十年代，跨进九十年代，当历史翻开新的一页的时候，人们免不了对过去和未来进行一番思索"，但通读全文后就会发现其核心就是在批判"资产阶级自由化"思潮。所谓"迎接九十年代"，在这里没有看到意识形态之外的更多期许。

　　根据1991年第12期刊出的1990、1991年《中流》总目录，结合这两年期刊发表的相关专论、杂文、批评文章、编者寄语、读者来信等信息，我们认为《中流》的创刊其实承担了文艺思想界的某种"斗争"和"统一"的功能。当然，这种"斗争"和"统一"会内嵌在一个更为宏大、和谐、美好的时代预设中，这既保证了思想斗争的有效性，同时也很好地控制了强度和范围。虽然这些带有思想批判性质的文章数量在整体比例上并不算多，但当我们把几年的目录合在一起看时，还是可以清晰地感受到编辑的意图。

《中流》创刊封面

比如90年代初期，按照时间顺序，《中流》带有批判性质的文章大概如下（括号内为期、页数）：1990年有马午阳的《从"知识精神"到"暴乱先锋"——苏晓康"大胆地"走向何方》（1、33，报告文学）、金圣的《"舌苔事件"备忘录》（4、42，报告文学）、殷其雷的《从〈河殇〉到〈五四〉》（4）、本刊评论员的《"亚运精神"与〈河殇〉现象》（11、11）、宜明的《WM（我们）风波始末》（11、39）。

1991年1期的"主编寄语"里讲："在《中流》杂志走完短短一年路程的时候，我们收到了来自思想、文艺等方面（包括最基层的群众）的读者、支持者的热情来信。""从来自不同地区、不同层次的读者、支持者的反馈中，我们得到的一个重要信息是：他们大多认为，社会主义的中国，特别是处于当前极端复杂的国际、国内条件下的中国，它的思想、文艺战线，是需要有类似《中流》这样的刊物的。""我们也意识到，在经历了1989年那场风波之后，一年多来尽管我们的思想战线，包括文艺战线，已经出现了明显的转机，但是整个意识形态领域所面临的复杂情况和艰巨任务，并未减轻。这不仅是因为消除资产阶级自由化的长期影响，解决人们思想深层的认识问题，是一个艰巨的长期过程。而且还因为，国际上的敌对势力同社会主义国家之间的渗透与反渗透、颠覆与反颠覆、'和平演变'与'反和平演变'的斗争，并未减弱。'彻底丧葬共产主义'、宣布'共产主义失败'的图谋和叫嚣，并未停止。国际上一些'逆转'现象的出现，不能不继续引起人们的警惕。因此，当前我国思想战线的斗争，注定是一场艰巨的、深刻的、复杂的持久战。"紧接"主编寄语"之后，在"新一年的祝愿"里刊发了臧克家等人的祝愿来信。如臧克家表示："《中流》的个性，我以八字概之，曰：朝气、锐气、勇气、民气。"孙毅则说："我感到这本杂志有三个特点：一、政治方向明确。二、思想内容健康。三、敢于针砭时弊。"

不难看出，《中流》的创刊在当时应该有其缘由并承担了相应的功能。在1991年的"专论"里甚至有"动乱精英在海外"这样的专栏，其中的内容如：于逢的《孔捷生到哪里去了？》（4、44），章姗的《叛逃"精英"劣迹钞（六则）》（4、44），钱海源的《对范曾出走巴黎的思考》（6、33），赵望、凌光的《难得的教员，绝妙的教材——逃亡"精英启示录"》（6、35）等。在 1992 年的一篇批判文章里还有附录《严家其在台鼓吹"和平演变"的议论节录》（5、42，附录全文，原载台湾地区的《海峡评论》，1991 年 9 月），以供国内读者批判。除了以上这些专论内容，其他比如"海外文摘""编者与读者"等也有相关的批判内容，再比如当时对《广语丝》《〈WM（我们）〉风波始末》的广泛讨论等。

以现在的眼光来看，这份期刊整体上偏"左"。主编林默涵、魏巍和当时激进的知识分子相比较，展现出一种思想保守的革命知识分子姿态，坚决捍卫毛泽东文艺思想，对当时已经出现的文艺新潮有所批判。我们选择《中流》作为观察 20 世纪 90 年代文学开始的一个切入点，主要是因为它创刊于学潮之后反对资产阶级自由化的浪潮中，虽然文章有"十七年文学"中标语化的旧痕迹，偏于理想而缺少新锐思想，但它真实地记录了一批（魏巍、欧阳山、马锋、吕骥、姚雪垠、刘白羽、玛拉沁夫等）经历过革命年代洗礼和怀揣理想的老作家在当时的思想精神状态，可以帮助我们更好地认识 20 世纪 90 年代的思想与文学在当时所受的束缚及其突破，今天读起来，也有很强的历史现场感。这份期刊的批判性并不仅仅表现在反对资产阶级自由化方面，其他还比如：尖锐质疑从新经济学的角度为黄世仁、刘文彩翻案；激烈反对为殖民主义者辩护、否定反帝斗争的历史，如美化日军侵华历史，"'华人与狗不得入内'是虚构的"言论，《丰乳肥臀》的革命历史叙述糟蹋、"强奸"历史等。他们不乏批判现实的激情，常与时代的潮流唱反调，如针锋相对地反对私有化改革，反对国有资产流失，反对新的贫富分化，反对新的贵族阶层的产生，反对新的人与人的不平等；他们捍卫党的纯洁性，反对私营企业主入党，捍卫民族工业的主体性，反对西方的工业殖民；他们以史为鉴，为被侮辱、被损害的弱小者伸张正义，如借鉴夏衍的《包身工》推出《今日包身工》，为私营企业中被蹂躏的河南女工鸣不平。以工人阶级曾是历史的主人公，批判工人下岗失业的现象，丧失了历史的主体性；他们维护文学的理想性和纯洁性，尖锐批判逐渐兴起的痞子文学和色情文学；他们不能容忍文学史研究者否定革命写作的历史，对排挤革命作家作品的行为时有批判；他们反对中学语文教育的非革命化，不赞成魏巍、贺敬之、刘白羽、杨朔、吴伯萧、茅盾的作品退出中学语文课本，也不赞成沈从文、张爱玲及朦胧诗进入中学语文课堂[01]。今天我们客观地回顾这些评论意见，虽然不能说完全赞同，但其中一些观点确实值得我们反思，比如反对国有资产流失、反对新的贫富分化、反对新的贵族阶层产生等。

《中流》杂志的停刊原因比较复杂，当年参与该刊的工作人员徐非光在其博客《"立此以存照"——关于〈中流〉杂志的"经济问题"》一文中有详细解释。这篇文章写于 2001 年 9 月 15 日，文章开头讲："据说最近以来在对《中流》的处置过程中，经济问题竟然也成了一个重点指责和追查的问题，甚至成为一大'罪状'。这是令人吃惊和无法理解的。"接着作者以一个亲历者的身份，从办公室条件、交通工具、办公硬件、编辑报酬、日常开支等方面，根据 11 年来的所见、所闻、所历，充分证明：《中流》杂志是属于经费开支最节俭、花钱最少的一家媒体，而《中流》的编辑集体——从主编到社长、副主编、编委——在绝大部分时间内都是不取分文报酬、无偿参与这份杂志的编务工作的。在今天市场经济的条件下，它属于极少见的不以金钱为驱动，没有腐败现象，最廉洁、最节俭，真正无私奉献、艰苦奋斗办刊的一个罕见的编辑集体，堪称一片难得的"净土"。作者不仅指出这是有目共睹的事实，而且强调对于 11 年来《中流》的是是非非，应当有一个公正的历史评价。

围绕着文学创作与批评、文学领域里的是非问题、学术与思想自由等问题，1990 年的文学界也展开了一些讨论与对话。比如《文学自由谈》1990 年第 1 期卷首语就特别强调：本刊自 1987 年第 1 期开辟"直言不讳"专栏以来，连续发表了一系列对近几年文坛上十分活跃的作家及其作品的尖锐的批评文章。40 年的当代文学发展历史雄辩地证明了我们的文坛要建立一种正常的文学批评体系，的确是十分困难的。许多旧的习惯观念与心理往往纠缠着我们的许多同志，本来是很正常的文学批评，总会有人将之纳入一种不正常的状态之中，甚至折腾出许多不该发生的悲剧来。那些惨痛的往事，难道不值得我们永远记取吗？卷首语接下来指出：文学领域里的是非问题，还是让文学家们自己来解决。对于文学理论、文学思潮、作家作品的评价与

---

[01] 武新军：《旧刊新读之一：〈中流〉（1990—2001）》，http://blog.sina.com.cn/henandaxuewxj。

批评，即使争得不亦乐乎，只要不是在政治上违背四项基本原则，那么都应通过正常的文学批评与争论来达到明辨是非、自我修正、提高认识的目的。而且文学上的诸多问题又不能强求一律，应该允许各人发表不同的观点，乃至保留各自独特的见解。即使是错了，也是文学上、学术上的是非问题，绝不应该再搞"文革"时期那种无限上纲，乃至采取行政措施等等。《文学自由谈》秉承了它的一贯风格，希望文学能有相对独立、自由的话语。

1990 年还有两个文学事件，以今天的眼光来看显得别有蕴意，似乎从另外一个角揭开了 20 世纪 90 年代中国的序幕，预示着一片新的"风景"将会从中演绎出来。首先是 1990 年 1 月 10 日，青年女作家唐敏因发表于 1986 年的一篇小说《太姥山妖氛》，被厦门市法院以"利用小说以诽谤他人"的罪名判处有期徒刑 1 年，并赔偿原告损失费 2000 元。此后，因为纪实小说和报告文学与人物原型的关系而引起的诉讼事件屡有发生。这是中华人民共和国成立以来，作家首次以"诽谤他人"的原因被判刑，作家和出版社往往处于不利的地位。唐敏被逮捕的那一年 34 岁，在狱中待了 1 年以后，她的生活状态被完全改变。相对于后来同样败诉的虹影——对她的责罚是 20 万元，虽然数额大了很多，但一说到惹上官司的女作家，人们很自然地想到比虹影更难堪的唐敏。另一件是《文艺报》1990 年 1 月 13 日第 4 版的报道《我国首部大型室内剧〈渴望〉正在紧张创作中》。《渴望》的流行是 90 年代中国的一个重要文艺现象。报道讲到这部电视剧正以平均 5 天 1 集的速度进行制作，已完成前 20 集，全剧 50 集，预计 1990 年初即能完成。该剧尝试使用机械化的创作手段进行电视剧的艺术生产，这在当时的中国电视艺术行业还是一项空白。这篇报道也许没有想到，正是这样一部技术和观念都在革新的电视剧，引起了巨大的收视轰动，获得了大量中国老百姓的热情关注。《渴望》引起的热潮与轰动使中宣部文艺局专门在京召开研讨会，探讨该剧引发轰动的原因及给文艺创作带来的启示。从某种角度讲，《渴望》也预示着 90 年代大众文化的全面兴起。

第二节　从"文化热"到"经济热"：20世纪90年代文学的背景与拐点

当拉开历史的距离重新打量90年代文学时，我们可借助已有的研究对20世纪90年代中国文学做出一些相对客观的观察。虽然今天各类文学史试图从不同的角度来描述90年代文学，却难以掩盖背后相似的内容与方法。包括文学史在内的各类研究著作有各种各样的限制和不足，不一定能充分展现出著者的全部意见，但这并不妨碍我们从中看出一个时期比较普遍的观察意见来。

一、从"文化热"到"经济热"

相对于80年代的"文化热"，90年代以后中国社会的特点可以概括为"经济热"。这种"热源"的转变，从根本上影响着中国90年代以后的文化（文学）走向。最重要的是，这种转变的意义绝不仅仅限于80年代，而是有其更久远的历史意义。"文化"和"经济"，从这两个关键词就可以看出："文化"的80年代是一个充满青春激情、理想与追求、纯真朴素、人心较少博弈的"文化人时代"；"经济"预示着90年代是一个追逐利益、淡化理想和精神追求、欲望浓重、道德与人生价值混乱的"经济人时代"[01]。中国这艘破旧的巨轮经过近百年的修复后，终于从感时忧国、启蒙、救亡、阶级斗争、理想、文化等政治意识形态的层层浓雾中驶出，在 20 世纪 90 年代重新调整航向，满载着一个民族富强的梦想乘风破浪，开拓世界。当一个民族国家的重心由之前的政治意识形态转向"以经济建设为中心"时，建立于"经济基础"之上的上层建筑自然也会发生一系列变化。这就为 90 年代文学的"转型"提供了其他年代无法比拟的历史背景。

多数文学史会承认 90 年代文学既有对 80 年代文学的继承，也有其自身独特的内涵。这种内涵最主要的标志就在于市场经济展开后带动起来的各种"延异"效果。从时间上讲，一般会以 1992 年邓小平"南方讲话"为标志——从这一年起，中国的最高领导人开始公开地谈"钱"了。在此之前，孙中山、毛泽东等都没有把"经济"作为一个国家政策的核心，他们或者没有获得发展国家经济意愿的历史机会，或者错失了这样的历史时机。"以经济建设为中心"的国策迅速从根本上改变、重塑了中华民族近百年来的"意识形态"积习，引发了中国社会结构上的分化与重组。当"经济"与"收入"成为中国从政府到个人的"中心"时，立刻产生了魔术般的效应。虽然以今天的眼光来看，这一国策似乎也有值得反省的负面效应，但一个"混乱却结实"的中国显然比"单纯而虚胖"的中国更容易获得世界话语权。市场经济在国家体制里取得了合法的地位，中国迅速融入全球经济"一体化"，社会结构重组和资本重新分配使得社会体制、公民道德、精神文化及个人追求、家庭生活、人际关系都发生了相应的巨大转向。文学在这股世纪末的经济狂潮面前自然也无处躲避，不同的文学形态关系，文学生产、流通、评价方式及作家的存在方式等，都出现了明显的变化。中国文坛迅速地分化、调整，各自归营，重新定位。虽然除了经济因素外还有一些不容忽视的政治文化方面的事实背景，但市场经济迅速发展带来的一系列变化应该是关键性的。多数当代文学史

邓小平语录宣传

---

[01] 甘阳：《八十年代文化意识》，上海人民出版社 2006 年版，再版前言。

对90年代文学的定位，笔者以为并没有充分挖掘90年代的意义——他们指出了这种"转型"的意义，也承认比如"长篇小说"的繁荣等，却很少明确地把90年代文学意义放在高于之前文学时代的层面进行讨论。笔者以为陈晓明的《中国当代文学主潮》在这方面有其鲜明的特色和勇气——不论是论述的篇幅还是以现代性视角的理论来观察中国当代文学，《中国当代文学主潮》对90年代文学的重视显然超过了其他文学史。

90年代文学（文化）的变化和特点体现在多个方面。其中最明显的变化就是多元化时代的到来。多元化的表现虽然丰富，但从整体而言正如吴秀明在《中国当代史写真》里对这一时期的中国当代文学的概括：大致形成了精英文学、大众通俗文学、主流意识形态文学三种大格局。相对于之前文学艺术一向作为国家政治权力的宣传工具，作家和艺术家都是作为国家干部编制人员而言，90年代以后公开发表的作品中少了很多"国家意志"的体现，"个体化"的意识在精英文学、大众通俗文学里表现得更加充分。多元化不仅是政治意识形态控制和引导下的转变，更是市场经济自然分化的结果。

政治意识形态、国家政策对于90年代文学潜在的影响主要表现在文化（文学）体制的改革方面。国家文化政策开始调整，90年代起国家开始减少各级作家协会"专业作家"的人数，对文学刊物、出版社的经济资助也有不同程度的削减，这促使一些期刊和出版社进入市场自负盈亏的状态。传统的意识形态监管作用仍在运行，只不过相对于过去站在前台的强制性干预方式，90年代的国家调控退居市场经济的幕后，通过对市场经济的宏观调控来实现对文学（文化）的引导。一方面，国家从政策设计上促进"文化经济"的形成；另一方面，在创作上通过文化工程引导、评奖等方式加强"主旋律"创作，形成或直接促进市场经济条件下精英文学与大众文学之间的某种平衡。在这样一种整体性的"意识形态／市场经济"的政策规划下，90年代文学很自然地表现出和之前的文学样态非常不同的特点来：更加灵活、自由、多元、个体化、市场化，似乎有了更多选择的可能性；同时也受到了来自市场及其背后意识形态更为复杂的制约。所以，相对于之前的当代文学史现象，90年代注定会出现许多新鲜的事件或现象。

市场经济对于 90 年代中国社会、文化、文学的分化效果不但立竿见影，而且全面深刻，甚至细致入微。尤其是 1992 年邓小平"南方谈话"之后，从 1993 年起，在市场经济主导、意识形态参与下，中国当代文学界迅速发生了一系列变化。可以说，从文学体制、机构、报纸杂志到作家思想的分化、写作方式的改变，再到各类作品、创作现象的争议，不论是必然还是偶然，短期效应或是长期观察，都体现出某种明显的"转型"特征。如 90 年代再次出现了以王小波为代表的"自由撰稿人"；作家"下海"经商更是成了当时的一个重要现象，如陆文夫创办"老苏州弘文有限公司"，张贤亮创办"宁夏艺海实业发展有限公司"，谌容一家创办"快乐影视中心"等。影视改编作品，通俗小说等流行的、具有商业价值的"亚文学"开始兴盛，比如霍达的电影剧本《秦皇父子》和刘晓庆的《从电影明星到亿万富姐》的成交价皆超过 100 万元。图书出版机构与作家合作进行图书产品的策划与营销等，文化市场正在按照功利目的制造、推出和生产自己的"名家""名作"。例如，"布老虎丛书"、余秋雨的"文化苦旅"散文等。"大众文学"的再度繁荣应该是市场经济刺激文学最明显的一个标志，首先表现为各种流行读物的兴起。流行读物不仅有时髦、时尚的特点，同时也有着明确的时代文化内涵和特点，90 年代以后的各类流行读物最突出的特色应该是"休闲性"，比如周作人、张爱玲、林语堂、梁实秋、钱钟书、苏青等现代名家作品的再版，再如余秋雨、张中行、季羡林、金克木等作家的历史或文化散文的流行。

二、90 年代的拐点

1993 年在 90 年代大概可以占据一个特殊的地位，因为这一年出现了许多重要的文学"转型"现象，这些现象可以算作整个 90 年代文学的拐点。如"散文热"、"长篇热"、"人文精神"、《废都》与"陕军东征"等。为了适应市场经济和读者的需求，许多纯文学刊物做出了相应的调整。1993 年成为各种报刊的扩版和改版年，如《文学评论家》（济南）改为《文学世界》，把纯粹的文学评论刊物改为综合性的、增强知识性和趣味性的准文学读物；作家出版社新创办的《作家文摘》要为读者"提供文化快餐"；《河北文学》改为《当代人》，增设"青春调色板""爱情变化球""新潮一族"等栏目；《滇池》（云南）声称自己"少了几分矜持和严肃，多了几分活泼、亲切和温馨"，增设"热点追踪""都市风采""女性的天空"等栏目；《人民文学》增加纪实文学的版面，多种周末版报纸问世，并成铺天盖地之势。张志忠在《1993：世纪末的喧哗》（山东教育出版社1998年版）一书中对90年代文学的许多重要现象进行了精要的论述。比如王朔现象、女性文学、陕军东征、"留学生—打工文学"以及"梁凤仪旋风"、文化激进主义与保守主义的思考、顾城之死与《废都》的比较、人文精神讨论及文坛争论等。在绪言《众语喧哗的年代》里，张志忠从两篇文章说起。第一篇是评论家朱向前的《1993：卷入市场以后的文学流变》一文。该文从王朔在上一年的大红大紫现象中总结了市场对文学的强大引导作用，认为全面走向市场的中国当代社会将急遽改变中国传统文学生态环境和价值取向。换言之，文学作品的商品属性将得到前所未有的正视与强调。多数文学生产将渐渐从政治辐射中走出来，意识形态的色彩将随着市场的卷入而淡化，取而代之的则是愈加浑厚的商业气息。这是时代的潮流，作家、个人、市场、社会将会在双向选择中促进文学的分化。另一篇文章是诗人公刘写的一篇杂文《九三年》，转录如下：

  ……我要谈的是，1993年非同寻常的若干中国文化现象，强调一遍，我说的是：现象。

  在实行市场化的号召声中，中国文学，似乎已经后来居上，比商品更商品了，并且正在向畸形的中国股市学习——一边"炒"，一边投机。其特点是，后期动作能量，大大超过了前期（创作本身）的劳动投入。一部《□□》[01]，即是典型。

  一方面既由所谓的现代主义转入所谓的后现代主义，同时，又由"写实"转入"新写实"，并逐步形成某种潮流，说故事的手法再次受到重视，但，它和过去的大众化截然不同，这一次带有明确的商业目的。这种变化，不只限于文学领域，还包括了音乐、戏剧和美术。个别走红的作家，被捧

[01] 说明：按原文献直接转录。

为"京味"正宗;"过把瘾"和"没商量"之类文理欠通的、市井哥们儿之间的"侃",成了报纸上反复出现的标题。

公刘的这篇文章批评了当时已经出现的各种文学、文化现象,比如对"快餐文化"行世,良莠不齐的白话版经典新译,世界名著缩写和泥沙俱下的爱情诗选、散文选、情书选的批评,等等;再如对各种地摊新老"热点"(色情、暴力、武侠、演义、玩股、风水、高层秘闻等)"一瓶墨水一把刀,抄了剪,剪了抄,红蓝墨水舍得浇"的抨击;还对当时各类文学事件做出点评,比如深圳优秀文稿竞价拍卖活动、"周洪签卖"事件等。这篇文章也记载了1993年发生在文艺界的种种新闻,比如,中央乐团已有35%的人员出国;北京演出莎翁名剧《李尔王》,扮演国王的演员发现台下的观众与台上的演员均为37人,他老泪纵横地当众跪倒,叩了一个响头。公刘称中国的1993年是"消化打败文化""文化大崩溃"的年头。不论如何评论市场经济对文学的影响,一个基本的事实是,90年代文学确实受到了市场经济和意识形态的双重挤压,出现了新的变化和风貌,百年中国文学正站在新的转折点上。这种转折产生的强大"扭力",让包括作家在内的中国知识分子在精神深处强烈地感受到了某种历史的错位并充满困惑。

一个时代的变化背后总是站立着一批人。人在"创造"历史的同时,也被历史重新"塑造"。今天我们回顾90年代,不论是文学作品也好,文化现象也罢,报纸媒介、档案资料其实都是在解读"历史的人"。一个时代和那个时代的人的关系,当然不是简单的"创造与塑造"就可以概括的,但通过对一拨人的解读,显然也可以感受到人与历史之间这种复杂的共生关系。作为对社会发展最为敏感的知识分子,他们在90年代也最早表现出对这个时代的种种不适、焦虑,并进行观察和调整。由于"意识形态/市场经济"的双重错位,90年代的知识分子(尤其是人文知识分子)显然没有了80年代那种辉煌的"中心"感,最难过的可能并不是他们的社会激情和人文理想被历史的"门槛"绊了一跤,而是爬起来后发现周围的世界已经突然改变了。失去了统一追求和动力的知识分子,在启蒙话语遭到质疑后,开始意识到自身浮躁膨胀的缺陷,在市场经济分化的背景下,有了个体化的多元文学选择，并站在时代之中反省自身及整个社会。受"主流意识形态文学"和"大众通俗文学"的双重挤压，"精英文学"在市场和意识形态之间寻找自己的出路。洪子诚认为发生在1993—1995年的"人文精神"大讨论是90年代中国知识分子第一次比较集中的文化论争，另一次是90年代中后期出现的所谓"新左派"和"新自由主义"的争论。后者主要是汪晖在1997年发表的长篇论文《当代中国的思想界状况与现代性问题》（《天涯》1997年第5期）引发的相关反应，主要集中在如何看待中国现实社会问题、解决这些问题的方案和知识分子以何种方式参与现实文化实践的问题上 [01]。

"人文精神"大讨论首先由敏感的文学界提出，最早提出这一问题的是上海的王晓明、陈思和、李劼等 [02]。《上海文学》1993年第6期刊登了王晓明主持的《旷野上的废墟——文学和人文精神的危机》，引起了这场有关人文精神失落与重建的论争 [03]。王晓明的开场白讲得多少有点失落和无奈，也列举了文学和人文精神失落的主要表现：

> 今天，文学的危机已经非常明显，文学杂志纷纷转向，新作品的质量普遍下降，有鉴赏力的读者日益减少，作家和批评家当中发现自己选错了行当，于是踊跃"下海"的人，倒越来越多。我过去认为，文学在我们的生活中占有非常重要的地位，现在明白了，这是个错觉。即使在文学最有"轰动效应"的那些时候，公众真正关注的也并非文学，而是裹在文学外衣里面的那些非文学的东西。可惜我们被那些"轰动"迷住了眼，直到这一股极富中国特色的"商品化"潮水几乎要将文学界连根拔起，才猛然发觉，这个社会的大多数人，早已经对文学失去兴趣了。

---

[01] 公羊主编：《思潮——中国"新左派"及其影响》，中国社会科学出版社2003年版。

[02] 李劼在2003年8月9日《新散文》里，对"人文精神"讨论的"首创权"提出质疑，认为这是他首先提出来的。1993年10月他和同事王晓明一起去南京师范大学做演讲，《钟山》副主编范小天问起能否给他们出个点子，办得更文化一点。经过一番商量后，李劼建议开个"重建人文精神"的专栏并大概描述了自己的想法。

[03] 王晓明主编：《人文精神寻思录》，文汇出版社1996年版。

在简要谈了文学之于人类精神生活自然而必要的感受之后，王晓明直接指出：

> 因此，今天的文学危机是一个触目的标志，不但标志了公众文化素养的普遍下降，更标志着整整几代人精神素质的持续恶化。文学的危机实际上暴露了当代中国人人文精神的危机，整个社会对文学的冷淡，正从一个侧面证实了，我们已经对发展自己的精神生活丧失了兴趣。

这篇文章从对王朔的小说批判开始，讨论了包括张艺谋电影、先锋小说、"新写实"小说等一系列文学、文化现象。该文引发了热烈的讨论，极大地触动了很多人内心挣扎而敏感的神经，"人文精神"大讨论随之展开，成为90年代最重要的文化事件。王晓明主编的《人文精神寻思录》有文章（包括附录）100余篇，平均每5天产生1篇论文。张志忠认为人文精神的论争集中在两点：一是对于人文精神内涵的质询以及与此相关的它是否失落的疑问；二是对于当前的市场经济与文化的关系问题的形势判断 [01]。在知识分子中颇有影响的《读书》杂志从1994年3月到7月，连续5期刊登了总名为"人文精神寻思录"的多人多次对话。然而，对于当时需要什么样的人文精神，倡导者们似乎没有做出严密的阐释，只是大略地勾勒出一个伸缩性很强的轮廓。需要说明的是，有人认为对人文精神的提倡，起因就是王蒙的《躲避崇高》，王蒙自然也迅速做出反应，在《人文精神问题偶感》和《沪上思絮录》等文章中频频对人文精神提出质疑，他在文坛的地位也使这场讨论更加引人注目。正如公刘在《九三年》里感受到的，如何判断当时社会和文化状况，是人文精神论争的分歧点之一，与此密不可分的是对市场经济与人文精神的关系问题的理解。由此看来，"人文精神"大讨论的焦点还是如何看待"文学与市场"的关系，同时包括知识分子如何给自己定位的问题。它标志着中国知识分子在90年代分化的开始，也再次以喧哗的声音显示了90年代中国文化（文学）转型的特征。

---

[01] 张志忠：《1993：世纪末的喧哗》，山东教育出版社1998年版，第254页。以下亦有相关材料同出"文学何为，作家何为：人文精神讨论及文坛论争种种"一部分，不再另注。

三、结语

顾彬在他的文学史中对90年代的基本定位是"20世纪末中国文学的商业化",他虽然没有在文学史里详细地展开,但这种观察仍然敏锐地契合了90年代中国文学最核心的要素。他通过对莫言小说的论述指出中国小说作家自90年代以来在世界市场上之所以会获得成功,除了美国的文学代理商的推销、良好的翻译外,还因为小说中暗藏着对于主流意识形态的批判,而且通过重写艺术得以返回完整的故事。我们从中抽离出关键词,就会发现"意识形态""市场经济"仍然是其根本性要素。

在中国当代文学史中,20世纪90年代第一次出现了无主潮、无定向、无共名的现象。多种文学同时并存,表达出多元自由的价值取向。世俗化、日常生活、消费时代人的生存欲望替代社会问题成为焦点,"日常生活写作""个体化写作"获得合法性。精英知识分子、"精英文学"在社会中的位置日趋"边缘化",知识分子对自身的价值、曾经持有的文化观念产生怀疑。市场化对文学所产生的影响,已是难以忽略的事实,它彻底改变了中国当代文学的生存结构,进入了一个前所未有的"转型"期,并由此产生了一系列只有90年代才有的文学现象,如前文提到的自由撰稿人、书商等。90年代文学在平静与焦灼之间开始,却一直在"意识形态与市场经济"之间震荡"转型"——即使到"新世纪文学"出现,笔者都认为这不过是90年代文学的延续和深化,而不是什么所谓"新世纪文学"的开创。简言之,新世纪文学并没有出现类似90年代那样完全不同质的新内涵,甚至有某些"旧话新提"的炒作之嫌——比如所谓"底层写作",虽然的确有其存在的理由,却没有出现相应的伟大之作,完全没有看到除时代本身以外的新内容或批评理论,也没看到比"现实主义冲击波"更新鲜的表达。

第二章

20 世纪 90 年代前期文学现象

第一节　1990 年 "新写实" 的 "中转"
与 "性文学热" 的讨论

　　作为 90 年代的开始之年，1990 年是在平静与焦灼中开始它的
文学之旅的。这一年 1 月 5 日至 10 日，中宣部、文化部在北京召开
全国文化艺术工作情况交流座谈会，提出 "宣传和意识形态工作都要
着眼于稳定局势、增强信心、振奋精神"。1 月 10 日江泽民等中央领
导人会见了文艺界代表，李瑞环在《关于弘扬民族优秀文化的若干问
题》讲话中指出："要充分发挥文艺对稳定社会和鼓舞人民的作用，
大力弘扬灿烂辉煌的中华民族文化。" 鉴于当时中国特殊的时局和整
个 80 年代的文化形势，1990 年的政治和文学其实再一次处于复杂
而微妙的关系中。首先是对于 "稳定" 的迫切需要，其次是 "鼓舞"
的作用，并且特别强调了 "辉煌的中华民族文化"——如果联想到对
以《河殇》为代表的自由化思想的批判，这个会议对于 20 世纪 90
年代初期文学的规范是显而易见的。加上当时文学与市场的关系还没
有展开，以及中国作家协会体制和政府对整个文学生产、出版、发行
机制的控制，在另一个大的政策调整之前，很难形成真正有力量的文
学事件与创作现象。邓小平在 1992 年 "南方谈话" 中坚持 "以经济
建设为中心" 的基本国策之前，90 年代初期文学事件与现象更多是
80 年代文学力量的延续。当然，这种 "延续" 会因为时局的变化或

多或少地发生一些"延异"。作为时代最敏感的神经，文学在压抑与自由中传达出自己的声音。

《钟山》十周年专号
（1989年第1期）

　　1988年10月11日至16日，南京的文学杂志《钟山》与《文学评论》在江苏无锡联合召开"现实主义与先锋派文学"座谈会。次年，《钟山》第3期设立了"'新写实'小说大联展"专栏。作为80年代文学浪潮的余波，"新写实"小说在90年代和其他各种以"新"命名的文学创作现象经历了短暂的"回光返照"式的挣扎后，在市场经济的分化下，一起宣告了文学"共名"时代的结束。1990年1月15日，《钟山》第1期继续在"'新写实'小说大联展"专栏发表相关作品。比如程乃珊的中篇小说《供春变色壶》、梁晓声的长篇小说《龙年：一九八八》（上篇）等。该刊同期还刊登了董健、黄毓璜、陆建华、丁帆等人的"'新写实'小说"笔谈。以今天的眼光看"'新写实'小说"，我们应该注意哪些问题呢？窃以为主要是看"'新写实'小说"与传统的"现实主义"文学创作之间的关系。《钟山》在推出"'新写实'小说大联展"专栏的卷首语中，对这种小说的概括是：特别注重现实生活原生态的还原，真诚地直面现实、直面人生。简单地说，它与传统现实主义文学的区别就是"'新写实'小说"不同于历史上已有的现实主义，也不同于现代主义"先锋派"文学，而是近几年小说创作低谷中出现的一种新的文学倾向。虽然从总体的文学精神来看，"新写实"小说仍被划归为现实主义的大范畴，但它无疑具有了一种新的开放性和包容性，善于吸收、借鉴现代主义各种流派在艺术上的长处。

　　《钟山》对"新写实"小说的界定和特点，概括得虽然有点吞吞吐吐，甚至存在内在的矛盾，但它比较清楚地表达了两个意思：其一是"新写实"并非一个与传统现实主义不一致的概念，其基本的文学精神仍然属于"现实主义"；其二是它与传统现实主义最大的区别在于"生活原生态的还原"，更强调个人的生存状态。"还原生活"应该是这类小说最显著的特点。这一创作现象从80年代后期一直持续到90年代中期，可能是80年代以来各类小说创作流派中持续时间最长的一种。开始的时候，因为人们对"新写实"的概念理解宽泛，对于此类小说的认定也不统一，后来这类小说典型的作品基本得到了公认。比如池莉的《不谈爱情》《烦恼人生》《太阳出世》《你是一条河》，刘震云的《新兵连》《塔铺》《一地鸡毛》《单位》，方方的《风景》《落日》《祖父在父亲心中》《桃花灿烂》，刘恒的《狗日的粮食》《伏羲伏羲》《苍河白日梦》，等等。"新写实"小说说到底不过是一种文学命名，甚至是一次文学策划——据策划人之一王干的说法，"'新写实'小说大联展"于1988年开始酝酿，1989年第3期推出，但在当时沉寂的氛围中并未引起任何关注，直到1990年后，才真正成为文学界的话题。作为一个召唤作家聚集的口号，"新写实"的策划也可能有在当时颇成气候的先锋文学之外另辟蹊径的意图。当时先锋文学的领地主要是《收获》《人民文学》《上海文学》《花城》，作为著名文学期刊的《钟山》想要有所作为，通过对"新写实"的倡导来产生某种文学影响，也是可以理解和想象的。关于"新写实"小说的艺术特征和文学意义，陈晓明在《中国当代文学主潮》中认为大致可以从四个方面来理解。其一，放弃典型化原则，回到日常生活的原生态中。和传统现实主义强调"典型化"原则、建构合乎"历史本质规律"的宏大叙事不同，"新写实"小说不再强调"典型性""本质规律"，而是强调个人、自己。作家在写作中努力做到以"零度写作"的态度来表现作品中人物的"原生态"生存境况。其二，放弃英雄主义和理想主义，描写"小人物"的小叙事。"新写实"小说关注的是普通人的日常生活，而不会刻意从中去抽离出某种"崇高"的因素。这样，就有效打破了传统现实主义在意识形态或者历史本质主义影响下的某种成规。其三，刻骨的真实。并不是说放弃历史宏大叙事，去除典型化，就不再具有深刻的力度，就不能揭示生活或人性的某些方面。由于"新写实"没有明确的理论与艺术法规，所以不同作家对于"真实"的理解就大相径庭，这在客观上反而促成了艺术真实与生活真实之间的多种表现可能。最后是反讽的修辞策略。"新写实"小说在美学上放弃了悲剧观念，小说叙事除了咀嚼小人物的悲欢外，经常以反讽来表达美学意向。

今天重新讨论"新写实"小说，除了它是20世纪80年代迈向90年代时一个重要的文学创作活动外，还在于它可能象征了当代文学的一个重要拐点。"新写实"可能是80年代文学走向终结的一个标志，它的发生正好横跨八九十年代政治风波，体现了当代文学创作的某种"告别"的勇气与"开创"的努力。一代知识分子关于"民族国家"的集体想象开始失落，文学不再像 80 年代那样纯真而热情地追逐意识形态。"新写实"小说在更深层次上反映了当代文学试图反映现实生活方面的"开创"性，但这种"开创"性的努力又无法完全挣脱传统现实主义的强大引力与束缚。因此，"新写实"到 90 年代中期很快就因为出现重复而无法继续，迅速分化。"新写实"小说从兴起到走向没落的原因比较复杂，它最大的缺陷在于没有成熟、完整的理论指导。批评家和作家试图一起从当时的文学现实中突围，一方面是对"先锋小说"过于形式化的艺术实验感到厌烦，另一方面却依然用一种"先锋"精神去观照平凡的人生和小人物的现实日常生活。比如作家用所谓"零度写作"的态度，描绘接近自然主义式的小人物日常生活，剔除"价值判断"，从创作理论来看，更像是把"先锋艺术"和"现实主义"进行简单拼贴，在一阵新鲜过后，既不能沉入现实，也不能提出形而上的思考，只能给人留下一堆鸡零狗碎的印象。"新写实"的这种尝试与缺陷——中国当代文学创作缺少自觉而成熟的中国风格的理论意识，一直延续到新世纪文学所谓"底层写作"中。这当然是另一个需要单独讨论的话题。一方面，"底层写作"没有提供除时代本身之外任何新鲜的内容，只是满足了某些期刊和批评家的话语需求；另一方面，"底层写作"的出现有其充分的历史合理性，所以我们需要从中产生自己的批评理论与相应的伟大作品。

　　1990 年 9 月 15 日《文艺报》发表了李丛中的《性的升值与文学的沉沦——评"性文学热"》一文。"性"曾经是中国当代文学的一个"禁忌"，自从 80 年代主流文学界"开闸放水"后，这股一直被压抑的暗流终于再次涌出地表，夹杂着它的泡沫与喧嚣、清凉与浊气出现在中国读者面前。到 1990 年，"性的升值"显然已有洪水猛兽的意思了。李丛中开篇即讲"近几年来，社会上出现了一股莫名其妙的热潮：性"，然后列举了诸多现象：到书摊、书店去翻一翻，看一看，写性心理、性生活、性卫生的书，触目皆是，难以胜数。至于性感的画片、音乐、录像制品，更是公开地或隐蔽地在社会上广为散播，泛滥成灾。作者不无忧虑地指出：这股"性"风到底是要向人们做一次现代化的启蒙，还是要在人们生活中散布一种流行性的精神病

菌？它到底是在倡导现代文明，还是要促使人们向原始本能倒退？虽
然作者也承认了"性"作为科学或文学的意义，确有一些严肃的、有
强烈社会责任感的作家，对几千年来的封建禁欲主义做过有力的抨
击，对性压抑所造成的人性扭曲做过分寸得当的揭示，但李从中同时
强调，在对性的描写上应当特别审慎，如果在文学作品中对性心理、
性生活做自然主义的展览，对性行为、性器官做细致入微的描写，那
就可能把文学变成一种刺激感官、诱发性欲的兴奋剂。某些作家在抨
击禁欲主义的同时又走到了另一端的纵欲主义，在反对性压抑的同时
又竭力诋毁社会主义道德规范必不可少的作用。性文学渐渐误入歧
途，已成为不可否认的事实。

　　该文列举了大量"性文学"热的表现，指摘了许多作家作品的
性描写和评论家的观点，也对性文学热的原因有所分析。比如认为
1987 年《人民文学》第 1、2 期合刊上发表的马建的《亮出你的舌
苔或空空荡荡》，对性的描写已完全变成了赤裸裸的性展览，毫无任
何社会意义可言了。作者所醉心描写的兄弟共妻、父与女及母与子的
乱伦、边防战士与藏族妇女乱搞男女关系，不单是对藏族人民的民族
尊严的侮辱，而且是对社会主义道德的亵渎。尽管作者打着宗教仪式
的幌子，但那个在稠人广众面前的"灌顶"场面，完全是一种光天化
日之下的性交媾，没有一点宗教仪式的肃穆气氛。戴晴的《"性解放"
女子》更是肆无忌惮地把一个被性饥渴所支配的女护士的淫荡行为，
毫不掩饰地展示给读者。这个以"性解放"自命的女子，其实是一个
失去了理智、听凭性的原始本能支配的堕落女性：她不但与两个男人
同床，而且在性欲之火难以压制的情况下，心甘情愿地将肉体交付给
一个并无爱情的大个子。作者罗列了其他宣扬性放纵的作品，诸如
《幼年即遭强暴》《性采访手记》《人工大流产》《鸳鸯大逃亡》《挑战》
《黑土红土》《小城之恋》《天荒》等作品。在作者看来，一时间描写
性的作品有如黄河决堤一般，"性风吹得文人醉"已经是一个可悲的
但又不能不承认的事实。该文不无痛心地指出那个曾经写过《雨，沙
沙沙》这样清新而健康的好作品，写过《本次列车终点站》这样有相
当思想深度作品的女青年作家，终于经不住性文学的诱惑，迷迷糊糊
地加入了性文学的行列。她的《小城之恋》，虽然意在描写性萌动和
性变态的真实心态，但客观效果却是在挑逗青年的性冲动。《作家》

转型与深化——20 世纪 90 年代文学研究

1989 年第 6 期竟然以五分之四的篇幅，刊载了 17 篇同题为"爱情故事"、实则为色情故事的作品。这些作品中找不到一点爱情的踪影，有的只是性的原始冲动，性的挑逗与放纵：有的写 16 岁的少男少女出于性冲动在学校操场上"野合"以致怀孕打胎的过程；有的写一对男女交媾后被埋在防空洞里，以致把他们挖出来时竟难以分开，只好请工兵把他们锯开；有的写一个 15 岁的农村小青年在猥亵的玩笑和大人的挑逗和教唆下，与一个 25 岁的女知青的性爱经历；还有的写男兵女兵被难耐的欲火所支配而终于闯入性的禁区。这样的性描写实在不堪入目，甚至连复述者也难以启齿。

文章在批评了男女作家"脱巴脱巴就搂抱，三言两语便上床"的现象后，将批判的矛头指向了当时的一些评论家，认为他们在性文学刚刚冒头之时，为它鸣锣开道；在性文学大肆泛滥之时，又为它推波助澜，竭力鼓吹。文章点名批评了当时流行的几种性文学理论，比如"宣泄论"：文学创作只是一种性感的宣泄，是"性欲望的宣泄"，因此不能用任何理性去加以限制。刘晓波曾说过："人的本质上不是理性的动物，而是情欲的动物。"这样的理论，确实使一些热心于性描写的作家有恃无恐了。再如"对原始生命力的崇拜"：性欲的宣泄是生命力的体现，而生生不息的生命力，又是人的本性所不可少的。因此，人的原始生命力便成了至高无上的比理性和道德更值得赞美的东西了。

性文学泛滥的原因要从作家和社会两个方面进行分析。在作家方面主要批判了"文学走向世界、寻求获奖捷径"的心理，批判了一些作家"文学要走向世界，满足外国人的好奇心，写革命已经吃不开，民族形式也落后，唯有性才能与世界接轨"的认知。这种创作心态，在《焦灼中的思考与挣扎》一文中被准确揭示出来："人们都在苦苦地思索着，寻找着走向世界的'契机'和'缺口'。于是，人们恍然大悟地发现了中国文学很少涉猎和开掘最能引起现代人共鸣的两个领域：性和荒诞。一时，性和荒诞成了文学创作的'兴奋点'和时髦主题。很多并没有多少生活准备和体验准备的作家迫不及待，争先恐后地跻身这一行列之中……"在作者看来，这的确是当时某些作家涉足性文学、导致性文学泛滥的重要因素。而在社会方面，作者主要分析了商品经济如潮水般涌进社会生活的每个角落，拜金主义无孔不入地挤进人们的头脑之中，使人们精神空虚、趣味低下，只好从性描写中去寻求兴奋与刺激。

今天我们讨论这篇文章，并非因为文章本身有多么重要，甚至也不在于它讨论的"性文学热"现象本身。该文发表在 1990 年，除了其中熟悉的意识形态批判外，前后几年"性"与文学、"市场"与文学正好处于一种开放与禁忌、自由与压抑的中间状态。"性"与文学其实是一个严肃的话题，该文并没有真正从文学本身来讨论"情色"与"文学"的内在本质关系，比如莫德尔在《文学中的色情动机》一书中那样的分析。我们从中读到的无非是老套的阶级、道德、理想、价值观论调。文章没有从更深刻的层面来讨论这些作品创作的原因和背景，在一个长久"压抑"、缺乏"常识"的文学环境下，"性"与人及文学的关系绝不可能变成如此简化、抽象的意识形态道德论述。事实上，1993 年《废都》的性描写及影响远远超过了该文提到的那些作品，以个人的观感来看，当时的批评仍然体现了许多时代的局限和盲视。关于"情色"与"文学"，我们仍然有许多需要认真讨论的问题，因为在 2006 年对余华的《兄弟》的评论中，我们可悲地发现许多主流的批评话语和十多年前批评《废都》的相比，依然没有出现实质性的改变。

1990 年值得关注的文学事件或现象当然还有一些，比如《今天》在挪威奥斯陆复刊等。1990 年 5 月，汪国真的诗开始流行，被出版界称为"汪国真年"。另外一个重要现象是 50 集室内家庭伦理电视剧《渴望》的热播，据称其收视率达到空前的 90.78%。虽然这个收视率的准确度未必可信，但根据实际经历，其受欢迎程度可以说是空前的。笔者印象深刻的是两首主题歌唱遍了我们小镇的大街小巷："悠悠岁月，欲说当年好困惑，亦真亦幻难取舍""有过多少往事，仿佛就在昨天；有过多少朋友，仿佛还在身边"。如果说"汪国真热"主要预示了 90 年代以后，面向青年的文学开始成为不可忽视的现象，那么《渴望》的热播则成为 90 年代中国本土大众文化兴起的最早表征。

转型与深化——20世纪90年代文学研究

第二节 1991 年女性自由与平等的作品启蒙： 关于"三毛热"

1991 年 1 月 4 日，中国台湾女作家三毛在台北市士林区荣民总医院病房浴厕内自缢身亡，终年 48 岁。三毛自杀事件在大陆引起了强烈反响并引发了新一轮的"三毛热"。

三毛（1943—1991），原名陈懋平，幼年改名为陈平，生于重庆，祖籍浙江定海。自幼早慧，成长于南京、台北。1964 年获特许进入台湾文化大学哲学系当选读生，1967 年赴西班牙，先后就读西班牙马德里大学、西班牙歌德书院，后在美国伊利诺大学法学院图书馆工作。1970 年返台，在文化大学德文系和哲学系任教。1973 年在西属撒哈拉沙漠与荷西结婚，并以当地的生活为背景，用幽默的文笔发表了充满异国风情的散文成名作《撒哈拉的故事》。三毛一生的著作和译作十分丰富，共有 24 种之多，代表作品还有《雨季不再来》《稻草人手记》《哭泣的骆驼》《娃娃看天下》《背影》《梦里花落知多少》《万水千山走遍》《我的宝贝》《滚滚红尘》《亲爱的三毛》《高原的百合花》等。三毛性格直率，无论是做人还是写作，单纯的思想中有一种惊人的深刻。三毛笔调自然轻快，常常在不经意间说着最在意

作家三毛

的人和事。白先勇认为："三毛创造了一个充满传奇色彩瑰丽的浪漫世界；里面有大起大落生死相许的爱情故事，引人入胜不可思议的异国情调，非洲沙漠的驰骋，拉丁美洲原始森林的探幽——这些常人所不能及的人生经验三毛是写给年轻人看的，难怪三毛变成了海峡两岸的青春偶像。"[01] 在"新中国 60 年最有影响力文化人物网络评选"活动中，三毛在文学类中排名第十，在总人气榜上排名第三十五，这再一次证明了她的影响力与特殊意义。

大陆从 80 年代中期开始大量引进港台文学，三毛以其流浪气质、唯美爱情和异域色彩成为大陆女生崇拜的青春偶像，"三毛热"首次掀起。1989 年，三毛阔别大陆 40 年后重返故土，接下来的数次大陆之行，使"三毛热"再度升温。而我们所谈的 1991 年"三毛热"是三毛自杀后的联动效应，三毛活泼达观、浪漫潇洒这一青春偶像形象的彻底覆灭，却让阴沉寒冷的冬季涌来一股热流：三毛的著作被多家出版社以最快的速度重版发行；三毛的单篇作品被艺术家们在电台中朗诵演播；三毛作的歌词被音像公司配乐、录音；三毛编剧的影片《红尘滚滚》在各大影院公开上映……所有被冠以"三毛著"以及与三毛生死有关的书刊，都成了抢手货，学术界更是围绕三毛的死及其本人和作品展开了热烈的讨论。神秘的三毛连死亡也成为一个未解之谜，疑点重重：包括自杀说、谋杀说以及服安眠药无意识状态死亡说等。斯人已去，虽然众说纷纭，但答案本身已无太多意义。正如三毛所说："如果选择了自己结束生命的这条路，你们也要想得明白，因为在我那将是一个幸福的归宿。"[02]

三毛是较早把港台文学与大陆文学连接起来的台湾作家之一，为我们理解大陆与港台文学的关系提供了一个很独特的角度。80 年代中期出现的"三毛热"，曾令不少女生"走火入魔"，她们渴望拥有如三毛般潇洒的人生，到撒哈拉沙漠那样的神秘异域流浪一番。渴望有一个"大胡子荷西"般的白马王子，幻想能和知心爱人在"大沙漠"里相亲相爱。三毛无疑成为台湾和大陆女生崇拜的青春偶像，当时及以后的女生不断地表达对三毛的迷恋之情。形成"三毛热"的原因虽然很复杂，但有两点大概是大家公认的：首先，三毛的个人魅力和神

---

[01] 白先勇：《不信青春唤不回》，《第六支手指》第三辑，花城出版社 2000 年版。
[02] 三毛：《不死鸟》，《三毛作品集（合订本）》，宁夏人民出版社 1996 年版，第 188 页。

秘色彩、异域风情和小说中的完美爱情是其作品得以广泛流传的重要原因。其次，三毛的死亡之谜再次将她的神秘推至顶峰，使得相关的各类作品被抢购一空。作家学者们围绕三毛本人、三毛之死及其作品展开了热烈的讨论，其中不乏重要的评论和文章，对我们进一步了解和理解三毛及当代的文学具有重要的参考价值。

三毛原本就是个传奇人物，无论生前还是死后掀起的"三毛热"，都和她本人及作品带给人们的"传奇"想象、"神秘"色彩及"唯美"爱情有着密切关联，而其背后更为深刻的启示，也值得我们仔细思考。正如台湾著名作家南方朔在《三毛——流浪的心灵使者》序言中所讲，三毛其实不是单纯的作家，更应被称为"三毛现象"。而所谓"现象"必然有其能够反映时代共同需求的特性[01]。南方朔剖析了三毛走红的原因：1970年的台湾地区，刚走完战后那种贫穷、封闭且欠缺自由的艰苦时代。在1975年左右，当地年人均所得已超过3000美元，整个社会氛围越来越自由，结束了苦闷无力的阶段。那个逐渐安定、松弛的年代，也是人们开始产生憧憬的时刻。这时候，像三毛这样的女子，只身到人们并不熟悉的远方流浪，而且她在流浪的剖白里，充斥着那种似真似幻的爱情表现。将三毛和战后以《千金流浪记》一炮走红的日本作家犬养道子（犬养毅孙女，犬养毅是孙中山的朋友，曾出任日本第29任首相，被激进的日军军官枪杀）做对比，三毛除了流浪、才情等之外，还多了爱情这个对台湾读者最重要的元素。也就是说，三毛的流浪和自我剖白，已走得更远更深了。这更能满足那个时代的读者（当然主要是年轻的女性读者）的向往——流浪与爱情乃是女性永远的梦想。因此，三毛不但能在台湾走红，在大陆改革开放后，也能吸引大陆的读者。最关键的原因在于，她所反映的乃是某种女性共有的期待和情绪，诸如向往女性的才华、对自己感情世界的自主，以及走出生命牢笼、呼吸更开阔空气的期待，从本质上来讲，三毛及其作品所代表的是某种程度的自由与平等。

1991年发生在大陆文学界的"三毛热"自然引发了两岸对三毛众说纷纭的评论。三毛成名后便受盛名所累，不时遭受莫名的批评。轻则是将作品与真实生活混为一谈，据以指责三毛的言行或为人；重

---

[01] 师永刚、陈文芬、冯昭、沙林：《三毛私家相册》，中信出版社2005年版，"序二"。

则捏造事件，歪曲事实，无端诋毁。围绕着三毛之死，众说纷纭，众人形成了对三毛的轻生之谜、情爱之谜、性格之谜以及为文与为人等各种观点。比如三毛的神秘老友"七等生"在三毛死后写了《阿平之死》，他在书中加注了"无从考证""三毛留下层层密码""永远解不开的谜"等字眼，在一纸相思里掺了一堆悬念。维护三毛的有司马中原、林清玄、琼瑶等一干好友。司马中原认为：三毛用云一般的生命，舒展成随心所欲的形象。她的作品是由生命所创造的世界，像开在沙漠里的繁花。她把生命高高举在尘俗之上，这需要有灵明的智慧和极大的勇气。台湾《联合报》发表的一篇纪念三毛的文章说："三毛是不可取代的，说三毛死于自杀是对三毛的人格侮辱。"三毛过世后，好友江举谦写《哭舒平》，提出三毛并非因荷西早逝而丧失求生的勇气。这是大大误解了三毛，三毛热爱生命，是"意外而去"。三毛母亲缪进兰不能接受爱女的突然弃世，宁可相信三毛是自然冥归的，但缪进兰毕竟是明理之人，在 1991 年 1 月 5 日刊于《联合报》的《哭爱女三毛》中承认三毛长年来被厌世心理所困扰。台湾作家林清玄也是三毛的好友，面对他人对三毛的质疑、毁贬，平时不怎么好与人争论的他，毫不客气地指出：不管是作品《撒哈拉沙漠》《雨季不再来》《哭泣的骆驼》《滚滚红尘》，还是做人，三毛都是非常优秀的，三毛的人格文品都远胜于那些批评她的别有用心的人。

　　维护三毛形象者有之，颠覆三毛形象者亦有之。1981 年李敖经平鑫涛引见，面见三毛后，毫不留情地写下《"三毛式伪善"和"金庸式伪善"》一文。李敖说：三毛很友善，但我对她的印象欠佳。三毛说她不是个喜欢把自己落在框子里去说话的人，我看正好相反，整天在兜她的框框。这个框框就是她一再重复的爱情故事，其中有白虎星式的克夫，白云乡式的逃世，白血病式的国际路线和白开水式的泛滥感情。三毛曾说自己拥有一颗白开水一样的心，所指不是泛滥而更多是平淡。李敖的评价虽然绝对而有失偏颇，但也是有所根据的。台湾诗人痖弦任《联合报》副刊主编时资助三毛到南美洲旅行游历，于是有了三毛的散文集《万水千山走遍》。关于三毛与荷西，痖弦透露了一个内幕："荷西确有其人，不过在她写她跟荷西如胶似漆的时候，他们其实已经没多大来往了。"正如痖弦所说，三毛是个讲故事的天才，她拿自己的想象来编故事，由于是以散文的形式出现，让人以为是真人真事。甚至连三毛自己也误以为真，以至逃离不出自己扮演的角色，成为李敖口诛笔伐的"滥情人"。大概正是这样的原因，三毛生前说过自己最不喜欢的人之一就是李敖。除李敖对其"伪善"的无情剖析外，马中欣的《三毛真相》和《三毛之谜》更是彻底打破了三毛的神话，揭穿了三毛的"画皮"，对三毛及其作品提出了一系列质疑，他甚至怀疑三毛那位叫荷西的大胡子丈夫并不存在。

三毛是如何面对"三毛热"的？在"三毛热"首度盛行之时，有人使用了"庸俗的三毛热"的说法。三毛在《三毛——重新的父亲节（代序）》中有所回应：书评怎么写，都应客观存在，都知感恩，只是"庸俗的三毛热"这个名词，令人看了百思不解。今日加纳利群岛气温二十三摄氏度，三毛不冷亦不热，身体虽不太健康，却没有发烧，所以自己是绝对清清楚楚，不冷不热。倒是叫三毛的读者"庸俗"，使自己得了一梦，醒来发觉自己变成了个大号家庭瓶装的可口可乐，怎么也变不回自己来，这心境，只有卡夫卡小说《蜕变》里那个变成一条大软虫的推销员才能了解，吓出一身冷汗，可见是瓶冰冻可乐，三毛自己，是绝对不热的。三毛其实对于此类评价还是在意的，因此三毛说：我从来不把真面目拿出来。这一点也得到了作家季季的印证，她用三毛告诉她的话来评论三毛：她太累了。季季认为三毛和撒哈拉故事里的三毛以及众人神化的三毛并非是完全重合的，然而现实中的三毛却无法脱离出来，只能继续扮演那个高高在上的女主人公形象。三毛作品的魅力正在于她满足了无数中国读者窥视他人的神秘欲望。

大陆作家贾平凹收到过三毛最后的绝笔，他与三毛之间的交往，也因为三毛之死备受瞩目。三毛死后，贾平凹收到了其发于1月2日晚间的信，三毛在信中倾诉她在人生与艺术两个世界中的渴望和探寻。三毛与贾平凹虽未谋面，但"最有感应"，该信更是非常直接地表达了她对贾平凹的欣赏与钦佩之情，摘录几句以飨读者：

> 今年开笔的头一封信，写给您：我心极喜爱的大师。恭恭敬敬的。
>
> 在当代中国作家中，与您的文笔最有感应，看到后来，看成了某种孤寂。一生酷爱读书，是个读书的人，只可惜很

少有朋友能够讲讲这方面的心得。读您的书，内心寂寞尤甚，没有功力的人看您的书，要看走样的。

平凹先生，您是大师级的作家，看了您的小说之后，我胸口闷住已有很久，这种情形，在看《红楼梦》，看张爱玲时也出现过。

没有说一句客套的话，您所赠给我的重礼，今生今世当好好保存，珍爱，是我极为看重的书籍。

您的故乡，成了我的"梦魇"。商州不存在的。

贾平凹随即发表了《哭三毛》《再哭三毛》两文。在《哭三毛》中，贾平凹对三毛有这样的评价："三毛不是美女，一个高挑着身子，披着长发，携了书和笔漫游世界的形象，年轻的坚强而又孤独的三毛对于大陆年轻人的魅力，任何局外人做任何想象来估价都是不过分的。许多年里，到处逢人说三毛，我就是那其中的读者，艺术靠征服而存在，我企羡着三毛这位真正的作家。"他在结尾说道："三毛是死了，不死的是她的书，是她的魅力。她以她的作品和她的人生创造着一个强刺激的三毛，强刺激的三毛的自杀更丰富着一个使人永远不能忘记的作家。"贾平凹与三毛是惺惺相惜的知己，在2003年3月24日《南方都市报》记者黄兆晖对贾平凹的专访中，贾平凹说："到现在，三毛已经去世十二年，回过头看，她那个时代有那么多人崇拜她。一个作家有那么多人爱她、爱读她的书，一般作家是做不到的。如果她还活着，相信她还在继续写东西，她一定能写出很多不一样的作品。一个时代造就一个作家，可以说三毛代表了那个时代。"

我们今天重新审视1991年在大陆掀起的"三毛热"时，又应该如何理解三毛及其"热"象？针对当时人们热衷讨论的三毛话题，也许台湾作家黄齐蕙的观点说出了一些关键：在我们的世界里应该有两个三毛，一个是创造精神产品的女作家，一个是我们生活中的普通女人。批评三毛所描写的在撒哈拉沙漠的生活不真实，不仅无聊，而且是无知。如果作家像摄影机一样"真实"地录下生活，那作家的存在还有何意义？任何文学作品都是作家精神世界的产物，他所描写的生活也都是经过"艺术化"处理的生活……我们用非艺术的眼光从门缝来看三毛，这是对她灵魂的无端侵扰。

转型与深化——20世纪90年代文学研究

　　观察"三毛热"时应该把这一现象纳入八九十年代台湾与大陆文学的交流互动的格局中，如此，才能看清楚其中更为深刻的意义。改革开放使中国重新打开国门，接纳世界，整个八九十年代，其实经历了许多种"热"象。当我们从这些自然形成的"热"象中（也有人造"热"象）抽离出本质特征，就会发现："热"的背后往往站着另外一些词，比如需求、缺乏、压抑、封锁、保守、不平稳、不开放等等。而"热"象则往往代表原来倾斜的力量在短时间内得到了平衡，当"落差"得以复归平衡，"倾斜"形成的不满足和压力得到满足与释放后，"热"象也就趋向结束。70年代中期的台湾，经济上已进入小康社会，政治气氛也越来越淡，"自由"的气氛开始弥漫在每个领域，尽管由于社会条件的限制，年轻妇女不太能够在公共角色上与男子一争长短，但在生活领域和感情领域却已开始浮现朦胧的自觉，三毛在这片天空里满足了当时台湾女性尤其是年轻女生的期待与想象。80年代中期以后的大陆，改革开放带来的经济发展、思想解放，也让长期封闭、压抑的大陆年轻女性有了对情感和生活更为"张狂"的想象和需求。相对于台湾来说，现实和想象的距离更大，现实"落差"就会在文学"想象"里得到更为强烈的扩张，因此，大陆表现出的"三毛热"可能要比台湾更明显和强烈一些。一个作家的成功有时候除了艺术本身的属性外，往往和"天时""地利""人和"密不可分。今天的港台文学为什么难以在大陆掀起新的"热潮"？而在八九十年代，琼瑶、三毛、梁凤仪等却兴起一波又一波的"热潮"。作者与读者的互动，经常会以时代背景作为支撑点，什么样的时代决定了什么样的作者得以出人头地。三毛在1991年的"热"除了死亡的刺激外，其作品中的女性个人主义，以及流浪、独立、自由、浪漫、异域、爱情等都是那个时代的女性所欠缺的，她是那个时代精神的代表。而今天，信息化的高速发展，大陆经济的迅速崛起，不论是中国与世界的关系，还是普通老百姓与周边环境的关系，都已得到极大的缓和，不会再出现因为"封闭"导致的巨大"落差"，以及当这种"落差"得到平衡时形成的"热潮"。

　　所以，三毛及其"热"象在笔者看来，其实是一个时代与作者及其读者的合力现象。而三毛（或者当时其他在大陆流行的港台作家）则承载了文学、时代、社会、台海两岸等多重因素。三毛的作品给予当时的台湾和大陆读者除了流浪、异域、爱情等因素外，从本质上讲更有一种女性主义的自觉——一种深刻的自由与平等观念的形象普及，甚至可以认为这是中国 90 年代中后期女性主义理论迅速发展之前的作品启蒙。

转型与深化——20世纪90年代文学研究

第三节　1992年"商海"里漂浮的"文坛"

　　中国实行"改革开放"政策后，重新开始培养人们的经济意识和经商观念。1992年1月18日，邓小平的"南方谈话"坚持了中国"以经济建设为中心"的基本国策后，市场化、商业化的浪潮就更迅猛地席卷而来，文人及文学也不例外。在"南方谈话"后不到半年的时间里，作家下海"经商"便成为当时一个热门话题，并持续、深刻地影响着中国当代文学的发展。"文学"和"商业"在经历了计划经济的逐步解体后，在市场经济的浪潮中跌宕起伏，表现出亦新亦旧的特征、亦喜亦忧的状态。就中国当代文学而言，这个安置在稳固体制内多年的"文坛"更加松动起来，对"下海"表现出新鲜尝试的欲望。我们来看1992年7月30日《文学报》头版的两则报道。

　　第一则是《亦文亦商——广东作家寻常事》。该文报道的是在中国改革开放最前沿的广东出现的专业作家亦商亦文的现象，整体上对这一现象持支持态度。其开头如下：

　　　　专业作家亦商亦文，在广东已成寻常现象。广东省作家协会鼓励专业作家介入经济活动，从事第二职业，不仅给创作带来了新的活力，同时也使作家个人增强了经济实力。

　　作家协会对专业作家进行动员，支持他们参与经济活动。作家自己想点子，出办法，提出建议，然后领导层经过调查研究后，就放手干起来。

　　接着文章举了专业作家吕雷的例子：由香港珠江集团公司出资85万美元，联合成立"电子新华快讯屏幕公司"，在广州火车站搞起了巨幅电子屏幕，新华社广东分社提供快讯，中间穿插广告。从广东的情况来看，参与经济活动并没有妨碍作家的创作，反而有助于创作，然后用一组数字来证明以上论点（笔者以为这个论证并不成立）。广东作

"下海"宣传漫画

家协会20多位专业作家大部分都有第二职业，作家协会通过搞经济实体也大大增强了经济实力，对于暂不介入经济活动的作家，也给予一定的补贴。这篇报道有一段话被单独放大显示，代表了当时社会对这一现象的核心观点：

　　专业作家在搞经济实体获得报酬时，仍可取得原来的工资，倘若作家有了写作计划，可短期离任，这样既可解除作家的后顾之忧，又使得作家直接介入经济活动，了解改革，积累创作素材。

　　从这则报道来看，广东作家协会给予作家的弹性空间确实很大，它在保证作家利益的同时也保证了部门的经济收入。广东作为中国改革开放的前沿阵地，解放思想的步伐迈得较快。这种"亦文亦商"的模式从政策层面来讲，可能更多地体现了"南方谈话"的精神，但其前期基础和广东已经具备的市场经济条件、人们的经济意识是分不开的。因为从时间上讲，"专业作家亦文亦商，在广东已成寻常现象"距离"南方谈话"不过才半年。从这则报道中可以看出当时广东作家协会"下海"的几个特点：其一，政策允许并最大程度地支持。作家协会是国家体制的一部分，作家则是"吃皇粮"的人员，如果和改革开放之前的中国体制相比，"动员""支持"作家们在"本职"以外从

事"第二职业",这种政策观念的变化不可谓不大。而且,这种支持的背后其实也有着部门利益的考量。其二,作家有保障,少顾虑,多利益,机制灵活。作家们"仍可取得原来的工资",仍然可以保证自己的写作计划,他们承担的风险仅仅来自自己从事的"第二职业"——而这同时也是他们最大的个人利益所在。其三,按照当时的理解,这种政策似乎是一举多得。作家们不但"搞经济实体获得报酬",还可以"直接介入经济活动,了解改革,积累创作素材"。相对于当时常见的另一种"停薪留职"的"下海"政策来讲,广东作家协会的政策可以说相当开明,能最有效地调动起作家们从事"第二职业"或创业的积极性。然而,需要考虑的是,作家协会支持作家"下海"、亦文亦商真能如同报道宣称的那样有利于生产出优秀的作品吗?这一"热"象已经过去20多年了,以今天的眼光来看,当年下海的那些作家能在中国文坛留下优秀作品或者能产生点有影响的作品的其实不多,而且有影响的作品的产生也并非是因为作家"下海"。依照有限的当代文学阅读经验,借鉴前辈学者的观察,我没有发现当年作家"下海"后,产生过什么真正的高质量或者有巨大影响力的作品。那些有影响的,比如王朔、梁凤仪以及创办"宁夏艺海实业发展有限公司"的张贤亮、创办"快乐影视中心"的谌容一家、创办"老苏州弘文有限公司"的陆文夫等,虽然他们的创作本身就是一种非常市场化的运作,但其文学影响力基本都不是靠"下海"经商获得的。

另外一则是《王朔先行一步:找了版权代理人》。核心内容如下:

> 7月7日,时下"大红大紫"的"写字大腕"王朔,又爆出一条新闻,他郑重声明:"我的全部作品均委托中华版权代理公司全权代理,现该公司已将我1992年以前的全部小说中文版(包括缩编本、选编本)在中国大陆地区的专有出版发行权授予华艺出版社。有效期五年。"他是大陆文坛第一个找经纪人代理版权的作家。

王朔"红"了后,行情看涨,市场巨大,因此各种假冒伪劣、偷加盗印现象增多,对其造成的经济损失巨大。而王朔偏偏又是有着良好文学感觉、对市场极为敏感、善于把握机会的人。他很可能是中国当代文坛第一个把文学与市场有效结合并取得双赢的大陆作家。面对当时日益激烈的偷加盗印现象，王朔在1992年6月23日的《中国青年报》"名人开口"栏上开了口：我想找个经纪人。王朔是在中国当代文坛创造了多个"第一"的作家，他的商业头脑更是当时其他作家难以匹敌的。王朔将全部作品的出版权委托中华版权代理总公司全权代理，要付出版权收益的10%作为代理费。当时有人觉得不划算，但王朔却认为："我付出10%，腾出工夫写字儿，能挣出好几个100%，值得掊。"他的经商意识在对"朋友哥们儿"的合作态度中也能看出，他认为："哥们儿平时好是好，可互相没合同约束，常常是一档子事办下来，哥们儿也就掰了。生意是生意，朋友是朋友，两下里分得清。这社会愈来愈市场化、商业化了。"王朔算得上是有先见之明的作家，在越来越"市场化、商业化"的社会，他瞅得很准，抓得也很牢，在自己还在不断升温的过程中，掘取了自己文学市场的第一桶金，也贡献了一个非常"北京"、非常"中国"、扭曲同时富有建设力量的"王朔现象"。

王朔和王蒙对于20世纪90年代初的中国当代文坛有一种特殊的意义。中国当代文学发展迅速、事件复杂，很有必要经过一段时间的沉淀才能更好地理解过去，反思和把握当下。否则当时热闹一通，批评的浮华过去后许多重要的内容又不能及时沉淀下来，如何让这些介于批评与文学史之间的剩余价值"历史化"，也是我们今天要思考的问题。

关于文人"下海"，1992年前后有过多次热闹的争议，其中就包括王朔的"议价说"和王蒙的"养不养作家"论。仅《文学报》1992年比较重要的报道就有：关于当时开始兴起声势的梁凤仪的报道（8月29日第4版），《上海与台湾及海外华人作家共同探讨——面对商品经济大潮，文学何去何从？》（9月3日头版），《王朔"议价说"引起争鸣》（10月8日头版），同期第2版有"文学向何处去笔谈之二"，包括张抗抗《要什么和干什么》、王英琦《考验与抉择》、刘巽达《文学并不无奈》三篇文章。《文艺体制改革的一个敏感问题：作家该不该养起来》，是上海作家批评王蒙的讨论（10月22日头版）；随后有《王蒙也谈"不养的条件"》回应上海作家的批评（11

月 5 日扩大版）。对这一现象的讨论还有萧乾《关键在于恢复版税》以及宝骏《少养多"下海"》（11 月 19 日头版）等报道。围绕着"文学"与"商海"话题，全国各地文艺界展开了激烈的讨论，比如报道《天津文艺界一些人士日前聚会时指出——如果失去了追求比穷死了更可怕》（12 月 10 日头版）指出，天津文艺界人士在"津英文艺沙龙"活动中，以"市场经济和文化人的价值取向"为题，展开讨论。他们认为文艺作品要适应市场经济规律，但作家、艺术家却不应该商品化，作家对艺术的追求不应该商品化。当一些人士还在热烈讨论的时候，另一些作家却正在积极地筹划着"下海"的事业，比如《"老苏州茶馆"将如何开张？——姑苏夜访陆文夫》（12 月 31 日头版）。关于"文人下海"的问题，当时的许多报纸都展开过讨论，《文艺报》当然也不例外，甚至专门开展过"文艺与市场"（1993 年 5 月 22 日第 7 版）、"'商海'与'文运'"（1994 年 4 月 16 日第 3 版，以符葵阳《重要的，却被遗忘的——关于 93 年作家"下海"热门话题讨论》一文开始）这样的专栏。从时间上可以看出这场讨论的热烈与持久。

围绕着"文人下海"的话题，20 世纪 90 年代初期，可以说争论不休，事件众多，牵扯的人物或者可资分析的案例有很多。但事实上，在"南方谈话"的四五年之前就有过一次商品经济大潮的冲击。当时一些文化人就有告别文坛、"下海"经商的。倒卖的倒卖，办厂的办厂，只不过多数很难适应商品经济赤裸裸的现金交易，潦倒收场。在邓小平"南方谈话"后，伴随着对"以经济建设为中心"的基本国策的坚持，从作家协会到作家再一次掀起商业化热潮。更多的文人又开始闯荡、尝试、冒险了，其中当然不乏成功者。比如广西文化局副局长、以表演"刘三姐"闻名的黄婉秋，当时在全国各地演出，在香港举办演唱会，但她对"走穴"始终兴趣不浓。后来她组建了刘三姐企业集团公司，下设旅行社和影音、服装、商贸、艺术装潢、广告、珠宝、医药保健、房地产业务等子公司。香港信辉集团公司投资 100 万港元与之合资组建刘三姐艺术团。谈到"下海"，黄婉秋说："当不当官无所谓了，只要刘三姐永恒。"另一个例子是当时 31 岁的杨休，早先在南京一所大学教授"中国文化史""古文字学""中国通史"，后在博物馆编《东南文化》。正如许多其他中国知识分子一样过着贫困的生活，他被贫穷逼得"下海"，发誓改变现状。他倾家荡产，把家中所有能用上的电器、储蓄、文物、书画——总值 30 万元的资产投出去，创办天地公司和天地宫——中国饮食文化博物馆。全世界 160 多个国家报道了天地宫，10 多个国家的商人找他洽谈去海外开设连锁店。在南京、海口，他已设立天地宫分部。他还在南京汤山买下大片土地，兴建大型娱乐设施、别墅群和水上飞机场。杨休说："我始终有个梦想，那就是我们这个企业的目的，希望成为能唤起中国知识分子对祖国命运的关注，为国家的决策出谋划策的民间智囊团体。我们还要设立一个比诺贝尔奖的奖金还要多的奖项，专门奖励给世界上研究中国问题卓有成就的学者。"[01] 虽然到现在也没听说这个巨大的奖项在中国诞生，但当年知识分子的理想还是令人期待的。

具体到"作家下海"，可以参照张贤亮创办"宁夏艺海实业发展有限公司"的情况。张贤亮 50 年代初开始文学创作，1957 年被错划为"右派分子"，劳动改造长达 22 年，1979 年彻底平反。在 80 年代他先后创作了《灵与肉》《男人的一半是女人》《绿化树》等作品，迅速成为当时全国知名的作家。1992 年邓小平"南方谈话"后，张贤亮"下海"创办镇北堡西部影视城。在与《财富人生》主持人叶蓉的一次谈话中，张贤亮讲述了自己当年"下海"创办影视文化产业的原因 [02]。

张贤亮说他是一不小心变成"私有制"的。因为当初创办第三产业时，就是现在所经营和管理的华夏西部影视城（俗称镇北堡西部影视城），宁夏文联没有资金，想把一座大楼押给银行，可这座大楼是国家的财产。那怎么办呢？作为主席，又是宁夏文联的法人代表，张贤亮想创办企业，就只好拿自己在海外译作的版税外汇存单去银行抵押，这就是资金的来源。可是第二年中央下了一个文件，事业单位、行政单位都要和第三产业脱钩。这就给张贤亮造成了极大的困难，一个实体刚刚开始起步是不会有利润的，全部的债务都压在他一个人身上，这就是他为什么要全力以赴去办企业的原因。如果不办企业的话，他就破产了，因为他所有的存款都押在银行。在这种利益机制的驱动下，产权明晰使他在无形当中不自觉地建立了现代企业制度。谈到为什么会选择镇北堡这样一个地方，张贤亮说他第一次劳改释放到

[01] 丝雪：《放下架子做生意》，学苑出版社 1994 年版，第 85 页。

[02]《财富人生》节目组：《财富人生》，上海教育出版社 2003 年版。

一个农场当农业工人。当时已经有了一定的自由，可以去赶集、买东西，人们告诉他在镇北堡有个集市。他就去买东西，实际上就是去买盐，因为那时候只有盐卖。去了以后，只见远远的一片荒野，附近没有任何建筑物，甚至连树也没有。当走近镇北堡的时候，他就看见从黄土地里迸发出来一个土堆，这土堆有一种积极向上的力量，给他带来极大的震撼，他觉得很有审美价值，尤其是在银幕上。应该说，张贤亮以一个作家对艺术的直觉，抓住了镇北堡地貌本身独特的审美价值，从一片荒凉的土地中发现、挖掘、开发并形成中国独具特色的西部影视文化城。据张贤亮说，第一个来这个地方拍摄的是张军钊的《一个和八个》，当时的摄影师是张艺谋，张艺谋对镇北堡也有非常强烈的印象。几年以后，张艺谋拍《红高粱》的时候，又选择了镇北堡，也可以说《红高粱》就是从镇北堡走向世界的。而1981年谢晋导演根据张贤亮小说《灵与肉》改编的《牧马人》则是在镇北堡拍摄的第二部影片。

从以上描述中可以看出，张贤亮和镇北堡的相遇似乎充满了偶然性，但也蕴含着必然性的命运。说偶然性是因为史料记载，当时宁夏像镇北堡这样的边防戍塞、明清时代的屯兵营地共有40多处，现在能看到地名的也有20多处，如平吉堡等，而规模比镇北堡更大、保存更完整的也有四五处，如衡城堡。1962年张贤亮在劳改释放后偶然发现了镇北堡，它那种衰而不败的雄浑气势、黄土地的特殊魅力和作家的艺术敏感力，决定了它和影视结下不解之缘。说必然性，除了作家敏锐的艺术感受外，当然更和80年代的改革开放、1992年以后掀起的文人"下海"热潮分不开。市场经济体制建立后，允许民间经济成为公有制经济的补充，民间经济又渐渐上升到和公有制经济共同繁荣的地位。这意味着张贤亮选择从事第三产业和镇北堡西部影视城的崛起，和中国社会发展的潮流必然是一致的。套用邓小平"科学技术是第一生产力"这句话，张贤亮把文化艺术作为"第二生产力"。通过创办镇北堡西部影视城，他深深体会到"第二生产力"就是文化艺术。具体到影视文化艺术，他认为这是一种俗文化，但它甚至比雅文化对游客还要有吸引力。他举例说，李白、杜甫住过的地方，一般年轻人也许兴趣不是很大，可是如果说那是姜文、巩俐、张艺谋、葛优住过的，就不一样了。就如姜文、巩俐、张艺谋用过的茶杯和茶壶，已经不是一个普通的茶杯和茶壶了，而是一个文化载体。

"下海"在 20 世纪 90 年代初差不多是最热门的词语之一，那么这个词语为什么和 20 世纪 90 年代人们纷纷转行经商的现象联系起来？据一篇文章介绍，二三十年代上海戏剧舞台常演《洛阳桥》一戏。戏中有一位蔡状元，遵照母亲嘱托为家乡做一件好事，修桥以便民。因为桥桩打不进去，大家认为是海龙王不同意。寻得一醉汉名"夏得海"，令其下海与龙王商议。后来"人们把稀里糊涂地或冒险地去干某种事，概称为'下海'"。近现代戏剧中，由票友下海做演员的例子也不少，因此认为戏曲术语"下海"是这一流行术语的来源 [01]。不论这个词语来源是否准确，20 世纪 90 年代包括文人在内的许多人纷纷转变角色，掀起一股商业化浪潮却是事实。我们要考虑的问题是：如何理解和看待当年的这场"文坛"与"商海"的激荡？如何理解 1992 年以来商业化对于中国当代文学的影响？前者其实并不是一个核心问题。正如前文提到的诸多人物与事件、讨论与争议、成功与失败，那更是一段历史与往事。然而，后者却是直到现在还能引发争议和思考的一个有效问题。20 世纪 90 年代商业化对中国当代文学的冲击，相当彻底和深刻地改变了之前文学的方方面面。伴随商业化浪潮的就是知识分子的逃散和颓败，比如 1993 年对《废都》的争议以及"人文精神"危机的出现。人们对文学"价值"的评价方式、期待、理解等都会在"经济利益"与"艺术思想"之间发生复杂的碰撞。商业化带给文学的究竟是正面的影响还是负面的结果？尽管今天我们对此仍然有着各种不同的理解，批判也罢，"带有历史同情的理解"也好，但不可否认的是，1992 年坚持以"以经济建设为中心"，一切向"钱"看的浪潮直到今天仍在持续。聚集经济发展固然是件好事，然而伴生的问题与矛盾也越来越明显和集中。文学曾经被过多地政治化，背负太多的东西，而文学在与政治解绑的过程中，也承受了太多来自经济方面的压抑。文学之于一个时代正常的功能依然没有有效地发挥出来，我们仍需从各种骄狂、现实、坚硬、软弱的浮云中静下心来，慢慢打量并且继续生活、写作、阅读、思考。

---

[01] 李赐：《"下海"与〈洛阳桥〉是否有关？》，《文艺报》，1993 年 6 月 12 日，第 8 版。

转型与深化——20世纪90年代文学研究

第四节 1993年"废都"与"废墟"：
关于陕军东征与人文精神讨论

"1993年，在20世纪的中国文学史上，所具有的意义，它的历史地位，也许要到时光流逝许多年以后，才能够看得清楚，说得清楚。"这是张志忠在《1993：世纪末的喧哗》一书中的开场白，该书也是90年代文学研究的重要著作之一，本书的写作也多有参考。笔者有一次和张先生聊天，请教他为什么把节点放在1993年而不是其他年份，他大意是说这个决定是经过一番考虑之后做出的，主要原因可能是1992年重申"以经济建设为中心"的基本国策后，1993年发生了许多重要的、具有转折意义的文学事件。今天，当我们再一次阅读当年的文献并把它们放在一个较长的时间体系里观察时，1993年发生的众多文学事件仍然具有十分突出的意义。比如：

1993年1月，王蒙在《读书》第1期发表评价王朔创作的文章《躲避崇高》。该文从五四以来作家们的"崇高"与"升华"惯性讲起，在不无嘲讽的语调对比中以欣喜之情对王朔的创作进行评价。虽然也有轻描淡写的批评，更多的却是赞赏之意，对王朔的许多评论以今天的眼光来看十分到位——比如"不知道这是不是与西方的什么'派'，什么'一代'有关，但我宁愿认为这是非常中国非常当代的现象"，"如果说崇高会成为一种面具，洒脱和痞子状会不会呢？你不近官，但又不免近商。商也是很厉害的。它同样对于文学有一种建设的与扭曲的力量"。王朔对于中国当代文学，的确有一种"非常中国非常当代"的"一种建设的与扭曲的力量"。1989 年 9 月 4 日，王蒙辞去文化部部长职位。1992 年又因《坚硬的稀粥》惹了一身麻烦。这篇文章，因为王蒙的身份与影响，加之王朔作品的"火"与特别的"扭曲"力量，以及发表在文化界很有影响的《读书》上而迅速产生了广泛的争议，也有人认为它是后来"人文精神"讨论的重要引子。总之，王蒙在 80 年代末 90 年代初期的中国文坛确实有着特别的意义，值得单独考察。《文学报》后来更是开辟专栏来讨论"如何看待王朔现象"，《文艺报》也选摘了各报刊的评价文章。

1993 年 10 月 8 日，顾城在新西兰威赫克岛（也被称为激流岛）的自家门口，用斧头砍死结婚 10 年的妻子谢烨，随后在门前的树上自缢身亡。根据顾城的父亲——当代著名诗人顾工后来的描述，当时的具体经过大概如下：顾城和谢烨 9 月 24 日从美国飞返新西兰，几天后两人发生了争执。顾城想在新西兰稍住一段时间就回北京长住，谢烨却想很快再去德国，顾城不愿接受。可能这和顾城不懂外语、谢烨懂外语也有关系，此后争执日益激化。10 月初，谢烨独自开车不辞而别。顾城发现后急忙叫顾乡（顾城的姐姐，住在新西兰）请房东利斯先生开车去追妻子，利斯追上后将谢烨劝阻回家，但矛盾继续深化。10 月 8 日，谢烨再一次走出家门，顾城再次追上，可能是争执更加激烈，顾城拾起了门外树林边的一柄斧头，或许是失手，或失控，谢烨被砍倒于路边，随后顾城陪同妻子一起告别人世[01]。作为此次事件最大的受伤害者顾城的父亲，面对此等悲剧该是怎样的痛心，从上述经过层层过滤、筛选的文字中，读者依然可以清晰地感受到其内心的苦痛。"或许是失手，或失控""随后顾城陪同妻子一起告别人世"。面对杀与自杀，伤心的父亲宁愿相信"是失手"，但他也明白更有可能是"失控"，总之，顾城"陪同妻子一起告别人世"为这场悲剧添上了一点最后的温情。然而，随着信息的扩展，我们就会发现顾工的这段描述浸染着太多无奈、悲伤和浓厚的亲情。故事远非顾工描述的那样简单，先是谢烨背后一个被称为"大鱼"的理工科博士——

---

[01] 张志忠：《1993：世纪末的喧哗》，山东教育出版社 1998 年版，第 207 页。

即将取顾城而代之的男性的出现，后来是《英儿》这部顾城、谢烨具有自传性质的"情爱忏悔录"的出版，使人们进一步窥测到顾城、谢烨、英儿（即李英）三人的畸形生活。最后，李英作为当事人因感到受伤害、被歪曲，无法保持沉默，也写出纪实读本《魂断激流岛》，从自己的角度对《英儿》一书对她的刻画进行纠正，重述了三人的纠葛。而曾经和李英相爱的诗人刘湛秋也把他和李英的故事讲述给广州的一家电台。随着事件本身的不断明晰，"顾城之死"在海内外华人文学圈激起强烈反响，对顾城行为的道德评价和"诗人之死"形成当年文坛争论的新热点。

如果说"躲避崇高"和"顾城之死"更多地体现出了私人属性，那么，对"陕军东征"和"人文精神的危机"的讨论则构成了当时及以后一个重要的文学事件甚至是文化事件。尤其是"人文精神的危机"大讨论，几乎覆盖了当时、之前与之后许多重要文学事件与现象，我们可以毫不夸张地说，"人文精神"大讨论是整个 90 年代文学最重要的精神事件，虽然它的主要讨论时间发生在 1993 年至 1995 年，但引发这场讨论的原因、讨论本身以及讨论的结果却贯穿了整个 90 年代甚至之前、之后的时代。我们这里之所以把"陕军东征"和"人文精神"联系起来，就是因为《废都》和《旷野上的废墟——文学和人文精神的危机》也有着内在的关联。

1993 年 5 月 25 日，新闻记者、散文作家韩小蕙在《光明日报》刊发的《文坛盛赞——陕军东征》如是说：

> 不知是巧合还是什么原因，北京的四大文艺出版社——北京十月文艺出版社、人民文学出版社、作家出版社、中国文联出版公司近期各自推出的一部重头长篇小说，全是陕西作家所著。这就是贾平凹的《废都》、陈忠实的《白鹿原》、高建群的《最后一个匈奴》、京夫的《八里情仇》。这四部长篇，据说一部比一部分量重，都有雄心问鼎中国长篇小说创作最高奖"茅盾文学奖"。这一举震动了文坛，被首都评论界称为"陕军东征"。

上述四部作品"东征"的效果就是：在文学界反响巨大，广受好评，当然也引发了争议，并专门举行过作品讨论会，很受普通读者欢迎，发行量也一涨再涨。在"文学失去了轰动效应""边缘化"的 90 年代，在商业化浪潮的冲击下，在快餐式的消费文化开始横行的 90 年代，这样的成绩无疑令严肃文学从业者心头大快，欢欣鼓舞之意自然流露出来。比如《最后一个匈奴》在出版的同月连印 3 次，达 12 万册；《白鹿原》在 3 个月内印了 3 次，达 21 万册，还出现了盗版现象；《废都》更是创造出长篇小说发行的头号新闻，第 1 版开印就达 37 万册，其后一再加印。根据张志忠先生自己所见版本，正式印数就达数百万之巨，而实际发行的数量，可能不止这么多。考虑到不止一次出现的个体书商盗印现象，这部作品的实际印刷量和阅读量就更不可估算了。业内人士告诉《瞭望东方》：当时出版社甚至用了卖版型的方法，以近百万的价格将《废都》版型卖给六七家出版社，并且以后还陆续出版，其他版本还包括：作家出版社 2009 年版，文化艺术出版社 2010 年版，台湾麦田出版社 2010 年版。《废都》由于其情色内容，在国内未受大奖青睐，反而在法国受到官方重视，于 1997 年 11 月 3 日获法国费米娜文学奖。

贾平凹的作品以农村题材见长，但也喜欢刻画知识分子形象。"农民"和"知识分子"应该是贾平凹小说创作的两大人物体系，在中国当代作家中，能系统及时地反映中国当代农民与知识分子面貌的，贾平凹无疑是该类作品最重要的作家之一。《废都》是贾平凹第一部城市题材之作，反映了急剧变革的中国社会现实，由于其独特而大胆的态度以及出位的性描写，引起了社会各界广泛关注。作品以四大文人为线索，表现了包括作家、画家、书法家、商人、政治家等在内的各个阶层各种人物的心态沉浮。大型文学期刊《十月》1993 年第 4 期以整本杂志推出，这在该刊历史上是空前的。之所以要这样做，据该刊执行副主编田珍颖介绍，是因为他们认为这部作品是一部非常丰厚的力作，是"贾平凹对他过去作品的总的否定和总的思考、总的开拓"。

陈忠实在《白鹿原》推出之前其实并不见得多么有影响力，《白鹿原》是他迄今为止最重要、最成功的作品。小说通过白、鹿两个家族两代人的复杂纠葛，反映了从国民革命到中华人民共和国成立这一历史时期西安平原的中国农村面貌和广阔的社会生活。评论界对它的

陈忠实《白鹿原》
人民文学出版社 1993 年版

评价颇高，认为这是一部"扎实、丰富，既有可读性又有审美观价值的好作品"。陈忠实确实为这部作品的出世做了充分的准备。比如已经有了十多年的创作经历，对生活和文学的理解也日渐成熟，长期的中短篇小说写作训练为长篇创作积累了经验，之前也写出过有影响的作品并获全国大奖，如《信任》。

"陕军东征"引发北京文学界的高度评价，北京文学界认为这四部作品各有优势，奇峰突起，为中国长篇小说发展做出了贡献。不少著名评论家都在埋头阅读研究作品，准备写出有分量的评论文章。还有不少人在议论：文坛应好好总结一下"陕军东征"现象，看看它给中国文坛带来了什么新启示。

正当文坛为"陕军东征"欢欣鼓舞、大加好评时，另一股更强烈、尖锐的"批评"意见迅速形成话题，引发更加激烈的讨论，这就是"人文精神的危机"。

人文精神讨论的直接缘起是 1993 年《上海文学》第 6 期刊发了王晓明等人的谈话录《旷野上的废墟——文学和人文精神的危机》一文。这篇文章从对王朔的小说批判开始，讨论了包括张艺谋电影、先锋小说、"新写实"小说等一系列文学、文化现象。该文引发了一系列讨论，极大地触动了很多人挣扎的内心和敏感的神经，激烈的争论随之展开，成为 90 年代最重要的文化事件。从 1993 年至 1996 年，关于人文精神大讨论的文章不计其数，除了王蒙《躲避崇高》和王晓明《旷野上的废墟——文学和人文精神的危机》外，这里再罗列一些被专家们认可的重要讨论，比如：《当代知识分子的价值规范》（陈思和、郜元宝、严锋、王宏图、张新颖，《上海文学》1993 年第 7 期）、《人文学者的命运及选择》（陈平原、钱理群、吴福辉、赵园，《上海文学》1993 年第 9 期）、《人文精神：是否可能和如何可能？》（张汝伦、王晓明、朱学勤、陈思和，《读书》1994 年第 3 期）、《人文环境与知识分子》（南帆、王光明、俞兆平、华荭、朱水涌、北村、谢有顺，《上海文学》1994 年第 5 期）、《人文精神问题偶感》（王蒙，《东方》1994 年第 5 期）、《何谓"人文精神"？》（朱维铮，《探索与争鸣》1994 年第 10 期）、《人文精神：最后的神话》（张颐武，《作家报》1995 年 5 月 6 日）、《"人文精神"的真实含义》（李书磊，《文艺争鸣》1995 年第 6 期）、《对"人文精神"的一点考查与批评》（旷新年，《文艺争鸣》1995 年第 6 期）、《时代的哀痛者与幸福者》（萧夏林，选自萧夏林主编：《忧愤的归途》，华艺出版社 1995 年 6 月第 1 版）、《批判与反省——〈人文精神寻思录〉编后记》（王晓明，《文艺争鸣》1996 年第 1 期）。通过阅读这些文章，基本上可以把握当年人文精神大讨论的许多直观印象。

虽然王晓明等《旷野上的废墟——文学和人文精神的危机》是本次讨论的起点，然而，从该文的内容可以看出，引发这次"人文精神的危机"的原因与表现在之前就已经处于"引而不破"的层面。比如当时文学杂志纷纷转向，新作品的质量普遍下降，有鉴赏力的读者日益减少，大量作家文人踊跃"下海"，文学从来就不在生活中占据过真正重要的地位，商品化潮水几乎要将文学界连根拔起，整个社会的大多数人早已经对文学失去兴趣。当王蒙在《躲避崇高》一文中对王朔"扭曲与建设"的力量进行某种程度的肯定时，王晓明等却首先拿王朔开刀，对"王朔现象"以及张艺谋电影等现象进行批评。所以，也有人认为王蒙的《躲避崇高》是诱发这一讨论的重要导火索。

王晓明后来在《人文精神讨论十年祭》一文里，对这场讨论有比较完整而深入的概括，整个人文精神讨论过程大概如下 [01]：人文精神讨论大致发生在 1993 年至 1995 年间，继《上海文学》之后，1994 年春在北京的《读书》杂志上陆续登载了 6 篇对话将这一话题引向更大范围的讨论。参加这些对话的主要是上海和其他城市的一些学者。当时的参加者其实并没有想到会产生那么大的影响，后来这个讨论很快就变成一个"媒体事件"，不但国内的报刊广泛地报道，国外有些报纸（如日本的报纸）也做出了反应。在持续两年的过程中，不断有学者加入进来。许多报刊如《光明日报》《文汇报》还开辟了专栏。到 1995 年，人文学界以外的一些学者也开始加入，大约 1995 年 11 月，《中华读书报》上就有一个很大的标题——《人文精神，经济学家发言了》。这些经济学家有各种各样的声音，有基本赞成的，有分析的，也有批评的。1996 年，上海和北京两地同时出版了两本

---

[01] 王晓明：《人文精神讨论十年祭》，《上海交通大学学报》（哲学社会科学版）2004 年第 1 期。

转型与深化——20世纪90年代文学研究

《人文精神讨论文选》，到这个时候，讨论基本接近尾声，最热闹的时候已经过去了。虽然人文精神讨论在1996年基本结束，但"人文精神大讨论"产生的原因和影响绝不仅仅局限于1993年至1996年，而是向前向后延伸了出去。自1996年人文精神讨论逐渐平息至90年代末，人文精神研究进入了一个理性思考、深入反思的阶段。这一阶段人文精神研究主要是对"人文精神大讨论"的反思、评价与总结，对人文精神概念的再界定，以及对一些新课题的开发。即便到了21世纪，王晓明也认为：这次讨论凸现了当代中国社会的一些具有根本性的大问题，在中国现当代历史上留下了深深的印记。十年过去了，这些问题的重要性非但没有减少，反而成为中国知识界或人文和社会科学界需要解决的一个最重要的任务。回顾与反思这段历史，对于更好地研究当代中国社会、使中国的人文学术和社会科学运用恰当的研究方法和理论为整个人类思想增加新的活力，具有重要启示。

人文精神讨论的内容与话题非常广泛，因为参与讨论的人数众多，且又来自不同领域，几乎牵涉社会生活的各个方面。探讨的视角从文学开始，扩散到哲学、伦理学、历史学、政治学、经济学、社会学、人类学等众多社会科学领域，随着问题的不断深入，它引起了各方面的极大关注。但在集中讨论的两年时间内，讨论内容的转变大概如下：1994年第3期至第8期《读书》杂志上开辟了"人文精神寻思录"专栏，由"人文精神"引发的论争从对文学领域中"痞子化"倾向的争辩，拓展为社会转型时期知识分子如何面对价值失落、文化失范和寻找精神支点的问题的讨论。1994年11月，王彬彬在《文艺争鸣》第6期上发表《过于聪明的中国作家》对萧乾、王蒙提出批评，萧乾在《文艺争鸣》1995年第1期上发表《聪明人写的聪明文章》回应，王蒙也发表《黑马与黑驹》（《新民晚报》1995年1月17日）与《沪上思絮录》（《上海文学》1995年第1期）展开讨论。1995年"人文精神"讨论的中心话题由"人文精神"转换为"道德理想主义"，张承志、张炜高举"道德理想主义"大旗与王蒙、王朔展开对阵，其批判的矛头对准了整个商业化社会中的功利主义及知识分子的心态。之后，王蒙、刘心武等与张炜、张承志等的"宽容"与"不宽容"之争成了"人文精神"讨论的焦点话题。

为什么"人文精神"讨论会有那么大的影响？这和1989年至

1992 年的历史背景关系密切。这段时间里，中国和世界都发生了一些非常重要的事件。1989 年 6 月 4 日波兰的大选把波兰的统一工人党政权赶下了台，波兰成了苏联和东欧社会主义国家阵营中改变"政治颜色"的第一个国家。1992 年邓小平"南方谈话"后中国开始"市场经济改革"，市场经济的全面启动给中国带来社会繁荣和经济发展的同时，也使人们的价值观念发生了深刻的变化。这一连串事件在整个中国当代历史上划出了一道非常明显的界限，它也在中国知识分子的精神历程中划出了一条非常清楚的界限。

"人文精神大讨论"虽然很热闹地进行了两年，参与的人数众多，讨论的话题丰富，但整个讨论似乎没有深入下去，也没沉淀出有分量的结论，更没有形成对后来中国知识分子或者中国文化产生扭转局面的力量，甚至连一些基本问题都没有达成共识，比如：究竟什么是人文精神？人文精神有没有失落及如何失落？失落的话如何重建？这几个问题基本可以视为这次人文精神讨论的核心问题。关于"人文精神"内涵的界定，学术界分歧较大，发起讨论的王晓明等人并未对之进行严格的内涵界定，后来参与讨论的知识分子对这一概念的理解与使用也并不统一。如陈思和理解人文精神为知识分子的"道统"，即稳定持久的精神传统。张汝伦认为是智慧与终极关怀构成了哲学真理的主要特征和内涵。萧夏林、王彬彬则根据张承志、张炜等人的言论把人文精神理解为"道德理想主义"。王一川认为人文精神是从具体文化过程中体现出来的追求人生意义的理性态度等。"人文精神"核心概念的不明确导致"什么是人文精神"的广泛争论的出现。论者从不同的角度理解和运用这一概念，使整个讨论缺乏坚实的理论基础而不能往纵深推进。因此就会因对"人文精神"的误解而出现情绪化的批评，乃至文人之间的相互攻击，消耗了力量，分散了精力，降低了讨论的学术品位。

正是因为核心概念——"人文精神"没有获得某种共识（当然是否需要共识也是问题之一），导致"人文精神"是否真的失落的问题的出现。王晓明是以"人文精神以前存在过，现在失落了"为前提的，因此必须拯救与重建。但对于"人文精神是如何失落的"，意见并不统一。比如王晓明在 1995 年总结"人文精神"讨论时强调知识分子或文化人普遍的精神失落，是在近代以来的历史过程中，由各种政治、军事、经济和文化因素合力造成的。蔡翔认为在90年代市场经济时代，启蒙的被解构和知识分子精神导师的退隐，意味着人文精神的失落。陈思和则从中国传统文化与现当代文化的断裂上来阐述"人文精神"的失落。他认为人文精神的失落即文人传统的失落，是知识分子精神的失落。

　　无论当代中国人文精神是否失落，大多数学者都认为当代中国需要重建或构建人文精神，学者、作家们也纷纷提出了自己的看法和建议。如张汝伦提倡理性精神，认为文化建设的意义是自由思想的培养和建设。陈思和强调知识分子要在自己的岗位上传承知识分子的人文传统，突出了人文精神的实践性和在实践中的个体性。李泽厚强调在新的文化建设中，要正视大众文化在当前的积极性、正面性的功能。张颐武认为要寻找到文化建设新的可能性，必须和世俗的人们不停地对话和沟通，对中国正在发展中的大众文化有更为明澈而机敏的观察和思考。王蒙认为以前在我国根本就不存在什么人文精神，因此在当前也无所谓"失落"。他认为西方的人文精神在现代也同样陷入了难以医治的危机，所以关键是在当下重新寻找知识分子的精神寄托，寻找属于自己生存空间的终极关怀。其他学者的意见就更加丰富多彩了，比如：有人认为需要人伦重建、情感重建、信仰重建与价值重建；有人认为要注重人的现代文明素质的提升、人文价值的追求，改造小生产者社会政治心理，营造人文社会环境和人文生长机制；还有人认为中国当代人文精神的建构应自觉在市场经济、民主政治、现代文化发育中汲取营养，综合研究古今中外思想资料。凡此种种，不一而足。许多学者从对"人文精神危机"的思考推进到对20世纪中国出现的文化困境及如何走出文化困境、建设新的现代文化的思考。"人文精神"的话题已超越了文学界而上升为文化界、思想界所共同面对的一个课题。尽管争论双方并未形成统一结论，但是对这些问题的思考，确实也深化了对近代以来思想和文化历史的反省，有利于对中西文化传统的重新梳理和批判继承，为当代中国文化的重建提供了诸多有益的启示。

　　时至今日，当我们再次回顾1993年的中国当代文学，除了重温这一年的各种巨变或者某种历史的转折表现外，并不见得比当时沉浸在其中的人们更加清醒深刻。文学有其自身的发展规律，在各种独立事件的背后往往具有一些共通的背景。当作家贾平凹写出《废都》这样一部反映当时知识分子精神颓败的小说时，学者王晓明也以《旷野上的废墟——文学和人文精神的危机》一文直接批评这种现象。总之，1993 年的作家描述了一个精神的"废都"，而学者们也看到了一片更大的精神"废墟"——不论是作家抑或是学者，90 年代的中国文化界都感受到了一种没落的"废"气。贾平凹遭受的批评，或者说《废都》表现出来的知识分子精神，也许正是王晓明人文精神危机的直接表征，中国当代文学给中国当代学术做了一个非常形象、有力的注脚。反之，中国当代学术也极其敏感地发现了中国当代文学的精神危机。如果从悲观的角度来看，1993 年的中国当代文学与文化似乎满目荒凉：废墟之上残存着一座废都，里里外外进进出出的都是些冒着黑烟的灵魂。事实显然并没有那么令人绝望，却也不见得多么令人欣喜。当年的废墟和废都仍然在不断地重建，出入的人们也不见得闪现出多少佛光来，也许又到了一个重新回头望望、仔细想想的时代了。

转型与深化——20 世纪 90 年代文学研究

第五节　1994 年学者的"文学"：
关于 20 世纪中国小说大师的争议

"20 世纪很快就要结束，近百年中国小说该怎样评价？ 20 世纪中国，是否就真的没有自己的辉煌大师？"这两个问题是当年北京师范大学王一川教授在《我选二十世纪中国小说大师》（《文学自由谈》1994 年第 4 期）一文中提出来的。王教授不但提出了问题，也做出了自己的回答：

回顾过去，我们习以为常的定论，其实包含着政治和学术上的种种偏见，这使得 20 世纪小说的本来面目、它的大师风貌往往被遮盖或歪曲了。最近，我与几位学界友人合编《二十世纪中国文学大师文库》，想打破以往偏见，改以审美标准为本世纪中国小说、诗歌、散文和戏剧的大师级人物重排座次，各精选出约十位能代表总体成就的一流大师及其代表作（限 50 万—60 万字）。

王教授具体承担了小说卷的工作，他指出"选择标准是个关键"。他自己确立的标准是：基本着眼点将不再是作者的政治身份、态度或倾向在其文学作品中的折光，而是他创造的文本本身的审美价值。按照这个标准，权衡再三，他总算选出九位大师及其作品（限于篇幅，只选中、短篇，实在无法选择时才节录长篇），具体如下：

　　1. 鲁迅：《阿 Q 正传》《在酒楼上》《铸剑》；

　　2. 沈从文：《边城》《月下小景》；

　　3. 巴金：《憩园》；

　　4. 金庸：《射雕英雄传》（第二回"江南七怪"和第二十九回"黑沼隐女"后半部）；

　　5. 老舍：《我这一辈子》《断魂枪》；

　　6. 郁达夫：《沉沦》《迟桂花》；

　　7. 王蒙：《蝴蝶》《来劲》；

　　8. 张爱玲：《金锁记》；

　　9. 贾平凹：《古堡》。

　　王一川在列举完这份名单后第一句话即是："这份名单可能会使人惊怪。"因为他很清楚地意识到该名单让人"惊怪"的主要触发点：一些过去居高位的人如茅盾，竟出局了。他给出的主要理由是，这个一向被视为仅次于鲁迅的第二号人物，其高位的获得在很大程度上依赖于学术偏见：似乎"现实主义""史诗式"作品成就高于其他。而按照自己定的新标准，他认为茅盾的小说诚然不乏佳作，但总的来说欠缺小说味，往往概念痕迹过重，有时甚至"主题先行"，所以只得割爱。

王一川《20 世纪中国文学
大师文库》
海南出版社 1994 年版

　　如果说"割"去茅盾本身就有一定的冲击力，那么"列"进来金庸显然是该名单另一个更有力的冲击点。这一"割"一"列"之间形成的反差与冲击，必然会使 1994 年的中国文坛"大惊失色""大呼小怪"。对此，王一川教授完全是心知肚明的："这份名单另一个惊怪就是按新标准把金庸列入高位，这显然对重雅轻俗的学术偏见构成挑战。"

　　王一川也具体解释了九位大师"座次"排出来的理由，在关于鲁迅、沈从文、巴金、金庸、老舍等几人的解释中，唯有金庸的篇幅最长——他的确需要花多点力气解释一下"列"进金庸的理由，虽然

"割"出茅盾可以用三言两语解释，但要想"立"起金庸绝不可以用这种方式——这正如"拆迁"和"重建"工作一样，推倒一个旧有的世界可以用一个简单的原则和标准迅速实现，而重新建立一个新的世界绝对不是一件轻松的工作。天下的道理有许多是共通的，这正是哲学存在的意义。共通给了我们普世的价值和联系，而差异才确立了个体存在的价值和理由。王一川显然也明白这个道理，他甚至猜想出大众的疑问：金庸位居第四，或许简直就是"离经叛道"了。一位通俗武侠小说家，怎么可能有资格"混迹"于如此严肃而高雅的文学大师行列中？他给出的理由是：金庸能把通俗武侠写得充满"文化"意味，既俗且雅，使俗人在激荡中提升，又令雅者不仅不觉掉价而且也被深深熏染，并津津乐道，不能不说是前无古人的第一家。金庸借武侠小说式样，创造出一种现代中国人尤其渴慕的想象中的古典"活法"——一种汇儒、道、禅、兵、阴阳、气功、武术等种种古典文化精神于一体，各门艺术的精神相互贯通的，"行神如空、行气如虹"的审美人生。沉浸在金庸的古典侠义世界里，读者似乎比在现代文明世界中更像一个中国人、一个真人、一个全人。所以，武侠小说到了金庸手上，实际上变成了中国古典文化神韵的一种现代重构形式。这种现代新武侠小说的出现，本身就标志着中国武侠小说在文化境界上的崭新拓展，并在总体上上升到一个前所未有的新高度，丰富了中国现代小说的类型，并促进了其发展。正因为如此，20世纪中国小说史里不能再长期没有金庸——这位借武侠小说重构中国古典神韵的现代大师。可能是出于抵挡质疑的考虑，或者也是作者本身的观察，王一川也指出了金庸作品的一些缺点，如雷同、复制或拖沓等，"但总体衡量，他的第四席位应是无可怀疑的"。以上就是1994年8月北京师范大学王一川教授主编的《二十世纪中国文学大师文库·小说卷》问世后产生争议的主要原因——金庸名列第四，而茅盾却没有上榜。

王一川在文章中也具体解释了大师级的文学应该具备的四种品质：第一，在语言的运用上做出与众不同的贡献；第二，在文体（体裁、叙事、抒情、风格等）创造上有卓越建树；第三，使语言和文体方面的独特建树服从于表现深广而独特的精神内蕴；第四，应当提供形而上意味的独特建构，真正的大师之作，应当或多或少地具有这种可供想象无限畅游的意义空间。作者特异的文学标准和眼光，打破了形成多年的文学史标准定式，立刻引发了文坛的强烈反响，被传媒称为给20世纪中国小说家"排座次"。王一川的《我选二十世纪中国小说大师》发表后，加剧了文坛的争议，各家各派纷纷将评论诉诸笔端，孰是孰非，确实有必要争鸣一番，这也能为我们提供观察这个事件的不同角度。

对于茅盾被"除名"，丁尔纲在《闻茅盾被〈大师文库〉除"名"有感》一文中写道：

> 王博士说茅盾小说"主题先行"不可取，张博士却说列穆旦（即查良铮）"为百年诗歌第一人"，是因他"以成熟的现代汉语建构了独立的诗语符号系统，引进现代诗学主题，对于现代人类心灵与肉体搏斗的探索抵达了空前的深度与力度"。这就奇怪了：穆旦的"诗学主题"不仅可以"先行"，而且是引进的"舶来品"，他可列第一人，茅盾却该除"名"。难道本世纪初"外国月亮也比中国的圆"的"崇洋哲学"，真的趁改革开放之机借尸还魂了么？[01]

我们知道"主题先行"就是在没有任何材料的情况下，先设想出一个主题，然后再根据这个主题去找材料，写出文章。这样的文章内容一般容易附会主题，读起来显得干瘪乏味。为辩驳王一川等人对茅盾作品的歪曲评论，丁尔纲主要分析了茅盾的名作《子夜》：茅盾早年确有"主题的形成先于人物"的主张，但这并非指其先于生活。他采用的是非常注意"先经验人生而后创作"的托尔斯泰方式。茅盾的主张与"四人帮"的"三结合""三突出"挂钩的"主题先行"完全是南辕北辙。《子夜》整体言之也是如此。对主人公吴荪甫的原型卢鉴泉，茅盾自幼跟踪研究约20年才用于《子夜》。除农村、工运这两个局部外，《子夜》所写都是第一手积累的有素材的生活。随后，作者对茅盾的创作与理论做了综合考察，追溯到当他以沈雁冰本名独立主持《小说月报》改革时，他倡导的是"为人生的文学"与"自然主义写实主义"，以表现人生为始点，以指导人生为指归。他的基本

---

[01] 丁尔纲：《闻茅盾被〈大师文库〉除"名"有感》，《文艺理论与批评》1995年第2期。

原则是：实地观察与客观描写，反对掺杂主观意识。这显然是与"主题先行""理念性"绝缘的。作者认为以"主题先行""理念性强"把茅盾除名，其实暗含着对茅盾社会剖析小说的政治倾向的否定与贬低。作者肯定了茅盾在现代文学史中的地位，认为茅盾的美学观与思想理论体系充满了独特的艺术魅力，茅盾文学大师的地位是经过时间和人民考验的客观存在。

对金庸的高位入选与茅盾的除名，林焕平在《关于文坛重排座次的问题》一文中从"对金庸小说的估价""关于金庸小说评价上几种值得商榷的意见""从郭沫若、茅盾的伟大的文学成就谈到对沈从文的评价""对于作品评价标准的商榷"这四个方面系统地展开论述。对金庸小说的评价，他这样写道：

> 我不想给金庸的小说提出一个评价的结论，让大家去百家争鸣，结论自然会出来的。金庸是个香港人，香港中文大学高级讲师黄维梁先生，也是香港人，香港人看香港人的小说，他说过一段比较客观的话，引在这里，供大家参考："金庸的十四本武侠小说，很多都规模宏大，想象丰富，结构严谨，人物形象鲜明，个性特出，加上民族大义，哲理情思，这些作品实在有高度的文学成就。不过，武侠小说十九耽于虚幻，情节离奇，巧合太多，与现实的人生有一大段距离，金庸的也不能免于此。"[01]

作者认为在"金庸热"中，不乏对金庸存有随意吹捧的现象，缺乏正确的理论标准和价值标准，有招揽市场、哗众取宠之嫌。对于几种常见的说法，比如金庸小说是中国现当代文学发展的新方向，金庸小说是静悄悄地进行着的一场文学革命，金庸是继《红楼梦》作者曹雪芹后第一人，金庸小说是空前绝后的文学，等等，予了必要的分析与批评。作者认为，一位作家在文学史上的地位，是由他整个的文学成就和他一生在社会上的活动、对人民、对社会、对时代发展所产生的巨大影响和作用来衡量的。这是历史的评价，人民的评价，不是某

---

[01] 林焕平：《关于文坛重排座次的问题》，《文艺理论与批评》1995 年第 3 期。

一两个理论家或文学史家所决定的，这里有历史的客观性和现实性。作者分别论述了郭末若、茅盾二人生平，个人的文学创作以及对中国现当代文学所做出的杰出贡献。且作者根据沈从文一生轨迹来判断，认为给予沈从文怎样的评价还需时间和人民的验证，但无论如何也着实不该就此让他坐上重排文坛座次的第二把交椅。

如果仔细分析 20 世纪中国小说大师的名单，就会发现这个名单的"审美标准"里确实有一定的倾向性，即重排座次者对"现实主义史诗性"作品有所保留和压抑，而对具有更明显现代主义性质的作家和作品更加重视。在王一川并不很长的文章里，对于西方的文学大师，他主要列举的不是巴尔扎克和托尔斯泰，而是卡夫卡和乔伊斯；对于中国作家的简要分析，直接把茅盾打下去，就连巴金的《家》《春》《秋》也不提，而更多地强调了沈从文的"现代抒情文体"、金庸的"新派武侠小说"、王蒙的"意识流"小说等。

李庆西在《作家的排座次》一文中的观点也颇有意思，他认为这份榜单有点"重写文学史"的味道，他写道：

> 不知为什么只排了九位，没有凑整。许多人注意到，这里边没有茅盾，而以武侠小说行世的金庸赫然居于第四。这份排行榜的主事人显然是要摒弃文学史上某些传统价值标准，代之以全新的眼光。于是，也就顾不得茅盾的声望，毅然将之撤除。缺了茅盾倒也罢了，可是有一点让人觉得蹊跷：这么排下来的标准是什么，好像找不出一个道理。主事人大概比较看重作品的畅销程度，把金庸、张爱玲、贾平四这几位摇进来，好像有这个意思。可是，这份榜单并不是专给畅销书作家排座次，否则像张恨水、张资平、还珠楼主、浩然、琼瑶、三毛、雪米丽一类，都可以入榜。这般看来，主事人的选择也未必尽是商业眼光。或许他是要搞一点平衡，在大胆进行商业开拓的同时，也要跟传统套路接上茬口。[01]

[01] 李庆西：《作家的排座次》，《文艺评论》1995 年第 1 期。

李庆西认为王一川排座次看似标准清晰，实则带有商业性质，以搞平衡为原则，而这足以刺激文坛中多数人的心理。

王希华在《也说金庸"登堂"》一文中认为"排座次"有"重写文学史"的味道 [01]。作者写道："重写文学史"的口号提出已近 10 年，而完成任务的却很少，"大师文库"虽说不是文学史著作，但却是"重写"的一种探索性的实践。"大师文库"的编者主张"文学应是审美的，应该让作家回到文学本身"，且"文学作品应该通过个人的审美体验去表现对整个人类的意义，而不应该去解说别人的思想"在理论上也是有意义的，站得住脚的。所以"大师文库"作为"一家之言"如此大胆、新奇而又鲜明地表达自己的意见也是难能可贵的。金庸确实是一位小说艺术大师，他不仅是通俗文学领域的"武林至尊"，而且由于其作品雅俗共赏，独树一帜，因此金庸入选 20 世纪中国文学大师亦属理所当然，实至名归。

"排座次"事件引发的争议当然不仅仅限于以上几人的文章，不过从中我们可以看出整个事件的核心因素就是茅盾、金庸及其背后代表的传统与意义，当然还夹杂着某些当代文学的话语权问题。撇开所有非文学因素来看这个事件，笔者感兴趣的一个点却是关于学者的"文学"话题。

在多年的阅读经验和学术训练过程中，面对繁丰的文学作品与现象、事件与争论，笔者常常困惑于"文无第一"的个人化理解。在没有形成相对成熟的思考体系、缺少个人独立的判断之前，经常会因为某一个问题或作品，"左"看一篇，"右"看一篇文章，真心实意地频频点头后陷入完全找不着"北"的困境。我想文学总归不是谁的嗓门高、钱包鼓或者权力大、卖得好，或者多被评论家、学者讨论就能分出高下的东西，也不是一两个天才理论家突然发现了一条解读的"秘道"，就芝麻开门一样地立刻将一片荒山变成了宝藏，或者相反，一块宝玉会永远被漠视为石头。有一点可以确认的是，面对 20 世纪中国小说的成就，学者们借"座次"问题展开了激烈的讨论，展示了他们的"文学"观。不论是王一川等人另辟蹊径地重排"座次"，还是其他学者对茅盾等人在文学史中传统地位的维护，抑或是另外一些人

[01] 王希华：《也说金庸"登堂"》,《文学自由谈》1995 年第 1 期。

借题发挥，他们肯定或否定的背后其实都有各自的"文学"观。

学者的"文学"观是一个比较复杂的问题，因为仅从"排座次"事件就可以看出，大家可以各自为政，各立门派，其形势之复杂不亚于金庸笔下的武侠世界。在"文学江湖"上，这些学者以笔为刀，胜似侠客，门派林立，各有绝招，纷纷争夺自己的一席之地。势力大、"笔力"强、有期刊阵地者也会形成一片话语根据地；或者合纵连横，或者分化重组，后起之秀会瞄准"带头大哥"，明枪与冷箭齐发，恭维和嘲讽并存，江湖的"座次"也会随着时势出现各种变化。总之，多数人不过是各领风骚若干年，少数人才能像金庸《天龙八部》里的那个扫地僧一样，潜心武学、超脱于世并成为真正的大家。

如果从另一个较小的角度来理解学者的"文学"，那么笔者特别想强调与之相对应的另一种文学——作家的"文学"。当然，我们甚至也可以从"读者的文学"角度来思考这个问题。学者、作家和普通读者会有哪些共通的阅读体验，或者对"文学"有哪些共同的认识？而这三个群体又有哪些独特的区别？仅以金庸作品为例，学者如王一川、严家炎、陈平原等都有过相关论述甚至研究。作家谈金庸的也有很多，比如三毛、柏杨等，甚至还有专门的《金庸百家谈》集合了各种意见。金庸及其小说似乎是连接"大众"与"精英"的有效对象，从中往往能够引申出许多有意思的话题甚至争议来。比如王朔《我看金庸》一文，以其一贯的"解构"策略对金庸的武侠小说进行了全面的否定，一度成为文坛的争议热点。这个事件集中体现了面对同一个作家作品，不同接受对象——"学者""作家""普通读者"的各种反应。"学者的文学"评判标准或者习惯的思考视角有洞见也会有不察，我们如果把这一点和"作家的文学"，比如余华、马原、残雪等人对一些作品的解读与欣赏相比，就会发现二者之间确实有我们原来不曾注意的差异。余华对诸多作品来自"文学创作"内部的理解，让我们见识了不同于学者"理论"与"史实"体系之外的"风景"，也许我们应该加强这两方面的融合，才能更好地接近文学应该有的高度，理解其丰富性。

第三章

20 世纪 90 年代后期文学现象

第一节 1995 年中国大陆网络文学的兴起

    1995 年的文坛在延续、过渡的总体格局中悄然裂变，平稳发展。这一年的文坛没有惊天动地的大事件，处处显示出"平实"的成绩来。比如延续"人文精神"讨论的"抵抗投降书系"（张承志的《无援的思想》和张炜的《忧愤的归途》）由华艺出版社在 6 月出版，以及对二人"文化冒险主义"的批判，相似的还有关于王蒙和王朔文学取向的质疑。同年 9 月 8 日，张爱玲被人发现在美国洛杉矶寓所中逝世，这在大陆产生强烈反响并形成一股"张爱玲热"。而现实主义回归及女权主义和女性主义文学也是本年度的重要话题。重要作品有王安忆的《长恨歌》（《钟山》第 2 期连载至第 4 期）、莫言的《丰乳肥臀》（《大家》第 5 期开始连载至第 6 期）、余华的《许三观卖血记》（《收获》第 6 期）、张炜的《柏慧》（北京十月文艺出版社出版）等，文学界对这些作品进行了不同程度的褒贬，并对"长篇热"中浮现的问题展开相关讨论。在 1995 年众多"平实"的文坛事件与现象中，本文想重点讨论的是"网络文学"的兴起。

    "网络文学"作为一个新名词或者新型文学类型，必然和"网络"的发展密切相关，而"文学"的特别属性也会增加我们界定网络文学的困惑。中文网络文学的起点、发展、转折等标志性事件可能也会因为大家的不同理解而产生一些误差和分歧。一般来说，中文网络文学的发展历程大概如下 [01]：

1990 年 11 月 28 日，中国正式注册登记了中国的顶级域名 CN，迈出了中国互联网的第一步。1991 年王笑飞在海外创办了中文诗歌网（chpoem-1@listserv.acsu.buffalo.edu），该年 4 月中国留美网络作家少君在网络上发表的《奋斗与平等》，是目前所知的最早的一篇中文网络小说。1992 年，美国印第安纳大学中国留学生建立了第一个中文新闻组 alt.chinese.text，中文网络文学开始在全球的互联网上传播开来。1993 年 3 月，诗阳通过电邮网络发表大量诗歌作品，此后在互联网中文新闻组和中文诗歌网上刊登了数百篇诗歌，可被认为是历史上第一位中国网络诗人。1994 年，国际互联网进入中国大陆，接着中国本土的文学网站开始加盟国际互联网，为网络文学的快速发展奠定了基础。同年，方舟子等人创办了一份中文网络文学刊物《新语丝》。1995 年 3 月，诗阳、鲁鸣等人创办了第一份网络中文诗刊《橄榄树》，年底，几位原来活跃于中文诗歌网的女性作者创办了第一份网络女性文学刊物《花招》。1995 年，中国的网吧开始陆续出现，但仅限于少数用户，1996 年之后，网吧开始在各大城市飞速发展。网吧在日常生活中的出现与普及为中国本土网络文学的兴起与发展奠定了最广泛的基础。1997 年，中文原创文学网页"榕树下"成立，1998 年出现了蔡智恒所著的第一部最有代表性和影响力的中文网络小说《第一次亲密接触》。以 1999 年开始，更多的文学网站、收费文学网站等纷纷成立。从 21 世纪开始，越来越多的人开始在网上阅读和写作。文学网站在经历了发展、整合、兼并，以及其他困难和波折之后走向成熟，网络文学本身也出现了分化。如 2000 年安妮宝贝的《告别薇安》、2001 年今何在的《悟空传》、2002 年慕容雪村的《成都，今夜请将我遗忘》和林长治的《沙僧日记》等作品相继出现。此后的几年里，个人博客的成熟和不断壮大更是掀起了一场全民的网络写作运动。

根据以上网络文学的发展历程，我们认为中国本土网络文学的兴起应该是在 1995 年。因为 1995 年发生了和前期网络文学发展有内

---

[01] 此处根据网络资料整理。本文多处资料出自当年的网络，许多内容因时间关系不能再打开或找到原始网页内容，特此说明。

在关联的标志性事件——出现了国际互联网上第一份汉语纯文学杂志网站"橄榄树"（http//www.wenxue.com，现在已经打不开了）。更为重要的是，1995 年"网吧"开始在中国各大城市陆续出现。作为面向大众的网络文学，"网吧"的出现与普及为中国网络文学的兴起奠定了真正的群众基础，是这一文学形式"兴起"的重要标志。正因为 1996 年"网吧"的迅速蹿红，才有了之后几年各类大型原创文学网站的建立以及各类网络小说的走红。所以，把 1995 年视为中国本土网络文学的"兴起"之年应该有其合理性。

单纯地讨论 1995 年的网络文学其实并无多大意义，我们要讨论的是如何理解在 1995 年前后出现并迅速兴起的网络文学。

1995 年，网络对于国内许多人来说还是个陌生的概念，更不要谈"网络文学"。但在海外的中国作家与诗人们却已开始在网上漫游了，而网络在国内也将在随后一两年的时间内迅速从零星走向繁荣。从前述发展历程可以看出，对于多数普通人而言，从 1995 年开始进入"网吧"到 1998 年第一部有影响力的"网络文学"作品《第一次亲密接触》的流行，不过三年时间，到 2000 年已经有大量因"网络写作"走红的文学作品和写手出现了。"网络文学"的大众化、普及率、成长速度都是以往任何文学类型难以想象和企及的。如果我们在一个更宏大的时空体系中来看网络文学之于中国文学的意义，就会发现整个 20 世纪 90 年代是中国文学由"古典艺术"时代走向"古典与现代科技艺术"相结合的时代。这是新的希望，也是新的挑战。新技术条件不仅仅会对古老的艺术形式产生作用，而且对艺术的内核——审美、思维等也产生巨大的影响，诱发新的艺术观和艺术种类。在这新与旧、爱与怕、虚拟与现实、古典与现代、创新与保守、融合与碰撞等一系列关系中，1995 年兴起的中国本土"网络文学"给人们带来了更多的困惑与思考。

网络文学的概念经过早期的争论与流变已渐渐清晰起来，简要概括如下：网络文学指以互联网为载体和传播媒介，借助超文本链接和多媒体演绎等手段来表现的文学作品、类文学文本及含有一部分文学成分的网络艺术品，以网络原创作品为主。创作主体通常是网络作家、网络写手。形式包括类似传统文学的小说、诗歌、散文等，也可以是博文、帖子、日志等新形式或基于网络技术的"超文本"等。和传统文学相比，网络文学最突出的特点是表现自由、平等。每个人都可以是作者，也可以是读者。网络文学在充分体现网络自由平等主旨的同时也表现出混乱芜杂、多样性、互动性、传播便捷、知识产权保护困难等特点。网络文学作品样态丰富，可大致被概括为以下几类：一类是已经存在的文学作品；一类是直接在互联网络上"发表"的文学作品；还有一类是通过计算机创作或通过有关计算机软件生成的文学作品，以及由很多网民共同创作的"接力小说"等。需要注意的是网络文学与传统文学不是对立的两极，而是互相渗透的有机体。

如果说1995年是中国本土网络文学的"兴起"之年，那么它的第一个高潮出现在1999年前后，主要表现为出现大量公认的、有影响力的网络文学作品，传统媒体和学界也开始纷纷讨论该现象。1999年至2000年，《北京晚报》《南方周末》《中华读书报》《北京日报》《中国图书商报》《光明日报》《文艺报》等多家报纸先后登出了一大批文章，对网络文学展开了热烈的讨论。与此同时，网络文学迅速地蔓延开来，充斥于各个网站。从1999年到2003年，关于网络文学的讨论以一种惊人的速度扩大着，参加讨论者也由大众传媒走向学术前台，各种研讨会频繁召开。网络文学是否会像其他一些文学现象样，在成为时髦话题后经历一番热闹重新走向沉寂？它又将以怎样的格调继续发展并出现在文学史中？

相对于真正意义的多媒体"超文本"作品而言，网络文学的"文字作品"已经泛滥成灾，这种数量的扩张必然是以牺牲质量为代价的。这些文字成为个人自由涂鸦的圆梦空间，失去了创作应该有的精致和深刻。许多网上作品拒绝深度、抹平厚重、淡化意义、逃避崇高，封杀了文学通往思想、历史、人生、意义、理性的路径，消弭了文学应该有的大气、深刻、庄严、悲壮等艺术风格，更抛开了文学创作者所应当担负的尊重历史、艺术独创等责任。以信手涂鸦的方式来实现所谓创作的自由，所"圆"的不过是宣泄之梦、游戏之梦，而不可能是文学之梦。这里有"人人都能成为艺术家"的神话，可以"分分秒秒出才人"，一日一更新，甚至几分钟的时间，便被淹没在帖海里了。也有一些作品在"网浪淘沙"

网络文学

后成为人们喜爱的作品，如《第一次亲密接触》《悟空传》等，但这些作品其实和传统文学没什么本质区别，只是换了一种引起关注的方式罢了。

能体现网络文学特征的当数网络原创作品。这便是"在线"的三位一体——网民在电脑上进行创作，然后在网络中发表，并由其他网民完成阅读，参与评论。《北京故事》《数字化精灵》等作品的创作、发表、评论即是如此。而很多理论家都提到的"超文本"创作却没有形成什么有影响效果的作品，主要原因是数量少、质量差，比如《火星之恋》等。对于网络文学的这种现状，当时的传媒各执一词。基本态度分为三种：一种是为这种新的文学现象欢呼，认为这是新文明的号角，是文学的新希望，"网络给思想最大的自由"。另一种则相反，对于这种新形式以文学的名义存在的合法性表示怀疑，认为"网络是人性的围墙""是传统文化的杀手"，甚至"建议现在就炸掉该死的网络"。还有一种则保持冷静的态度，既不狂热地呐喊助威，也不举起传统文学批评大棒横扫网络，而是表达出一种喜忧参半的态度。

1999 年前后网络文学的创作实绩并不能以质量赢得信任和尊重，当时人们对它的价值和前景产生怀疑不是没有道理的。单单靠媒体的突围而没有艺术品质的确认和审美价值的自证，任何文学都无从取得存在的合理性。直到 21 世纪初的几年里，网络文学在整体上还是时尚意义大于审美意义，媒体革命多于艺术创新，传播方式胜于传播内容。它需要的不是历史的尊重，而是通过自己的创作确立其艺术价值。对于网络文学的理论指导应以完全不同于传统文学的"超文本"为基础，网络文学作家身份的网民化、创作方式的交互化、文本载体的数字化、流通方式的网络化和欣赏方式的机读化等基本特征，使其存在方式、创作模式和欣赏、审美态度都会有所变化。而这种变化也将影响网络文学作品从"生产"到最后被"消费"的整个体系。

多媒体条件下，"超文本"应该成为网络文学的特色作品，最能与传统文学区别开来。比如当时最著名的中文"超本文"网站"歧路花园"（现在已打不开）。这种"超文本"可以是多种文体的，比如诗歌、散文、戏剧等等。"超文本"以电脑为写作工具，以网络为传播媒介，应用各种多媒体技术结合网络软件进行创作，通过人机交互的方式阅读，最终以电子产品的形式出现。比如在小说中插入音乐、图像等多媒体形式，充分利用网络资源（当然也可以直接从生活中进行原创作），把文字、视觉、听觉等有机结合起来，通过一定的网络手段来组织、叙述故事情节，它不是简单的"组合"，而是一种"创新"。以丰厚的文学底蕴作为平台，利用音乐、美术、电脑特技等手段，力求达到一种综合的审美效果。每一部"多媒体小说"最终的表现形式应该是一段电脑程序，它不仅仅是一段文字，一幅图画，一首音乐，还可以是一种全新的文化产品，就像电影光碟、音乐磁带、文学书本一样，只不过把这些有机而完美地融合在一起，欣赏它需要一定的电子硬件条件。它可以在网络中流行，也能以光碟的形式像电影、音乐作品一样出售，前提是必须先做出优秀的作品。高新科技产业化对于人文学者来说，是一个非常陌生的领域，计算机知识的缺乏使我们对科技与文艺关系的敏感性大大降低。关于创作，比较可行的一种办法就是对传统的经典文学作品进行多媒体小说的再创作。这样做不仅可以保证多媒体小说的艺术品位，还可以和传统的小说进行有效的比较。也许可以先从中、短篇小说做起，等成熟了再进行长篇小说的创作。通过这样一个过程，积累一些创作和批评的宝贵经验，这对于最后形成网络文学自己的特色与理论将大有益处。"超文本"要求创作者必须具备很强的综合艺术素质。例如文学创作、声像剪辑、电脑制作、综合合成等等。

在"超文本"中，文字和其他媒体的关系是最重要的一个问题。"超文本小说"还是应该以文字为主，其他媒体则是辅助手段。从阅读方面来讲，人机互读虽然给阅读带来了极大的不方便，但电脑的确可以实现传统纸质小说无法想象的表达效果。通过特定的程序使文本由静态变为动态成为可能，并且这种形式本身就能带来一种无法替代的表达效果。在这里，形式本身就是内容。例如一首名为《西雅图漂流》的小诗，打开网页，整整齐齐写着这样五行字：

　　我是一篇坏文字
　　曾经是一首好诗
　　只是生性爱漂流
　　启动我吧
　　让我再次漂流而去

　　当读者点击上端的链接"启动文字"四个字，这诗中的文字就开始抖动起来，歪歪斜斜地向网页的右下方扩散开来，像雪花一样飘飘洒洒，并逐渐稀疏起来……这时一种失落和孤独感在读者心里油然而生，舍不得它们全部散落和游离屏幕的心理迅速增强。于是，读者就会像抓住落水的孩子或远去的亲人那样，急切地按下"停止文字"按钮，然后再点"端正文字"，《西雅图漂流》就恢复了原样，读者也可再次细细品味这首小诗的"漂流"滋味。显然，欣赏这样的作品与欣赏传统作品大不一样，读者的兴奋点除了作品的内容外，更包括作品的形式。而且，就"作品的形式"来说，这也不是传统意义上的语言、结构、韵律等，而是由电子软件支持的各种"文字舞蹈"和多媒体演示。需要说明的是，这种多媒体"超文本"很可能蜕变为一种游戏软件，所以，如何处理文字和其他媒体的关系是此类作品最关键的问题。

　　究竟应该如何理解和看待中国20世纪90年代中期出现的网络文学？网络文学背后其实潜藏着一个更大的问题——文学应该如何面对技术？或者说艺术应该如何面对科技？"科学"与"艺术"作为两个关键词在人类历史的发展路程上，似乎越走越近甚至开始合二为一了。然而，"科学"与"艺术"在走向统一的过程中不会有激烈的冲突吗？或者更具体点，科学技术会和人文精神有冲突吗？雅克·德里达在《明信片》一书中悲观地宣布：在特定的电信技术王国中，"整个所谓的文学时代将不复存在"。当文明快速发展时，人类的艺术理念、人文精神表现得似乎不适应自己的发展速度了。这是个值得我们思考的问题：科学发展对艺术或人文观念构成了怎样的挑战？我们许多人文观念似乎越来越滞后于科学技术的发展了，科学的发展对传统的哲学和人文精神不但构成新的挑战，甚至彻底瓦解了我们一些根深蒂固的理念。比如克隆技术对哲学和伦理学的挑战，人工智能对人类自身生存构成的可能威胁等。同时，科学也促使人类思考、探索新的理论与艺术观念，这个过程中将会形成一些经过"整合"的艺术种类并出现新的审美原则。这种变化可以说才刚刚开始，在新的标准未形成之前，必然会导致各种各样的争论，网络文学的争论可以说集中体现了这一点。它正是科技与艺术"整合"的产物，其他新型艺术种类也有相似处境，只不过相对于这些艺术种类而言，网络文学因其传播速度与范围及影响而备受人们的关注，并对传统文学形成了直接的压力。

如果说文学有其永恒不变的文学性，那么我相信，它必然要和每个具体的时代结合，才能形成那个时代的文学。文学有其继承和变异的发展特点，这种变异包括诸如反映内容、自身形式、记录与传播方式、表现方式、审美变化等等。而情感的真挚、想象的奇特、作家的良知，以个性化、心灵化的方式反映人与现实的基本关系，以艺术进入人的心灵深处、精神内核，实现人对现实世界的最终超越，等等，依然是其不变的追求。美国当代著名学者韦勒克（Rene Wellek）与沃伦（Austin Warren）在《文学理论》中曾就文学和其他艺术的关系有过这样一段论述，他们认为"人类文化活动的总和，是一个完整的体系，每一个系列每一门艺术都有其独特的进化历程，有自己不同的发展速度和包含各种不同因素的内在结构，并有自己一套标准。不必与相邻系统相同。艺术之间相互影响，但并非这一个决定那一个，而应是一种具有辩证关系的更复杂的结构"。他们说："一种艺术进入另一种艺术，可能、可以发生完全的形变。"从主观来讲，人首先有不断创新、追求新的审美空间的心理特征。这种心理特征会产生两种不同结果：一种是在艺术欣赏或创作的过程中，利用不同艺术的特长进行"组合"，但这种组合并不以创新为目的，其结果只是不同艺术之间相互配合，以达到一种更完美的审美效果，最终不会产生新的艺术种类。另一种是在艺术欣赏或创作的过程中，不同艺术之间相互借鉴、融合，从而产生新的艺术形式，完成对审美更高层次的营造。它是在第一种组合的基础上的创新，最终是以出现新的艺术种类为目的的。而从客观来讲，艺术受社会、科学进步的影响非常大。从审美意识形态到艺术创造手段、媒介等都要随着社会、科学的发展而呈现出新的时代特征。每一次艺术的创新都是借助于客观物质条件的拓展而出现的。所以社会、科学的无限发展，必然意味着艺术形式的无限发展。从艺术本身来讲，不同艺术之间的确存在着相互融合发展的客观基础和规律。由于艺术是在人的主观审美要求下，以当时社会科学为条件不断发展演化而来的，这就是说它们在审美上是共通的。虽然各自所借助的艺术媒介和表达方式有所不同，并以此相互区分开来，可正是由于这种不同使它们又有了相互借鉴、融合的必要。现代科技的发展无疑为各种不同媒介的融通提供了技术上的保障。互联网、文学、各种多媒体技术这几个原本独立的体系正如韦勒克和沃伦所说，在完成了各自的进化历程后，相互影响、进入、发生完全的形变而具有了一种更复杂的辩证关系的结构。

网络文学作为一种新的艺术形式逐渐进入人们的视野，并且迅速地完成了自己的分化与调整，试图以一种独立的姿态开始自己的进化历程。然而，网络文学毕竟太年轻了，与摄影文学、影视文学一样，更像是一种"嫁接"的艺术。它和传统文学到底会有多大的区别，其审美特征又将发生哪些"位移"和"断裂"，这只有等网络文学进一步发展后才能找到合适的答案。就目前来看，网络文学整体上似乎更多的是在和传统文学"合谋"来取得利益，而非"艺术价值"，它的价值自足性和历史合理性都处于悬置状态。事实上，我们现在有真正意义的网络文学作品吗？那些有影响力的作品不过是先借助网络产生了影响力，然后又通过纸质文学得到正名而已。网络文学的理论研究其实是在缺少作品状态下的一种超前研究，它需要真正成功的网络作品来证明其独特的艺术魅力。在这方面，网络文学的创作滞后于理论了。

左侧竖排：转型与深化——20世纪90年代文学研究

第二节　1996 年在底层与主旋律之间暖昧的"现实主义冲击波"

"现实主义冲击波"最初指 90 年代中期刘醒龙、谈歌、何申、关仁山等作家关注现实的一批作品推出后产生的效应，后来词义扩大，指 90 年代后期大量出现的以"现实主义"手法来揭示当时乡镇、工厂、城市现实生活和经济生活中的矛盾的小说在文学界产生的影响。这些小说侧重对现实困窘的描述，关注社会底层、普通劳工、农民以及城镇居民的日常生活，体现出一种平民情感。除了表现乡村市镇结构发生激烈变动以外，还以全景式的方式书写 90 年代以来的经济变革、政治改革过程中面临的问题与冲突。这类作品也不乏对官场和遍布社会各个角落的腐败现象进行揭发和抨击，甚至有"反腐败小说"的意味。

"冲击波"最主要的代表——谈歌、关仁山、何申均为河北籍作家，当时被称为河北的"三驾马车"。谈歌，原名谭同占，1954 年出生，祖籍河北完县（今河北省顺平县），代表作有《大厂》《官道》《天下荒年》《激情岁月》等。关仁山，满族，1963 年 2 月生于河北唐山丰南县（今唐山市丰南区），代表作有《大雪无乡》《九月还乡》等。何申，1951 年出生，天津人，后在河北工作，代表作有《信访办主任》《村民组长》《乡镇干部》《年前年后》等。除此之外，其他

"现实主义冲击波"的代表作家还有：刘醒龙，1956 年出生，武汉市文联专业作家，代表作有《分享艰难》《支书》《凤凰琴》等。周梅森，1956 年出生，江苏省徐州人，江苏作家协会专业作家，代表作有《绝对权力》《中国制造》《至高利益》《人间正道》等。陆天明，祖籍江苏海门，生于昆明，长在上海，经历丰富，代表作有《苍天在上》《省委书记》等。这些作家几乎都在作家协会担任一定职务，有的曾经担任政府相应领导职务或与政府工作人员关系密切，这样的身份可能也导致他们的创作基调不太容易

关仁山《大雪无乡》
百花文艺出版社 1997 年版

改变。作为作家，他们有代天地与人民立言、立心的责任感，没有丧失掉基本的立场；作为体制的一个组成部分与既得利益者，他们又不可能完全脱离开命定的格局和语境进行写作。

和之前的主旋律现实主义作品相比较，"现实主义冲击波"显然更具批判性，同时也因为这种"有限"的批判性不能冲破更加强烈的"解释"功能，这种"批而不破"的写作悖论让他们的作品在底层立场和主流话语之间摇摆不定，表现出一种暧昧的写作姿态来。任何一种文化潮流或文化事件的发生都有着复杂的历史与现实原因，"现实主义冲击波"也不例外。90 年代前期，文学并未有力地回应现实问题和矛盾。"新写实"从早期客观、平淡、冷静的写作行到此处，已经走向末路。市场经济快速发展，商业化冲击巨大，政治体制改革停滞，社会文化在喧嚣与瓦解中迅速分化，不论是知识界的"人文精神"的危机，或是老百姓社会道德的滑坡，整个社会都在激烈地震荡并形成压抑的力量，同时人们又感受到自由的氛围，只是这两种力量并没有和谐相处。可以说，中国当代社会"转型"过程中积累的成功与失败都没有被很好地"抒发"出来。相对于 80 年代文学对一个国家社会情绪的"释放"和"引导"功能，失去了"共名"的 90 年代文学，并未承担起公众宣泄情感的功能，这必然会引发作家和读者的不满，"针砭时弊"的"现实主义冲击波"适时出现，使人们产生了眼前一亮的快感。然而，快感过后，人们发现一切还是没有改变。因此有评论指出"现实主义冲击波"与国家意识形态的操纵有关，尽管此类小说有较强的现实批评性，但他们仍在承担表达主流意识形态的重任，他们"依靠其曲折复杂的叙事结构……以情感化的方式完成了

对现实秩序合理化的论证，并对现实矛盾做出了想象性的解决"[01]。笔者并不怀疑这些作家的良知与努力，但从实际的文学效果来看，也不想掩饰对他们的失望之情。

"现实主义冲击波"的出现自然会引发文学界的热烈讨论，有支持肯定者、批判否定者，也有客观分析者，他们的言论，有助于我们在今天更好地理解这场"冲击波"并对之做出相对合理的评判。每当文学在社会上产生大规模的轰动效应时，最根本的原因一般是社会处在一种动荡的状态，或者处在一种变革及转型的时期。"现实主义冲击波"归根到底也是由于社会本身处于"转型的失衡期"。我们知道1992年邓小平"南方谈话"后，社会主义市场经济在中共十四大获得了理论与实践上的合法性，"以经济建设为中心"成为一项基本国策。整个社会终于从呼唤现代化等思想精神领域转向了更务实的现实操作层面，随着逐渐走向全球经济"一体化"的进程，90年代中期的中国已经在转型期里走过一小段路程。原有经济制度和新兴市场经济，以及经济和政治改革形成了深刻的冲突。经历了社会各种改革的新锐期后，各种矛盾逐渐突出、激化，社会进入了一个十分艰难的境地。一些重大而又棘手的问题逐渐浮出水面："工厂破产、工人下岗，农民与土地的矛盾日益尖锐，大学生就业困难，黑恶势力抬头，社会丑恶现象屡禁不止，尤其是腐败问题积重难返。这些都需要作家以社会书记官的身份予以忠实地记录和反映。"[02] 80年代末的政治风波结束了80年代较为宽松的思想环境，"但意识形态的想象关系却发生深刻的变化……尽管多元化依然是一个奢侈的比喻性的愿望，但当代文学确实出现了多元化的情景，这得益于文化的产业化和市场化形势的不可阻挡，作家不再只是依附体系生存，他可以支配自己"[03]。由于"市场"这一要素的出现，作家们的自主性明显提高，可以不完全受体制的约束。尽管"政治"和"市场"的合法性并存，两者相互妥协，但政治仍是主导因素，诸如一系列审查制度、对媒体的控制等。所以许多创作只是"意识形态的想象关系"。总而言之，这一时

---

[01] 刘复生：《历史的浮桥——世纪之交"主旋律小说"研究》，河南大学出版社2005年版，第26—27页。

[02] 杨立元：《"现实主义冲击波"论》，《河北师范大学学报》(哲学社会科学版)2004年第2期。

[03] 陈晓明：《表意的焦虑》，中央编译出版社2004年版，第13页。

期"文学与政治权利、市场之间，建立了一种既抵御又同谋的复杂关系"[01]。作者的创作难免受到政治的影响，这也就可以解释为什么"现实主义冲击波"游离于底层与主旋律之间"只破不立，点到为止"的暧昧语调。

"现实主义冲击波"的出现，让一些评论者深以为是。有人认为："'三驾马车'创作的价值不仅仅局限于对河北文学的贡献，更重要的还在于三位作家和其他省份的盟友们一同宣告了现实主义的再次胜利和不朽的生命力，并使当代文学找到了新的生长点。"[02]评论者觉得这是现实主义在中国当代文坛的一次成功突围，甚至可以视为当代文学新的生长点。有人指出在此之前"寻根文学、新写实、新体验、新状态文学，以及边缘文学，虽然其中也不乏好的和比较好的作品，然而就其总体倾向来看，它们或热衷于描写人类遥远的往事，或热衷于描写人性的原生态，或热衷于描写生活琐事杂事，或热衷于描写个人隐私，以致文学逐渐偏离了社会生活的主潮"[03]。而"现实主义冲击波"却"广泛触及改革中道德与历史、经济与伦理、正义与实利、情感与理智、善与恶、个人与全局"[04]。显然，这股"冲击波"较之前的文学思潮更加针对广大的现实。90年代后，中国市场经济的启动加速了知识分子退出社会中心。同时，民众普遍地进入市场并直接承受"转型"带来的各种苦痛，自然，从理解与接受的角度，使"冲击波"作品更符合一般受众，让他们"感同身受"，这也为"冲击波"作品提供了巨大的阅读群体，包括作品迅速被改编为电视剧并引发关注。《抉择》的作者张平说："我以前说过，我现在还要再说一遍，我只盯着现实，现实比一切都有说服力……如果我以前没有真正想过我的作品究竟是要写给谁看的，那我现在已经想过和想定了，我的作品就是要写给那些底层的千千万万、普普通通的老百姓看，永生永世都将为他们写作。"[05]"我越来越痴迷探究和发展现实主义文学

[01] 洪子诚：《中国当代文学史》，北京大学出版社2011年版，第328页。

[02] 赵秀忠、孙兰群、刘淑玲：《现实主义道路上的三驾马车——何申、谈歌、关仁山》，《河北学刊》1998年第4期。

[03] 王峰秀：《现实主义启示录——关于现实主义冲击波的思考》，《文艺评论与批评》1997年第6期。

[04] 雷达：《现实主义冲击波及其局限》，《文学报》，1996年6月27日。

[05] 张平：《永生永世为老百姓写作——代后记》，《抉择》，群众出版社1997年版。

传统，感觉这才是一种正人君子的行为，如鄂东方言所说'站着死，竖着埋'的做人准则。"[01] 作家们的表态以及作品中表现出的"底层"意识和批判性，使得人们认为"（现实主义冲击波）作家有高度的责任感、使命感，以艺术'改良人生'和'改良社会'为己任……作家以这种执着的艺术追求在作品中与民众融为一体……作家的创作承担了现实的责任……"[02] 不可否认，"现实主义冲击波"的作家们是有他们的雄心壮志的，犹如"腐败""底层生活"之类的问题，尽管这不是绝对的禁忌，在 90 年代中期批判一下基层干部似乎也不会触犯红线，这点勇气和现实责任感还是可以承担并消化的。

"现实主义冲击波"的命名就很有意思：为什么是"冲击波"——似乎只是强烈但短暂的瞬间效应，正如它的事实一样。可以说，现实主义在中国当代文学中长期占据统治地位，经过"先锋"文学的分化，它被瓦解后在 90 年代再次聚拢，延续至今。现实主义自然是一种"无边的"存在，然而，当这种原本"无边的"现实主义以"冲击波"的形式骤然降临时，其存在的合理性在哪里？这点我们在前文已做分析，那么其被遗忘的原因或失败的地方又有哪些？

作家仅有对现实世界的充分关注与表现是远远不够的，一个更重要的问题在于思考要以一种什么样的方式关注并进入现实世界。因为"现实"永远都在那里，而"文学"却并不满足于用某种形式年复一年、代复一代地被"写"出来。这样的"作品"严格地来讲只是增加了一个时代的"文学"内容，并不见得对"文学"本身有创新性的贡献。如果说有些文学有所贡献，那也主要得益于"时代"本身不可替代的"新"特质。无数文学事实证明，优秀的作家在其观照、表现世界现实的过程中，都拥有一种相对成熟或可称之为世界观的精神哲学，有某种深邃的思想能力，在表现现实的同时更能强有力地穿透现实，写出人类的生存状态并提供更多的可能性。"真正的现实主义大家，应该有宏阔的视野和前瞻性思维，而观念的滞后和评价生活价值尺度的乏力，使作品离生活本质依然有距离。如果作家观念不变更，不站在历史的高度透视生活，'冲击波'作家有可能原地踏步而

[01] 汪政、刘醒龙：《恢复"现实主义"的尊严——汪政、刘醒龙对话〈圣天门口〉》，《南京师范大学文学院学报》2008 年第 2 期。
[02] 同上。

不自觉，其作品由于缺乏深刻的底蕴而显得苍白无力，并被读者抛弃"，"市场经济是一种法制经济，尽管在发育过程中，旧制度、旧观念对它有某种阻滞作用，但历史证明它是当前较为合理的一种经济制度……'冲击波'作家似乎把市场经济看成是一个诱使人堕落的场所，一种充满掠夺的异己力量，主人公的道德人格的高尚是因为他们和市场经济许多观念相悖中显示出来的"[01]。这些评论认为"冲击波"作品表现出一种"前途是光明的，道路是曲折的"的写作姿态，多少带有些"主旋律"的话语意味。

更尖锐的批评则称"现实主义冲击波"为"意识形态的弥合剂"。这种观点认为："（现实主义冲击波）重点揭示它所寄含的体制意识形态意蕴：在指向社会问题的表面现象下，回避深刻的现实矛盾，为现实问题（或现实焦灼）提供虚假的想象性解决……'现实主义冲击波'现象却同大多数新时期文学热潮一样，很快就潮退波平了。之所以会出现这种情况，恐怕与相关写作内在的意识形态的先天缺失有关。"[02] 此外，许多评论家认为"冲击波"并没有揭露"深层的矛盾"，他们的创作模式是僵化的、死板的，"大多自称写小说就早站在大众的立场上（谈歌），这也许是他们的本意，可是一旦娴熟地操练起那套行之有效的'书写'方法，写作便走向了他的反面，成为对大众的控制……如果凝固成为一整套僵化的'书写'模式，那么在不同的历史语境中，极易转换成新的文学等级制度和霸权地位"[03]。显然，一些评论者认为"冲击波"对社会的干预远远不够。但这种干预的程度应该如何，评论家们没有给出一个具体的标准，字里行间透出的，是对"冲击波"某种"妥协"的不满。

90年代中期兴起的这场"现实主义冲击波"，如果从整个90年代或者更长的文学史中结合现实主义的发展来观察，我们会得到什么样的评价？在讨论"现实主义冲击波"之前，先谈一谈出现在新世纪文学中与之非常相似，甚至是呼应它的"底层文学"现象。笔者以为

[01] 陈春生：《尴尬应对：回归与失落——对〈现实主义冲击波〉中几篇小说的解读》，《理论与创作》1998年第1期。

[02] 姚新勇：《现实主义还是意识形态的弥合剂——"现实主义冲击波"再思》，《中国文学研究》2000年第3期。

[03] 罗岗：《书写"当下"：从经验到文本——"现实主义冲击波"之检讨》，《上海文学》1997年第5期。

至少"新写实""现实主义冲击波""底层文学"之间存在着某些现实主义的传承关系，将它们联系起来考察，更有利于我们做出全面客观的评断。总而言之，不论每一阶段媒体或掌握话语权的某些批评家如何运作，这些现象不过是"文学的底层"的另一种说法而已。因此，我对"底层文学"的理解与基本定位同样适用"现实主义冲击波"。

"底层文学"是 2004 年以来渐渐成型的一种"创作、评论"现象。从曹征路发表《那儿》及《天涯》杂志发表刘旭、蔡翔的相关文章与对话开始，"底层"渐渐成为文学界谈论的热点话题，"底层文学"也正式粉墨登场，并且颇有席卷当代文坛之意。与批评界热闹的讨论极不相称的是，底层文学的创作实绩表现得令人尴尬，高调的理论如果没有扎实的创作支持，我想最终也不过是一阵喧哗、几分热闹而已。简单罗列一下经常被人们讨论、引用、认可的底层文学作品：曹征路的《那儿》（《当代》2004 年第 5 期）、《霓虹》（《当代》2006 年第 5 期）、《豆选事件》（《上海文学》2007 年第 6 期）、《问苍茫》（《当代》2008 年第 6 期）；刘继明的《放声歌唱》（《长江文艺》2006 年第 5 期）、《我们夫妇之间》（《青年文学》2006 年第 1 期）；罗伟章的《大嫂谣》（《人民文学》2005 年第 11 期）、《我们的路》（《长城》2005 年第 3 期）、《变脸》（《人民文学》2006 年第 3 期）；陈应松的《马嘶岭血案》（《人民文学》2004 年第 3 期）、《太平狗》（《人民文学》2005 年第 10 期）；胡学文的《命案高悬》（《当代》2006 年第 4 期）；王祥夫的《五张犁》（《人民文学》2005 年第 12 期）、《狂奔》（《山花》2006 年第 11 期）等。如果简要地概括以上作品私人的阅读经验，我认为是"底层有余，文学不足"——文本整体上呈现出一种真实的分析、虚弱的想象特征。此外，批评者们还会"拉"上一些和"底层"相关的作家作品，或者从"底层"的角度解读一些作品来扩张和充实"底层文学"。比如贾平凹的《高兴》，林白的《妇女闲谈录》，杨显惠的《夹边沟纪事》《定西孤儿院纪事》，刘庆帮的《卧底》《福利》，等等，如果采用上述原则来观察文学的话，我相信这个名单将会很长，有句诗正好可以形象地描述这种"底层文学"："无边落木萧萧下，不尽长江滚滚来。"

批评界对"底层文学"的态度比较复杂，就笔者的观察大致可分为三类：一类是以积极的姿态介入"底层文学"，为之兴奋、鼓舞，并试图从理论上有所引导和总结；另一类对"底层文学"持怀疑态度，甚至否认其艺术价值，并指出其创作方面存在的诸多缺失和问题；第三类则不一定有鲜明的立场，往往选取某一角度介入，提出一些富有建设性的意见，可以起到帮助人们更深入思考的作用。随着讨论的不断深入，与"底层文学"相联系的一些问题渐渐浮出水面：如"底层"表述与被表述的可能性，"底层写作"与左翼传统、纯文学及时代叙事伦理的关系，底层文学的现存误区与若干质疑，底层文学兴起的社会现实及历史动因，底层文学中蕴藏的理论与实践可能性，等等。许多当代著名学者如蔡翔、南帆、王尧、张清华等都参与了讨论，一些年轻批评者也迎头猛进，还有大量跟风而动的凑热闹者，于是，"底层"似乎成了当代文学一个闪亮的学术增长点，人人得而分一杯羹痛饮之。有学者批评"底层文学"成了知识分子争夺话语资源的话柄，依我看还是有一定道理的。

但我们不能否认有相当一部分学者对这个话题感兴趣的正当动机，仔细地阅读他们的文章，我们就能体会到他们悲悯的寸草心所散发出的自然气息。比如蔡翔多年前发表的《底层》以随笔的方式写得绵长浓厚，令人感动；再比如张清华的《"底层生存写作"与我们时代的写作伦理》（《文艺争鸣》2005 年第 3 期），在一个伦理观念渐渐丧失的年代里，作者从打工诗歌里读到了那些依稀尚存的、写在纸上的伦理，我相信这些文字表达了作者对连"纸上的伦理"都将丧失的隐忧；还有王尧的《关于"底层写作"的若干质疑》（《当代作家评论》2008 年第 4 期），分析得全面而细致，提出了许多值得思考的问题。"底层写作"为何很快成为 21 世纪以来一次得以持续、全面、广泛展开的讨论现象？而且讨论的范围似乎正由一个文学问题转向更广阔的社会问题。正如一些学者已经看到的那样，"底层写作"涉及的是文学的一些基本问题以及中国社会转型期文学发展的路向问题。但文学这次没有充当"报春鸟"的角色，反应似乎比社会学要迟钝一些，这一点白浩在《新世纪底层文学的书写与讨论》（《文艺理论与批评》2008 年第 6 期）一文中借鉴了社会学的研究成果给予了比较深刻的剖析。我非常赞同这篇文章中的观点，"底层写作"之所以能广泛兴起、持续发展并被深入讨论，和中国当代社会结构的变化、利益阶层的分化关系密切。说得简约一点就是，中国社会内部的落差已经越来越大，严重的贫富分化正酝酿、形成新的不平等关系，这种不平等将成为社会新的、主要的不稳定根源，"底层写作"不过是这种趋势在文学上的必然反映。

这一判断首先意味着"底层写作"存在的合理性，并且它将持续下去。但这种存在的合理性并不能代表它获得了艺术上先天的合法性，恰恰相反，由于它必须走出从前"现实主义"传统的窠臼，找到真正属于自己的写作方式和艺术内涵，确立与这个时代相匹配的艺术主题与表现形式。所以，笔者以为目前的"底层写作"只不过是刚刚起步，很不成熟。希望那些性急的批评者少安毋躁，直面现实的困境，而不要忙着揠苗助长或者快意驰骋于幼草地。"底层写作"其实为批评家和作家们出了一道难题，那就是：如何找到我们这个时代的"现实主义"？在笔者看来，加洛蒂"无边的现实主义"肯定的其实是一种直面现实的艺术哲学精神，在这个意义上"现实主义"当然是"无边的"、不断开放的。它同时也意味着另一种意思，每个时代都有属于它自己独特的"现实主义精神"。那是一种把作家的良知和时代生活融入艺术之路、反映真理之光的精神。它体现在作品和艺术上，就绝不可能让人有"简化""雷同""重复"之感，而是一种"与时俱进"的艺术探索。

"底层写作"最为人诟病的缺点在于从理论指导到创作实践都没有太大的突破。笔者曾进行过可能并不算科学的阅读实验：我尝试着把"底层文学"作品中时代生活本身赋予作品的独特性去除，发现作品的艺术性也随之消失殆尽。这意味着，作家是凭借生活本来的艺术而成功的，他们并没有如昆德拉所说的"发现唯有小说才能发现的东西"，至少他们没有取得令人信服的、公认的突破。因此，当某位批评者把某位"底层写作"的作家的某些小说上升到很高的文学水平时，因为和本人的阅读感受相差太远，笔者在吃惊之余也就顺便放弃了对他们的欣赏之意。回到"底层写作"的走向上，笔者当然相信这种写作还将持续发展，并且有望出现真正可以代表这个时代的作品，但笔者并不指望在这种抢风潮式的"底层写作"中马上看到伟大的作品。让人高兴的是，随着讨论的深入，"底层写作"确实出现了一些可喜的征兆：已经慢慢摆脱那种纯粹的苦难展示、道德同情而呈现出多样化的发展路数来；理论批评界也渐渐产生一些有价值的思考，笔者以为这是"底层写作"真正走上希望之路的开始。

之前涌现的大量"底层文学"不能说完全没有价值，也不能说完全没有艺术性。但总体而言，它们过于沉重，想要承担和表达的东西太多，确实有一种"问题小说"的"重复"嫌疑，后来大量闻风而动的创作更是有"题材决定论"的味道。如果说从前文学以我们熟悉的各种方式"介入"社会现实并取得巨大成功的话，那么今天采取同样的策略是否依然有效？这很值得怀疑。"底层写作"是在重返文学介入现实的传统吗？如果要重返，它究竟应该怎样重返？笔者私人的阅读体验是：2004 年初读"底层文学"作品时，我被震撼并且感动；以后大量的阅读则只能引起我的愤怒——愤怒中国当代社会怎么还有这么艰难的生活；再后来，我干脆没什么感觉了，因为我感到了重复，就像一个战场上见多了死人的战士一样，我已经习惯了苦难和焦虑而变得麻木，甚至厌恶起来。

当年有人认为"现实主义冲击波"可以视为中国当代文学的一个"生长点"，正如某些批评者也急于抬高"底层文学"一样。笔者以为当年的"冲击波"和 21 世纪的"底层文学"一样——可能只是某些评论者谋求话语权的"生长点"，对于"现实主义"来说既没有生长点，也不见得有多少艺术性。但它们共同表达了中国社会一直存在的"底层"问题，表达了我们文学面对这些"底层"时那种缺乏艺术想象力的无奈与无力状态。在这些"文学的底层"仍然平静地流淌并走向成熟、抵达它自由宽广的水域之前，我们应该防止批评的急功近利和过度阐释。最后，我想借用李新宇一个类似游戏的方式来对"冲击波"完成一个简短的总结，可能也正好集中表现出这类小说的精神实质。他是这样描述"现实主义冲击波"的：《村民组长》，《代理县长》，《天下荒年》，《分享艰难》[01]。

[01] 李新宇：《走过荒原：20 世纪 90 年代中国文坛观察笔记》，广西师范大学出版社 2003 年版，第 305 页。

转型与深化——20世纪90年代文学研究

第三节 1997年作家的"文学"：
以余华在《读书》中的随笔为例

1997年的文学热点首先表现为对当代诗歌的热烈讨论。比如2月，《北京文学》第2期开辟"笔谈九十年代中国诗歌"专栏，刊出众多名家文章。4月，《北京大学研究生学刊》第1期开辟"关于90年代诗歌写作的对话"专栏。5月，《天涯》第3期接着推出"90年代诗歌精选之二"。7月，由福建师范大学、中国社会科学院文学研究所、北京大学文学研究所联合举办的"现代汉诗学术研讨会"在武夷山召开，其中，会上对"后新诗潮"的批评引发了争议。该年另一个重要事件是4月王小波病逝并掀起后续的"热"潮。然而，在笔者看来，该年1月，余华应汪晖之约开始为《读书》杂志写随笔，也可以视为一件微小却很值得回味的事件[01]，因为其中透露了一个作家对文学阅读、欣赏、创作的许多独特理解。当我们阅读了太多学者对文学的理解后，余华的随笔可能会为我们带来令人吃惊的理解文学的另一种视角——作家的"文学"。《读书》在中国知识界的影响，将会把这种作家的

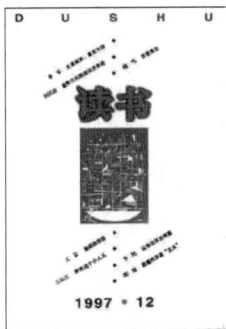

《读书》
1997年第12期封面

---

[01] 参见浙江师范大学"余华研究中心"网络资源。

"文学"观极大地展示给人们。遗憾的是，到目前为止，似乎没有多少人真正认真地讨论过这个问题。

余华在20世纪80年代中期一举成名，90年代写出《活着》和《许三观卖血记》后迅速走向经典化。正当大家期待着余华的"下一部"时，他却写起了随笔。余华在《我能否相信自己》"后记一"里讲：

> 1995年完成《许三观卖血记》之后，我开始为明天出版社写作《兄弟》，当时的计划只是写作一部十万字左右的小说。那时汪晖开始主编《读书》杂志，约我写作随笔，我写下了《布尔加科夫与〈大师和玛格丽特〉》，此后《兄弟》搁浅了，写作小说的道路中断了，另一条写作随笔的道路开始延伸。一晃几年过去，2000年我开始写作那部望不到尽头的世纪小说，2003年也搁浅了。

《我能否相信自己》最早由人民日报出版社1998年12月出版（明天出版社2007年再版，内容有变化），主要分为"我和他们""我和自己""访谈录"三部分。其中"我和他们"部分收录了余华13篇以阅读"文学"为主的随笔。1996年时任三联出版社总经理的董秀玉女士延请汪晖、黄平二人担任《读书》执行主编。所以，汪晖最早约余华写随笔应该是1996年，这一点也在他为《我能否相信自己》写的序里得到证实：

> 1996年，一个灰色的秋日，暗淡的阳光照射在朝内大街的一座现在已不复存在的灰色的楼里，我伏在桌子上阅读余华为《读书》撰写的第一篇文章，题目是《布尔加科夫与〈大师和玛格丽特〉》。

《读书》1996年第11期发表了这篇《布尔加科夫与〈大师和玛格丽特〉》，之后余华所说的"另一条写作随笔的道路开始延伸"。然而，令人奇怪的是，笔者在CNKI（中国知网）的检索、查阅显示，《读书》在1997年没有发表过余华任何一篇随笔。系统显示：

余华在《读书》发表的随笔1996年1篇，1998年4篇，1999年3篇。余华其实很早就开始写作随笔了，比如早在1989年，《上海文学》就发表过他一篇著名的随笔《虚伪的作品》。不论如何，通过以上信息，我们可以肯定的是，虽然余华之前或之后也偶写随笔，但从1996年末至2000年的时间里，他应《读书》主编汪晖之邀，确实很认真、投入地写了三年左右的随笔，而这种有意识、有规模的随笔写作，应该是从1997年正式开始的。我们这里的讨论将不受这个时间的限制，而是主要围绕着作家余华以读者身份对"文学"的阅读随笔展开——我们想看一看作家对自己同行的"阅读"将会是什么样的？这便是笔者很感兴趣的作家的"文学"。

就个人而言，阅读余华的随笔，是开心而印象深刻的过程。这首先是因为他的语言仍然保留了鲜活的力量，让我觉得十分亲切。其次，他的看法细致而独特，阅读作品和体悟写作的能力超常，经常给人带来耳目一新之感，这种携带着深刻创作经验的作家视角对我有着非同一般的吸引力。学院派批评风格，虽然标准的书面语能带来一些形式和内容上的贵族气息，严密的逻辑也让人感到扎实厚重，但我更喜欢那些能显示个人性情、风格比较自由，同时又能谈出洞见的批评文字。正如汪晖在《我能否相信自己》的序文中所言："在当代中国作家中，我还很少见到有作家像余华这样以一个职业小说家的态度精心研究小说的技巧、激情和它们所创造的现实""他对经典的理解绝不是人云亦云的重复，恰恰相反，他通过对写作过程的回溯颠覆了文学史"[01]，"显示了一位有经验的小说家对结构的理解"[02]。余华的随笔就是这样的文字，为我们打开了一扇从作家的世界理解文学的窗户。

如果小说因为虚构和想象变成了"虚伪的作品"，相对而言，随笔就会更多地显露作者"真实的看法"。因此，随笔的写作对于余华来说其实是一次文学经验的沉淀。余华经历了创作的巨大成功后，如果不能突破对文学既有的理解和看法，那么将很难突破自己创作上面临的困境。余华对这一点是深有体会的："叙述上的训练有素，可以让作家水到渠成般地写作，然而同时也常常掩盖了一个致命的困境"，"熟练则会慢慢地把作家造就成一个职业的写作者，而不再是艺术的

[01] 汪晖：《序》，余华：《我能否相信自己》，明天出版社2007年版，第14页。
[02] 汪晖：《序》，余华：《我能否相信自己》，明天出版社2007年版，第5页。

创造者了"[01]。我相信余华道出了每个作家都会面临的困难，他在长达十年的时间里没有出版小说，很有可能和他的这种困境有关系。他没有更新自己对文学的看法，又不愿简单重复从前的写作。那么，一个成熟的作家是如何理解那些伟大的文学作品及其人物形象的呢？让我们跟随余华的随笔一起来感受这种作家的"文学"吧。

《布尔加科夫与〈大师和玛格丽特〉》这篇随笔让我们见识了一个作家是如何理解长篇小说的结构、叙述与人物的关系的。更重要的是，余华是以一种"讲故事"式的轻松、一种由文学"里边"向外看的视角描述了其他学者无法体验的"文学"景观。比如对布尔加科夫的介绍与理解是这样开头的：

> 1930 年 3 月 28 日，贫困潦倒的布尔加科夫给斯大林写了一封信，希望得到莫斯科艺术剧院一个助理导演的职位，"如果不能任命我为助理导演……"他说，"请求当个在编的普通配角演员；如果当普通配角也不行，我就请求当个管剧务的工人；如果连工人也不能当，那就请求苏联政府以它认为必要的任何方式尽快处置我，只要处置就行……"

余华简短地评论后接着讲述了这个故事的结尾：1930 年 4 月 18 日，斯大林拨通了布尔加科夫家的电话，与布尔加科夫进行了简短的交谈，然后布尔加科夫成了莫斯科艺术剧院的一名助理导演。他重新开始写作《大师和玛格丽特》——一部在那个时代不可能获得发表的作品。余华对布尔加科夫的创作背景介绍完全是"体察"式的，是一种"作家"之间特有的"心灵默契"式的"介入"理解。这和我们常见的"客观""死板""毫无生命体验"式的作家介绍反差实在太大。问题的关键在于，余华对布尔加科夫的理解为他的下文做了充分的准备，也让读者能从理性到感情接受余华对其作品的欣赏。余华说布尔加科夫的写作只能是内心独白，于是愤怒、仇恨和绝望之后，他突然幸福地回到了写作，就像疾病使普鲁斯特回到写作，孤独使卡夫卡回到写作那样。回到了写作的布尔加科夫，没有了出版，没有了读者，

---

[01] 余华：《许三观卖血记》，江苏文艺出版社 1996 年版，"跋"。

没有了评论，与此同时他也没有了虚荣，没有了毫无意义的期待。他获得了宁静，获得了真正意义上的写作。这大概就是老子所说的"有无相生"的道理吧？因此"在生命的最后十二年里，布尔加科夫失去一切之后，《大师和玛格丽特》的写作又使他得到了一切"。

《大师和玛格丽特》是一部长篇作品。如果说中短篇因为篇幅短小，作家尚且可以控制，那么长篇作品的结构、叙述以及人物都是作家写作过程中必须面对的问题，处理不好，往往容易失控，造成艺术上的多种遗憾。作为普通读者或者专业批评家大概也可以在读完一部作品后品头论足、说三道四，这当然不足怪。可是，毕竟多数读者不会有成熟的创作体验，那么一个成熟作家从"文学"创作的内部向外"看"时，他带给我们的景观也许会有更多的启示，可以帮助我们更好地理解文学，提高阅读、欣赏、批评的水准。笔者分享一个非常私人的体验：从前看影视作品时，也会简单地大致区分出优劣好坏，但对于演员的表演才能却感受薄弱。后来读大学时有机会参演一部莫里哀的话剧《逼婚》，几个月的表演体会让我有了许多原来不曾有的艺术感悟。以后再看影视作品时，就非常清楚哪些情境是表演的"瓶颈"，通过这些"难点"就会看出演员的表演功底和水准，也会看出编剧在处理这些情节时的能力。余华作为一个资深、成熟的作家，他对"文学"的理解当然更深入。然而，我们却看到余华像个认真的孩子一样，一边欣赏着作品、感受着人物，一边数着多少页才出现"叙述"的变化以及为何这样。比如：

> 在这部作品中，有两个十分重要的人物，就是大师和玛格丽特，他们第一次的出现，是在书的封面上，可是以书名的身份出现了一次以后，他们的第二次出现却被叙述一再推迟，直到284页，大师才悄然而来，紧接着在314页的时候，美丽的玛格丽特也接踵而至了。在这部580页的作品里，大师和玛格丽特真正的出现正是在叙述最为舒展的部分，也就是一部作品中间的部分。

在这篇随笔中，余华仿佛与布尔加科夫"合而为一"了，他"阅读""欣赏"的同时也"创作"着这部小说。因此出现了很多只有

（竖排书脊）转型与深化——20世纪90年代文学研究

"创作者"——作家才能讲出的话语：

> 61 页过去了，布尔加科夫才让那位诗人疯跑起来，当诗人无家汉开始其丧失理智的疯狂奔跑，布尔加科夫叙述的速度也跑动起来了，一直到 283 页，也就是大师出现之前，布尔加科夫让笔下的人物像是传递接力棒似的，把叙述中的不安和恐惧迅速弥漫开去。

> 当所有的不安、所有的恐惧、所有的虚张声势都聚集起来时，也就是说当叙述开始显示出无边无际的前景时，叙述断了。这时候大师和玛格丽特的爱情开始了，强劲有力的叙述一瞬间就转换成柔情似水，中间没有任何过渡，就是片刻的沉默也没有，仿佛是突然伸过来一双纤细的手，"咔嚓"一声扭断了一根铁管。

> 这时候 283 页过去了，这往往是一部作品找到方向的时候，最起码也是方向逐渐清晰起来的时候，因此在这样的时候再让两个崭新的人物出现，叙述的危险也随之诞生，因为这时候读者开始了解叙述中的人物了，叙述中的各种关系也正是在这时候得到全部的呈现。叙述在经历了此刻的复杂以后，接下去应该是逐渐单纯地走向结尾。

余华以一个作家的敏感理解了《大师和玛格丽特》的叙述结构，让我们理解了为什么"在一部五百页以上的长篇小说里，结构不应该是清晰可见的，它应该是时隐时现，它应该在叙述者训练有素的内心里，而不应该在急功近利的笔尖。只有这样，长篇小说里跌宕的幅度辽阔的叙述才不会受到伤害"。类似这样的感悟，至少我还没有从哪一位学者的文章里看到过，也许他们也曾讲过相似的话语，可是从来不会如此简洁、形象、清晰、有力，令人印象深刻、感悟良多。对于人物，余华也有着自己的理解，比如布尔加科夫在描述大师和玛格丽特时放弃了他们应该具有的现实性！采用这种写法当然不是因为疏忽而将他们写得像抒情诗那样与现实十分遥远。玛格丽特不仅使大师的内心获得了宁静，也使作者布尔加科夫得到了无与伦比的安慰。这个虚幻的女子与其说是为了大师而来，不如说是布尔加科夫为自己创造的。于是她不可逃避地如同大师——其实是布尔加科夫一样忧郁。余华忍不住再次揭示了作家内心的小秘密："作家就是这样，穷尽一生的写作，总会有那么一两次出于某些隐秘的原因，将某一个叙述中的人物永远留给自己。这既是对自己的纪念，也是对自己的奖励。布尔加科夫同样如此，玛格丽特看上去是属于《大师和玛格丽特》的，是属于所有阅读者的，其实她只属于布尔加科夫。"

《温暖和百感交集的旅程》写于1999年，也非常集中地体现了余华作家的"文学"观点。在这篇随笔中，余华提到了许多启发了他的重要文学作品，比如川端康成的《伊豆的歌女》、卡夫卡的《乡村医生》《在流放地》、马尔克斯的《礼拜二午睡时刻》、布鲁诺·舒尔茨的《鸟》、若昂·吉马朗埃斯·罗萨的《河的第三条岸》、辛格的《傻瓜吉姆佩尔》、鲁迅的《孔乙己》、博尔赫斯的《南方》、拉克司奈斯的《青鱼》和克莱恩的《海上扁舟》。余华对这些作品进行了精要的点评与欣赏，以一个作家的洞察力讲出了许多"文学"体验与欣赏的意见。比如讲到川端康成描述一位母亲凝视死去女儿时的感受："女儿的脸生平第一次化妆，真像是一位出嫁的新娘。"类似的例子在卡夫卡的作品《乡村医生》中也有体现，医生检查到患者身上溃烂的伤口时，他看到了一朵玫瑰红色的花朵。余华说："这是我最初体验到的阅读，生在死之后出现，花朵生长在溃烂的伤口上。对抗中的事物没有经历缓和的过程，直接就是汇合，然后同时拥有了多重品质。"这种深刻的阅读印象在他的《鲜血梅花》中就得到了直接的创作表现。而马尔克斯《礼拜二午睡时刻》所展示的是作家克制的才华，儿子作为小偷被人枪杀的事实会令任何母亲不安，然而这个经过了长途旅行，带着已经枯萎的鲜花和唯一的女儿，来到这陌生之地看望亡儿之坟的母亲却是如此的镇静。余华注意到马尔克斯简洁而不动声色的叙述，人物和场景仿佛是在摄影作品中出现，而且他只写下了母亲面对一切的镇静，镇静的后面却隐藏着无比的悲痛和宽广的爱。正是这种爱让神父都会在这个女人面前不安。这种"简洁、克制"也在余华的小说创作中有所表现。让我们再来体会一下余华对《孔乙己》的阅读感受：

在《孔乙己》里，鲁迅省略了孔乙己最初几次来到酒店的描述，当孔乙己的腿被打断后，鲁迅才开始写他是如何走来的。这是一个伟大作家的责任，当孔乙己双腿健全时，可以忽视他来到的方式，然而当他腿断了，就不能回避。于是，我们读到了文学叙述中的绝唱。"忽然间听得一个声音，'温一碗酒'。这声音虽然极低，却很耳熟。看时又全没有人。站起来向外一望，那孔乙己便在柜台下对了门槛坐着。"先是声音传来，然后才见着人，这样的叙述已经不同凡响，当"我温了酒，端出去，放在门槛上"，孔乙己摸出四文大钱后，令人战栗的描述出现了，鲁迅只用了短短一句话："见他满手是泥，原来他是用这手走来的。"

从中学开始阅读《孔乙己》，到大学以后，我看过许多讨论这部作品的文章，唯有这段文字让我阅读后就不再遗忘。余华通过一个小小的细节，既洞悉了鲁迅的伟大，也表现了作家的"文学"和普通人及学者之间的差别。这种差别不仅仅是阅读、理解、欣赏方面的"内""外"之别，不仅仅是"体验"之后的深刻洞见，更是消化吸收后的应用与创新。

我们今天讨论余华的随笔，除了想揭示之前一直不为人注意的作家的"文学"外，更想指出，至少余华随笔中表现出的对"文学"的理解，和他后期的小说创作之间存在着深刻的联系。这一点我们以《兄弟》为例简要讨论。

1995年至2002年的随笔写作对于余华《兄弟》的创作有着内在的影响。其表现在许多方面：在具体技巧方面，余华在阅读马尔克斯《礼拜二午睡时刻》中学会了"镇静"和"克制"。那位母亲在儿子坟前表现出的镇静以及后面隐藏着无比的悲痛和宽广的爱，和《兄弟》中李兰在宋凡平死后入棺时表现出来的惊人镇静何其相似！在心理描写方面，余华从福克纳那里学来了如何对突如其来的幸福和灾变进行心理描写："当人物最需要内心表达的时候，我学会了如何让人物的心脏停止跳动，同时让他们的眼睛睁开，让他们的耳朵聋起，让他们的身体活跃起来。"[01] 这一技巧在《兄弟》突如其来的幸福和灾

---

[01] 余华：《内心之死》，《温暖和百感交集的旅程》，上海文艺出版社2004年版，第92页。

难中再一次得到了广泛的应用，这里我只举李光头和林红疯狂做爱之夜听到宋钢死亡时的例子。小说是这样描写的：

> 李光头吼叫了一声以后，听到刘副在电话里的一句话，立刻像是一枚炮弹炸开似的喊叫了：
>
> "啊！"
>
> 他惊慌失措地从林红身上跳了下来，跳下了床，然后赤裸裸像个傻子一样站在那里，举着手机半张着嘴，听着刘副说一句，身体就会抖一下。刘副说完了挂断手机了，李光头仍然耳朵贴着手机，像是失去了知觉那样一动不动，过了一会儿手机掉到了地上，发出的响声把他吓了一跳，他回神来以后，痛哭流涕地诅咒自己[01]。

而林红听到宋钢死了的消息，小说是这样写的：

> 林红半张着嘴，恐惧地看着李光头，仿佛李光头刚刚强奸了她，她跳下了床，迅速地穿上衣服。穿好衣服以后，她不知道接下去该怎么办了，她满脸的不知所措，像是刚刚有医生告诉她得了绝症似的。过了一会儿，她泪如雨下了，她咬破了自己的嘴唇，仍然无法阻止自己的眼泪。她看到李光头还是赤条条站在那里，突然对他的身体充满了厌恶，她仇恨满腔地对李光头说……[02]

余华对两人听到宋钢死讯时的描写都贯彻了他学到的技巧，只是增加了点比喻的修辞，经过这样的处理之后，接着写到他们的语言，而不是心理活动，在这一节里，余华根本就没有进行传统意义上的心理活动描写。

《兄弟》的结构方式似乎也在《布尔加科夫与〈大师和玛格丽特〉》一文中有所解释："它不是一部结构严密的作品"，"他要表达的事物实在是太多了，以至于叙述的完美必然会破坏事实的丰富，他干

---

[01] 余华：《兄弟（下）》，上海文艺出版社 2005 年版，第 440—445 页。
[02] 同上。

脆放任自己的叙述，让自己的想象和感受尽情发挥，直到淋漓尽致之时，才会做出结构上的考虑"，"在一部五百页以上的长篇小说里，结构不应该是清晰可见的，它应该是时隐时现的，它应该在叙述者训练有素的内心里，而不应该在急功近利的笔尖"[01]。

在叙述和语言方面，《谁是我们共同的母亲》一文[02]详细分析了莫言在1987年写的那部引起极大争议的小说——《欢乐》。余华认为《欢乐》引起人们的拒绝和愤怒的原因在于莫言冒犯了叙述的连续性和流动性，叙述者对事物赤裸裸的描述，彻底激怒了阅读者，尤其是有关跳蚤爬上母亲的身体，甚至爬进阴道的那段描述。余华当然肯定了莫言在《欢乐》里的探求，他写道："当他们认为《欢乐》亵渎了母亲空虚形象时，事实上是在对一种叙述方式的拒绝，在他们看来，《欢乐》的叙述者选择了泥沙俱下似的叙述，已经违反了阅读的规则，更为严重的是《欢乐》还选择了丧失良知的叙述。"[03]余华最后不得不遗憾地承认："虚构作品在不断地被创作出来的同时，也确立了自身的教条和真理，成为阅读者检验一部作品是否可以被接受的重要标准，它们凌驾在叙述之上"，"它们就是标准"，"所有的叙述必须在它们认可的范围内进行，一旦越出了它们规定的界线，就是亵渎……就是一切它们所能进行指责的词语"[04]。余华用很长的篇幅写下了这篇文章，完成了一次形象而严密的逻辑论证，他大概做梦也没想到，自己在1995年4月11日就已经写下十年后反驳批评家们的有力话语。

事实上，作家的"文学"是我们今天必须认真面对的一个问题，尤其是当我们把它和学者的"文学"放在一起讨论与理解时，笔者相信会展示出更多有意思的话题来。有不少作家比如马原、残雪、王安忆、阎连科等都写过不少创作随笔，展示了他们对"文学"的理解。这是一个发生碰撞与融合的话题，我们期待着其中闪现出更美丽的文学火花。

[01] 余华：《温暖和百感交集的旅程》，上海文艺出版社2004年版，第25页。

[02] 余华：《没有一条道路是重复的》，上海文艺出版社2004年版。

[03] 余华：《没有一条道路是重复的》，上海文艺出版社2004年版，第150—151页。

[04] 余华：《没有一条道路是重复的》，上海文艺出版社2004年版，第155—156页。

竖排标题：转型与深化——20世纪90年代文学研究

第四节　1998年文学"起义"或者"游戏"：关于"断裂"问卷

1998年，《北京文学》第10期刊登了名为《"断裂"：一份问卷与五十六份答案》的调查结果，发起和整理人是朱文。内容主要分为参加者、问卷本身、附录一"问卷说明"、附录二"答卷数据统计"、附录三"工作手记"五个部分。在问卷说明中，朱文认为，"这一代或一批作家出现的事实已不容争辩。在有关他们的描绘和议论中通常存在着误解乃至故意歪曲。同时，这一代作家的道路也到了这样一个关口，

《北京文学》
1988年第10期

即，接受现有的文学秩序成为其中的一环，或是自断退路坚持不断革命和创新。鉴于以上理由我提出这份问卷"，并明确表示"我的问题是有针对性的，针对现存文学秩序的各个方面以及有关象征符号。通过对这些问题的回答将明确一代作家的基本立场及其形象"。在"工作手记"中他记录了整个调查过程中的各种有趣的反馈和经过，比如这些答案，"我完全忠实地把他们的回答原样照搬。这使我有机会更为仔细地进入每一位作家的语气中"。整个调查的时间是"从五月一日萌发这个行为的想法到七月二十九日完成最后的文本，历时整九十

天"。数据统计中的一些信息也很值得我们参考，让我们先看一下参与回答这份问卷的人员有哪些。

参加者：

[吉林] 述平　金仁顺　刘庆

[辽宁] 刁斗

[广西] 东西　海力洪　沈东子

[广东] 杨克　张梅　凌越

[浙江] 王彪　夏季风

[云南] 于坚　李森

[四川] 翟永明

[福州] 吕德安

[湖北] 李修文　葛红兵

[天津] 徐江

[北京] 林白　李冯　邱华栋　金海曙　李大卫　贺奕
　　　　朱也旷　赵凝　田柯　侯马

[上海] 张旻　棉棉　赵波　羊羽　夏商　西飏　张新颖
　　　　郜元宝　蒋波

[江苏] 吴晨骏　鲁羊　韩东　刘立杆　赵刚　王大进
　　　　楚尘　陈卫　罗望子　黄梵　朱朱　魏微　朱辉
　　　　林舟　荆歌　顾前　李小山

就90年代末期的文坛而言，参与这份问卷的这些人除少数有影响力外，多数是些文坛边缘作家（个别是青年学者），难以在主流文学秩序中占一席之地。这份问卷的问题一共有13个，摘录如下：

一、你认为中国当代作家中有谁对你产生过或者正在产生着不可忽略的影响？那些活跃于50年代、60年代、70年代、80年代文坛的作家中，是否有谁给予你的写作以一种根本的指引？

二、你认为中国当代文学批评对你的写作有无重大意义？当代文学评论家是否有权利或足够的才智对你的写作进行指导？

三、大专院校里的现当代文学研究对你产生过任何影响吗？你认为相对于真正的写作现状，这样的研究是否成立？

四、你是否重视汉学家对自己作品的评价？他们的观点重要吗？

五、你觉得陈寅恪、顾准、海子、王小波等人是我们应该崇拜的新偶像吗？他们的书对你的写作有无影响？

六、你读过海德格尔、罗兰·巴特、福科、法兰克福学派……的书吗？你认为这些思想权威或理论权威人物对你的写作有无影响？他们对进行中的中国文学是必要的吗？

七、你是否以鲁迅作为自己写作的楷模？你认为作为思想权威的鲁迅对当代中国文学有无指导意义？

八、你是否把基督教、伊斯兰教、佛教等宗教教义作为最高原则对你的写作进行规范？

九、你认为中国作家协会这样的组织和机构对你的写作有切实的帮助吗？你对它作何评价？

十、你对《读书》和《收获》杂志所代表的趣味和标榜的立场如何评价？

十一、对于《小说月报》《小说选刊》等文学选刊，你认为它们能够真实地体现中国目前文学的状况和进程吗？

十二、对于茅盾文学奖、鲁迅文学奖，你是否承认它们的权威性？

十三、你是否认为穿一身绿衣服的人就像一只青菜虫子？

除第十三个问题朱文承认"这是一次不成功的玩笑"外，其他十二个问题全是和当代文学密切相关的。参与者的回答也在每一个问题后被客观地逐一罗列出来，这让我们有机会看到人们对同一问题的各种表态。尽管每个问题回答者众多，答案也并非铁板一块，但就整体而言，这些参与者的回答基本是"否定"与"批判"的断裂者姿态。"断裂问卷"一面世，立刻在90年代后期的文坛上引发轩然大波。问卷对问题的设置和回答带有鲜明的指向性与个人主义色彩，以戏谑的游戏态度和肤浅的认知对当代文坛的权威发起了挑战。"断裂者"们在问卷中对中外文学传统如海德格尔、福科、鲁迅等人的批判，对高校的现当代文学研究、对现行体制进行了公开否认与彻底颠覆。答卷中对此类问题的全盘否定和轻蔑态度引起了文坛部分作家、文学评论家的反思与追问。

在这场讨论中，学界对断裂者们反传统的姿态是肯定的，但大多认为这份问卷是情绪化、随心所欲的和不负责任的，认为问卷的设计指向性明确，是带有一定策略或计谋的诱供。陈晓明认为，"这一场大张旗鼓的宣扬断裂的路线斗争，其实质就是文学的少数异类族群与主导文化争夺符号权力的斗争"[01]。有研究者指出，这些作家"与传统主流作家在文学立场、生存方式、写作观念等各个方面都实行了全方位的断裂"[02]。在众多对"断裂问卷"否定的评价中，吴炫撇开个人的偏见和情绪，站在客观中立的立场上对"断裂问卷"进行了宏观公允的评价，"作家对社会和文坛的'不满'只能以批评的形式进行，而不能以创作的形式进行，所以'问卷'只是批评形式之一种"，并认为，"这份问卷的设置本身就是矛盾的，是'以传统的方式来反传统'"，"关键要看作家能否以自己对世界的基本理解，创造自己的形象和形式"[03]。而继"断裂问卷"之后，发起者韩东和朱文也受到了很多方面的冲击。2003 年韩东因《扎根》获华语传媒小说大奖，在获奖演说中他提到，"断裂事件"实现了主动自我孤立的愿望，其代价便是，多年来他一直处于"穷困"之中。"这'穷困'既有气氛上的压抑、体制的排斥和人为的疏离、隔绝，也有并非比喻的生活上的贫困。"[04]

当代作家在不同程度上都有一种"断裂"心理——批判传统精神与当代政治的"影响"并寻找一种独立精神与场域空间。而这份"断裂问卷"则激进地割裂了过去的文学史以及与过去相联系的传统、生存方式、精神价值。这种缺少思辨意识和历史意识的"断裂"论，在

---

[01] 陈晓明：《表意的焦虑——历史祛魅与当代文学变革》，中央编译出版社 2003 年版。

[02] 张琴凤：《论新生代小说"断裂"本质的双重内涵》，《四川大学学报》（哲学社会科学版）2006 年第 1 期。

[03] 吴炫：《论"断裂的一代"——否定主义文艺学批评实践》，www.csscipaper.com，2009 年 9 月 14 日。

[04] 刘溜：《韩东：断裂与扎根》，《经济观察报》，2009 年 5 月 16 日。

问卷中表现在对单薄问题的设置持全盘否定和批判的态度上。与之对应，断裂者们抛弃了"整体"的历史观和价值观，这在答卷中表现得淋漓尽致。他们在游戏的形式下尊重自我价值，强调个人精神，反对偶像崇拜，试图通过"切断"一切来保持自我和"张扬"连他们自己都未必清楚的"新价值"。所以在谈到陈寅恪、海子、王小波等当代作家的影响时，有人说："喂养人的面包成为砸向年轻一代的石头。对于活着并埋头于工作的艺术家而言他们更像是呼啸而过的噪音。"谈到当代文学批评，有人说："当代文学批评并不存在，有的只是一伙面目猥琐的食肉者。"谈到大专院校里现当代文学研究，有人说："饭店里的苍蝇觉得自己比茅厕里的苍蝇优越，实际上还是苍蝇。"在谈到"鲁迅是否是自己写作楷模"时，朱文说："可能我的历史是颓废的历史，激情和肉体史，是南朝臣民的裸宴，是罗马的狂欢……在此，川端康成的样子远比鲁迅清晰。"

1998年是改革开放20周年，知青上山下乡30周年，文学作品大都以反映改革开放、回顾知青生活、忆往昔峥嵘岁月为主，因此"断裂"的横空出世打破了世纪末的平静。他们宣扬与传统和现行体制断裂，否定主流文学和文坛大家的影响，坚持自己的文学理想和思维模式，呼吁重现精神价值的意义。他们把"断裂问卷"称为"行为艺术"，"不是炒作，而是一次行为。炒作的方式总是平庸乏味，甚至卑劣，无条件地服务于其利益目的，在今天通常是金钱。……行为则以行为本身为目的，整个过程必须是生动有力的，它是创造性的、艺术的，它不是表演，而是演出本身。"[01] 关于这一点，韩东在接受采访时解释道："他们认同这个裂痕并采取绝对的方式公开化，一是想以游戏、恶作剧的心理刺激传统价值观和主流意识；二是提醒大家对个体化文学给予应有的价值鉴定；三是想以这种'行为'达到使人们对理想的文学氛围、精神价值重建命题的重视。"[02] 问卷发起者朱文在问卷后的"工作手记"第十一条中表明，"揭示出某种断裂的真相不该是这份问卷的最终目的。或许我更愿意认为它没有目的，只是一个有五十六个人参加的游戏，当然断裂寻求的绝不是沟通、愈合，应

---

[01] 韩东：《备忘：有关断裂行为问卷的回答》，《北京文学》1998年第10期。

[02] 朱爱娴：《揭开游戏的面纱——在后现代语境下对断裂问卷的思考》，《长春理工大学学报》（社会科学版）2011年第4期。

该是又一次断裂。它发生在一个作家的内心，不为人知，在一次次断裂中，坚持住一个最初的、单纯的文学"[01]。不难看出，这份在文学界一石激起千层浪的"断裂问卷"，实则是新生代作家群体的一次集体探寻，是对新生代作家所抒写的个体化文学的一种呐喊，也是对他们所理解的文学价值和精神空间的恪守。

在某种意义上，"断裂问卷"是一次文学对文学的否定性探讨，新生代作家们在寻找一种自由的，无拘束的，释放压抑情绪的新意义空间。这个意义空间与90年代备受推崇的主流文化空间产生了碰撞，与80年代初期的"伤痕"文学不同，与王朔及新写实文学的"市民生活"空间不同，更有别于乡土文学和被遮蔽的"底层空间"，这是以个人为本体，以个体价值为起点的精神空间。在这场文化的突围中，朱文、韩东等更为强调一种个人化的态度，表达自我的声音，有关身体的、情绪的、疼痛的，而"对集体行为需要保持距离，以免丧失个人的态度"[02]。

仔细观察这份名单上的参与者就会发现：除了70年代出生的作家棉棉、魏微和少数50年代出生的作家如林白、于坚等，参与问卷的新生代作家以60年代出生作家为主，他们的文学之路大都起始于上山下乡的知青年代，经历了1978年改变命运的高考，感受了改革开放前后发生翻天覆地改变的经济和精神生活，而90年代城市的繁荣以及体制的变革无疑更滋养了肥沃的土壤。90年代中后期，城市化的进程打破了体制内的计划经济，整个社会酝酿着一种迸发的情绪、破坏的欲望和狂欢化的倾向，宏大叙事的主流话语已经无法表达日益凸显的个人生活和个人情绪，新的话语方式应运而生，势必导致人们对根深蒂固的秩序、传统等产生一种本能的反抗。文学作品中对现代都市生活物化现实的表现，更来自作家在都市体验中的一种莫名的情绪、孤独的情结与荒谬之感。后现代主义以消解意义、颠覆价值为乐趣，高举弑父、渎神、佯狂、游戏的旗帜，在反抗文化、反抗传统的影响下，存在即虚无，一种末世情绪弥散开来。性、暴力、阴谋、死亡、宿命、偶然性、不完整性以及对生活的无奈感等充斥着文学作品，从韩东、朱文原始本真的"感性写作"，到卫慧、棉棉们

---

[01] 陈晓明：《表意的焦虑——历史祛魅与当代文学变革》，中央编译出版社2003年版。

[02] 韩东：《备忘：有关断裂行为问卷的回答》，《北京文学》1998年第10期。

被炒得沸沸扬扬的在"欲望化写作"的名义下发布的"美女照",再到宣称"下半身"写作才是真正的"文学",写作所具有的意义已被遮蔽。

这种强调感性写作、精神自由、身体与自我的显性呈现,强调真实的情绪、赤裸裸的生命体验的文学写作势必要打破传统的主流文化,挣脱出经典文学的樊笼。朱文在《断裂》里说:"我想强调、提倡一种艺术家直觉感性的谈话方式。那种四平八稳的、滴水不漏的、'大师'式的言论风格,泛滥成灾,而真相往往淹没不见。一个艺术家、一个作家发言时为什么要像一个学者、一个评论家?这里面有着被忽略的屈辱。"[01]这是一份意味深长的宣言。在问卷中,对主流文化价值观的全盘否定实际上是试图消解传统意义、宏大话语对人的压抑与定型,凸显个人活生生的生命体验和情感诉求,它排斥被1998年的文学界推向神坛的陈寅恪、顾准、海子、王小波等人,认为他们已经由"喂养人的面包成为砸向年轻一代的石头";排斥盛极一时的以马原、苏童、余华、格非等为代表的先锋派文学,转而用时代背景下的轻松、游戏、戏谑的方式面对历史的大虚无。1983年,韩东出于对那种"繁复的、曲里拐弯的、故作高深"的史诗的反感,写了一反"今天派"和"朦胧诗"美学风格的《大雁塔》——"有关大雁塔/我们又能知道什么/我们爬上去/看看四周的风景/然后再下来"。在这里,我们可以看出个体的日常情绪作为诗歌的叙述主体凸显的重要性。同样,在朱文的小说里,对日常生活的细致书写、对"人群中的孤独"的刻画、对城市的文化意识形态的本质化书写,显示了中国90年代都市生活的文学"狂欢化"倾向。邱华栋90年代中期的作品《公关人》《直销人》等是最典型的"新都市小说",揭示了具体的、细致的都市生活形态。他们的文化叙事与都市节奏相一致,体现着生活化和市民化的鲜明特征,充斥着紧张、刺激、眩晕与碎片化的感觉。这种虚无情绪的流露和无目的之感是90年代生活最常态的呈现,甚至隐藏着一种新意识形态叙事的意愿。而这种肆意流露的文字中包含的感性情绪与个体化意义正是当时主流批评界和学术界所反对的。

---

[01] 朱文:《断裂:一份问卷和五十六份答卷》及附录,《北京文学》1998年第10期,第39—40页。

"从'断裂'这个词、这个行为所表现的不断革命、不断创新的企图，我们也可以在西方早期现代主义中找到痕迹。我是把他们的整个行动理解为一种身体的造反，是对个人身体感性、生命感性的一种张扬和夸大，这样一种思维方式是非常黑格尔主义的。"[01]这种新文学观从某种程度上来说是当代文学的一次转向，从主旋律的体制内文学到自由散漫的个人文学，从"知识分子"的文学到"艺术家"的文学，从理性的、责任的、形式的文学到感性的、身体的、个人的文学。"每一种新的进步都必然表现为对某一神圣的事物的亵渎，表现为对陈旧、日渐衰亡的、但为习惯所崇奉的秩序的叛逆。"[02]由于不同文化背景的人拥有不同的文化资本，文化场在无形中被人为地划分为不同的语境。原有的传统文化的代表者要维护现存的文学格局，而新来者或分化出来的人则要求存在感和自我价值的实现。"断裂问卷"这一行为本身正是新生代作家新文学观的体现，凝聚了新生代作家们个体化精神写作的力量和生活情绪化的感染力，但是他们带有明确个人色彩的"断裂"倾向在与传统文化交锋时显示出的不包容性，一概地否认中国传统文化资源的传承与创新，以及所表现出来的对权威话语地位的挑战和激烈的排斥备受争议。

今天我们反思这场"断裂"运动，也许可以理解成一帮边缘作家对强大的传统主流文学格局的"反动"，像一场发生在文坛的"文学起义"——他们感受到并试图揭示出现存秩序的不公，用游戏也罢、行为艺术也好的方式上演了一场"暴动起义"。该问卷一共发出73份，收回55份，答卷回收率为75.3%。这个数据其实很有意思，显然有些人出于各种顾虑没有参加这次"起义"，朱文的"工作手记"里也有相关佐证："一个北京作家收到问卷的当天打来一个热情洋溢的电话，高度赞扬了一番《断裂：一份问卷》，但是也说到自己的难处，在作家协会下属的单位上班，所以有些问题很难直接回答。另一位作家还建议把调查的范围扩大，把一些著名作家拉进来，这样可以扩大影响。""一位朋友也劝告说，你们这样做，最终的结果将违背你们的本意，你们不知道，媒体是个怪兽。另一位朋友也说，你以前也

---

[01] 赵寻：《游戏的陷阱——关于断裂问卷的对话》（陈骏涛、曲春景、於可训等），《太原日报·双塔文学周刊》1998年12月21日。

[02] 罗慧林：《问卷解读：90年代文学思潮演变规律探寻》，《当代文坛》2006年第6期。

不是这样，埋头写你的东西好了，管那么多干吗？别人会认为你在沽名钓誉。更多的朋友善意地一笑，都什么年代了，还谈什么文学革命，太过时啦！"——还谈什么文学革命，这大概正是更多朋友对这份问卷的基本理解，或者也是这份报告在各种修饰下的真正意图。朱文也提到了空白问卷在一些文学类杂志和报纸刊载时被删改的情况，讲到"这次行为被描述成所谓的新生代作家企图取代什么作家的一次集体行动，或者说，边缘作家不甘寂寞，开始争夺主流话语权力"。

在"数据统计"里，对12个文学问题都进行统计，这些统计很多都是大比例的"否认"和"断裂"，比如：

> 100％的作家认为那些活跃于50年代、60年代、70年代、80年代文坛的作家中没有人给予他（她）的写作以一种根本指引。100％的作家认为，当代文学评论家没有权利和足够的才智对作家的写作进行指导。100％的作家认为不应该把陈寅恪等当作新偶像，反对造神运动。98.2％的作家不以鲁迅为自己的写作楷模。96.4％的作家对作家协会持完全否定态度。94.6％的作家不承认茅盾文学奖、鲁迅文学奖的权威性。

究竟应该如何理解这些数据？是一些被排除在体制受益范围之外的造反者的想法吗？或者是来自"民间"真正的"恶声"？还是被压制、受侮辱的底层写作者的声音？换一种角度，我们似乎从这些数据背后看到了一个个"举世皆浊我独清"的狷狂天才，看到的是"生不逢时""怀才不遇"的不满和愤怒，是一群执迷于自己文学理想的优秀人才。他们通过否认别人来完成一种自我评价，然而，知识分子或者文人往往容易陷入这种"举世皆浊我独清""老子天下第一"的自我陶醉中。一个时代或民族的文学怎么可以没有任何继承与发展？一个人又如何能彻底地抛开他者的"影响"成长为大家？"断裂"的反抗作为一种故意的话语姿态完全可以理解，虽然"表演"有时候也会成为文坛的必要行为，但必须警惕深埋在其中的一些观念：比如是否过分计较社会承认的价值？是否下意识地以自我为中心去考量这个世界？是否对他人、社会和世界有着起码的尊重、关心或理解？

　　文学的价值最终还是要由时间、社会、旁人来做出评断，这正如我们每个人一样，自己想象而且欣赏、自恋的那个自我其实全无价值，我们可以努力做到自信，但这种自信最后应该转变为一种"他信"的价值。

转型与深化——20世纪90年代文学研究

第五节　1999 年喧哗的"风景"：世纪末的文坛纪事

1999 年的中国文坛，不知是出于巧合还是必然，出现了许多大大小小的文学事件与现象，有的是突然兴起的，有的是浮出地表的，有的大概也是必然。当一个世纪就要结束时，敏感的文学大概也无法抑止内心的世纪末情绪，在喧嚣、浮躁、回顾、展望的各种心绪和姿态中，观赏或者制造着新的"风景"，共同参与着一个世纪的结束。我们按照时间的顺序，简单罗列这一年发生的众多文学事件，就会从中感受到各种信息传达的意味。

1999 年 1 月 15 日，《长城》第 1 期开始发表"70 年代"人的作品，同年《芙蓉》在 7 月第 4 期也推出"重塑'70 后'"专栏，刊载了 10 位青年作家的作品。文学期刊在 1999 年之前就已开始有意识地推出"70 年代"人的作品，这里不过是这种努力的延伸。文坛需要"新"的力量，不论是自然地成长，或是有意识地推出，文学必须有其代际的更新，尤其是在世纪末，众人在潜意识里对"新"就有着更多的期待与渴望。

1999 年 1 月，《诗歌报》停刊，引发诗歌界强烈关注。然而，这只是 1999 年诗歌引起读者关注的开始。2 月，杨克主编的《1998 中国新诗年鉴》出版，该书分为"作品"与"理论"两大部分，并因其坚持的"民间立场"继续引发争议。4月，由唐晓渡主编、中国文联出版社出版的《1998现代汉诗年鉴》，以及"1998年汉语诗歌大事记"等受到关注，诗歌界爆发"年鉴之争"。诗歌界关于"民间"和"知识分子"的声音不断出现，并且延伸到21世纪以后。比如该年5月6日，《文论报》发表了孙文波的文章《关于"民间立场"》；7月6日，《文艺报》头版发表《诗人为写作立场而争论："民间的"还是"知识分子的"?》的报道。2000年1月5日，韩东《论民间》发表在《芙蓉》第1期上，争议持续。1999年爆发的诗歌争论既是对之前争议的回应，也是之后新世纪诗歌争论的根源。

1999年6月30日，《羊城晚报》发表了朱健国的《"争议浩然"再起波澜》一文。浩然是一位对中国当代文学而言有着特殊意义的作家，围绕其作品的再版，引发了许多相关的讨论。在20世纪末，中国当代文学依然要面对许多历史的遗产或者包袱，扔是扔不掉的，捡又不易捡起来，喜欢打嘴仗、争夺话语权的人们和愿意制造影响的媒体只能动动笔、撇撇嘴，发出点声音后让一切复沉于历史深处。浩然是"文革"时期著名的作家代表之一，而对于"文革"这场中华民族的一次集体灾难，我们不应该简单地选择回避。即使在海外，浩然也是众多海外汉学家最感兴趣的中国当代作家之一，虽然他们的研究切入点并不见得多么"文学"，但这并不意味着我们自己不可以展开更为深入、有效的研究。

1999年9月，卫慧的长篇小说《上海宝贝》由春风文艺出版社出版。这部作品和棉棉长篇小说《糖》(中国戏剧出版社2000年版)在世纪末引发热潮。中国当代文学从早期的"性禁忌"到80年代张贤亮、王安忆的"性回归"，再到90年代初的"性文学热"，作家笔下的裤子终于越脱越大方，目光也终于从游移不定的上半身果断勇敢地盯着"下半身"了。争议是必然的，在世纪末，改革开放、思想解放已经"长大成人"，市场经济、商业化也发展多年。政府松绑，个性解放，年轻一代"表演"一下自己的性想象来获取立身的资源，在这个竞争激烈的年代似乎也无可非议，况且还是以"文学"的名义——弄不好就成了伟大的创新了。所以，文学搞点花样，产生争议是正常的，有批评自然也会有反

卫慧《上海宝贝》
春风文艺出版社1999年版

批评，比如2000年3月20日，《中国青年报》就刊登了《"美女作家"不服气——听卫慧、棉棉怎么说》一文。只是不论卫慧、棉棉怎么说，从这一年起，以另类的形式"出位"博得社会的关注，然后回归正道似乎成了许多急于成名者的基本模式。

1999年11月1日，《中国青年报》发表了王朔的《我看金庸》一文，该文引发争议。和之前的争议不同的是，这一次网络发挥了重要作用。王朔的文章中充斥着对金庸的嘲讽之词，比如讲到他努力看《天龙八部》："这套书是7本，捏着鼻子看完了第一本，第二本怎么努力也看不动了，一道菜的好坏不必全吃完才能说吧？我得说这金庸师傅做的饭以我的口味论都算是没熟，而且选料不新鲜，什么什么都透着一股子搁坏了哈喇味儿。除了他，我没见一个人敢这么跟自己对付的，上一本怎么写，下一本还这么写，想必是用了心，写小说能犯的臭全犯到了。""按说浙江人尽是河南人，广东话也通古汉语，不至于文字上一无可为。""人，混了一辈子，没吃过猪肉也见过猪跑，莫非写武侠就可以这么乱来？""这些年来，四大天王、成龙电影、琼瑶电视剧和金庸小说，可说是四大俗。"文章认为金庸的小说"不入流""胡编乱造"，角色相似，情节重复，语言无聊，照着《水浒传》去塑造人物，并且极不现实，性格无变化，小说观念和其中的道德意识落后，等等。之所以能吸引大量读者并非小说本身成功，而是因为"全在于大伙活得太累，很多人活得还有些窝囊，所以愿意暂时停停脑子，做一把文字头部按摩"，"再一条，中国小说的通俗部确实太不发达，除老金的武侠，其他悬疑、科幻、恐怖、言情都不值一提"。王朔对金庸的贬损自然会引发正反双方的争论，1999年网络已经在中国基本成熟，因此，这一次争论的特别意义就是它不仅仅止于传统媒介，网络参与中国文化、社会事件的力度开始彰显，这一点应该引起我们的重视。

20世纪90年代以来，如果说大体形成了主流、精英、大众三大版块的文学格局，那么90年代中期以来形成的"网络"力量则往往成为一种强有力的"黏合剂"——窃以为它将继续完成对中国社会某种革命性的塑造，至少会打破从前官方的控制，增加民意力量对于整个社会的传达。王朔《我看金庸》正是因为网络的参与，使得这一事件的影响迅速扩大。说起金庸，他从90年代起开始在中国大陆获得各种荣誉与肯定。有来自学院派的肯定，如北京大学中文系著名教授严家炎就开设"金庸小说研究"课，对其做出高度评价；北京师范大学教授王一川在《20 世纪小说选》中将金庸排名第四，列于茅盾等20 世纪中国文学大师之前，更是持续引发争议。金庸小说研究渐成热潮，甚至有人提议建立"金庸学"（确实有点过了）。与此同时，金庸在数所中国著名大学获得客座教授等荣誉职位，有一阵还获得浙江大学人文学院院长职位及其他兼职身份，由此可见，金庸在 90 年代以来确实已经获得了大陆意识形态和学术界的双重认可。关于金庸及通俗文学的研究，确实是我们应该考虑的对象。

1999 年末，《芙蓉》第 6 期刊载葛红兵《为 20 世纪中国文学写一份悼词》。这份发表在世纪末的"悼词"更像是一次精心策划的表演——并且完全取得了作者预想的成功，或者说超出了他的预期，让他一夜成名，引发文学界的普遍争议。葛红兵在为 20 世纪中国文学写悼词的时候，笔者正在大学里学习中文，深刻地记住了这个写悼词的人的名字。多年以后，已在上海大学成为博导的葛红兵教授又以另外一件事让笔者记住了他——写《沙床》的"美男作家"。在《文学自由谈》（1999 年第 1 期）中笔者曾读到李国文《关于交椅之类》一文，其中一段文字大意如下：几年前，一所大学中文系的一位教授，突发奇想，生出一份争交椅的好兴致……这显然是在说当年北京师范大学的王一川教授。另外一段是：有一次，遇到一位教授当代文学的学者，他讲了他带过的一名研究生的故事。此人十年寒窗，囊萤凿壁，写了十篇研究当代文学的学术论文，一篇篇投出去皆如石沉大海，毫无反响。后来，他急了，一反常态，怪叫一声，写了篇全面否定、骂倒一切的文章，一下子，成了文坛"黑马"。90 年代，稍稍"出位"的行为至少还有人关心，今天在"芙蓉姐姐""凤姐""小月月"等强大的网络炒作压力下，一些"草根屁民"或者新人们即便舍得下那张根本不值钱的脸也未必能引起别人的关注。卫慧如果不是在1999 年写出了《上海宝贝》，她就不可能那么轻易地成为热点；葛红兵如果不是 1999 年写 20 世纪中国文学的悼词，他有可能现在仍然"哭"着生活。

那么，这份"悼词"究竟说了些什么？细读之后，就会发现这是典型的"抓住一点、不及其余"的写法。受过文学学术训练的葛红兵分"作家""作品""大结局"三部分讲了他否定一切的理由。这篇文章在写法上采用了"只否定不肯定、只破坏不建设"的基本策略，大大地方便了他的写作。否定或破坏从来就不是一件特别艰难的事，尤其是不顾一切、只抱着否定的目的时。加之"文学"这种注重个人感受、基本不会确立绝对权威的学科，一旦内心失去起码的理解与尊重，任何人经过准备后都可以向任何真正的大师开炮。王力先生曾告诫人们："说有易，说无难。"他应该是从"建设和肯定"的角度讲的，反之，如果从"破坏和否定"的角度讲，大概可以修改成"说无易，说有难"吧。所以这篇"悼词"在形式上就会有一个十分突出的特点：有很多"？"——作者只管抛出一个个问题，让读者自行判断。我们看一下他的开篇：

> 20世纪中国文学给我们留下了一份什么样的遗产？在这个叫20世纪的时间段里，我们能找到一个无懈可击的作家吗？能找到一种伟岸的人格吗？谁能让我们从内心感到钦佩？谁能成为我们精神上的导师？

一小段就出现五个问号，仔细想想，这五个问题之间似乎并不见得存在多少内在的关联，甚至游离于他要讨论的主题。比如第一个问题，"留下什么样的遗产"算是一个和文学相关的问题，但这么大的问题三言两语不太容易讲清楚。第二个问题也和文学有关，可是，我想反问一句：把范围扩大到整个人类的文学史，就一定能找到一个"无懈可击"的作家吗？即使是葛红兵在这篇"悼词"里肯定的那些外国作家，如果要找，相信一定能找出一些问题来。第三个问题和文学就没什么直接关系了，作家有伟岸的人格固然好，可是，没有伟岸人格写出好作品的作家也是有的。这一问其实就是为下边攻击鲁迅等人做准备，可是这和他自己标榜的文学作品似乎有冲突的地方。最后两问更是空洞无意义的提问，从内心感到钦佩或者成为"我们"精神上的导师，压根就很难达成统一标准。就像葛红兵可以否定一切一样，他肯定的一切笔者完全能以"个人"的名义否定。葛红兵在作家部分很明智地首先选择鲁迅作为否定对象，老办法，抛出问题："鲁迅，这个被人们当成了一种理念、一种意志、一种典范，甚至被捧到了民族魂地位的人，又当如何？"从鲁迅身上找出过错攻击——这不难，"人非圣贤，孰能无过"，既然"金无足赤，人无完人"，鲁迅自然也不例外。由鲁迅推及他人，道理是一样的："让我们看看另外一些作家。端木蕻良对萧红，杨骚对白薇，茅盾对孔德沚都是始乱终弃的典型；郭沫若面对强权连自己的儿子都不敢保护，这样的人我们能希望他有什么信念？有什么意志？他能承担什么？能抵抗什么？又能维护什么？"在完成了对"人"的批判后，葛红兵似乎非常通情达理地退而求其次了，因为"20 世纪给我们留下的大师级的作家太难找了"，所以"让我们来看看作品吧"。

> 那么，我们能不能退而求其次，找到一些经典作品呢？它们完美无缺，看了让人欲泣犹止，它们代表了人类对自身感性生命的认同和张扬，代表了人类自我表达、自我认可的新的水平，它们发展了文学表现的能力，扩大了文学表现的范围，提高了文学表现的品位，进而它们创造了独一无二的崭新的表现图式，这样的作品有多少？

不用问，这样的作品当然没多少。从巴金的"语感"到鲁迅的"文体"，葛红兵采用一种专业化的批评口吻，为这份"悼词"披上了"学术"外套。笔者倒是从"大结局"里看出他为什么几年后能写出《沙床》这样的作品来，并且默许（也可能是一起策划）出版社使用"美男作家"的头衔来宣传。他认为 20 世纪中国只有两种写作：一种是青春期冲动型写作，另一种是思想型写作。他本人肯定是前者，因为这种写作"写感性、写冲动，以情感为中心"，"这种写作具有一种人本主义的动机，要求释放感性，承认感官。这一文学是进步性的"。比如现代文学家庐隐（《海滨故人》）、丁玲（《莎菲女士的日记》）、郁达夫（《沉沦》）、郭沫若（《女神》）、徐志摩（《翡冷翠的夜》）等。

"悼词"发表后，许多人不能"原谅我的悲观和刻薄"，于是，围绕着"悼词"展开了一场世纪末落幕式的争议。但葛红兵结尾的一句话可能是正确的："这注定是一份贫乏的遗嘱，反面教训多于正面价值。"类似的批评并不仅仅限于葛红兵，比如同年朱大可等人《十作家批判书》出版，文学界开始流行"出位"表演，批评界则流行"酷评"行为。

　　1999 年发生了太多大大小小的文学事件。"文学"好像知道一个世纪行将结束，不断翻腾出自己的"故事"来。比如《文艺报》1999 年 4 月 6 日头版报道了吴玉龙《网上传来"马桥事件"诉讼终审结果，被告张颐武深感疑惑发表声明》。韩少功的《马桥词典》因为与《哈扎尔辞典》相似，引发了所谓"马桥事件"，这桩几年前就引发的文坛公案在世纪末再次引起关注。简单回顾一下整个事件的过程，大致如下：1996 年 4 月，上海《小说界》刊登了韩少功的长篇小说《马桥词典》，得到了不少评论家和作家的高度评价。在一片叫好声中，同年 12 月 5 日北京大学中文系副教授、文学评论家张颐武在《为您服务报》发表《精神的匮乏》一文，认为这部名噪一时的小说完全照搬、模仿《哈扎尔辞典》。该报同日同版还发表了王干《看韩少功做广告》，文章主要评及韩少功 1995 年 10 月 29 日刊登在《扬子晚报》上的《第一本书之后——致友人书简》，其中也提到韩少功模仿外国作家，还批评他广告套路用得熟能生巧。由此，文学界引发了一场激烈的批评与反批评的纷争，最后从文艺批评引发名誉权官司。前文提到的"马桥事件"诉讼终审结果的相关报道，就是该事件在世纪末的延续。如果说 1999 年有太多让人心头一紧的事件与现象，那么，也有一些让人心头一笑的成绩。比如：1995 年兴起网络文学后，到 1999 年已经出现了真正意义上比较成功的网络长篇小说——蔡智恒（中国台湾）的《第一次亲密接触》由知识出版社在大陆出版，引发网络文学风潮。阎连科的长篇小说《日光流年》首先在《花城》上发表，《小说选刊》在《长篇小说增刊》上转载，后由花城出版社出版，引起广泛关注。还有同年 8 月和 9 月，洪子诚与陈思和两位教授的当代文学著作分别出版。一个世纪的时间可以精确到秒戛然而止，一个世纪的文学却从来不会因为这些人为的切割结束或开始。我们能做的唯有回到文学的河流中，和它一起流淌并感受自己、生活、时代以及文学。

第四章　20 世纪 90 年代文学创作

（一）

（一）

　　90 年代文学创作在小说、诗歌、散文领域都有突出表现。虽然诗歌在整个社会中处于边缘位置，可是诗界内部却仍然十分热闹，出现了"知识分子"与"民间写作"等各类诗歌争议和"女性诗歌"等重要诗作现象。散文则成为此时文学景观中最引人注目的现象之一，出现了"文化散文""女性散文"等众多热点创作，形成文学史上又一波"散文热"。小说更以众多经典的长篇作品奠定了整个 90 年代文学的实绩。本书对 90 年代文学创作的讨论，一方面是"截断"式的作品分析，努力思考作品本身在 90 年代的意义，另一方面，也想结合作家后期作品来思考其创作变化，在对比中更深刻地理解和认识作家作品。

　　90 年代涌现出许多无法绕过的重要长篇小说。比如张承志的《心灵史》、贾平凹的《废都》、陈忠实的《白鹿原》、莫言的《酒国》《丰乳肥臀》、余华的《活着》《许三观卖血记》、王安忆的《长恨歌》、史铁生的《务虚笔记》、张炜的《九月寓言》以及王小波、王朔、刘震云、林白、陈染等人的作品。全面讨论这些作家作品虽然是应该和必须的，但显然超出了本人的写作能力。与其勉强地全面展开，不如留下遗憾，集中力量讨论已有积累的作家作品。在众多当代名家中，莫言和余华无疑是这方面最突出的代表。本书选择莫言和余华的作品并对其进行专门的讨论，便是想从他们的写作发展与世界影响中获得当代文学的某些宝贵经验。

转型与深化——20世纪90年代文学研究

第一节　20 世纪 90 年代长篇小说概述

在 1997 年 5 月中国小说学会第三届年会上，王蒙曾做了题为《关于九十年代小说》的讲话 [01]。在这次讲话中，他首先认为 90 年代小说创作与过去很不一样，90 年代长篇小说是热点，作品大量增加。由 80 年代以中、短篇小说为主到 90 年代以长篇小说为主的转变，反映了时代的变化。王蒙结合自己的创作体验说：写短篇是"它找我，我写它"，不需要有计划，往往是可遇而不可求的，就像守门员看见足球来了，"梆"的一声顶回去。而长篇则是"我找它，它控制着我"，作家难于掌握和控制小说，要经过多梦、多感的阶段，经过倾诉、喷发的阶段以后，才会进入一个概括的、追思的、回溯的阶段，长篇才会多起来。

按照王蒙看到的统计：在"文革"前 17 年，长篇小说平均每年 10 部，现在每年出产 500 部至 600 部，平均每天都可以看到 2 部新长篇。王蒙将 90 年代长篇小说大致归纳为四类：第一类是艺术小说，它们追求艺术价值，在艺术上进行营造，试图在长篇小说创作中增光添彩。其中又有一部分向国际靠拢，比如向加西亚·马尔克斯学习，

[01] 王蒙：《关于九十年代小说》，《天津师范大学学报》（哲学社会科学版）1997 年第 5 期。

代表作家主要有莫言、刘震云、余华等。第二类是历史小说，向古代靠拢，透出古色古香来，在销路上也特别成功，如《曾国藩》《康熙大帝》《世纪晚钟》等。第三类是社会小说，以突进、逼近社会中大家最关心的问题为特点。有的是用调侃的方式，比如王朔、刘震云的一些小说；有的是用古典的方式来写，比如《苍天在上》。最后一种可以概括为私小说，主要写一些私人生活的小说，比如林白、陈染等。王蒙觉得如果一个作家写的私人小说就是作家自己的经历，这很可怕，如果再加点性描写会更可怕。

　　王蒙一向是个备受争议的人物，但其特殊的文学经历与身份总能让他说出许多独到的感受。90 年代长篇小说热是不争的事实，甚至也是我们研究、评定 90 年代文学成就的主要依据。毕竟任何一个文学时代地位的确立，归根到底都是由这个时代出现的伟大作品来确立的，而长篇小说往往又是所有文学类别中分量最重的。90 年代许多重要小说都值得专门评析，限于篇幅，我们这里根据文学史和编年史相关资料，按照出版年顺序简要整理了部分 90 年代出现的重要长篇小说，罗列如下：

　　1991 年：刘震云的《故乡天下黄花》（中国青年出版社）。

　　1992 年：唐浩明的《曾国藩》（湖南文艺出版社）、格非的《边缘》（《收获》第 6 期）、张承志的《心灵史》（花城出版社）、张炜的《九月寓言》（《收获》第 3 期，1993 年由上海文艺出版社出版单行本》、莫言的《酒国》（湖南文艺出版社）。

　　1993 年：王安忆的《纪实与虚构——创造世界方法之一种》（《收获》第 2 期，6 月由人民文学出版社出版单行本）、王蒙的《恋爱的季节》（人民文学出版社）、贾平凹的《废都》（北京出版社）、陈忠实的《白鹿原》（人民文学出版社，最早由《钟山》于 1992 年第 6 期开始连载）。刘恒的《苍河白日梦》（作家出版社）、顾城的《英儿》（《花城》第 6 期）。这一年花城出版社推出"先锋长篇小说丛书"，包括余华的《在细雨中呼喊》、苏童的《我的帝王生涯》、格非的

《敌人》、孙甘露的《呼吸》、吕新的《抚摸》、北村的《施洗的河》。其他还有：李锐的《旧址》、刘震云的《故乡相处流传》。

1994年：张贤亮的《烦恼就是智慧》（上）（《小说界》第2期，6月由作家出版社出版，改名为《我的菩提树》）、林白的《一个人的战争》（《花城》第2期）、王蒙的《失恋的季节》（《小说》第3期）、刘醒龙的《威风凛凛》（作家出版社）、铁凝的《无雨之城》（春风文艺出版社）、迟子建的《晨钟响彻黄昏》（《小说家》第5期）。

1995年：李锐的《无风之树》（《收获》第1期），张炜的《柏慧》（《收获》第2期）、《家族》（《当代》第5期），余华的《许三观卖血记》（《收获》第6期，1996年由江苏文艺出版社出版单行本），莫言的《丰乳肥臀》（《大家》第5、6期），王安忆的《长恨歌》（《钟山》第2—4期，1996年由作家出版社出版单行本），格非的《欲望的旗帜》（《收获第5期》），贾平凹的《白夜》（华夏出版社）。

1996年：史铁生的《务虚笔记》（《收获》第1期）、刘醒龙的《分享艰难》（《上海文学》第1期）、谈歌的《大厂》（《人民文学》第1期）、陈染的《私人生活》（《花城》第2期，同年由作家出版社出版单行本）、关仁山的《大雪无乡》（《中国作家》第2期）、韩少功的《马桥词典》（作家出版社）、叶兆言的《一九三七年的爱情》（《收获》第5期）、周梅森的《人间正道》（《当代》第6期）。

1997年：毕淑敏的《红处方》（《大家》第1期）、李锐的《万里无云》（《钟山》第1期）、何顿的《喜马拉雅山》（《十月》第1期）、王蒙的《踌躇的季节》（《当代》第2期）、林白的《说吧，房间》（《花城》第3期）、苏童的《菩萨蛮》（《收获》第4期）、王小波的《黄金时代》（花城出版社）。

1998年：刘震云的《故乡面和花朵》（《花城》第1期）、阿来的《尘埃落定》（《当代》第2期）、阎连科的《日光流年》（《花城》第6期）、池莉的《来来往往》（作家出版社）。

　　1999 年：叶兆言的《别人的爱情》(《钟山》第 1—2 期）、刘心武的《树与林同在》(《中国作家》第 1 期）、周梅森的《中国制造》(《收获》第 1—2 期）、莫言的《红树林》(《江南》第 1 期）、李佩甫的《羊的门》(《中国作家》第 3 期）、王朔的《看上去很美》（华艺出版社）、卫慧的《上海宝贝》（春风文艺出版社）。

　　这份名单当然并不全面，而且也无法反映出 90 年代另外一些文学风貌。比如像朱文、韩东这些 90 年代新出现的作家作品。朱文《我爱美元》直接将欲望与生存画上了等号，"我"竟然带着父亲去找妓女，这一事件本身就说明"父亲"所代表的文化传统是如何在一个欲望时代土崩瓦解的，而"我"对"美元"赤裸裸地赞美与向往，更昭示或质疑着"我"这一代人对欲望的态度。何顿的《生活无罪》同样也可以看作是 90 年代世俗欲望的宣言。那个从校园走出的教师成功转型为"个体户"，并获得了自我确认的人生价值，作品的结尾，他对昔日最为亲密的同学——代表着某种精神价值的形象——发出来自骨子的蔑视和嘲弄。他曾对儿子说："名誉是一堆废纸，只有老鼠才去啃它。"这些作品直视欲望化的 90 年代现实，抛开传统的道德标准，不愿也不能给读者答案，不想承担文化或精神的负担，不在乎任何可能的价值判断。人们发现当欲望洪流冲刷过现实大地后，除了一片狼藉的空白外，任何精神的重建都变成虚无的幻象。如果人注定不能"诗意地栖息"，不如让沉重的肉身多占有一些现实的物质，在简单直接的"快感"中自慰式地享受并不长久的生命。

　　新生代作家这种"快感"式的文学，在"70 年代女作家"——比如卫慧、棉棉——身上也得到了呼应，她们甚至比男作家们更为开放和赤裸。以卫慧、棉棉等为代表的所谓"美女作家"，一方面终于让"女性文学"的衣服越穿越少，另一方面，也基本耗尽了女性文学可资利用的非文学因素。从早期张洁作品中对爱情的渴望到王安忆"三恋"中的性意识萌发，再到林白、陈染自传性质的告白，到了卫慧、棉棉一代，不但"衣着"暴露，连女性的羞处也终于和她们并不算"美丽"的脸庞一起成为文学的卖点。其实，"性"从来就是文学的热点，古今中外任何时代都不缺乏此类描写，然而，除了满足烂俗欲望刺激的"地摊式"的印刷文字外，"文学"意义的"性"描写其实是有其极限的。看过纳博科夫《洛丽塔》的人都会明白：那里有性挑逗，甚至对于缺乏鉴赏能力的人来说，也有变态欲望的犯罪诱惑，但那些文字更有精致的语言和文学的想象，是一种极致的另类体验，让读者在欲望的"热"度后会升华出一些"冷静"的思考来。《上海宝贝》里边的女性及其令人吃惊的性举动，除了在落寞而繁华的时代背景下，一个都市女性以"超越前辈"的放纵姿态展示性想象外，很难感受到其他更高一级的文学意味。今天重新审视这部作品，纵然笔者用尽力气从各种后现代理论中寻求它的价值和意义，仍然觉得除了放纵直白地描写中国都市年轻女人的性欲价值观外，几无可取之处。这就不难理解，卫慧、棉棉之后，中国当代文坛很难再发现依靠"性"的出位而一炮走红的文学新人了——就那么几片叶子，叶子下面就那么几块肉，摘完了，看过了，如果没有真正文学意义上的"性"突破，只靠卖弄身份、年龄、性别这些因素，已经不会再有人买账了。而且随着网络的兴起，网络上各路变态文字已经远远超过了传统的印刷文字了。

那么，90年代如此众多的长篇小说，究竟有哪些更为突出？这也是一个不经过时间沉淀很难有答案的问题，我们可以参考当年的一些评论结果。1999年，由上海市作家协会和《文汇报》联合发起组织的全国百名评论家推荐90年代最有影响力的作家作品活动，推选出最有影响力的10部作品，并附有推荐理由和精要点评，这10部作品和点评如下：

1.《长恨歌》（王安忆著）

张志忠：上海市民精神的镂刻，小说叙述方式的试验。何镇邦：90年代长篇小说"婉约派"代表作。吴秉杰：生活哲学与从弱者出发的历史意识。李星：人性深刻内涵的哀婉叙述。扬扬：开启了当代都市怀旧小说的先河。施战军：上海里弄的佳人故事。

2.《白鹿原》（陈忠实著）

王纪人：史诗式作品。张志忠：对民族文化与现代历史的独到思考。李星：传统农业家族最完备的文本。何镇邦：代表着现实主义艺术的一个高度。

3.《马桥词典》(韩少功著)

吴秉杰：历史与意识形态的双重探索。贺绍俊：对民间文化的语言性开拓。邹平：独到的叙事视角和语言。王鸿生：对方言的存在性呈现。马以鑫：人物与历史的独特表现。

4.《许三观卖血记》(余华著)

王纪人：向通俗靠拢的先锋文学。洪治纲：以迅速、质朴、温情的方式表现绝望。潘凯雄：温馨地直面苦难，耐人寻味。张志忠：在单纯与反复的叙述中展示民众的善良与牺牲。

5.《九月寓言》(张炜著)

邹平：对城市化进程的现代寓言。洪治纲：诗性的残酷，但又不绝望。魏心宏：用传统文化救中国的立场与众不同。

6.《心灵史》(张承志著)

樊星：优秀的理想主义之作。贺绍俊：偏激的却是反抗世俗的悲悯之心。

7.《文化苦旅》(余秋雨著)

张志忠：学者眼光、历史情怀、文学品位。毛时安：一本书使一个人成为商业品牌。

8.《活着》(余华著)

李星：深刻体味中国老百姓的生存状况。邹平：最富有悲悯的人道关怀精神。

9.《我与地坛》(史铁生著)

毛时安：大音希声，大象无形。

10.《务虚笔记》(史铁生著)

贺绍俊：具有个性的内心沉思。樊星：优秀的哲理小说。王鸿生：以个人之思承担了历史。

这个由全国百名评论家评选出的90年代10部最有影响的文学

作品，除《文化苦旅》外，其他以长篇小说为主，直到今天，这些作品仍然经得起检验。多数作者早在80年代就开始了寂寞的写作之旅，几乎每部作品都是当代文学的精品。

《长恨歌》写出了上海市民一个时代精神的整体隐喻，在叙述方式、语言感觉以及人性的深刻等方面都做出精细的探索。《白鹿原》对"史诗性"的自觉追求和对中国农业文明的家族史、中国社会现代史的全景、透视式的描写确实令人震撼。《马桥词典》对民间文化和方言的呈现，对小说文体的创新再次体现了作家的努力，尽管后来引发"笔墨官司"，但它仍然是90年代不可忽略的重要作品。《活着》和《许三观卖血记》都以极简的方式，把生活的悲惨和人性的温暖表达得简单有力、充分、深刻，在艺术探索方面也留下了令人称道的伟大之处。可以说以上这些作品，在艺术上都是独一无二的，个人视角对历史和现实的切入有效地消解了过去统一的主流话语，构筑起一道道独特的文学个人"风景"。但并非每部作品都能得到大众的普遍阅读热情，一些更具特点的作品，比如得到评论家首肯的《九月寓言》和《务虚笔记》，就存在着一定的阅读障碍，而这次没有进入前十名的长篇小说《尘埃落定》，同样也是一部十分独特的小说，以及莫言的《酒国》《丰乳肥臀》，窃以为也是无法被忽略的当代文学重要经典。

90年代长篇小说的丰收，是我们研究和确立90年代文学地位最为重要的一个切入点，只有当我们对这些作品有了更为详细的阅读和研究后，才能更清楚地评判这个时代的文学实绩。90年代文学理想的研究方式是：对这些重要的长篇小说进行全面细致的再解读，结合作家后期的创作发展形成富有历史洞见的独立学术意见。然而，这将是一个细致而缓慢的工程，笔者不可能在本书中对每部作品进行仔细的探究。虽然本书也会选择一些个案进行解读，但这种选择并非以"重要"和"优秀"作为唯一标准。出于研究能力的限制，我们将在这里选择部分作家作品进行分析，对更多优秀作品的分析，则留待日后进一步完善。

第二节　叙述主体的焦虑：重读张承志的《心灵史》

　　90 年代，原有的一切叙事模式都失去了"中心"位置，出现了让人眼花缭乱的多元叙事局面。张承志的《心灵史》以其独特的对哲合忍耶（中国伊斯兰教在西北地区的苏菲教团的一个分支）的心灵书写引起了诸多话题。

一、绝对的心灵世界

　　《心灵史》共分为七门，每一门叙述一代圣徒的传教故事，它写的是教史，呈现的却是哲合忍耶为了保卫信仰而浴血奋战的心灵历程。王安忆说《心灵史》作为小说是"绝对的心灵世界"[01]，她认为"它非常彻底地而且是非常直接地去描述心灵世界的情景"。[02] 在完成对哲合忍耶"心灵史"的描绘时，张承志也在行文间镂刻下了自己的心路历程：那就是崇尚牺牲流血，以自我为标准批判世俗生活，以"道德审判者"的姿态强烈抨击当时的文坛和社会状况，诸多情绪汇合交织成《心灵史》

张承志《心灵史》
花城出版社 1991 年版

---

[01] 王安忆：《心灵世界——王安忆小说讲稿》，复旦大学出版社 1997 年版，第 12 页。
[02] 王安忆：《心灵世界——王安忆小说讲稿》，复旦大学出版社 1997 年版，第 55 页。

中最为惊心动魄的特质，也让我们从中窥见张承志如何使自己的"道德理想主义"得以泛化，以至于"将本来应该在学理层面上讨论的问题或应该用社会体制方式解决的问题，都以一种道德化的方式加以涵盖"[01]。

哲合忍耶分布在贫困的大西北地区，在那个远离物质的世界，信仰成为唯一的出路。在此后的岁月中，哲合忍耶将自己的生命一段段分割，融进了每一门的光照里。哲合忍耶的壮大引起了教派之争，官府的介入使哲合忍耶遭到镇压。为了维护自己的导师和信仰，他们进行了无数次起义，经历了残酷的屠杀、血洗、流放，被外界称为"血脖子教"。在张承志看来，这种大规模的牺牲是一种圣战，他肯定这种为理想、信仰而献身的精神，赋予哲合忍耶"手提血衣撒手进天堂"以强烈的理想色彩，他数次震惊并沉醉于这种"牺牲之美、刚烈之美、阴柔之美、圣洁之美"[02]中不能自拔："听着一个中国人怎样为着一份心灵的纯净，居然敢在二百年时光里牺牲至少五十万人的动人故事。在以苟存为本色的中国人中，我居然闯进了一个牺牲者集团。我感到彻骨的震惊。"

张承志对哲合忍耶进行衷心的颂扬，高度赞赏哲合忍耶全身心追随圣徒、为了信仰不惜流血牺牲的精神，认为只有在哲合忍耶那里，才能找到"关于心灵和人道的学理"，这些都是十分感人的。但在讲述这些故事时，张承志与读者不是一种平等的对话关系。张承志把自己变成了训导者："我将告诉你们的哲合忍耶的故事，其实正是你们追求理想、追求人道主义和心灵自由的一种启示。你们可以获得经验，决定未来的取舍。"他"自信地拥有资格充当道德的仲裁者，将他人押上道德的法庭，动以私刑，加以拷问"[03]。

《心灵史》通过对"读者"的想象性建构，对"读者"的道德和价值进行控制，将读者纳入自己的思想范畴和道德立场之内，实现了对读者的阅读控制，以致文本的意义无法扩散至更为广阔的空间，这种精英式姿态是张承志道德理想主义大旗最为悲壮的飘展。在叙述过

[01] 段钢：《批评的道德与道德的批评——关于王蒙、张承志现象论争的对话》，《上海文学》1996年第5期。
[02] 张志忠：《读奇文，话奇人——张承志〈心灵史〉赘言》，《当代作家评论》1992年第4期。
[03] 许纪霖：《也谈诗人的愤怒》，《文汇报》，1994年8月7日。

程中，叙述者不断向"读者"提出希望："清晨，我听见——我的读者们，我希望你们也听见——在中国，有一种声音渐渐出现。它变得清晰了，它愈来愈强，这是心灵的声音。"叙述者唯恐读者忘掉前述哲合忍耶心灵史的悲壮片断，而不断对读者加以提醒："读者不应该忘掉当年被公家'打断了他的双脚，拉到平凉先游街，再斩首示众'的那个绰号牛木头的阿訇。"叙述者注视着读者的反应："我不再怀疑犹豫。此刻我的举念坚如磐石。我的读者们已经屏息宁神，我不能违背我的前定。"

张承志的叙述以强烈的对比构成彼世与现世、理想与世俗、圣洁与肮脏的差异模式，从而肯定前者那种异端的美和心灵自由，批判后者对心灵的漠视和冷淡，及其苟活与庸俗的人生哲学。他批判了压抑人性、腐蚀信仰的中国文化，以及有着"惊人的冷淡、奴性"的中国人民。他认为在中国文化的汪洋大海里，"传统的、习惯的、狭隘的、奴性的、流行的一切认识，往往左右着人们判断"。同时，现代社会也已失去了精神上的信仰，难以让人追随到底："我很难从现代找出深具内在力量的例证，去说明现代人也敢那样舍命地追求。"

张承志认为当时中国文坛关于人道主义的各种讨论和呼声都显得虚伪，在《心灵史》中，他这样写道："记不清在什么时候，我仿佛感觉过两耳充斥着中国知识界关于人道的噪音。我觉得我还没有弄懂，我还没有经历我承认的过程。我只是莫名地反感他们，甚至有一种我不能与他们同流合污的下意识。……人道不是在五七干校踩两脚泥就能够洞彻的便宜货。"他认为当时的学者制造的都是印刷垃圾，散布的都是错误的常识，因此，他自动脱离了文坛和学者队伍。

王蒙认为张承志是"一个执着的精神追求者，一个精神领域的苦行僧、跋涉者，一个由于渴望得太多而痛感着精神匮乏的严肃到了特立独行、与俗鲜谐地步的作家"[01]，在《心灵史》中，张承志自称是一个"太偏执地追随着一个念想的人""一个偏激的人"。他终生寻找理想的家园，以抵抗世俗的藏污纳垢，安置他敏感、多血质的灵魂。在自由而孤独的长旅中，他从一个噙泪歌咏母亲的骑手成长为一个有着坚定而清醒的自我意识的男子汉，以生命和血性寻找到了理想

---

[01] 王蒙：《清新·穿透与"永恒的单纯"》，《王蒙文集》第七卷，华艺出版社 1993 年版，第 453 页。

的"金牧场"，最终投入了"以笔为旗"的战斗中。

从《骑手为什么歌唱母亲？》中的"人民之子"开始，张承志就将自己纳入了草原血亲的非主流文化书写中："酷夏的夜是多么难熬，是母亲喂给了我奶水，严冬的夜是多么冻人啊，是母亲披紧我的皮被……"这深情的歌唱使他在伤痕文学中独树一帜。倘若说这一时期"人民之子"还是谦卑温顺地凝望并歌唱人民——母亲的话，《北方的河》已然初绽张承志的道德理想主义锋芒，以个人的艰苦奋斗去争取未来，以个人的道德观和价值观作为评判的准则，去衡量自我之外的芸芸众生，必然会使主人公产生一种强烈的睥睨世俗的情绪，这情绪既使《北方的河》中的主人公"他"赞赏女主人公"她"的坚韧，怜惜"她"的弱势处境，也使得"他"鄙夷"她"的选择，唾弃徐华北的圆滑世故。这个一直在进行"圣战"的斗士形象，成为张承志"道德理想主义"激越姿态的雏形。

二、文化英雄启蒙时代的荒芜

《心灵史》完成于1990年7月，彼时，最令人瞩目的文化现象是"大众文化的疯狂蔓延和精英文化的缺席"[01]，这是一个不再需要英雄和信仰的时代，如同张承志的怅惘："英雄的时代结束了。英雄的道路如今荒芜了。"[02] 在这个世俗化的时代，统一的权威和精神的信仰失落了，经济价值大行其道，无以逆转的商品大潮磨蚀了人们澄澈明净的灵性守护，张承志苦苦追寻的"念想"则成为一个遥不可及的幻影。

当精英醒来，他们突然发现身后不再有千万的民众，讲台下不再有虔诚的听者。写作者无权教诲别人，别人也没有义务接受训导。文学逐渐消退了精神和理想的色彩，文坛已为争名夺利的文人们占据把持。目睹社会和文坛的渣滓沉浮，张承志愤怒地进行了激烈的抨击："一个像母亲一样的文明发展了几千年，最后竟让这样一批人充当文化主体，肆意糟蹋，这真是极具讽刺和悲哀的事。我不承认这些

---

[01] 颜敏：《审美浪漫主义与道德理想主义——张承志、张炜论》，华夏出版社2000年版，第2页。

[02] 张承志：《清洁的精神》，安徽文艺出版社1996年版，第27页。

人是什么作家，他们本质上都不过是一些名利之徒。"[01] 他认为"现在的知识分子太脏了，甚至以清洁为可耻，以肮脏为光荣，以庸俗为时髦"[02]。在《撕名片的方法》中，他宣告了与知识界的彻底决裂。他由此走向了另外一个极端，否认一切经济、文化、艺术的时代，否认现代文明，这种反文化和非智性的文字使《心灵史》激荡着讨伐征战之气。他"把个人的道德情操作为对其行为的唯一评价尺度，一种可以压倒真理与是非的尺度，就必然无视行为的社会后果及其对他人产生的影响"[03]，张承志的这种"泛道德化"不仅无助于拯救道德，反而使学理话语与道德审判相结合，成为一种话语霸权。

在《心灵史》中，张承志"对世俗生活的强烈鄙视，对精神理想的执着追求"[04] 足以使他奋力举起标枪似的笔，掷向他所鄙夷的虚伪、丑陋和卑琐，这种睥睨世俗的立场与时代的文化语境之间形成了巨大的矛盾和张力。与其说张承志是一个作家、散文家，不如说他是一个道德理想主义者，一个思想的骁将，他四处征战讨伐，在"荒芜英雄路"上留下了孤独决绝的姿态，成为新时期知识分子最为典型的精英剪影。

再度回首，一个文化英雄的启蒙时代已经过去，精英叙事已经遭到消解，启蒙之后的民众有了自己的话语和判断认知，不再听令于精英强制性的启蒙话语。对比民众在历史创痛后对道德理想的理性选择和思索，知识分子需要考虑调整居高临下的精英姿态，将道德审判转化为对民众更为博大的理解和宽容，在这种心态下产生的作品，才具有温暖而深刻的人文主义光芒。

（曹霞）

---

[01] 张承志：《诗人，你为什么不愤怒?！》，《文汇报》，1994年8月7日。
[02] 张承志：《诗人，你为什么不愤怒?！》，《文汇报》，1994年8月7日。
[03] 陶东风：《社会转型与当代知识分子》，上海三联书店2001年版，第229页。
[04] 邓晓芒：《灵魂之旅——九十年代文学的生存境界》，湖北人民出版社1998年版，第46页。

转
型
与
深
化
——
20
世
纪
90
年
代
文
学
研
究

第三节　北村的"神"及文学的困惑：从《施洗的河》谈起

　　1992年，北村皈依基督教，他的作品中常有一种"神"的光芒，这是众所周知的事实。1993年他以《施洗的河》对旧社会的罪者完成了一次救赎，十年后他又以《我和上帝有个约》对新世纪的读者做了一次耐心的"布道"。如果说北村是通过写作来和"神"接近的话，我们则是通过阅读来感受"神"的恩典的。作为虔诚的读者，当我们认真地感受作家十年间的文字风骨时，我们希望时间能为每个作家和读者量度出一些有价值的变化。"十年"似乎成了当代作家创作上的一种约定，许多作家都在十年前后拿出了和自己当年作品对话的新著，例如格非《人面桃花》之于《欲望的旗帜》，余华《兄弟》之于《许三观卖血记》，贾平凹《秦腔》之于《废都》，等等。当批评家们快意于对新作发表看法时，作家和作品本身其实也自然而然形成了对话关系，而且有时会更加鲜明直白一些。正因为如此，我们想就北村20世纪90年代的《施洗的河》和新世纪后的《我和上帝有个约》这两部作品，来讨论一下北村的创作及其困惑，当然，我们也希望通过对北村的研究来更好地观察当代其他作家的创作情况。

一、《施洗的河》: 在罪恶的人性中寻求拯救

20 世纪 90 年代那场著名的 "人文精神" 大讨论吸引了许多知识分子的目光，北村《施洗的河》也为这场讨论提供了一个思考的向度：这个世界谁能承担起拯救者的责任？知识分子还是神？读完小说后，我们会发现，知识分子恰恰是需要被拯救的人。北村虚构了 50 年前的一个故事。毕业于医科大学的优等生刘浪的父亲是一个流氓、黑社会的头目，他是罪恶的化身，丑陋的躯壳负载着一个肮脏的灵魂，凡是他涉足的领域都成了他施罪和肆虐的场所。在他身上，我们从头到尾没有看到过一点点人性美好的东西，他把自己那套罪恶的生存哲学灌输给刘浪："做人要做头人，做事要占人先，啥时你玩人像玩鸡巴一样了，你就算是人了，因为他们都是鸡巴，你才是人。你不要相信任何人，只能相信金条和枪，对你来说，这两样东西是爹。" 从小性格怪异的刘浪表面虚弱、敏感，但从他把弟弟推下河扬长而去这个情节就可以看出罪恶的延续性。樟坂是刘浪父亲罪恶的策源地，当然也成了刘浪继承父业并 "发扬光大" 的地方。只不过这一次，受过高等教育的刘浪比他无知的父亲要更早、更自觉地经受来自精神的折磨，需要神的救赎。

北村《施洗的河》
花城出版社 1993 年版

有救赎就意味着有罪恶。刘浪的罪恶感是在医学院里开始出现的，徐丽丝的屁股让他有了性的诱惑和手淫的罪恶感；天如的笑容却让他有了爱的渴望，也第一次接触了神的福音，这也许正好暗示了他的最后结局。好几次他都说自己是一个好人，想做一个医生。可是这个由罪恶的人以罪恶的方式产生出来、生长在一个罪恶滔天的环境下的人，身上的罪恶就像野草，随着他的成长疯狂地滋生起来，刘浪在归附神之前一直沉浮于这个罪恶的世界中。他人的罪恶唤醒自己的罪恶，自己的罪恶滋生出新的罪恶，罪恶经由刘浪的手创造出更大的罪恶，刘浪终于成了樟坂罪恶的集大成者。这个 "沉默寡言的孩子" 一踏上樟坂的土地，就从一只羔羊变成了凶猛的狼，现代知识和智慧使他作恶的手段较其父有过之而无不及。他不仅以狐狸般的狡猾算计马大，疯狂地实施对樟坂的征服，而且变态地虐杀女人和亲人。"那些有生命的东西一跟他接触就要死去。" 如果说刘浪的父亲、马大、董

云顶多是民间草莽、江湖术士，他们作恶多端是可以被理解的话，那么对于刘浪，这个医科大学毕业的优等生，在他身上除了罪恶我们竟然连一点现代知识分子应有的正义、良知和理性的气息都看不到，这不得不让人怀疑教育以及知识分子能在多大程度上解决人所面临的困境。我认为刘浪这个形象质疑了现代教育及理性世界，也可以说从根本上质疑了人与自然、人与人的关系，把人的渺小和无助揭示了出来，把人的困惑扩大到人以外的世界当中。当人的困惑无限扩大后，神就会产生。

刘浪最后走向了神。当恶随着小说的情节慢慢铺展开来时，我们也可以感觉到神离刘浪越来越近，预感到他做尽人间恶事后，对恶本身感到厌恶时，就会需要新的精神来支持生命的骨架。刘浪不断地作恶，也不断地从肉体到精神作践着自己，恶就像一台大功率的抽水机不断地抽空他存在的依据，抽空生命的美好和意义。他失去了一切：渐渐失去了性功能，几乎丧失了言说和行动的能力，甚至出现了幻听、幻视，最后他的身体像秋风中飘零的落叶一样无可挽回地衰败了。这个昔日为恶一方的风云人物，比起他晚年"像一只弓一样绷在床上"的父亲更深地陷入肉与灵的虚无和困惑中。"刘浪陷入了彻底的黑暗。"救赎的路，究竟在哪里？小说的情节安排是：刘浪像一个无意识的人，随小船顺流而下，被撞破船底，沉入了施洗的河。在溺死之前吸足最后一口气抓到一根水草，然后看见了岸，看到了一个表情温和的人，他获救了，先是上帝的使者救了他的肉，然后是上帝救了他的灵。刘浪从此获得了新生，他结束了人生的流浪，也结束了精神的流放，他认识了神，找到了十字架上的真理，变成了一只"温顺的羔羊"。阳光照临到他的身上，从此"一切都是和谐的"。而且不止刘浪一个人得到了神的福祉，另一个土匪头子马大也同样因为看到刘浪脸上的安慰立刻被感化，皈依神灵。小说最后的这种处理方式让笔者非常不满意：虽然此前小说已经充分地铺垫了刘浪精神的空虚，对于一个精神极度空虚的人来说，基督的博爱精神的确很容易一下子充实起他那虚空的灵魂。但从小说的艺术性来讲，刘浪受到神的召唤和引领显得仓促、生硬了一些，作者的意图加速了小说自然发展的节奏，一些细节铺垫得并不充分，这让读者接受小说时觉得有些"哽"。从整个故事的发展进程和人物性格来看，北村过分自由地应用了一个作家的权力，他缺乏足够的耐心去尊重作品和读者。他让那些备受压抑的灵魂借着自己的纸笔直达天堂，沐浴在神的光芒中，从此享受着自由的精神生活。他把自己心中的神强加到刘浪和读者的心中，就像一个没有耐心写作业的孩子一样草草了结完事。

注重精神探索是北村小说的一大特点。正因为如此，北村的创作有时会因过分追求精神探索而破坏现实艺术。《施洗的河》表明：人是有罪的，需要忏悔和审视自己的灵魂；人也是有限的，人的理性和智慧并不能解决一切问题。因而人无法自救，一切俗世的教育、道德等都不能使人脱离罪性，"灵里的问题只有神能解决"。北村延续了人类的精神大师们关于灵魂救赎的理念，质疑了意义缺失的生命存在。《施洗的河》以文学的方式展示了这样的可能：如果没有生命之光的照耀，人的一生都"陷入了彻底的黑暗"，连续不断地惊惧，没有片刻的宁静与平和，内心充满了烦躁。北村的办法是最后让神施洗了刘浪，解决了他的精神困境。在我看来，《施洗的河》是比较纯粹的知识分子小说。因为小说所体现出来的主要是"生存意义"的问题，所以人物所受的苦难主要来自精神困境。刘浪没有肉身层次的生存苦难，他不怕贫困，有的是财富；没有被剥夺权利，相反可以随便剥夺别人的生存权；不会遭受来自强者的欺凌，至多也是和马大争个高下，互有输赢。正因为小说的重心在思考人性、探讨精神方面，而且最后总会以"神"的方式解决人们的现实困惑，这就使得北村小说的精神格局给人留下一种"虚高"的印象。北村无疑是聪明的作家，为了避免成为纯粹的宗教布道者，他把每个故事都讲得精彩无比，黑社会、暴力、爱情、欺骗、社会问题，等等，故事情节出人意料，布局巧妙绝伦，过程悬念迭出，结果令人震惊。读者在轻松愉快地消费完一个小说故事后，会发现里边还有一些沉重得让人深思的东西。所以北村的写作呈现出一种鲜明的特性：将庄重严肃的话题嵌套进轻松愉悦的故事里，或者说将纯文学的内涵注入消费文学的肌体里。这一方面让那些不能承受生命之轻的人们获得了某种精神的重量；另一方面可以让那些本来就不能承受生命之重的人们略过沉重，只沉浸于阅读故事的快乐当中。这种两得其利的写法在理论上似乎也行得通，实践中也让北村小说既获得了市场，也获得了一定程度的专业认可，但从小说的角度来看，很掩饰这种写作方式的困难。正如《施洗的河》表现出来令人遗憾的"精神虚高"一样，要想让读者在阅读情节的过程中比较舒适地接受他的精神布道，就要求作者必须是一位出色的"缝合"者，要有足够的叙述耐心和技巧，否则就会给人留下唐突的写作印象。如果小说的内容、叙述、语言、情节、细节等方面的处理缺少耐心，过于粗糙，将会大大降低小说精神层面的说服力，小说的精神重心也将因为失去现实的艺术支撑而从读者的心中坍塌。北村在这部小说中显然还没有达到比较理想的状态。

二、《我和上帝有个约》：在耐心的叙述中发现真相

如果说十年前的知识分子们过于热衷讨论人的精神生活，那么21世纪的知识分子则显得更加务实一些。北村作为先锋文学的代表人物之一，他的作品除了探索人物的精神世界外，还以关注弱势群体见长。在《我和上帝有个约》当中，故事的主人公——杀人犯陈步森是一对下岗职工的孩子，父母因生活困窘而抛弃他不管。陈步森四处流浪，学无所成，努力地生存却一次次被迫失业，最终沦落为罪犯。这部小说有着北村一贯的注重探索人物精神世界的特点，相对于《施洗的河》，增加了许多现实感很强的元素，小说的关键词之一就是"真相"。作者通过耐心的叙述使我们发现了许多我们原本不敢或不愿相信的真相，读者则在变换的情节和复杂的人性中陷入感慨和沉思。相对于十年前的北村，我们发现这部小说在整体风格上并没有多大的变化，但作家在具体的写作"缝合"过程中却表现出惊人的控制耐心和细腻的叙述技巧！

《我和上帝有个约》的故事开头就极具流行色彩，凶徒们控制了整个局面：丈夫在生死之间，儿子在一个房间和一个罪犯游戏，婆婆被关在了另一个房间。妻子目睹了整个杀人场面——凶犯用锤子拼命地敲打丈夫的头部，几乎砸断一切，不成人形，脑浆迸裂，一颗眼球被挤出挂在眼眶外。妻子在撕心裂肺的惨叫后昏死、发疯。故事的结局是：凶犯之一陈步森和被害者的家属和谐相处，亲密地生活，甚至实现了某种程度的生命交融！这是一个不通过阅读无法相信的故事，也是一个阅读之后让人感慨万千的故事。没有人会轻易地相信，杀人犯有办法很快地和被害者家属和谐地生活了那么长的时间，并让他们对他心存感激之情，甚至会和被害者的妻子之间产生暧昧。这是一个

多么惊心动魄的故事！作者是如何通过叙述让人们接受并相信这两者之间巨大的鸿沟？我们不得不佩服北村是个讲故事的高手，和从前相比，他变得耐心和细致多了，没有急于生硬地推动情节，更没有胡编乱造、虚假想象，这是一个作家成熟和谦虚的表现。北村的叙述耐心表现在很多方面：从故事情节的设置到人物身世的交代，再到人物心理的转变及性格的描述，等等。显然，要完成"杀人者——被害者的朋友——被害者的恋人——被害者的生命再造者"的叙述过程并不轻松，其中任何一个环节如果过渡不自然，交代不清楚，情节不合理都将截断整部小说的有效连接。北村为这些环节的连接寻找到了一种最有效的黏合剂：悔改。悔改是将人引向神的信使，一个人一旦有了悔改的意识，他离罪恶的距离就远了，离神的距离当然也就近了。但悔改并不是人身上的"长明灯"，所以北村在小说里总会安排一些宗教信仰者对这些有悔意的迷途羔羊进行引导。和《施洗的河》那种唐突的结尾有所不同，《我和上帝有个约》从开头就为陈步森最后皈依上帝做了准备。陈步森的身世和经历告诉我们，他其实是个很有上进心、正义感的人，只是被生活逼迫无奈才开始犯罪。他其实没有直接杀人，接近被害者也是无意间从小孩和老人开始的。这样的处理显然从情理上讲得通，孩子和老人对陈步森构成的危险会小很多，而他们的天真和信任进一步唤醒了陈步森本来的人性之善，被害者的妻子则处于"疯了"的状态，他对于被害者一家不过是一个"好心人"而已。这其实为陈步森提供了一个新的人生角色，使他有机会感受到生命的另一种可能性，并主动地靠近上帝。周玲是陈步森的表姐，也是北村在这部小说中安排的第一个引导他的使者。这个善良的女人从他流落街头到他杀人入狱都在尽力地帮助他走上正道；苏云起则扮演了真正的精神导师，情节随着人物的不断出现或缓或快地推进，真相也在情节的演绎中慢慢浮出水面。当我们看到更大的罪恶以合法统治、权威话语的方式侵害了许多人的利益却不受任何惩罚时，我们自然会对这个真心忏悔的罪犯变得宽容很多。北村正是通过对这些人物的身世、心理的层层铺垫，把他的思考悄悄地融入故事情节当中，最后自然地完成了这个故事的惊天大逆转。"情节化的思考"是这部小说的特点之一，正如小说封面标明的四个关键词：心病、恐惧、真相、和谐。每个人都有一些心病，当这些心病的真相被坦白以后，恐惧就会消失，和谐也将到来。陈步森正是完成了这个过程而最后在上帝那里得到新生，更多的人则选择掩埋真相，而他们的灵魂也将得不到片刻安宁。"人走向与世界的和谐"——目前看来只能是一个美好的愿望，现实的问题是很多人连悔改的意识都不曾有，即便一度有过也会很快被庞大的利益围歼。毫无疑问，《我和上帝有个约》写到了许多现实的困境，并且是底层人群的现实困境，这些现实困境的存在为小说提供了坚实可靠的基础，使得精神探索不再那么高不可攀或者遥不可及，它让我们感受到作家的怜悯是有根源的。

三、北村的创作困境

北村十年后的写作让我们感受到了作家的成熟与进步，同时也暴露了他面临的写作困境。

十年前北村面临的问题是：如何艺术地让人们自然地接受他的精神探索。《施洗的河》虽然显示了强劲的探索意义，却在艺术上显得有些粗糙。十年后阅读《我和上帝有个约》使笔者改变了读《施洗的河》时对北村留下的不良印象：滥用虚构权力，缺少写作耐心，部分情节生硬，勉强进行精神洗礼。北村确实很会讲故事，如《周渔的火车》就讲得很富有戏剧性，而《我和上帝有个约》不但故事讲得很吸引人，其叙述能力也表现出了相当的成熟和进步，但笔者总觉得北村的写作有一个误区，那就是表演性的东西太多，直白的启示过于明显而缺少厚重、绵长的风韵。北村十年前的写作给笔者留下和写《柏慧》时的张炜相类似的印象：作品有着强烈的精神道德价值，却因此牺牲了很多艺术价值。过分追求精神道德而破坏了艺术现实，作者很勉强或者强制进行精神洗礼，给人留下"精神虚高"的阅读感觉。而他十年后的写作则给我留下与李洱近期写作相似的印象：作品中技术性的处理太多，作者控制叙事的能力极强，写作在他们的笔下变成了眩目的表演。他们能在讲出精彩故事的同时让故事蕴含相应的道理，以某种轻盈的故事外形表现相对深沉的主题，在局部层面甚至达到了很高的水准。所以从写作的一般角度来看很难挑出他们的毛病，遗憾的是这种写作方式同样也很难让其作品达到上乘之作的水平。对于这些善于讲故事且技法成熟的作家来说，如何突破他现有名声的写作套路反而成了他们遇到的最大障碍，这和如何处理写作的精神重心与艺术支撑之间的关系一样，都是作家们应该注意的一个问题。

相对于《施洗的河》表现出来的那种急功近利的神旨宣传，在《我和上帝有个约》中，北村至少很认真、很有耐心地完成了整个故事的推进和转化。他让故事的发展和结局转了一个角度极大的弯，但并没有让"搭"上这趟车的读者感到加速运行的那种不自然的"惯性"，一个作家有了这样的控制能力后，才有可能成为一个真正的"大家"。相反，一个"大家"如果不注意这些基本功，就会严重地削弱他的艺术才能。北村在《我和上帝有个约》中表现出来的这份"认真"很让笔者感动，在笔者最近阅读过的当代小说中，如果就叙述的效果和表现过程而言，《我和上帝有个约》应该是最具有"艺术的耐心和技巧"，从而和谐地实现了艺术的真实，并容易得到读者"理性承认"的一部作品。有人指出北村的写作很注重精神探索，同时也比较关注弱势群体。需要补充说明的是不论哪一种写作，北村的写作背景总体上和时代保持一种与时俱进的流行特性；而他的精神背景却始终指向上帝的住所，希冀每个人的灵魂最终都能在神的光芒中得到自由。所以，摆脱精神的压抑和痛苦，使人性和灵魂得到自由的释放是他小说一以贯之的追求，并且他为那些在现实生活中备受生存、疾病、困苦、金钱、权力、爱情、名利等煎熬的灵魂找到了共同出路，那就是皈依上帝。当上帝万能的慈光普照那些锈迹斑斑的灵魂时，人世间的一切恩怨都在瞬间灰飞烟灭了。正是这种精神追求让北村的写作陷入了一种困境：一方面他必须面对现实世界中各种实际的困难，另一方面他还得把这些困难通过种种技术手段"精神化"到上帝那里。这种困境体现在小说写作上就会变得具体而庞杂：人物的塑造、性格的生成、身世的设计、情节的设置、细节的照应、语言的应用、修辞的考虑、结构的布局、精神主旨的传承等等，每一个环节都需要作者做出细心的考虑和安排，否则精神转化就会卡壳，造成比较严重的阅读影响。而这个过程的持续必将促使他努力改善写作过程中各种不自然、生硬的叙述，最终提升他的写作水平和叙述质量，同时我们也可以预见，如果他继续坚持这种写法——努力挖掘人性的复杂，注重人物的精神探索，关注现实人生的困境并予以文学表现，还要适应市场条件下的生存法则，让小说保持一定程度的流行元素，尽量争取一些艺术创新，并在最后努力在人们的心中安置一尊神像——

那么，我相信北村在写作技艺不断成熟的同时也将迎来更大的写作困境，他将会停留在这个高度而无法再突破自己。事实上，这种情况现在就已经显露端倪。

我们发现北村的创作存在一个悖论：一方面，作家对人性和精神的无限探索，伴随的就是小说中神对世人的无限救赎。那是一种向上提升的精神力量，庄重、严肃、深刻，让人若有所悟，使人性不再涣散，让那些有失稳重、随意漂泊的灵魂安定下来，最终形成一种向内收敛的精神机制，从而完成神对人性的净化和救赎。这是一个要求精神加"重"的过程。另一方面，作家描述的却是人被无限欲望所拖曳的沉重肉身极其凡俗的故事。作家精心构造出一个个世俗而清醒、精彩又细腻的故事，让读者快乐地阅读，愉快地消费，形成一种流行效应，在高尚的精神框架里嵌入时尚的人间故事，或者说在"神"的外形下露出人的骨架。而这却是一个生命变"轻"的过程。这样在精神之"重"与生命之"轻"之间就很难找到一个最佳的结合点，尽管北村希望将二者缝合得天衣无缝。其结果却是要么不能承受精神之"重"，要么不能承受生命之"轻"。写作一旦失去了"轻""重"，作家和作品也将很难准确地找到自己的位置。就个人而言，我觉得北村及其作品的定位就很困难，他是先锋作家还是流行作家？小说是纯文学作品还是"触电率"极高的时尚作品？北村的神总是提醒我们他的庄严和深刻，但北村的写作又告诉我们他的聪明与时尚，我不知道北村自己是否感觉到了这种写作的困惑，但我的确对他的写作感到困惑不解。

四、写作的精神重心与艺术支撑

当我对北村十年间的两部作品完成了对比和分析后，我确信自己发现了北村写作上的一些特点和问题，同时也产生了一个更大的困惑：如何处理小说的精神重心和艺术支撑之间的关系？阅读经验告诉我这不只是北村一个人面临的问题，许多作家在这一点上都会有困难。

所谓小说的"精神重心"是指作家在小说中主要表达的思想或者读者自觉地从小说中领悟出来的那些精神内涵；而"艺术支撑"则是指形成小说精神重心时所有的艺术元素和手段，也可以把它们理解为如何处理小说的"精神性"与"艺术性"的问题。这个问题其实已经涉及小说的创作理论。尽管许多理论家已经对什么是文学和如何创作文学讲过许多道理，但这并不影响我们用自己的方式和语言表达对文学的理解。根据艾布拉姆斯在《镜与灯》中所阐释的"世界、作品、作家、读者"理论，并参照刘若愚《中国的文学理论》，我发现每一种文学理论都说出了一些令人尊敬的洞见，同时也存在许多无法解释的理论盲区。为了避免自己陷入"理论眩晕"的状态，我渐渐地形成了自己对于文学本质的粗浅看法，即文学是一种客体、本体、主体和时间四个维度结合在一起的系统。在以前的各种文学理论当中，即便意见不一致，至少"客体、本体、主体"这三个概念大家都熟悉。但对于"时间"，我们却并没有将它放在足够高的地位来考虑。我对文学本质的个人理解主要在"时间"这个核心范围内进行。在我看来，"客体"是指客观存在的一切，包括作为主体存在的人和他们那些被物质化的意识观念。"主体"特指人及其精神存在。"本体"则指主体对客体的认识。而这三者在时间范围内的互动则衍生了现有的一切文学现象。拿小说的"精神重心"来说，我们可以看出那其实是一种"本体"，不管是作家还是读者，他们都是"主体"，可以对各自的"客体"（作家所面对的世界和读者所面对的物质化了的小说）产生认识，而且还可以根据条件不断推翻从前的认识而产生新的"本体"。而"艺术支撑"则包含了客体、本体和主体当中的许多要素。"时间"让它们三个不断地自我衍生、相互繁殖，最终形成一种新生机制。所以，我在阅读和研究北村小说时从紧紧抓住"十年"的时间差入手，有所侧重地考察其中的一些元素。我注意到了那些在时间流动中的时代背景、现实生活、文学现象和小说叙述等"艺术支撑"方面的变化，同时也看到了北村基本没有什么改变的"精神重心"。那么小说能不能没有"精神重心"？我们会立刻想到中国当代文学的一个典型案例——先锋文学。众所周知，那是一个意义缺失、形式至上的文学年代，很多作品的确很难找到它们的"精神重心"，因此也无须考虑那么多"艺术支撑"的问题，因为艺术本身就成了"精神重心"。但先锋文学的艺术高蹈并没有一直延续下去，相反，它倒是为更好地实现"精神重心"做了很多艺术准备。北村作为先锋文学代表人物之一，他应该对此深有体会。所以文学是无法摆脱"精神重心"的，作家们真正需要考虑的是建构什么样的"精神重心"和如何去建构的问题。伟大的文学应该是避免"重复"的，即在精神主题上不断地延续对存在的探究，而在表达方式上又不断地发现新的可能性。

如果将北村小说表现出来的"精神重心"抽离出来看，其实是不断"重复"的，那是一种宗教的信仰，是一种神性的降临。虽然宗教里有着许多令人肃然起敬的善良信条和行为准则，对于引导迷茫的人群有着很好的教化作用，但如果把宗教信仰作为小说最后的"精神重心"，我还是觉得它不能承受起普度众生的生命之"重"，况且文学也不一定非得承担起这样的重任。虽然《施洗的河》中，神施洗了刘浪和马大，但神能否施洗掉全人类所有的痛苦和罪恶？如果我们以同样的标准来衡量中国当代作家表现出来的民族文学的"精神重心"，就可以比较清楚地看到他们的"重复"和"突破"。北村当然有权利继续构建他的"精神重心"，但我觉得这种"精神重心"应该成为一种底色，越淡越好，上帝的精神应该通过写作被转化为一种柔软的力量渗透到人的心田，而不是努力"把人精神化到上帝那里"去。

这其实已经转变成如何构建小说的"精神重心"的问题，简而言之，就是任何"精神重心"的传达都要有可靠的艺术支撑。以北村的小说为例，同样的"精神重心"，《我和上帝有个约》中的艺术支撑就比《施洗的河》要扎实很多，无论是人物性格的刻画和推进，还是故事情节的演绎与变化，以及故事的叙述过程和结局之间的关联等，都使人觉得自然合理。北村的小说除了作者构建自己的"精神重心"外，也会引导读者根据小说的艺术支撑建立他们自己的"精神重心"。事实上，这也是其他作家都拥有的，只不过北村的表现有自己鲜明的特点。他的小说因为和现实贴得很紧，并且在精心安排客观效果的同时能很好地引导人们的观察角度，因此常常能激发人们自觉地产生丰富的联想，这些读者自己构建的"精神重心"很多时候会被作家的"精神重心"归导。用余华喜欢的一句话来说："看法总是要陈旧过时，而事实永远不会陈旧过时。"[01] 北村的小说对于读者来说就是这样一种不变的"事实"，北村用自己的方式让小说客观展示现实的"真相"，并用自己的方式对这些"真相"做出理解和判断。然而

---

[01] 余华：《我能否相信自己》，《温暖和百感交集的旅程》，上海文艺出版社2004年版，第2页。

因为这种客观的"事实"本身就非常复杂，在不同的主体读者那里就会产生不同的本体认识，最终丰富和补充作者的"精神重心"。

例如在《我和上帝有个约》中，北村认真地在故事中寻找"真相"。随着小说情节的推进，我们发现罪与罚并不是一一对应的，道貌岸然的君子和锒铛入狱的囚徒也并非总是那么泾渭分明，有时甚至会颠倒过来。一个人有没有罪在现实社会中并不是由罪行本身来决定的，而是由身份和犯罪是否暴露来决定的。这正如美国电影《肖申克的救赎》[01] 所揭示的荒谬一样：无罪者入狱，罪犯的管理者却在犯罪。"触电性"很高也是北村小说的一个显著特点。阅读他的小说有时候就像在看一部电影，无论是情节还是技巧，抑或是主题内涵，大角度地调动镜头结合特写镜头的处理方式往往使人处于亢奋的艺术欣赏状态。与《肖申克的救赎》不同的是，《我和上帝有个约》中的陈步森主动地由狱外"逃"到了狱内，而他的精神却完成了相反的逃离。类似这样，小说总会为我们带来许多"意外"的观念，我们在阅读的同时也在与作者共建小说的"精神重心"，而这又和小说提供的"艺术支撑"无法绝然分开。北村的小说如此，其他作家的小说同样如此。

现实的压抑中会有许多无法揭开的"真相"，人的困惑也必将持续下去。天堂里自由的光芒偶尔也会洒落人间，神的恩典却未必总能亲临到每个人的头顶。当写作仅仅是写作，或者阅读仅仅是阅读时，我们每个人或者神大概都是自由的；然而，当写作把人与神连接起来时，或者当个人的写作和民族文学的精神构建联系起来时，我们却分明会感受到那种巨大的困惑。

---

[01] 英文名：*The Shawshank Redemption*，也译作《刺激 1995》。导演：Frank Darabont。

转型与深化——20世纪90年代文学研究

第四节 回归与超越：论王安忆的《长恨歌》

由最初的"雯雯系列"到《长恨歌》，十余年的创作轨迹清晰地表明了王安忆正走着一条恬静而多变的路。在新时期层出不穷的文学思潮的浪尖上，她总是从容不迫地迎接每次潮流的冲击，但当后人投身进去时，她又早已抽身而出，孤独前行了。她不断地超越他人，超越自我，在孤独的超越中完成了心灵与俗世、现实与理想的契合。

1995 年王安忆的力作《长恨歌》发表，标志着她的小说创作又一次实现了自我超越。通过《长恨歌》，作者展现了大上海四十年的沉浮衰荣，记述了一个边缘人眼中的人世悲欢，写出了历史碾压下人的生存状态和精神状态。《长恨歌》还运用了民间化的叙事方式，创造了一种清晰平稳、行云流水般的美学风格，从而超越了她以前所有的作品，达到了一个新的高度。

王安忆《长恨歌》
作家出版社 2000 年版

一、叙事：重返传统

对于新时期文学来说，小说作为一种传统的文学样式，最初是以其故事性吸引读者的。传统小说有主要人物和基本情节，这就决定了小说的方式是"讲故事"。

新时期以来的小说发展史虽然短暂，却跌宕起伏，曲折多变。最初的"伤痕文学"和"反思文学"如《班主任》《伤痕》《大墙下的红玉兰》等作品，以强烈的现实主义色彩记述了一代人对那个年代特有的追悼和叹息，表现了作家们对社会政治批判的勇气。到了张辛欣、徐星、刘索拉、残雪那里，心理意识成为主流，故事退居其后，作者们更多使用蒙太奇的手法，将人物的心理和行为加以无秩序地组装，使故事消隐、情绪浮现，打破了传统的叙事方式。在先锋作家那里，小说的因果链被彻底地消解，能指和所指断裂，叙事进入了一个没有深度、没有意义的平面化世界。

在小说创作经历了一系列"革命"之后，王安忆的《长恨歌》还原了小说的"讲故事"这一传统，讲述了一个完整的故事。虽然琐碎平凡却有始有终、有情有理，作为传统小说叙事核心的因果链在《长恨歌》里结合得严谨而无懈可击。

《长恨歌》描写了聪明美丽的上海小姐王琦瑶的一生，而在她悲欢离合的一生的后面，凸显的是大上海四十年的兴衰沉浮。王琦瑶的生活片断构成故事，随着她生命的结束，故事也戛然而止，从这一点来看，《长恨歌》是王琦瑶的，没有王琦瑶，也就没有《长恨歌》。

王安忆是一个静默的观者，当小说被游戏化到极致的时候，也是它回归的时候，这是一种趋势，也是一种必然。《长恨歌》的出现只是再度呈现了这个事实。王安忆是写自己的小说，却无意中完成了小说发展链索上的一节，重新赋予了小说传统的内涵与意义。

《长恨歌》采用了传统的叙事方式。作品一开始就展现了大上海小弄堂这样一个温暖、神秘、可感可知的背景。在这样"形形种种，声色各异"的背景中，人们仓促而满足地生活着，流言与鸽群，孕育了花蕊般的闺阁。那"闺阁是上海弄堂的天真，一夜之间，从嫩走到熟，却是生生灭灭，一代换一代的。闺阁还是上海弄堂的幻觉，云开日出便灰飞烟散，却也是一幕接一幕，永无止境"。女主人公王琦瑶就在这样的闺阁里诞生了。

王琦瑶的人生是一种普遍意义上的人生，她的生活带着浓厚的日常色彩。只是因为她不动声色的美丽，她的故事便比常人多了几分丰富和曲折。王琦瑶的故事由片厂试镜开始，如果这试镜成功，那等着她的将是转瞬即逝的"锦绣繁华悲剧"，这样的故事已经有太多了。但作者并没有让她成功。正是这次试镜的失败，才给王琦瑶的人生增添了经验和底蕴，使她的人生慢慢铺陈为一幅幅伤感而丰富的画面，每一幅都具有新的意义和跌宕起伏的故事，这次失败是一个转折，转折过去，又是另一个柳暗花明的天地。

王琦瑶的身上，集中了那个时代特有的机遇和故事的起承转合。繁华的大上海造就了一个钟灵毓秀的王琦瑶。片厂试镜的失败，为她竞选上海小姐带来了新的契机，而竞选上海小姐的成功又改写了她本该平凡的人生。入选上海小姐后，权高位重的李主任走进她的生活，并让她做了爱丽丝公寓的女主人。王琦瑶与李主任的关系以他留下一盒金条、飞机失事而结束，而这盒金条作为一个暗示，潜伏在故事中，终于在四十年后断送了王琦瑶的性命。可以说，女主人公的命运由去片厂试镜开始就被注定。故事的"因"决定了故事的"果"，传统小说的因果联系、承上启下都在《长恨歌》里得到了紧密的结合和完整的体现。李主任留给王琦瑶度日的金条反而促成了她的早亡，这可以说是一个宿命的轮回，是故事发展的终极走向。

李主任失事后，王琦瑶再世为人。走出爱丽丝公寓，她的人生又是另外一番景象。从小弄堂走出来的闺阁女儿又回到了小弄堂平安里。在那里，她靠做护士给人家打针为生。她的生活比起其他老百姓来说要丰厚得多，淡定得多。安闲的日子里，严家师母与她日渐亲近，这一关系又带来了故事的突变。为了凑齐一桌麻将，严家师母找来了她的表弟康明逊，康又拉来了混血儿萨沙，这两个男人与王琦瑶本来毫无关系，却因一个严家师母无意中的牵线搭桥，康明逊与王琦瑶同居。她有孕后，男人又无法担当责任，她只好忍辱负重，找来萨沙当替死鬼，最终萨沙也一去不复返，留下女儿薇薇。作品的最后一部分看似写薇薇的故事，实际上仍以王琦瑶为主角。至此为止，我们的女主人公的人生可算是走完大半，但她的内心始终是残缺的。闺阁密友吴佩珍、蒋丽莉与她的关系早已尴尬，当年曾对她锲而不舍的程先生终因她走进爱丽丝公寓而绝望，严家师母是因为寂寞才找上她，康明逊对她虽有爱意也有夫妻之实，却终究消隐了，萨沙则是一个心计不深的大男孩，只想着从她那里寻求慰藉。家庭早已与她断绝关系，而本应与她最亲近的女儿却与她形同陌路，女儿仇视母亲历经四十年而越发动人的美丽，母亲则不无哀叹女儿到底还有青春。这对母女的关系是奇怪的，母亲不像母亲，女儿不像女儿，构成王琦瑶人际圈子的人最终都消隐在情节之后。王琦瑶最终是孤独的，那曾有的辉煌和热闹都如云烟，在四十年前已经散尽，留下的只是长长短短的人生流痕。

故事的发展一直是深入的，饱满的叙事之弦一绷到底，女儿薇薇带来了她的朋友张永红，再次为故事带来转折。张永红是淮海路上时尚的经典，她与王琦瑶一见如故，服饰成了两个女人之间永恒的话题。张永红又带来了她的男朋友长脚，长脚本是一个慷慨大方、讨人喜欢的男孩，但他干的那一行——外币兑换经常令他捉襟见肘，而他又那么喜欢张永红，喜欢交朋友，为此他起了劫财的念头，他想劫的就是王琦瑶的那盒金条。于是在一个平平淡淡的夜晚，案件发生，王琦瑶死于长脚之手，故事结束，这是多么简单却又多么残酷的结束，这个结局出人意料却又合乎情理，它蕴含了人性的丑陋，叙事的因果链在这里合围。

小说的每一个情节都是环环相连的，而每一个情节都为下面故事的发展提供了隐在的线索和充分的理由，这正是传统叙事的逻辑，高潮迭起，故事激荡，从而使读者在惊叹中达到阅读的满足和愉悦。

从叙事角度来看，《长恨歌》不同于王安忆"雯雯系列"中的优美自述，也不同于"三恋"及《岗上的世纪》《流水三十章》等作品中的女性代言人叙事，而是以民间化、生活化的方式讲述普通人的故事。民间立场并没有削弱作品的现实意义，反而更增强了作品隐秘而含蓄的感情色彩。《长恨歌》写出了历史及当下人们的生活状态，虽然回避了历史的残酷性——在作品里，我们看不到大的时代背景，如解放战争、"文革"都是一笔带过——但生活依然是真的，人是在这种生活里才生出将日子延续下去的欲望的，这正是作者所坚守的立场。

二、语言：寓激情于平淡

语言是决定一个作家风格的主要因素，有了语言，故事才有依附。新时期以来，无论是汪曾祺的从容淡定，还是张承志的苍凉决绝，都喻示着语言的某种变迁、某种革新。1985年以后，小说语言走向对语义的偏离，刘索拉黑色幽默式的嬉戏，残雪梦境般的呓语，都无一例外是作者对语言进行的试验。到了先锋作家那里，余华、格非、孙甘露如顽童般游戏语言，其消解深度和意义的文字下面，是叙事的迷宫、互文本的镶嵌，语言的相互消解，这带来了阅读的难度。

《长恨歌》的语言作为故事编排的符码，对故事的阐释与其内涵基本是一致的。如果说语言曾经被先锋派轰炸得粉碎的话，那么在《长恨歌》里，语言则得到了复原，与其同时存在的小说文本也得到了修补。作者深入平凡复杂的人生，让读者充分感受到自我与现实的结合，小说文本的意义通过作者和读者的共同努力实现了，语言为小说提供了最确切、最清晰的符码含义。

《长恨歌》的语言魅力不仅在于其为故事带来了完整性和可读性，更在于它行云流水般的节奏犹如清朗的乐音，在遥远地带响彻于历经语言游戏后备感焦灼的读者心中。《长恨歌》的语言典雅含蓄，又在平淡中隐含着作者的价值立场与感情色彩。

王安忆着力于小说的氛围描写，一般而言，作为故事发生的背景叙述是冷静和客观的，而《长恨歌》却是感性的、有血有肉的。作品一开始，就以大段篇幅写"弄堂"：

> 站在一个制高点看上海，上海的弄堂是壮观的景象，它是这城市背景一样的东西。街道和楼房凸现在它之上，是一些点和线，而它则是中国画中称为皴法的那类笔触，是将空白填满的。

弄堂里的人生是琐碎而带烟火气的，有这样冷暖感人的背景，才有"云遮雾罩，影影绰绰"的流言，也有了"自相矛盾，自己苦自己的闺阁"。

在这样仓促忙乱的背景里，营营世事负重而行。作者对王琦瑶的描写正是从这里开始的："王琦瑶是典型的上海弄堂的女儿。每天早上，后弄的门一响，提着书包出来的，就是王琦瑶；下午，跟着隔壁留声机哼唱'四季调'的，就是王琦瑶；结伴到电影院看费雯丽主演的《乱世佳人》，是一群王琦瑶；到照相馆去拍小照的，则是两个特别要好的王琦瑶。每间偏厢房或亭子间里，几乎都坐着一个王琦瑶。"

在作者笔下，王琦瑶是聪慧可人、清秀丰润的。作者以超然的姿态塑造了一个既代表普遍意义又有其鲜明个性的女主角。这个女主角不是那个忧郁多愁的雯雯，也不是总在情与欲的煎熬中挣扎的"三恋"中的"她"，更不是那个在无爱中长大对社会充满抵抗和病态的张达玲。王琦瑶摆脱了王安忆笔下以前所有人物的痕迹，风姿绰约，清丽可人，既有成人的老于世故，又有小女儿的纯情天真，在几十年大上海的浮沉中，她活出一种残缺又丰富的人生。

及至后面对爱丽丝公寓和邬桥的描写，作者都极尽能事，竭力表现出种种不同氛围中的人生。爱丽丝公寓"是个绫罗和流苏织成的世界，天鹅绒也是材料一种，即使是木器，也流淌着绸缎柔亮的光芒"。这里的人生是"以等为主的"，等待男主人的偶尔宠幸，等待青春时光的消逝。而邬桥，那温柔的外婆桥，牵动我们的血缘和亲情，那里的人生是宽容的。"它不是清明时节那高高飘扬的幡，堂皇严正，它却是米磨成粉，揉成面，用青草染了，做成的青团，无言无语，祭的是饱暖。它是做得多、说得少的亲缘。"

在《长恨歌》里，更透彻肺腑的是那些推心置腹、温柔有加的语言。那是作者对长短人生漫不经心的点评，对凡间百事明察秋毫的看透。那里蕴含着作者真实的想法，是作者作为一个边缘人对这个尘世的烛照。为了竞选"上海小姐"，王琦瑶住在好友蒋丽莉家。在她看来，这样虽然"有百般的好处，也没一件是自己的，虽也是仔细地过日子，过的却是人家的日子，是在人家日子的边上过岁月，拿自己整段的岁月，去做别人岁月的边角料似的"。时光的流逝是如此的缓慢而迅疾，在时间的河流里，每个人都是底层的泥沙，被时光推搡着，身不由己，无可奈何。多年以后，做了母亲的王琦瑶远离了当日那种落花流水的心情，只是"一个人坐在陡地安静下来的房间，看着春天午后的阳光在西墙上移动脚步，觉着这时辰似曾相识。又是此一时彼一时的。那西墙上的光影，她简直熟进骨头里去的，流连一百年一千年的样子，总也不到头的，人到底是熬不住光阴"。

在《长恨歌》行云流水般的文字里，还隐含着王安忆一些琐碎的幽默，这幽默是由日常生活而发的。一次，王琦瑶在请张永红、长脚和老克腊吃饭时，比较四十年前后的菜肴，王琦瑶说："四十年前的这其实是不张扬的，不张贴也不做广告，一粒米一棵菜都是清清爽爽，如今的日子不知怎么的变成大把大把的，而且糊里糊涂的，有些像食堂里的大锅菜；要知道，四十年前的面都是一碗一碗下出来的。"这段话积累了四十年的经验和聪颖，说得温婉可人，令人忍俊不禁。《长恨歌》的幽默不同于刘索拉、徐星式的以自嘲为主的幽默，也不同于洪峰、王朔等戏谑、颓废、玩世不恭的幽默。《长恨歌》的幽默是温暖的、透心透骨又不伤人情面的，是一种传统的幽默。

三、故事后面的故事

小说的故事和情节后面应该有一定的精神归属和价值走向，而人们阅读小说的目的之一就是要挖掘这一意义。拉开新时期小说序幕的"伤痕文学"表现的是社会和历史的悲剧，因此以批判性为主；小说的意义在刘索拉、残雪那里被弱化，现代派小说家笔下的人生是混乱的、尴尬的，时代的变化带来内心的焦虑及活着的困惑，作家要表达的是一种情绪，一种意识的流动，而先锋派则让意义彻底消解，零度情感贯穿了文本的始终。

作为一个创作经验丰富的讲述者，王安忆以客观的态度描绘了一种灰色调，一种在罅隙里挣扎的人生。《长恨歌》以大上海四十年的沉浮为背景，写出一群"认真努力，不虚此生"的小人物的生活。有那样的大环境，有那样的手笔，《长恨歌》本该被处理成一部题材宏大、史诗般的作品，但实际上，显现于文本表层、与文本同时存在的只是一个感伤的怀旧故事。王安忆并无意将那广阔的一幕拉开，塑造气势雄浑的风格。相反，她有意避开了时代的影响，而只是让人物平静地生活在内心的小世界里。王安忆围起一片净土——并不远离尘嚣，而是深入人生——安排了一群小人物的悲欢离合，通过他们的命运探索活着的意义。

在世纪末这样一个焦虑的时代里，人们更多地与黑暗和迷惘为伍。迷津之中的活着像茫茫黑夜，无休无止的恐惧像大雾笼罩，人们忐忑地等待答案，经历过太多的说教和心灵的逃避后，渴望重返温暖的精神家园。为此，人们踏上漫漫长路，而家的遥不可及将人们的努力虚化为零。在急切的寻找和探索之中，王安忆重返最朴素的意义，在灰色的人生中寻求"俗世的快乐"，练就一颗"平常心"。

"平常心"是后天生成的，是心的绚烂归为平淡的终结，是浮华世界里最急需的一帖清凉剂。平常心退隐于功名利禄之后，从容淡定，如水般清净，如云般自在，那样的心必是大起大落沧海桑田之后才可练就。真实人生如此，浓缩到王安忆的笔下，便是《长恨歌》所要达到的叙事目的。

李主任失事后，外婆接王琦瑶回邬桥，船行水上，万念俱灰的王琦瑶只看见了流萤般的人生，"她的心掉在了时间的深渊里，无底地坠落，没有可以攀附的地方"。而在历经沧桑的外婆看来，做女人不是像王琦瑶那样在"如花似锦、天上人间"的大上海过那种"一时先于二十年"的繁华生活，外婆想着做女人，有"女人的幽静""女人的美""女人的生儿育女"，而"这些真好处看上去平常，却从里及外，自始至终，有名有实，是真快活，也是要用平常心去领会的"。

中国台湾女作家李昂曾说王安忆是大陆女作家中最不显女性气的一个，其实，王安忆虽然在《小鲍庄》中开创了深邃的创作境界，但她的创作中心一直是以女性为主角的，女性的欢喜、痛苦、悲哀，她都一一看在眼里。在《长恨歌》里，作家通过王琦瑶的个人生活表明了对女性的怜惜和温柔。

人生是这样的单薄无力，生命是这样的不堪一击，活在现世的人，思来想去不过是为了求一个"平安"。《长恨歌》所要营造的一种人生氛围正是"平安"两个字。"平安里祈求的就是平安，从那每晚的'火烛小心'的铃声便可听出，要说平安还不是平常，平安里本就是平常心，她就这么点平常的祈求。"可是"就这一点，还难说是求得"，透过一窗灯火，我们可以看到家家户户那充盈着欢笑与争吵的日常生活。这城市在一派繁华之中，看似有无数欢欣，有无数新生的喜悦，其实静悄悄的夜里，谁也不知道有些什么事，就像那"碧落黄泉"的夜里，历经情感挣扎彻夜难眠的王琦瑶因一盒金条死于长脚之手，平安里对平安的祈求终究只是一句无用的话。生命的消逝不过是增添了辽阔天宇中鸽子的哀号。

《长恨歌》弃绝了浮躁的时代环境和生存环境，一心一意深入人间烟火，写出一种真实而平凡的人生，探求"做人的芯子里的事情"，有着一目了然的对生活细节的描拟和推崇。

　　王安忆可说是新时期文坛的一个传奇。她的每一部作品都带来了强烈的轰动效应，经过每一次文学思潮的洗礼，她始终从容而淡定。在岁月的流逝中，她的灵感并没有被磨蚀，反而闪耀出明亮的光彩。我们期待着她孤独而骄傲的超越。

（曹霞）

第五节　暗夜世界的敞亮：读韩少功《马桥词典》

1996 年，韩少功在《小说界》杂志上发表了长篇小说《马桥词典》，在文坛引起了一场关于"模仿"的争论[01]。本文将避开这一争论本身，具体从《马桥词典》的文体革新出发，分析它对于韩少功本人的创作和 90 年代小说创作的重大意义。

词典体小说并非韩少功的独创，塞尔维亚作家米洛拉德·帕维奇的《哈扎尔辞典——一部十万个词语的辞典小说》（下称《哈扎尔辞典》）采用了人名辞典体的方式，即主要用人物的名字作标题，引出各自的故事。美国评论家罗伯特·康弗认为《哈扎尔辞典》是"一部包罗万象的、饶有趣味的小说，是梦的拼贴画，是美妙绝伦的

韩少功《马桥词典》
作家出版社 1996 年版

---

[01] 在 1996 年 12 月 5 日的《为您服务报》上，张颐武发表了《精神的匮乏》一文，称《马桥词典》"明明是一本粗陋的模仿之作……这是隐去了那个首创者的名字和首创者的全部痕迹的模仿之作"，这里的"首创者"是指塞尔维亚作家米洛拉德·帕维奇，他创作于 1984 年的《哈扎尔辞典》曾获得南斯拉夫最佳小说奖。这桩文坛"丑闻"引起了媒体的强烈兴趣，《扬子晚报》《羊城晚报》《书刊文摘导报》等纷纷对此事进行了刊载。许多作家为韩少功辩护，张承志认为"马桥事件"是中国当代思想压迫的惊人浩劫；史铁生、汪曾祺、何立伟、余华等作家联名致函中国作家协会作家权益保障委员会，要求公正评审《马桥词典》。面对评论家所套上的"模仿""照搬"等恶名，韩少功愤怒地予以反驳。1997 年 3 月，韩少功决意诉诸法律；1998 年 12 月，"马桥事件"以韩少功胜诉而告终。

艺术品"[01]，这种艺术效果与其采用词典体有着极大的关系。《马桥词典》在形式上类似于《哈扎尔辞典》，而在内在理路和叙事方式上，则有着自己独特之处，因为"'辞典体'只是体裁因素的一部分……同是辞典体，但作为小说的形式还包括结构、手法、语言等多种因素"[02]。

一、语言的异质性

小说以语言的方式存在，语言对小说形态的变化起着重要的作用。语言学家索绪尔认为语言"被明确地表示为一种深层状况的纵向延伸，语言中的所指某种程度上隐在能指后面，只能通过所指才能达到能指"[03]。

每一个词语都蕴含着一种意义，在语言的深层结构和世界的秩序之间存在着相互对应的确定关系。这种对应关系一方面将人们的思维凝定于统一公共的语言表达中，但从另一方面来看，人们"一旦进入公共的交流，就不得不服从权威的规范"[04]，在无形中造成了鲜活生命对文化的妥协，将多样性的个体感受一体化了。

在《马桥词典》中，韩少功创造了一个具有异质性的词语世界，这些词语扎根于马桥人的深层意识和文化传统之中，却溢出了公共话语系统之外："从某种意义上来说，较之语言，作者更重视言语；较之概括义，作者更重视具体义。这是一种非公共化或逆公共化的语言总结。"[05]

在《马桥词典》中，韩少功阐述了"一九四八年""天安门""晕街""不和气""科学"等词语的含义，这些词虽然还保持着汉语词语的原有形态，但其意义与我们日常理解的意义已经大相径庭了。

"不和气"是漂亮的意思，因此，长得"不和气"的女子连船工都不许她们上船，以免引来灾祸。按照马桥人的理解，美本身已经隐含了让人不寒而栗的质素："美是一种邪恶，好是一种危险，美好之

---

[01] 米洛拉德·帕维奇：《哈扎尔辞典——一部十万个词语的辞典小说》中译本编者的话，上海译文出版社 1998 年版。

[02] 陈青：《〈马桥词典〉争议双方正面交锋》，《羊城晚报》，1997 年 1 月 7 日。

[03] 罗兰·巴尔特：《符号学原理》，三联书店 1999 年版，第 40 页。

[04] 韩少功：《我的词典》，《韩少功散文》，中国广播电视出版社 1998 年版，第 276 页。

[05]《马桥词典》编辑者序，《小说界》1996 年第 2 期。

物总是会带来不团结、不安定、不圆满，也就是一定会带来纷争和仇恨，带来不和气。"（《马桥词典》，山东文艺出版社 2001 年版，第 252 页，下引此书只注页码。）

"科学"一词更是与我们的理解相去甚远，它被马桥人释为"懒"。于是，那几个住在神仙府的烂杆子很"科学"，因为他们成天什么都不做，"整日只是逍遥快活，下棋，哼戏，观风景，登高望远，胸纳山川，腹吞今古，有遗世而独立羽化而登仙的飘逸之姿"（第 43 页）；于是，我们这些外来的知青很"科学"，为了不担湿柴，知青们想出了一个办法，先将湿柴晒干了，下一次再担回去，罗伯知道这种"科学"后大怒，因为在马桥人看来，"柴都不想担了，这人横看直看都没有什么活头了"（第 47 页）。在马桥人的观念中，城里人是因为"懒"才发明了汽车、火车、飞机，最后成了"科学"。

"醒"和"觉"在马桥人的理解中刚好与普通话相反，苏醒是愚蠢，睡觉是聪明（第 51 页）；志煌的儿子雄狮被三十年前的日本炸弹炸飞了，妇人们安慰雄狮的母亲水水说他"贵生"了，要不然就是"贱生"（第 90 页），雄狮是有那份福气才能死得早；马桥人认为在事实的每一个环节之外，还有许多说不清道不明的事实，于是，他们就采取了"栀子花，茉莉花"的说话方式，即"把话说得不大像话，不大合乎逻辑"（第 418 页）。

诸如此类的理解已经完全不同于我们对汉语的字面解释，它打破了公共系统对语言的解释和运用，具有人类与生俱来的原始思维的特质，隐含了富有异质性的体验和认知。

韩少功对马桥人的语言做了一次概括和总结，通过对词语的阐释，传达出马桥人朴素而感性的人生准则，展现出马桥人的生活和命运。可以看到，韩少功不仅关注语言，更重要的是，他还"把目光投向词语后面的人，清理一些词在实际生活中的地位和性能，更愿意强调语言与事实存在的密切关系，感受语言中的生命内蕴"[01]。

如果将类似于马桥人的"不和气""科学"等经验作为一种特殊约定的符号，根植于每个人的生命之中，那么，每个人都是一个独特的小语境，用韩少功的话来说："如果可能的话，每个人都需要一本

---

[01]《马桥词典》编辑者序，《小说界》1996 年第 2 期。

自己特有的词典。"[01] 在这样一本词典里，能指与所指之间的确定性关系被打破了，它脱离了公共话语和社会共识，与个体的生命历程息息相关。

二、叙事的解构性

传统的叙事方式是线性推进的，从而将非线性的世界纳入了人为的线性模式中："在故事中，几个事件可以同时发生，但是话语必须把它们一件一件地叙述出来；一个复杂的形象就被投射到一条直线上。"[02]

传统叙事方式体现了人类对世界的认知模式，但客观世界更多的时候是一种网状结构。与传统叙事不同，《马桥词典》采用词典体写小说，而在一部词典里，词与词之间没有什么高下之分，没有什么词有天生的权威性与优越性，正因为词典体在结构上的这种平等特质，才使得词典体小说具有了解构传统叙事结构的可能性。

在《马桥词典》中，"一个一个的词语，各自相对独立，它们并不需要服从某种主线因果或主线霸权的安排，只需遵循某种自然的通行秩序"[03]。这种"自然的通行秩序"在《哈扎尔辞典》中是人物姓名的罗列；在《马桥词典》中，韩少功最开始打算"依照各词语首字的笔画多少，来决定词语排列的顺序"[04]，后来考虑到"阅读的节奏，人物的连贯性，相对的完整性"[05]，才淡化了情节控制，将与一个人物相关的若干个词语排列在一起。

《马桥词典》用几个词语重点描述一个人的生活和命运，使得人物故事各自呈现为相对独立的块状，在块状与块状之间又有着千丝万缕的联系，从而使各个词语之间呈现出网状的既松动又紧密的状态，在一定程度上克服了线性叙事带来的盲点弊端。

从"神"（第253页）到"打车子"（第275页）5个词语叙述

---

[01] 韩少功：《我的词典》，《韩少功散文》，中国广播电视出版社1998年版，第276页。

[02] 托多罗夫：《叙事作为话语》，《马克思主义文艺理论研究》编辑部编选：《美学文艺学方法论》下册，文化艺术出版社1985年版，第562页。

[03] 张三夕：《转向"语词"的小说——评韩少功新著〈马桥词典〉》，《新东方》1996年第4期。

[04] 韩少功：《马桥词典》，山东文艺出版社2001年版，"编者说明"。

[05] 韩少功、李少君：《词语与世界——关于〈马桥词典〉的谈话及其它》，《小说选刊》1996年第7期。

本义的漂亮老婆铁香嫁到马桥之后的生活。她因家道中落，只好挺着大肚子，拿了一把雨伞，光秃秃地嫁到本义家。从此，她散发出的"神"气和"不和气"让马桥的生物、植物和人都乱了方寸，直到她和烂杆子三耳朵私奔，惨死在异乡，关于她的故事才告一段落。

从"红花爹爹"（第296页）到"打玄讲"（第310页）5个词语讲述罗伯的故事，这个生来憎恶女人的马桥村村长与本义的关系十分耐人寻味，他们"不光是喝酒，不光是讲白话，还做些让人费解的事，比方说一同洗澡，一同躲进蚊帐里，压得床板吱嘎响"（第301页），让村里人充满了好奇和猜测，擅长"打玄讲"（第310页）的罗伯最终死于复查嘴上。复查无意中用马桥人最恶毒的"翻脚板的"的词（第321页）骂了罗伯，犯了"嘴煞"（第321页），结果罗伯第二天就被疯狗咬了，走上了不归路，让复查从此以后都精神恍惚、坐立不安，于是故事自动过渡，复查的生活由此处展开。

小说中没有一个连贯到底的中心人物，无论是马桥的老干部罗伯、有出息的盐午，还是卑贱的铁香、被马桥男人看不起的像女人一样的万玉，都在文本中占据着平等的空间，获得了相同的地位。

不仅人物是平等的，在小说中，一花一木、一草一石都是平等的。马桥的两棵枫树有感知力和痛觉，它们主宰着马桥人的未来，冥冥中指引着他们的命运（"枫鬼"，第80页）。为"两棵树立传"表达了韩少功采用词典体创作的意图："我经常希望从主线因果中跳出来，旁顾一些似乎毫无意义的事物，比方说关注一块石头，强调一颗星星，研究一个乏善可陈的雨天，端详一个微不足道而且我似乎从不认识也永远不会认识的背影"（第82页），正是各不相同的马桥的人和事构成了马桥，使得它的每一颗微粒都在时光流转中确证着永恒。

《马桥词典》的结构不再受到因果模式的影响和控制，从而具有了开放性和发散性，由此，很多被遮蔽的东西渐次呈露出来，如马桥人独特的生活态度和待人处世方式、马桥在外来世界入侵下坚守的自主意识等，这种形态更接近生活的真实。

三、叙事者的释义性

《马桥词典》的叙事者不再像传统小说的叙事者那样讲述故事，塑造生活，"词典体"这种文体决定了叙事者是一个生活既定状态的收集者、编纂者和释义者。叙事者通过对词语的解释引出马桥的风物、历史和人情，在对马桥世界的构筑中，嵌入叙事者的主体认知，呈现出其作为个体生命的感觉与经验。

叙事者给予马桥的词语以生动的解释，有的是直接释义，并列举了马桥人日常生活中的例子，词语与人性和生命之间有了某种内在的关联。如叙事者这样解释"月口"："田是母的，是雌性，于是田埂的流水缺口就叫作'月口'"，女人们在收工时，总在月口处掬一捧水洗脸，她们"洗去脸上的泥点和汗渍，洗出了一张张鲜润的脸以及明亮的眼睛"（第113页），以母性命名的"月口"与女性的温润光彩之间形成了一种紧密的联系。

叙事者将"肯"解释为"情愿动词，表示意愿，许可……用来描述人的心理趋向"，马桥人常说"这块田肯长禾""这天一个多月来不肯下雨"（第88页），可以看出马桥人眼中的一切事物都有着情感、思维和生命力，体现出马桥人看事看物的原始感性的独特方式。

对于马桥人特有的生活习性和习惯，如"晕街""放藤""栀子花，茉莉花""里咯啷"等等，叙事者都给予了理解和阐释。

更多的词语里，叙事者游离了马桥人所使用的词语意蕴，回到作为主体的自身情境，将词语的内涵扩展为一种普遍的经验和体验，阐发议论。叙事者对语言、时间、死亡等问题的思考都通过阐释词语得以呈现。

在叙事者把"话份"这个词语解释为"语言权利，或者说在语言总量中占有一定份额的权利"（第204页）后，叙事者由此生发开去，将这一现象与历史、当下的政治和文坛等状况结合起来，突破了"话份"在马桥人语言系统中的含义："握有话份的人，他们操纵的话题被众人追随，他们的词语、句式、语气等被众人习用，权利正是在这种语言的繁殖中得以形成。"（第205页）

马桥人对时间的命名和理解是很特别的，他们对公元纪年没有概念，因此他们所说的"一九四八年"是"张家坊竹子开花那年"，是"茂公当维持会长那年"（第130页），是"光复在龙家滩发蒙的那年"（第131页），等等，显然这些纪事只存活在马桥的语言和记忆里，不能为外人所理解。叙事者由此开始，生发出了对于"时间"的感慨："在某种物质的时间之外，对于人更有意义的是心智时间，一个人的幼童期总是漫长的，一个人在动荡时期、危险时期、痛苦时期所感受的时间也总是漫长的。"（第148页）在对马桥人"一九四八年"这一年份的阐释中，叙事者同时也呈现了自己关于时间的思考和议论。

对马桥人将人的死亡命名为"散发"，叙事者深表赞同。他认为，比起"死亡""完蛋""万事皆休"等公共系统所使用的词语，"散发"显得那么准确生动，因为"生命结束了，也就是聚合成这个生命的各种元素分解和溃散了"（第123页）。于是，血肉化成泥土和流水，成为阳光下的绿草地和五彩的花瓣，直至巨大的无形，每一粒分子与前人的分子会在清凉和潮湿的金色氤氲里相遇碰撞。叙事者对于死亡坦然自若、充满自然形态的认知通过马桥人为死亡的命名体现出来。

叙事者对词语的阐释来自个体经验和内心感悟，因此，叙事者所做的议论是感受性的，它们"容易和小说融合，与氛围、人物融合"[01]。

叙事者以释义的面目出现于文本中，不再像传统小说中的叙事者那样对故事加以道德评判，这是传统叙事艺术遭到质疑后的新走向，即"将道德审判延期，这并非小说的不道德，而正是它的道德……小说家并不是绝对地反对道德判断的合法性，他只是把它逐出小说之外"[02]。

《马桥词典》充满了富有个性的感性和体验，标示着叙事者突破了群体性的概念，摆脱了原有的思想意识形态和主流话语的束缚。20世纪90年代末，商品经济的出现导致了统一价值的破碎，也带来了多元价值观。与此相伴的是，知识精英们的讲台下不再有虔诚的听众和追随者，应者云集的日子已经一去不复返了，统一的权威和精神的信仰失落了，"精英叙事"正在消解，知识分子从"中心"走向"边缘"。"精英也没有了，导师、智者、先知，所有能够在讲台上说教群众的人都没有了。大众成长起来了，启蒙的时代已经过去。"[03]

作家从虚幻的广场撤离，他们从来没有像现在这样认真地思考过

---

[01] 韩少功、李少君：《词语与世界——关于〈马桥词典〉的谈话及其它》，《小说选刊》1996年第7期。

[02] 米兰·昆德拉：《被背叛的遗嘱》，孟湄译，牛津大学出版社、上海人民出版社1995年版，第6页。

[03] 王安忆：《接近世纪初》，《台港文学选刊》1999年第1期。

自身并重新认识时代。既然做精神导师的可能性已经瓦解，那么，小说何为？作家何为?《马桥词典》以全新的叙事方式在某种程度上回答了这个问题，它以民间世界的呈现表明了韩少功对中心和权威的解构，体现出民间话语与知识分子话语的对抗和分裂："权力通过话语及对话语的解释，压抑了民间世界的生命力，风俗故事正反映被压抑的民间如何以自己的方式拒绝来自权力的庙堂文化。"[01]

有论者认为，采取词典体这种方式表达世界，表现了韩少功对于世界的一种谦恭姿态，只有在这样的态度下，"世界才会尽可能地完整呈现出来，世界的枝枝蔓蔓才可能不遭受刀砍斧削之刑被保留下来，世界的暗角才有希望透进些微的光亮"[02]。

富有活泼生命力的民间成为知识分子的交流对象，展示乡村生活，与民间进行平等对话，使知识分子话语获得了新的内涵与意义。仅仅是居高临下的疗救和自语已经无法与现世沟通。知识分子没有"代言"的特许，也没有训导别人的权力，他只能用自己的眼睛观察世界，通过对话的方式承担道义和责任，在理解的基础上建立精神价值。

从韩少功最初的小说《西望茅草地》到《爸爸爸》再到《马桥词典》，其叙事转型表明知识分子的立场和视角有了明显的变化。知识分子不再无条件地接受群体性的概念、既定的话语和价值体系，而是注重突破群体的个体审美感悟，并以此作为创作的主要来源。小说的个体性在文本中迅速生长，政治性的诉求为充满个体性和感性色彩的表达所代替，对群体话语的无条件追随为个体话语所置换，体现出知识分子对人类生存状态的描述和追问，对精神世界的不断开拓与探寻。

（曹霞）

---

[01] 陈思和：《〈马桥词典〉：中国当代文学的世界性因素之一例》，《当代作家评论》1997年第2期。

[02] 张新颖：《〈马桥词典〉随笔》，《当代作家评论》1996年第5期。

（二）

第一节　扭曲与建设的力量：王朔《动物凶猛》

　　王朔在 20 世纪八九十年代的中国当代文坛是不能绕过的人物，他的商业化、"痞子"化写作甚至一度成为一种"现象"而连续引发争议。1993 年至 1995 年那场著名的"人文精神"大讨论就和王朔有着千丝万缕的联系。王朔在 90 年代中国文坛的影响和评价用他的一部小说名称来形容也许很合适：《一半是火焰，一半是海水》。肯定和否定的意见各行其道，海水和火焰相遇在王朔及其作品中，形成一道奇异的风景。

　　王蒙在《躲避崇高》一文中对王朔有诸多评论，笔者印象深刻的一句评断是："王朔是非常非常中国的，他的作品有一种扭曲与建设的力量。"笔者亦深以为然，王蒙的这句评断很可能具有时代的穿透性，他老辣丰富的经验足以支撑起自己的判断，而对待王朔作品，如果我们能抛去情绪化的个人成见，亦能经受得住"非常中国"和"扭曲与建设的力量"的评价。

　　在王朔的众多作品中，《动物凶猛》最初发表于《收获》1991 年第 6 期，2009 年的时候，这篇小说入选《收获》"50 年精品系列"，可以看出《收获》这份发表过许多重量级文学作品的杂志对该作的肯定态度。《动物凶猛》在王朔的作品系列中是一个独特的存在，后来被改编成电影《阳光灿烂的日子》，但相对于其他商业气息浓重的小说来说，这部作品在叙述方式、主题内涵、语言艺术等方面都有较强的先锋艺术特征，小说本身差不多是王朔作品中商业气息最淡的一篇。尤其是把这篇小说放在先锋退潮，当代文学尚处于调整、转折的 90 年代初，《动物凶猛》不但及时敏感地抓住并表现了"文革"时期少年的成长心路，并且展开了城市与人、人与自身及他

电影《阳光灿烂的日子》
海报

人的各种关系。叙述方式的变化又以先锋的姿态拓展了小说的美学价值，体现出了王朔既"扭曲"又"建设"的文学力量。虽然我们不能肯定《动物凶猛》一定是部优秀的经典小说，但它确实值得我们再次仔细品味和感受。

一、人与自己

《动物凶猛》这部作品有很多种解读方法和角度，我这里主要想以"人与自己"的关系来讨论一下这部作品在叙述方面的技巧与特点。一个人与自己究竟是什么关系？这好像是个奇怪的问题，其实却是非常严肃和难以回答的问题。古希腊神庙的门楣上曾刻有一行文字，表现出先辈圣贤对这个问题的困惑：人啊，你应该认识自己。认识自己，谈何容易，尽管我们在理论上似乎确实是对这个问题最有发言权的人。"最大的敌人就是自己"，这样的话语不仅仅是电影或宣传片里的华丽噱头，喊出这些话的人大概确实曾认识过自己，然而我依然十分怀疑他们能否真正认识自己。人面对自己，有时候就像面对宇宙，至少笔者凝思的时候常常有力不从心的眩晕感。

《动物凶猛》是用第一人称回忆的方式开始叙述的，这就天然地使作者有一种"全知"叙述的视角。"第一人称"和"全知视角"使这部小说在叙述方面既保证了一种真实感，又获得了较高的虚构自由度，这就为小说最后的自我解构做了充分的叙事准备。小说的叙述者是由两个"我"构成的——现在的"我"以回忆的方式想象、虚构了十五岁正在读初三的"我"，于是自然地形成了"人与自己"这样一种观察角度。十五岁时的"我"大概是这个样子：

　　那时我十五岁，在一所离家很远的中学读初三，每天从东城到西城穿过整个市区乘公共汽车上学。这是我父母为了使我免受原来的一些坏朋友的影响所采取的极端措施。

　　那时我只是为了不过分丢脸才上上课。我一点不担心自己的前程，这前程已经决定：中学毕业后我将入伍，在军队中当一名四个兜的排级军官，这就是我的全部梦想。

　　唯一可称得上是幻想的，便是中苏开战。

　　我迷恋上了钥匙。

　　并用坚韧的钢丝钳成了所谓的"万能钥匙"，为锁在家里的朋友们扶危济困，后来就开始未经邀请地去开别人家锁着的门。[01]

　　从这些文字中可以看出，十五岁的"我"对上课毫无兴趣，是父母眼中需要采取"极端措施"管制的调皮蛋，天真、好奇、耽于幻想及或多或少的恶作剧，但毕竟与一般的同龄人的行为规范又相去甚远。"文革"解除了成人世界对儿童世界天经地义的约束，原有的社会规范在一定程度上失效。解除了约束也就意味着丧失了引导，一颗年轻饱满的心充盈着太多的生命的剩余力，涌动着无限的青春欲望与情思，十五岁，多么适合胡闹而又半生不熟的人生阶段，对一切都欣欣然张开了眼却不见得看明白。正是那把"钥匙"打开了"我"的青春欲望之门——"我"遇到了米兰，尽管只是相片。

　　我不记得当时房内是否确有一种使人痴迷的馥郁香气，印象里是有的，她在一幅银框的有机玻璃相架内笑吟吟地望着我，香气从她那个方向的某个角落里逸放出来。她十分鲜艳，以至我明知道那画面上没有花仍有睹视花丛的感觉。

　　除了伟大领袖毛主席和他最亲密的战友们，那是我有生以来第一次见到的具有逼真效果的彩色照片。

　　即便有理智的框定和事实的印证，在想象中我仍情不自禁地把那张标准尺寸的彩色照片放大到大幅广告画的程度，

---

[01] 本文引文均见王朔：《动物凶猛》，《王朔文集》第四卷，华艺出版社 1993 年版。

以突出当我第一眼看到她时受到的震撼和冲击。

这里的描写很有意思，"我"首先感受到的是一种使人痴迷的馥郁香气，然后看到米兰的相片十分鲜艳，相片里的米兰笑吟吟地望着我。之后很快用了伟大领袖毛主席和他最亲密的战友来和米兰比较——如果我们从"回忆"的角度来看，这样比较似乎也不值得大惊小怪，然而，这时的叙述者其实是十五岁的"我"，即北京或者整个中国依然生活在"毛主席"与"文革"的年代里。这个叙述就会变得坚强有力、义无反顾了。在上述梦幻性的情景中，一张女孩的彩色照片及她的神情所引发的暗示，瞬间替代了"神"的形象，对美丽女孩的欲望替代了对"神"的崇敬，老人被转换成少女，领袖被转换成猎物，纯粹的精神化想象被转化成了一种身心合一的迷恋。"我"虽然也有当兵打仗、为国战斗的幻想，也有那个时代特定的精神印迹，但这些都比不上青春期的一次欲望萌动。米兰的相片对"我"的震撼和冲击是巨大的，这种潜意识里的性冲动几乎支撑起整个小说的叙述框架和动力。

在"我"的圈子里，先后出现了高氏兄弟、汪若海、于北蓓、米兰等。随着"我"对米兰迷恋的开始，"圈子"里的男孩们仍然吸烟、逃学、骂街、打架、溜门撬锁、夜不归宿、雄踞街头、互相攻击或戏弄，然而男女之事却渐渐成为他们的最新"时尚"。青春欲望在"文革"这样的一个混乱而自由的年代里得到了隐秘而大胆的扩张，男男女女同宿一屋，在掩饰与承认间完成着他们的"秘密任务"。"我"虽然最先"钓"着米兰并把她成功地介绍给"圈子"里的人，一方面获得了某种炫耀的满足感，另一方面更多是失去米兰的嫉妒心理，爱之不得便损之，这也许是青春恋爱或者任何一场不成熟恋爱的常见心态。

> 我对米兰说话的措辞愈来愈尖刻，她在我眼里再也没有当初那种光彩照人的丰姿，一言以蔽之：纯粹一副贱相！
> 我再也不能容忍这个丑陋、下流的女人。

和前边"我"对米兰的描述相比，这一段透露出"我"对她的态度的巨大转变。圈子里"老大"高晋的介入，让"我"卷入了由义气、恋情和欲望交汇而成的旋涡里。挣扎、愤怒、年少无知、混乱、自由、少年顽主，当"我"终于抵挡不住米兰带来的欲望诱惑、又无法摆脱对高晋这个横刀夺爱者的愤怒时，作者描绘了"我"和高晋的一场冲突——然后突然让现在的"我"出来叙述，说明这一切不过都是"十五岁的我"产生的幻想。

> ……现在我的头脑像皎洁的月亮一样清醒，我发现我又在虚伪了。开篇时我曾发誓要老实地述说这个故事，还其以真相。我一直以为我是遵循记忆点滴如实地描述，甚至舍弃了一些不可靠的印象，不管它们对情节的连贯和事件的转折有多么大的作用。

这是先锋小说常见的叙述方式，作者直接站出来告诉读者这个故事是怎么发生的，如何虚构的，模糊小说事实与虚构之间的界限。现在的"我"坦然承认自己还是步入了编织和合理推导的惯性运行轨迹，有意无意地忽略了一些细节，同时又夸大、粉饰了另一些理由。就像一个有洁癖的女人情不自禁地把一切擦得锃亮，最后不得不悲哀地发现，从技术上自己就无法还原真实。

如果说小说叙述有"技术"的方法，可以虚构或者打乱小说的叙述事实，那么对"回忆"的利用也是这部小说另一个叙述学上的成功尝试。我们知道，"回忆"往往会产生一种"真实"的叙述效果，然而"回忆"的真实性或可靠度究竟有多高？我们每个人可能都有过类似的举动，当我们对别人讲述自己的一段往事，不论是悲伤、尴尬、难过，还是高兴、光荣、兴奋，我们都会本能地篡改、掩盖、编织一些内容，从而使我们的叙述更符合潜意识里的期待。

作为一个青春期的欲望故事，当十五岁的"我"情感受挫时，会形成一种强烈的"心理创伤"——而对这种创伤最好的治疗就是选择性的遗忘或添加。所以小说里，十五岁的"我"对着夺己所爱的高晋白着脸咬牙切齿地说："我非叉了你！我非叉了你！"高晋则昂着头双目怒睁，可以看到他上身以下的身体在高洋的环抱下奋力挣扎。他一动不动向前伸着头颅，很像人民英雄纪念碑浮雕上的一个起义士兵。"有一秒钟，我俩脸近得几乎可以互相咬着对方了。"这个英雄形象立刻被成年的"我"戳穿了——"再有一个背叛我的就是我的记忆"，它像一个佞臣或女奴一样善于曲意奉承，事实是：十五岁的"我"和米兰第一次认识就是伪造的，高晋也不是通过我才认识米兰的，而是相反；我先和米兰的缠绵等，其实都出自我的想象，我和米兰从来就不熟悉！也许那个夏天什么事也没发生。我看到了一个少女，产生了一些惊心动魄的想象。王朔就这样让现在的"我"和十五岁的"我"完成了自我对话与想象，他否认了这个故事的真实性后继续用"真实"的方法把故事向前推进，这个时候，小说的情节可能会被认为完全是虚假的，所以王朔让十五岁的"我"大胆放肆地以一次刑事犯罪结束了青春欲望的想象，整个过程大致如下：

十五岁的"我"对肉感、美丽的米兰起了勃勃杀机。在我看来，她的妖娆充满了邪恶。她是一个可怕的诱惑，是一朵盛开的罪恶之花，她的存在就是对道德、秩序的挑衅，是对所有情操高尚的正派公民的一个威胁！在这样正义的欲望刺激下，"我"身穿军装脚骑自行车从东城区的一座军队大院门口出发，开始跟踪一个叫"米兰"的女孩。从长安街到北京火车站，再乘坐1路公共汽车，沿长安街经过北京饭店、天安门广场、电报大楼、西单，在工会大楼站下车，继续向西到木樨地向北拐，经过中国科学院、第二工业机械部、财政部与中国人民银行总行大楼所在地及其他一些街区，最终到达一栋机关宿舍楼前。"我"在门口等了一会，进入了女孩的房间，对她实施了强奸。"我"办完了"我"要干的事，站在地上对她说："你活该！"然后转身摔门而去。没有紧张感和犯罪感，"我"带着满足的狞笑在日光强烈的大街上缓缓地骑着车，两只脚像鸭子似的往外撇着，用脚后跟一下下蹬着链条松弛的轮子。"就让她恨我吧，我一边往伤口涂着红药水一边想，但她会永远记住我的！"

从"人与自己"关系来看，这部小说通过"回忆"的方式，让两个"我"交替叙述，这种拉开时间距离、让人物身份"统一又分裂"的叙述方式客观上解决了人如何审视自己的问题。尽管现在的"我"没有对十五岁的"我"有太多评价，但整个故事却已经让我们看到了"人面对自己"时的某种困境。十五岁的"我"对当时的自己和现在的"我"是未知的，所以在强暴了米兰后，不仅没有丝毫罪恶感，相反十分满足悠闲地骑车而去。现在的"我"以叙述者的身份显示出一种观察的姿态，而当"我"和叙述者同为一人时，又十分巧妙地完成了"真实"与"虚构"的转换，把这种"人与自己"的思考与观察留给了读者。王朔的这种叙述是经过精心准备的，他这种"先锋"的叙述方式包含了对自己经历年代的一种反思。尤其难得的是，他没有像个布道者一样站出来对十五岁的"我"说三道四，他只呈现客观的"风景"，把"我"置于同一个城市的两个时间点，布置好时代、社会、城市、街道与人物关系及其情节后，现在的"我"就隐身于"叙述者"体内，由叙述者站出来告诉读者，这一切都可能是虚构的。从精神分析学的角度来分析十五岁的"我"为什么会产生那种幻想，其实也是蛮有意思的一件事。青春期的性欲萌动，创伤心理后的自我治疗，用虚假的想象来完成对创伤的"安慰"，等等，其实也是"人与自己"最直接的心理表现。简言之，"人与自己"其实就是一个精神分裂式的思考，就是一个人的心理战争。

二、城市与人

《动物凶猛》的开头其实也值得我们仔细体会：

> 我羡慕那些来自乡村的人，在他们的记忆里总有一个回味无穷的故乡，尽管这故乡其实可能是个贫穷凋敝毫无诗意的穷乡僻壤，但只要他们乐意，便可以尽情地遐想自己丢失殆尽的某些东西仍可靠地寄存在那个一无所知的故乡，从而自我原宥和自我慰藉。

读完小说，我们知道《动物凶猛》主要讲的是"文革"年代，在北京这个大都市里以一帮中学生为主的闲散青年、高干子弟的青春成长故事。他们逃课、打群架、拍婆子[01]，"不必学习那些后来注定要忘掉的无用的知识"，他们深知自己的未来已被框定于固定的范畴之内，所以一点也不担心自己的前程。"一切都无须争取，我只要等待，十八岁时自然会轮到我。"因此享受着特定历史间隙所造成的空

---

[01] "拍婆子"一词盛行于"文革"中前期，可以解释为"男孩勾搭不相识的女孩"。

前自由，在现实生活中就只剩下随处发泄的精力、四处寻找刺激的欲望、自以为是的狂傲、随波逐流漂泊不定的心。这样一个以都市青年生活为主的故事，为什么要以"羡慕乡村"开篇？王朔自己的解释是乡村是一个可靠的"寄存地"——而与乡村对应的另一个庞然大物是城市——"城市一切都是在迅速变化着"，"没有遗迹，一切都被剥夺得干干净净"。这个开头如果只是单纯地从故事情节来看，似乎难有什么高明之处，但王朔在《动物凶猛》里其实还是花了一些心思并有所表达的。读完全篇，小说最明显的主线是"文革"年代年轻人狂乱的成长史，读者当然可以抽离出诸如"成长""自由""迷惘""混乱""文明"等一些主题。但"人与人"的关系是显而易见的，细细思量，就会发现小说其实也呈现了"城与人"的一种生存关系，就像本雅明说"街道成了游手好闲者的居所"，小说中这些带有"顽主"性质的游手好闲者主要的活动场所正是这个城市的街道。现代文明的迷狂和疯乱其实主要源于城市，当一个城市呈现出巨大的"病态"时，最直接的表征就表现在"城里人"身上，正如"文革"中北京大院里的这些孩子。那么，与这种现代城市文明相对照——乡村显然成了纯朴、逃离这种病态的合适的选择。在文人的笔下，乡村往往会成为"城市"喧嚣、现代文明最后的精神营地。王朔在开篇提这么一笔，隐含了他对"城与人"关系的批判与反思。

让我们再来回顾一下"我"当年跟踪"米兰"的线路：

东城区——军队大院门口——长安街——北京火车站——北京饭店——天安门广场——电报大楼——西单——木樨地——中国科学院——第二工业机械部——财政部——中国人民银行总行大楼。即使今天，这些区域也是北京最重要的政治文化区域。北京作为中国革命与现代化建设的"中心"，尤其是在"文革"年代，"长安街""天安门"这些地理空间已经被赋予了一种特别的政治文化符码，是"神圣"的象征。而成长于北京军队大院的子弟们，他们的居住地基本附着于军队各指挥部门及其重要机关单位的周围，也就是他们的活动区域正好和北京的"政治神圣区域"基本吻合。然而，正是在这样一片神圣的区域，在一个充满政治理想化的"文革"年代，当这些孩子在脑子里幻想着中苏开战，或者第三次世界大战爆发，用他们稚嫩的铁拳打倒一切帝国主义"苏修"反动派时，一个十五岁的"我"却因为看到美丽丰满的米兰相片，陷入纯粹的青春本能中不能自拔。"我"甚至因为受到压抑和创伤开始幻想和米兰幸福浪漫的相遇与爱情，这种精神的"自慰"终究抵挡不过现实的残酷，所以当米兰最后一步一步走出"我"的手臂范围时，"我"只能以强暴的方式完成青春欲望的宣泄。

于是我们看到，在《动物凶猛》中，王朔让一帮高干子弟在北京最为神圣的政治权力中心区域，上演了青春期的各种混乱与欲望。尤其让"我"以跟踪的方式绕了北京"神圣政治"区域一圈后以强暴的方式结束了对米兰——这个在男女两性方面给他最初美好印象的女孩的青春欲望。这实在是很有讽刺意味的巧合，在北京这个古老而文明的城市中，在中国正在进行的"文化大革命"的高潮尚未退却时，那些当权者的孩子以这样的方式解构了一切虚假的神圣，退回到赤裸裸的本能欲望中。王朔并不一定在写作时考虑这么多，然而优秀的小说总是能有意无意地包罗复杂的社会内容。我们说《动物凶猛》其实可以有许多解读角度，"城市与人"只不过是其中的一种可能。从叙述方法来看，王朔的《动物凶猛》将这种青春欲望故事置于"文革"后期北京那个特殊的时空中，除了使各种情节因素自由展开外，也为小说的意义拓展提供了足够的空间。而对故事虚构性质的暴露与坦白，除了叙事方式的创新与变化外，<u>更重要的是为了消解故事的真实性及由此引申出的各种可能性</u>。在"真实"与"虚构"的叙述游戏中，呈现了"风景"而又"消灭"印象，展开思考与意义的空间而又使之失去真实的基础。总之，在"扭曲"的叙述中体现出一种奇妙的"建设"力量来。

王朔的《动物凶猛》其实也有很好的"生长性"，我们从《动物凶猛》中这些年轻的高干子弟身上，看到了王朔后期作品里大量"顽主"的前身。可以说，《动物凶猛》交代了后期小说中"顽主"的"来历"。也许我们可以参考海外学者对王朔小说的一种理解，在《王朔的精英背景与他的流氓特征》一文中 [01]，作者认为"文革"为少年"政治精英们"提供了一个独特的环境，使他们去发展与毛泽东授权的"闹革命"不同的另外一种流氓主义与反文化。作者挑战了西方评

---

[01] Yao, Yusheng. "The Elite Class Background of Wang Shuo and His Hooligan Characters." *Modern China*, 2004, 30（4）: pp. 431—469.

论者通常的观点：王朔是一个写普通人小说的作家，只是善于突出他在"文革"时期有流氓特征的贵族背景。文章认为在后毛泽东时代，这些前贵族青年流氓试图适应日益商业化和物欲化的新环境，有些人通过合法或非法的手段成功地加入了新的精英阶层，另外一些失败者或被边缘化的人则变得更加贫困。作者认为，后者需要一种揶揄、顽劣的话语表达来帮助他们保持一种优越感。王朔正是通过颠覆主流意识形态和文化的方式，通过想象使其笔下的人物——特别是被排斥和疏远的年轻一代受挫的欲望合法化。

转型与深化——20 世纪 90 年代文学研究

第二节　等待涅槃的"鸡毛"人生或文学：
刘震云《一地鸡毛》

　　刘震云 1978 年以河南省文科状元的身份考入北京大学中文系，1987 年发表了他的成名作《塔铺》，此后陆续发表《单位》《一地鸡毛》《温故一九四二》以及"故乡"系列长篇小说。20 世纪 90 年代应该是刘震云迅速奠定自己文坛地位的十年，进入21 世纪以后，刘震云陆续出版了《一腔废话》（中国工人出版社 2002 年版）、《手机》（长江文艺出版社2003 年版）、《我叫刘跃进》（长江文艺出版社 2007年版）、《天下苍生》（作家出版社 2008 年版）、《一句顶一万句》（长江文艺出版社 2009 年版）等作品。刘震云的作品既有时代发展的身影，也有自己的特色，在好读、好看、好卖方面都取得了不俗的成绩，作品《一句顶一万句》获得 2011 年第八届茅盾文学奖，包

电视剧《一地鸡毛》海报

括《一地鸡毛》在内的很多作品都被改编为影视剧。刘震云是中国当代文坛的一个独特存在，他的作品值得我们做更进一步的阅读与研究。讨论这样一位创作时间长久、创作力量强劲、作品丰富且风格独特的作家其实是有很大难度的。我们这里只围绕"新写实主义"代表作品《一地鸡毛》展开。

一、变馊的"豆腐"：自然主义式的象征写法

《一地鸡毛》发表于1991年《小说家》第1期，我们可以把它看成是刘震云之前作品《单位》的续篇。《一地鸡毛》和刘震云前期的其他小说一样，取材于最底层人的生活，如果我们稍加注意就会发现：从《塔铺》到《新兵连》到《单位》再到《一地鸡毛》，正是刘震云由农村到部队到城市并进入机关工作，然后结婚生子的生活过程。通过这样一个作品谱系的阅读，可以帮助我们更好地了解小林这个人物的性格变异过程。刘震云几乎用一种自然主义的客观方式，通过小林这样一个以读书来改变命运、融入社会的年轻人代表，表现了读书人在当代中国的一种象征性的命运。

先来看看这篇小说的开头：

小林家一斤豆腐变馊了。一斤豆腐有五块，二两一块，这是公家副食店卖的。个体户的豆腐一斤一块，水分大，发稀，锅里炒不成团。小林每天清早六点起床，到公家副食店门口排队买豆腐。排队也不一定每天都能买到豆腐，要么排队的人多，排到，豆腐已经卖完了；要么还没排到，已经七点了，小林得离开豆腐队去赶单位的班车。

笔者对小说的开头总是充满研究的兴趣。开头是一种小说的"亮相"，对于有些作品来说，如何开头总是能透露出许多有意味的形式来，比如这一段文字就很有意思。"小林家一斤豆腐变馊了"一句中，最鲜明的意象便是那块变馊的"豆腐"。然后作者不厌其烦地详细介绍起一斤豆腐有五块，是"公家"副食店卖的。"公家"和"个体户"也是这段开头里我们必须注意的两个意象，和"豆腐"一样，笔者以为这三个意象，是我们理解"小林"一地鸡毛般生活的核心意象。尽管整部小说读下来，我们会感觉到作者无比"客观"地写了些鸡毛蒜皮的凡人琐事。小说里描写的是《单位》里那个大学生小林婚后家庭生活里的吃喝拉撒睡、油米酱醋盐，都是极普通、极平常、极司空见惯甚至是极琐碎的生活小事，是每个正常普通的中国百姓每天都有可能经历的，这些小事让我们熟悉得会对小说不以为然起来。批评家们称此类小说为"新写实主义"，这大概是80年代文学落幕后，90年

代初寂寞文坛希望继续制造文学效应的一种"命名"欲望吧，笔者以为所谓"新写实主义"更像是一种"中国化了的自然主义描写"——它仍然有着作家们百般遮挡后的各种表达，至少在《一地鸡毛》中，我宁愿把它视为一部杰出的"自然主义式的象征作品"。这大概也是刘震云不但能把这种"一地鸡毛"般的生活叙述得津津有味，而且还会让读者深陷其中、引起内心共鸣的根本原因吧。读完小说后，我们会掩卷沉思：小林是谁？可能就是我们自己。尤其是今天，当我们重新阅读这部小说时，时代的剧烈变迁又给这部小说做了新的注脚。刘震云极其敏锐地写出了一个时代读书人的真实命运与生活，它以"对现实进行锲而不舍的观察，认真地辑录事实"以求艺术再现的"真实性"，进而去深刻地阐释"人"受"环境"而非"意志"的抑制与支配，最终导致在生存环境中迷失"自我"的荒谬地步[01]。发"馊"的"豆腐"在这部小说里既是全篇的起点，也可说是一种象征性的终点。象征着小林或者我们自己在"单位""公家"以及社会的生活环境中无法永远保持新鲜——不论小林曾经多么学生气、充满理想、保持着年轻人的多少纯真，最后都会在"环境"（诸如"单位""公家"）中变"馊"——这是一种社会成长的"异化"，许多人把这种现象解释为"你不能改变这个社会，就去适应这个社会"。于是年轻的朝气终将暮气沉沉，当年的"精英"终将变成"小市民"，对"知识"的渴求变成对"权力"的迷恋，不再期待"诗意地栖居"，不再追求任何形而上的意义。因为"我们"首先要被迫"生存"，然后是在这个"酱缸"社会中更多地争取和占有优质的生活资源。这种"人"与"环境"的关系用小说的情节解释就是：

　　豆腐拿回家，因急着赶公共汽车上班，忘记把豆腐放到了冰箱里，晚上回来，豆腐仍在门厅塑料兜里藏着，大热的天，哪有不馊的道理？

　　大热的天，对于一块放在门厅塑料袋里的豆腐来说，怎么可能不馊？笔者赞同宋剑华在分析该作品时的意见：我们仔细去阅读作品文

[01] 宋剑华：《论〈一地鸡毛〉——刘震云小说中的"生存"与"本能"》，《文艺争鸣》2010年第6期。

本的故事情节，便会发现"变馊"绝不仅仅在指一种"物质"现象，更是被作者转化成了一种"精神"现象——它深刻而逼真地反映出了现代知识精英在生存环境中卑微而无奈的尴尬处境[01]。但我并不认为这部小说仅仅是一部"自然主义"的作品，虽然"自然主义"确实是该小说一个特别明显的特点。如果我们从今天的视角来观察这部小说，从开头的"豆腐"到结尾的"鸡毛梦"，"象征主义"才是这篇小说最大的亮点——尽管这种象征性甚至是被时代人为追加的。

所谓"新写实主义"也好，"自然主义"也罢，其实都是一种逼近"客观"与"真实"的写法。"真实"是中国当代文学一个非常有趣的关键词，在传统的文学观念中，我们一直把"真实"作为一种高格调的追求或标志。后来由于有太多以"真实"名义出现的"假大空"作品，现代主义或者后现代主义的"颠覆""解构""零度写作"等一下子受到了人们的追捧。与其总写一些"虚伪的真实"，不如多来点"真实的虚伪"——这就是艺术或者小说的特权，通过虚假一样可以实现艺术的真实。

象征主义在古希腊文中最早的词义是指将一块木板（或一种陶器）分成两半，主客双方各执其一，再次见面时拼成一块，以示友爱。后来演变为用一种形式作为一种概念的代表，现在我们把凡能表达某种观念及事物的符号或物品叫作"象征"。直接说《一地鸡毛》是"象征主义"作品，显然会和阅读本身的直接印象相抵触，因为整部小说的描写情节细小、故事清楚、事物客观、文字朴实，字里字外都透露出冷静、客观的黑色幽默式的效果。然而，如果我们把整部小说读完，尤其是经历了历史的淘洗之后，"豆腐"不但是一个非常成功的象征意象，甚至"小林"和"鸡毛""单位""公家"也都变成了优秀的象征意象：小说用一种最客观的方法写出了中国知识分子在社会成长中某种必然的规律性，那块发"馊"的"豆腐"基本可以象征在社会这个大房间里，每一个新鲜出炉的年轻人如果没有某种适当的"保鲜"方式，就会很快变"馊"。

小说的结尾有一段"鸡毛梦"，说它是曲笔也好，隐喻也罢，这段话的象征意味肯定是显而易见的：

---

[01] 宋剑华：《论〈一地鸡毛〉——刘震云小说中的"生存"与"本能"》,《文艺争鸣》2010年第6期。

> 半夜做了一个梦，梦见自己睡觉，上边盖着一堆鸡毛，下边铺着许多人掉下的皮屑，柔软舒服，度年如日。又梦见黑压压无边无际的人群向前涌动，又变成一队队祈雨的蚂蚁。

这可能是小林在睡梦中和从前的自己潜意识里进行的一次对话与告别。"鸡毛""皮屑""黑压压的人群""祈雨的蚂蚁"，这些象征意象在小林的梦里构成了一种丰富的表达。在这个意象群里，大体分为两个部分：前边是说小林自己，这里要注意小林可能做了"两层梦"，因为"半夜做了一个梦，梦见自己睡觉"。小林在梦里觉得柔软舒服、度年如日是因为他下边铺着许多人掉下的皮屑，上边盖着一堆鸡毛——这两个具体的意象在这里不用解释得太清楚，根据小说的情节我们大概可以了解，小林接受了原来所不齿的许多东西，他的内心略有挣扎，但也不过是强弩之末般地对自己的良心完成了最后一击。完成这个良心交代后，他就可以华丽转身，纵情享受"鸡毛人生"带给他的快乐和舒服了。后边则是一个集体无意识的象征，小林只是这黑压压人群中的一分子，人的生存最后异化为"蚂蚁"，这真是一个极大的嘲讽，人们拥护着祈祷并不自以为得到幸福。如果套用一下西方理论，我们也可以说前者是弗洛伊德心理学上的个人无意识，后者是荣格心理学的集体无意识。因为梦是"无意识"最好的呈现场所，而无意识又往往代表着最本能、真实的一种意愿。"鸡毛梦"这个情节让笔者想起一部电影叫《盗梦空间》，这部电影中有一个非常重要的词语，或者也是关于梦与人的观念之间的关系：Inception（中文意思是"植入"，也是该电影的外文名）。"植入"什么呢？就是人的观念。通过梦境进入人的深层潜意识空间，植入一个很小的念头，然后这个念头就会一天天长大，最终变成现实实践中坚定的信念，引导着一个人自由地选择去追求这个观念设定的目标。电影《盗梦空间》讲的是给竞争对手"植入"一个对自己有利的观念，从而获得巨大的商业先机。而《一地鸡毛》里这个梦，当然不可能是什么人"植入"小林头脑的，那么，小林从一个"理想""认真""精英"的年轻人，到很自然地开始做"鸡毛人生"梦，这些"观念"又是如何产生的呢？显然应该是他所处的"单位""公家""环境"——这个社会植入的。社会对个人"观念"的植入是赤裸裸甚至带点暴力性质的，它不用《盗梦空间》里那些复杂的技术手段，更不用趁着别人睡着后意志薄弱的时候侵入。社会对个人的"观念植入"就发生在你最为清醒的时候，最终的结果却是一样的：你坦然接受并从内心认同那套社会法则。所以如果说"人生如梦"的话，每个人都得在社会"成长"中经历这种"植入"和"异化"，绝大多数人最后的结局就是在这种"鸡毛"人生中柔软舒服地过起度年如日的幸福日子。

二、"鸡毛"人生的异化或涅槃

"异化"（Alienation）曾经是中国社会里非常流行的一个严肃词语。传统的马克思主义观点认为异化是人的物质生产与精神生产及其产品变成异己力量，反过来统治人的一种社会现象，人的能动性丧失了，遭到异己的物质力量或精神力量的奴役，从而使人的个性不能全面发展，只能片面发展，甚至畸形发展。"异化"当然不是"资本主义"国家的特色，在各种导致人"异化"的因素中，失控"权力"体制下的生活将起到最直接和有力的影响——即便这种权力和生活只有"鸡毛"那么大或那么轻，也可以产生重于泰山的效果。《一地鸡毛》其实就是这种"鸡毛权力异化人生"的典范——在小林还没有运用、掌握权力时，他的生活只能如"鸡毛"般零碎、烦乱。而当他一旦开始靠近或者利用权力时，他就被"权力场"同化了。换句话说，当他潜意识或有意识地选择了微波炉、做起了"鸡毛梦"的时候，原来那个有所坚持、理想尚存、还在挣扎的小林就"遭到异己的物质力量或精神力量的奴役"，即"异化"了。小说之前对小林生活"鸡毛蒜皮"般的各种细节的描写，其实都是在给这最后的"异化"进行最详细的注解。这就是许多读者阅读以后一边感慨、一边同情地认同了小林的原因。每个人都有生存和享受美好生活的权利，凭什么让"我"去做所谓"理想"的牺牲者，过着小林夫妇"不开窍"之前的生活？

小说中有许多关于"异化人生"的细腻表现。小林因买的豆腐变馊了被老婆一通责怪不说，在单位里也因为买豆腐被"新来的大学生很认真"地划了"迟到"。这样的描写极其轻淡却意味十足："新来的大学生"——当年的"小林"或者象征着每一代从大学里新鲜出炉的年轻人，和 50 年代王蒙小说里"组织部新来的年轻人"一样，"认真""锐气"，富有批判精神，试图有所"建树"。然而现在的情境是：正在小林夫妇为一块变馊的豆腐几乎要发生家庭争吵时，查水表的老头敲门而入，一脸严肃地说据群众反映有人偷水：晚上不把水龙头关死，故意让水往下滴，下边放个水桶接着。两人统一否认了"偷水"行为后，"小林心里还责备老婆，一个大学生，什么时候学得这么市民气，偷了两桶水，值不了几分钱，丢人现眼让人数落了一顿。小林老婆也自感惭愧，就不好意思再追究馊豆腐一事，只是瞪了小林一眼，自己就下厨房做饭去了"。刘震云就这样缓慢细腻地讲他的故事，他的用笔非常简单，发力也很小，却把"生活异化人生"的主题表达得格外有力，这种力量不是"爆炸"式的向外扩张，而是一种"渗透"式的向内扩张。一方面，小说中的主人公也是在这种"渗透"中渐渐被生活"规训"；另一方面，读者更会在这种阅读中生成强烈的认同观念，并很快地品味自己从中学到进入社会前的各种心理准备。小林夫妇其实都是当年的天之骄子，小林的老婆叫小李，没结婚之前，也是个文静的、眉目清秀的姑娘——甚至还有一点淡淡的诗意。可是几年之后，这位安静的富有诗意的姑娘，就变成一个爱唠叨、不梳头，还会在夜里滴水偷水的家庭妇女了。作者有一段文字交代了两个人在社会"环境"中的心理转变：

> 两人都是大学生，谁也不是没有事业心，大家都奋斗过，发奋过，挑灯夜读过，有过一番宏伟的理想，单位的处长局长，社会上的大大小小的机关，都不放在眼里，哪里会想到几年之后，他们也跟大家一样，很快淹没到黑压压的千篇一律千人一面的人群之中呢？你也无非是买豆腐、上班下班、吃饭睡觉洗衣服，对付保姆弄孩子，到了晚上你一页书也不想翻，什么宏图大志，什么事业理想，狗屁，那是年轻时候的事。

"异化"的结果就是归顺这个社会的生存法则。这段心理独白如果和小说的开头放在一起阅读，基本是每个大学毕业生最简洁的人生缩写。《一地鸡毛》中的小林在中国知识分子形象系列中将会成为一个"典型"，也可以说是一个象征——他代表着刚刚失去理想，开始面对现实，开始向权力靠近，但还没有独掌大权被彻底"异化"的人群。如果我们从"成长"的角度看，联系后来出现的知识分子小说，比如《沧浪之水》中的"池大为"，就会发现这些不同作家笔下的人物形象，完全可以形成完整的人物性格发展谱系。假如小林"考上研究生"，按照《一地鸡毛》里已经形成的雏形，比如他最后利用职务之便帮收水老头"老家人"批了一个公文——收下了一个微波炉，他有可能走得更远。这个逻辑的发生是如此自然而真实，经历了老婆调动工作、孩子入托难等一系列困难后，"小林已不是过去的小林，小林成熟了"，送微波炉的老头一走，小林老婆说："看来以后生活会有转变！"小林问："怎么有转变？"小林老婆指着纸盒子说："看，都有人开始送礼了！""看来改变生活也不是没有可能，只要加入其中就行了。"加入其中，这基本是近年来知识分子形象面对社会时的一个基本姿态。刘震云在1991年中国的市场经济还没有完全发展起来之前，在权力和市场尚未充分勾结之前，就已经准确地刻画了人们的"理想"在面对"现实"时的标准姿态——仿佛一个站在泳池边的游泳运动员，长长呼吸一口气然后纵身跳入其中，剩下的就是拼命地往前划动了。如果说小林在做那个鸡毛梦的时候，潜意识里还有些挣扎和内疚的话，那么一觉醒来，不光是天亮了，小林的脑门应该也亮了，而且笔者相信他以后的生活也会"亮"起来。

> 小林摇头回忆梦境，梦境已是一片模糊。这时老婆醒来，见他在那里发傻，便催他去买豆腐。这时小林头脑清醒过来，不再管梦，赶忙爬起来去排队买豆腐。买完豆腐上班，在办公室收到一封信，是上次来北京看病的小学老师他儿子写的，说自上次父亲在北京看了病，回来停了三个月，现已去世；临去世前，曾嘱咐他给小林写封信，说上次到北京受到小林的招待，让代他表示感谢。小林读了这封信，难受一天。现在老师已埋入黄土，上次老师来看病，也没能给他找个医院。到家里也没让他洗个脸。小时候自己掉到冰窟窿里，老师把棉袄都给他穿。但伤心一天，等一坐上班车，想着家里的大白菜堆到一起有些发热，等他回去拆堆散

热，就把老师的事给放到一边了。死的已经死了，再想也没有用，活着的还是先考虑大白菜为好。小林又想，如果收拾完大白菜，老婆能用微波炉再给他烤点鸡，让他喝瓶啤酒，他就没有什么不满足的了。

小说的结尾，小林还是回到了开头——排队买豆腐，但这里穿插了一段煽情的故事，我们读完小说后会发现这段"煽情"其实是小林和自己从前"温情"的一种告别。我们没有权力谴责小林对老师的伤心（"伤心一天"后就想着"活着还是先考虑大白菜好"）是一种虚伪的情感。因为从生存和发展的角度讲，小林确实也有自己的"不得已"。

"不得已"在今天的中国生活中，不知道是一块该死的"挡箭牌"还是那些挣扎在"无物之阵"中角斗士们最后的"遮羞布"。当我们从 21 世纪中国的发展现状去回顾这部小说时，就会发现小林身上依然有着浓重的 80 年代中国知识分子的理想身影，或者说还闪烁着一点犹疑不定的知识分子光泽。在刘震云的作品里，权力始终是一个巨大的存在，每一个人都深陷其中无法自拔。他写城市社会的"单位系列"和干部生活的"官场系列"，将目光集中于历史、权力和民生问题，以简洁、细腻、客观、直白而又不失幽默的手法，精细地刻画了小人物或底层人的生存境遇、生活态度，以超人的洞察力观察人情世故，写尽了普通人在日常生活中的权力关系。

如果说"公家"的背后代表着"权力"，那么小说中还有一个词语也非常值得关注——"个体户"。这是个今天已经消失的词语，在90 年代初绝对是个非常生猛的新鲜词语，因为它很快就长大成形，变成和权力旗鼓相当的人性"异化"力量——市场以及金钱。我们来看一下当"公家"遇到"个体户"，或者说当中国人有了"市场""金钱"的多项选择后，像小林这样的知识分子、官场小职员的内心变化。"小李白"是小林的大学同学，当年在学校时，两人关系很好，都喜欢写诗，一块加入了学校的文学社。"小李白"的经历大概是先到一个国家机关，然后辞职去了公司，公司倒闭后就当上了个体户，卖起了板鸭！小林听说他一天"也弄个百儿八十的"后吓了一跳，又问："你还写诗吗？""小李白"朝地上啐了一口浓痰："狗屁！那是年轻时不懂事！诗是什么，诗是搔首弄姿混扯蛋！如果现在还写诗，不得饿死！""小李白"请小林帮忙收账十天，小林"一开始还真有些不好意思，穿上白围裙，就不敢抬眼睛。不敢看买鸭子的是谁，生怕碰到熟人。回家一身鸭子味，赶紧洗澡。可干了两天，每天能捏两张人民币，眼睛、脸就敢抬了，碰到熟人也不怕了。回来澡也不洗了。习惯了就自然了。小林感到就好像当娼妓，头一次接客总是害怕，害臊，时间一长，态度就大方了，接谁都一样"。

刘震云以一个作家的敏感，准确地写出了90年代初，市场经济条件下，权力尚未完全市场化，金钱的力量刚刚显现，知识分子和官僚体制还没有完全"异化"前的中国人日常生活的形态。小林赚了九天的"外快"后，相对于一个"堂堂国家干部"的面子，他已经完全从内心接受了"钱"的力量。这也是一个非常有意思的情节：《一地鸡毛》里的国家干部——我们今天的"公务员"似乎还没有进行彻底的"权力寻租"，至少我们知道像小林这样的小职员还生活得不如意，比起今天的"公务员"热背后的利益原则，小林利用下班时间赚"外快"的画面实在是朴实得让人怀念。从20世纪90年代到现在，时间不过二十年，我们发现当年"下海经商"的人们又重新开始眷恋"权力"，而当年的官僚们也充分享受了市场化带来的"利益均沾"好处。

笔者一直以为20世纪90年代，尤其是"以经济建设为中心"以后，"权力"和"市场"就开始了最大程度的合谋——既有公开的国家政策层面的合法性，也有私下的个人欲望方面的非法性。《一地鸡毛》呈现给文学史或者说今天的观察者们的价值就在于准确、形象、细腻地记录和呈现了这个微妙过渡，或者说"转型"时刻。"权力"和"金钱"虽然一直都对人性起着"异化"作用，但对于当代中国来说，对20世纪90年代"转型"期也许可以有另一种解释——金钱向右转，权力向左转，二者亲密接触后形成一种新型的"异化"力量，从"官场"到"市场"，从"知识分子"到普通百姓，无人能幸免。从社会道德到人性深处，从宏观社会到日常生活，《一地鸡毛》为"转型"这个词进行了一种小说化的解释。随着中国市场的深入发展与政治体制的停滞不前，"市场"和"权力"同时成为中国社会的主导性力量，支配着人们的生活。小林的人生轨迹其实是这种历史逻辑的必然选择。一根鸡毛也许并不重，关键是要成为最后那根压垮你的"鸡毛"，正如一根稻草也不重，关键是要成为救命的最后一根"稻草"才行。压垮人生的鸡毛虽然轻却仍然显示出强大的"异化"力量，而救命的稻草虽然也轻，却展示了让我们生命"涅槃"的希望。我能避开鸡毛，抓住稻草吗？

转型与深化——20 世纪 90 年代文学研究

第三节　囿于尘世的逃离者——论海男和陈染的作品

生命之于女人，是欲诉难明的永恒的伤痛，是不断叛逆又不断回归的围困过程，而女人之于世界，则是永久灵性的光辉，是徘徊于世欲浮尘之间又超群不凡的纯净灵魂。一根肋骨支撑起了半个世界。

如果说 20 世纪 80 年代的女作家们还沉迷于女性或以女性为中心的故事的话，那么 90 年代的陈染、林白、海男等人则通过女性角色的转换表达了生存的困惑以及企图逃离时却发现无处可逃的困惑。在这些被称为"私人写作"的作品里，女性的视角出现了一片开阔地。女作家们在作品里展示女性的光芒、女性的独立，从而建立起了一个纯然的女性世界，拒绝依附于男性话语和主流社会。

一、化蛹成蝶的努力

在海男的小说《蝴蝶是怎样变成标本的》中，女主人公普桑子因为一次偶然事件，不得不一生都在一个个男性之间不断地游走逃离，最后发现只有自己孑然一身，孤独前行。20 世纪 20 年代的某一天，年轻的普桑子跟随男友耿木秋到南方采集蝴蝶标本。因为一场鼠疫，他们走散天涯。普桑子带着一匣蝴蝶回到了母亲家里，从此纠缠于往事中，彻夜难眠。母亲请来郝仁医生为她治病，医生迷上了她并向她求婚。这本该是一个女人一生中最快乐的时候，但在那个枪炮声密集的夜晚，普桑子与医生有了肌肤之亲后，她却渴望一次以寻找耿木秋为起点的逃离。在这一过程中，她邂逅了中学同学陶章，陶章及时出现又及时消失了，像平静的湖面泛起一阵涟漪，为故事带来某种焦灼和令人不安的气息，预示将有一种结局在某个时刻出现。与初恋情人失散了十年的普桑子踏上了南行之路，她本该一览无余的人生就此峰回路转。因为战争，她被困在了吴港，因之结识了和耿木秋的背景非常接近的王品。尽管王品明确表示想带着普桑子离开吴港，但她却惊惶地发现自己已怀上了医生的孩子。当她找到郝仁时，才发现另外一个女人已经取代了她的位置。在郝仁医生夫妇客气而疏远地将她送出门时，她决定永远埋藏这个秘密。王品找到了普桑子，她真的爱上了他，却发现他还有别的女人。普桑子不得不又一次逃离。这一次，她逃离到远离故乡的陶章的矿山上去了。那些冰硬而干净的石头让她热泪盈眶，仿佛清洗了一切的过往，而实际上她只是走向了更深的迷津。陶章从未进入过她的内心，矿山只是她在张皇失措时想到的一个栖息之所。就在普桑子打算离开陶章时，矿山坍塌了，陶章丧命。最后，普桑子重返家园，她爱过的和爱过她的男人都在她的生命中消失了。唯有耿木秋，那个将蝴蝶引入她的生命、在文中从未出现过的人才像蝴蝶一样，成为她心灵中永远的净地与默契。

置身于千万只蝴蝶中，普桑子最后对自己说："我可以体验蝴蝶是怎样变成标本的。"走出尘世的迷离晴雨，女人不再为男人而活。从叙事方式来看，海男以"虚构者"的身份在文中穿插着繁复的叙述。在普桑子逐渐与蝴蝶合二为一时，在1997年的蒙蒙细雨和彻骨寒冷中，海男的叙述也飘忽不定、恍惚迷离起来。其实无论哪一个时代，女性对于生命和爱情的体验都是相同的。于是，在普桑子的蝴蝶飞满海男的梦乡时，她感觉自己也"慢慢蜕变成一只蝴蝶"。这是一件多么幸福的事情，因为"一只蝴蝶在空中飞翔总比一个人在地上行走要美丽得多，也轻盈得多"。从这一意义上来说，"寻找蝴蝶"就是寻找生命开到极致的绚烂华美的过程，就是一个不断逃离又不断回归的过程。为此，女人不惜用相互温暖的余生舞出最后的蹁跹。

二、在出路和归路之间反复逃离

"逃离"的主题在陈染的小说里尤其典型。她的笔下总是出现这样的女性：她"纤弱、灵秀、永远心事重重"；她"瘦削清秀，内心忧郁，身上散发出一股子知识女性的多愁善感，孤独傲慢"；她"远离阳光、树木和人群，她不会欢乐，也不会愤怒"。她是这样一个永远对生命充满焦灼和逃避的女子。从某种程度上说，这个女子就是陈染。通过对自我内心和自我经历的不断审视、提炼，陈染将自己融入作品的女性形象中，并延伸至普遍意义上的女性形象。

在陈染的作品中，男性只是作为一个被任意支配的过渡而存在。在这个世界里，男性的传统特征被消解，他们不再是强者、支配者、保护者，而只是一个个没有个性的性别符号，不断出现又不断消失在女性的生活里。女性强烈的先锋意识如一束细而利的光，穿透男性貌似强大的外表，照亮女性纤弱的心灵世界。在《无处告别》里，与女主人公黛二的生活有着直接或间接联系的男性除父亲黛教授外，还有墨非、琼斯和气功师。这四个男性的出场，都只是为了让黛二的生活有所连接。为黛二找工作，墨非——黛教授的学生及黛二闺密麦三的丈夫出现；为黛二出国——琼斯出现；为黛二治疗头痛——气功师出现。而最后，他们都成了黛二及其闺密回忆中的一抹流痕。孑然而立的只有"独自在雨街走着""永远处在与世告别的恍惚之中"的女性形象。正是在这样男性与女性不断交融的过程中，女性独特明媚的心灵灿然开放，重获饱满与辉煌。女性主宰了文本的底蕴与内容，她们构成故事，又拆散故事，在看似漫不经心的建构中，制造着一次又一次的解构。

陈染的《私人生活》和林白的《一个人的战争》中的女主人公有很多相似之处：倪拗拗和多米从小缺乏父爱，惧怕群体，在孤独落寞中过完蒙昧的少女时代。在这两个女性文本中，女性处于中心位置，通过她们的眼和心观照周遭的世界，无论是《一个人的战争》中与多米有过性关系的男性，还是《私人生活》中的 T 老师、尹楠，他们都是为了完成女性的成长过程而出现的。在叙事链中，女性的心理、行为指引着故事的走向，男性已失去了在以往"宏大叙事"中的决定作用。多米和倪拗拗最后都弃绝男性，走向了"另一个世界"。在那个世界里，女性自恋自爱，与灵魂相互应答："你才是我虚构的"（《一个人的战争》），"这个世界，让我弄不清里边和外边的哪一个是梦"
（《私人生活》）。

《只有一只耳朵的敲击声》是陈染对女性内心的又一次透视与检
测。作品中的叙事主角不断转换：黛二，伊堕人，黛母。"大树枝"
的交替叙述将母女之间、女性之间、异性之间沉重隐涩、纠缠难解的
情结一一浮现出来，最后以黛二的逃离截断了故事。一切在还没有结
束的时候就走向了覆灭。在黛二的故事中，黛二连同其母及其他女性
一起组成了一个怪圈。在这个怪圈里，她们相互窥探、提防，又相互
安慰、取暖，在焦灼不安中完成心灵的契合与生命的历程。女性敏感
的经验和虚幻的想象使故事呈现为丰美轻盈的叙事碎片。

在对女性深切的迷恋与不厌其烦的描述中，陈染源于尘世的焦虑
感被筛落、被净化，最后消散在逃离里。陈染对女性生存困境的强调
正说明了女性曾被残酷地压抑，她们渴望宣泄，但最终找不到出路，
只得一次又一次地用逃离来了结这苦痛的渴望。《与往事干杯》写少
女肖蒙与父子两人的恋情。女主角肖蒙由于父母离异，与比她大二十
多岁的男邻居发生了关系，后来她真心爱上了老巴，才发现老巴是男
邻居的儿子。这个故事虽然由于过于巧合而显得有些做作，但故事本
身并不重要。重要的是，当肖蒙发现事情的真相后，她陷入了命运诡
秘的轮回里。后来她去了澳洲，不得不又一次逃离。陈染正是借这样
一个巧合的故事冷静地将女性对自身、对异性的怀疑引向生命灰暗神
秘的迷宫。女性永远是悲剧的中心，失意、彷徨、苦闷、绝望，在种
种沉重如铅的情绪表达里，女性只能等待下一次辉煌，下一次释放，
而这样的等待注定是漫漫无尽、永无归路的。

在陈染透明的女性视野里，男性神话被虚化，她几近自恋地叙述
着女性永恒的隐痛。她笔下的女性永远生活在生与死、爱与欲的罅隙
里。斑驳陆离的尘世里，女性以其清丽脆弱的外表、坚若磐石的内心
经受着命运的凛冽。在陈染的作品里，女性意识被纯化，女性深层的
疼痛、秘密的喜悦悄然绽开，从而挖掘出了女性深藏在内心的精神：
诗情、个性的潜能，并赋予了20世纪90年代的女性文学无限丰富
的美感与层次感。

（曹霞）

左侧竖排：转型与深化——20世纪90年代文学研究

第四节 时代的痛苦与精神的防御
——格非《欲望的旗帜》

　　格非曾说，《欲望的旗帜》是他写当代题材的第一部小说。他似乎从此开始了通过文学叙事对一个时代进行精准而深刻的反思。写于1994 年的《欲望的旗帜》首先面临的是 20 世纪 90 年代以来历史的巨大空场与精神的废墟，而格非写作此部作品的目的也正如他在《欲望的旗帜》后记中所说的："事实上，它只是一把刻度尺。我想用它来测量一下废墟的规模，看看它溃败到了什么程度……"[01] 格非是一个敏感而富有责任感的思考者，他试图不断碰撞处于人类生存最核心地带的矛盾，对时代与社会的堕落感到苦闷。

格非《欲望的旗帜》
江苏文艺出版社 1996 年版

一、游戏者或上帝：知识分子的时代痛苦与分化

　　从 20 世纪 90 年代的现实状况来看，邓晓芒在《灵魂之旅——九十年代文学的生存境界》一书的序中，集中谈论了自己对当时社会

———————————
[01] 格非：《欲望的旗帜》，江苏文艺出版社 1996 年版，第 324 页。

与人类精神状况的概括："理想坍塌了，禁忌废除了，信仰被嘲弄，教条被搁置，上帝已死，神变成了凡人。每个人都可以为所欲为，但正因此，每个人都再难有所作为。……人类今天比以往任何时候都更精明、更聪慧、更懂得生活、更珍惜自己的生命。然而，人类日益堕落了，或者说，人类在当代如日中天的发达是以每个人的沉沦和迷惘为代价的。"[01] 90 年代不仅是一个转折，也是一个复杂而奇特的年代，90 年代的开场就伴随着虚无与荒诞感，知识分子面对的是历史的虚空与价值的焦虑。若要从政治、经济、文化各个方面对 90 年代的发展状况加以研究，无疑是一件复杂而艰难的工作，在此，笔者只对论述格非小说起着关键作用的几个时间点加以简要分析。首先，要谈论 90 年代，1989 年是一个绕不过去的历史界标。这一年，席卷世界的政治转型让信念与价值顷刻间分化瓦解，中国人空前高涨的共识意识轰然倒塌，意识形态成了一个枯竭的符号。新的信仰与价值体系没有建构起来，中国知识分子希望重建另一个谱系，但他们在这一年却因遭到沉重的打击而迅速边缘化与世俗化，80 年代理想主义落潮之后产生的巨大的失落感让他们在面对一个新的时代时感到虚无、绝望、无力。格非在其 21 世纪以后的长篇小说《春尽江南》中，把 1989 年直接作为一个历史的拐点，多次呈现在文本中。尽管《春尽江南》把聚焦点落在 21 世纪的当下，但历史的发展有其内在连续性，这种真正的瓦解与分化对未来的 20 年产生了巨大、长久且颇具辐射性的影响。从此，知识分子成了这样一群人：

> 　　在这个古老的国家中，他们既是一名游戏者，又是真正的上帝，他们的身份介乎诗人与政客、商人与隐士之间，倘若略加区别，则又可统称为知识分子。[02]

　　这之后的历史事件，更加推动了他们的分化与个人选择。1992 年最重要的事件无疑是邓小平的"南方谈话"，意识形态的中心由政治、文化过渡到商品经济。通过计算成本与收益而追求个体利益最

---

[01] 邓晓芒：《灵魂之旅——九十年代文学的生存境界》，湖北人民出版社 1998 年版，"序"，第 1 页。

[02] 格非：《欲望的旗帜》，江苏文艺出版社 1996 年版，第 134 页。

大化的西方经济理论带来了欲望的膨胀与道德的失范。随之而来的1993年被王岳川描述为"是'欲望膨胀'和'价值倾斜'的一年，是政治沉重感被经济腾飞感剥离的一年。……政治想象和文化想象终于让位于金钱想象这位后来居上者"[01]。

经济学的一个基本预设是人的欲望是无限的，每一个人不仅是自私的而且是高度理性的，经济学所要解决的问题是怎样以有限的资源最大限度地满足人类无限的欲望。因此，一个以市场经济为主导的社会必然驱使其文化呈现为一种"欲望结构"，伦理和道德必然遭到贬抑。20世纪90年代的中国迅速从一个文化中国转变为经济中国，格非的《欲望的旗帜》就写于这个时期。整个文本是一个哲学系开会的故事，小说在开篇就提到：

> 由于某种无法说明的原因，知识界对于这次会议普遍寄予了过高的期望，仿佛长期以来所困扰着他们的一切问题都能由此得以解决。[02]

面对20世纪90年代文化的废墟与历史的塌陷，人类求助于哲学，但是在一个欲望化的社会里，没有人会关注自己的内心，哲学已成为不合时宜的东西，一个强烈的反讽结构便由此形成：似乎能解决长期困扰人类一切问题的学科却同时遭遇着被取消的危险。在小说中，这个为学术界高度重视的全国性哲学会议却因某些特殊事件而被迫三次推迟或中断，而这三个迫使其推迟或中断的事件恰恰是三个欲望故事，或者说，推动整个会议进行与发展的内在逻辑正是一个欲望结构。这三个故事——学术巨擘贾兰坡之死、商人邹元标被捕、作家宋子衿发疯分别出现在小说的第一章、第三章和第六章，造成了会议的延宕。贾兰坡之死一直是贯穿小说始终的谜题，且最终作者也没有公布答案。这种模糊性与不确定性恰恰给故事的发展创造了无限生发的可能性，由对贾兰坡之死的种种看法和猜测引出了一个个关于欲望的故事。在90年代这样一个转型时期，从80年代的舞台中心瞬间跌入时代边缘的知识分子，首先感觉到无所适从，正像《欲望的旗

[01] 王岳川：《中国镜像——90年代文化研究》，中央编译出版社2001年版，第5页。
[02] 格非：《欲望的旗帜》，江苏文艺出版社1996年版，第2页。

帜》中主人公曾山的耳边不断鸣响的声音：

> 是时候了，我们已无须等待，让我们放弃挣扎，追上狂
> 欢者的队伍，赶赴一场盛宴……[01]

在一个浅薄的世纪，理想、思考、哲学已经失去了存在的土壤，但知识分子自身的敏锐与坚守又使他们无法无限度地降低自己的底线。因此，在这部小说中，几乎没有一个知识分子不是挣扎、矛盾的，同时又是痛苦和绝望的。学术巨擘贾兰坡一边不合时宜地预言轴心时代的终结与灾难的即将来临，一边又谙熟这个社会发展的脉搏，追名逐利且在学术研究中懂得暗合当下的潮流。他一面因为欲望的驱使而卑琐地与纺织女工及女学生调情，一面朝向高贵的灵魂而在贝多芬撕心裂肺的《英雄交响曲》中泪流满面。老秦一边研究庄子的出世哲学一边渴望在学术圈争名夺利。慧能院长一边如老僧入定般正襟危坐在寺庙中，一边观察着外面的世界，尘世的一切蛛丝马迹都逃不过他的眼睛。宋子衿一边疯狂地追香逐艳，漫无目的地撒谎，幻想从瑞典文学院接过诺贝尔奖，一边不断回忆与妹妹度过的纯净的童年并为自己当下的境遇感到惊恐万状。曾山和张末一边渴望着理想中的爱情，一边无法控制自己身体的欲望，使肉体最终成为一种负担。当欲望加速奔跑，社会成为一个欲望加油站之后，知识分子所坚守的理想无法喂饱欲望，眩晕与虚无感无可阻挡地向他们袭来，他们无法找到自身存在的意义。正如宋子衿的心碎和惊恐：

> 他看到的只是一个虚空，一个幻影。他活着，难道就是
> 为了把体内几公升的黏液排泄掉吗？只是为了将一张纸揉皱
> 再展开它吗？[02]

事实上，格非不仅仅是将《欲望的旗帜》这部他唯一创作于 20 世纪 90 年代的长篇小说当作一把刻度尺，来测量废墟的规模，他还想看看，"我们为了与之对抗而建筑的种种壁垒，比如说爱情，是否

---

[01] 格非：《欲望的旗帜》，江苏文艺出版社 1996 年版，第 34 页。

[02] 格非：《欲望的旗帜》，江苏文艺出版社 1996 年版，第 211 页。

能够进行有效的防御"[01]。面对 90 年代的痛苦与分化，当理想主义的信仰体系彻底坍塌而新的信仰体系无力建构的时候，他一直在试图寻找某种永恒性的东西与欲望结构形成一种张力，以求对堕落的人类予以救赎。

二、爱的隐喻与拯救：作为一种知识分子写作方式

爱一直是格非小说用来救赎的一种方式，格非虽深受弗洛伊德的影响，但在对待爱上，他与弗洛伊德反向而行。弗洛伊德不相信爱，而把性看作一切事物的根源，但在格非的小说中，他一直在试验爱作为一种对堕落的尘世图景的救赎方式的有效性。他在谈论曹雪芹与《红楼梦》时曾说：

> 曹雪芹在写作《红楼梦》的时候，显然是遇到了这样一个难题：面对虚幻而衰败的尘世景观，他的梦因无处寄放而失去了依托。因此，他不得不像布莱希克所说的那样，一个人在无路可走的时候，强行征用爱情。……在曹雪芹的全部哲学中，爱情成了他抵抗虚无的最后一块壁垒……[02]

格非在他的作品中所征用的爱情更多地升华了世俗性，或者说复归了爱情本来承载的含义和其永恒的品性。所谓爱情，可以是爱上某一个生命，也可以是爱上爱情本身。当爱一个生命时，相爱的二者一定是生命与生命的结合，爱的感觉是相信有一种东西比你自己更为美好，相爱是一种可以使自我得到提升的事情，两者的结合也必然变成一种更为崇高的宇宙存在。这也是爱情本来的含义与品性。相反，爱上爱情本身是一种使爱情功能化的表现，为自己内在身体的暴力与外在荒谬的逻辑所牵动，不断去征服一个又一个个体，从而达到欲望的满足，这是经济社会的主导力量对爱情的异化。格非在小说中不断想唤起这种无功利的具有永恒品质的爱情来救赎走向堕落的人们。在《欲望的旗帜》中，张末一直保留着对爱情的憧憬和遐想：

---

[01] 格非：《欲望的旗帜》，江苏文艺出版社 1996 年版，第 324 页。
[02] 格非：《欲望的旗帜》，江苏文艺出版社 1996 年版，第 104—105 页。

　　对于张末来说，她的爱情就如深秋时节被雨水洗刷后的一片山林，清新，爽净，简朴而悠远。没有沉思，没有犹豫，她只需要一种简单的打动。[01]

　　而在尘世这个欲望的加油站中，所谓爱情不过是一夜即逝的虚妄而已。在经历了钢琴教师、药剂师、邹元标和曾山之后，她最终留下了忧伤的眼泪，在这样一个堕落与浅薄的年代，她的梦想无法得到滋养。

　　当爱情超越了世俗性，生命与生命之间创造出一种最为深刻的牵绊时，爱情也就具有了永恒的性质。可以说，格非想要用来救赎人类的"情感"不仅仅局限于爱情，还包含超越爱情的一种永恒之爱。在《欲望的旗帜》中，最为动人和纯净的爱是宋子衿与妹妹童年的情感。对宋子衿与妹妹童年生活的描写集中在第四章。这一章的叙述如同一个梦境，抛开时间逻辑，像一个个梦被拼贴起来。第四章的题词为"旗帜升起来了"，这里的旗帜无疑是指欲望的旗帜，但是它在开篇就写了子衿与妹妹童年的对话，这段美好的岁月恰似可以栖息的彼岸，以一个隔岸观火者的姿态遥望着此岸的堕落。在这个直接叙述欲望的章节中，这些回忆不断穿插在子衿堕落的生活中，与欲望化的叙述交织在一起，同时构成某种张力。每叙述一个子衿的欲望故事，童年回忆就在一个与之类似的情节中将欲望故事予以置换：从闻女性的血迹切换到童年与妹妹一起洗脚闻袜子；从现实中拆开的闹钟切换到童年与妹妹藏闹钟；从编造谎言应付女人对他屁股上褐色烙印的追问切换到和妹妹用灶铁烫壁虎；从对如萤火虫一样的女人们的追忆切换到与妹妹观察萤火虫……可以说这些回忆与最纯洁的爱分解了越滚越快的欲望之轮，在子衿的心里：

　　世上所有能够发出光亮的东西拼在一起，与她的眼睛的纯净与透亮相比，也不过是沧海一粟。[02]

　　20 世纪 90 年代以来，面对现实的废墟与历史的空场，除了以知

---

[01] 格非：《欲望的旗帜》，江苏文艺出版社 1996 年版，第 320 页。

[02] 格非：《欲望的旗帜》，江苏文艺出版社 1996 年版，第 198 页。

识分子的批判精神与敏感将这些展现出来之外，如何重构世界的整体性，如何以一种叙事与精神气质来影响世界整体性的重构是知识分子作家所面临的问题。格非曾说："我认为作家作为知识分子的一员，除了要开风气之先，还要挽救风气。"[01] 挽救风气可以说是当代小说作家的职责。在笔者看来，格非写于90年代的长篇小说《欲望的旗帜》不仅有效地与当时的现实进行了对话，以一种巧妙的叙事结构对一个时代构成某种隐喻，还在以知识分子的精神与勇气试图寻找一种对现实的穿透性力量。这使得格非的长篇小说叙事逼近了一种纯粹的"知识分子写作"方式。随着21世纪以来"江南三部曲"的完成，格非的"知识分子写作"已经不是一种姿态，而是渐渐成了最富有现代知识分子精神的书写。

（褚云侠）

[01] 格非、陈青山：《当代小说与作家职责——格非访谈录》，《语文教学与研究（教研天地）》2010年第3期。

第五节 知识分子的颓败与坚守：《废都》《柏慧》

　　"知识分子"作为一个外来语，其来源主要有两个：一个是源于19世纪的俄国，具有西方教育背景的一批人因为有着强烈的现实与道德的批判精神，在当时被称为知识分子；另一来源是1894年法国"德雷福斯事件"，一批具有正义感与社会良知的人士，包括左拉、雨果等人为德雷福斯辩护，并发表了《知识分子宣言》这篇文章，他们的反对者蔑视地称之为"知识分子"。知识分子虽然是一个近代才出现的词，但无论在中国还是在西方，都有其历史渊源和前身，中国传统文人所秉持的"舍生取义""先天下之忧而忧，后天下之乐而乐"等观念正暗合了近代知识分子的内涵。这些中国文人和西方知识分子相比而言，最大的区别在于他们过于依赖权力，缺乏足够的独立性。中国文人"学而优则仕"的观念根深蒂固，渴望在政治上一展身手者比比皆是，他们曾在历史的政治舞台上扮演过举足轻重的角色，发挥过不可替代的作用。然而，历史的发展却渐渐地将他们逼退到权力的外围、社会的边缘，断绝了政治晋升的直接途径，失去了往日的权力和影响，中国知识分子的这种历史处境和尴尬身份在小说中依然隐约可见。

　　这里我们无意对知识分子做过多社会文化方面的探究，只是由于讨论的需要对文学中的知识分子提出自己的理解。最宽泛也最常用的知识分子定义是从职业特征上限定的，指一切受过较高的教育，从事知识与思想的创造、传播、应用的人。这个定义虽然失之过宽，但从文学表现的角度来看，可能是最具有广泛"吸纳力"的一个定义。我们在文学作品里会看到不同历史时期的教授、学者、作家、大学生、中小学老师、医生、律师、记者、编辑、艺术家、工程师、科技工作者等等。相对而言，还有另一种狭义上的知识分子概念和内涵。这样的描述性定义也有很多，其共同特点是都突出了知识分子社会良心、批判角色的一面，强调知识分子的公共关怀。因此，现代意义的知识分子是指那些"以独立的身份，借助知识和精神的力量，对社会表现出强烈的公共关怀，体现出一种公共良知、有社会参与意识的一群文化人"[01]。从这个表述中不难看出，这里的知识分子不再是学历的、职业的、级别的描述，而是精神性的独立主体意识，是一种牺牲精神和承担勇气，是一种超越个人利益的公共关怀。

　　根据上述理解，我们可以把知识分子类型小说进行一次更加清晰的界定和区分，即把它区分为知识分子题材小说和知识分子小说。知识分子题材小说对应于广义上的知识分子内涵，而知识分子小说则对应于狭义上的知识分子内涵，当然，这两者之间并非总是泾渭分明的。总的来说，知识分子题材小说应该包括知识分子小说，而知识分子小说则把知识分子题材小说从精神气质上提高到了一个特殊的高度。随着时代的发展，教育的进步，传统意义上的知识分子概念范围过于宽泛，因而导致了"知识分子"的严重贬值。正是知识分子内涵没有统（1）权威的标准，导致了"知识分子"标准的参差不齐，引起了人们认识上的混乱。更为重要的是，知识分子类型小说创作本身也的确存在着精神气质上的差别：一种不过是以知识分子生活为表现对象和内容；另一种却是以知识分子精神进行思考和创作，确实有必要把它们区别开来。

　　具体来说，知识分子类型小说主要应该具备以下几个方面的特征：（1）人物主要是以知识分子个人或群体为对象的；（2）内容应该集中体现他们的生活、精神、情感等各个方面或一个方面；（3）

---

[01] 许纪霖：《中国知识分子十论》，复旦大学出版社 2003 年版，第 4 页。

小说的精神主旨应具有知识分子的精神气质；（4）从读者反应论的角度来讲，读者觉得这应该是一部描写知识分子的小说，或者至少小说里有知识分子形象作为重要人物。在以上四点中，前两点简单、明确，具有直接参照性，第三点主要是针对狭义知识分子而言的，小说不仅要描述知识分子的生活，更要有批判性的独立思考意识，参照这一标准无疑会使小说的范围大大缩小。第四点是因为有一些特殊的小说创作，它们有重要的知识分子因素，却被归结为其他文学类型，而读者能感受出来。比如《丰乳肥臀》中的上官金童，作为一个中西文化的混血儿，在某种程度上恰好象征了现代中国知识分子的尴尬身份。还有《国画》中的曾俚、李明溪等，他们的精神气质其实更接近于狭义知识分子的内涵，但《国画》一般被认为是"官场小说"。

一、从探求走向困境：20世纪八九十年代知识分子类型小说的精神特征

20世纪八九十年代以来，由于各种外来思潮的影响及方法论热、重写文学史的讨论、文学创作方面的不断追"新"逐"后"等现象的出现，"断裂"往往成为许多人确立自己身份时所喜欢使用的一个词语。市场经济的发展、大众文化的兴起部分地改变了把知识分子总是紧紧地"捆绑"在社会生活、时代精神、历史使命的战车上疲于奔命的状态。尤其是90年代新生代作家的多元化写作，更加明显地展现了这种"松绑"的写作状态。

当我们反观20世纪80年代以来知识分子题材小说的创作时，就会发现知识分子人物形象一直随着时代的发展呈现出不同的时代精神特征。相应地，艺术表现方式也由原来比较单一的现实主义风格、社会政治历史内容、道德精神的宏大叙事立场走向了以意识流、荒诞、变形等为主要特征的现代主义及解构一切的后现代主义。精神分析学、形式主义、新历史主义、女权主义、文化批评等各种思潮，极大地丰富了文学表现手段。主题内容多元化，放弃社会历史价值似乎成了一种时髦和前卫的标志，作家们纷纷走向了文化、心理、形式、语言等。叙事立场也由国家叙事、精英叙事渐渐走向了个人化的叙事。文学不再承担道德教化和精神启蒙的责任，作家由"为老百姓"写作转变为"作为老百姓"写作。"民间"成为文学中的一个关

键词被广为流传和接受，知识分子形象不但渐渐地失去了令人眩晕的光辉，而且遭遇了如王朔及更多新生代作家的重重嘲弄和解构。知识分子的价值取向也由比较统一的追求国家独立富强、民族振兴繁荣、个人自由平等分化为更加复杂多元的特点。知识分子精神主体的隐蔽性和私人性，在国家话语的"松绑"状态下，从遮蔽走向了肆无忌惮的暴露和表白。需要指出的是，即使在这样的形势之下，现实主义创作仍然是新时期文学中的主潮，仍有许多作家"以笔为旗"，坚守知识分子的道德理想和神圣职责，知识分子启蒙角色仍然是多元化人物形象中的重要一支。应该说，90 年代是知识分子主体意识最为开放、自由和多元的时代。

以 1978 年为起点，从整体上考察知识分子形象，其精神主体大致经历了"恢复、探求、困境"这样三个阶段。1978 年到 80 年代初为"恢复"阶段。从 1978 年起，小说中知识分子形象如雨后春笋般地"显现"出来，并且呈现出恢复自己身份和角色的特征，在形式上，总是中短篇小说最早地冲破禁区。如方之的《阁楼上》，陆文夫的《献身》，刘心武的《没有讲完的课》《爱情的位置》《如意》，靳凡的《公开的情书》，宗璞的《三生石》，王蒙的《蝴蝶》《布礼》，冯骥才的《铺花的歧路》《啊！》，张抗抗的《爱的权利》，谌容的《永远是春天》《人到中年》，史铁生的《法学教授及其夫人》，等等。这些作品重在"直接地描述和呈现""文革"给人们带来的巨大伤害，除部分作品外，基本上谈不上艺术上的成就，作品的力量来自事实本身。控诉"文革"对知识分子的伤害，歌颂知识分子的坚贞情怀，表白他们的爱国精神及反思历史、渴望新生活的诉求可以说是这一时期的共同主题。"文革"背景是这些小说最主要的共同特点，叙述方式几乎都是"现在过去"式，情节模式相对简单、固定，故事的发起不是由某个见证人讲述，就是出于某种偶然的机遇使得尘封的历史重现于世。内容以家庭生活、青春心情、单位工作、追求知识及爱情为主。作品中的人物虽然历经磨难，但对党、祖国、人民依然表现出儿女般的赤胆忠心，类似"想到党，方芳就像想到了母亲，满肚子委屈都要向她诉说"[01]。这样的感情总是直接或含蓄地蕴藏在作品里。

---

[01] 黎汝清：《冬蕾》，《钟山》1980 年第 3 期。

从知识分子的主体意识来看，这一阶段小说中的知识分子主体意识已经开始恢复，如王蒙笔下的张思远等形象，但在艺术思想上并没有实现真正的突破。知识分子的主体意识虽然开始恢复，却并没有真正地独立，依然依附于国家主流意识形态。许多作品更像是用"文革"中正面的思维方式来批判"文革"的负面作用，文学的思想性还是第一位的。正如一些期刊所宣称的那样，完成对"文革"余毒的清算是当时文学的一个重要任务。这种思想性大于艺术性、政治功利性突出、文学工具论色彩明显的文学运动和思潮虽然略有偏失，但从当时的形势来看也是不可避免的。

整个 20 世纪 80 年代可以被称为"探求"阶段。在 80 年代前期，改革开放、"四化"建设等成为整个时代的主题，知识分子形象依然被"捆绑"在时代的"共名"上一同前进，而到了 80 年代中后期，这种状况开始松动，出现了一些新的"变奏"。有影响力的知识分子题材小说主要有陈冲的《小厂里来了个大学生》，从维熙的《雪落黄河静无声》，鲁彦周的《天云山传奇》，张贤亮的《灵与肉》《绿化树》《男人的一半是女人》，陈建功的《飘逝的头巾》《迷乱的星空》，张洁的《爱是不能忘记的》《方舟》《祖母绿》，戴厚英的《人啊！人》，古华的《芙蓉镇》，王蒙的《活动变人形》，宗璞的《南渡记》《东藏记》，张承志的《北方的河》，梁晓声的《这是一片神奇的土地》《今夜有暴风雨》，史铁生的《山顶上的传说》《我的遥远的清平湾》，方方的《祖父在父亲心中》《无处遁逃》，杨绛的《洗澡》，霍达的《穆斯林的葬礼》，池莉的《烦恼人生》，刘索拉的《你别无选择》，徐星的《无主题变奏曲》，等等。80 年代知识分子小说总的来说呈现出一种理想主义的色彩。前期小说中叙述人的父母多为高级知识分子，因而叙述人毫无例外地成为历史的牺牲品，却保留着天然的知识分子气质。这其实是因为作者统一的价值取向过于明显，经常代替人物形象大发感慨和议论，导致人物形象显得"言过其实"。但 80 年代中后期不再像前期那样呈现出意识形态统一、集中、胶着的状态，作家、读者对文学成为政治意图和观念宣传的方式也不再普遍持赞赏、呼应的态度，小说创作开始更多地寻求艺术和思想上的突破。张贤亮 1985 年发表的《男人的一半是女人》首开了知识分子在"性"方面的放纵之举。1986 年，马原的《虚构》的发表则拉开了"先锋小说"

的大幕布。其实这篇小说里除了开头"我就是那个叫马原的汉人，我写小说"之外，所述的内容和知识分子并没有多大关系。真正描写知识分子的先锋小说是洪峰的《极地这侧》（1987）与余华的《一九八六年》（1987）。与"先锋小说"同时登台亮相的还有"痞子文学"——王朔的《顽主》（1987）。女作家王安忆也以《逐鹿中街》（1988）描写了城市知识分子在浓郁的中产阶级情调中的家庭爱情生活。我们不难看出，整个 80 年代的知识分子小说基本上吻合了 80 年代文学的总体特征，但知识分子题材小说在时代"共名"的主题曲下，却演绎出了更多的变奏曲来；知识分子独立的主体意识也逐渐在小说中得到了加强，出现了多种"探求"的人物形象，其主体意识与主流意识形态渐渐地疏离，个人化的价值取向得到了尊重和表现。

20 世纪 90 年代以后知识分子形象处于"困境"阶段。90 年代以后的文学多元化其实早在 80 年代末就开始孕育和发生，到 90 年代初最终清晰起来。文学"无名"时代的到来，宣告了一个文化多元、没有统一主题的文学年代的全面开始。由于八九十年代的社会和文化"转型"，知识分子在社会中位置和功能的变化，商业化和消费主义的兴起，一部分作家更加关注知识分子的个人生存空间及精神性问题。在"新写实"浪潮中揭示了知识分子的生活问题之后，人的生存意义与价值取向等"形而上"的主题开始得到强化：生存哲理、历史传统以及民间立场等成为重要的精神资源；作家通过各种生活表象对"人"与"人性"进行关注，并且在书写时更加注重个人经验和命运，突出个人对历史或现实的看法；作家笔下的知识分子形象也由过去主要是体制内的人与事拓展到体制外的人与事，如都市白领、自由撰稿人等；在篇幅上由于中篇已不能适应文学表达的需要，长篇创作随之兴盛。这一时期的知识分子题材小说无论从数量还是艺术质量上讲，都是对前一时期的一个超越，但就人物形象的艺术性和表意的丰富性来看，依然没有出现整体性的突破惊喜或原创性的深刻发掘。大部分作品仅仅是以知识分子为表现对象，停留于揭示他们现实或者精神的困境，或者在艺术表现形式方面略有突破。这一时期比较有影响力的知识分子小说有：刘震云的《一地鸡毛》，王安忆的《叔叔的故事》，王朔的《动物凶猛》，北村的《施洗的河》，张炜的《柏慧》，贾平凹的《废都》，李劼的《丽娃河》，格非的《欲望的旗帜》，等等。

　　尽管每部小说都有自己的特点和追求，但如果用一个词语来概括这一时期这些知识分子小说共同的特点，那就是"困境"。我们会发现凡是知识分子小说，"困境"意识都非常强烈，包括知识分子家庭的困境、生活的困境、爱情的困境、社会选择的困境、人格追求的困境、精神的困境乃至终极意义的困境等。如果说其他小说更多地表现了"形而下"的困境，那么对"形而上"困境的强烈书写则是知识分子小说格外突出的一大特征。而对这种"困境"意识的强烈书写正是知识分子主体意识觉醒后充分发展的表现，小说中的知识分子形象及其精神主体从 20 世纪 80 年代以来基本上完成了一个建构和解构的过程，而当下的知识分子题材小说创作也正面临着如何应对这一局面的新问题。知识分子的精神处境在 21 世纪将以何种面目出现？这是我们更加关心的一个问题。

二、知识分子的精神颓败——《废都》

　　《废都》是一个"标本"型的小说，从某种角度讲，它开创了20 世纪 90 年代后的一种写作策略，对于它的研究与分析也随着时间的推移逐渐呈现出客观、理性的审视态度来。尽管《废都》本身确实存在一些问题，但因为它对 90 年代后知识分子主体精神状态的准确捕捉和描绘，其价值和意义在一个更长的时间背景上渐渐地体现出来。《废都》之后，出现了大量描绘知识分子主体精神陷入现实困境中的作品，他们精神颓废、心理灰暗、无所事事的精神状态也得到了极为详细的描绘，例如格非的《欲望的旗帜》、李劼的《丽娃河》、李洱的《导师死了》、朱文的《我爱美元》等。

　　《废都》在 1993 年发表后，立刻引起全国上下一片议论，围绕着新闻炒作、故弄玄虚、性描写、道德、文化趣味、艺术性、知识分子的精神、社会转型等展开批评。即使在事隔 10 年后，仍然可以听到不同的声音。但无论各方怎么评论，它本身又存在什么样的得失，有一点是不容置疑的，那就是，《废都》是"文革"后最具影响力的一部知识分子小说，它为解读八九十年代之交的中国社会转型提供了丰富的内容，是我们研究知识分子小说时不可绕过的一个具有标志性意味的文本。既然《废都》是作为

贾平凹《废都》
北京出版社 1993 年版

一种精神现象而存在，我们就不能仅仅从文学艺术性、道德批判等这样单一、静止的角度对其做出批判，《废都》的意义和影响必须要放在一个较长的文学时期里才能被真正地看清楚。文学作为感知社会生活的敏锐触角，它更多的作用就是最早地捕捉并反映人们的看法。文学批评则因为距离太近、身在其中而显得力不从心，言不达意。特别是 1993 年转型初期，在物质主义盛行和商品社会到来之后，整个社会都在这种异质空气中出现了不适应性的痉挛，文学批评当然也不可能一下子就能坦然面对这一切。

我们知道，20 世纪 80 年代知识分子小说中人物多是受难的天使，是有着坚定信仰而又被放逐了的热情的革命者，小说的格调总的来说是高昂的，知识分子人物形象和价值取向也是崇高的。文学的启蒙作用和广场效应十分明显，作家在小说创作中也会自觉或不自觉地表现出知识分子的精英写作立场来。正是由于这样的文学背景，《废都》的内容、主题、人物身份、精神格调等都显得十分刺眼，仿佛纯洁、健康的文学躯体上长出一个丑陋、腐烂的恶性毒瘤，庄之蝶因此也成了一个最有争议的文学形象。

庄之蝶是个名作家，但是我们看到，他已很难定下心来写出优秀的作品，他的出现彻底消解了 20 世纪 80 年代以来知识分子的"文化英雄"形象。小说所表现出来的不过是一个与普通人没什么差别、却身负盛名的作家的一些私人生活琐事，而且差不多一半以上篇幅是周旋于几个女人之间的偷情和做爱，他陷入了人格危机的风浪中，沉湎、消极、无所操守、不知所终。这个形象和人们对作家以及一个作家应该具有的形象的认知相差得实在是太远了。作家应该通过他的作品从积极的方面影响人的生活，提升人的精神境界，给人以希望和力量，让人变得更温柔、更优雅、更有教养、更热爱生活；坚守最基本的道德原则和文化使命，怀着善念，向人类和世界表达祝福的情感；展示丰富的人性内容和广泛的人类经验，带着他人走向完美。可是，作为西京城文化的标志，名作家庄之蝶以及他的几个"名人"朋友都干了些什么？庄之蝶除了和女人偷情外，他曾为发表反映上层人物政绩的文章走关系，替造假农药的厂长写文章鼓吹，开书店办画廊乘人之危而置好友龚靖元于死地，为了自己的讼事而将保姆柳月嫁于市长的残疾公子，他背叛妻子，与别人的姘妇、妻子及自家的保姆保持着畸形的性关系，甚至去嫖娼；等等。他还开着一家书店，虽然只是湿了脚的小打小闹，却透露出了文人对于金钱和商业的兴趣。那几个"名人"朋友的生活包括艺术生活也都沾染上了明显的商业趣味。他们名气很大，有的忙于走穴赚钱，有的精于临摹名画骗钱，有的醉心于赌博享乐，孟云房甚至还和年轻的小尼姑关系暧昧。同为知识分子，甚至是高级知识分子，却和《人到中年》中坚守医生职业道德、甘于献身的陆文婷，《绿化树》中身心受困、思考不止的章永璘等在精神品质、人格操守等各方面形成了鲜明对比。

对《废都》的理解还是应该首先从文学的角度来思考它的出现与存在。作为小说，它是作家以职业敏感"捕捉并表现"社会生活的结果。从这个角度来说，它的"捕捉"是准确而深刻的，是有小说家眼光的。正如一些论者所指出的，《废都》的灵魂在于它深刻地白描了社会变动期间一部分知识分子精神生活的历程，展示了他们的人格危机和价值失落。小说非常典型地反映了 20 世纪 80 年代以来特别是 90 年代中，市场经济大潮到来以后的知识分子心灵的分化状态，为社会转型期的城市文化中知识分子做了一次白描，是反映 80 年代至 90 年代知识分子人格危机的一个范本。而庄之蝶就是知识分子"边缘化"的一个活生生的典型。同时，正如前面论述中提到的作家责任和艺术表现的要求，贾平凹在"表现"这一重大主题时的艺术处理方式还是存在很多问题的，比如主题内容过分私化、艺术细节虚假杜撰、人物语言拟古失真、出版发行删字炒作等许多让人不满的缺陷。事实上，作家本人也身囿于自己想要表现鞭笞对象的陷阱中。这种矛盾反过来又深刻地说明了社会转型的影响是多么不可抗拒。可以说，贾平凹和他的《废都》为这个社会里处于双重困境中的知识分子提供了一个标本，而其后的许多知识分子小说也一直没有摆脱这种"陷入与挣扎"的双重困境。

三、知识分子的精神坚守——《柏慧》

当《废都》全面揭示知识分子人格和价值的失落时，作家张炜为我们奉上了坚守知识分子道德与尊严的《柏慧》。张炜说"我并不崇高，可是我仍然向往崇高"[01]，"向往崇高"虽然在当代人的心里成了稀有物质，但笔者相信这个观念还是深深扎根于人性的。20 世纪 90 年代后虽然到处都是消费时代的声调，但仍有以张炜和张承志为代表的一批作家"以笔为旗"，通过他们的作品坚守着"人性"的高贵和知识分子的情操。出版于 1994 年的《柏慧》是 90 年代那场声势浩大的"人文精神"大讨论的重要文本之一，即使在今天我们重读它，也能体会其不可替代的精神气质。它和之前出版的《心灵史》等作品在日益世俗化的写作环境中，像一块又黑又硬的礁石，冷冷地注视着身边的各色泡沫在阳光下短暂的喧哗与热闹。

《柏慧》给笔者印象最深的就是作品中义无反顾的坚守姿态。这种姿态是苍凉的、悲壮的，但也是坚定的、振奋人心的。小说像一部长篇心灵控诉史，以"我"的现实生活为主线，糅以家族秘史和古代传说，描述了几代知识分子的坎坷命运和他们为了守住现实和精神的家园所付出的代价。小说中插入徐芾和秦始皇之间的传说也隐喻了现实生活的一个难题：在两种不均衡的力量之间，作为弱势的一方应该如何反抗敌人、保护自己？历史上的徐芾机智地选择了逃避、退守，而现实生活中的"我们"却不得不以生命为代价来抵抗和退守。小说刻画了在极"左"思潮前后"柏老""瓷眼""柳萌"等这些总能得势的领导，穿着"正义"的圣衣，戴着"革命"的手套，挥舞着"权威"的棒子，掠夺别人的劳动成果，踩着那些善良、无辜者的性命从胜利走向胜利，而"我的父亲""口吃教授""导师""我"这样的人则成为奠定他们高升的血肉台阶。

《柏慧》以鲜明而决绝的批判立场和道德实践的精神有效地张扬了知识分子的悲剧性。小说自身的道德实践和它所要捍卫的道德理想是内在统一的，这正是其他虽然主题深刻但缺少实践意味的小说所缺少的。我们注意到为了表明自己的立场，小说主人公"我"甚至使用了"我们""你们""敌人"这样不可消融的词语。"我"为了坚守精神和现实的家园在那些人的势力围剿中一退再退，直到连最后一片土地都无法保住。"我"遇到了各式各样的"敌人"，"我"吃惊地看到敌人的丑恶是"雷同"的，历史的情景也惊人的"雷同"，坚守者们

---

[01] 张炜：《忧愤的归途》，华艺出版社 1995 年版，第 174 页。

（左侧竖排）转型与深化——20 世纪 90 年代文学研究

"雷同"的经历更让"我"惊骇，为什么坚守内心的良知和做人的尊严总要付出如此沉重的代价？看上去轻飘飘的"雷同"一词，它的背后却有着多么可怕的力量，又有着多么值得人们深思的原因！小说主人公在专权、亲情、前途、爱情等几重力量的左右下，仍然表现出义无反顾的牺牲精神，这种为道德理想坚持到底的道德实践精神使"我"的控诉格外有力，使道德理想不再悬浮于空中。这个形象在20世纪90年代后的知识分子小说中有力地弥补了知识分子有道德批判精神但缺少道德实践精神的缺陷。

　　在小说中，耻辱在专政者的手下总是和受害者同行的，权力则帮助他们扫清路上的一切障碍。叙述者提出了一个严肃的问题：到底是谁在代表"我们"行使着权力？这些权力又在为谁服务？为什么名誉上享有"主人"身份、最广大的"我们"却一步一步地被逼退到更荒远的角落？小说对现代工业污染、拜金主义对人心的腐蚀深表痛心。我们从《柏慧》中看到一个受伤者，一个退守者，一个弱小无力并总被打败的知识分子形象，但同时也能看到他向一切丑恶挑战的坚决姿态，他的样子会抽象为一尊悲壮的雕塑，就像著名的《拉奥孔》雕像，在他的痛苦中你感受到的却是另外一种更强大的力量。

　　作为一个作家，张炜是自尊的，也是自律的，同时也是自信的。我们在阅读张炜和他的作品时，会强烈地感受到他及其作品里主动承担起的"受难的重"。生活中滋生出来的恶、暴力、耻辱和苦难是无法被注销的，所以需要有人站出来承担。承担就是受难，而受难则将个人与世界的意义连接了起来。在《柏慧》中，"我"选择受难是因为"我"的心中有一个更大的神——人所应该具有的正义与公平。我们其实不需要用宏大的术语来显示精英的话语姿态，有时候高尚的理由是简单而原始的，甚至就是生命本能的一种表现，一些原始的美德在人类不断进化的过程中也许在同时退化着，《柏慧》中的"我"不过是不愿轻易退化的坚守者罢了。在时代的变迁中，人们可以做出不同的选择。可以选择"消解的轻"和被动地"忍耐"，在遗忘苦难中麻木地活着；也可以选择"受难的重"，在与苦难抗争中挖掘生命的意义。张炜这种主动承担"受难的重"的价值取向在《柏慧》中还表现在人物的冲突方面。人物的冲突有的是内心的冲突，有的却只是遭遇的冲突，这两者是有严格区别的。内心的冲突其实是"受难"的表现，而遭遇的冲突更多是"忍耐"的表现。在《柏慧》中，"我"的遭遇是不幸的，从父辈那里到"我"的一生几乎都在和外界发生着冲突，但作者并没有停留于这种外部的冲突描写，而是更加注意刻画人物内心的冲突，正是"我"内心的冲突才使这个有点"思想符号"性质的人物具有了艺术生命力，给读者留下了深刻的印象。相反，在另一些知识分子小说中，作家在内心冲突方面描写的力度太小，没有将人物的内心冲突充分撕裂开来，造成强烈的紧张感，他们过于注重人物外部的冲突和叙述的技巧，使小说缺少厚重感。《柏慧》虽然在道德和艺术之间并没有取得两全的效果，但正如有的评论家所指出的那样：当我们还关心人活在这个世界上的意义时，《柏慧》的存在让我们在回顾那段文学史时不再感到羞愧，它所表现出来的知识分子的那种悲壮的坚守姿态也将成为当代文学史里的"拉奥孔"。

四、知识分子形象的叙事策略及其创作局限

在王朔以《顽主》为代表的一系列知识分子题材小说中，知识分子形象在整体上呈现出一种另类、世俗化的姿态。王朔以鲜明的立场、坚决的态度表达了自己对知识分子的"不信任感"。他对以学者、教师、作家、编辑、医生、工程师等为代表的知识分子们进行了恣意的戏谑和放肆的调侃，塑造了如赵舜尧、宝康、古德白、王明水、关汉雄、刘桂珍等一大批鲜活形象。王朔的小说像一面黑色的旗帜，对知识分子精神构成了一种"解散"式的宣传效果。格非的《欲望的旗帜》也主动地承担了思考知识分子命运的责任，曾山、子衿、贾兰坡、张末、慧能等人，在大学内外的一连串事件中，将知识分子的现实处境揭示了出来，小说的特点是通过高超的叙事艺术将读者引入情节中，和作者及其笔下人物一起思考。李劼的《丽娃河》重点描写了体制下学院知识分子的种种出路：有的是受害者，有的是归隐者，有的出国，有的经商，有的则是体制的既得利益者，他们把持行政、操纵学术，将学院知识分子的生活比较真实地表现了出来，在结构和叙述上要比《桃李》更成熟一些。

伴随着21世纪的到来，知识分子类型小说有方方的《乌泥湖年谱》，张者的《桃李》，阎真的《沧浪之水》，尤凤伟的《中国一九五七》，李洱的《导师死了》《花腔》，葛红兵的《沙床》，朱文的

《我爱美元》，韩东的《扎根》，等等。我们依然可以从中感受到知识分子精神"困境"的延伸，小说中的知识分子形象依然在想象中平静地滑行，依然没有为我们提供太多新的可能。我们不得不对之前小说中的知识分子形象的创作方法进行一番思考。

当我们对小说中知识分子形象有了整体的印象和具体的分析后，对创作中存在的现象与问题也就会有直观或者深刻的认识。从人物形象的塑造这个角度来看，知识分子类型小说存在着"匆忙立象"的问题。所谓"匆忙立象"是指知识分子的人物形象和当代生活拉不开审美的距离，总有一种对现实生活即时表达的冲动，艺术提炼不足，小说虚构和真实之间的关系不和谐，要么太实，要么太假；要么一堆鸡零狗碎，要么不知所云。这种冲动直接导致了作家表意上的焦虑，即对笔下人物形象缺少高屋建瓴的超越性把握，缺少令人信服喟叹、回味无穷的艺术境界，无论是细节还是语言，或者是情感和理性，表达都不够舒展自然、厚重绵长，即使部分作品偶尔有漂亮的表现，也往往淹没于整体的不平衡状态中。知识分子题材小说在整体上没有形成艺术合力和审美效力。这种焦虑一方面是作家主体应对现实生活时本身就存在的焦虑，另一方面也是艺术表达方面缺乏沉静和耐心的表现。现实的焦虑经过艺术的过滤后依然化不开浓厚的焦躁情绪，读者往往被一同带入阅读的"快感"和"热反应"中，现实感和时代感富足有余，历史感和艺术感疲软不足；或者是理性思考的意图大于艺术表现的效果，作品本身没有独立的艺术生命和丰富的"说话"能力，作家代言的现象常有发生，作品中的"杂色"太多。而事实上，艺术最终给人带来的效果应该是一种"超越性的冷静"，即当代人可以从当代的历史中"站"出来，否则那不过是一些流行效应和广场文化的宣传罢了。在笔者仔细阅读过的知识分子题材小说中，作家们的艺术表现力大多能抵达艺术接受的"热反应"层面和部分的"冷静"层面，而很少能有力地到达超越性的冷静的境界。

20世纪80年代初应该是整个知识分子形象在社会中最具有轰动效应的一个阶段，但效应的背后往往有一双社会的巨手在发挥着作用。真真、老嘎等（靳凡的《公开的情书》）是冲破禁区的知识分子爱情的赞歌；罗群（鲁彦周的《天云山传奇》）是与极"左"政治斗争的英雄知识分子；张思远（王蒙的《蝴蝶》）体现了知识分子干部的历史命运与现实责任；陆文婷（谌容的《人到中年》）反映了当时知识分子的待遇问题；章永璘（张贤亮的《绿化树》）则是个人受难和集体信仰方面整个时代知识分子的代言人。像刘索拉的《你别无选择》、徐星的《无主题变奏》中的现代派艺术追求，也把之前社会中的争论作为背景。90年代后的庄之蝶（贾平凹的《废都》）是商业化、市场化背景下人文知识分子精神滑坡的直接表现；《柏慧》中的"我"则是人文精神争论下宣言意味十足的形象；21世纪后的邵景文（张者的《桃李》）、池大为（阎真的《沧浪之水》）无不是作者对当下生活中知识分子困境和问题的直观反映。这些作家提出了问题，却没有给出答案；读者陷入了深思，却不能从中超脱；作家似乎读者化了，的确是实现了"作为老百姓"的愿望，可事实是老百姓需要的是"作家"，除了生活外，我们更需要艺术。

从《绿化树》甚至更早的《红豆》《青春之歌》《组织部新来的年轻人》到晚近的《废都》《柏慧》《桃李》等，作品和时代的关系总是太紧密，把这些作品和20世纪40年代革命风起云涌背景下出现的《围城》相比，这本"写在边上的书"在"立意"上的独特价值就凸显出来了。《围城》中有时代的声音，是通过主人公辗转的生活折射出来的。有对人性深刻的体察，却是在幽默和微笑中荡漾开来的；作者并不刻意追求内容上的刺激猎奇、情节上的惊心动魄、语言上的噱头陌生、形式上的翻新实验、感情上的煽情卖弄、道德上的严肃批判、理性上的哲学意味，更不想充当时代的弄潮儿或记录官，似乎只是在随意和爱好中对男女老少、土洋结合的中国知识分子进行勾勒和素描，却深刻地写出了历史中部分知识分子的真实情状。优秀作品的艺术性是丰富的，是可以多重解读的，但我们应该把作品中最突出的部分从复杂的艺术表达中分离出来。《围城》成功的因素可能很多，但作家创作心态和由此形成的创作姿态大概很值得我们当代作家细细体会。那种"胜似闲庭信步"的潇洒虽然在当时为人诟病，却也显示了一种"超越性存在"，如果排除掉意识形态方面的因素，这种"超越性存在"的价值又会增值不少。

同样是写历史中另外一些知识分子真实存在的作品，如革命知识分子（林道静等）、"文革"知识分子（罗群等）、改革知识分子（龙种等）、现代派知识分子（《你别无选择》中的音乐学院学生）、官场知识分子（池大为等）、市场知识分子（邵景文等）、历史中的知识分子（葛任等）、欲望化的知识分子（以新生代作家为代表）等等，作家在现实深度方面可能努力地做出了新的尝试，但在想象高度方面并没有飞出多远；在人物形象与艺术传达之间没有实现艺术的平衡，如《绿化树》《废都》《柏慧》等作品。《绿化树》中张贤亮对《资本论》的引用和教化实在是生硬得要命；《废都》的细节失实和语言粗糙也是不争的事实；《柏慧》的道德说教和宣言式的发泄让整部作品滞重沉闷。内容、人物、情节、语言、细节、主题等艺术内部因素及与时代生活、历史传统之间不能形成统一和谐、均衡自然的艺术表现力，顾此失彼，偏安于一隅者居多，艺术表现不平衡可以说是知识分子小说创作中的一大硬伤。这种不平衡既有作家作品之间的不平衡，也有同一作家、同一作品内部的不平衡。小说创作要么是整体立意不高，要么是写作立场存在偏差，要么就是语言失真，细节造假。一些小说可能在形式创新、道德意义、文化层面对传统的知识分子形象进行了颠覆和创新，但在其他方面就显得着力不足；另一些作品是怎么看都没有什么太大的毛病，同时怎么看也没有什么特别的优点；还有一些作品则沉迷于生活的边边角角，人性的零零碎碎。造成这种不平衡的原因是多样的，但主要还是作家自身的因素。

从《人到中年》《绿化树》等到《废都》《沧浪之水》《桃李》等，我们把这些"点"连接起来看时，会直观地得出 20 世纪 90 年代以后中国知识分子的人格追求和价值取向似乎呈现出"裂变"和"下坠"的趋势的结论——知识分子的人格在整体上堕落了。这也可以从90 年代"人文精神"争论得到侧面的验证。但中国知识分子真的是从 90 年代开始堕落的吗？钱钟书的《围城》、杨绛的《洗澡》等作品都说明了知识分子的复杂性无论是在 40 年代还是在 80 年代，其实都是贯穿始终的。不同的是当这种"隐"性的"人格裂变"由 80年代变成 90 年代"显"性的大量书写时，便给人造成一种知识分子人格"下坠"的错觉，好像之前的知识分子才是精神的圣徒，纯洁得没有一点杂色。单就知识分子本身而言，他们阴暗、诡诈、互相算计等失败堕落的性格其实是从来就有的；从文学想象的角度来看，这种表现也几乎没有停止过，从《儒林外史》到当下作品，我们都能找到这样的例证。但由于立场不同，我们对问题的看法也产生了相当大的变异。50年代初的知识分子形象（如《红豆》《青春之歌》等）从人物形象到价值取向都表达了对党、对祖国的忠诚，格调高洁。但这些作品中的反面人物其实同样也是知识分子，余永泽等人从当时的立场来看是阶级敌人，他们正常的人性在阶级性的批斗下被完全地忽视了；虽然林道静等人代表着革命、正义的力量，但他们正常的人性也被人为拔高了。80年代罗群、陆文婷、章永璘等无疑代表着知识分子优秀品质的一面，他们在社会中像文化英雄一样引导着人们继续奋力前行，知识分子在社会中起到"精神导师"的作用。90年代庄之蝶等人的出现打碎了知识分子文化英雄、精神导师的雕像，人们惊呼：知识分子堕落了！

笔者却认为，知识分子不过是恢复了本来的面目。之前关于知识分子的文学想象很大程度上是一种"假性写作"，为了宣传或者舆论的方便，人为地将知识分子的复杂性格一分为二，或者出于立场的需要，压抑、忽视了许多人性中的共性和负面因素。于是，优秀者越来越优秀；堕落者彻底坠入地狱。当"文革""三突出"原则把这种工具论发挥到极致后，新时期初虽然对极"左"进行了批判，但依然保留了知识分子在当时对社会的精神引导的角色，发挥了他们的正面影响。所以20世纪90年代的堕落主要是就知识分子在社会中的角色和作用而言的，这于真实的知识分子生活来说，不过是复原了他们曾经被分割出去的性格而已，"分裂"的知识分子终于在90年代恢复了他们的本来面目。这使知识分子充分享有了"个体感觉偏好的自由"，改变了过去那种"只见精神不见物质"的书写局面，这个过程将原来遮蔽了的欲望充分地展现出来，客观上造成了知识分子形象"俗化"的印象。但这才是回到真实起点的细腻、深刻、进步的写作，是一种"人"的书写，而不再是一种"意识"的书写。同时，这种从"人"出发的写作也会无可避免地散发出很多俗不可耐的"人"气，让沉重的肉身拽着灵魂混迹于世，难以再次感受到精神和灵魂带给人们的升华力量。

知识分子人物形象的复杂多样性从来就没有中断过，只是在不同社会、时代条件下有着不同的表现罢了。在《绿化树》中，如果说"稗子面"代表着物质欲望，"马缨花"代表着情感性爱，"资本论"代表着精神追求，那么这种"生存、欲望、信仰"的困境在20世纪

90 年代以后的知识分子小说里得到了公开、全面、详细的表现。我们不难看出，在这几个方面，章永璘在生存与欲望上还是处于很明显的自我压制状态中，只有对信仰的追求在文中被充分地张扬出来。这种情况在 90 年代后的《废都》《桃李》《丽娃河》还有其他一批作家的作品中则完全不一样，对物质生活的追求和对情爱的需要都成了极力表现的内容，相反，知识分子本来该有的精神探求相对来说却有所退化，即使体现出来也是一种"摇摆"的姿态，"挣扎"的样子，"虚无"的感觉，如《施洗的河》《沧浪之水》等，类似《柏慧》那样决绝的立场我们看到的并不多。我们看到的多是欲望化的表现，那些和知识分子物质生活相关的，如工作、家庭、日常生活、职称、饮食、购买力、拜金主义、商业投资等都成了作家们津津乐道的内容；知识分子在情感生活方面的烦恼、苦闷、男女关系成了最为重要的书写内容，有的甚至采取非常私人化的写作方式来"放纵"内心的欲望。与此相应的是，知识分子精神上的困境也在物质、情感的困境中直接或间接地显现出来，他们的道德、人格、精神在这些形而下的领域里经受着一次又一次的考验与洗礼，有的仍苦苦寻求着自己存在的价值和意义，有的则干脆放弃这种坚持。他们像不同形态的水，不再一味追求喜马拉雅高山之巅的冰清玉洁，如流水一样随时变形，像水汽一样自由飘荡，结合在万物中生成新的生命景象。生命意义的"一棵树"的年代回来了，精神意义的"半棵树"的年代却消失了，"残缺"成了这些知识分子形象留给我们最后的模糊印象。

知识分子的想象总的来说过度囿于现实生活，缺少开掘生活真实的能力，更缺少将真实细节里的有效成分充分吸收、消化、升华并最终转化为能够自然影响读者气质的能力。虽然欲望化是一种本相写作，但本相写作并不意味着"照着本相写"。20 世纪 90 年代后知识分子形象表现出了生活的真实，却缺少艺术的真实。这让笔者想起了"真正的问题总是出现在革命的第二天"这句名言，真实的背后可能才是作家需要解决的问题。在众多的真实中，细节真实应该引起作家更多的重视，它可以说是所有真实的起点。相对于整体艺术效果来说，细节真实非常有利于小说从中发掘出强大且细腻的艺术力量。我们的生活不缺少这样的细节和崇高，可惜我们缺少让人信服的崇高作品，真实感乏力不能不说是当下知识分子小说创作的一大遗憾。文学的魅力当然是由很多因素共同形成的，但首要因素应该是艺术形象的直接感染。在小说特别是长篇小说的创作中，人物形象的塑造成功与否决定了小说的成就高度，如果没有新的人物形象，它可能是成功的作品，但肯定不会是优秀的作品。新时期以来小说中知识分子形象层出不穷，但真正具有经典意义的形象几乎没有。这种经典意义主要是以前文所述的"超越性冷静"的标准来衡量的，用这个标准来看，章永璘是成熟的吗？庄之蝶承担得起吗？缺少公认的经典可以说是新时期知识分子小说创作中不得不面对的尴尬。

小说中的知识分子想象在新世纪如何突破已有的局限并实现新的可能性？这毫无疑问是作家塑造知识分子形象时必须要面对的难题。在21世纪文学里，我们注意到文学在经历过形式的高蹈实验后，开始重新注重作品的"意义"，知识分子也在迷离中企盼着重新找回失重了的世界。《怕羞的木头》[01] 中女研究生最后放弃了绝好的工作机会，为的只是保持一股知识分子的气节，我们感到"提气"的同时也若有所失，这一形象还是让读者觉得主观的愿望大于艺术表现，作者在艺术真实性方面并没有给出足以让读者信服的描写。知识分子小说的审美意味与其刻画的人物形象总是不能达到和谐统一的境界，缺少真正写出传神的知识分子特点的作品，这可能和知识分子思想本身的复杂性、隐蔽性有关。笔者认为，真挚的情感、深入的生活、投入的创作态度、超然的艺术人生不过是伟大作品诞生的基本条件；当作家有了独特的体验和对象后，有没有能力通过完美的艺术形式把它们表现出来，并在细节上经受得住挑剔，在精神气质上征服读者，最终达到理想的艺术效果，又是另一个问题了。虽然对完美的追求还显得遥遥无期，但对现存的问题可以先做出一些努力来。我们希望多一些用心血写成的著作，少一些用墨水铺就的作品；多一些超然和深入，少一些炒作和浮躁；多一些独特的观察与表现，少一些似曾相识的印象；多一些和谐、自然、均衡的作品，少一些偏执、过度、矫揉造作的文字垃圾。

[01] 孙春平：《怕羞的木头》，《人民文学》2005年第4期，第32—53页。

第六章 从 20 世纪 90 年代到 21 世纪：

余华创作个案研究

余华的创作从某种意义上讲，极好地呈现了中国当代文学从 20 世纪 80 年代到 21 世纪这 30 多年的发展轨迹。作为当代文坛最重要的作家之一，余华不论是在 80 年代的"先锋"写作，还是 90 年代的现实主义温情写作，抑或是 21 世纪以来的"当代性写作"中，都体现了一个作家内心的文学追求和时代的文学变化。余华的创作既有作家自觉的选择，也有客观的时代沉淀，作为和莫言同样具有极高世界影响力的中国作家，我们认为他的写作发展和莫言走向诺贝尔文学奖之路具有同样的参考意义。因此，本章以余华为个案，通过作品细读和批评接受等不同角度，思考余华创作之于中国当代文学的经验与启发。

转型与深化——20 世纪 90 年代文学研究

第一节　文学的细节与对话
——以《活着》《许三观卖血记》为例

一、细节

文学的眼睛看见的是细节，历史的眼睛关注的是事件。文学不同于历史正在于此。伟大的小说家都能看到别人看不到的细节，本质上，他们写作风格的区别也就是他们看见的细节的区别。余华曾不止一次提到他第一次真正阅读鲁迅的小说《孔乙己》时的震惊，他为鲁迅凝练而敏锐的表达感慨不已。他认为，孔乙己在双腿健全的时候，可以忽视他来的方式，但当他的腿被人打断了后，伟大的作家就不能回避。他佩服鲁迅只用了一句话，就写出了令人战栗的细节：

> 他从破衣袋里摸出四文大钱，放在我手里，见他满手是泥，原来他便用这手走来的。
>
> ——鲁迅《孔乙己》

当代作家之中，余华对细节描写与对话的用力，在语言上的惜墨如金，都是最接近鲁迅的一个。《活着》写有庆死后，福贵背着儿子往回走，走到村头又不敢回家，瞒着家珍把有庆偷偷地埋了。写这个细节的难度在于直面人的极端艰难的内心世界时，三流的作家可以绕着写，但一流的作家都会直接写上去，迎着人物艰难的内心与行动，正如余华自己所说，这是优秀作家的责任。

> 要埋有庆了，我又舍不得。我坐在爹娘的坟前，把儿子抱着不肯松手，我让他的脸贴在我脖子上，有庆的脸像是冻坏了，冷冰冰地压在我脖子上。……我那么坐着，眼看着天要亮了，不埋不行了，我就脱下衣服，把袖管撕下来蒙住他的眼睛，用衣服把他包上，放到了坑里。……有庆躺在坑里，越看越小，不像是活了十三年，倒像是家珍才把他生出来，我用手把土盖上去，把小石子都拣出来，我怕石子硌得他身体疼。

确实，这正是三流作家与伟大作家之间的距离。余华谈到写上面引文之后的不久，他要写福贵背着家珍去看有庆了，说他写到这里时停滞了两天。他感到艰难，后来，他在月光底下走了两夜，终于写下了"我看着那条弯曲着通向城里的小路，听不到我儿子赤脚跑来的声音，月光照在路上，像是撒满了盐"这一经典的细节。这一画面的感人力量来自那个不寻常的比喻，月光与盐，一个空荡虚幻，一个真实可及，一个诗意流淌，一个充满现实的咸涩。这里，本体"月光"与喻体"盐"的连接体现了想象与真实的微妙关系，体现了细节真实的力量。余华说，当时他在夜里走着，月光照在地上，他觉得福贵在这样的时刻，也会感到月光，但他眼里的月光就一定有些不寻常的地方。后来他想到了那个"像是撒满了盐"的比喻，他为自己能写出这样的比喻感到非常得意。我们可以感到余华的努力，他这是在向伟大的作家靠近。

余华《活着》
南海出版公司1998年版

对于细节描写，余华所表现出的兴趣与重视程度确实有点让人匪夷所思，他曾在自己的随笔中不止一次地谈到细节的力量，他将自己进入文学的最初激动与情窦初开都归结于川端康成用他无限柔软的笔描写出的《伊豆的舞女》。出于对川端康成杰出的细节描写的迷恋，曾经有一段时间，余华只要在市面上见到川端的作品，便一次两本地购买，一本用于珍藏，一本用于潜心研读。后来他在《我能否相信自己》中得意地表示：

> 那五六年的时间我打下了一个坚实的写作基础，就是对细部的关注。现在不管我小说的节奏有多快，我都不会忘了细部。[01]

余华对细节描写的自信并非过于自夸，即使与现代文学史上的大家相比，《活着》与《许三观卖血记》也并不逊色。在很多地方，余华惜墨如金，但他敏锐的文学感觉使他知道应该写什么，不应该写什么，什么地方应该工笔细刻，什么地方应该不置一词。比如在仅有十余万字的《许三观卖血记》中，他会花大量的笔墨来写一个动作，一句话，这些动作与话甚至还会反复地出现，这正是很多研究者指出的《许三观卖血记》中的"重复美学"。这种借鉴音乐之回环复沓的叙述节奏，当然会有一种歌乐的效果，不过将作家用独特的文学眼睛才看得到的细节以这种方式凸现出来，则更有文学的力量，更能进到读者的内心。如写许三观过生日那天晚上，他躺在床上，用嘴给他们一家做了一顿丰盛的菜，不过他们必须用耳朵来吃，用嘴是连屁也吃不到。这个细节以前没有，今后也不会有。它是中国文学里不可多得的神来之笔，其传神的品质已显出经典的力量：

> "三乐想吃肉，"许三观说，"我就给三乐做一个红烧肉。肉，有肥有瘦，红烧肉的话，最好是肥瘦各一半，而且还要带上肉皮，我先把肉切成一片一片的。有手指那么粗，半个手掌那么大，我给三乐切三片……"
>
> 三乐说："爹，给我切四片肉。"
>
> "我给三乐切四片肉……"
>
> 三乐又说："爹，给我切五片肉。"
>
> 许三观说："你最多只能吃四片，你这么小一个人，五片肉会把你撑死的。我先把四片肉放到水里煮一会，煮熟就

---

[01] 余华：《我能否相信自己》，人民日报出版社 1998 年版，第 253 页。

行，不能煮老了，煮熟后拿起来晾干，晾干以后放到油锅里一炸，再放上酱油，放上一点五香，放上一点黄酒，再放上水，就用文火慢慢地炖，炖上两个小时，水差不多炖干时，红烧肉就做成了……"

……

二乐说："我也要红烧肉，我要吃五片。"

"好，我现在给二乐切上五片肉，肥瘦各一半，放到水里一煮，煮熟了拿出来晾干，再放到……"

二乐说："爹，一乐和三乐在吞口水。"

"一乐，"许三观训斥道，"还没轮到你吞口水。"

然后他继续说："二乐是五片肉，放到油锅里一炸，再放上酱油，放上五香……"

二乐说："爹，三乐还在吞口水。"

许三观说："三乐吞口水，吃的是他自己的肉，不是你的肉，你的肉还没有做成呢……"

许三观给二乐做完红烧肉以后，去问一乐：

"一乐想吃什么？"

一乐说："红烧肉。"

许三观有点不高兴了，他说：

"三个小崽子都吃红烧肉，为什么不早说？早说的话，我就一起给你们做了……我给一乐切了五片肉……"

这一段用对话结成的细节，以重复的方式向我们展示了什么叫惜墨如金，什么叫挥金如土。这种简约与重复的强烈对立，产生了风格上的张力，它拉着人物绕着我们旋转，让我们满眼都是他们的影像。

"细节"在现实主义以及自然主义作品中向来都受到重视。19世纪的现实主义大师们的作品自可作为这方面的明证。但是，"细节"对于浪漫主义、表现主义、魔幻现实主义等有超现实倾向流派的那些一流作家来说，也同样有着极其重要的意义，甚至与现实主义作家相比有更重要的一面。可以说，这里边隐藏着所有超现实文学作品能否成为经典的一个隐秘。卡夫卡为了让他的《变形记》真实可信，不惜用大量的笔墨去描写那甲壳虫仰面朝天躺着时，不住地挥动它讨厌的细脚的细节，而加西亚·马尔克斯也曾为《百年孤独》里俏姑娘雷梅苔丝怎样才能飞上天空而坐立不安：

> 她怎么也上不了天。我当时实在想不出办法打发她飞上天空，心中很着急。有一天，我一面苦苦思索，一面走进我们家的院子里去。当时风很大，一个来我们家洗衣服的高大而漂亮的黑女人在绳子上晾床单，她怎么也晾不成，床单让风给刮跑了。当时我茅塞顿开，受到了启发。"有了。"我想到。俏姑娘雷梅苔丝有了床单就可以飞上天空了……当我坐在打字机前的时候，俏姑娘雷梅苔丝就一个劲地飞呀，飞呀，连上帝也拦她不住了。[01]

马尔克斯为找到雷梅苔丝抓着床单飞上天的细节而兴奋不已。这就是细节的力量。它赋予虚幻与神秘的想象以真实的质感。正如前文所说，许多作家与理论家都发现，细节有没有真实感，关系到作品是否可以让自身长久地支撑着被称为"经典"的艺术大厦，或者，关系到如何区分文学大师充满魅力的想象与无聊之人空洞而可笑的哗众取宠。上文提到的卡夫卡、马尔克斯对他们写作过程中的克制态度，即是他们对"细节"在超现实小说中重要意义的认识。关于"细节"对小说的重要意义，余华曾经有"细节真实，整体可以荒诞"的观点。他说，这正是神魔小说艺术真实性的来源，他举《西游记》中孙悟空的变化为例，认为"摇身一变"这个动作太重要了，如果没有这个动作，那么孙悟空的变化就会显得突兀而虚假，有了这个动作，就会让读者对孙悟空的神通深信不疑。他说，《西游记》中这样的例子到处都有，孙悟空从身上拔下几根毫毛，要吹上一口仙气才会变化，这"吹上一口仙气"与"摇身"的动作一样，让人们在一种熟悉的想象中感到了作者描写的传神。"变化"的结果是神奇的，过程是神秘的，但"摇身"与"吹一口仙气"都是现实中经常出现的动作，这却是真实的。这正是神魔小说中有限的"细节"真实。这样，神话、传奇、魔幻一类的超现实文学的大厦才可以建立起来，荒诞的情节也就能够

---

[01] 余华：《强劲的想象产生事实》，《内心之死》，华艺出版社 2000 年版，第 122 页。

借它的支撑而产生传世的经典力量。

从表面看来，一个小说家拥有了丰富的想象力，他就成了拥有抟土造人神力的女娲，他的一点细微的心理波动都可能令他的小说世界山摇海倾，他只要运用自己强大的想象力就能建造出一个充满快乐与魅力的小说王国。但事实也许远非如此简单，这个世界上富有想象力的人不能说多如牛毛，丹麦只出了一个安徒生，哥伦比亚只产生了一个马尔克斯，中国也只有一个金庸，他们的想象力都让人佩服得五体投地，可他们能让自己举世闻名的原因却绝非仅此而已。他们的想象被赋予了各种各样的溢美之词，这些赞美的话让那些热爱"天马行空"的三流小说家们听后无比的沮丧，他们不得不承认自己的"非凡的想象"只不过算作空想。

余华在他的早期创作中就已经显示出他与前面提到的三个人有着同一种本领，那便是他不光能想象得天花乱坠，而且能把他非凡的"空想"表现得妙趣横生，把他妙不可言的想象写得如同岩石一样，产生可以触摸的质感。在余华的笔下，想象常常能获得某种钻出想象外壳的神力而变成令人唏嘘不已的事实，下面我们再仔细看一看他早期杰出而残忍的本领：

> 一滴液体（硝酸）像屋檐水一样滴落下去，滴在东山脸上。她听到了嗤的一声，那是将一张白纸撕断时的美妙声音。那个时候东山猛地将右侧的脸转了出来，在他尚未睁开眼睛时，露珠将那一小瓶液体全部往东山脸上泼去。于是她听到了一盆水泼向一堆火苗时的那种一片嗤嗤声。……东山在床上手舞足蹈地乱跳，接着跌落在地翻滚起来，他的双手在脸上乱抓。露珠看到那些焦灼的皮肉像是泥土一样被东山从脸上搓去。
>
> ——《难逃劫数》

与那些三流小说家的区别在于，余华有本领使自己的想象产生岩石一样坚硬真切的质感，而他们没有，于是他们的想象就都成了没用的空想。为什么余华的小说具有这样的品质？他明显是坐在那里向我们吹嘘着他内心的幻象！这真像蒙田那句名言所说的那样——"强劲的想象产生事实"吗？

在上面的引文中，余华先让自己的想象变成了活生生的画面，那些画面又在我们读者身上发生了生理感应，对这种感应强烈的就会觉得头皮发麻、心肌发紧。到这时，物质的现实性便为想象的虚空本质做了一次刻骨铭心的表演，而且，这场表演对我们内心的刺激往往要超过我们生活中的部分事实。当我们反复地细读上面的章节时，我们发现余华的高明之处还是在于他对细节的无比尊重，他在杜撰这些小说的情节上表现得后现代感十足，一副对一切客观存在的秩序都不信任的姿态，但他在那些荒诞的情节所规约的每一个小小的细节上却小心谨慎，他的老实厚道就像一个在小心地打磨着石器的石匠，他写作的心情看起来一点也不潇洒，反而像个农民那样土里土气，可这正是余华的独到之处。

马尔克斯也好，吴承恩也好，余华也好，古今中外的杰出作家，没有一个不重视细节描写的。小说的眼睛应该看到动人的细节、发笑的细节、愤怒的细节、痛苦的细节、哭泣的细节、妙不可言的细节，是细节造就了纸上活蹦乱跳的人物，是细节产生了传世的杰作，是细节产生了一本本跨越国界与民族的经典。小说的世界最终是由细节来统治的，没有细节，精神与思想只不过是没有生命的抽象的泥胎而已。

二、对话

对话的写作，最易泄露一个作家的真相，包括他对语言的控制，对人物的洞察。所以，即使是那些最牛的小说家，也不敢轻视对话。曹雪芹、鲁迅都能让人物说出的话过耳不忘，读者闻声而能辨人。

但自 20 世纪 80 年代中期以来，先锋小说浪潮的颠覆性效果使后来的作家很少再去重视对话的锤炼。对话与叙述的边界日趋模糊，明确表达重视对话写作，并对之怀有畏惧的作家变得寥寥无几。余华是难得的一位，他说，在写完《许三观卖血记》后他不再惧怕写对话了。确实，他的《许三观卖血记》在对话上用力很深，他有资格说这样的话。

余华是坦诚的，他的话透出了他在写作《许三观卖血记》前都没有找到解决对话语言艺术化的方法，他觉得自己在对话的面前是心虚的，并不自信，尽管他的《活着》已在对话部分表现出了过人的才华。余华在《许三观卖血记》中文版自序中，曾这样表达他对对话的看法：

> 书中的人物经常自己开口说话，有时候会让作者吓一跳，当那些恰如其分又十分美妙的话在虚构的嘴里脱口而出时，作者会突然自卑起来，心里暗想："我可说不出这样的话。"然而，当他成为一位真正的读者，当他阅读别人的作品时，他又时常暗自得意："我也说过这样的话。"[01]

从这里，我们可以看出，余华对对话的重视来自他对人物的尊重。但在 20 世纪 90 年代以后，余华对小说对话特别重视、恐惧、敬畏的姿态却显得孤寂，他只是孤军奋战。这细小的努力无法扭转众多作品在对话描写上平庸、随意、拖泥带水的整体特征。他的小说理念的申明，并没有引起其他作家和小说评论家的注意，更没有促成一个像五四时期那样注重小说语言的锤炼与对话语言的凝重的风气，这是很令人焦虑的，它直接关系到当代文学经典化的可能性。从这个意义上来看，余华的《许三观卖血记》在当代文学史上便有一种非常特别的意义。它一反当代小说家不重视对话设计的倾向，与苏童等连引号都取消的"对话的叙述化"相比，靠对话来推动小说情节、控制小说的叙事节奏，也算是一种"先锋"的"传统"了。很多研究者都指出，《许三观卖血记》有戏剧化的风格，对话几乎占去小说全部的 2/3 以上，这在长篇小说创作中是非常少见的。并且，一反传统对话写作的神来之笔随处可见，比如，依靠对话的情景与对话的内容互相影响，从而自足地构成一种诗意的现场：

余华《许三观卖血记》
南海出版公司 1998 年版

　　"我儿，你的脸在哪里？"
　　许三观说："爷爷，我不是你儿，我是你孙子，我的脸

---

[01] 余华：《〈活着〉中文版自序》，《活着》，作家出版社 2010 年版，第 3 页。

在这里……"

　　许三观把他爷爷的手拿过来，往自己脸上碰了碰，又马上把爷爷的手送了回去。爷爷的手掌就像他们工厂的砂纸。

　　他爷爷问："你爹为什么不来看我？"

　　"我爹早死啦。"

　　……

　　"我儿，你身子骨结实吗？"

　　"结实。"许三观说，"爷爷，我不是你儿……"

　　他爷爷继续说："我儿，你也常去卖血？"

　　许三观摇摇头："没有，我从来不卖血。"

　　"我儿……"爷爷说，"你没有卖血；你还说身子骨结实？我儿，你是在骗我。"

　　"爷爷，你在说些什么？我听不懂，爷爷，你是不是老糊涂了？"

　　许三观的爷爷摇起了头，许三观说：

　　"爷爷，我不是你儿，我是你的孙子。"[01]

　　许三观的爷爷由于生命的漫长而模糊了记忆与现实的界限，许三观的话一次一次地把他从过去的记忆里拉回到现实，而爷爷又一次一次地再回到他的记忆里。所以，这样的问答的反复，这样的在过去与现在的时间里闪回，让我们在年迈的生命与年轻的生命间一唱三叹的复沓里感到隔世的恍惚与怅然。

　　可以说，这部小说让我们充分感觉到了人物语言的魅力，它让我们明白，话从人的嘴巴说出来可比憋在肚子里强大多了。所以大作家都喜欢对话，因为他们都知道，若是他们的人物说出了一句既漂亮又得体的话，那就敌得上十几页的心理描写：

　　许三观躺在藤榻里，两只脚架在凳子上，许玉兰走过来说：

　　"许三观，家里没有米了，只够晚上吃一顿，这是粮

---

[01] 余华：《许三观卖血记》，上海文艺出版社 2004 年版，第 2—3 页。

票，这是钱，这是米袋，你去粮店把米买回来。"

　　许三观说："我不能去买米，我现在什么事都不做了，我一回家就要享受，你知道什么叫享受吗？就是这样，躺在藤榻里，两只脚架在凳子上。你知道我为什么要享受吗？就是为了罚你，你犯了生活错误，你背着我和那个王八蛋何小勇睡觉了，还睡出个一乐来，这么一想我气又上来了。你还想让我去买米？你做梦去吧。"

　　许玉兰说："我扛不起一百斤米。"

　　许三观说："扛不起一百斤，就扛五十斤。"

　　"五十斤我也扛不起。"

　　"那你就扛二十五斤。"

　　许玉兰说："许三观，我正在洗床单，这床单太大了，你帮我揪一把水。"

　　许三观说："不行，我正躺在藤榻里，我的身体才刚刚舒服起来，我要是一动就不舒服啦。"

　　许玉兰说："许三观，你来帮我搬一下这只箱子，我一个人搬不动它。"

　　许三观说："不行，我正躺在藤榻里享受呢……"

　　许玉兰说："许三观，吃饭啦。"

　　许三观说："你把饭给我端过来，我就坐在藤榻里吃。"

　　许玉兰问："许三观，你什么时候才享受完了？"

　　许三观说："我也不知道。"

　　许玉兰说："一乐、二乐、三乐都睡着了，我的眼睛也睁不开了，你什么时候在藤榻里享受完了，你就上床来睡觉。"

　　许三观说："我现在就上床来睡觉。"[01]

　　许玉兰犯了"生活"错误，许三观要惩罚许玉兰，他坐在那里享受，一动不动。他们之间的这段对话应该是发生在许三观下班以后一直到晚上睡觉前。余华抽掉了对这段时间内发生的事的具体时间的交

[01]　余华：《许三观卖血记》，上海文艺出版社 2004 年版，第 40—41 页。

代，只让许玉兰不停地要求许三观做这做那，但许三观什么也不做，他只是躺在藤椅里回答许玉兰的问话。中间没有加进一句描述性的句子，每一句完整的问答背后其实都有一段时间的空白划过去。在读者淡忘对故事时间的注意时，事实时间已在对话之中闪过，许三观最后说："我现在就上床来睡觉。"我们读到这里时，会感到一种阅读的愉悦，也会沉浸在它歌乐般的节奏里感慨作者的高明。这样的对话是混合着口语的生动与艺术的凝练的。它们充满着诗意的空白，它们既靠近日常又离开日常，这就是对话语言成功的陌生化。余华将有节制的、重复的、动作化的、表情化的语言加进日常化的口语之中，它们一下子显得非常神奇，好像不是小说的人物们在对话，而是语言本身学会了眉飞色舞的表演，它们在字里行间跳荡，简单而迷人。更为神奇的是，一个人在一个句子里可以说完三十年的话，这是余华在他的小说《我没有自己的名字》里写出的神来之笔：

> 陈先生说到我有自己的名字，我叫来发时，我心里就会一跳。我想起来我爹还活着的时候，常常坐在门槛上叫我：
> "来发，把茶壶给我端过来……来发，你今年五岁啦……来发，这是我给你的书包……来发，你都十岁了，还他妈的念一年级……来发，你别念书啦，就跟着爹去挑煤吧……来发，再过几年，你的力气就赶上我啦……来发，你爹快要死了，我快要死了，医生说我肺里长出了瘤子……来发，你别哭，来发，我死了以后你就没爹没妈了……来发，来，发，来，来，发……"[01]

原来对话可以这样跳跃过岁月的阻隔，穿透生命的苦难。来发是个傻子，他的时间世界是混乱的，余华巧妙地借着这样的人物的心灵的过滤而把他父亲三十年中说过的不同的话放在了一个神奇的句子当中。当然，对话是有着无限多样的形式的，一流的作家会把这最日常化的语言变得陌生而妙不可言。所以，对话的写作常常更能泄露一个作家的创作才华。优秀的作家把解决对话的艺术化过程放进自己一生

---

[01] 余华：《我没有自己的名字》，孙志军主编：《中国当代经典作品〈余华文集〉》，长江文艺出版社 2003 年版，第 69—70 页。

的努力之中，只有将这种离现实生活最近的语言变成离开它自身而又不离开它自身的似是而非的矛盾体后，它才会显出平实的虚幻感，才会变得迷人起来。余华是当代作家中看重对话的功能，下大力气去设计、锤炼对话，并且明确地说出对对话的写作怀有恐惧与敬畏的作家。

（刘江凯 闫海田）

转型与深化——20 世纪 90 年代文学研究

第二节　压抑的，或自由的
——评余华长篇小说《兄弟》

　　20 世纪八九十年代以来，中国文学在经历了一个相对"先锋"、激进的时期后，似乎进入了一个相对沉稳的新的生长、发展阶段。正如人们常说的"问题总是出现在革命的第二天"一样：激进的年代多有创造与自由、革新和反思，往往给人以热闹与豪迈之感；而稳定的年代多半平淡而抑制，却也常常会使问题、事物趋于深化或瓦解。90 年代以来的小说在经历过一系列实验的"收敛"之后，看上去显得平静了很多。但随着格非、余华、苏童等昔日的"先锋作家"相继写出新的长篇作品，并产生影响、引发争论，我们也有兴致重新审视他们的文学创作所发生的一些重要变化。我们从中再度发现隐藏在这些叙述之中的强大力量和不竭的活力，还有在文本中呈现出的一些新的写作元素，以及他们对于当代小说创作和发展所产生的意义和影响。我们在对余华期待了多年之后，看到了他先后拿出的长篇小说《兄弟》（上）和《兄弟》（下），也感受到了关于这部作品的争议和毁誉。我们想就《兄弟》及余华写作这部作品时产生的叙述方向乃至精神向度的变化，做出切近当代文学写作本身的思考。

一、《兄弟》：由历史转向现实

文学是"苦闷的象征"，也是生命个体精神自由的寄托。从某种角度讲，一个真正有良知的作家的写作，既是摆脱现实或精神世界压抑的途径，也是寻求和创造精神大解放、心灵大自由的过程。因此，文学写作中必然会充满自由的元素和压抑的元素。这些元素既包括作品的时代生活、主题内容、叙事方式、阅读体验等客体因素，还包括创作心态、叙事立场等作家主体性的因素。就作品而言，我们还可以把那些悲伤的、暴力的、灰暗的等能引起人们压抑体验的故事内容及其叙事要素统统地归结为"压抑性"的元素。与此相反，把那些快乐的、温柔的、纯美的等引发人们愉悦感受的故事内容及其叙事要素称为"自由性"的元素。就写作主体而言，作家压抑或自由的创作心态的调整必然会给文学带来叙事上的变化，可以说，作家的叙事立场和态度从根本上制约着作品的艺术特色和阅读感觉。但不论文学充满了多少压抑的元素，我想，文学精神的终极指向一定是自由的。与格非相似，在经历了 10 年的沉寂后，余华终于从写作的压抑中爆发，他的新作《兄弟》以 51 万字的规模浩荡出场。然而，阅读该作品后我们却感到格外的尴尬：看上去余华试图通过文学叙述进入超越功利的自由境界，最后却发现写作本身深深地陷入了现实功利的压抑中；作者自由的想象力、创造力被自己天马行空、肆无忌惮的"泛写实"所消解，陷入难以自拔的过度铺张的泥淖中。这确乎给了我们一个警示：作家自我感觉良好的写作也并非就是自由的、广阔的文学写作。

显然，从整体上来说，余华在这部作品里没有表现出他以往的那种文学高度，反而在相当程度上，给那些对他期待已久的人们带来了巨大的失望：如果说先锋文学时期，先锋作家们在叙述、文体等方面集体表现出了文学的变革能力和表现高度的话，那么在个人风格方面，残雪的阴暗、梦呓，苏童的唯美、温婉，格非的空白、迷幻使他们分别确立了自己在文坛的地位，余华则是以冷静、残酷、对人性的集中展示而闻名。写作《活着》《许三观卖血记》时的余华，在个人叙述风格、文学表现视域方面的成功转型，就强烈地体现出一种新的文学高度。而《兄弟》在当下的整体文化、文学语境中，无论是题材、主题，还是语言、叙述，都没有出现整体性的明显变化，这对于早就在文坛确立了自己地位，又沉寂了多年的余华来说，无疑会在读者的期待中出现"高度滑坡"的现实。余华曾在访谈中说，《兄弟》让他找到了面对现实的勇气，使他能对当代生活发言了。然而在历史与现实的对比中，余华描写现实的能力显然大大逊于历史叙事。具体体现在《兄弟》中，就是它的上部在整体上好于下部，余华为何如此处理故事、情节和人物？其中存在着许多令人困惑不解之处。例如《兄弟》（上）中刘镇的男人们对刘红屁股的集体迷恋，对李光头性早熟的描绘就更显得有点儿夸张了，还有当李兰快要死去时，本来李光头兄弟俩在凌晨一点还在床边陪伴母亲，即使两个孩子不明白回光返照，但李兰早在入院之前似乎就对自己未卜先知了，她怎么会在亲自催促两个孩子回家睡觉后，又十分遗憾自己没能实现想见他们最后一面的愿望？这是让我们颇为感动的一段，但也让我们感到了虚假和失望。余华究竟面对着一个怎样的现实呢？他又想表达一个什么样的现实呢？《兄弟》较以往小说的变化何在？它承续了前期写作的多少因子？它究竟为余华小说写作提供了哪些新的元素？这部作品现在的形态是否泄露出余华以往就曾有过的、叙述语言把握方面的不节制和失控？

如果我们把《兄弟》和前期的《活着》及《许三观卖血记》甚至更早的先锋文学作品做一个简单的比较，就会发现《兄弟》的变化——在叙事方法上更多的是对其"过去"作品的融会和整合，呈现出一种既"整理"又"开放"的特点；在叙事立场上则表现出一种更加自信、自由的叙述姿态；而最大的变化则体现在写作方向上：由历史叙事向现实生活叙事转变的努力。

在《兄弟》中，我们首先感受到的是《许三观卖血记》式的幽默：偷看屁股，学扫堂腿，摩擦电线杆，让胳膊郎当，打出知识分子的劳动人民本色……无不让人哑然失笑甚至忍俊不禁。这种幽默从开头贯穿到结尾，并且和温情及暴力构成了互为辩证的关系，但离开了残酷年代后，余华的幽默似乎就变得不再有力了。先锋文学时期的暴力和残酷也没有完全褪色，只是做了集中化的展现或者完成了一种转换，由上部的身体暴力变成了下部的情感暴力、性暴力和经济暴力。《活着》和《许三观卖血记》时期的温情也始终浸润在整部作品中，不论是李兰对宋凡平的感情，还是李光头兄弟之间、李光头兄弟和李兰之间都有着催泪弹般的感人情愫。幽默、残酷、温情这三者既构成了一种紧张的对比，也形成了一种密切的辅助关系。小说中写到了两次送葬及相应的两次生死离别。宋凡平送李兰离开刘镇去上海治偏头痛之前，作者以一种正面强攻的叙事方式极力描述了两个人的幸福、快乐，充满了人情的温暖，紧接着就残忍地将两人阴阳分离，让宋凡平走向了死亡。随后，作者在描写李兰面对丈夫的死时，再次残酷地"镇压"了李兰正常的情感表现，并由李兰点头同意将死人的腿砸断后入葬。这一段叙述将残酷和温情不可思议地糅合在一起，并取得了令人惊异的美学效果。李兰的死表面上似乎缺少了一些残酷的事实，但余华却巧妙地利用了温情再一次制造出残酷的效果：从李光头偷看女人屁股让李兰蒙羞做人开始，到他为母亲精心策划扫墓的整个过程，作者慢慢营造出一份浓重的人情，当两个儿子相聚在床边亲密聊天、陪护李兰时达到了峰值，可是李兰在弥留之际想见儿子们最后一面的愿望却眼睁睁地在他们的一觉之间白白溜走，从中我们又一次发现了余华的残酷，或者说余华发现并宣泄了历史和命运的残酷。我们以为，这种残酷比宋凡平和孙伟之死的正面的、暴力的描述更加让人难以释怀。在下部中，这种温情渐渐消失，被一种变态的激情和莫名的爱情所取代。宋钢背负着林红的爱情陷入生存的苦地；而李光头则把对林红的失恋化作疯狂创业赚钱的激情，最后又用这份激情去激活昔日的爱情并谋杀了兄弟之间的亲情。

以上分析如果显现出了余华小说中明显的对以往手法进行"整理"的特点的话，那么，在《兄弟》中也有一些"开放"的表现。这就是《兄弟》的"对称感"。这是我们阅读《兄弟》时另一种很强烈的体验。这种对称从表层的结构到深层的意图似乎都隐约地存在着。首先是上下两部作品在两个时代形成了一种对称，其次是人物及其关系的对称（两个家庭、两个大人、两个孩子、男人与女人），最后是情节、结构、语言、情感、逻辑及更多不可归类的对称，如人物关系的破碎与圆满，个人生命的死亡与离别、人心的善与恶、生活的快乐和悲伤、命运的起与伏、荣誉的得与失以及时代的变迁等等，甚至在创作心态上也呈现出一种由压抑向自由过渡的对称感。当我们玄思宇宙的本质结构时，我们也许会发现存在着许多类似于原型结构的图形，其中一种便是"数轴形"，即一种对称性的结构，它以某种法则和两个基本要素构成，是一种最简单的结构，同时也因为最简单而蕴藏着最丰富的变化，包含着构成一切的可能性。对称的美也许正好暗合了世界最基本的结构，《兄弟》能让人在简单中有丰富感受的秘密可能正在于此。需要指出的是，《兄弟》在艺术方面还有两个特点：符号化和"三突出"。上部中余华对暴力进行了非常克制的描写，并且对实施暴力的主体进行了绝对的符号化，如"红袖章"等；下部中最典型的例子就是将美女符号化成一串串数字。符号化次要人物，有意淡化和抽离历史因素，作者这样做正是为了在客观上突出主要人物、核心人物、悲剧人物。余华颇具反讽意味地"暗合"了"文革"叙述中的"三突出"原则：在历史、社会现实环境与人物关系中突出人物关系；在众多人物关系中突出核心人物，淡化、符号化次要人物；在核心人物中突出悲剧人物或风云人物。这一原则在《兄弟》上部中以宋凡平为代表，下部中则以李光头为代表。可以说对称性、符号化、"三突出"是《兄弟》最明显的几个艺术特点。而戏剧化的叙述手段在小说中也起到了加强小说审美能力的作用。具体方法就是让喜剧在高潮时突然中断并迅速走向悲剧，对之进行聚焦式的处理，让悲伤的因素细水长流。让强者更强，并让这种强壮的美牺牲后转变成悲壮的美（如宋凡平、李光头）；让弱者更弱，并在温情中持续很久，慢慢地体现出一种悲情美（如孩子、女人、宋钢）。

二、压抑与自由的艺术辩证

如果让我们用两个词来概括余华的《兄弟》，我们会用"压抑的"和"自由的"来形容余华的写作状态和文本特征。这种判断，既指小说的内容特点，也指小说创作上的变化。从小说内容上讲，《兄弟》上部写了一个压抑的年代，下部则试图描绘一个相对自由的年代。正如《兄弟》"后记"中所述，小说的"前一个故事是'文革'中的故事，那是一个精神狂热、本能压抑和命运惨烈的时代"，"后一个是现在的故事，那是一个伦理颠覆、浮躁纵欲和众生万象的时代"。在前一个故事里，暴力和爱情、血腥和温情、短暂的幸福和持续的悲伤等构成了巨大的艺术张力，作品在一个压抑的年代里体现了强烈的自由精神，作家显然采用了一种超然的反观历史的叙事态度。在后一个故事

余华《兄弟》
上海文艺出版社 2006 年版

里，时代的禁锢已经解除，人们有了更加自由发展的空间和机会，作品描绘了自由时代的社会繁荣和个人命运的变迁，遗憾的是作者在下部中失去了审视现实的高度，并没有从中抽离出深刻的生命体验或者人生哲学来。在《兄弟》上部中，革命和理想似乎代表了伟大的自由，实际却压抑了自由，而在《兄弟》下部中，金钱和命运似乎已经得到了自由，实际上却重新陷入压抑。上部中，个人选择的自由等被压抑的元素，在下部中得到了自由的爆发。而像宋凡平的夫妻情，李光头的手足情这些自由的元素却在下部中几乎消失不见。从人物关系来看，李光头和宋钢两兄弟的生活，一同贯穿了这两个时代，他们共同从压抑的年代走向了自由的年代；他们在压抑中享受过自由，同样在自由中备受压抑。他们一个代表着压抑，另一个代表着自由，他们又互相代表着对方；他们是矛盾统一体，是一种共同体的分裂物；他们在裂变中裂变，在爆发中爆发；他们在压抑中寻求着自由，又在自由中重新陷入压抑。兄弟二人和他们的时代一起表达了一种现实体验与历史经验：人既是自由的，也是压抑的，所以每个时代是自由的，也是压抑的。唯一不同的是哪一个更多一些，谁在享受它们而已。从创作变化的角度来讲，如果说《兄弟》上部还基本延续、综合了前期作品里的许多元素，是一种偏重"压抑"元素的叙事方式；《兄弟》下部则完全由压抑状态走向了肆意过度的"自由"，人物张扬、情节拖沓、语言失控等毛病严重地冲淡了作品的艺术性，正是这种"自由"的写作让作品加多了页码，在多赚了版税的同时也稀释了读者热烈的期待，我们以为，把下部压缩一半可能恰好。当余华把笔伸向当下自由经济的时代时，他的写作和他笔下的故事也沾染了许多自由经济时代的衍生物。《兄弟》的出版一方面宣告了余华压抑创作状态的结束，表明了作者不愿一直停留在历史回忆的叙事中，而要努力开拓现实生活的创作疆域，以期获得更大文学自由的意图；另一方面，也预示着余华在重复从前的同时既有突围的希望也铸就了下坠的可能，似乎开始显现出作家想超越自己的困难和无奈。

《兄弟》无疑会成为余华创作生涯中的一个标志性文本，无论是成功的或是失败的，它都表明了作家创作方向上的第二次变化和探索。我们认为余华的第一次转变是一种形式转变，主要是作者对写作对象在叙事立场、叙事态度的转变而导致文字风格上的强烈反差，从先前高蹈的形式实验、叙事探索、客观而冷酷的叙事态度重新回到注重故事、人物、情感及内涵等传统的文学主题，是一种相对容易的转变。而这一次余华试图完成的是一种内容上的转变，由从前的历史叙事向当下的现实生活叙事转变，余华的写作对象发生了很大的变化，这必然给写作带来新的挑战和希望。《兄弟》之前的余华很少写当下现实生活，阅读的当下性并不强烈，大多沉浸于或远或近的历史回忆中，表达对写作对象的冷静或同情。但在《兄弟》中，我们可以强烈地感受到余华要从历史进入现实的意图，甚至在形式上都以上、下两部描写的不同内容，构成了这样的一种过渡宣言或者说扭转的比照。

结合余华的创作历程来看，他的作品其实一直有这种既压抑又自由的感觉。先锋时期的余华更多体现的是压抑感。我们熟知他的血腥与残忍，冷酷和无情，《现实一种》《河边的错误》《一九八六》等作品，其令人心惊肉跳的暴力和血腥的描写，让我们的神经一直被压抑着，同时让人着迷的，是这种压抑的感觉最后却通向了自由的境界。也许暴力和血腥是从压抑通向自由的最后一个通道，所以，当我们从余华早期作品的那种阴沉、抑郁的阅读体验中走出来时，这些压抑反而引发了我们内心对自由的渴望和追求。一个小孩子在雨中空旷的黑夜里孤独地无依无靠地呼喊，却无人应答，这是一个让人战栗的意象，我们相信很多人都曾有过类似的体验，孩子的心被黑暗和恐怖所囚禁，孤独无助和压迫感好像随时会让我们的心脏爆裂。这个时候，任何一个温暖的回应都会让心灵从压抑中得到释放，重新获得自由与平和。到了《活着》《许三观卖血记》时期，余华变得温和起来，他不再以冰冷的笔尖无情地刻画他的人物了。但在我们看来，这个时期的余华不过是完成了一种由压抑向自由的自觉转化。他描写的内容开始有了亮色和人情味，死亡、丑恶、暴力等压抑性的写作元素应用得越来越灵活，幽默、乐观、同情等富有自由色彩的写作元素则越来越丰富；人物命运也从一味的悲凉与灰暗中解脱出来，多了些明亮的暖意。这当然意味着作者的写作立场正在发生着深刻的变化，作者不再敌视现实社会和险恶人性，不再以先锋前卫的姿态与现实构成表面上的紧张对话关系，而是实现了一种富有韧性的内在的对话关系。我们认为，余华这个时期的写作对压抑和自由这两种写作元素的处理是最和谐的，也是他到目前为止最好的一个写作阶段。压抑并不全然是消极的因素，适度的压抑能让人拥有阅读的紧张感，充分地和现实生活中的压抑经验联系起来，从而增强艺术感染力，而过分的压抑则会显得虚假造作；自由也不代表无可挑剔，适度的自由会带来美好的艺术享受、官能的愉悦，而过度的自由则容易变得低级无聊。

读完《兄弟》上部时虽然觉得略有瑕疵，却很期待阅读它的后半部分。但读完《兄弟》下部时我们却异常失望，不仅仅是可读性、艺术性大大减弱的问题，还有文本的叙述和对生活的审美判断迷失了方向的问题。可以说，整个《兄弟》下部过分地走向了写作的自由，情节灌水、牵强之处很多，对当下的流行风潮和社会现象，如选美比赛、韩剧热及小人得志后的种种表现进行了过度夸张而几近于无聊的描写。特别是人物失衡游离，整个叙述情节似乎成了李光头一个人自由表演的舞台，宋钢明显处于一种陪衬的地位。江湖骗子周游也显得有点突兀和孤立，他给读者的印象除了展示种种骗术和领着宋钢吃苦受罪外，剩余的就是他还是一个痴狂的、有点可笑的韩剧迷。余华在人物塑造方面显得两极对立，且颇有点血统论的色彩，李光头生猛彪悍，宋钢则善良懦弱，因为失去了必要的叙事细心和耐心，人物性格的发展过程很不自然，性格推动下的情节因此出现无法解释或者勉强照应的现象。如宋钢继承了父亲宋凡平的善良、正气和执拗，但他同时也成了愚蠢和懦弱的代表，不时地表现出让人无法理解的呆笨和固执。余华在刻画兄弟二人的性格上最大的败笔就是让兄弟二人对林红的爱情充当了分割兄弟情谊的尖刀。我们不敢苟同李光头是一个痴情汉，这个玩遍了刘镇女人还嫌不够的暴发户，在最后的性扩张中，将他的大旗插在同生共死、患难与共的兄弟的老婆身上。显然，我们看到的是一个苦苦等待20年的痴情汉和一个性压抑者的最后爆发。林红则成了用黑白宝马迎接、踏着几千美女用肉身铺就的台阶登上了最高领奖台为李光头揭幕的女神。宋钢的无用和固执外出为李光头和林红的乱伦提供了最充分的机会和保障。之后却是兄弟情和夫妻情的复生，李光头和林红在负疚中自食其果。这样做虽然在叙事上会十分省力和方便，但从根本上损害了人物性格和故事发展的内在逻辑。

《兄弟》上下两部的文字风格固然是统一的，但我们更欣赏前半部的简约而丰富。它似乎在不经意间就化解了历史的积重，点化了人心的僵硬，传达出深刻、丰厚的内容。从美学角度来看，余华在悲剧的力量、幽默的艺术、人情人性的刻画、社会历史的描摹、生活生命的体验等深浅不同的层次上都发出了声音，作品意蕴的能指呈现出社会的、历史的、文化的等辐射性的特征。而小说下部在"人拥抱现实"后却没有一起走向当代社会生活经验的深处。余华写了金钱、人情、爱情、亲情以及现实生活的复杂和浅薄，人心的贪婪和虚伪，人性的丑恶与美好，但他并没有接续和升华小说上部中体现出来的简洁的艺术精神，他对现实生活经验的处理虽然不避世俗却没有超越现实，他的现实生活叙事失去了历史叙事中的那种简约丰富、准确敏锐和非凡的艺术表现力、哲理思辨性。在整部《兄弟》中，我们没有看到任何一个有精神深度的人物形象，套用的"大话"噱头手法，更是破坏了写实原本应有的文风和格调。总的来说，这部《兄弟》较以往的写作并未为我们提供任何新鲜的、令人震撼的写作元素，没有让我们体会到一个优秀作家超然的写作立场，尽管《兄弟》中也确实存在着和许多优秀作品一样的艺术质素，但阅读的全过程告诉我们：《兄弟》的出世是急迫和失去耐心的，是作家创作心态调整过程中的不成功的产物。

三、当代文学的困难

类似于《兄弟》的艺术缺陷，其实是当代文学中一个相当普遍的现象。当我们把观察的范围扩大或推及更多当代作家的写作时，我们会发现，作家们在处理写作的"压抑和自由"时都不轻松，尤其是长篇小说的创作，在一个有相对叙事长度的结构中，真正建立属于自己的自由而宽阔的精神时空，对任何一位作家来说，都是一个巨大的考验。这里有一个值得我们重视的文学现象：当代文学为什么总是难以写出现实的历史感或历史的现实感来？也就是说，难有能写出我们时代生活的经典之作。越是对于相对切近的年代，我们似乎越容易失去叙事的耐心，越难以写出具有历史穿透力的文学艺术精品。余华或许是太想通过长篇对现实生活发言了，他没有丝毫的保守，所以，《兄弟》的写作呈现出一泻千里、一发而不可收的局面。余华写得顺手而尽兴，他在文坛的地位和对写作的自信，让他有理由相信自己的感觉，他没有停下来仔细地剪辑、耐心地沉淀，在商业化出版手段的推波助澜下，作家的创作心态如果不能保持冷静和超然，不能有坚守艺术阵地的牺牲精神，其结果便是用篇幅的延长扭断了自我的、艺术的坚实性和连续性，由高贵的艺术殿堂滑向文学的"自由市场"，把文学当作牟取名利的高级手段，一方面赢得了现世的丰厚利益，另一方面却输掉了文学对历史的虔诚和长久记忆。当然，作家的创作心态会受到很多因素的影响，但对于一个成熟的作家来说，保持创作心态的稳定与平和是必要的，如何经受住现实的、俗世的诱惑，确实需要作家内心的有效把持。我们更愿意相信，余华的《兄弟》的创作失误，是他想主动调整自己写作方向、努力证明自己描写现实生活能力的一次不太成功的尝试，这毕竟是一个作家敢于面对现实生活的一次诚实挑战，而对于读者来说，也应该是件可以理解的事情。要对一个还活着的时代说话，对于任何作家来说都不是一件容易的事情。对一个写出过伟大小说的作家，我们不能苛求他的每一部作品都永远高于前面的作品，我们应该给予作家保护的心态和等待的时间，真正伟大的艺术既不会欺骗读者，也不会欺骗作者，没有人会骑在艺术的头顶上行走，因为艺术本身最后会证明一切。

《兄弟》出版后各界的反应，使我们不由得想起了另一位先锋作家——格非。2004年格非的新作《人面桃花》被认为是一部"逼近经典"的小说，但这部被广为称赞的小说并非是对现实生活的当下叙事。和十年前《欲望的旗帜》相比较，格非的历史叙事能力显得更加游刃有余。坦白地讲，在20世纪90年代以后，要想写出被同代人认可的现实生活叙事的长篇作品是件非常困难的事，我们列举出莫言、苏童、李锐、张炜、王安忆、残雪等一大批当代名家，就会吃惊地发现，他们最有代表性的长篇作品都不是描写当下现实生活的。面对这一普遍现象，我们不由得思考，究竟是什么东西在左右、影响着作家们对现实生活的艺术表达能力？在作家、历史、现实这三者之间究竟存在着一种什么样隐秘的对话关系？《兄弟》恰好为我们提供了这样的一个思考起点。对于《兄弟》试图表现的两个时代，我们可以概括为历史和现实。通过阅读比较，我们发现，作家在历史叙事和现实生活叙事中感受到的自由度和压抑感是完全不同的，历史叙事显然要比现实生活叙事更富有想象的空间和艺术自由度，作家和时代的距离必然会影响到他观察和思考的深度和视野。作家的写作与出版、阅读等文学流程本身同处在时代的直接作用下，作家如果不能冷静、耐心、深刻、超然地对待生活，没有超越常人的睿智和表现，如果不能抗拒时代以及自我的焦虑，是很难写出被同代人认可的作品的。所以，我们认为，《兄弟》表现出来的缺憾可能是一个普遍的文学现象，余华所遇到的问题也是很多作家都需要认真思考的问题。余华以及他走过的文学道路，正处于中国文学最有活力的年代，这一两年，格非、苏童、余华等先锋作家都相继拿出了自己新的作品，这无疑会给当代文学带来新的活力，也为我们观察中国当代小说创作提供一些新的维度。

现实的必要的秩序，可能会让我们失去某些自由；生命难掩的压抑，可能会让我们失去一部分快乐。而文学正是压抑之水中的自由之舟。在人类备受物质束缚的历史和现实之中，唯有文学才能承载起每个人对自由的渴望，带给我们内心的抚慰。因此，我们既有理由期待优秀的文学作品，也需要尊重每一位有责任感的作家。余华是一个敢于挑战自己的作家，虽然《兄弟》没有帮助他实现第二次"转型"，甚至还影响了我们对他真诚而耐心的期待，但我们想，余华毕竟还没有完全丢掉自己，也不见得他迷失了方向，更不意味他笔力已衰竭。淡出对历史的回忆，直面现实生活的挑战，这也未尝不是一个很好的写作转向和积极的策略。以余华的创作成就和既有的经验来看，他需要做的只是保持创作心态，摆正创作姿态，付出更多的艺术耐心和细心。这一次，《兄弟》宣告了余华写作的姿态和方向，但同时也不得不承认，这样的创作时期或许是每一个作家都无法回避的"黑障区"——要么死在这里，要么看到更美丽灿烂、更广阔的星空。

（发表于《文艺评论》2006 年第 6 期）

第三节　余华的"当代性写作"意义
——由《第七天》谈起

　　当代性和历史化是当代文学不得不同时面对的两个具有悖论色彩的重要命题。"当代性"具有当下正在生成、不断展开、尚不稳定的概念内涵；"历史化"则意味着在时间中生成结果、赋予意义，形成某种相对稳定的价值判断，使指称对象成为自己（历史）的过程。当代性和历史化这种对立统一的关系既从根本上规定了当代文学旺盛的生命力和争议不断的特征，也为我们理解当代文学的创作与批评提供了一个基本的参考框架。我们认为对当代文学的讨论除了"文学性"外，还应该建立在"当代性"——这个使当代文学区别于其他时代文学最核心的基础之上。因此，不论是文学创作或是批评，对于当代性的欠缺与忽视都有可能导致文学和时代一定程度的脱节。正是在这个意义上，我们认为余华的新作《第七天》延续和强化了从《兄弟》就开始的"当代性写作"特征，其中的努力和问题非常值得我们进行认真的总结和反思。"当代性"既是我们讨论《第七天》的出发点，也是我们理解余华创作转向和当代文学的核心。

一、《第七天》：在"当代性"和"文学性"之间
　　阅读《第七天》给笔者带来各种似曾相识的复杂情绪：失望，却

不知道该对什么失望；愤怒，却没有应该愤怒的对象；反抗，却找不到能够反抗的对手……合上书时，笔者既为余华勇敢和真诚的现实关怀高兴，也为他大胆的挑战和艺术努力担心。

在经历了《兄弟》的毁誉争议后，笔者带着两个问题期待着余华的新作。其一，《第七天》是否会延续《兄弟》当中表现出来的当下现实生活叙事倾向？其二，《第七天》能否避免《兄弟》中因为压缩文学和现实生活距离带来的审美沉沦问题？两个问题合二为一，即余华的新作能否在"当代性"和"文学性"之间取得更好的艺术平衡，为当代文学提供一种融现实批判性和艺术表现力于一体、成熟理想的"当代性写作"示范?《第七天》以它的成功和不足为我们提供了可资分析的依据。

笔者曾将《兄弟》的创作转变概括为在内容上由"历史"转向"现实生活"，在叙述上则采取"极力压缩文学与生活审美距离"的方式，并认为这种面向当下的写作难度远远大于早期的那种技术化的转变[01]。余华的这种面向当下的创作转变，如果说在《兄弟》时因为表现得不那么充分而缺少总结的依据，那么截至《第七天》则让我们有理由认为已经出现了一个余华式"当代性写作"的事实。

笔者根据《第七天》《兄弟》对余华这种"当代性写作"的具体内涵和特征概括如下：写作内容上由历史转向当下，叙述方式上极力压缩文学和现实生活的距离，在读者接受上会有一种强烈的亲历性体验，整体上表现出一种全面迫近现实并介入生活的努力，因而会令人感到这是极为"熟悉"的小说。这种写作比其他常见的反映现实生活的纯文学作品审美距离更近，却又比电视剧式的当代生活作品多了一些人文艺术内涵，是一种从文学内容到表现手段都丰富、充满当下精神并且面向未来为历史负责的写作。成熟理想的"当代性写作"很难看到，因为这种写作会带来一种悖论式的审美风险：小说的现实及物性和批判性得到增强的同时，也会因为其中的泛写实和亲历性体验

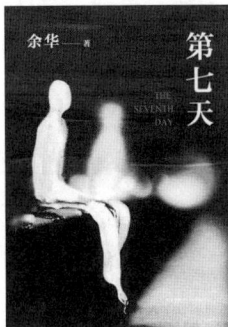

余华《第七天》
新星出版社 2013 年版

---

[01] 关于《兄弟》创作转变的相关论述，参见张学昕、刘江凯：《压抑的、或自由的——评余华的长篇小说〈兄弟〉》，《文艺评论》2006 年第 6 期；刘江凯：《审美的沉沦亦或日常化——〈兄弟〉的叙事美学》，《文艺争鸣》2010 年第 12 期。

产生一种诗意沉沦的美学效果，文学的神圣感会降低，艺术性也会受到质疑，除了对作家本人的艺术能力构成巨大的挑战外，对读者的阅读习惯和审美体验也会构成强烈的挑战。这些特点决定了"当代性写作"面临的最大挑战可能是如何处理好"当代性"和"文学性"之间的平衡问题。

可以肯定，《第七天》确实延续和强化了余华在《兄弟》中就表现出来的这种"当代性写作"特征。《第七天》不但内容更加密集于"当下"，而且批判色彩浓重。与《兄弟》由上部"文革"故事写到下部"改革开放"年代的鸿篇巨制不同，《第七天》重新回到了余华习惯的长度，以13万字的篇幅讲述了一个亡灵在死后七天的见闻，描述的内容完全是我们非常熟悉的当下现实生活。虽然《兄弟》也写了大量当代生活的现象，但40年的历史和50多万字的篇幅却在一定程度上稀释了小说直面当下的印象。相对而言，余华在《第七天》中的"当下"密度比《兄弟》更高：小说使用了许多我们熟悉的新闻素材，暴力强拆、官员腐败、美女情妇、民愤袭警、火灾瞒报、死婴、卖肾、跳楼等等，虽然一方面为人诟病，另一方面却也因此增强了作品的现实关注度和社会批判性。诸如"他们说的话，我连标点符号都不信"，"全中国只有两个地方的食品是安全的，这里是一个，还有一个就是那边的国宴"，"屁民"们活不好、死不起甚至连"死无葬身之地"都只能成为美好而虚假的乌托邦想象！面对权力出笼放肆裸奔的现实，余华以他的方式巧妙地碰触着"红线"。

批判性增强是余华近年来作品的一个显著特点。如果说《兄弟》中更多是一种反讽、戏谑，以混乱的美学来呈现混乱的年代，那么《十个词汇里的中国》（中国台湾版）则有了更多针对现实直接发言的勇气，也可能正是这种过于直接的方式导致该作到目前也没有出现大陆版；《第七天》的批判性并不见得比《十个词汇里的中国》弱，我们甚至能在作品中感受到作家内心的那种深刻绝望感。许多人认为《第七天》没有提供比"新闻串烧"更多的价值是这部小说重大的失败，笔者对此的理解是：余华对新闻素材的处理尽管有可以商榷之处，但体现的仍然是文学的方式。正是这种以文学方式处理的"新闻串烧"，使得这部作品在保留了充足批判性的同时还能公开出版。余华通过小说的虚构和文学化手段，巧妙地把自己的批判性"嫁接"在早已成为公共事实的新闻舆论上，通过阅读来唤醒那些在新闻浪潮中很快就被拍散的国家之痛和人民之殇。比如"强拆"，小说既有"温情"的控诉，也有"幽默"的调侃：前者如描写在灰色、寒冷的废墟上写作业等待父母回家的红衣女孩郑小敏；后者如广场上大声宣讲自己性欲如何被强拆吓飞的男子。在《第七天》的故事中，有愤怒和绝望的表达，也有"爱"与"情"的缠绵；有粗线索的现象串联，也有精致的文学细节。也就是说，余华除了在其创作中加强了当代性的内容外，并没有放弃对文学性的追求。

《第七天》的文学性追求在小说的语言、叙述、文体结构方面都有体现。比如小说的开篇充满悬念且意味深长，语言体现了余华一贯简约精练的风格："浓雾弥漫之时，我走出了出租屋，在空虚混沌的城市里孑孑而行……我得到一个通知，让我早晨九点之前赶到殡仪馆，我的火化时间预约在九点半。"这段文字不到 100 字，却奠定了整部小说的基础。"我的火化时间"透露了叙述者是一个已经死去的人，而"出租屋"则显示了他的生存状况，"浓雾弥漫"既有时间的交代，也和下文"空虚混沌的城市"和"鬼魂"叙述形成一种情境呼应，"孑孑而行"透露出强烈的"孤独者"状态。读完整部小说，就会发现这个开篇充满了"人鬼之间"的叙述氛围，叙述者的身份决定了整部小说的叙述基调、语言风格和故事框架等。这样一种"人鬼"结合的叙述方式和"七天"的时间，以及仅仅 13 万多字的篇幅，从根本上限定了小说的文体结构、语言和思想表达。平均下来，每天的故事大概不到 2 万字，但整个故事的信息量却并不小，事件众多，人物繁多且前后呼应、主次分明，唯有高超的叙述水平才能避免平均带来的平庸或者彻底的混乱。

《第七天》的文体结构借用了《旧约·创世记》开篇的方式，讲述一个人死后七天的经历，也暗合了中国传统殡葬的"头七"习俗。小说的"第一天"讲述了主人公杨飞死去那天的见闻：路上见证了一场车祸，这正是导致第六天"肖庆"死亡的那场车祸。殡仪馆里 VIP 沙发、塑料椅以及市长豪华贵宾室揭示了这个社会"权高于钱，钱高于人"的基本社会结构，富豪们在普通人面前极尽奢华地炫耀身份时，却发现"金钱在权力面前自惭形秽"。杨飞想知道自己是怎么死的，他开始寻找"生前最后的情景"，并因此展示了社会的风景线：

因暴力拆迁丧失性欲的男子；孤独地等待被压死父母回家的孩子郑小敏；被有关部门吃到入不敷出的谭家饭馆；前妻李青因卷入高官腐败案割腕自杀的消息。余华对人物的处理也相当聪明：并不一定详细交代每个人物的"来"与"去"，很多人只是"经过"后就"消失"了，比如养父的恋爱对象、乳母的女儿郝霞以及前妻李青后来改嫁的美国留学的博士等。而对于最重要的人物——比如养父杨金彪和乳母李月珍却形成了完整的叙述，这也是整部小说最感人之处。时间像一幅慢慢拉开的画卷，读者会在接下来几天的故事里看到更多荒诞而又真实的"现实种种"。

"七天"虽然是个时间概念，但在小说里却有着强烈的"结构"意义。读完小说后，我们会发现余华其实是用"时间"完成了一部小说。"七天"在这部小说里犹如控制全局的上帝，有着强大的组织建构性和连作家也难以超越的规定限制性。余华在一次采访中说：

> 一直以来，在《兄弟》之前，我就有这样的欲望，将我们生活中看似荒诞其实真实的故事集中写出来，同时又要控制篇幅。然后我找到了这个七天的方式，让一位刚刚死去的人进入另一个世界，让现实世界像倒影一样出现。刚刚向外公布这部小说的书名时，就有读者预测是《创世记》开篇的方式，太厉害了。我确实是借助了这个方式，当然中国有头七的说法，但是我在写的时候不让自己去想头七，脑子里全是《创世记》的七天。[01]

这段话里余华讲到了他的写作内容、篇幅、结构与叙述方式。有人批评《第七天》对于圣经开篇的引用名不副实，笔者对此另有看法：余华在更大程度上应该是用了一种"结构引用"，而非"主题或寓意"（这不妨碍我们从宗教救赎的角度去理解这部作品）的引用。从结构角度讲，笔者以为余华的引用其实相当成功。正如前文我们已经感受到的，"七天"就像这部小说无法逾越的"上帝"或"圣经"，从根本上控制着小说的方方面面，以至于连有小说上帝之说的作家本

[01] 田超：《我写的是我们的生活》，《京华时报》，2013年6月27日，第35版。

人也受到了严重的限制。不知余华在高兴地找到"七天的方式"开始写作后，是否慢慢地意识到这个家伙并非是一个可以由作家随意揉搓的软面团。

关于小说的叙述，余华也有自觉的努力：

> 在《第七天》里，用一个死者世界的角度来描写现实世界，这是我的叙述距离。《第七天》是我距离现实最近的一次写作，以后可能不会有这么近了，因为我觉得不会再找到这样既近又远的方式。[01]

笔者非常同意《第七天》是余华"距离现实最近的一次写作"的说法，"距离"也是我们理解余华创作转向最重要的一个关键词。《第七天》中文学与现实的距离之近比《兄弟》有过之而无不及，几乎达到了一种极限。《兄弟》虽然增加了许多当代生活的内容，但毕竟还有李家兄弟、刘镇以及"文革"与改革这些传统文学的构成元素。让主人公在一个特定的文学空间里荒诞或真实地生活，40 多年的历史可以自然地拉开时间和审美的距离，50 多万字的篇幅也足以稀释那些过于现实的题材。《第七天》则没有这种稀释能力，狭小的容量，短暂的时间，大量的新闻素材，众多的人物关系，尽管余华已经以其卓越的艺术才能巧妙地进行了文学处理，但仍然显得十分逼仄和紧促。

如果说《兄弟》下部需要进行一些篇幅情节的删减以趋于完善，那么《第七天》可能需要精简的是人物关系。《第七天》的人物关系大致可分为两种：一种是作家无法绕开的和"主人公"杨飞直接相关的养父、前妻、生父母、乳父母这些主线人物关系，小说如果缺少了这些关系的展开将会导致结构上的缺陷。另一种则是作家可以选择的和杨飞有交往的副线人物关系，如郑小敏、谭家鑫、鼠妹（刘梅）、伍超、李姓男子和警察张刚等，对这些人物合理的割舍应该不会破坏小说的整体结构。

但《第七天》的人物关系却更复杂，出现了更多旁枝斜杈，小说

---

[01] 田超：《我写的是我们的生活》，《京华时报》，2013 年 6 月 27 日，第 35 版。

好像模拟了"网络新闻",呈现出一种不断"链接"并展开的"网状"关系。这并非说余华不能以杨飞为中心,呈圆圈状扩展人物关系,而是指他人物关系牵连太多、分散了笔力。比如从作家无法绕开的主线人物中,牵连出了养父杨金彪的恋爱对象,前妻李青的追求者和继夫美国博士,和亲生父母认亲过程中链接了"伪卖淫女李姓男子",等等。虽然这些人物关系有的为下文做了铺垫,有的只是一笔带过,但过多的关系也会在一定程度上干扰和削弱主线人物的位置。相对于主线人物关系,副线人物关系则处理得更不理想。从殡仪馆到出租屋再到大街小巷的道听途说,在《第七天》这辆充满现实批判与关怀的小车上,余华怀着一颗恻隐之心,拉上了众多被现实挤压的灵魂并且不忘对现实狠狠地踹一脚或吐口唾沫,其结果自然会导致这部小说"超载",从小说容量、结构再到语言甚至人物感情都被耗散了,余华不得不用杰出的文学才能为他过于丰富的善意买单。表现在情感上就是虽然《第七天》有许多令人感动的描写,但读者似乎总难以达到阅读的"沸点"。

二、文学和现实的"距离"问题

那么从《兄弟》到《第七天》,如何理解余华"当代性写作"的努力和挑战,以及他面临的困难与争议?

为什么当代作家总是很难写出我们时代的经典之作?越是对于相对切近的年代,我们似乎越容易失去叙事的耐心,越难写出具有历史穿透力的文学艺术精品。多年前余华的一段话也许给出了一种作家角度的解释:

> 这不只是我个人面临的困难,几乎所有优秀的作家都处于和现实的紧张关系中,在他们笔下,只有当现实处于遥远状态时,他们作品中的现实才会闪闪发亮。应该看到,这过去的现实虽然充满了魅力,可它已经蒙上了一层虚幻的色彩,那里面塞满了个人想象和个人理解。真正的现实,也就是作家生活中的现实,是令人费解和难以相处的。[01]

---

[01] 余华:《活着》,作家出版社2010年版,"《活着》中文版自序",第2页。

转型与深化——20 世纪 90 年代文学研究

　　这段话中，余华以一个作家的职业敏感道出了当代作家普遍面临的尴尬处境：文学的表现力与作家生活的现实之间总是难以相处。这样我们就不难理解余华在处理《第七天》的"文学性"和"当代性"时所面临的困难，诚如他自己所承认的：《第七天》"写下的是我们的生活""是我距离现实最近的一次写作"[01]。因此"文学性"和"当代性"之间就表现出令作家和读者都很难适应的"难以相处"来。

　　我们还可以从审美距离继续理解作家处理文学与现实的这种困难，或者说处理作品的"文学性"与"当代性"的困难。人们普遍认为《兄弟》上部比下部要好一些，事实也的确如此。巧合的是《兄弟》的上部恰恰以"文革"这样的历史叙事为主，而下部则以改革开放这样的现实生活叙事为主，也就是说，当写作距离当下现实越近，余华要承担的艺术风险就越大。和《兄弟》相比，《第七天》的叙述篇幅大量压缩，叙述时间集中在七天之内，叙述人物和事件由大量的现实新闻构成，这些都使《第七天》的审美距离比《兄弟》更加迫近现实生活。布洛的"心理距离说"告诉我们，艺术审美和功利实用之间存在着某种微妙的距离关系。观赏者对于作品所显示的事物在感情上或心理上保持着一定的距离，这种距离由于消除了我们对作品的实用态度而更有利于快感和美感的产生，因而使我们对眼前的事物产生崭新的体验。由"心理距离说"引申出的问题还有很多，比如由于审美主客体之间距离太近，主体欣赏者不能用艺术的眼光看待事物，因而导致客体过于写实的"差距"现象；或者由于主客体之间距离太远以致给人造成空洞、造作、荒谬、虚假等印象的"超距"现象。而这两种现象都是因为作品和现实之间超出了恰当审美距离的"极限"。布洛的学说证明审美距离其实是有"安全范围"的，这个范围一方面保证了欣赏活动中的个性差异，另一方面也提供了争议作品的空间。余华挑战的正是这种文学与现实审美距离的"极限"——小说的故事内容、发生时间、叙述方式甚至语言都"距离"现实太近，他用"熟悉"去挑战文学的"陌生化"原则，将小说虚构"别人的故事"的传统改写成讲述"我们的生活"，这并非是余华放弃了文学应有的表现手法，而是他打破了传统文学表现的平衡结构，在想象与现实、历史

[01] 田超：《我写的是我们的生活》，《京华时报》，2013 年 6 月 27 日，第 35 版。

与当下、艺术性和批判性，以及叙述、文体、语言、思想等诸多文学构成元素里，从原本作家和读者都渐渐习惯的一种充满艺术距离感的"平衡"状态中，按照迫近现实、关切当下的原则集中使用各种文学手段和力量给现实以文学的观照。

从接受美学的角度讲，余华在《第七天》中把写作最大程度地交还给了同时代的读者。目前还不能看到国外读者对这部作品的反应，但根据《兄弟》的海内外评论差异，笔者猜想国外读者的反应可能会好于国内读者。理由是：《兄弟》的批判性在笔者看来并没有《第七天》这么集中尖锐，国外仍有许多人惊诧于这部作品居然在中国没有被禁，因为缺乏对中国当下现实的了解，他们既惊奇于小说的故事，也放大了小说的批判色彩。但国内读者就完全不一样了，发达的网络媒体使人们获得信息的来源趋同，小说中对当下现实生活和新闻题材的大量书写，使很多读者失去或者减弱了文学阅读应该有的"陌生化"期待。尤其是在一个自媒体如此发达的时代，这种几乎和现实生活没有距离感的写作方式，让读者轻易地获得了更多评判文学的权利。当生活的荒诞以海量的信息一夜之间从互联网变成民间话题时，文学如果没有点昆德拉所说的"唯有小说才能发现的东西"，很容易给读者留下"不过如此"的印象。当写作内容越来越为读者所"熟悉"时，对艺术的要求也会越来越高，这可能正是为什么难以看到被广泛认同、写出我们时代生活经典之作的重要原因。

因此，面对一部具体的作品，以什么样的文学立场和方法展开文学评论，或者我们应该观察它的哪个主要方面便成为关键。相对于艺术价值的普适性，笔者不知道缺少了当代性观照的文学及其评论能有多少值得流传下去的理由。"文学性"是伟大文学作品必须追求的品质，虽然《第七天》的"文学性"留下了一些艺术缺憾，或者说依然是余华一次不太成熟的"当代性写作"，但我们无法否认他并不算完美的"俯冲当下"的写作意义。

三、余华：历史"返回者"与时代"同行者"

用一句话概括一个作家是件极不聪明的冒险事，尤其是一位还在不断写作的作家。但笔者愿意冒险表明对余华到目前为止创作变化的基本看法：他是一个面向未来的历史"返回者"与时代"同行者"。

转型与深化——20 世纪 90 年代文学研究

　　不知道是有意为之还是巧合，1992 年出版的《活着》和 2013 年出版的《第七天》大约都是 13 万字。同一个作家，几乎相同的篇幅容量，相差 20 年的创作时间，一个已经是当代文学的经典文本，获得了海内外读者的广泛认同，另一个是刚刚诞生并正在经历着激烈的争议的文本，这些都为我们提供了一个极好的观察余华 20 年创作变化的角度。

　　在内容上《活着》和《第七天》最大的区别就在于前者是"历史"叙事，后者则是"当下"叙事。这个巨大差别必须要引起我们足够的重视，因为这涉及当代文学的一个很有趣的现象，或者说一个创作软肋——稍稍比较一下就会发现，当代名家最有代表性的长篇作品很少全面、近距离地描写当下现实生活。《活着》的故事背景大约发生在中华人民共和国成立前至"文革"后，小说主要讲述了地主儿子福贵落魂为穷苦农民后一家人死亡的故事，语言简洁有力、直抵人心；叙述朴素温暖，令人难以释怀。《活着》整体上仍然是在讲一个"从前"的故事，即读者和写作的故事是拉开了一段"时间距离"的。《许三观卖血记》也一样，而从《兄弟》（下）开始，余华渐渐地从历史深处返回当下现实，以 50 万的篇幅容纳了 40 年的中国当代生活，从故事的"时间"到人物的"经历"几乎完全覆盖了当代现实生活。故事截止时间几乎逼近到小说出版时间，宏大的篇幅保证了小说对于"当代生活"的展开，在语言、叙述方面虽然会有粗糙之嫌，却也尽显痛快淋漓的"混乱"美学风格，和小说要表现的时代也算十分匹配。所以，笔者窃以为《兄弟》在某种意义上才是一部真正的"当代"小说，可惜它的"当代性"意义至今没有被批评界充分挖掘出来。

　　在叙述上，余华是这样比较《活着》和《第七天》的：

　　　　和《活着》不一样，《第七天》的开始是传统小说的结
　　尾，结尾是传统小说的开始。这么说吧，通常意义上的小说
　　是由生写到死，这部小说是由死写到生。《活着》是顺叙，
　　《第七天》是倒叙。[01]

---

[01] 余华微博：http://t.qq.com/yu_hua。

不论余华潜意识里是否要和《活着》形成一种创作呼应，这两部作品确实构成了一种丰富的比较关系，而绝不仅仅是"顺叙""倒叙"这么简单。从《活着》到《第七天》这 20 年的时间距离里，是什么原因让一个作家放弃了历史深处或现实高空这样的"安全范围"，选择距离"现实"这么近的创作？失望？愤怒？反抗？再次和现实的关系紧张或者从来就没有轻松过？余华说"以后可能不会有这么近了"，笔者也觉得他的这种努力已经差不多触底了。

类似《活着》《许三观卖血记》这样的作品，虽然不乏强烈的现实观照，但由于拉开了一段历史审美距离，我们阅读后仍然会强烈地意识到那是一种虚构出来的"文学现实"，是"过去的""别人的故事"。而《第七天》讲的则完全是"现在的""我们的生活"故事，在《兄弟》的基础上距离现实更近，或者说距离传统小说的审美距离更远。和《兄弟》相比，笔者不认为《第七天》在创作整体上有什么大的新突破，它有先锋时期的艺术探索精神，也有《活着》时期的写法借鉴，但更多是对《兄弟》"当代性写作"倾向的发展。在写作姿态、叙述方式、文体结构、语言表达、人物塑造等方面既有细小的前进，也有相应的不足。

我们认为余华截至目前的创作以《活着》和《兄弟》为界，大致可以分为先锋文学、传统温情书写和"当代性写作"三个阶段，经历了两次有意识的写作转向。第一次是从早期的先锋文学到《活着》《许三观卖血记》的传统温情书写，中间经历了《在细雨中呼喊》的过渡，本质上是一种形式转变。主要是作者对写作对象在叙事立场、叙事态度上转变而导致文字风格上的强烈反差，从先前高蹈的形式实验、叙事探索、客观而冷酷的叙事态度重新回到注重故事、人物、情感及内涵等传统的文学主题。这是一种相对容易的转变。第二次是由《活着》以后的传统温情书写到《兄弟》的"当代性写作"，这是一种内容上的转变，难度远远大于第一次。从今天来看，《兄弟》无疑也是余华创作生涯中的一个标志性作品。因为第一次转变，对余华个人来说虽然极为成功，但对整个中国当代文学却没什么艺术探索上的新贡献，只不过是重新回到传统文学的表现领域和手法。但第二次转变，虽然使余华个人引发了很大的争议，却对整个中国当代文学有着不同寻常的艺术探索意义。

余华的这种贡献意义在于：他敢于面对当代文学中最为困难、也最应该具有的一种写作方式——以文学直面当下现实生活，冲破多数小说的"安全"审美距离，从"历史"返回"当下"，同时又呈现出一种面向未来为历史负责的态度。比较一下莫言、贾平凹、王安忆、苏童、格非、李锐、张炜、残雪等一大批当代名家，他们的长篇作品很少全面描写当下现实生活。面对这一普遍的现象，我们不由得思考，究竟是什么东西在左右、影响着作家们对现实生活的艺术表达能力？在作家、历史、现实这三者之间究竟存在着一种什么样的隐秘关系？如何描写"当代性"不只是当代名家面临的比较普遍的一个问题，经历过"纯文学"影响的当代文学对社会现实的及物性和批判性越来越弱，过多地追求文体、语言、"史诗"，使得当代文学几乎丧失了对当下社会现实应有的批判和介入能力。

因此在笔者看来，余华从《兄弟》开始到《第七天》的这种"当代性写作"甚至具有了极强的"先锋"探索意义，虽然他在"文学性"和"当代性"的艺术平衡上依然表现出许多不太稳定的写作姿态，但这并非余华一个人的问题，而是整个当代作家都应该面对的艺术考验。从这个意义上讲，余华对当代文学首先贡献了一个具有示范意义的"当代性写作"实验，同时也给所有当代作家提出了一个重要的写作命题：当代文学应该如何"当代"？又该怎样"文学"？夸张一点说，余华的一大贡献是以他的"当代性写作"把当代文学从"历史"拉回了"当下"。因此，我们说余华是一个历史的"返回者"和时代的"同行者"，而成熟理想的"当代性写作"一定也会让未来的历史记住。

四、当代文学的"有余"和"不足"

当代文学的概念除了"文学"外，另外一个关键词显然是"当代"。当代文学并不缺乏反映当代现实生活的作品，但缺少成熟而理想的"当代性写作"（内涵如本文所指，那种既能容纳当代生活"内容"和精神特点，又能艺术地处理好文学与现实关系、把"文学性"和"当代性"完美结合在一起面向未来的写作）。把最能代表中国当代文学实绩的作品汇总在一起，我们就会发现这些作品内容上似乎"历史"叙事有余，"当下"现实不足，整体上似乎"文学性"有余，

"当代性"不足——当代文学很难产生被同代人普遍认可、全面表现当代社会现实生活，从内容、思想到艺术都充满"当代"特征的经典文学作品。文学艺术性好的作品，表现的内容往往是距离现实较远的历史故事；内容紧密贴近当下现实生活的，又很难表现出超越现实的文艺思想。作家在"文学性"和"当代性"之间或者说在文学与现实关系的处理上，正如余华所说总是"难以相处"，作品自然就会表现出上述"有余"和"不足"的现象。

余华的《第七天》让我想起了贾平凹的新作《带灯》。评论家潘凯雄曾这样评价《带灯》：这是贾平凹长篇小说中唯——部对当下现实不仅直面而且充满关切的作品。贾氏以往的长篇小说中固然有现实的因素，但像《带灯》这样充满了现实关切的唯此所独占。潘凯雄认为《带灯》的意义其实远不止于贾氏个人创作的独特性。"现实关切，文学呈现"是这部作品对当下中国文学写作的意义。环视我们眼前的长篇小说创作，我们不得不承认这样一种窘境：要么是缺少现实关切，要么是鲜有文学呈现。而贾平凹的这部《带灯》终于为打破这种窘境提供了一束穿透力极强的曙光 [01]。看来当代长篇小说缺少能"文学呈现"的"现实关切"作品，并非笔者一个人的印象。我们把莫言的《生死疲劳》、王安忆的《天香》、苏童的《河岸》、阎连科的《四书》等当代作家的代表性长篇罗列一下，就不难发现多数作品是和现实保持相当一段距离的"历史"叙事，小说的文学性因为"陌生化"而得到了很好的保留。

那些距离现实生活较近的作品，比如贾平凹的《带灯》或者毕飞宇的《推拿》，虽然它们也有余华"当代性写作"的某些特征，比如描写某种当下现实生活等，但如果仔细比较，就会发现它们在写作转向的自觉性、写作强度、审美距离以及读者接受上和余华的"当代性写作"仍有差别。比如《推拿》写了当代生活中一群盲人的生存境遇，作家在按摩院这么小的空间里非常细腻形象地刻画了盲人们与众不同的"孤岛"人生心态，确实是当代文学的一个收获。[02]《推拿》描写的是当下一种特殊的现实生活，而"特殊"本身就构成了一种审

[01] 潘凯雄：《怎么才能活得尊严和自在——评贾平凹长篇小说〈带灯〉》，《中国青年报》，2013年 4 月 9 日，第 10 版。
[02] 赵坤：《试论毕飞宇小说的孤岛意象》，《文学评论》2012 年第 4 期。

美距离。盲人的小众性决定了不论这部作品写得多么富有现实关切精神，在文学艺术上多么细腻深刻，这样一个特殊的"点"难以唤起读者强烈而广泛的现实关切。从毕飞宇的创作历程来看，也很难说《推拿》标志着他有意识的一种创作转向。

贾平凹和余华的创作风格完全不同，却有着有趣的巧合：比如《废都》和《兄弟》经历了相似的批评语境；《带灯》也和《第七天》一样是作家主动自觉地将目光由历史切换到当下——前者是农村乡镇题材，后者是都市城镇题材，这自然和两个作家的经历密切相关。《带灯》写的是一个名叫"带灯"的女乡镇综治办主任，每天面对农民的鸡毛蒜皮和纠缠麻烦，负责处理乡村所有的纠纷和上访事件。贾平凹通过"带灯"所在的樱镇完整地展现了当下中国农村乡镇的风貌，把中国基层生活中的问题展现在了读者面前。

《带灯》缘何会有如此强烈的当下现实感？贾平凹在一次访谈中说首先是考虑到中国最底层社会的那种现实感，确实有许多值得人们关注的地方。其次是作为一个在文坛上写了几十年的作家，他受到的教育和经历中有"天下兴亡匹夫有责"的担当精神。最后是因为在现实生活中一直没有跟社会最底层断过接触，看到好多问题，忧心忡忡而想把自己的感想表达出来，所以就写了《带灯》。他说：

> 当然这个故事是最现实的，因为没有更多的东西，全部就是现实，这是由作品题材决定的，也是和自己的一些追求有关，我觉得对于一个作家来讲，尤其是面对中国目前的现实生活，要真诚地呈现基层生活，这样才可能把好东西贡献给读者。[01]

这真是一个非常有意味的巧合，两个风格迥然不同的作家，却不约而同地都对中国当代社会现实产生了浓厚的写作欲望，都以一种自觉的艺术精神试图突破这个时代社会或者文学的困境。贾平凹《〈带灯〉后记》一文中也注意到了："我们的文学全是历史的现实的内容，这对不对呢？是对的，而且以后的很长时间里可能还得写这些。""但

[01] 朱京伟：《贾平凹：带灯，中国基层社会的烁烁荧光——贾平凹开年之作〈带灯〉由人民文学出版社出版》，《出版广角》2013 年第 2 期。下文出处相同处不再另注。

是，到了今日，我们的文学虽然还在关注着叙写着现实和历史，又怎样才具有现代意识、人类意识呢？"[01] 他认为首先能做到的是清醒，正视和解决那些阻碍我们通往人类最先进方面的问题。只有这样做了，才是我们提供的中国经验，是对人类和世界文学的贡献。文学的思考和实践就这样因为作家的良心和责任感，最终让《带灯》和《第七天》殊途同归于文学的当代性。

贾平凹在创作《带灯》时一方面有着自觉的"当代性"意识，另一方面也特别注意作品的"文学性"。《带灯》出版以后的反应似乎比《第七天》平稳得多，至少没有形成激烈的争议。其中当然有贾平凹在文学艺术上对自己的成功突破，比如对农村当下基层现实的强烈关注；首次刻画了以女性形象为主角的长篇；虽然人物原型和故事内容都有着强烈的现实性，但作家决定"要写的《带灯》却一定是文学的，这就使我在动笔之前煎熬了很长一段时间的酝酿"[02]；在作品中融入了作家超越现实生活本身的文化和对人类命运的思考，使小说具有一种本土化的现代意识，等等。但归根结底来说，《带灯》仍然和现实保持着相当的审美距离：首先是乡土题材的现实生活对于多数读者来说本身具有一定的"陌生化"效果，这与现实生活的"距离"远远大于余华的都市城镇题材。不知道真正熟悉《带灯》农村乡镇生活的人有多少会读到这本小说，又会做何感想？也不知道那些并不经常通过网络知天下的读者，或者完全不了解中国当下现实生活的海外读者，他们对《第七天》又会有什么样的阅读印象？一些人的现实生活对另一些人来说，可能就是不可思议的文学想象。其次，《带灯》虽然现实感强烈，但整体上还是塑造了"带灯"这个典型的人物形象，包括语言上自觉学习两汉时期"沉而不靡，厚而简约，用意直白，下笔肯定，以真准震撼，以尖锐敲击"[03] 的风格，使作品和当下真正的现实拉开了距离，具有强烈的文学气息。最后，《兄弟》《第七天》的写作和审美风格具有一定的连贯性，如极力压缩文学与现实生活的审美距离，从故事内容到语言风格都有一种"全面迫近"现实生活的镜像式印象；而《带灯》之后的贾平凹是否还会沿着这个思路写下去则

---

[01] 贾平凹：《〈带灯〉后记》，《东吴学术》2013 年第 1 期。
[02] 同上。
[03] 同上。

是个疑问。笔者以为，虽然《带灯》是贾平凹个人创作的一个突破，但就中国当代文学的突破和提升来说，余华的先锋示范性可能更强，尽管其中有许多值得反省和总结的问题，如余华如何在吸收前期创作的成败经验中突破自己，在增强现实性的同时保留文学性等。我们认为贾平凹的《带灯》在"当代性"和"文学性"方面和余华的《第七天》形成了微妙的对话关系，而这两部关注当下现实的作品又一起对整个当代文学面临的突破与提升给出了启示。而这可能正是余华从《兄弟》到《第七天》带给我们最有价值的地方，他的"当代性写作"不一定非常成功，却弥足珍贵，令人钦佩。

莫言曾在一篇文章中说"当众人都哭时，应该允许有人不哭"[01]，多么简单的道理却又多么难以做到。余华的《兄弟》《第七天》自然也不例外：当我们习惯了文学制造出来的"陌生化"效果时，面对"熟悉"的小说内容就会心生怀疑；习惯了传统的文学与生活之间安全的审美距离时，压缩到极致的审美距离就令人感到不安；习惯了文学在"从前""别人"或者"历史"的故事里自由想象时，面对"现在""我们"的"当下"生活叙述时甚至连直接面对的能力都没有。从《兄弟》开始，就有人操着十几年前对付《废都》的那套批评话语，道德的杯子里加点技术主义的分析晃荡了一年又一年，所以笔者很期待对《第七天》的评价将会出现一些什么样的声音。在求新寻变方面，我们知道余华一直有着自觉的意识，至于是否成功则须另当别论，这也是仁者见仁、智者见智的问题。时间最终会澄清事实，还以公道。

正如文章开头我们指出的："当代性"正在生成、不断展开、尚不稳定的概念内涵决定了整个当代文学都需要不断历史化，去除杂芜，沉淀精华。这个过程必然伴随着各类争议，这也正是当代文学的特点和魄力所在。同时，广受"争议"的余华也把之前专业的文学创作和评论在大众化的浪潮中由文学书写扩大为社会书写。单就这一点而言，余华的写作挑战其实已经成功了。一个作家是否有能力把写作由单纯的"文学艺术"上升为"社会现实"的关切，经得起时间和审美的双重检验，窃以为这对于逃离政治捆绑、淡化现实干预、偏离社

---

[01] 莫言：《当众人都哭时，应该允许有人不哭》，《中外文摘》2010 年第 13 期。

会中心"纯"了多年的当代文学来说，也极有意义。且不说余华《兄弟》《第七天》这样的"当代性写作"难以被一下子接受，即便是那些已经经历了时间检验的众多经典之作，不是仍然能听到"垃圾""低谷"的指责吗？不是仍然有许多人宣称基本不读当代文学作品吗？如果每个时代的文学最终总会沉淀出一些经典作品，除了共通的"文学性"外，我想作品中的"当代性"也一定是其文学价值的重要组成部分。这也提醒我们，当代文学有争议是自然而然的，而且有比没有要好。经受住当代质疑和历史化的双重检验，才有可能沉淀为真正的经典作品。如果当代人难以从时代的洪流中跳出来反观自己，那么就留给时间来检验吧。

（发表于《文学评论》2013年第6期）

转型与深化——20世纪90年代文学研究

第四节 "经典化"的喧哗与遮蔽
——余华 20 世纪 90 年代以来的小说创作及其批评

抛开笑话式或者情绪化的表达，文学写作与批评的关系一直是个严肃的问题——比如中国当代文学批评与创作之间究竟构成了一种怎样的关系？中国长篇小说近两年正在经历一个高峰收获期：莫言的《蛙》，王安忆的《天香》，贾平凹的《老生》《带灯》，苏童的《黄雀记》，韩少功的《日夜书》，阎连科的《炸裂志》以及余华的《第七天》，等等，一时间可谓名家新作迭出，作品风格多样。在经历过 20 世纪 80 年代末先锋文学的训练、90 年代转型期的探索、新世纪古典文学传统的回归等一系列写作努力后，作家们这些年似乎渐渐找到并确立了自己有效的"当代"文学写作经验后，我们有理由期待一个更加成熟的文学年代的到来。莫言获得 2012 年诺贝尔文学奖更是成为中国新文学以来最重要的收获标志，引发了学术界关于当代文学自身历史演进以及之于世界文学关系强烈的探究兴趣。[01] 在中国当代文学不断历史化和国际化的双重格局中，我们如何既保持与世界文学交流对话的开放性，又能不完全跟随"洋人话语"，保护好我们的

---

[01] 这种探究从国际化和历史化两个方向都有展开，国际化方面比如"当代文学海外传播研究"成为 2013 年国内十大学术热点，许多重要刊物都相对集中地发表过此类研究文章，或者设置专栏讨论。历史化方面则主要表现在讨论莫言获奖之于当代文学的变革与经验方面。

本土民族性或者说中国经验？这显然不仅仅是作家的任务，也是批评家的责任。以上表现无疑为我们反观中国当代文学的发展提供了足够新鲜、充分有力的研究脚本，当然也包括对相应文学批评的总结与反思。"众声喧哗"大概已成为 20 世纪 90 年代以来中国当代文学创作与批评的基本样态——可喧哗同时也意味着遮蔽。在夺人耳目的喧哗声中，有些声音压根不会被注意到，有些声音响亮地碰撞耳膜后消失于天空，有些声音则走入人们的内心，最后可能会沉淀为一种文学史的常识。

余华作为当代最有影响力的作家之一，从 1986 年的成名作《十八岁出门远行》到 2013 年的《第七天》，构成了当代文学创作与批评关系一个独特的存在。在重新阅读余华作品及相应批评的过程中，笔者越发强烈地认同"事实上人们谈论余华已不仅仅是在谈论他本身，而更是在思考他的启示和意义"这样的判断 [01]。除初创期（1983—1986 年）外，余华成名后的创作大体经历了三个阶段，其经典化的原因很复杂（如作品质量、电影改编、海外影响等），但根本上和批评界的三波推动密不可分，只是两者之间并不完全对位的表现非常值得我们思考。本文试图从余华整体的创作历程出发，重点从经典化的角度讨论余华小说创作及与其批评的关系，在相对宏观的视野里通过余华这一个案反思当代文学创作与批评的关系。

一、"先锋、传统、当代"：余华创作的三个阶段

当作家拥有自觉的先锋艺术观念时，才能不断地突破写作的自我重复和限制，寻找、发现并创造出超越自我和时代的佳作。这个过程并非总是一帆风顺的，因此先锋的艺术往往会伴随着不易被理解和接受的认同代价。传统既是阻滞也是推动先锋的势力，而先锋犹如一个叛逆的儿子，想要摆脱传统的父亲却始终无法真正切断"父亲的传统"。尽管有时先锋甚至是以"打倒""断裂"的决绝方式告别传统，否认很多时候仍是影响存在的证明。先锋和传统一起构成了优秀作家走向成功不可或缺的艺术观念和创作资源。"当代"是一个作家无法脱离的客观现实，不论作家作品多么先锋或传统，描写的内容多么离

---

[01] 张清华：《文学的减法——论余华》，《南方文坛》2002 年第 4 期。

奇曲折，当代都是我们理解作品艺术价值和历史意义的重要原点。克罗齐强调"当代性"的历史观念同样也可以帮助我们去理解文学：不论什么时代的经典文学，都应该艺术而富足地传达写作时代的当代性，而阅读经典也许就是唤醒和复活不同时代当代性审美体验、产生共鸣的过程。先锋、传统、当代和作家一起构成了复杂的艺术创作表现，彼此之间并不一定完全割裂或对立，而是存在着复杂的互动与关联，甚至在对冲中相互包含，呈现出一种有无相生、前后相随式的辩证丰富性。这是我们今天回顾余华近三十年小说创作的基本出发点。

　　"先锋、传统、当代"也是笔者对余华小说创作三个阶段的基本特征概括。我们认为余华成名后的小说创作截至目前大体可分为"先锋文学""传统现实主义"与"当代性写作"三个时期。先锋文学时期为 20 世纪 90 年代之前的中短篇小说创作。在经历过 1991 年《在细雨中呼喊》这个短暂的过渡期之后 [01]，余华 90 年代创作的《活着》《许三观卖血记》可理解为他回归了传统现实主义写作时期。这两个阶段的划分应该说已经得到了批评界甚至文学史的公认。许多批评家特别突出了《活着》以后的"温情"写作特点，这主要和余华前期冷酷的暴力书写有关，这种阅读反差也使人们强烈地感受到余华的写作"转型"。但这里有三点我们觉得有必要特别说明：

　　其一，我们认为余华在先锋文学时期的某些作品中已然包含了后期创作的"生活化"或者"温情"因素。虽然它只是微小的存在，但这星星之火的意义应该被充分地尊重，因为这关乎余华的"创作基因"，可以揭示和解释余华后期创作探索的基本来源。长期写作经验的积累、艺术观念的不断更新、现实生活的变化刺激都和余华的创作变化关系紧密，文艺的追新求异让我们总习惯评论"变化"的表现、结果和意义，而较少分析为何以及如何改变等其他因素。余华后期的"温情"转型显然不是没有来源的突然人性爆发，正如我也不认为余华后期写作中就真的没有了"先锋"的文学探索一样。作家在自觉的创作转型与艺术探索过程中，必然会不自觉地保留许多写作习惯与艺术观念，余华创作中的这种内在关联性在批评家的论述中很容易被简化、从略甚至忽视。批评家们惊喜地给出一个断语式的"转型"，然

---

[01]《在细雨中呼喊》最早名为《细雨与呼喊》，以下引文中出现的相关名称直接统一修改为以后名称。

后急急忙忙地分析这种转型的文学表现、艺术成就，却很少仔细地考察这种转型是如何在作品之间相互潜伏、衍生、转化、生长与延伸开来的。

比如先锋时期的《死亡叙述》（1986 年 11 月 [01]），情节清晰，叙述简洁，除了结尾血腥暴力，行文体现出一种强烈的宿命感外，真正维持和推动小说叙述的力量却正是后期创作突出的"生活"与"温情"。主人公"我"发生了两次车祸，结果却完全不同。第一次是十多年前，"我"开着解放牌汽车在一条狭窄的盘山公路上，把一个骑自行车的孩子撞到了十多丈下面的水库里，"我"看到了孩子临死时又黑又亮惊慌的眼睛，听到孩子又尖又细地呼喊了一声"爸爸"。然后"我"逃逸、忘却，心安理得地生活到自己儿子长到十五岁开始学自行车之时，当他撞到一棵树上惊慌地喊了一声"爸爸"，"我"心里哆嗦了一下，却十分清晰地想起当年孩子被撞飞的情景。第二次"我"开着黄河汽车撞倒了一个女孩，许多人看到"我"撞人后的反应让"我"怀疑自己看花了眼，本来可以再次逃逸的"我"因为想起十多年前被撞飞孩子的眼睛，于是下车拖出女孩抱着她走入了乡村想找医院，最后被人拳打脚踢、割肠劈肩、破胸开肺地死去。余华在两次撞人之间充分地渲染了父子情深的生活景观，可以说正是自己儿子的"相似性"唤醒了第二次车祸后"我"的良心与温情，虽然整个故事的结局是暴力和残酷的，但这个故事真正的叙述动力却来自生活中的温情，对儿子深沉的爱将前后两个孩子融为一体。讽刺的是，冷酷给了"我"幸福安详的生活和温情，而从生活和温情中生长出来的"爱意"却给了"我"一个残酷的生命结局。再如《爱情故事》（1989 年 3 月 23 日），以"回忆"的方式讲述了两小无猜男女在偷尝禁果后的慌乱心情以及成为夫妻多年后的疲倦和厌烦。这篇小说中"回忆"的叙述方式，"对话"的写作训练以及对男女情感这种生活化内容的表现，在余华后来的文学创作中都是非常重要的形式和内容。也许是出于对创新的渴望和对"先锋"的期待，批评家对余华先锋时期这些小说中已经表现出来的"后期因素"往往没有给予应有的重视。今天回望余华的个人批评史道路时，这一段的批评话语似乎只能看到一个模

---

[01] 本文中作品写作时间依据作家出版社 2008 年版的《余华作品》给出，不再另注。

糊而高大的"转型背影"，几乎遮蔽掉了温情、对话、回忆、家庭与情感等这些前期创作中的少数派。

其二，人们追新求异、注重变化，结果也往往容易忽略从《在细雨中呼喊》（1991 年 9 月 17 日）到《活着》（1992 年 9 月 3 日）这个短暂却十分明显的过渡时期。这一年间余华先后完成了《夏季台风》（1992 年 1 月）、《祖先》（4 月）、《命中注定》（7 月）、《一个地主的死》（7 月 20 日）四篇中短篇，这些作品和《在细雨中呼喊》一起构成了余华由先锋文学向传统现实主义写作的短暂过渡。在叙述内容的生活化、叙述方式的朴素化以及人物刻画等方面既有"先锋"的遗音，也有"传统"的召唤。作为余华第一部长篇小说，余华说在《在细雨中呼喊》中："我非常明显地感觉到，这个人物怎么老是有自己的声音？""这个小说写完以后，我还没有很明确的意识，等到我写《活着》的时候，这种感受就非常深了。"[01] 余华同时承认，在《活着》之前自己是一个"暴君"式的强硬叙述者，因此也压制了《夏季台风》《一个地主的死》中已经感觉到的人物自己的声音。抛开余华的自说自话，仅仅从作品本身的内容和风格上讲，我们也得承认确实发生了明显的写作转变。

为什么余华会在这个时期出现这种叙述上"人物自己发声"的现象？一方面可能和前期先锋文学叙述实验时积累下来的写作经验有关；另一方面也和余华重新回归生活化的叙述内容、增加朴素的现实主义写作手法有关。先锋文学其实是和大众阅读保持着相当距离的，在注重叙述形式实验的同时也排斥了生活经验和现实意义的直接传达，所谓"零度"叙述方式也很难引起读者的共鸣，简单地说是一种精英化的"小众阅读"。余华在《虚伪的作品》一文中传达了许多重要的创作观念，尽管这篇文章更多的是对先锋文学时期创作变化的总结和说明，但其中关于"真实"以及小说与现实关系等问题的思考，仍然可以看出与后期创作之间存在着复杂的关联 [02]。如果我们结合余华随笔中透露出来的写作观念，就不难发现作家写作经验的积累、文学观念的变化是如何悄然无声地相互渗透、互为依托的：先锋文学

[01] 余华、洪治纲：《火焰的秘密心脏》，《余华研究资料》，天津人民出版社 2007 年版，第 20 页。

[02] 余华：《虚伪的作品》，《上海文论》1989 年第 5 期。

时期盛开的残酷美学如风中吹散的花瓣一样纷纷扬扬地飘落，暴力的血河流淌、潜伏、渗透并滋润着后期文学创作，早期的温情如地火般蔓延开来，催生了地表蜿蜒生长的藤条与繁花。比如《死亡叙述》中那种以"温情"写"残酷"的方式，无论是《活着》《许三观卖血记》，还是《兄弟》《第七天》，都有相应的表现。如《兄弟》中宋凡平和李兰短暂幸福之后的血腥死亡情形，这种"温热了的残酷"远远比先锋文学时期那种"冰碴子的残酷"更加让人难以释怀。余华的厉害之处在于，他特别善于用自觉的艺术追求转化吸收掉前期文学经验，并且总能敏锐地写出适应时代变化、"贴"近时代美学与现实需求的作品。

其三，20 世纪 90 年代传统现实主义写作时期，被长篇小说光辉遮蔽的中短篇小说也同样非常生活化，并与长篇小说形成了一种关联性的文学表现，有些甚至就是后来长篇的雏形或者引子，并且和长篇一样闪烁着先锋文学的精神之光。比如《一个地主的死》，地主老爷蹲在粪缸上和小孙女对话的情景就直接重复出现在《活着》里。而《炎热的夏天》（1994 年 4 月 18 日）、《我没有自己的名字》（1994 年 10 月 5 日）里关于对话的叙述能力，也在《许三观卖血记》（1995 年 8 月 29 日）里得到极大的加强。余华在整个 90 年代创作了近 20 篇中短篇小说，《活着》以后更是很少看到先锋文学时期那种直接的残酷美学，许多作品都围绕着男女感情、家庭生活展开，比如《在桥上》对已婚夫妇关于怀孕与感情破裂的微妙描写，《炎热的夏天》刻画了两女一男之间奇妙的情感圈套，《我为什么要结婚》中主人公阴差阳错地预言了朋友失败的婚姻并将自己陷入其中，《阑尾》讲身为医生儿子的兄弟差点害死父亲的小小生活闹剧，《他们的儿子》讲勤俭老夫妇和奢侈消费儿子之间的家庭生活，《女人的胜利》仍然是妻子面对小三的纠结与胜利，《空中爆炸》讲的是一群婚后男人对单身生活的渴望，《蹦蹦跳跳的游戏》描述了一对夫妻失去儿子一周之内的变化，《为什么没有音乐》讲夫妻与第三者朋友之间冷静的奇异婚外情。

这一时期的《朋友》（1998 年 10 月 7 日）虽然再次出现昆山与石刚之间的凶狠打斗场面，但最后却是"不打不相识"的朋友言谈结局。《我没有自己的名字》（1994 年 10 月 5 日）会让我们不由得想起辛格的著名短篇小说《傻瓜吉姆佩尔》：我是一个傻子，本名叫来发，父母双亡，挑煤为生，陈先生是全镇唯一知道我本名并对我有好意的人，其他人都任意称呼并戏弄我。我只能与狗为伴，但最后仍然被许阿三为吃狗肉利用我的名字杀死了狗。这个小说的"对话"和"重复"应用得十分精彩，文字中溢满了一种软弱善良的温情力量。而这些和稍后出现的《许三观卖血记》显然有着深刻的创作精神联系。《黄昏里的男孩》（1995 年 12 月 22 日）也是一篇充满奇异力量的小说。一个饥饿的小男孩仅仅因为偷了孙福的一个苹果，被追上、打倒，卡住脖子逼迫吐出咬了一口的苹果后，被凶残地折断右手中指。在完成肉体的折磨后，对方还用绳子绑住男孩放在水果摊前，让他大声喊"我是小偷"，进行精神的摧残。余华在结尾简单地交代了孙福也曾有一个幸福的家庭，自从五岁的儿子溺水身亡后这个家庭彻底走向崩坍，于是我们对孙福变态的行为有了更深一层的理解。这篇小说给人的阅读感受颇有读《活着》的味道，仿佛一部压缩的小长篇，叙述精练老到，能激发起一种意犹未尽之感，语言简洁，人物鲜明，情节清晰却藏而不露，情感弥漫而不显沉重，可以说用残酷打开了通向温情世界的大门。

值得一提的是，余华 20 世纪 90 年代的中短篇小说也没有完全放弃早期先锋文学的经验，只是在整体上和先锋文学时期相比并不明显，而是更多地体现在叙述的具体手法方面，比如对于结构、形式、语言等叙述因素的细腻拿捏。如果说先锋文学时期余华是用残酷和暴力美学包裹了"温情"的火种，那么他在传统现实主义写作时期则正好相反，是用"温情"的现实生活包裹了先锋时期许多残酷的文学经验，而这种复合的经验当然也延续到 21 世纪以后出现的"当代性写作"阶段。

余华创作的第三个阶段以 21 世纪出现的《兄弟》和《第七天》为代表，笔者理解为"当代性写作"时期。这也是余华个人写作截至目前最为争议的创作时期，和多数非议不同的是：我们认为这一时期的余华以一种非常"现实"的方式重新开启了"先锋"的文学写作之路；用"熟悉"的小说超越了"陌生化"的写作；用个人的争议引领了当代文学的写作困境。虽然自《兄弟》起，余华个人承受了许多写作争议，但就整个当代文学的写作发展观念来看，余华却贡献了当代文学非常欠缺的一种写作尝试——"当代性写作"。

综上，我们认为余华这三个时期并非截然分开、进化发展、后期综合前期这样一种简单的写作逻辑，而是存在更为复杂的前后交错、你中有我、侧重不同、稳中有变的阶段性特征。当我们重新回到余华的创作年表和艺术文本，在更为开阔的文学史视野下去观察和重估余华的小说创作及相应批评反应时，就会察觉到余华对于小说写作自觉的艺术探寻和努力的得失成败，也会反观到批评家的敏锐与迟钝。

二、"经典"的形成与质疑：余华长篇创作及其批评

1991 年《在细雨中呼喊》是余华第一部长篇小说，其中的变化批评家也很快做出了反应。潘凯雄认为余华的这部长篇处女作"一下子将自己以往在中短篇小说创作中曾经涉足过的死亡、暴力、性、友情、恐惧、心理冲突、人际交往等等人类生存所面临的种种命题统统囊括进来，并以种种的形而下的方式完成了一系列形而上的思考"[01]。这里所谓"形而下的方式"其实就是指回归传统现实主义的叙事方法，而"形而上"则意味着保留了先锋文学的某些痕迹，是一部明显的过渡之作。虽然我们认为余华在此之前的中短篇小说里已经存在了传统现实主义生活化、温情的因素，但毕竟并非作者自觉的写作导向。

我们知道余华先锋文学的特征主要表现为：多数作品内容充满血腥暴力，体现出某种莫名神秘的命运力量，叙述态度冷漠旁观，对"时间"有着极为特别的强调，戏拟了传统小说类型或名著，追求叙述的实验效果，注重形式的变化与翻新，整体上很少有生活经验的直接表达，阅读上会带来一种复杂的困难或者说"反懂性"，因此被批评家敏锐地总结为"阅读的颠覆"[02]。有学者认为余华这种残酷的细节、颠覆主题和文类的形式实验是一种"非语义化的凯旋"[03]，有人生动形象地用"他的血管里流动着的，一定是冰碴子"[04] 来形容余华冷漠旁观的叙述态度，而余华这一时期的小说则是"人性恶"

---

[01] 潘凯雄：《走出轮回了吗?——由几位青年作家的长篇新作所引发的思考》，《当代作家评论》1992 年第 2 期。

[02] 李陀：《阅读的颠覆——论余华的小说创作》，《文艺报》，1988 年 9 月 24 日。

[03] 赵毅衡：《非语义化的凯旋——细读余华》，《当代作家评论》1991 年第 2 期。

[04] 朱玮：《余华史铁生格非林斤澜几篇新作印象》，《中外文学》1988 年第 3 期。

的证明，其意义在于"他在直面人生的当代文艺思潮中将冷漠之潮推到了冷酷的深处。他将人性中最黑暗、最丑恶、最残忍的一面暴露在文坛上：这样的探索不仅仅是对'纯正文学''温情文学'的挑战，也是对'玩文学'之风的一种反驳"[01]，为中国文学补上了"人性恶"思潮启蒙。这里所谓对"纯正文学""温情文学"的挑战应该是指传统的现实主义写作，因为余华在 1986 年之前写过诸如《星星》《竹女》《老师》等充满温馨色彩的传统现实主义作品。樊星认为《十八岁出门远行》仍然是传统的写实笔法，但格调和主题都变了，而《一九八六年》则主要运用了各种现代主义表现手法，如搅乱时空，制造神秘氛围，还原欲望骚动、心理变态、意识混乱等种种奇异感觉。指出这一点，是想说明余华残酷的先锋文学写作确实和传统的现实主义写作有着紧密的关联。有人认为"1986 年之前他的观念是传统的，创作上也少有新鲜之处"，直到《十八岁出门远行》的问世，"标志着一种新艺术观点的初步确立"，即便如此，"余华对生活有自己独特的理解，他的生活不是不要表现生活，只是他不愿走别人走过的路，他要在生活中有独特的发现"，因此"他才突破了现实主义的樊篱，在叙述态度与方法方面做出了一系列相应的变化"[02]。这种变化的结果就是"自觉地遵循了现代主义的创作原则，他力图摆脱客观意义上的生活原状，而追求那种作家主体内心的活动轨迹"[03]。这一时期的批评家虽然也注意到了余华某些传统的现实主义因素，但更多的是在强调"破除"和"革新"的意义。而从今天来看，不论是我们对小说本身的阅读，还是以上论述，都显示出余华早期的先锋文学与传统现实主义写作、残酷的暴力美学与温情的现实生活之间其实一直紧密关联，并非完全的割裂或对立、突然的中断或出现，只是不同阶段作家积累的经验与自觉使用的程度有所不同。

作家自觉的创作转变，或者对某种艺术观念手法集中使用的人为策略，确实也会形成整体风格的转变印象。陈晓明评论《在细雨中呼喊》是一部"绝望的心理自传"，认为其"某种程度上是对近几年小说革命的一次全面总结，当然也就是一次历史献祭。这样的作品，标

---

[01] 樊星：《人性恶的证明》，《当代作家评论》1989 年第 2 期。
[02] 张卫中：《余华小说解读》，《当代作家评论》1990 年第 6 期。
[03] 洪治纲：《余华小说散论》，《小说评论》1990 年第 3 期。

志着一个时期的结束，而不是一个新时代的开始"[01]。现在回顾余华全部的创作，我们也不得不承认《在细雨中呼喊》确实是余华创作生涯中一个重要的转折性作品，说它是对前期先锋小说的一次"全面总结""标志着一个时期的结束"并不为过，至于是不是一个新时代的开始，这就得看我们如何理解了。《活着》被公认为余华成功的转型之作，也是获得批评家和读者充分肯定的经典之作。人们惊叹于《活着》的成功转型时，潜意识里对照的仍然是余华最为先锋的那些作品，因而对1991年《在细雨中呼喊》从先锋向传统的过渡意味感受相对不足。和公认批评观念不尽相同的是，我们认为《活着》固然对余华个人写作转型意味着巨大的成功，但从整个中国当代文学的创作观念来讲，《活着》并不算是创新性的写作，只是回到并接续了传统的现实主义——但余华的成功或者说贡献在于，他秉持一种开放的现实主义，在整体的现实主义创作格局中加入了非常个人化的先锋艺术探索。因此《活着》和《许三观卖血记》从主题内涵到艺术形式，既克服了传统现实主义过分凝重的启蒙训导，又避免了先锋艺术脱离现实、过于超前的自娱自乐，淡化了"小众"和"大众"阅读之间的隔阂，带给读者一种舒服和谐、平衡易懂但又保持适度审美距离的阅读感受，所以这两部作品引发的争议也最小。

《活着》和《许三观卖血记》是余华20世纪90年代最重要的小说，但批评的反应却明显不同：《活着》的创作和批评关系在90年代存在一种奇怪的"时间差"现象，或者说批评的"即时性"反应迟钝，而《许三观卖血记》则和《在细雨中呼喊》一样表现正常。《活着》作为余华最受欢迎的经典作品，至今每年仍保持着高位的发行量。然而在发表和出版之初，批评界的反应并不见得敏锐和强烈，这和余华其他几部长篇小说的批评反应形成了鲜明的对比。从目前能够查阅到的资料来看，《在细雨中呼喊》《许三观卖血记》及21世纪后的《兄弟》《第七天》在出版以后，批评家们都及时发表了有分量的针对性评论文章，比如1991《在细雨中呼喊》出版后，很快就有陈晓明、韩毓海、潘凯雄三人的专辑讨论以及之后吴义勤等人的文

---

[01] 陈晓明：《胜过父法：绝望的心理自传——评余华〈呼喊与细雨〉》，《文学评论》1994年第3期。

章 [01]。1995 年《许三观卖血记》出版后，马上也有余弦、张柠、张闳等人的专文讨论 [02]。至于后来《兄弟》和《第七天》的即时性评论就更无须引证了。缘何这部被视为余华最有代表性、反复讨论的《活着》在出版后偏偏没有此类评论文章？即便涉及也多是顺带论述，很少像其他四部长篇小说一样有专门的讨论文章。难道是当时的批评界在五年时间里无法应对三部长篇小说的连续冲击？刚刚从《在细雨中呼喊》的转型过渡中缓过神来，还没来得及消化掉《活着》的意义就得面对《许三观卖血记》的叙事冲击，于是出版于两部长篇之间的《活着》就匆忙地被"遮蔽"了？虽然这是一个有点玩笑式的反问，但从批评的反应规律讲，也许有其合理之处。如果出版间隔太短且没有明显风格变化的批评标志时，中间的作品很容易被"遮蔽"。

更有可能的解释是：那条 20 世纪 80 年代的"创新之狗"不仅在追小说家，也在追与小说家同行的批评家 [03]。不断创新的观念限制了人们对《活着》的认识，除了内容风格方面的模糊转型印象外，并不一定能真正把握清楚、看透该作。或者说《活着》没有《在细雨中呼喊》和《许三观卖血记》那么清晰易见的批评标志。《在细雨中呼喊》的批评标志是由"先锋"向"现实"的转型过渡，很容易识别和感受到，而《许三观卖血记》的"重复""对话"等叙事问题仍然是整个小说非常显著的批评标志，《活着》相对而言就没有明显的批评标志，整体上回归传统现实主义的方法让注重"创新"和"特别"的批评家们产生犹疑。苦难也罢，生存也好；现实也罢，历史也好，这些不都是文学里常见的话题吗？《活着》简洁之中蕴含的丰富性让它可以慢慢发酵，却很难使它一下子从相似的文学表达中脱颖而出。这种批评意义的发现直到 1998 年南海文艺再版《活着》以后才日益明显地展现出来。事实上《活着》刚发表时在文学界内部也有争议：

---

[01]《当代作家评论》1992 年第 4 期同时推出 3 个人的评论文章。题目依次是《胜过父法，绝望的心理自传——评余华的〈呼喊与细雨〉》《大地梦加——〈呼喊与细雨〉的超验救赎意义》《〈呼喊与细雨〉及其他》。吴义勤：《切碎了的生命故事——余华长篇小说〈呼喊与细雨〉评论》，《小说评论》1994 年第 1 期。

[02] 余弦：《重复的诗学——评余华〈许三观卖血记〉》，《当代作家评论》1996 年第 4 期；张柠：《长篇小说叙事中的声音问题——谦谈〈许三观卖血记〉的叙事风格》，《当代作家评论》1997 年第 2 期；张闳：《〈许三观卖血记〉的叙事问题》，《当代作家评论》1997 年第 2 期。

[03] 黄子平语"小说家们被创新之狗追得连在路边撒泡尿都来不及"，参见查建英与阿城的访谈。查建英主编：《八十年代访谈录》，生活·读书·新知三联书店 2006 年版，第 31 页。

"我觉得《活着》在写法上很机械，又重复，这还是形式的问题"，"《活着》仅仅是一个拖沓疲惫的故事。我真不明白为什么有那么多人为它叫好，《一个地主的死》正是《活着》的继续。"[01] 从陈思和等人当年的这个对话中，不难看出他们对文学先锋性的叙述形式、文体创新与特别风格的重视，因此他们对于张艺谋开拍《活着》这种名利双收的事情感到很糟糕。说得再直白一点，我们认为从《活着》的创作与批评关系来看，当时的批评家其实是有"失职"嫌疑的。

从《活着》《许三观卖血记》到《兄弟》，余华历经十年时间而没有被遗忘，反而让大众读者更加期待并引发争议的主要原因是：批评家和文学市场一起构建了余华的经典地位。余华在这十年当然并非真正消失于文坛，一系列中短篇维持着他必要的文学在场性，随笔创作也确实展现了他另外的一种文学才能。更为重要的是，电影改编和海外市场的拓展与获奖在相当程度上促进了他的经典化进程。在此期间，原来被批评家视为"糟糕"的电影《活着》却给余华打开了通向市场的广阔世界。《活着》早在 1992 年就有了德语版，1993 年出了英语版，1994 年出了法语版。余华作品的海外传播首先从德语、法语、英语开始，由代表作《活着》牵头，然后渐渐地扩展到其他语种。我更愿意把 1994 年视为余华小说全面向外传播的扩张元年，因为这一年《活着》被译成多种语言单独出版，其作品陆续被广泛译介到其他国家，如法国 Hachette 出版公司出版了《活着》，Philippe Picquier 公司出版了小说集《世事如烟》；荷兰 De Geus 公司出版了《活着》；希腊 Livani 出版社也出版了《活着》。《活着》自 1994 年起开始收获包括港台地区的各类奖项，1994 年电影《活着》赢得戛纳电影节陪审团大奖，之后一个客观事实是余华的小说开始有了更多的外译。1998 年《活着》获意大利文学最高奖——格林扎纳·卡佛文学奖，也是这一年，南海文艺再版了包括《活着》在内的三部长篇小说。从该年起，批评界兴起了经典化余华的第三波浪潮，当然也包括对《活着》"追加"式的评论。我们不能否认文学市场、海外传播、获奖与批评几者之间存在复杂的互动与纠缠，甚至有时候会有人为的策略因素，但当这些最终合力导致作家作品走向经典化时，也很

---

[01] 陈思和、李振声、郜元宝、张新颖：《余华：中国小说的先锋性究竟能走多远？——关于世纪末小说的多种可能性对话之一》，《作家》1994 年第 4 期。

难否认作品本身具有的经典性。需要反思的是：《活着》在国内的经典化究竟多大程度上受到了电影改编与海外获奖的影响？虽然当代文学的国际化是必须要面对的事实，但仍然无法想象我们对某部作品、某位作家的认可主要来自海外影响。

余华应该庆幸在 1995 年出版《许三观卖血记》之后，直到 2005 年、2006 年才先后出版《兄弟》上、下部，因为这十年也正是他不断被经典化的十年。如果迅速地推出新作，很可能会打乱至少是干扰这个"时间选择"的过程。作品没有明显的风格变化，拉开合适的出版空档期，对于余华、莫言这样的经典化作家可能极有好处，这样可以保证每一部长篇小说经历比较充分的市场和批评的消化周期。《兄弟》和 2013 年出版的《第七天》也符合这种规律，它们一起构成余华的第三个写作阶段，即"当代性写作"时期。不论是《兄弟》出版时"给余华拔牙"还是"上海的声音"，以及《第七天》的激烈争议，这一时期的批评争议其实和前一时期经典化过程密不可分，可以理解为一种"经典质疑"现象。

如果说《活着》《许三观卖血记》是成就了其经典意义的作品，那么《兄弟》《第七天》则因其特别的"先锋"探索精神——"当代性写作"引发了"经典质疑"。这里有必要对余华的这种"先锋"精神的内涵做出解释：我们知道"先锋"从中外词源的角度讲都有"冲锋在前""先导部队"之意，既意味着敢于开拓创新、避免重复，也意味着承担风险、接受考验。在笔者看来，"先锋"精神的实质内涵并非一味追求从未有过的"新"，它也包括对"旧"的不断突破和改造，是一种使先锋主体保持既能区别于自己，也能区别于同类的精神品质，其外在形式往往会与争议联系起来。因此，落实到余华的创作上来看，一是要考察他的创作是否在不断地突破自我，二是看他的创作能否和同时代其他作家有明显的区分。从这两点看，我们认为《兄弟》《第七天》的"先锋性"集中表现如下：首先，从《兄弟》开始，余华开始了他的第三次自我挑战和超越，尽管直到现在似乎也没有取得完全的成功。余华的第一次转变应该是由初创期（1983—1986）向先锋的转变，第二次应该是 1992 年前后由先锋再次转型升级到现实主义温情写作，我们认为前两次其实都是写作观念和方法的调整，对于训练有素的作家不构成真正的挑战。而第三次，即从《兄弟》开始的"当代性写作"则是一种以内容为主的综合转变，由过去习惯的历史叙事开始大规模地转向现实生活叙事，从巨大的争议中就可以证明这种写作绝非易事。其次，余华这种"当代性写作"不仅超越了自己的写作习惯，也挑战了许多当代作家的写作软肋：当代文学总是难以写出切近当代生活公认的佳作来。当代文学确实有一些比较著名的和现实贴近的作品，比如莫言的《天堂蒜薹之歌》、贾平凹的《废都》以及晚近的《带灯》等，但和余华相比，依然有"乡土"或者各类艺术表现的距离感，对于读者来说仍然有"陌生化"效果。而余华的《兄弟》《第七天》则挑战了这种"陌生化"原则，让读者对作品有了更多的发言权，这自然会让作家失去很多天然的话语权。笔者以为，余华其实完全有能力按照过去的套路继续写《活着》那样的作品，但他放弃安全的路线，挑战容易暴露缺陷的写作，由此引发的巨大争议其实正是他"先锋"精神的最好写照。但笔者同时也承认：这种写作很难处理好文学性与当代性的艺术平衡问题；在精神重建和文化深度方面仍有欠缺；余华承受了争议，却也走在了时代甚至多数批评家的前面。

窃以为直到今天，批评界对《兄弟》的重要性也没有充分认识清楚。《第七天》虽然也有其变化和调整以及对前期作品的集大成综合，但总体而言其创作和争议都是《兄弟》模式的延续。《兄弟》所引发的激烈争议本身就是当代文学创作与批评一个值得分析的重要现象，以至于当时就有人写下了关于余华的批评文章[01]。"拔牙派"在审美名义下的道德技术主义批判，虽然语调夸张、言辞激烈，其实都已是老掉牙的套路了。陈思和利用巴赫金和其一贯的"民间"理论对《兄弟》的解读虽然言之成理，却也失去了理论的新鲜感。[02] 张清华用"混乱的美学"来概括《兄弟》确实把握准了我们这个时代的基本美学特征。[03] 张学昕、刘江凯则认为《兄弟》最大的变化体现在"由历史叙事向现实生活叙事转变的努力"[04]，这个结论应该说已经得

---

[01] 张丽军：《"消费时代的儿子"——对余华〈兄弟〉"上海复旦声音"的批评》，《文艺争鸣》2008 年第 2 期。

[02] 陈思和：《我对〈兄弟〉的解读》，《文艺争鸣》2007 年第 2 期。

[03] 余华、张清华：《"混乱"与我们时代的美学》，《上海文学》2007 年第 3 期。

[04] 张学昕、刘江凯：《压抑的，或自由的——评余华的长篇小说〈兄弟〉》，《文艺评论》2006 年第 6 期；刘江凯：《审美的沉沦亦或日常化——〈兄弟〉的叙事美学》，《文艺争鸣》2010 年第 12 期。

到了时间的验证。比较一下《兄弟》和余华之前作品的批评差别，就会发现非常明显的"名家经典"集中效应，短短两三年之内就产生了针对《兄弟》的上百篇评论文章！

从海外接受的角度来看 [01]：其一是《兄弟》的海外出版速度非常快。2006 年就有了越南语版，2007 年出了韩语版，2008 年出了法语版、日语版，2009 年陆续推出英语、德语、西班牙语等其他语种的版本，并且获得法国 2008 年国际信使外国小说奖。其二是《兄弟》的海外销量不错。在市场方面，《兄弟》的法文精装本 700 多页，已经印刷了 10 多次；美国在经济十分不景气、大量书店倒闭的情况下，《兄弟》也加印了 3 次。其三是《兄弟》同样引发了海外的多篇评论，相对于国内，海外的评论正好相反，基本上是"赞美多于恶评"。如法国最大的两家报纸《世界报》和《解放报》都以两个整版的版面来报道和评论，并引发五六十篇评论，其法文翻译称这一现象 10 多年未见；美国的《纽约时报》等重量级媒体不断参与报道；德国出版社也反馈余华此书被很多记者一致称好。这一点，我们从余华研究中心整理的外文资料中也能看出来 [02]，仅 2009 年 4 月至 2010 年 1 月，这里就收集了包括英、德、法、日等不同语种近 70 篇评论。海外比较有代表性的评论如丹麦魏安娜的《后社会主义中国文学身份中的多重临时性：余华小说〈兄弟〉及其接受的讨论》[03]，加拿大英属哥伦比亚大学雷勤风（Christopher Rea）的《〈兄弟〉：作为一部小说》[04]，英国剑桥大学蓝诗玲（Julia Lovell）的《在共产主义与资本主义之间》[05]，美国新泽西学院杰斯·罗（Jess Row）的《中国偶像》[06]，等等。如果用最简化的一组词来概括《兄弟》海内

---

[01] 刘江凯：《当代文学"诡异"风景的美学统一：余华的海外接受》，《当代作家评论》2014 年第 6 期。

[02] 余华研究中心网站：http://yuhua.zjnu.cn/。

[03] Anne Wedell-Wedellsborg. "Multiple Temporalities in the Literary Identity Space of Post-socialist China: A Discussion of Yu Hua's Novel Brothers and Its Reception." in Jens Damm and Andreas Steen, eds. Postmodern China, Vancouver, BC: University of British Columbia Press, 2010.

[04] Christopher Rea. "Brothers: A Novel," MCLC Resource Center Publication, Copyright October 2011.

[05] Julia Lovell. "Between communism and capitalism." The Guardian, Saturday 18 April 2009.

[06] 杰斯·罗：《中国偶像》，《上海文化》2009 年第 6 期，原文发表于《纽约时报书评周刊》，2009 年 3 月 8 日。

外评论的差异，那就是"当代性"与"粗鄙化"：海外多注重该作对于中国当代社会的发现，而国内似乎总也忘不了在技术主义的杯子里加两块道德的糖块，搅拌几下后美滋滋地喝下去。

《第七天》从出版到现在也已经有几十篇评论文章，其中不乏专辑讨论的形式 [01]。其海外版 *The Seventh Day* 也于 2015 年 1 月出版，并有相应的书评，像笔者在另一篇文章中预料的一样：该书评果然肯定了《第七天》对当代中国社会现实的批判精神 [02]。为什么像余华这样享有世界声誉的一流名家，恰恰会在 21 世纪后接二连三地写出《兄弟》《第七天》这样"当代性"很强的作品？这一类的作品对于整个当代中国文学及社会意味着什么？《第七天》的艺术特色是用"熟悉"挑战了"陌生化"，对"当代"高强度和富有形式感的重新发现是《第七天》超越《兄弟》之处，而对"善良"的发现与重建也许是《第七天》及其写作时代需要继续努力的方向 [03]。程光炜指出《第七天》的写作接续了鲁迅，表现了当代中国"一个结构性的崩塌和离散" [04]，笔者深以为是。可以说，《第七天》以一种最简约、集中、直接的作品形式"发现"了这种社会深层结构性的溃败，它小而不薄、简而不轻，一本书写出了中国当代社会深层的现实与精神结构。

我们认为理解和评价《第七天》时如果略去中国当代社会发展的现实，不去考虑这本书的作者生活在什么年代，诞生在什么环境中，而是一味地强调所谓"纯"文学的创新，强调文学超越现实的某些艺术性，那就是真正虚伪的艺术了。《第七天》的争议绝不是一个纯粹的"文学"问题，而是有着更为深刻和丰富的"当代"内涵；不是单独作家作品的"经典"标准问题，而是包含了整个社会结构变化的基础问题。如果说文学有其无法摆脱的社会政治性，那么《兄弟》《第

---

[01] 以专辑形式评论的如《当代作家评论》2013 年第 6 期，刊发了由北京师范大学张清华主持，程光炜、陈晓明、张新颖、余华等人共同讨论的"余华长篇小说《第七天》学术研讨会纪要"。《小说评论》2013 年第 4 期、第 6 期也推出高玉等人关于《第七天》的两辑讨论文章。

[02] Yu Hua, "*The Seventh Day*," trans. Allan H. Barr, Pantheon, January 13, 2015；评论见 The Seventh Day review, By KEN KALFUS, Source: NYT (3/20/15).

[03] 刘江凯：《发现并重建"善良"：论余华〈第七天〉的"经典"与"当代"问题》，《南方文坛》2014 年第 2 期。

[04] 周明全：《以荒诞击穿荒诞——评余华新作〈第七天〉》，《当代作家评论》2013 年第 6 期，第 120—125 页。本句引自程光炜在"余华长篇小说《第七天》学术研讨会"的发言，《当代作家评论》2013 年第 6 期。

七天》的争议就不能仅仅从文学"经典"的角度考虑，而应该同时兼顾其中丰富的"当代"意义——不论是针对文学还是社会。

总结一下，从当代文学批评与余华经典地位的形成角度来看，我们觉得批评界对于余华的经典化大概可分为四个阶段：第一波是 20 世纪 80 年代以李陀为代表的"发现"式评论。李陀对余华具有伯乐的意义，余华也紧紧地抓住了这次机会，并很快用更成熟的创作证明了自己。因此也赢来了批评界在 90 年代前后第二波"震惊"式评论：以樊星、张颐武、王彬彬、戴锦华、赵毅衡、陈晓明、陈思和等人对其先锋小说成就的肯定为主。余华从 1987 年成名到 1992 年转型只经历了短短五年时间，这一时期批评家面对当时复杂的创作与批评环境，对余华的判断应该是比较敏锐和准确的。从《活着》《许三观卖血记》出版到 90 年代末，这一时期的批评家似乎还处于一种缓慢消化阶段，比如郜元宝对"苦难"的挖掘、魏安娜对"现实"的发现等 [01]。这一时期对余华的批评可以说既有洞见也有不察，尤其是对《活着》的评论显然没有对《许三观卖血记》那么精准。余华作品的经典化应该是在 90 年代末以后第三波"历史沉淀"式的批评中真正形成。这自然也是合理的：一方面这些作品经历了必要的时间检验，另一方面这些作品也经历了包括文学市场（海外）在内的读者检验，批评家也拉开了足够的时间距离可以看清楚作品的美学价值和文学意义。第三波批评并不具有前面两波那么明显的集中效应，时间让批评家们产生了许多角度不同但有分量的批评，比如王德威、汪晖、张学昕、谢有顺等人的文章。时间也让批评家对余华的文学史地位有了更准确的把握，比如张清华《文学的减法——论余华》可视为这方面的代表。该文认为文学史的构成——文学的选择是按照"减法"的规则来实现的，因此历史上只有少数"代表"了全部文学成就的作家被文学史记忆下来，并解释了关于什么是文学的一般规律的问题。张清华指出，余华不但构成了自己，而且构成了"规则和标准"，这是他越来越多地被谈论的一个原因。这体现了一种时间"选择"的结果，是一种历史的"水落石出"，表现了当代中国文学在文本、规则和标准上出现了某种意义的成型和成熟。

---

[01] 郜元宝：《余华创作中的苦难意识》，《文学评论》1994 年第 3 期。魏安娜：《一种中国的现实——阅读余华》，《文学评论》1996 年第 6 期。

正是因为有了前面三个阶段的批评的经典化影响，所以《兄弟》出版以后才会形成"经典质疑"的第四波批评浪潮。我们相信，随着时间距离的拉开，这一波"经典质疑"的喧哗声中也会渐渐沉淀出新的批评经典。

三、面向历史化和国际的写作与批评

当代文学正在不断历史化和国际化，我们有必要在这样的格局中去观察和思考当代文学的创作与批评。比如先锋文学如果仅从国内当代文学史角度理解，当然有着巨大的历史意义，但如果在国际化的视野里看，这种"先锋"意义基本变成了补课。这意味着，当我们对当代作家、作品进行文学批评、研究和文学史定位时，如果参照的体系缺乏周全性，就可能会产生非常严重的误判。当代文学因为其正在发生、不断生成、并不稳定的学科特征，必然需要经过批评家的过滤、消化才能渐渐沉淀为相对稳定的入史意见，因此面向历史化和国际化不仅仅是对作家的要求，批评家可能要承受更多的压力。如果说作家还可以在作品中天然地保留本土性、民族性的因素，那么批评家则有责任在国际化的多样性中，解释清楚本民族文学的独特价值和意义。而对于一些作家作品来说，当我们用这种双重视野去观察时，就会发现"经典化"的程度既有可能被放大，也有可能被降低。从世界的范围来看，经验告诉我们，只有经受住了历史化和国际化双重检验的作家作品，才有可能成为最终的经典。从这个意义上来看，当代文学包括已获诺奖的莫言在内，依然是"在路上"的状态。

当我们用一种创作"编年史"的方法去梳理和观察余华的写作变化与批评关系时，从余华的创作来看，他持的是不断自我挑战的写作态度，大量随笔也显示了余华文学观念的总结、提升与实践。我们不能因经批评的简化而忽略那些始终存在的写作因素，比如"时间""回忆""残酷""温情""非成年人视角"等一起构成了余华小说世界的基本要素，只是不同阶段的表现力度有所差异而已。余华的小说也显示了"先锋"并非一去不返的亡灵，"传统"也非不可更改的神话，在作家的艺术世界里，一切过去的也都可以是现在的，历史与现实、先锋和传统等都在"时间"的意义里得到统一。而从批评的角度讲，尽管不乏真诚严肃、富有洞见的声音，但批评家也有因时代、视野甚

至思维僵化造成的各类局限，这些在《活着》《兄弟》《第七天》的争议中都有表现。尤其是当批评真的以一种负责的态度面向历史化与国际化时，就得克服很多批评的时弊：严肃的批评很容易成为某些人的各种话语"秀"，文学批评不是对创作艺术精神的交流而演化成一种职业话语的福利，专业批评鱼龙混杂于大众传媒之中，技术主义的分析加上道德话语的评判，局限于细枝末节的议论，满足于简单视角的肯定或否定，看似专业其实没有什么"定根"的评论满天飞。在一片喧嚣声中每个人都得到了发声的机会，制造出一场虚假的批评盛宴，买单的作家却未必真能听到多少诤友有益的意见——也许有也不见得会说吧。

（发表于《文艺研究》2015 年第 10 期）

第七章 莫言的经典化

与 20 世纪 90 年代文学的世界想象

第一节 《蛙》: "生育疑案" 中的 "含混" 与清晰

　　自从《蛙》问世以来，关于其寓意的评论已有不少，但在笔者看来，这部小说中的知识分子主题，特别是作为知识分子的自我反思的主题，并未得到充分的认识和阐释。而这正是莫言小说近年来一个值得注意的动向，即他更多地从批判社会反思文化指向了主体自身，至少他在表达对于社会、历史与文化的忧思的同时，也开始了对于批判者主体的反省。假如说一个作家的精神与思想轨迹是不断变化的话，那么这个变化对于莫言甚至对于中国当代文学来说，都具有十分重要的意义。这意味着，从鲁迅开始的怀疑与反思一切的精神在当代作家身上有了新的传承和延伸。

　　本文试图从《蛙》的叙事中的一桩 "生育疑案" 入手，来谈谈其所包含的当代知识分子的自省主题，包括清晰的意识与含混的姿态，所暗含的种种现实的与精神的困境 [01]。无论如何，这对于充分认识莫言，认识《蛙》这部作品，认识当代文学的精神走势，都是有意义的。

莫言《蛙》
上海文艺出版社2009年版

---

[01] 本文系指导学生陈久兰毕业论文后重新写作完成，其中有部分内容使用了指导论文，特此说明。

一、《蛙》的"生育疑案"及其叙事表现

《蛙》中这桩非常有趣且耐人寻味的"生育疑案"是：蝌蚪新生儿金娃的生母究竟是谁？[01] 一个孩子的亲生母亲应该是唯一确定的，作为父亲的蝌蚪却对这样重大的事情在叙述上表现出多重的"含混不清"。一方面，经过仔细辨读后可以认定孩子的生母应该是代孕者陈眉；另一方面，为什么文中又有如此多的信息直接或间接地把生母指向小狮子呢？蝌蚪或者说《蛙》的含混表述背后到底表达了什么？相对于姑姑，我们认为蝌蚪这一形象在这种"含混"的叙述中表现出了更加丰富的意味，莫言让一个美学叙述问题和当代中国知识分子的精神特征构成了丰富的艺术关系。

《蛙》的生育疑案主要集中于第四、五两个部分。有很多叙述指出金娃的生母其实是代孕者陈眉。如蝌蚪写给杉谷义人的信中直接讲道："既然我已经意识到，那个名叫陈眉的姑娘的子宫里已经孕育着我的婴儿，一种沉重的犯罪感就如绳索般捆住了我"，"小狮子终于承认，她的确偷采了我的小蝌蚪，使陈眉怀上了我的婴儿"，"我把陈眉所生的孩子想象为那个夭折婴儿的投胎转世，不过是自我安慰。"另外还有一些表述从反面证明了这一事实："像小狮子这样年近六旬、从未怀过孕的女性，是不会产生这样的奇迹的。如果发生了，那就不是奇迹，而是神迹"，"我承认，姑姑的心理，确实发生了一些问题，我太太因为盼子心切，神经也有些不太正常，但我希望您能谅解她们，理解她们。"在这些表述中，蝌蚪保持着清醒的头脑，对陈眉怀上自己的孩子而感到罪孽深重，以一种忏悔赎罪的口吻向杉谷义人倾诉。

然而令人困惑的是，相对于以上陈眉是生母的确切表述，小说也有很多叙述把生母指向了小狮子。如"最近，她几乎每晚都要我与她做爱。她由一个糠萝卜变成一个水蜜桃。这已经接近奇迹，令我惊喜万分"。类似的描写还有"每次事后，她都会让我将手放在她的腹部，说：你试试，他在踹我呢"，以及对家人公布消息，其中尤以向远在西班牙读书的女儿报喜写得最为逼真："燕燕，实在是惭愧，但却是喜讯，你妈妈怀孕了，你很快就要有一个弟弟啦！"为使女儿相

---

[01] 莫言：《蛙》，作家出版社 2012 年版。本文所涉及的内容均来自这一版本。

信，蝌蚪还举网上丹麦 62 岁的妇女生育的例子加以证明，而且在接下来的一节中，蝌蚪写给杉谷义人的信中更是直接出现了这样的表述："先生，大喜！我的儿子，昨天凌晨诞生。因为我妻子小狮子是高龄产妇，所以，连中美合资家宝妇婴医院里那些据说是留学英美归来的博士们也不敢承接。"我们知道，蝌蚪把杉谷义人作为自我忏悔的倾听者，对于杉谷，他既无必要也不应该隐瞒事实真相。如果这些表述是真实的，那么金娃的生母究竟是谁就成了一个问题。而且，莫言为什么要采用这样一种含混不清的叙述策略？这样的叙述有何文学效果或意义也成了我们应该思考的问题。

这样的"含混"叙述同样也在最后的九幕话剧中出现。比如陈眉说"万兴，那个老妖婆，把我的孩子接下来，只让我看了一眼……（痛苦地）不……她一眼都没让我看"，姑姑说"蝌蚪，你和小狮子年过半百，竟然生了个大胖小子……但在我五十多年的妇科生涯中，还是第一次碰到"，小狮子说"主要是年龄大了，怕生不出健康孩子，二是怕生不下来动刀切'瓜'"，陈鼻说"女儿为你代孕（怒指蝌蚪），赚钱为我偿还住院费，可是你们，……竟然编造谎言，说她的孩子生下来就死了"。蝌蚪在话剧前写给杉谷义人的信首内容说："剧本中的故事尽管没在现实生活中发生过，但在我的心里发生了。因此，我认为它是真的。"这里的表述模糊了"生活"和"心里"的界限，让我们对陈眉和小狮子、姑姑和蝌蚪的话语真假几乎无从判断。作为小说组成部分的话剧《蛙》中的这些"含混叙事"，和小说主体形成了更为复杂的复调对话张力，而对这一疑问的思考必然会引起读者对作品更多的理解。

"含混"作为一种语言现象指语言的多重阐释性、不确定性、模糊性或暗示性。威廉·燕卜逊在《含混七型》中指出"含混"是任何会给同一段语言造成不同反应的细微语词差别，在小说中则可以理解为由小说"事件"或"情节"引发读者的多种阐释或多种反应。小说的"含混"使得"事件"或"情节"具有多重阐释性，其意义则在于增加阅读障碍，引起读者对作者意图的猜测，从而加深对作品的理解。《蛙》中生育疑案的"含混"叙事引发了我们对作者写作意图的猜测：莫言为什么把金娃的生母叙述得如此模棱两可、含混不清？

　　按照莫言自己的说法 [01]，他写《蛙》时变得很谦卑，已经没有一点傲的感觉。在小说《蛙》中，蝌蚪对自己过去行为的认识上升到了一种新的高度：他人有罪，我亦有罪。莫言说早期小说是向外看的，很少回头想自己，总在借小说炫技，现在开始降低调门儿，回到最朴素的状态，把自己当罪人写。这可能也代表了莫言创作的一个新阶段——作为"罪人"写作。《蛙》就是这样一个开端，通过蝌蚪这个有很多莫言自己情感和精神投射的人物，用一种"含混叙事"表现并批判了当代知识分子价值观念与精神信仰的"含混"问题，通过这部小说反思我们这一代知识分子的复杂心态。

　　莫言的夫子自道在《蛙》第四部分开头给杉谷义人的信中也有明确表现："至于我自己，确实是想用这种向您诉说的方式，忏悔自己犯下的罪，并希望能找到一种减轻罪过的方法。……既然真诚地写作能赎罪，那我在写作时一定保持真诚……十几年前我就说过，写作时要触及心中最痛的地方，要写人生中最不堪回首的记忆。现在，我觉得还应该写人生中最尴尬的事，写人生中最狼狈的境地。要把自己放在解剖台上，放在显微镜下。"这段话在小说外讲是一种创作谈，在小说里则有相当明确和具体的艺术呈现。细细读《蛙》，就会发现小说正是围绕着蝌蚪（包括姑姑）人生中"最痛""最不堪""最尴尬""最狼狈"的故事展开的，用"真诚写作"的态度去"忏悔"和"赎罪"，并表现出一种对罪人也应该宽容的悲悯情怀，显示出一种宽广仁厚的精神哲学。

　　根据以上分析，我们认为《蛙》正是通过对"生育疑案"的"含混叙事"，表达了莫言对当代人或者说知识分子精神信仰问题的批判态度。难得的是，莫言同时把自己也当作"罪人"进行了无情的批判。比如蝌蚪在最初得知陈眉代孕之后的态度是十分坚定地反对的，并无含混。后来碍于舆论及和李手的一番交谈，又经历一次"生命的逃亡"，内心才真正接受了这个孩子，也开始了叙事上的"含混"（同时也是信仰的"含混"）。在和李手的谈话中，蝌蚪一直不能释怀的是："如何向组织交代？""如何见了陈鼻叫岳父？"李手说："你太把

---

[01] 佚名：《著名作家莫言谈新作〈蛙〉的创作感受》，《检察日报》，2009 年 12 月 18 日；傅小平：《谁都有自己的高密东北乡——关于长篇小说〈蛙〉的对话》，《黄河文学》2010 年第 7 期。

自己当成个人物了吧？组织没那么多闲心管你这事。你以为你是谁？不就是写过几部没人看的破话剧吗？你以为你是皇亲国戚？生了儿子就要举国同庆？"而当蝌蚪在被人追打，倒在医院门口时，深切地体味到李手话的内涵："我的身体，仿佛一条被图钉钉住了尾巴的虫子，无法移动。我想起了自己的童年时，甚至在成年之后还玩过的恶作剧……对虫子来说，我就是制造一切灾难的神秘力量。"这种"制造一切灾难的神秘力量"让蝌蚪对自身重新定位，对生命有了重新认识，叙事的含混正式启动。

二、"含混"：作为叙述和知识分子的信仰特征

对个体生命基于事实教训的全新理解，以及对社会现实的重新认识，使蝌蚪观念改变、信仰倾斜，并导致在言行上慢慢趋向于有利于自己的实践选择。人类"趋利避害"的本能强有力地模糊了每个人在公共理想和个人利益之间的底线选择。向左一步，是利益立竿见影的个人兑现，并且几乎不承担什么破坏公义的压力；向右一步，是为了公义无人知晓的坚持，甚至努力谦让的利益很快就被他人夺取。这样的一种社会现实会从根本上决定包括知识分子在内的当代人的基本精神结构——"含混"，只是知识分子在这个过程中会表现出更多的反思和忏悔。摆脱"罪感"并获得"无罪感"是普通人和知识分子获得心理平衡、心灵宁静的基本方式，这既需要忏悔、救赎，也需要理解和宽容。小说中蝌蚪在对杉谷义人的诉说中，祈求别人要有理解姑姑的悲悯情怀，表现了一个有罪之人对另外一个有罪之人的宽恕与包容。但这也在很大程度上减轻了自己对于陈眉的负罪感，使蝌蚪有为自己开脱的嫌疑。小说中的蝌蚪也试图通过文学来救赎，但其结果仍是失败的，这在某种程度上表达了莫言对文学改造人们精神信仰的怀疑态度。在信的结尾蝌蚪把判决权交给了杉谷义人。"先生，我期待着你的回答。"杉谷义人可以理解成广大读者的化身，因此这个问题也是抛给所有读者尤其是中国当代知识分子的。

要指出的是，不论小说如何"含混"叙事，都掩盖不了以蝌蚪为代表，甚至包括莫言自己在内的当代知识分子信仰上的危机。什么是信仰？我们觉得信仰其实就是个体生命在面对深度矛盾冲突和利害关系时决定取舍的内心依据。信仰最终会表现为一种实践选择，会在个

人和公共之间形成一种紧张关系。如果用一个词来概括中国当代知识分子价值观念和精神信仰的基本特征，窃以为正是"含混"。其核心表现是：知识分子多数以利益为中心，在公共良知的真理与个人利害的实践之间摇摆浮动。虽然作家方方曾表示伪知识分子多以对自己有利无利为标准，真知识分子则站在一个健康社会共同认定的价值标准上进行判断[01]，但当代知识分子更普遍的状态应该在"真伪"之间，即使那些内心渴望修身成仁甚至舍生取义的知识分子在面临实际利益的深度压力时，也会不同程度地产生"含混"。糟糕的是，在这个"含混"的天平上，当代知识分子的实践似乎更多倒向了堕落的一面。《蛙》正是通过这桩"生育疑案"的"含混叙事"，让我们看到一个知识分子如何审视内心的善与恶及无望的挣扎，体现出一种悲剧式的美学境界。

《蛙》作为莫言截至目前出版的最后一部长篇小说，是否理所当然地是莫言最成熟的小说呢？这正如对《蛙》的各种评论一样是一个见仁见智的答案了[02]。如何评价《蛙》的艺术成就并非一个简单的肯定或否定问题，重要的是应该呈现出角度不同、新鲜有力的意见。《蛙》的题材虽然是计划生育，但从整部小说的思想性、艺术性来看，更像一部知识分子小说。莫言对当代知识分子一直有精准的艺术刻画，比如《酒国》。不论是作家莫言，还是渴望写小说成名不断与作家莫言写信的酒博士李一斗，抑或是李一斗酿造大学的教授岳父、烹饪学院岳母，莫言利用丰富的文体变化对知识分子和文坛现象进行了生动形象的批判。通过莫言这部最新力作，我们认为《蛙》很好地表现了莫言创作的成熟与丰厚：不论是题材选择、文体创新，还是内容主旨与思想批判，甚至小说内外的精神价值都体现了一个良知未泯者的公共关怀。

从"作为作家写作"到"作为百姓写作"再到"作为罪人写作"，莫言继承了巴金的《随想录》、韦君宜的《思痛录》的忏悔精神以及鲁迅的自我剖析精神，对于中国当代知识分子的人格构建有着十分重

---

[01] 方方、钟瑜婷：《方方：知识分子从未像现在这样堕落》，《视野》2014 年第 21 期。

[02] 如持批评态度的李建军：《〈蛙〉：写的什么？写得如何？》，《文学报》2011 年 10 月 20 日；唐小林：《能否减少作品的"穿帮"？》，《文学报》，2011 年 12 月 15 日。持肯定意见的栾梅健：《面对历史纠结时的精准与老到——再论莫言〈蛙〉的文学贡献》，《当代作家评论》2012 年第 6 期。

要的意义。陈思和说:"我们一没有宗教,二没有文学,这个时代人
人都为追逐私人利益而去盲目奔波,像被掐了脑袋的苍蝇,这个时
代是一个死亡的时代。你要救活这个时代就要有文学为武器。"[01] 虽
然《蛙》中的蝌蚪没有完成文学的自我救赎而陷于精神困境之中,但
其中真诚的自我解剖及忏悔意识,莫言对待历史、忏悔者的理性、怜
悯、宽容之心,都是当代人极其缺乏的宝贵精神财富。在这个信仰混
乱的时代,首先需要的就是真诚地剖析自我,然后努力生成重建信仰
的勇气与决心[02]。就自我解剖及忏悔精神而言,莫言为我们开了一个
好头。《蛙》发出的声音,也许会引发暗夜中行走的路人们的一些共
鸣,但不要乐观地以为能呼唤出黎明来。因此本文最后不得不指出:
即使我们感同身受地去理解《蛙》所表现的当代知识分子在价值观念
和个人信仰方面的"含混"特征,我们依然坚持和莫言一起更加明确
地批判这种看似可以被理解和宽容的表现。

(发表于《小说评论》2015 年第 5 期)

---

[01] 陈思和:《知识分子的岗位意识和人文情怀》,《甘肃社会科学》2007 年第 2 期。
[02] 刘江凯:《发现并重建"善良":论余华〈第七天〉的"经典"与"当代"问题》,《南方文坛》
    2014 年第 2 期。

転型与深化——20世纪90年代文学研究

第二节　20 世纪 90 年代以来文学批评的现代性阐释 与莫言的经典化

在文学生产和传播过程中，文学批评作为第一现场的阅读成为最初和最重要的"再生产"力量。批评家运用理论知识和概念体系，通过对作品的阐释和评判，引导读者、媒介、文学史写作、文学研究等文学生产环节对他们拣选出来的作品达成共识："文学的各种价值产生于历代批评的累积过程之中，它们又反过来帮助我们理解这一过程。"[01] 在莫言开始创作的 20 世纪 80 年代，新时期文学价值观念和美学追求的突变使批评家们意识到了艺术形式建构的重大意义及其诱惑："谈论内容本身根本就不是谈论艺术，而是谈论经验；仅仅当我们谈论实现的内容，即形式，即作为艺术作品的艺术作品的时候，我们才作为批评家谈话。"[02] 评价优秀作家作品的标准和批评重心也发生了变化：从"写什么"转向"怎么写"。在这种情形下，莫言超越"政治"和"现实"、具有形式探索意味的文本进入了批评家的视野。但是，真正提炼出莫言小说的现代性美学特征的批评实践是从 90 年代开始并形成体系的。这种实践重在阐释莫言小说中具有创新意味的

---

[01]　[美] 韦勒克、沃伦：《文学理论》，刘象愚等译，生活·读书·新知三联书店 1984 年版，第 36 页。
[02]　[美] 华莱士·马丁：《当代叙事学》，伍晓明译，北京大学出版社 1990 年版，第 2 页。

文学形式，揭橥莫言作为人文主义者的反叛精神，通过理论"装置"观照写作主体对于历史与现实的反思意识。通过批评家的实践和运作，莫言作品的深层意蕴和美学价值被发掘出来，获得了抵抗变动不居的历史语境的"稳态"的经典价值。

卡林内斯库认为有两种现代性，一种是"资产阶级的现代性"，它是科学和技术进步的产物，另一种是作为"先锋派产生的现代性"，它"厌恶中产阶级的价值标准，并通过极其多样的手段来表达这种厌恶"[01]。本文的现代性指后者，它是对前一种现代性的美学否定和反叛，又可称为文化现代性或审美现代性。它具有这样一种"思想特性"与"社会文化效应"："通过强调与科学、伦理相对的审美之维（或与之相关的艺术价值），以生命与感性的原则在现代知识谱系中为主体性立法，从而达到反对理性绝对权威与传统道德的目的。"[02]随着"现代人"灵魂和精神内在结构的本质性转化，审美现代性与传统文化、社会生活形式之间的断裂日趋明显。

一、形式阐释：叙述的极限

批评家注意到，莫言小说在形式上具有非同一般的创造性和美学力量。在新时期文坛流行伤痕文学、反思文学等面向政治和特定历史的表达时，莫言却以感觉、色彩、意象、视角等形式创新具有前瞻性地完成了"叙述"的革命。经历了理论"本土化"和"自觉化"的批评家以结构主义、新批评、叙事学等为"工具"进行对莫言的解读。从那之后，文学批评对莫言的影响与"塑造"就没有中断过，它们在某种程度上"调整""修改"了他的写作趋向和文学观念，构成了他重要的艺术支撑与精神向度。

如果说社会现代性的核心精神是理性的话，那么在审美现代性中，一种颇为显著的特色则是非理性、感觉（官）化。它的立足点是从人的本能和天性出发，以现代人的审美体验和感觉叙事对抗理性对人性的规约和束缚。

莫言《红高粱家族》
解放军文艺出版社 1987 年版

[01] ［美］马泰·卡林内斯库：《现代性的五副面孔》，顾爱彬、李瑞华译，商务印书馆 2002 年版，第 48 页。

[02] 张辉：《审美现代性批判》，北京大学出版社 1999 年版，第 8 页。

刘小枫认为，"感觉性之语义还原"是深入审美现代性的一个必要步骤，因为它可以被用来"描述现代生活感觉的结构品质"[01]。正是由于现代生活的变化无常和转瞬即逝，"感觉"才能成为表达与观察生活的美学新途径。徐怀中等人最先认识到莫言小说"文学的模糊性""感觉""朦胧气氛"等美学元素，断定"初步形成了他自己的一种色调和追求"。20 世纪 90 年代以来，批评家更关注莫言小说在"感觉"层面上的美学创新。有批评家颇具独创性地将莫言与"印象派之后"的色彩美学联系起来，认为莫言的内在动机是"寻求色彩与情绪的原始对应"，小说中的"感觉语言"与西方现代艺术之间有着显而易见的默契[02]。在批评家看来，这种"情绪化"叙述更像是在"说梦"：食草家族的悲欢离合、人生选择的茫然无措、人物纷纭复杂的意识流动、"似梦非梦"的"魔幻现实主义"，这使莫言的小说构成了"一个深藏着人生之谜，浸透着作者对人生本原意义的探寻与思索的梦幻世界"[03]。张闳以"感官的王国"概括莫言的感觉化写作无疑是确切并具有美学意义的。当批评家肯定作家个体的感性生命和感觉活力时，他们的思维已经超出了单纯的美学范畴，而进入对作家写作风格和创作理念的建构。"感官""情绪""梦""意识流"等概念被批评家拣选出来，用以说明"感觉"之于我们认识现代世界的美学价值，而那些迅疾飞速、具有晕眩与魔幻体验的现代生活瞬间则在"联想""暗示""象征"等文学理论的修辞和阐释下具备了美学合理性。

本雅明认为，现代社会带来了一种巨大的"震惊"，一种使人感到颤抖孤独和神魂颠倒的心理体验。在这种复杂矛盾的文化语境中，一切现实物因其"有尽"性而遭到漠视，人们亟须一种可以与"无穷"心灵相匹配的"意象"传达出非比寻常的体验："一个意象是在瞬息间呈现出的一个理性和感情的复合体。"[04] 对"意象"的重视标志着一种新的现代主义话语范畴的出现。谁也说不清那个包孕着活泼银色液体的"透明的红萝卜"到底象征何物，但它就这么在众声喧哗

---

[01] 徐怀中、莫言、施放、李本深、金辉：《有追求才有特色——关于〈透明的红萝卜〉的对话》，《中国作家》1985 年第 2 期。

[02] 吴非：《莫言小说与"印象派之后"的色彩美学》，《小说评论》1994 年第 5 期。

[03] 杨守森、贺立华：《说梦：人生之谜的沉思——莫言〈食草家族〉序》，《山东社会科学》1992 年第 5 期。

[04] 庞德：《回顾》，《20 世纪文学评论》（上），上海译文出版社 1987 年版，第 108 页。

中成为当代文学中一个极其重要和复杂的诗意存在。在批评家的发掘下，"红高粱""拇指铐""枯河""秋千架"等都被赋予了复杂的审美意蕴。批评家指出，"'红高粱'蓬勃的野性和旺盛的生命力，成为北方中国农民的生命力的象征"，而那些具有破坏力与强力的"边缘性人物"则"透露了民族文化中所隐含的强悍有力的生命意志"[01]。程光炜指出，在《白狗秋千架》中，"秋千架"不惟是以男女主人公为代表的中国农民荡在半空无处着落的命运象征，也是"随时会掉下来"的"激烈残酷的合作化运动"的抽象表达，于是《白狗秋千架》的故事也从焦枯的个体命运的展现转向了对于政治运动的隐在批判[02]。通过意象，现代生活中的复杂情感和分裂得以呈现，一种具有超越性的审美精神得以凝聚。正是在这一现代主义的艺术轴上，批评家意识到了莫言独特的价值，在文本阐释的基础上构建起了"意象叙事"或曰"意象主义"美学。程永新编的《中国新潮小说选》将莫言称为"意象小说家"，认为在他的作品里有着"翩翩欲飞的奇景幻象"[03]。到 20 世纪 90 年代以后，莫言小说的"意象"美学基本上已成为文学界的共识。

　　审美现代性的内涵充满了内在张力和多重意蕴。从形式美学来看，它体现为对抗社会现代化或启蒙理性的"叙述革命"。当莫言比马原、余华、格非、洪峰等人更早将小说创作推向形式革命的"高地"时，批评家也开始了一场类似于美学探险的"游戏"。当然，真正称得上具有颠覆力量的叙事革命是最初出现于《秋水》而后被《红高粱》发扬光大的"我爷爷"和"我奶奶"的人物称谓，这种既是第一人称视角又是全知视角的叙事方法为文学和批评实践提供了具有启发意义的革命范式。孟悦认为这种奇特的叙述方式和人称设计"创造、重造了一种临时性的故事时间，创造或重造着过去与现在的关联方式"，"每一个过去的瞬间都与一个现在的叙述行为紧密连接，成为一种浑然不可分的合一"[04]。20 世纪 90 年代以后，这种叙事视角完全得到了认同和扩展。

---

[01] 张闳：《莫言小说的基本主题与文体特征》，《当代作家评论》1999 年第 5 期。
[02] 程光炜：《小说的读法——莫言的〈白狗秋千架〉》，《文艺争鸣》2012 年第 8 期。
[03] 程永新：《中国新潮小说选》，上海社会科学院出版社 1989 年版，"序"，第 1 页。
[04] 孟悦：《荒野弃儿的归属——重读〈红高粱家族〉》，《当代作家评论》1990 年第 3 期。

对作家而言，历史学、时间美学和叙事学层面的理论性阐释使他比创作初始更为深入清晰地意识到小说叙述革命的奥秘。在此后的创作中，莫言继续叙述视角的革新，并且极大地提升了其价值和意义，提出"视角就是结构，人称就是结构"[01]的命题。《十三步》把汉语里所有人称都试了个遍，《四十一炮》通过精神上没有长大的"肉孩视角"滔滔不绝地讲述故事。《酒国》视角繁复、结构多重，这种"用于自我保护、为了免受批判而选择的结构方式"促成了"一种新颖独特的写作方式的产生"[02]，被批评家称为将"实则极实""虚则极虚"进行宛如"魔术"般合并的"千变万化的手法"[03]。这篇小说获得法国"Laure Bataillin 外国文学奖"，原因也是"一个空前绝后的实验性文体"。《檀香刑》中的"凤头、猪肚、豹尾"，《生死疲劳》中的章回体，《蛙》中的书信体和内在话剧结构，都彰显出莫言对叙事形式的不竭追求。

莫言《酒国》
湖南文艺出版社 1993 年版

除了叙述视角的革新外，具有"破坏性"和"陌生化"的美学力量在莫言的其他小说中同样丰沛充盈。张清华称之为"叙述的极限"，他指出莫言运用了"加法"甚至是"乘法"，"成功和最大限度地裹挟起了一切相关的事物和经验、最大限度的潜意识活动，以狂欢和喧闹到极致的复调手法，使叙事达到了更感性、细节、繁复和戏剧化的'在场'与真实"[04]。他通过对《红高粱家族》《丰乳肥臀》《檀香刑》等小说的分析，对莫言汪洋恣肆的叙事美学进行了富有激情而逻辑缜密的解读和归纳，致使"叙述的极限"成为理解莫言的一个关键词。这种美学理念在王德威的解读中也表现得非常充分。他指出"那滔滔不绝、丰富辗转的辞锋"是莫言的"注册商标"。《红高粱家族》里的艳情邂逅，奇诡冒险，《十三步》里穿越牢笼禁锢的狂想，《酒国》里穿插不断的闲话废话，《丰乳肥臀》的"耸动"和"胖大"，无不有着魔幻现实和古中国传奇志怪

[01] 莫言、王尧：《在文学种种现象的背后》，《莫言对话新录》，文化艺术出版社 2010 年版，第 81 页、第 89 页。
[02] 莫言、杜特莱：《中国当代文学边缘》，《莫言对话新录》，文化艺术出版社 2010 年版，第 251 页。
[03] 周英雄：《酒国的虚实——试看莫言叙述的策略》，《当代作家评论》1993 年第 2 期。
[04] 张清华：《叙述的极限——论莫言》，《当代作家评论》2003 年第 2 期。

转型与深化——20 世纪 90 年代文学研究

的影子。在王德威看来，莫言那"荤腥不忌、百味杂陈的写作姿态及形式，本就是与历史对话的利器"[01]。无疑，在莫言的叙述风格中，最为批评家所注目的就是这种粗粝驳杂、丰饶辽阔。也正是在这一意义上，李敬泽将莫言称为"我们的惠特曼"[02]。这里有着作家的创新意识，也有着批评家不懈的"发现"。

审美现代性要求艺术家时刻保持超越自我、超越成规的警觉和能力，为现代艺术提供具有新奇特征的"美"的经验。2001年的"冯牧文学奖"和2005年的华语文学传媒大奖对莫言小说中"自由不羁的想象，汪洋恣肆的语言，奇异新颖的感觉"和"对叙事艺术探索的持久热情"予以褒扬，指出"他的小说成了当代文学变革旅途中的醒目界碑"。这种评价里不能不说留有文学批评的痕迹。批评家从"感觉""意象""叙述"等层面出发，提炼出了莫言作品不断追"新"逐"异"的审美现代性特征。他们在阐释莫言作品的同时，也建构起了自己的批评理念，与作家共享现代性新型话语带来的美学冲击，共同完成了属于他们和一个时代的范式革命。

二、意义增值：反抗美学的建构

韦勒克、沃伦指出："一件艺术品的全部意义，是不能仅仅以其作者和作者的同代人的看法来界定的。它是一个累积过程的结果，也即历代的无数读者对此作品批评过程的结果。"[03]这里的"累积"就是文学批评之于作品"意义增值"的一种表述。参照这种观点，如果说作家提供了作为艺术经验的创造性文本的话，批评家则运用他们的知识谱系和理性解读，为文学史、文学制度、文学研究等文学生产环节提供了最为直接的"实证"。

在对莫言的解读中，批评家不仅发现了他的美学创新和形式革命，还发掘了他在精神、心理、秩序、文化等层面上对于社会惯性的反抗。唯美主义作家王尔德曾经提出过"美乃艺术形式的创造"的命题。韦勒克认为这一命题实际上解释了艺术的深刻作用，那就是"针

---

[01] 王德威：《千言万语，何若莫言》，《读书》1999年第3期。
[02] 李敬泽：《莫言与中国精神》，《小说评论》2003年第1期。
[03] ［美］韦勒克、沃伦：《文学理论》，刘象愚等译，生活·读书·新知三联书店1984年版，第35—36页。

对典型的单调、风俗和奴役、习惯的专制，艺术具有振聋发聩的使命和瓦解的力量"[01]。如果说启蒙现代性以理性规划和社会秩序放逐了个人言说与感性欲望，那么审美现代性则以反叛精神将人从刻板、平庸、单调和奴役中解脱出来，提供了超越庸常生活和物欲侵蚀的潜在力量与美学救赎。通过对"我爷爷辈的好汉们"和"我奶奶"惊世骇俗行为的分析，批评家欣喜地发现在这片土地上，尼采式的"酒神精神"和"痛苦的利刺"化为生机勃勃的高粱地和祖辈野性十足的悲剧美学，它们共同指向"不可遏制的生命欲望"[02]。德国作家马丁·瓦尔泽指出，莫言小说展示的是个人的精神世界，是广阔的、立体化的生活画面以及人类本性的心理、生理感受。[03] 这种生发自"身体"的审美主义构成了对于"传统"和"文明"等"压抑性"机制的反叛，表达了反抗社会伦理的生命诉求。批评家在努力开掘小说的深度时，也尽量维持情节与意义之间的平衡，将那些在"道德"和"视觉"层面上受到质疑批判的情节，比如"我奶奶"和余占鳌的野合、罗汉大爷被剥皮的血腥暴力，纳入民族性和人性的维度，还原强烈而酷烈的历史场景，从而使其获得文学合法性与道德合理性。

审美现代性的积极性在于它始终作为现代社会的对立面而存在，在反叛"他者"的过程中不断更新自我，形成了拒绝平庸的变动不居的美学理念。如果不从这个角度走进莫言，就很难理解那些对惯常阅读和传统文化形成挑战的文本元素，很难体验其"反抗美学"的精髓。《收获》1987 年第 3 期发表了莫言的《红蝗》，这篇小说和《欢乐》《复仇记》《食草家族》等作品由于触及了"禁区"——书写丑的、不能引起美感的东西而遭到批判和否定。从世界文学史来看，波德莱尔的《恶之花》堪称"审丑"美学的代表，但它在发表之初饱受批判和争议，其具有超验性的美学价值和经典意义在多年以后才得以确认。同样，面对莫言的"审丑"文本和主体不确定的情感取向，阐释的难度随之而来。丁帆将"丑"置放于对传统美学谱系的"反

---

[01] [美] 雷纳·韦勒克：《近代文学批评史》（第 4 卷），杨自伍译，上海译文出版社 1997 年版，第 481—482 页。

[02] 陈炎：《生命意志的弘扬 酒神精神的赞美——以尼采的悲剧观释莫言的〈红高粱家族〉》，路晓冰编：《莫言研究资料》，山东文艺出版社 2006 年版，第 210—211 页。

[03] 刘江凯：《本土性、民族性的世界写作——莫言的海外传播与接受》，《当代作家评论》2011 年第 4 期。

否"中，将"亵渎"的褒 / 贬义成功地进行了转换，使文本的审美现代性意义得以呈现 [01]。在 20 世纪 90 年代以后，这种"逆向"的解读方式在莫言的诸多作品里都显示出其有效性。当《欢乐》让莫言遭到"骂声"、人身攻击和"亵渎母亲"的"罪名"[02] 时，余华指出，小说"以不断的中断来完成叙述"，"冒犯"了"叙述的连续性和流动性"，贫穷、病弱、丑陋、任跳蚤爬动的母亲形象构成了对传统叙事中温暖、慈祥、得体、干净、伟大的"公共母亲"形象的反叛，这正是莫言"对现实所具有的卓越的洞察能力"及其"卓越的叙述所在"[03]。这些评价和描述都指出了莫言作为一个具有创新性和存在感的作家的意义。张闳引入巴赫金关于拉伯雷的"狂欢""物化"等概念，通过对莫言小说中"吃的主题""下流话""排泄幻象"及身体各部分组织器官的展现等粗俗"生理学"的考察，发现了它之于"伦理学"和"政治学"的"反抗"奥秘：遍生"污垢"的民间社会与"主流的文明社会之间始终存在着一种对抗性的关系"，言辞禁忌、戏仿、狂欢化则打破了"价值体系中的等级制度"，是"对既定的生活秩序的破坏和颠倒"[04]。通过将人物形象和创作风格纳入文学谱系进行"反向"观照，无论是莫言还是他笔下备受争议的"审丑""返祖""粗俗"等描写，都获得了抵抗传统和陈腐习俗的力量。

一种"形象美学"的考察和探询确定无疑地表明，批评家命名的写作经验形态及其功能并不仅仅指向写作理念，还指向对于民族文化、人情伦常、精神畸变的"窥破"。在《丰乳肥臀》中，母亲和上官金童的形象因对传统道德的悖逆、对"正常"人伦行为的越轨而受到诸多批判，上官金童的恋母和恋乳情结是最为人诟病之处。然而，邓晓芒却通过对这种情结的分析，看到了人物形象背后的普泛性象征意义。他指出，上官金童对乳房的眷恋不同于无耻之徒的淫秽狂想，而是一种"形而上的高尚境界"。他认为，莫言在小说中尽力展现和解剖的不是这

莫言《丰乳肥臀》
作家出版社 1996 年版

[01] 丁帆：《亵渎的神话：〈红蝗〉的意义》，《文学评论》1989 年第 1 期。
[02] 莫言、王尧：《在文学种种现象的背后》，《莫言对话新录》，文化艺术出版社 2010 年版，第 77 页。
[03] 余华：《谁是我们共同的母亲》，《天涯》1996 年第 4 期。
[04] 张闳：《感官的王国——莫言笔下的经验形态及功能》，《当代作家评论》2000 年第 5 期。

种行为本身，而是"上官金童的精神畸变的合理性和可理解性"。在这个不可复制的人物形象身上，批评家看到了中国国民和传统文化的精神"病灶"，即上官金童这个形象惊醒了国人自我感觉良好实为浑浑噩噩缺乏智勇的迷梦，揭开了一个骇人的真理："国民内在的灵魂、特别是男人内在的灵魂中，往往都有一个上官金童，一个永远长不大的婴儿，在渴望着母亲的拥抱和安抚，在向往着不负责任的'自由'和解脱。"邓晓芒认为，这是莫言的大功劳[01]。这种批评逻辑将文本表层的描写指向了对普遍人性的深层质疑和反复诘问。批评家在为作家提供坚实可信的创作观念时，也使得某些文学规范的边界不断改变、调整和挪移。莫言多次认可邓晓芒关于上官金童的说法："上官金童的恋乳症实际是一种象征，每个人的灵魂深处都有污点，每个人都有一些终生难以释怀的东西。"可以说，"每个人心中都有一个上官金童"[02]。多年以后，在关于《红蝗》《欢乐》和《丰乳肥臀》等小说的回顾中，莫言将批评家提出的"亵渎"（褒义）、"挑战"、"冒犯"转化为更具有时代普遍认同感的说法——"抵抗式写作"[03]。在批评家的阐释和支持下，莫言的"抵抗"美学在之后的《酒国》《四十一炮》《檀香刑》等小说中继续生成。

在谈及《檀香刑》的写作动机时，莫言强调主要是为了与"一种伪装得很悠闲很典雅的中产阶级的情调"和"伪中产阶级的态度"对抗[04]。这种反抗和否定的激情正是审美现代性的重要体现。卡林内斯库在分析波德莱尔的现代性悖论时指出，波德莱尔一方面呼唤拒绝"规范性的过去"，认识到传统与现代艺术家所面对的特殊创造性劳作无关；另一方面，"他为现今粗俗的、物质主义的中产阶级的入侵感到悲哀"[05]。而审美现代性话语可以作为想象的乌托邦抵抗中产阶级的平庸乏味，反叛一成不变的传统生活。除了对"中产阶级"的美

---

[01] 邓晓芒：《恋乳的痴狂》，《灵魂之旅——九十年代文学的生存境界》，湖北人民出版社 1998 年版，第 137—150 页。

[02] 莫言、王尧：《在文学种种现象的背后》，《莫言对话新录》，文化艺术出版社 2010 年版，第 102 页、第 106 页。

[03] 莫言、夏榆：《茂腔大戏》，莫言、石一龙：《故乡·梦幻·传说·现实》，《莫言对话新录》，文化艺术出版社 2010 年版，第 317 页、第 427 页。

[04] 莫言、夏榆：《茂腔大戏》，莫言、陈桥生：《发明着故乡的莫言》，《莫言对话新录》，文化艺术出版社 2010 年版，第 316 页、第 261 页。

[05] [美] 马泰·卡林内斯库：《现代性的五副面孔》，顾爱彬、李瑞华译，商务印书馆 2002 年版，第 66 页。

学抵抗外，《檀香刑》对政治和人性的批判等意义在批评家那里都被发掘出来。通过对"暴力""刑术""人性"等层面的解读，批评家赋予了其中具有争议性的场景以更为深广的意义。在批评家看来，《檀香刑》所展示的苦难中蕴藏着巨大的力量，而这是对"肆无忌惮的强权实践"的反抗[01]。洪治纲指出，由于刑术已经"沦为统治阶级以生命取乐的重要手段，也成为民众激活贫乏生活的一种特殊庆典"，因此它的"文化指向"是"对法律本身的嘲讽和消解"以及"对某种人性变异后所产生出来的文化痼疾的尖锐反诘"[02]。通过批评家对文本"抵抗美学"的考察，《檀香刑》中的"残酷"不再直接指向视觉冲击和心理接受层面，而成为打开作家批判历史极权、政治和专制的特殊场景。虽然小说在普通读者那里依然存在着难以接受的"血腥"，但其文学价值和意义已经得到了普遍认同。《檀香刑》获得 2003 年的鼎钧双年文学奖，授奖辞对小说"神奇化、暴力倾向"的美学肯定及由此铸成的"鲜明的小说个性"与批评家的判断如出一辙。

相对于物质和日常生活层面而言，审美现代性无疑是一个具有超越性的范畴，这个范畴的力量就在于与陈腐的传统、自然、惯性等乏味平庸的东西相决裂，建立起一个与传统美学和庸常生活形态相异的领域，以完成作为批判者、反抗者和颠覆者的功能。鲍曼说："现代性的历史就是社会存在与其文化之间充满张力的历史。现代存在迫使其文化站在自己的对立面。这种不和谐正是现代性需要的和谐。"[03]这句充满悖论的表述传达出这样一种美学理念，那就是艺术应当具有抗拒同一性和一体化的力量。在这一意义上，批评家读出了莫言作为一个人文主义者的反叛精神，一个作家不断反抗传统、告别自我的美学价值，从而将他从形式革命的先锋群体中甄别出来，成为拥有深度批判力量和反抗意识的"重要作家""优秀作家"。

三、理论"装置"：历史与现实的反思

对于批评家来说，在阅读和阐释文本时，一种重要的方法是通过

[01]［德］汉斯约克·比斯勒·米勒：《和善先生与刑罚》，廖迅译，《当代作家评论》2010 年第 2 期。

[02]洪治纲：《刑场背后的历史——论〈檀香刑〉》，《南方文坛》2001 年第 6 期。

[03]［英］齐格蒙特·鲍曼：《现代性与矛盾性》，邵迎生译，商务印书馆 2003 年版，第 15 页。

理论"装置"激活文本深层的美学思想，将作家的"文学积累"和"无意识"转换为公共认知，从而改写现有文学史中的某些固化陈述。韦勒克指出："批评是概念的知识，或者说它以得到这类知识为目的。批评最后必须以得到有关文学的系统知识和建立文学理论为目的。"[01] 这意味着批评主体必须以一种新的知识谱系深入，才能以对既有批评的超越获得言说的有效性。

通过理论"装置"的运用，批评家在莫言那里发现了一种面向历史和现实的反思意识。"随着现代性的出现，反思具有了不同的特征。它被引入系统的再生产的每一基础之内，致使思想和行动总是处在连续不断的彼此相互反映的过程之中。"[02] 艺术创新与传统美学之间的断裂，艺术家与现存社会形态之间的紧张关系，以及艺术作为"秩序的他者"发出的"异声"，都可以说是反思的审美表现。在批评家看来，莫言的艺术价值在于他以一种新颖的表意实践指向历史中那些被遮蔽的"暗角"，同时也以寓言化的方式对现实进行辨析和反省，从而提供了理解历史与现实的另一种路径。

1988 年，当陈思和借莫言不甚出名的一篇小说《玫瑰玫瑰香气扑鼻》提出"历史与现时的二元对话"命题时，他几乎是用批评家的先验和敏感道出了莫言现代性的美学魅惑与张力结构："今人与历史的对话"让人们感受到历史的存在，而在"历史的反思"中也有着"今人"的面影[03]。于是乎，从感觉、意象、魔幻、叙述等形式美学层面进入，批评家发现了更多的关于"历史与现实"的"隐秘"。孟悦以《红高粱》中的那块无字石碑为言说对象，借用弗洛伊德学说与拉康的主体说，通过分析亲子关系以及随着"我奶奶"的死而终结的"父名不正"的历史，读出了无字石碑"以话语中的'缺席'指涉着历史中的'在场'，从而向我们心目中'历史的主体'发出质疑"的重大价值，而文本最终指向的是作家那一代人身处的"无父"、意识形态"荒野"化的历史境遇[04]。在批评家的论述里，可以看到从"人

---

[01] ［美］雷内·韦勒克：《批评的概念》，张金言译，中国美术学院出版社 1999 年版，第 4 页。
[02] ［英］安东尼·吉登斯：《现代性的后果》，田禾译，黄平校，译林出版社 2000 年版，第 33 页。
[03] 陈思和：《历史与现时的二元对话——兼谈莫言新作〈玫瑰玫瑰香气扑鼻〉》，《钟山》1988 年第 1 期。
[04] 孟悦：《荒野弃儿的归属——重读〈红高粱家族〉》，《当代作家评论》1990 年第 3 期。

物代际系统"里抽取出来的历史颓败寓言以及对作家在现实中"寻找"和"重建""理想之父"努力的肯定。随着 20 世纪 90 年代以来批评资源的更新，当批评家秉持新的知识谱系或理论"装置"走进莫言，从更深的文学或哲学层面发掘其反思意识时，现存文本中那些被遗忘的异质、被压抑的"混杂"得以重新编码。比如，批评家用"尼采的悲剧观"解读"酒神精神"，以指证莫言对民族精神的思考，用巴赫金的"狂欢"和"复调"理论分析莫言小说中"人类学的历史诗学"，从而将话题引向道德视阈和政治政权之外的"民间世界"建构，都在经过深度诠释之后使文本获得了开放性的多义价值。

　　其中，最具有持续生长性和有效性的理论"装置"是"新历史主义"，通过这一角度的解读，《丰乳肥臀》的"经典性"和"通向伟大的汉语小说"的特质得以表明。《丰乳肥臀》于 1995 年在《大家》刊出，1996 年获得"红河文学奖"，之后围绕小说的否定和批判就没有中断过。当有人从"共产党""国民党"形象失衡的政治观点否定小说时，当这部小说被判定为"只概括了民族精神的百年屈辱和百年荒唐的一部分"，是一部"令人遗憾的平庸之作"和"近乎反动的作品"[01] 时，张清华却从"新历史主义"角度发现了它的叙事意义和美学奥秘。早在 1998 年，张清华就在韩少功、莫言、余华、苏童等人的作品中敏锐地发现了"新历史主义"特征，认为其阶段有三：前奏是寻根、启蒙历史主义；核心阶段是新历史主义或审美历史主义；尾声是游戏历史主义。而完成从第一到第二阶段转变的重要人物就是莫言 [02]。张清华指出，《丰乳肥臀》的历史建构与传统不同，它是通过"母亲"的形象完成的："她既是历史的主体，同时又是叙述者和见证人。"这个"母亲"以生命与爱、付出与牺牲成为"伦理学"和"人类学"双重意义的历史见证。对于有中西两种血统和"恋乳癖"的上官金童，批评家拨开作家加之于人物身上"生物性"的"障眼法"，读出了他的象征意义，那就是"20 世纪中国知识分子的化身"，并且指出这个人物与"母亲"共同使《丰乳肥臀》变成了一个"'历

---

[01] 唐韧：《百年屈辱，百年荒唐——〈丰乳肥臀〉的文学史价值质疑》，《文艺争鸣》1996 年第 4 期；楼观云：《令人遗憾的平庸之作——也谈莫言的〈丰乳肥臀〉》，《当代文坛》1996 年第 3 期；何国瑞：《歌颂革命暴力、爱国主义和国际主义的文艺——社会主义文艺本质论之二》，《武汉大学学报》1999 年第 6 期。

[02] 张清华：《十年新历史主义文学思潮回顾》，《钟山》1988 年第 4 期。

史叙事'与'当代叙事'相交合的双线结构的叙事"。这种"新历史主义"品格，或者说"历史的人类学视野""历史与人类学的复调叙事"使莫言的小说获得了"超越阶级和政治伦理的可能"[01]。张清华一再强调，《丰乳肥臀》是莫言"迄今最好和最重要的一部小说"，是通向"伟大的汉语小说"路途中极为重要的作品[02]。在和批评家的访谈、接受媒体的采访和演讲中，莫言都表示赞同张清华的"新历史主义"解读法，认为这使他及其同代作家意识到这是对"粉饰历史"的"红色经典"的一种反拨[03]。小说中"处理历史的手法"也是一些外国批评家所看重的，比如《华盛顿邮报》专职书评家乔纳森·亚德利认为，《丰乳肥臀》令人联想起《百年孤独》和《午夜的孩子们》，作家在处理战争、暴力和自然剧变时技巧非常高超[04]。批评家通过将《丰乳肥臀》纳入"新历史主义"谱系，使饱受争议的人物形象和20世纪中国历史呈现摆脱了政治性评价，使小说得以"正名"并被赋予了"构建新的历史文本"的反思价值和美学意义。这种批评策略提示我们，理解莫言的维度应当是更为复杂而历史化的，作家笔下的"标本"应当被置放于历史与现实、个人与群体等谱系中才能得到深度认知。

莫言将自己的创作分为两类或两种不同的风格，一是以《红高粱家族》和《丰乳肥臀》为代表的"新历史小说"，一是类似于《酒国》的现实小说[05]。其实早在20世纪80年代，已经有批评家注意到了莫言的小说中质地精细的现实主义描绘。随着莫言创作风格的变化与思考的拓深，现实主义细节和情节依然存在，但在"现代性""社会学""欲望叙事"等理论"装置"下具有了抽象和寓言化的反思深度。程光炜绕过关于《透明的红萝卜》的既定结论，以黑孩为观察点，采取文学社会学的方式，揭示出人民公社背后的传统乡社结构、宗族关

---

[01] 张清华：《莫言与新历史主义文学思潮——以〈红高粱家族〉〈丰乳肥臀〉〈檀香刑〉为例》，《海南师范学院学报》2005 年第 2 期。

[02] 张清华：《叙述的极限——论莫言》，《当代作家评论》2003 年第 2 期。

[03] 莫言、王尧：《在文学种种现象的背后》，《莫言对话新录》，文化艺术出版社 2010 年版，第 102 页；莫言、刘慧：《总在和自己决裂的人》，《文学报》，2012 年 10 月 18 日。

[04] 刘江凯：《本土性、民族性的世界写作——莫言的海外传播与接受》，《当代作家评论》2011 年第 4 期。

[05] 莫言、杜特莱：《中国当代文学边缘》，《莫言对话新录》，文化艺术出版社 2010 年版，第 256 页。

系对作品人物命运的影响，他认为这种叙述方式对中国现代文学传统中的"乡村"进行了"深刻的审美颠倒"，因此它是真正的"批判现实主义小说"[01]。刘再复特别强调虽然《酒国》中看似荒诞不经的酒之欲望、红烧婴儿餐、高价出售孩儿等酒国"奇观"不是现实存在，但心灵的迷失却是"工业文明发展曾有的产物"，从而指出文本有着揭示现代人"欲望疯狂病"的批判意识与思索深度[02]。批评家一方面挖掘莫言作为"经验与想象的主体"所能提供的面向现实的思考，一方面尝试深化"寓言写作"和"荒诞写作"的意义，以实践"现代文本"的批判功能。

　　对于现实的深度反思在《天堂蒜薹之歌》《蛙》等小说的解读中被发掘出来，并与"腐败压迫""国家伦理"等现代性发展中的痛楚经验相结合而具有了复杂意蕴。英国批评家杜迈可将《天堂蒜薹之歌》与五四作家的写作经验进行了历时性连接，指出莫言"把农民描写成一种罪恶的、不平等的社会体系的牺牲品"，进而将这种描写与作家对内陆农村政治、经济和道德罪恶的"体制"思考结合起来[03]。这种批评策略可以看作对美好"乡村想象"的反拨与对社会组织制度的批判，它呼应着现代性发展中的忧思与危机。对于《蛙》中最引人关注的中国六十年计划生育史这一重要题材，批评家并没有直接予以阐释，而更倾向于从"伦理学"角度分析主体的反省和赎罪意识。通过对于姑姑作为送子观音同时又是计划生育坚定不移的执行者的"痛史"的分析，批评家指出这表现出"个体生命伦理"与"民族生存伦理"之间的冲突和矛盾，从而将思考引向个体选择和"罪与罚"等重大哲学命题[04]。2011 年，《蛙》获得第八届茅盾文学奖，对于小说的褒扬与以上批评观点有所重合："莫言的《蛙》以乡村医生别无选择的命运，折射着我们民族伟大生存斗争中经历的困难和考验。小说以多端视角呈现历史和现实的复杂苍茫，表达了对生命伦理的思考。"当批评家在历史与现实的二元对话中深入创作主体的反思向度与灵魂

---

[01] 程光炜：《颠倒的乡村——重读〈透明的红萝卜〉》，《当代文坛》2011 年第 5 期。

[02] 刘再复：《"现代化"刺激下的欲望疯狂病——〈酒国〉〈受活〉〈兄弟〉三部小说的批判指向》，《当代作家评论》2011 年第 6 期。

[03] [英]杜迈可：《论〈天堂蒜薹之歌〉》，季进、王娟娟译，《当代作家评论》2006 年第 6 期。

[04] 莫言、童庆炳、赵勇、张清华、梁振华：《在人文关怀与历史理性之间》，《南方文坛》2010 年第 3 期。

深度时，那些寓言元素、疯狂欲望的展现以及悖谬场景的纠结都脱离了"现实主义成规"的控制，被纳入现代性评价体系而获得了新的美学价值。

从 20 世纪 90 年代以来的文学批评来看，随着莫言的"现代性"特质被阐释、被命名、被赋予经典意义，他的文学史价值也不断地得以修正与增补。具有同等心智力量与强大创造力的作家和批评家对彼此文本中的特殊"气息"心领神会，共同创造了属于他们的"黄金时代"。批评家宣称"莫言已成'正典'"，他的写作是"超重量级"和"首屈一指"的，"莫言的高度就是中国当代文学的高度"。这种说法可能并不夸张。早在 80 年代，他的诸多小说在发表同期就被指认为重要和经典作品，进入了多类选本和文学史读本，或很快获得文学界的认同，如《透明的红萝卜》《红高粱》《白狗秋千架》《爆炸》《蛙》等。《红高粱家族》获得 1987 年的第四届全国中篇小说奖和 2001 年的第二届冯牧文学奖，进入了《亚洲周刊》20 世纪中文小说 100 强，入选《今日世界文学》75 年来全世界 40 部杰出作品。有的作品因反叛性和独特性遭到了被批、被禁、被冷落的命运，经过批评家的不断"打捞"和"重塑"，它们的意义正在彰显或得到经典价值的确认，如《丰乳肥臀》《檀香刑》《酒国》等。更为重要的是，批评家对莫言的"发现"、提炼和命名影响了中国当代文学史的写作，成为史学家无法绕开的重要观点和定论。

从莫言作品的海外传播来看，他的许多作品都有优秀的译者：中国现代文学首席翻译家葛浩文、瑞典翻译家陈安娜、东京大学教授藤井省三、法国汉学家杜特莱等。英译《红高粱》被称为英语文学的"一大盛事"，莫言也成为"世界级的作家"[01]，他在日本被视为"代表着中国当代文学形象的最主要人物之一"[02]。他先后获得了法国"Laure Bataillin 外国文学奖"、意大利"NONINO 国际文学奖"、日本"福冈亚洲文化大奖"及美国"纽曼华语文学奖"等奖项。在 2012 年的诺贝尔文学奖评奖阶段，中国理论批评家的阐释得

[01] 刘绍铭：《入了世界文学的版图——莫言著作、葛浩文译文印象及其他》，《作家》1993 年第 8 期。
[02] 刘江凯：《本土性、民族性的世界写作——莫言的海外传播与接受》，《当代作家评论》2011 年第 4 期。

到了呼应。授奖词对于莫言的写作进行了细密而哲理化的提炼，指出他"嬉笑怒骂的笔调，不加掩饰地讲说声色犬马""飞越在整个人类的存在状态之上"的想象，对所有价值的"彻底颠覆"，运用"夸张、戏仿并在神话和传说中开局起步"的写作，都让他成为比拉伯雷、斯威夫特、加西亚·马尔克斯之后的大多数作家都"更趣味横生"的作家。可以说，在文学批评与文学生产的一次次博弈中，批评家与作家通过不断的争辩和对话合力塑造了"莫言"形象，从而使当代文学的格局、意义和价值得以改变和提升，文学批评的资源、面貌和美学风格也不断得以建构和更新。也许，这是莫言研究最为重要的意义之一吧。

（曹霞）

转型与深化——20世纪90年代文学研究

第三节　通向诺贝尔文学奖之路：莫言的海外接受之旅

　　莫言是中国最富活力、创造力和影响力的作家之一，无论是在国内还是海外，都享有很高的声誉。在国内为数不多的当代作家作品海外传播研究文章中，关于莫言的研究相对较多。在海外中国当代作家研究中，莫言研究无疑也是一个重镇。本文以莫言的海外接受为重心，围绕莫言作品的海外翻译、出版、接受与研究状况展开，希望通过这一案例的分析，揭示和探讨中国当代文学海外传播过程中存在的规律与可能的问题。

一、作品翻译

　　一般认为，莫言在国内的成名作是《透明的红萝卜》，1986 年《红高粱家族》的出版则奠定了他在中国当代文坛的地位。根据对莫言作品翻译的整理，《红高粱》是他在海外最先翻译并获得声誉的作品。这部作品于 1990 年推出法语版，1993 年同时推出英语、德语版。莫言的作品被翻译成多种语言出版，并先后获得过法国"Laure Bataillin 外国文学奖"、"法兰西文化艺术骑士勋章"、意大利"NONINO 国际文学奖"、日本"福冈亚洲文化大奖"及美国"纽曼华语文学奖"等国外奖项。作品被广泛地翻译出版并且屡获国外文学奖，在客观上显示了莫言作品的海外传播影响以及接受程度。为了更直观、详细、准确地了解莫言作品的海外出版状况，笔者综合各类信息来源，对莫言的海外出版作品列表如下。

莫言作品翻译统计列表 [01]

语种	中文/译名	外文	译者	出版社	年份
法语	檀香刑	Le supplice du santal	Chantal Chen-Andro	Paris: Points, impr. Paris: Seuil	2009. 2006
	生死疲劳	La dure loi du karma	Chantal Chen-Andro	Paris: Éd. du Seuil, DL	2009
	四十一炮	Quarante et un coups de canon	Noël Dutrait; Liliane Dutrait	Paris: Seuil	2008
	天堂蒜薹之歌	La mélopée de l'ail para-disiaqu	Chantal Chen-Andro	Paris: Points, impr. Paris: Éd. Messidor	2008. 1990
	欢乐	La joie	Marie Laureillard	Arles : P. Picquier	2007
	会唱歌的墙	Le chantier		Paris: Seuil Scandéditions	2007. 1993
	师傅越来越幽默	Le maître a de plus en plus d'humour	Noël Dutrait	Paris: Points, impr.	2006
	丰乳肥臀	Beaux seins, belles fesses: les enfants de la famille Shangguan	NoëlDutrait; Liliane Dutrait	Paris: Éd. du Seuil, DL	2005. 2004
	爆炸	Explosion	Camille Loivier	Paris: Caractères	2004
	藏宝图	La carte au trésor	Antoine Ferragne	Arles : P. Picquier	2004
	十三步	Les treize pas	Sylvie Gentil	Paris: Éd. du Seuil	2004. 1995
	铁孩	Enfant de fer	Chantal Chen-Andro	Paris: Seuil	2004
	透明的红萝卜	Le radis de cristal	Pascale Wei-Guinot; Xiaoping Wei	Arles : P. Picquier	2000. 1993
	酒国	Le pays de l'alcool	Nöel Dutrait; Liliane Dutrait	Paris: Seuil	2000
	红高粱家族	Le clan du sorgho	Pascale Guinot	Arles : Actes Sud	1990
越南语	蛙	Éch	Nguyên Trần (陈中喜)	Hà Nội : Văn học	2010
	战友重逢	Ma chiến hữu	Trung Hỷ Trần	Hà Nội : Nhà xuất bản Văn học	2009
	牛	Trâu thiến	Trung Hỷ Trần	à Nội : Văn Hóa Thông Tin	2008
	红蝗	Châu chấu đỏ	Trung Hỷ Trần	Hà Nội : Văn học,	2008
	筑路	Con đường nước mắt	Trung Hỷ Trần	Hà Nội : Văn học,	2008

[01] 本表主要依据世界图书馆联机检索（WorldCat）整理，同时参考了 Googlebook、Amazon 资源进行补充。表中空白部分表示没有来源信息，个别作品名因无法确定中文原名保留空白。

续 表

语种	中文/译名	外文	译者	出版社	年份
越南语	白棉花	Bạch miên hoa	TrungHỷ Trần	Hà Nội : Văn học,	2008
	丰乳肥臀	Báu vật của đời	Đình Hiến Trần（陈庭宪）	TP. Hồ Chí Minh : Nhà xuất b Hà Nội Văn ản Văn nghệ	2007. 2002
	生死疲劳	Sống đọa thác đày	TrungHỷ Trần（陈中喜）	Hà Nội : Nhà xuất bản Phụ nữ,	2007
	四十一炮	Tứ thập nhất pháo	TrungHỷ Trần（陈中喜）	Nhà xuất bản Văn Nghệ,	2007
	生蹼的祖先们	Tổ tiên có màng chân	Thanh Huệ.; Việt Dương Bùi	Nhà xuất bản Văn học,	2006
	酒国	Tửu quốc : tiểu thuyết	Đình Hiến Trần（陈庭宪）	Hà Nội :Nhà xuất bản Hội nhà văn,	2004
	檀香刑	Đàn hương hình	Đình Hiến Trần（陈庭宪）	Hà Nội : NXB Phụ nữ,	2004
	四十一炮	Bốn mươi mốt chuyện tầm phào	Đình HiénTrần（陈庭宪）	Hà Nội] : Nhà xuất bản Văn Học, [	2004
	红树林	Rừng xanh lá đỏ	Đình Hiến Trần	Hà Nội :Nhà xuất bản Văn Học,	2003
英语	生死疲劳	Life and death are wearing me out	Howard Goldblatt（葛浩文）	New York : Arcade Pub	2008
	变	Change	Howard Goldblatt	London ; New York : Seagull,.	2010
	丰乳肥臀	Big breasts and wide hips	Howard Goldblatt	London : Methuen ; NY: Arcade Pub	2004. 2005
	师傅越来越幽默	Shifu, you'll do anything for a laugh	Howard Goldblatt; Sylvia Li-chun Lin	London : Methuen	2002
	酒国	The republic of wine	Howard Goldblatt	London : Penguin ; NY: Arcade Pub	2001. 2000
	天堂蒜薹之歌	The Garlic Ballads	Howard Goldblatt	NYPenguin Books New York : Viking	1996. 1995
	红高粱	Red sorghum	Howard Goldblatt	NYPenguin Books ; NY Viking	1994. 1995. 1993
韩语	四十一炮	사십일포 : 모옌장편소설		문학과지성사	2008
	天堂蒜薹之歌	티엔탕마을마늘종노래	Hong-bin Im	문학동네 랜덤하우스	2008. 2007
	红高粱家族	홍까오량 가족	Yŏng-ae Pak	문학과지성사 , Sŏul : Munhak kwa Chisŏngsa	2007
	食草家族	P'ul mŏknŭn kajok		Sŏul-si : Raendŏm Hausŭ	2007
	檀香刑	T'an syang sing	Myŏng-ae Pak	Sŏul : Chungang M & B,	2003
	透明的红萝卜	꽃다발을안은여자	Kyŏng-dŏk Yi	호암출판사	1993

续表

语种	中文/译名	外文	译者	出版社	年份
日语	生死疲劳	転生夢現〈上、下〉	吉田 富夫	中央公論新社	2008
	四十一炮	四十一炮 Yonjūippō	Tomio Yoshida	中央公論新社	2006
	白狗秋千，莫言短篇自选集	白い犬とブランコ—莫言自選短編集	吉田 富夫	日本放送出版協会	2003
	檀香刑	白檀の刑〈上，下〉	吉田 富夫	中央公論新社	2003
	红高粱	赤い高粱	Akira Inokuchi	岩波書店	2003
	最幸福的时刻——莫言中短篇集	至福のとき—莫言中短編集	吉田 富夫	平凡社	2002
	丰乳肥臀	豊乳肥臀（上，下）	吉田 富夫	平凡社	1999
	酒国	酒国：特捜検事丁鈎児（ジャック）の冒険	藤井 省三	岩波書店	1996
	来自中国之村——莫言短篇集	中国の村から—莫言短篇集（発見と冒険の中国文学）	藤井 省三、長堀祐	JICC 出版局	1991
	莫言选集	莫言（現代中国文学選集）	井口 晃	徳間書店	1989. 1990
	怀抱鲜花的女人	花束を抱く女	藤井 省三	JICC 出版局	1992
希伯来语		Baladot ha-shum	Idit Paz	Or Yehudah : Hed artsi : Sifriyat Ma'ariv	1996
	红高粱	המודא הרוד	Yoav Halevi	בירעמ תירפס, Or Yehudah : Sifriyat Ma'ariv	1994
意大利语	养猫专业户及其他故事	L'uomo che allevava i gatti e altri racconti	et al	Cuneo:Famiglia cristiana；Torino: Einaude	2008. 1997
波兰语	丰乳肥臀	Obfite piersi, pełne biodra	Katarzyna Kulpa	Warszawa:Wydawnictwo W.A.B	2007
	酒国	Kraina wódki	Katarzyna Kulpa	同上	2006
西班牙语	红高粱	Sorgo rojo		Barcelona El Aleph Barcelona : Muchnik	2009. 1992.
德语	酒国	Die Schnapsstadt	Peter Weber-Schäfer	Reinbek bei Hamburg : Rowohl	2002
瑞典语	天堂蒜薹之歌	Vitlöksballaderna		Stockholm : Tranan	2001
	红高粱	Det röda fältet	Anna Gustafsson Chen	Stockholm : Tranan,	1998. 1997
挪威语	红高粱	Rødt korn		Oslo : Aschehoug	1995

　　上述列表显然并不全面，仅以德语作品为例，除表中《酒国》外（2005年再版），莫言的德译作品还有《红高粱家族》（Das rote Kornfeld, Peter Weber–Schäfer 译，有 Rowohlt 1993、1995 版，Unionsverlag 2007 版）、《天堂蒜薹之歌》（Die Knoblauchrevolte, Andreas Donath 译，有 Rowohlt 1997、1998、2009 版）、《生死疲劳》（Der Überdruss, Martina Hasse 译，Horlemann 2009 版）、《檀香刑》（Die Sandelholzstrafe, Karin Betz 译，Insel Verlag 2009 版）和中短篇小说集《枯河》（Trockener Fluß, Bochum 1997 版）以及短篇小说合集《中国当代短篇小说集》（包括莫言、阿来、叶兆言、李冯，Chinabooks 2009 版）。莫言的意大利语作品除了表中收录的外，经查还包括：《红高粱》（Sorgo rosso 译，Einaudi 2005 版）《丰乳肥臀》（Grande seno, Fianchi larghi 译，Einaudi 2002、2006 版），《檀香刑》（Il supplizio del legno di sandalo 译，Einaudi 2005、2007 版），《生死疲劳》（Le sei reincarnazioni di Ximen Nao 译，Einaudi 2009 版）。莫言的越南语作品数量很多，其早期代表作品《透明的红萝卜》（củ cải đỏ trong suốt）、《红高粱家族》（Cao lương đỏ, Lê Huy Tiêu 黎辉肖，Nhà xuất bản Lao Động 译，劳动出版社 2006 年版）已有越语翻译。除了个人作品外，也有莫言和其他中国当代作家一起翻译的作品集，这里不再列出。

　　可以看出，莫言作品被翻译较多的语种有法语、英语、德语、越南语、日语和韩语。其作品海外传播地域的分布和余华及苏童的作品具有相似性：呈现出以发达资本主义国家和受中国文化影响较大的亚洲国家为中心的特点。这说明经济发展水平和文化关联程度是制约中国文学海外传播最基本的两个要素，在此基础上，才会进一步分化出其他更为具体的不同接受原因。从莫言的主要传播地域来看，以英法德为代表的西方接受和以日韩越为代表的东方接受有哪些异同？这里其实产生了一个很复杂的问题：究竟有哪些主要的因素在根本上制约着文化间的交流方向和影响程度？我们知道文化和政治、经济并不总是平衡发展的事实，中国作为文明古国，产生了不同于西方并且可以与之抗衡的独立文化体系，形成了以自身为中心的亚洲文化圈。当它的国力发生变化时，它会对文化传播的方向、规模、速度产生哪些影响？这些都值得更深入探讨。

　　中国当代文学的西译往往是由法语、德语或英语开始的，并且相互之间有着很大的影响。一般来说，如果其中一个语种获得了成功，其他西方语种就会很快跟进，有些作品甚至并不是从中文翻译过去的，而是在这些外文版之间相互翻译。就笔者查阅的中国当代作家作品而言，一般来说法语作品出现得最早。莫言的西方语种翻译也符合这个特点，如《红高粱家族》法语版最早于 1990 年推出，1993年又推出《透明的红萝卜》法语版；德语和英语版《红高粱》则都于 1993 年推出并多次再版，反映了这部作品的受欢迎程度。相对于西方语种，东方国家如越南和韩国对中国当代文学的翻译高潮一般出现在新世纪以后，尤其是越南，其对中国当代文学的翻译之多出乎笔者的意料。许多当代作家作品被翻译最多的语种往往是法语或越南语，并不是想象中的英语，如本表中显示莫言翻译作品最多的语种是法语，其作品在法国的影响力也很大。莫言在一次访谈中曾表示：除了《丰乳肥臀》《藏宝图》《爆炸》《铁孩》4 本新译介的作品，过去的《十三步》《酒国》《透明的红萝卜》《红高粱》又都出版了简装本，书展上同时有八九本书在卖[01]。另外，《丰乳肥臀》在法国出版以后，确实在读者中引起一定的反响，正面的评价比较多。他在法国期间，法国《世界报》《费加罗报》《人道报》《新观察家》《视点》等重要的报刊都做了采访或者评论，使得他在书展期间看起来比较引人注目。

　　从以上统计来看，日本是亚洲甚至全世界最早译介莫言作品的国家。如 1989 年就有井口晃翻译的《现代中国文学选集：莫言》，并很快再版，之后有 1991 年藤井省三、长堀祐翻译的《莫言短篇小说集》。日本汉学家谷川毅表示："莫言几乎可以说是在日本代表着中国当代文学形象的最主要人物之一。无论是研究者还是普通百姓，莫言都是他们最熟悉的中国作家之一。"据谷川毅讲，是电影把莫言带进了日本，"根据莫言的小说改编的电影在日本很受欢迎，他的小说也随之开始引起注意，所以，他进入日本比较早"[02]。莫言的韩语译作除一部外，其余都集中在了 21 世纪，而越南语作品自 2004 年以来竟然出版多达十种以上，其出版速度和规模都是惊人的。有越南学

---

[01] 术术：《莫言、李锐："法兰西骑士"归来》，《新京报》，2006 年 11 月 11 日。
[02] 王研：《日本文学界只关注三位中国作家：莫言阎连科和残雪》，《辽宁日报》，2009 年 10 月19 日。

者指出:"在一些书店,中国文学书籍甚至长期在畅销书排行榜中占据重要位置。而在这些文学作品中,莫言是一个引人注目的代表性作家,其小说在中国作家中是较早被翻译成越南语的,并很受越南读者的欢迎,在越南国内引起过很大的反响,被称作越南的'莫言效应'","根据越南文化部出版局的资料显示,越南语版的《丰乳肥臀》是 2001 年最走红的书,仅仅是位于河内市阮太学路 175 号的前锋书店一天就能卖 300 多本,营业额达 0.25 亿越南盾,创造了越南近几年来图书印数的最高纪录。"[01] 越南著名诗人、批评家陈登科评论说:"我特别喜欢莫言的作品,尤其是《丰乳肥臀》与《檀香刑》两

莫言《檀香刑》
作家出版社 2001 年版

部小说。莫言无疑是当今世界上最伟大的作家之一。"对于莫言及其他中国当代文学作品在越南走红的原因,笔者很赞同陶文琉的分析。首先,莫言作品具有高贵的艺术品质。通过《丰乳肥臀》与越南当代小说的比较,他指出中越当代文学发展的过程中其实存在着某种相同的倾向,突出地体现在思想与审美趋向以及文学艺术的建构与发展方面。其次,莫言作品能够在越南风行还跟中越两国共有的历史文化传统有关。中越不但在历史上都深受儒家文化的影响,形成了相近的文化情趣与历史情结,且 20 世纪 80 年代后两国都进入了转型时期,在政治、经济、文化、思想等社会多方面也有许多相似之处。最后,莫言作品在越南能够产生广泛影响,也是全球化时代文化交流的必然产物。

二、莫言作品的海外研究

莫言作品的海外传播规模和影响力,使之很自然地成为海外研究中国当代文学的代表之一。笔者在查阅和整理资料的过程中发现了一个基本规律:如果一个作家的作品翻译语种多、作品数量多、再版次数多,必然会产生研究成果多的效应,这些作家往往也是在国内被经典化的作家。在英、法、德、日几个语种间,都有大量关于莫言的研究文章,限于语言能力,笔者这里只对部分有代表性的英语研究成果

[01] [越]陶文琉,《以〈丰乳肥臀〉为例论莫言小说对越南文学的影响》,中国文学网,http://www.literature.org.cn/Article.aspx?ID=33785。

进行简要梳理。

和中国一样，海外学术期刊是研究莫言最重要的阵地之一，海外主要涉及中国当代文学的学术期刊几乎都有关于莫言的研究文章。如《当代世界文学》（World Literature Today）曾专门出版过莫言评论专辑，发表了 Chan, Shelley W 的《从父性到母性：莫言的〈红高粱〉与〈丰乳肥臀〉》（From Fatherland to Motherland: On Mo Yan's Red Sorghum and Big Breasts and Full Hips），葛浩文（Howard Goldblatt）的《禁食》（Forbidden Food: "The Saturnicon" of Mo Yan），托马斯·英奇（Inge, Thomas M）的《西方人眼中的莫言》（Mo Yan Through Western Eyes），王德威的《莫言的文学世界》（The Literary World of Mo Yan）四篇文章。[01] 另一个重要的中国现当代文学研究期刊《中国现代文学与文化》（前名为《中国现代文学》）也先后发表过周英雄（Chou, Ying-hsiung）的《红高粱家族的浪漫》（Romance of the Red Sorghum Family）、Ling Tun Ngai 的《肛门无政府：读莫言的〈红蝗〉》（Anal Anarchy: A Reading of Mo Yan's The Plagues of Red Locusts）、陈建国的《幻像逻辑：中国当代文学想象中的幽灵》（The Logic of the Phantasm: Haunting and Spectrality in Contemporary Chinese Literary Imagination，该文同时分析莫言、陈村、余华的作品），Stuckey, G. Andrew 的《回忆或幻想？红高粱的叙述者》（Memory or Fantasy? Honggaoliang's Narrator）。[02] 其他期刊上研究莫言的文章还有刘毅然（音，Liu, Yiran）的《我所知道的作家莫言》，蔡荣（音，Cai, Rong）的《外来者的问题化：莫言〈丰乳肥臀〉中的父亲、母亲与私生子》，Guptak, Suman 的《李锐、莫言、阎连科和林白：中国当代四作家访谈》，Inge, Thomas M 的《莫言与福克纳：影响与融合》，孔海莉（音，Kong, Haili）的《端木蕻良与莫言虚构世界中的"母语土壤"精神》，Ng, Kenny K.K. 的《批判现实主义和农民思想：莫言

---

[01] *World Literature Today* 74, 3 (Summer 2000).

[02] *Modern Chinese Literature* 5, 1 (1989): pp.33—42; 10, 1, 2 (1998): pp.7—24; *Modern Chinese Literature and Culture* 14, 1 (Spring 2002): pp.231—65; 18, 2 (Fall 2006): pp.131—62.

的大蒜之歌》和《超小说，同类相残与政治寓言：莫言的酒国》，杨小滨的《酒国：盛大的衰落》，等等。[01]

　　除了学术期刊外，各类研究论文集中也有不少文章涉及莫言。如著名的《哥伦比亚东亚文学史》中国文学部分就收有伯佑铭（Braester, Yomi）的《莫言与〈红高粱〉》（*Mo Yan and Red Sorghum*）[02]；其他还有 Feuerwerker 和梅仪慈（音，Yi-tsi Mei）合作的《韩少功、莫言、王安忆的"后现代寻根"》（*The Post-Modern 'Search for Roots' in Han Shaogong, Mo Yan, and Wang Anyi*）[03]，杜迈克（Duke, Michael）的《莫言 1980 年代小说中的过去、现在与未来》（*Past, Present, and Future in Mo Yan's Fiction of the 1980s*）[04]，Lu, Tonglin 的《红蝗：逾越限制》（*Red Sorghum: Limits of Transgression*）[05]，王德威（Wang, David Der-wei）的《想象的怀乡：沈从文，宋泽莱（音），莫言和李永平》（*Imaginary Nostalgia: Shen Congwen, Song Zelai, Mo Yan, and Li Yongping*）[06]，岳刚（音，Yue, Gang）的《从同类相残到食肉主义：莫言的酒国》（*From*

[01] The Writer Mo Yan as I Knew Him. Chinese Literature (Winter 1989): pp.32—42. Problematizing the Foreign Other: Mother, Father, and the Bastard in Mo Yan's Large Breasts and Full Hips, Modern China 29, 1 (Jan. 2003): pp.37—108. Li Rui, Mo Yan, Yan Lianke, and Lin Bai: Four Contemporary Chinese Writers Interviewed." Wasafiri 23, 3 (2008): pp.28—36. Mo Yan and William Faulkner: Influence and Confluence.Chinese Culture The Faulkner Journal 6, 1 (1990): pp.15—24. The Spirit of 'Native-Soil' in the Fictional World of Duanmu Hongliang and Mo Yan. China Information 11, 4 (Spring 1997): pp.58—67. Critical Realism and Peasant Ideology: The Garlic Ballads by Mo Yan. Chinese Culture 39, 1 (1998): pp.46—109. Metafiction, Cannibalism, and Political Allegory: Wineland by Mo Yan. Journal of Modern Literature in Chinese 1, 2 (Jan. 1998): pp.48—121. The Republic of Wine: An Extravaganza of Decline.Positions 6, 1 (1998): pp.7—31.

[02] Columbia Companion to Modern East Asian Literatures. NY: Columbia UP, 2003, pp. 45-541

[03] In Feuerwerker, Ideology, Power, Text: Self-Representation and the Peasant "Other" in Modern Chinese Literature. Stanford: SUP, 1998, pp. 188-238.

[04] In Ellen Widmer and David Wang, eds, From May Fourth to June Fourth: Fiction and Film in Twentiety-Century China. Cambridge: Harvard UP, 1993, pp. 295-326.

[05] In X. Tang and L. Kang, eds. Politics, Ideology, and Literary Discourse in Modern China: Theoretical Interventions and Cultural Critique. Durham: Duke UP, 1993, pp. 188-208.

[06] In Ellen Widmer and David Wang, eds. From May Fourth to June Fourth: Fiction and Film in Twentiety-Century China. Cambridge: Harvard UP, 1993, pp. 107-132.

Cannibalism to Carnivorism: Mo Yan's Liquorland）[01]，张学平
（Zhang, Xueping）的《杂种高粱和寻找男性阳刚气概》（Zazhong
gaoliang and the Male Search for Masculinity）[02]，朱玲（音，
Zhu, Ling）的《一个勇敢的世界？红高粱家族中的"男子气概"和
"女性化"的构建》（A Brave New World? On the Construction
of "Masculinity" and "Femininity" in The Red Sorghum
Family）[03]，等等。海外研究中国当代文学的博士论文，一般来说，
很少有单独研究某一当代作家的文章，多数是选择某一主题和几位作
家的作品完成。如加拿大英属哥伦比亚大学 2004 年博士毕业的方津
才（音，Fang, Jincai），其论文题目为《中国当代男性作家张贤亮、
莫言、贾平凹小说中父系社会的衰落危机与修补》[04]。当然，除了
英语外，法语、德语也有许多研究成果，如执教于巴黎七大的法国
诗人、翻译家、汉学家尚德兰（Chen-Andro, Chantal）女士，主
要负责 20 世纪中国文学和翻译课程，对中国当代诗歌的法译做出了
重要贡献。她也对莫言的小说颇有研究兴趣，曾撰写有《莫言"红高
粱"》（Le Sorgho rouge de Mo Yan）一文[05]。

莫言的英译作品目前有《红高粱》《天堂蒜薹之歌》《酒国》《丰
乳肥臀》《生死疲劳》《师父越来越幽默》和《爆炸》，译者主要是
被称为现代文学的首席翻译家的葛浩文先生。对莫言文学作品的研
究发表在 Chinese Literature, Modern Chinese Literature and
Culture（前身是 Modern Chinese Literature），World Literature
Today, Modern China, China Information, Journal of Modern
Literature in Chinese, Positions 等著名期刊上[06]。当然，在各类

---

[01] In Yue, The Mouth that Begs: Hunger, Cannibalism, and the Politics of Eating in Modern China. Durham: Duke University Press, 1999, pp. 88-262.

[02] In Masculinity Besieged. Issues of Modernity and Male Subjectivity in Chinese Literature of the Late Twentieth Century. Durham: Duke UP, 2000, pp. 49-119.

[03] Lu Tonglin, eds. Gender and Sexuality in Twentieth-Century Chinese Literature and Society. Albany: SUNY Press, 1993, pp. 34-121.

[04] The Crisis of Emasculation and the Restoration of Patriarchy in the Fiction of Chinese Contemporary Male Writers Zhang Xianliang, Mo Yan, and Jia Pingwa. Ph.D. Diss. Vancouver: University of British Columbia, 2004.

[05] In La Litterature chinoise contemporaine, tradition et modernite: colloque d'Aix-en-Provence, le 8 juin 1988. Aix-en-Provence: Publications de l'Universite de Provence, 1989, pp. 11-13.

[06] 关于海外期刊的内容，笔者在博士论文稿"海外期刊与中国当代文学"一章有专门论述。

报纸媒介上也有许多关于莫言及其作品的评论。海外对莫言的研究角度各异，从题目来看，大体可以分为以下几类：作品研究，如对《红高粱》《酒国》等的分析——这类研究数量最多，往往是从作品中提炼出一个主题进行；比较研究，如 Guptak，Suman 对莫言和李锐的比较，孔海莉对莫言和端木蕻良的比较，王德威的《想象中的原乡：沈从文、宋泽莱、莫言和李小平》以及方津才的文章等；还有一类可以大致归为综合或整体研究，如王德威、刘毅然、杜迈克等人的文章。作品研究里，以对《红高粱》《丰乳肥臀》《酒国》的评论最多。

现为哈佛大学教授的王德威在《莫言的文学世界》一文中认为：莫言的作品多数喜欢讨论三个领域里的问题，一是关于历史想象空间的可能性；二是关于叙述、时间、记忆之间错综复杂的关系；三是重新定义政治和性的主体性[01]。文章以莫言的五部长篇小说和其著名的中篇为基础展开论证，认为莫言完成了三个方向的转变，它们分别是：从天堂到茅房，从官方历史到野史，从主体到身体。莫言塑造的人物没有一个符合"伟光正"的人设，这些有着俗人欲望、俗人情感的普通人正是对传统文学人物形象的挑战。在谈到《红高粱》时他说："我们听到（也似看到）叙述者驰骋在历史、回忆与幻想的'旷野'上。从密密麻麻的红高粱中，他偷窥'我爷爷''我奶奶'的艳情邂逅……过去与未来，欲望与狂想，一下子在莫言小说中化为血肉凝成的风景。"[02] 文章最后指出，之所以总是提及"历史"这一词汇是因为他相信这是推动莫言小说世界的基本力量，这也在客观上证明了他一直试图通过小说和想象来替代的努力。莫言不遗余力地混杂着他的叙述风格和形式，这也正是他参与构建历史对话最有力的武器。

时任弗吉尼亚州伦道夫—梅肯学院英文系教授的托马斯·英奇（Thomas M. Inge）也对莫言大加赞赏，他在《西方人眼中的莫言》一文开头就讲："莫言有望作为一个世界级的作家迈入二十一世纪更广阔的世界文学舞台。"文章着重分析了《红高粱》《天堂蒜薹之歌》和《酒国》三部作品。如他认为《红高粱》营造了一个神奇的故乡，整部小说具有史诗品质，其中创新性的叙事方式颠覆了官方的历史真实性，对日本侵略者也非简单地妖魔化处理，在创作中浸透着作者的观点，塑造了丰满、复杂性格的人物形象，等等，这些都是这部作品取得成功的重要因素。他认为莫言已经创作出了一批独特有趣、既对中国当代文学有益又保持自身美学原则的作品，莫言正以其创作积极地投身于把中国文学带入世界文学的进程中。他说不止一个批评家同意加拿大英属哥伦比亚大学的杜迈可（Michael Duke）教授的意见：莫言"正越来越显示出他作为一个真正伟大作家的潜力"。杜迈可对莫言的《天堂蒜薹之歌》很欣赏，认为这部作品把所有技巧性的因素和主题性的因素融为一体，创作了一部风格独特、感人至深、思想深刻的成熟的艺术作品。这是莫言最具有思想性的文本，它支持改革，但是没有任何特殊的政治因素。它是 20 世纪中国小说中形象地再现农民生活复杂性的最具想象力和艺术造诣的作品之一。在这部作品中，莫言或许比任何一位写作农村题材的 20 世纪中国作家更加系统深入地进入中国农民的内心，引导我们感受农民的感情，理解他们的生活 [01]。

时任科罗拉大学的葛浩文教授在《禁食》一文里，从东西方文学中人吃人现象谈到莫言对于吃人肉这个问题的处理。文章首先分析两种"人吃人"类型，一种是"生存吃人"，他举了美国 1972 年 Andean 失事飞机幸存者依靠吃死难者尸体生存下来的例子；另一种是"文化吃人"（learned cannibalism），这种"吃人"通常有文化或其他方面公开的理由，如爱、恨、忠诚、孝、利益、信仰、战争等。作者认为吃人尽管经常和"野蛮"文化联系在一起，却也因为它具有强烈的寓言、警醒、敏感、讽刺等效果常被作家描写。具体到《酒国》，他指出《酒国》是一部有多重意义的小说，它直面许多中国人的国民性，如贪吃、好酒、讳性等特征，探讨了各种古怪的人际关系，戳穿了靠一个好政府来治理文明国家的神话。他认为，既然《酒国》中的吃人肉不是出于仇恨，不是出于饥荒导致的匮乏，而是纯粹寻求口腹之乐，那么作者这样写显然是一种寓言化表达：中国由来已久对农民的剥夺和人民政府的代表们对人民的压迫，以及作

[01] 杜迈可、季进、王娟娟：《论〈天堂蒜薹之歌〉》，《当代作家评论》2006 年第 6 期。

家对于整个社会是否还有人性存在提出的强烈质疑。科罗拉大学的 W. Shelley Chan 博士《从父性到母性》一文则对莫言的《红高粱》和《丰乳肥臀》进行了分析。她认为《红高粱》表现出来的对历史的不同书写，从意识形态的角度肯定了莫言对僵化革命话语的颠覆和解构。《丰乳肥臀》中父亲形象的缺失可以被看作是对僵化革命话语模式的挑战，因此这部作品可以被视作对共产主义父权意识形态的一种叛离。不仅如此，作品中的性描写充满了对过去意识形态的反叛意味，作者通过这些手法，在质疑历史的同时也审视了中国当下的国民性和文化。

对于《丰乳肥臀》，《华盛顿邮报》专职书评家乔纳森·亚德利（Jonathan Yardley）评价，此书处理历史的手法让人联想起不少盛名之作，如拉什迪的《午夜的孩子们》和加西亚·马尔克斯的《百年孤独》，不过它远未达到这些作品的高度。"此书的雄心值得赞美，其人道情怀亦不言而喻，却唯独少有文学的优雅与辉光。"亚德利盛赞莫言在处理重大戏剧场面——战争、暴力和大自然的剧变时的高超技巧。"尽管二战在他出生前 10 年便已结束，但这部小说却把日本人对中国百姓和抗日游击队的残暴场面描绘得无比生动。"给亚德利印象最深的，是莫言在小说中呈现的"强烈的女权主义立场"，他对此感到很难理解。亚德利说，尽管葛浩文盛名在外，但他在翻译此书时，或许在信达雅之间搞了些平衡，其结果便是莫言的小说虽然易读，但行文平庸，结构松散。书中众多人物虽然有趣，但西方读者因为不熟悉中文姓名的拼写而很难加以区别。提到《丰乳肥臀》的缺点，亚德利写道："那多半是出于其远大雄心，超出了素材所能负担的限度。这没什么不对。"[01] 他还认为此书也许是莫言的成功良机，或可令他获得诺贝尔文学奖的青睐。

莫言《生死疲劳》
作家出版社 2006 年版

以上我们主要列举了海外专家对莫言作品的一些评论意见，下面我们来看一下海外普通读者对《生死疲劳》的相关评论。在英文版卓

[01] 康慨：《莫言"雄心"被赞〈丰乳肥臀〉英文版出版》，《东方早报》，http://read.big5. anhuinews.com/system/2004/12/03/001064168.shtml，2004 年 12 月 3 日。

越网上笔者看到了八九个读者对这部作品的评论意见，基本上都是正面、肯定的意见，但是理由各有不同。如一名叫 wbjonesjr1 的网友评论道："《生死疲劳》是了解'二战'后中国社会内景的一种简捷方式。"他强调了这部小说的情节控制速度、戏剧性和其中的幽默意味，尤其佩服、惊叹于莫言对小说长度的巧妙化解，每个轮回都是一个独立的故事，这样读者就不会掉入漫长的阅读过程中了。网友 Bradley Thomas JohnQPublic 认为这部书对于西方人来说，可以帮助他们了解其他人的生活以及意识到他们的道德意识并不一定适用于其他领域。也有一些读者似乎对"长度"感到很困难，至少有两名网友提到虽然这本书故事精彩，内容丰富，但仍然让他们感到有点"疲劳"，一名叫 Blind Willie 的网友说："我推荐这本书，但有时《生死疲劳》也确实让我感到很疲劳。"在其他的一些评论中，有些评论者则指出了《生死疲劳》在民俗、人物性格刻画、叙述方面的高超技巧，当然也有人指出这部作品的不足之处，如认为小说的最后三分之一写得太松散等。

三、莫言作品海外传播的原因分析

在讨论莫言作品海外传播原因之前，我们应该首先思考另一个更普遍的问题：中国当代文学在海外不断得到传播的原因有哪些？这显然不是一个三言两语就能讲清楚的问题。提出这个问题的关键在于笔者想指出：中国当代作家作品的海外传播除了他本人的艺术素质外，往往离不开这种更大的格局，并且有时候这种大格局甚至会从根本上制约着作家作品的海外传播状况。比如当前世界似乎正在泛起的"中国热"的带动效应；再如当文化传播作为一种政府行为时，作家作品的选择就会受到过滤和筛选；大型的国家、国际文化活动也会加速或扩大作品的译介速度和范围，更不用说国家整体实力的变化，国家间经济、文化关系方面出现重大变化带来的种种影响了。就整体而言，这些基础性的影响因素还包括政治意识形态与文学的关系、东西方文明的交融与对抗、政府或民间交流的需要等。笔者曾就此问题做过一份海外学者的调查问卷，美国华盛顿大学的伯佑铭（Yomi Braester）教授的观点正好印证了笔者的判断。他认为：中国国际综合实力、政府文化活动、意识形态差异、影视传播、作家交流、学术推动、中国当代文学中的地域风情、民俗特色、传统和时代的内容，以及独特文学经验和达到的艺术水平等，都是推动中国当代文学海外传播的重要因素。而作家作品的海外传播往往会嵌套在这一总体格局中，形成自己的传播特点。

关于莫言作品海外传播的原因，一些学者也曾做出过探讨。如张清华教授曾问过许多西方学者，他们最喜欢的中国作家是谁。回答最多的是余华和莫言。问他们为什么喜欢这两位，回答是，因为余华与他们西方人的经验"最接近"；而莫言的小说则最富有"中国文化"的色彩。因此他认为："很显然，无论在任何时代，文学的'国际化'特质与世界性意义的获得，是靠两种不同的途径，一是作品中所包含的超越种族和地域限制的'人类性'共同价值的含量；二是其包含的民族文化与本土经验的多少。"[01] 张清华教授总结出来的这两个基本途径其实也揭示了中国当代文学海外传播的基本原因：中国当代文学兼具世界文学的共通品质和本土文学的独特气质。共通的部分让西方读者容易感受和接受，独异的本土气质又散发出迷人的异域特色，使他们产生阅读兴趣。而莫言显然在本土经验和民族文化方面有着更为突出的表现。值得怀疑的是：这种地域性很强的本土经验能否被有效地翻译并且被海外读者感受和欣赏？这就涉及莫言作品海外传播比较成功的另一个重要因素——好的翻译。

中国很多当代作家的写作都充满了地域特色，如莫言和贾平凹就是两位地域色彩浓重的著名作家。莫言天马行空般的语言和贾平凹有着特殊民族传统文化积淀的方言，都会给翻译带来极大的困难。贾平凹对此深有感受：他认为中国文学最大的问题是"翻不出来"，"比如我写的《秦腔》，翻出来就没有味道了，因为它没有故事，净是语言"。他还认为中国目前最缺乏的是一批专业、优秀的海外版权经纪人。"比如我的《高兴》，来过四五个谈海外版权的人，有的要卖给英国，有的要卖给美国，后来都见不到了。我以前所有在国外出版的十几种译本，也都是别人断续零碎找上门来和我谈的，我根本不知道怎

[01] 张清华：《关于文学性与中国经验的问题——从德国汉学教授顾彬的讲话说开去》，《文艺争鸣》2007 年第 10 期。

么去找他们。"最后，他认为要培养一批中国自己的在职翻译家。[01]
翻译人才的缺乏确实是中国文学"走出去"的一个障碍。国外对中国
当代文学的翻译远远不是系统的译介，合适的翻译人才太少，使得许
多译介处于初级和零乱的阶段。顾彬教授曾与笔者在一个访谈中提到
过翻译问题，当他讲到自己为什么更多地翻译中国当代诗歌而不是小
说时，表示其中一个重要原因就是他自己也是诗人。他的潜台词是：
诗歌的语言要求更高，他培养的学生可以很好地翻译小说，但未必能
翻译诗歌。所以，优秀的翻译人才并不仅仅是语言的问题，还涉及深
刻的文化理解甚至切身的创作体验等。我们可以培养大量懂外语的
人，但要让这些人既能精深地掌握本国的语言文化，又能对他国的语
言和文化达到对等了解的程度，并且具备文学创作经验，这的确不是
一个简单任务。顾彬批评中国当代作家不懂外语，他总喜欢举现代名
家如鲁迅、老舍、郁达夫等为证，许多著名国外作家往往也能同时用
外语创作。不得不承认，从理论上讲，兼具作家、学者、翻译家三重
身份的人应该是最合适的翻译人才。莫言也许是幸运的，他的许多译
者正好符合这一特点。如英语译者是号称中国现代文学首席翻译家的
葛浩文；日语译者包括东京大学著名教授藤井省三教授等。

　　前文我们已经提到莫言作品在海外传播的另一个重要因素：张艺
谋电影的海外影响。这一点不但在日本如此，在其他西方国家也如
此。巨大的电影市场往往能起到极好的广告宣传效应，迅速推动海外
对文学作品原著的翻译出版。莫言本人也承认："中国文学走向世界，
张艺谋、陈凯歌的电影起到了开路先锋的作用。"[02] 中国当代文学和
中国电影在海外的传播与影响，充满了互生互助的味道，这一方面说
明优秀的文学脚本是电影成功的重要基础；另一方面也说明成功的电
影运作会起到一种连锁的立体效应，可以带动相关的一系列文化产业
的发展。其中的规律与利弊很值得我们认真研究。我们知道，1988
年《红高粱》获第38届西柏林电影节金熊奖，随后于1989年再获
布鲁塞尔国际电影节青年评委最佳影片奖。电影的成功改编和巨大影
响迅速推动了文学作品的翻译，这一现象并不仅仅体现在莫言的身

---

[01] 《铁凝、贾平凹：中国文学"走出去"门槛多》，《文汇报》，http://book.163.com/09/1109/
10/5NM17U2U00923K7T.html，2009年11月9日。

[02] 术术：《莫言、李锐："法兰西骑士"归来》，《新京报》，2006年11月11日。

上。张艺谋可以说是为中国当代文学的海外传播间接做出巨大贡献的第一人，他先后改编了莫言的《红高粱》（*The Red Sorghum*）、苏童的《妻妾成群》（*Raise the Red Lanterns*，译为大红灯笼高高挂）、余华的《活着》（*To Live*），这些电影在获得了国际电影大奖的同时带动或扩大了海外对这些作家小说的阅读兴趣。另一方面，莫言、苏童、余华等人的海外出版发展同时也显示：电影对文学起到了聚光灯的效应，它提供了海外读者关注作家作品的机会，但这些作品能否得到持续的关注，还得看其本身的文学价值。比如莫言就曾提到过，他的作品《丰乳肥臀》《酒国》并没有被改编成电影，却要比被改编成电影的《红高粱》反响好很多。

当然，影响莫言作品海外传播的因素还有很多，除了作品本身的艺术品质、作家表现出来的艺术创新精神、作品中丰富的内容等因素外，国外对中国文学接受环境的变化也是重要原因。我们曾谈到海外对中国当代文学的阅读和接受大体经历了一个由社会学材料向文学本身回归的趋势，这种变化使得作品的文学艺术性更多地得以彰显，这种基于纯粹文学性的接受与传播方式，对于莫言这样的作家来说，能使其创作才华更容易被人关注。笔者有幸参加了 2009 年德国法兰克福书展期间中国作家的一些演讲、谈话活动。不论是在法兰克福大学歌德学院会场，还是法兰克福文学馆的"中国文学之夜"，留下的直观印象有以下几点：参加的听众有不少是中国留学生或旅居海外的中国人。外国读者数量也会因为作家知名度的大小而产生明显变化，比如莫言、余华、苏童的演讲，会场往往爆满，而另一些作家、学者则并非那么火爆。提问的环节往往会出现文学和意识形态问题混杂在一起的现象，比如有国外记者问铁凝的方式就很有策略性。他首先问一个文学性问题，紧接着拿出一个中国异议作家的相片，问铁凝作为同行，对那位异议作家被关入狱有何评论等。在"中国文学之夜"会场上，作家莫言、刘震云、李洱等以各种形式和海外同行、读者展开对话，对中国当代文学近年来在国外传播、接受的变化提出了个人观感。如莫言在和德国作家的对话中讲到[01]：20 世纪 80 年代国外读者阅读中国小说，主要是通过文学作品了解中国社会、经济等方面的情

---

[01] 魏格林：《沟通和对话：德国作家马丁·瓦尔泽与莫言在慕尼黑的一次面谈》，《上海文学》2010 年第 3 期。类似对话在法兰克福文学馆也举行过。

转型与深化——20 世纪 90 年代文学研究

况，从纯文学艺术角度欣赏的比较少。但现在这种情况已经有了很大改观，德国的一些读者和作家同行开始抛开政治经济的视角，从文学阅读与鉴赏的角度来品味作品。德国作家马丁·瓦尔泽就曾在读完《红高粱家族》之后评价说，这部作品与重视思辨的德国文学迥然不同，它更多的是在展示个人精神世界，展示一种广阔的、立体化的生活画面，以及人类本性的心理、生理感受等。莫言得到这些反馈信息时感到很欣慰。他说：这首先说明作品的翻译比较成功，其次，国外的读者、同行能够抛开政治的色彩甚至偏见，用文学艺术以及人文的观点来品读、研究作品是件很让人开心的事。他希望国外读者能以文学本位的阅读来体会中国小说。

必须要指出的是，以上我们只是普遍性地分析了莫言作品海外传播的原因，但不同民族国家对同一作家作品的接受程度是有区别的，其中也包含了某些独特的原因。如莫言作品在法国、日本、越南的接受程度和作品选择方面也会有差别。莫言在谈到自己作品在法国较受欢迎的原因时说："法国是文化传统比较深厚的国家，是西方的艺术之都，他们注重艺术上的创新。而创新也是我个人的艺术追求，总的来说我的每部小说都不是特别注重讲故事，而是希望能够在艺术形式上有新的探索。我被翻译过去的小说《天堂蒜薹之歌》是用现实主义写法的，而《十三步》是在形式探索上走得很远。这种不断变化可能符合了法国读者求新求变的艺术趣味，也使得不同的作品能够打动不同层次、不同趣味的读者，获得相对广阔的读者群。"[01] 总的来说，在艺术形式上有探索，同时有深刻社会批判内涵的小说比较受欢迎，如《酒国》和《丰乳肥臀》。《丰乳肥臀》描写了一个非常复杂的大家庭的纷争和变化，《酒国》则是一部寓言化的、象征化的小说，当然也有社会性的内容。小说艺术上的原创性和深刻的思想内涵，是打动读者的根本原因。独立的文学经验并不代表无法和世界文学很好地融合，笔者虽然并非莫言研究的专家，但也能感受到他和其他中国当代作家完全不同的风格。以莫言和贾平凹、苏童、格非、余华、王安忆为例，笔者在阅读他们的作品《檀香刑》《生死疲劳》《秦腔》《高兴》《人面桃花》《山河入梦》《兄弟》《启蒙时代》时，感受各有

[01] 术术：《莫言、李锐："法兰西骑士"归来》，《新京报》，2006 年 11 月 11 日。

不同。莫言、贾平凹之于苏童、格非，前者倾向于民间、乡土，有着粗粝、热闹、生气勃勃的语言特性，小说散发出强烈的北方世俗味道；后者则精致、细腻、心平气和地叙述，充满了南方文人的气息。阅读《人面桃花》《碧奴》时清静如林中饮茶，而阅读《生死疲劳》《秦腔》时则热闹若台前观戏。莫言、贾平凹作品的画面感强，色彩浓重，声音响亮，气味熏人，与余华的简洁、明快、幽默，王安忆的优雅、华贵、缠长的叙述风格形成了鲜明的对比。即便是莫言和贾平凹，两者在文风上虽有相似性，但陕地和鲁地不同的风俗、语言特征也很明显地区分开了他们的作品。莫言显得比贾平凹更大开大合，汪洋恣肆，有一种百无禁忌、舍我其谁的叙述气概，鲁人的尚武、豪迈之情由此可见一斑。

　　鲁迅 1934 年在《致陈烟桥》的信件中谈论中国木刻时曾说，"现在的文学也一样，有地方色彩的，倒容易成为世界的，即为别国所注意。打出世界上去，即于中国之活动有利 [01]"，后来被人们演绎出"越是民族的，越是世界的"的说法。鲁迅的原话在他的文章语境中是十分严谨的。"越是民族的，越是世界的"，我们如果从合理的方向来理解这句话，也是可以讲通的。这里引出一个问题：写作是如何从个人出发，走出地方、民族的限制，走向世界的？就其本质来说，写作其实是完全个人化的。我们听说过有两人或集体合作的作品，有通过地方民谣等口头传唱形成的作品，也有某一民族流传形成的作品，即便这些作品最终是通过多次的个人化写作固定下来的，但好像从来没有听说过有世界范围内的传唱并形成的作品。就莫言或者其他有世界影响力的中国当代作家而言，他们的写作都是从超越个人经验出发，沾染着地方色彩、民族性格，最终被世界接受的。包括伯佑铭教授在内的许多海外学者也认可，在中国当代文学中，地方和民族风情会显示出中国文学独异的魅力，是构成世界文学的重要标志。虽然作家们都在利用地方和民族的特色，但莫言无疑是其中最为成功者之一。他以个人的才华、地方的生活、民族的情怀，有效地进入了世界的视野。

（发表于《当代作家评论》2011 年第 4 期）

[01] 鲁迅：《鲁迅全集》第 13 卷，人民文学出版社 2005 年版，第 81 页。

第四节 "内外"之间：
20世纪90年代文学的海外传播

　　本书在导论里提出要特别注意考察"世界文学中的中国文学"，在充分考虑中国文学传统和西方文学影响的前提下，从20世纪中国文学的立场出发，按照"对象统一"的原则，在国内研究的基础上，同时考察20世纪中国文学的海外传播与接受，在世界文学和中国历史的参照体系中，重新思考20世纪中国文学各个阶段的文学成就与历史特点。当笔者再次走入90年代丰富的文学现象与创作中时，笔者虽然一直在努力寻找理解90年代的恰当角度与方法，但同时也不得不承认这次写作的某些"重复"。如何寻找一种新的解读视野与方法是我们一直面临的困境。单纯地回到中国文学传统，或者一味地套用西方话语资源似乎都不是明智的选择。笔者也提出了自己观察文学史分期的粗浅意见，比如从"焦虑—缓冲"的模式去理解现代民族国家与文学想象的关系，从而凸显90年代文学在近代以来文学史中的特殊意义。如果认同90年代中国文学终于摆脱了一百多年的"焦虑"、政治意识形态影响，开始进入"缓冲"、文学自觉与多元化时代，那么也意味着从这个时代起，中国文学基本完成了对西方文学长达百年的"借贷"与学习，开始更加独立地创造、表达属于自己的文学经验，开始真正地走向"世界文学"之路。所以，我们有必要从

"海外传播"的角度对 90 年代文学进行一次观察，笔者相信，这样的角度将会为我们提供非常与众不同的思考空间。

一、20 世纪 90 年代小说、诗歌、戏剧的海外传播概况

这里的"外"与"内"视域指海外与国内，尤其侧重于海外汉学（中国学）与中国（尤指大陆）学界。

汉学（sinology）是西方研究中国及其文明的一门学问，有广义和狭义之分。狭义的汉学往往指欧洲的传统，即海外学者对中国语言学、文学、历史、哲学等人文学科的研究，同时也包括某些"专学"研究，如敦煌学、考古学等等，其特点在于注重历史与人文。广义的汉学则包括 21 世纪在美国发展起来、并在今天遍及欧美的对中国近现代以及当代问题研究的"中国学"（Chinese studies）。汉学是中国文化与异质文化互相碰撞、交流、融合之后诞生、成长与发展起来的一种独特的文化。从汉学起源来看，尽管它最初是基督教传教的副产品，但却是一门与当今全球化趋势有相似特征的研究课题。

相对于海外汉学视域，本文中的另一视域特指中国大陆学界。中华文化广泛地存在于包括港澳台地区在内的更广阔的区域里，但不论是体积、数量、质量，还是文化源头、传承、影响，无疑只有大陆才能和海外构成对应的等级。笔者并没有抹杀或看轻其他区域的意思，只是觉得文明的竞争或对话正如竞技体育一样，是需要分重量级的，否则这种竞争和对话就有失衡和不对等的危险。这里的"对等"也绝无大国沙文主义的色彩，而仅指"当量"的层面。交流可以在各个层面展开，就整体而言，海外汉学和大陆学界应该可以构成一种合适的关系。从某种意义上讲，其中也隐含着东方与西方的对话关系。

"20 世纪 90 年代文学的海外传播"需要充分考虑"海外汉学"与"国内学界"两方面的信息。相对于客观的材料陈述，更难处理的是来自两种视域下的价值判断差别、材料信息对比以及由此引申、延展出来的那些更为深入的思考。相对于价值判断，我们倾向于首先解决基础材料的收集与整理问题。"汉学"天然地就有"全球化"的特性，是在"世界"中看中国，理应包括"由外而中"和"由中而外"

两个方向。笔者从"海外传播"的角度来观察90年代文学，更想强调从"中国文学"的立场出发，主动地把研究目光扩大到"海外"，在"差异"与"共通"中去发现"本土"研究中容易被遮蔽的那些问题。这无疑会增加难度，语言和文化的镣铐可能会让我们在开始时有点无所适从，但笔者相信随着时间的推移，材料的积累，方法的成熟，这样做的价值和意义终究会沉稳缓慢地显示出来。

海外传播因为涉及翻译等因素，往往会出现"滞后"现象：即外文版会比中文版晚出现几年，一般来说是5到10年。当然，随着中外交流的日益频繁，出版社之间的合作加深以及作家海外经纪人的形成等因素，"滞后"时间会越来越短。比如余华的《兄弟》和前期小说的翻译相比，2006年中文版出来以后，同年就有越南语版出现。1年以后，各语种的海外出版高峰就来临了，作者不得不花费大量时间去海外进行宣传。所以，海外在20世纪90年代出版的中国当代文学作品其实有很多是80年代的作品，而在21世纪以后出版的作品，反而更多是一些90年代的作品。

我们先来简要地了解一下20世纪90年代小说、诗歌、戏剧海外传播的状况。笔者在留学期间，曾对中国当代文学海外传播的第一手资料进行过大量的收集与整理。根据统计资料，表格共列出从中华人民共和国成立初期到2009年国内外出版的各类中国当代小说译作60部[01]。在60部作品集中，约三分之二的作品由海外出版机构完成，其中，美国和英国又占了绝大多数。当然，因为我们主要以英译为主，所以本表并不能显示出非英译作品的出版状况，事实上，法国和德国也出版了不少中国当代小说作品。表中显示，20世纪70年代以前出版数量相对较少，一共有3部，其中2部是由外文出版社译介，所选作品多是当时的主流小说。从1970年开始，如果以每10年为一个单位，出版统计结果为：20世纪70年代出版6部；20世纪80年代出版20部；20世纪90年代出版19部；2000年后出版12部。其中，以1979—1985年的出版最为集中，6年内竟然多达17部。从翻译出版来看，中国文学的海外传播和国内文学的发展关系密切，80年代被称为文学的黄金年代，海外传播也显示出耀眼

---

[01] 具体数据信息参见本人博士论文中相关表格统计，刘江凯：《认同与"延异"：中国当代文学的海外接受》，北京大学出版社2012年版。

的特征来。但如果把 90 年代和 80 年代相比较的话，就会发现，在我们感叹"文学失去了轰动效应"，感叹文学不断被边缘化的 90 年代时，其海外传播的力度却并不见得失落多少。从翻译出版作品的类型、内容来看：除少数作品集是以现代文学为主或包括现代小说，当代小说中女性文学、少数民族文学、先锋小说、异议文学等构成了主体。除此之外，还包括诸如科学小说、微型小说等类型，在多样化形态中也显示出相对集中的译介兴趣。因为是作品集，所以篇幅基本都是中短篇小说，尤其以短篇小说为主。总之，通过该统计表，我们可以初步感受到中国当代文学海外传播的整体特征，具体到这些作品集，则各有特点，限于篇幅，这里不再详细介绍。

在 20 世纪 90 年代诗歌方面，我们主要从诗集和诗人两个方面来了解。诗集比如 1992 年北京熊猫丛书和纽约企鹅同时推出的张明晖（Julia C. Liny）译《红土地上的女人：中国现代女性诗选》（*Women of the Red Plain: An Anthology of Contemporary Chinese Women's Poetry*），所选作品被认为参差不齐，既有新出现的优秀诗作，也有毛泽东时代的蹩脚作品。2009 年夏普又出版了张明晖的《20 世纪中国女性诗选》（*Twentieth-Century Chinese Women's Poetry: An Anthology*），该书介绍了从 20 世纪 20 年代到 20 世纪末大陆和台湾 40 位诗人的 245 首诗作，对每位诗人都有一个精练的个人简介，诗作风格各异、种类繁多，比较全面地通过诗歌介绍了 20 世纪中国女性诗歌的历史与现状。1993 年汉诺威、伦敦 Wesleyan UP 出版了美国翻译家托尼·巴恩斯通（Tony Barstone）《风暴之后：中国新诗》（*Out of the Howling Storm: The New Chinese Poetry*），译文也被认为比较精准，收录了不少新诗。1999 年 Hanging Loose 出版了诗人王屏（Wang Ping）在美编译的《新一代：中国当下诗歌》（*New Generation: Poems from China Today*），其中已收录朦胧诗之后出现的新一代诗人的作品。这一时期大多数英译本未能收录 20 世纪 90 年代以后的汉语诗歌作品，在编选的标准、翻译的质量等方面也各有千秋。由于译介的相对滞后，中国当代文学的先锋诗歌看起来近似历史的陈迹。最后，值得一提的是，《哥伦比亚中国现代文学选》作为海外权威的选本，其中涉及的当代诗歌部分自然也是最值得倚重的内容。该书收录了现代、当代文学时期大陆、港台地区 30 位诗人的 71 首诗，约占全书篇幅的 10%。大陆部分主要收录了从 20 世纪 70 年代至 90 年代的如穆旦、北岛、舒婷、杨炼、王晓龙、顾城等人的作品，其中一些诗作读起来还是比较有意思的，如北岛和舒婷的诗歌对话《一切》和《这也是一切》等。

20 世纪 90 年代海外也出版了许多重要的中国诗人作品，尤其以 80 年代的"朦胧诗人"为代表。比如北岛的作品，有纽约新方向（New Directions）1990 年出版的杜博妮翻译的《八月的梦游者》（*The August Sleepwalkers*）和 1991 年出版的《旧雪》（*Old Snow: Poems*）。翻译家 David Hinton 也翻译了北岛的三部诗集，分别是 1994 年的《距离的形式》（*Forms of Distance*）、1996 年的《零度以上的风景》（*Landscapes Over Zero*）和 2001 年的《在天涯》（*At the sky's edge : poems 1991—1996*），都由新方向出版。此外，新方向还在 2000 年出版了一本由 Eliot Wienberger 和 Iona Man-Cheong 共同翻译的《开锁》（*Unlock*）。天才诗人顾城在海外的影响力也比较广泛。查阅到他的三本英文诗集，最早一本是 1990 年由香港中文大学出版，森·格尔顿（Sen Golden）和朱志瑜翻译的《顾城诗选》（*Selected Poems of Gu Cheng*），这是一本翻译优雅而准确的译集，其中收录的诗歌既有代表性，又有广泛性，包含了顾城的三部诗集，并且包含了关于他个人情况以及他的蒙太奇式语言的相当多的信息。2005 年出版了另外两本诗集，分别是纽约 George Brazilier 出版，Aaron Crippen 译的《无名的小花：顾城诗歌选》（*Nameless Flowers: Selected Poems of Gu Cheng*），其中有海波（音）提供的一些插图相片；纽约新方向出版，Joseph R. Allen 译介的《海之梦：顾城诗选》（*Sea of Dreams: The Selected Writings of Gu Cheng*）。另一位朦胧诗人舒婷，她的海外译诗数量和规模相对较小，一些零散的译作通过香港《译丛》得以翻译，如 Richard King 译的《一代人的呼声》（*The Cry of a Generatio*），还有一些收录在《毛的收获，中国新一代的声音》中，如《渴望》（*Longing*），另有一些在《盐山》（*Salt Hill*）上发表，如 Gordon T. Osing 和 De-An Wu Swihart 译的《路遇》（*Meeting in the Old Path*）、《墙》（*The Wall*）等。笔者查到舒婷的两本外文诗集，分别是 1994 年香港译丛出版孔慧怡（Eva Hung）编译的《舒婷诗选》（*Selected Poems: An Authorized Collection*）；1995 年北京熊猫丛书 Gordon T. Osing and De-an Wu Swihar 翻译，William O'Donnell 编《我心如雾：舒婷诗选》（*Mist of My Heart: Selected Poems of Shu Ting*）。

其他当代诗人如翟永明、西川、王家新、王小妮、于坚、韩东、江河、欧阳江河等，都有数量不等的译作在海外传播。从柯雷教授所在的莱顿大学收集的中国当代诗歌资料来看，很多当代诗歌都及时地得到了译介，包括民刊和一些新兴诗歌流派及草根诗人。笔者在查阅资料的过程中，虽然不能悉数阅读，但仅仅通过目录检索，便可以感受到海外对中国当代诗歌的译介程度之高和范围之广。包括诗歌在内的中国文学走向世界的步伐在加快，渠道在拓宽，中外交流的机会越来越多，不论是民间力量还是政府引导，我们都需要整合各种资源，把中国优秀的当代文化融入世界中。在全球化语境中探讨中国诗歌的发展与繁荣，能让我们打开封闭的视野，增加学习世界诗歌优秀经验的机会，并最终真正促进中国当代诗歌走向成熟和进步。

就整体而言，中国当代戏剧的翻译似乎不如诗歌和小说数量多、速度快、范围广，但中国当代戏剧的海外翻译和研究却并不显得寂寥。海外对中国当代戏剧的翻译集中在两个版块，第一块是革命历史剧，以"样板戏"为代表，不论是剧本翻译还是研究专著，都呈现出大量集结的特点。另外一个版块是 20 世纪七八十年代之交和 80 年代以后涌现的批判现实以及先锋实验戏剧，从几部重要的戏剧翻译选集来看，这一部分在中国当代戏剧海外翻译和研究中的占比也不少。当然，90 年代以来中国当代戏剧继续探索的努力也在海外有一定的反响，呈现出一种正在生成的状态。本文将重点介绍一些当代戏剧海外翻译的基本情况和几部代表性的戏剧翻译选集。

有人指出中国当代戏剧经历了 20 世纪 60 年代的辉煌，70 年代的凋零，80 年代初期的复苏，自 1985 年至今处境一直艰难。[01] 如果这个描述大致符合事实，那么中国当代戏剧的翻译出版状况似乎也

---

[01]《当代戏剧之命运：论戏剧黄金时代一去不复返？》，《佛山日报》，2003 年 12 月 18 日。该文介绍了魏明伦等人的戏剧观点。

能佐证这样的判断。从时间上大致来讲，当代戏剧的两个上升繁荣期，即60年代和80年代初，正好是海外翻译出版相对缺少的时候；而它的两段低潮期，即70年代和90年代后，恰恰是翻译出版比较繁荣的时期，并且70年代的翻译出版多集中在60年代的剧目上；90年代以后的翻译出版则更多地集中在80年代初的剧目上。这显然和翻译出版的相对滞后有着明显的联系，同时也从侧面印证了中国当代戏剧的发展状况。

20世纪90年代后，当代戏剧的海外译介出现较多作品集，其中一些也较有影响。我们这里以几部90年代译介的当代戏剧选为重点展开介绍，以便得到一些直观的印象，并和70年代当代戏剧的译介形成一种对比。1996年Edwin Mellen出版余孝玲（Shiao-ling Yu）编的《文革后中国戏剧选，1979—1989》（*Chinese Drama after the Cultural Revolution, 1979—1989: An Anthology*）。全书约500页，涵盖了中国主要的两种戏剧形式，包括2部传统戏剧和5部现代话剧，这些戏剧都创作于后毛泽东时代，并体现出中国戏剧改变的某种方向。传统戏剧分别是郭大宇、习志淦的《徐九经升官记》（*Xu Jinjing's promotion*），魏明伦的《潘金莲》（*Pan Jinlian*）。现代话剧有：高行健的《绝对信号》（*Alarm Signal*）、《车站》（*The Bus Stop*），王培公的《WM》，刘锦云的《狗儿爷涅槃》（*The Nirvana of Grandpa Doggie*），何冀平的《天下第一楼》（*the first house of Beijing Duck*）。1997年由牛津大学出版的Martha Cheung和Jane Lai共编的《牛津中国当代戏剧选》（*An Oxford Anthology of Contemporary Chinese Drama*），这部选集厚达900页，编选了中国包括港台地区过去20年来优秀的15部戏剧，戏剧种类广泛，包括社会现实剧、喜剧和先锋实验剧。其中大陆6部，基本分为探索剧和现实剧两种类型，具体剧目分别是：梁秉堃的《谁是强者》（*Who's the strongest of us all?*）、刘锦云的《狗儿爷涅槃》（*Uncle Doggie's nirvana*）、高行健的《彼岸》（*The other side*）、马中俊的《老风流镇》（*The legend of old bawdy town*）、徐频莉的《老林》（*Old forest*）、过士行的《鸟人》（*Birdmen*）。台湾5部全是探索戏剧，分别是马森的《花与剑》（*Flower and sword*），赖声川的《暗恋桃花源》（*in peach blossom land)、黄美序的《空笼故事》(Cathay visions)(The empty cage)、李国修的《救国株式会社》(National Salvation Corporation Ltd)、刘静敏的《母亲的水镜》(Mother's water mirror)。香港 4 部分别是：陈尹莹（Joanna Chan）的《谁系故园心》(Before the dawn-wind rises)、杜国威（Raymond K.W.To）的《人间有情》(Where love abides)、荣念曾（Danny N.T. Yung）的《烈女传》(Chronicle of women)、陈敢权（Anthony Chan）的《大屋》。1998 年 East Gate Books 出版康奈尔大学戏剧研究教授颜海平（Haiping Yan）编选的《戏剧与社会：中国当代戏剧选》(Theater and Society: An Anthology of Contemporary Chinese Drama)，这本戏剧选在海外的反响较好。除前言感谢相关友人的支持外，颜海平还撰写了《戏剧与社会，中国当代戏剧介绍》一篇长文，对中国当代戏剧的许多重要创作变化、社会反响、历史发展等做了全面的介绍和评论，帮助海外读者建立理解所选作品社会背景的认识轮廓。书中所选戏剧和电影是自 1979 年以来从上百部剧本中精心挑选出来的，体现了中国当代社会、政治、经济、文化方面的变革。这些作品发表在引领潮流的期刊上，并在重要剧场上演，引起了全国范围内的热烈讨论。作为中国当代戏剧最重要的代表，它们同样体现了中国当代戏剧的两种潮流：传统戏曲和现代话剧。编选剧目有高行健的《车站》（1983），王培公、王贵的《WM》（1885），魏明伦的《潘金莲：一个女人的沉沦史》（1987），陈子度、杨健、朱晓平的《桑树坪纪事》（1988），还有一部电影剧本是郑义和吴天明的《老井》（1986）。这部选集不仅可以呈现中国当代文学的某些重大变革，也为中国新时期戏剧复兴和当时正在经历的复杂社会结构的变革提供了许多重要的内视信息。比如作品《WM》用一种赤裸裸的、不加修饰的生活语言来面对当年的知青问题，比起当年的知青电视剧在内容方面的描述未必更残忍，但作为一种剧场形式，它所诉诸的集体记忆，它在公共场合对生活有点自然主义的暴露，在当时的形势下，其暧昧的表现方式也是其被禁的直接理由，2008 年这部戏剧在中国的再度上演，同样预示了中国当代文化环境仍然在不断地发生着许多悄然的变革。中国先锋戏剧登上世界舞台的时候大约在 90 年代初，牟森的《零档案》参加布鲁塞尔戏剧节，因为在机场发生了剧组遭扣留事件，一时间引得境外舆论哗然 [01]。作为中西方政治冷漠环境中的受益者，《零档案》成为当年欧洲戏剧节最受欢迎的剧目，几乎将欧洲的艺术节走了个遍，也为中国的当代表演艺术与欧洲艺术节的接轨打下了基础。综上所述，我们可以发现，相对于 70 年代的译介，90 年代戏剧译介视野变得更加开阔，剧目选择的范围包括了港台地区，风格也重新多样化，从批判现实到传统戏剧再到先锋实验剧等都有；因为拉开了一定的时间距离，整个当代戏剧的译介工作显得更加全面和客观。

二、余华、莫言、苏童作品海外传播的启示

余华、莫言、苏童有许多共同的特点，同时又各有特色，是非常具有可比性的三位作家。通过对他们三人的比较，会呈现出一些很有意思的启示。对于三位作家来说，20 世纪 90 年代都是他们的作品海外传播正式开始的年代。也可以说，从 20 世纪 90 年代起，他们开始由中国走向世界。在这里，我们就通过对他们三位 90 年代文学作品海外传播状况的比较，来具体感受一些海外传播的问题。首先来看余华。

余华在 20 世纪 90 年代创作了三部重要的长篇小说：1991 年《细雨与呼喊》、1992 年《活着》、1995 年《许三观卖血记》。余华的长篇小说全部都被翻译出版，从作品翻译率讲，他可能是中国当代作家中最高的一位。余华在 90 年代的写作转型中迅速走向经典，并开始了作品的海外传播之旅。根据笔者的调查，余华最早的外文译本是 1992 年德译《活着》，但我们更愿意把 1994 年视为余华小说全面向外传播的扩张元年，因为这一年其代表作《活着》被译成多种语言单独出版，其作品陆续被广泛译介到其他国家，如法国 Hachette 出版公司出版了《活着》法文版，Philippe Picquier 公司则出版了法文版小说集《世事如烟》；荷兰 De Geus 公司出版了荷兰文版《活着》；希腊 Livani 出版社出版希腊文版《活着》。《活着》的译本多达 14 种，范围涉及欧洲、亚洲、南北美洲许多国家，在一些国家甚

---

[01] 陶子：《当代戏剧三十年》，《深圳晚报》，2008 年 09 月 22 日，B12 版。

至翻版重印 [01] ！我们可以找到铺天盖地的关于《活着》的国内研究，但海外研究甚少，与其翻译情况极不相称。《活着》的经典性在国内已经得到了广泛的认同，在国外获奖也显示了它的经典性和国际认同度。如果我们研究《活着》，对《活着》在海外传播的过程没有给予研究层面的充分关注，笔者不认为这种研究是全面和充分的。很显然，我们丢掉了海外的《活着》的许多重要信息，这些信息也许会和国内的《活着》形成强有力的关系。《在细雨中呼喊》《许三观卖血记》和《兄弟》也面临着同样的问题，这里不再展开讨论。

随着余华作品外译质量和规模的提高，它也渐渐地进入海外各种奖项的关注视野。如 1998 年《活着》获意大利文学最高奖——格林扎纳·卡佛文学奖。2000 年《许三观卖血记》被韩国《中央日报》评为"百部必读书"之一。2004 年《许三观卖血记》获美国巴恩斯 – 诺贝尔新发现图书奖。同年，《在细雨中呼喊》获法国法兰西文学和艺术骑士勋章。我们知道，获奖有两个基本意义：众里挑一和价值肯定，这在客观上会增加作家作品的知名度和含金量，是作品开始获得经典地位的标志之一。虽然不同的奖项关注的角度并不相同，获奖与否也并非作品艺术高下的绝对标准，但考察获奖情况无疑是我们观察作品接受程度一个较好的参照。

20 世纪 90 年代莫言的重要长篇小说主要有《酒国》和《丰乳肥臀》，其中，1993 年《酒国》在湖南文艺出版社出版，1995 年《丰乳肥臀》首先在《大家》连载，并获首届"大家文学奖"，单行本由作家出版社出版。我们列表看一下这两部小说的外译情况：

---

[01]（英文）《活着》，美国兰登书屋 2003 年；（德文）《活着》德国 KLETT—COTTA 出版社 1998 年，德国 btb 出版社 2008 年；（法文）《活着》法国 HACHETTE 出版社 1994 年，法国 ACTES SUD 出版社 2008 年；（意大利文）《活着》意大利 DONZELLI 出版社 1997 年，意大利 Feltrinelli 出版社 2009 年；（西班牙文）《活着》西班牙 Seix Barral 出版社（出版年未标，笔者注）；（荷兰文）《活着》荷兰 DE GEUS 出版社 1994 年；（葡萄牙文）《活着》巴西 Companhia das Letras 出版社 2008 年；（瑞典文）《活着》瑞典 Ruin 出版社 2006 年；（希腊文）《活着》希腊 Livani 出版社 1994 年；（韩文）《活着》韩国绿林出版社 1997 年；（日文）《活着》日本角川书店 2002 年；（越南文）《活着》越南文学出版社 2002 年；（泰文）《活着》泰国 Nanmee 出版社；（印度 Malayalam 语）《活着》印度 Ratna 出版社（出版年未标，笔者注）。参见余华个人博客：http://blog.sina.com.cn/s/blog_467a322701000079.html。

莫言《酒国》《丰乳肥臀》的外译统计表

酒国 (法语)	Le pays de l'alcool	Nöel Dutrait; Liliane Dutrait	Paris: Seuil	2000
酒国 (越南语)	Tửu quốc : tiểu thuyết	Đình Hiến Trần (陈庭宪)	Hà Nội : Nhà xuất bản Hội nhà văn,	2004
酒国 (英语)	The republic of wine	Howard Goldblatt	London : Penguin; NY: Arcade Pub	2001 2000
酒国 (日语)	酒国:特捜検事丁鈎児 (ジャック)の冒険	藤井 省三	岩波書店	1996
酒国 (德语)	Die Schnapsstadt	Peter Weber-Schäfer	Reinbek bei Hamburg : Rowohl	2002
酒国 (波兰语)	Kraina wódki	Katarzyna Kulpa	Warszawa:Wydawnictwo W.A.B	2006
丰乳肥臀 (法语)	Beaux seins, belles fesses : les enfants de la famille Shangguan	Noël Dutrait; Liliane Dutrait	Paris: Éd. du Seuil, DL	2005 2004
丰乳肥臀 (越南语)	Báu vật của đời	Đình Hiến Trần (陈庭宪)	TP. Hồ Chí Minh : Nhà xuất b Hà Nội Văn ản Văn nghệ	2007 2002
丰乳肥臀 (英语)	Big breasts and wide hips	Howard Goldblatt	London : Methuen; NY: Arcade Pub	2004 2005
丰乳肥臀 (日语)	豐乳肥臀 (上，下)	吉田 富夫	平凡社	1999
丰乳肥臀 (波兰语)	Obfite piersi, pełne biodra	Katarzyna Kulpa	Warszawa:Wydawnictwo W.A.B	2007

此外，除了表中《酒国》2005 年德语再版外，还有意大利版《丰乳肥臀》(*Grande seno, fianchi larghi, Einaudi* 2002，2006 版)。莫言作品的海外接受前文已有详细论述，这里不再赘述。

苏童的成名作当推他于 1987 年发表的《一九三四年的逃亡》，1989 年发表的《妻妾成群》可视为其最早的经典性作品。1991 年张艺谋根据《妻妾成群》改编的电影《大红灯笼高高挂》获第 48 届威尼斯电影节银狮奖、金格利造型特别奖、国际影评人奖和艾维拉诺莉特别奖。《妻妾成群》也是苏童最早的译作，自 1992 年译成法语后多次再版，成为法国最畅销的中国当代小说之一。此后法国翻译出版苏童的作品依次有：《红粉》(其中收录《妇女生活》)、《罂粟之家》、《米》、小说集《纸鬼》(其中收录十八篇短篇小说)、《我的帝王生涯》、《碧奴》。《妻妾成群》的英文版则于 1993 年出版，并多次再版，其他语种如丹麦语、芬兰语、瑞典语也先后于法语版、英语版后

出版。从翻译出版的年份来看，苏童的翻译主要集中在 1993—1998
年和 2005—2009 年两个阶段。前一阶段以《妻妾成群》为代表；后
一阶段以《碧奴》为代表。相对于余华，苏童从成名到写出他本人比
较经典性的作品速度似乎更快一些。因为电影改编出现在外文译本之
前，因此我们可以把电影的宣传效果考虑在内。与余华、莫言相比，
虽然苏童的获奖情况不如他们，但他的海外出版和接受情况并不比他
们逊色。苏童的例子也许正好说明：海外获奖和作家经典化之间并不
存在必然的关系。一个作家的地位归根结底是由他手中的笔决定的。

　　比较一下三位作家，就会发现他们的作品翻译较多的语种有法
语、英语、德语、越南语、日语和韩语。作品海外传播地域的分布都
呈现出以发达资本主义国家和受中国文化影响很大的亚洲国家为中心
的特点。这说明经济发展水平和文化关联程度是制约中国文学海外传
播最基本的两个要素。另外，余华、苏童、莫言三位作家还有一个相
似的特点，即首先都有代表性的作品打开海外市场，而欧美市场，尤
其是英、德、法三大语种的译介往往会极大地带动其他语种的翻译
传播。

　　之所以把莫言、苏童、余华放在一起比较，除他们三位非常有可
比性外，还在于三人能从不同向度反映中国当代文学海外传播的现
状。三人年龄虽然略有相差，但成名基本处于同一时期，属于同一代
作家。三人甚至在写作历史上也具有许多相似性，都有先锋写作的
经历，又都大约在 20 世纪 90 年代中期实现了写作上的转变，等等。
其作品就海内外影响来说也都非常广泛，并且都被张艺谋成功改编过
电影。仔细比较他们三人作品的海外传播统计表，就会发现每个人成
功的路径和可能的原因并不一样。同时，三个人又拥有一些共通的特
性，如都有较好的译者、成熟的海外经纪人等。分析和对比他们三人
海内外的创作与传播情况，会给我们带来更多有益的启发。比如关于
电影对作家作品海外传播的影响，莫言发生得最早，其次是苏童，最
后是余华，虽然我们相信电影会对小说的海外传播起到很强的影响作
用，但就三人的情况来说影响并不是等同的。莫言是最早从电影改编
中获益的当代作家，尽管后期他用创作证明了自己的实力。苏童的创
作也和影视改编的宣传效应有着密切的联系，相对而言，余华在这方
面表现得倒不是特别显眼。那么海外获奖是否会加速作家在国内的经

典化或加强作家在国内的经典性程度？虽然并没有直接的证据证明两者存在正相关关系，但至少对于苏童、莫言、余华等来说，他们的经典地位基本上是在国内就已确立的，然后才引起国外的注意。正如我们在前文中分析的那样，获奖本身意味着一种价值肯定，而我们面对西方这种强势文化多少又有点"仰视焦虑"，影响范围的扩大意味着知名度的提高，加之这些作家作品本身具备的艺术才华，这些因素的综合无疑最终会加速或加强作家作品的经典性。

中国当代作家作品的海外传播既有共性，又有其独特意义。比如贾平凹、王安忆、阎连科、毕飞宇等，每位作家作品的海外传播都呈现出极富启发性的角度与问题。我们这里只是"管窥"一下这个国内目前还没有完全打开的世界，笔者也相信，"海外传播"视角的引入与研究的深入，将会为当代文学的发展提供另一种不可代替的启示。

第八章

文学史与 20 世纪 90 年代文学

第一节 "重返"视野下的 20 世纪 90 年代文学

也许"当代文学"确实已经足够长了,长到经得起人们的不断回忆和返回了。60 年或许并不仅仅是个线性的时间轴,在中国人的纪年与文化体验中也有了轮回的怀旧感。这也就不难理解为什么骤然回首当代文学时,已经有了那么多"重返"的身影。随便盘点一下,就会发现许多大家熟知的声音或身影。例如"重返八十年代"(程光炜)、"80 年代访谈录"(查建英等)、"重返新时期"(李扬)、"重访80 年代"(张旭东)、"再解读"(唐小兵)、"重写文学史"(陈思和、王晓明)。这是中国人独特的体验吗?中国人无论身处国内还是国外,都表现出强烈的回顾与重述的欲望,于是,"重返""重述""重释""重编""重写"等具有"返回"和"再次"意义的学术姿态频频出现,我们甚至都可以将它们视为当代文学研究的一种"重返"现象。然而,我们却鲜见有外国学者热衷于对当代文学提出类似的说法。

为什么会这样?本节我们想从这些"重返"现象入手,讨论它们之间内在的关联,并着重从"方法"的角度来获得观察、研究 20 世纪 90 年代文学的某些启示。

转型与深化——20世纪90年代文学研究

一、当代文学的"重返"现象

梳理一下当代文学的各类"重返"现象，大概可以获得一种知识谱系的线索，有利于展开后边的讨论。最近的当然是以程光炜为代表的"重返八十年代"的研究了，他的成果和影响力是有目共睹的。按照程光炜自己的说法：2005 年底开始，他在中国人民大学文学院为博士生开设了一门"重返 80 年代"的讨论课，目的是让博士生直接参与研究 80 年代文学的工作[01]。2006 年起，他和李扬在《当代作家评论》开了"重返 80 代"专栏，集中推出大量相关文章。据程光炜统计，其主持的相关课堂讨论的成果文章近百篇[02]。他们的讨论也引起了学界的注意和参与，包括王尧、张清华等学者也提出了一些研究意见。当然，这并不意味着其他学者对此问题没有思考。事实上，之前就有洪子诚、陈晓明、李扬、贺桂梅、蔡翔等以自己的方式开始了这一领域的研究。围绕着"重返八十年代"及"历史化"，程光炜他们形成了一系列重要成果，除了散见于期刊的重要文章外，著述如"八十年代丛书"（如《文学讲稿："八十年代"作为方法》）、"当代文学史研究丛书"（如《当代文学的"历史化"》）等。我们要注意这些学者的研究方法，他们著作中体现出的方法论将有助于我们更好地理解和观察其他类似研究。在笔者看来，程光炜等人展开的"重返八十年代"研究可以理解为当代文学"历史化"的一种具体方法或策略。其基本特征是：划定"80 年代文学"这样非常具体的历史范围和文本，结合亲历体验，拉开时间距离，采用历史眼光，去除批评浮华，沉淀文学事实，做好具体工作，实现理论提升。

2006 年 5 月，查建英主编的《80 年代访谈录》由生活·读书·新知三联书店出版。该书收录了文艺界众多 20 世纪 80 年代亲历者的访谈，如阿城、北岛、陈丹青、陈平原、崔健、甘阳、李陀等。全书围绕着"80

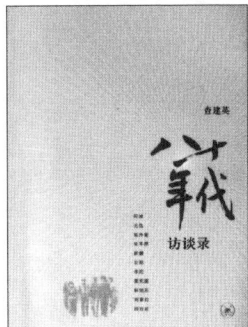

查建英《八十年代访谈录》
生活·读书·新知三联书店
2006 年版

[01] 程光炜：《文学讲稿："八十年代"作为方法》，《前面的话》，北京大学出版社 2009 年版。
[02] 张清华：《在历史化与当代性之间——关于当代文学研究与批评状况的思考》，《文艺研究》2009 年第 12 期。

年代"情境及问题意识展开对话，从诗歌、小说、音乐、美术、电影、哲学等领域讨论当年的热点问题，在浸染着强烈亲历性体验的回顾中，也透露出清醒的反省立场。语言鲜活、细节丰富，每一篇不同的文字体现了参与者不同的个性，并配有大量图片，让人在阅读中有重回历史现场之感。即便像我这样没有实际参与那些文学活动的读者，也会跟随他们一起唏嘘感慨，浮想沉思。这本书的出版和程光炜的"重返八十年代"侧面形成联动呼应，进一步激发了人们对80年代的反思热情。

2006年7月，20世纪80年代的另一位风云人物甘阳主编的《八十年代文化意识》由世纪图书出版社再版。该书初版应该是1988年，它的再版在某种程度上也印证了新世纪里涌现的"重返"热情。按照该书再版前言介绍，这本书于1988年10月编写，并于1989年先后由香港三联书店和台湾风云时代出版公司在中国的香港和台北出版（原名《中国当代文化意识》）。但大陆版由于当时甘阳赴美求学而一直耽搁了下来。由于其中内容已具有历史文献性质，此次再版未做一字一句增减，篇目次第亦一仍其旧，以保持历史原样。甘阳特别说明这本书也是当时北京民间学术团体"文化：中国与世界编委会"的出版物之一。这个编委会成立于1985年，成员包括甘阳、刘东、刘小枫、陈平原、赵一凡、钱理群、黄子平等一批重要的当代学者，主持出版了"现代西方学术文库"等上百种出版物，对整个80年代中国的影响深远。我们可以发现，一方面甘阳强调了此书的内容"一字"未变，保持历史原样；另一方面除了增加一个再版前言外，它的书名却由"中国当代文化意识"变成了"80年代文化意识"。这个改动其实很有意味，由"当代"具体到"80年代"，一方面重点突出、范围明确，另一方面也渗透出某种幽复的个人情感来，自然也给"80年代""重返热"加了一把火。

笔者不确定北岛、李陀是否受到了上述两本书的影响，但显然他们和前述两本书的人员关系密切，比如他们都直接参与了查建英的"80年代访谈"，也是那个时代重要的亲历者等。总之，北岛、李陀主编的《七十年代》在2009年7月由生活·读书·新知三联书店出版。在笔者看来，这本书和"重返八十年代"有着完全一致的精神气度和出版追求。根据序言的说明，这显然也是一次文化的"重返"

活动。这本书收录了知识文化界人士的三十篇记忆文字，内容都集中在 70 年代，很多参与者也和前面两本书有重合。李陀特别强调了本书的出版与"怀旧"无关，而是一种重要的"历史记忆"。面对一个不在乎有没有昨天的时代，较好的办法大概就是让今天的人从直观和经验层面去思考、直接面对昨天，接受历史记忆的挑战，再看看这挑战会有什么结果。于是他们编辑了这本《七十年代》，并解释了为什么选择 70 年代。前有"60 年代"，后有"80 年代"，"70 年代"似乎是夹在两个巨大时代中间的小间歇，何以值得如此大动干戈？在李陀看来，这主要是因为 70 年代和一个特殊的知识分子群体的形成有特别的关系，他们在 70 年代长大，度过了少年或者年轻时代，而且后来成为 20 世纪末中国社会中最有活力、最有能量，也是至今引起很多争议，其走向和命运一直为人特别关注的知识群体。看看印在宣传页上的那些名单，我们不难理解李陀的解释。《七十年代》和李扬、许子东、贺桂梅、蔡翔等人的研究一样，与"80 年代"其实存在着不可隔绝的精神或历史关系。

　　唐小兵编《再解读：大众文艺与意识形态》（以下简称《再解读》）于 1993 年由香港牛津大学出版社出版。很多时候，历史意义的发现与赋予确实是需要拉开时间距离的。《再解读》一书有其产生的历史、社会、理论大背景，作为一种思路甚至思潮，它的意义也绝不止于对一些作品的再次解读。它对中国现当代文学学科有着巨大的冲击和后续影响，无论是作为一种具体文本策略，还是一种知识重构，或者是方法论意义的启示。《再解读》一书重读的作品有《生死场》《在医院中》《春蚕》《太阳照在桑干河上》《白毛女》《暴风骤雨》《林海雪原》《上海姑娘》《青春之歌》等小说、戏剧和电影文本。在编辑成书前，许多文章曾发表于 1991—1992 年间的《二十一世纪》（香港）等文学杂志上，如刘禾的《文本、批评与民族国家文学——生死场的启示》曾发表于《今天》1992 年第 1 期，收录时略做修改。所谓"再解读"的基本思路或方法就是：利用西方 20 世纪 60 年代之后的各种文化理论——比如（后）结构主义、精神分析、后殖民理论、女性主义、西方马克思主义等，重新进入当代文学，尤

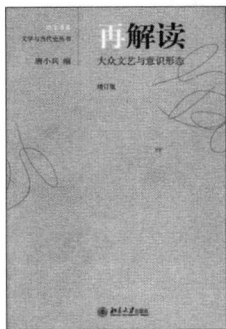

唐小英《再解读》
北京大学出版社 2007 年版

其是社会主义现实主义经典作品，通过对这些文本的重新解读或者解构，发现隐藏其中的大众意识形态编码，以便同时理解现存的社会秩序，其中暗含着对当代中国历史宏观的整体看法以及现实批判精神。这些文章的作者包括刘禾、黄子平、孟悦、贺桂梅、唐小兵、李扬、戴锦华等，虽然学术背景和学术路径有很大的不同，但是体现在文本中的"再解读"的策略是相同的。宽泛地讲，"再解读"思潮的成果还包括：李扬《抗争宿命之路——社会主义现实主义（1942—1976）研究》（长春：时代文艺出版社，1993）、王一川1994—1995年在《中华读书报》主持"重读80年代"专栏、季红真《众神的肖像》（北京：人民文学出版社，1996）、黄子平《革命·历史·小说》（中国香港：牛津大学出版社，1996；内地版改名为《"灰阑"中的叙述》，上海文艺出版社，2001）、张旭东《幻想的秩序——批评理论与当代中国文学话语》（中国香港：牛津大学出版社，1997）、陈建华《"革命"的现代性——中国革命话语考论》（上海古籍出版社，2000）、唐小兵《英雄与凡人的时代：解读20世纪》（上海文艺出版社，2001）、刘禾《跨语际实践——文学、民族文化与被译介的现代性（中国1900—1937）》（生活·读书·新知三联书店，2002）以及戴锦华在90年代中期完成的一系列对80年代女作家研究的文章等。

如果说"重返八十年代""再解读"更多的是对当代作品的重返，那么发生在20世纪80年代的"重写文学史"则增加了许多现代作品的"重返"。明确提出"重写文学史"说法的是陈思和、王晓明，他们1988年在《上海文论》主持"重写文学史"专栏。这一专栏从1988年第4期开始，到1989年第6期结束。专栏中发表的论文对现当代一些重要作家如赵树理、柳青、何其芳、郭小川、丁玲、茅盾、曹禺、闻一多等的创作，对胡风、何其芳、姚文元等人的文艺思想，对《子夜》《女神》《青春之歌》等重要作品，对五四文学、鸳鸯蝴蝶派文学、"新感觉"派、"山药蛋派"等文学现象或文学流派，进行重新评价。按照贺桂梅的理解："80年代新文学研究的整个过程都构成了一种重写文学史的思潮。"[01]这种"重写历史"的思潮不仅

---

[01] 温儒敏、贺桂梅等：《中国现当代文学学科概要》，北京大学出版社2005年版。第十一章"当代文学的历史叙述与学科发展"由贺桂梅撰写。第186页，注释17。本文其他间接参考本章内容处，不再另注。

仅限于文学界，而且整个思想界都同样发生了。这一重写行为的纲领性文章是李泽厚 1986 年发表的《启蒙与救亡的双重变奏》[01]。似乎每一次巨大的社会转型都会引发人们"重写历史"的思考，并且往往伴随着世界文化资源的刺激与吸收。20 世纪七八十年代的社会和思想转型，其实也是一个多重意义上的"重建"过程。为什么"重写文学史"首先侧重于对"现代文学"的重写？贺桂梅提供了一些不太明确的参考信息："文革"结束后开始的"新时期"蕴涵了一系列包括政治、经济、文化、艺术在内的意识形态调整。现当代文学的学科建制和文学史叙述，试图以类似启蒙／救亡论的方式，完成新一轮的改写。关键问题是，80 年代以后的"当代"文学（当时称为"新时期文学"）与 50 年代后期提出的"当代文学"有了很大的不同——两者在意识形态方面有了明显的断裂，七八十年代的"当代文学"并非意味着之前文学（文化）简单的崩塌，而是要重建一种不同于左翼文化的新规则过程。这个复杂的问题在这一时期被转移为"当代文学能否写史"的讨论。基于 80 年代复杂而特殊的意识形态，80 年代初期严家炎、唐弢关于"现代文学"内涵的争论其实可理解为"重写""现代文学"的一次思想准备，通过"拾遗补阙"来突破既有文学史模式更容易成为重写文学史的先声。与之相伴随的，是持久而广泛的作家作品重评活动。而 80 年代后期的"重写文学史"要冲击那些似乎已成定论的文学史结论，提出对新文学历史的宏观构想，不再标榜"还原历史事实"，而要在强调"美学标准"的同时对"历史主义"的提法表示怀疑。

当然，除了以上这些集团式的"重返"现象外，个人化的"重返"文章就更多了。比如王尧《"重返 80 年代"与当代文学史论述》（《江海学刊》2007 年 5 月）、李扬《重返新时期的意义》（《文艺研究》2005 年 1 月）、旷新年《"重写文学史"的终结与中国现代文学研究转型》（《南方文坛》2003 年 1 月）、韩少功《反思八十年代》（1999 年《天涯》编辑部采访，见《韩少功读本》山花文艺出版 2002 版，第 378 页）、张旭东《重访 80 年代》（《读书》1998 年 2 月）等。我们无意在这里穷尽这些研究成果，只想指出当代文学的

[01] 李泽厚:《启蒙与救亡的双重变奏》，原载《走向未来》1986 年创刊号，收入《李泽厚十年集·中国现代思想史论》，安徽文艺出版社 1994 年版。

"重返"现象形式多样，参与人员十分广泛，相关成果其实有内在联系。比如 21 世纪的"重返八十年代"和 20 世纪 90 年代的"再解读"及 80 年代的"重写文学史"，如果联系起来思考，就会发现其中有某些一以贯之的东西，相互之间也有着复杂的勾连。

二、20 世纪 90 年代文学与"重返"抑或"历史化"的关系

我的疑惑是："重返八十年代"和"再解读"及"重写文学史"之间究竟构成一种怎样的关系？"重返八十年代"研究相对于 20 世纪 90 年代文学研究会有什么样的启示或警戒？刘再复在为《再解读》写的序言《"重写"历史的神话与现实》一文中，直接把"再解读"纳入"重写文学史"的进程中。继 1988 年《上海文论》之后，《今天》杂志从 1991 年起也设立了"重写文学史"专栏，陆续发表相关文章。"再解读"的许多文章也多处提到如何在"重写文学史"的思路上进行深化和展开的问题。[01] 以上迹象表明"再解读"是"重写文学史"的一种延续，其思路仍然和"重写文学史"保持一致，只不过具体策略和文本发生了一些变化。那么"重返八十年代"呢？它是不是也可以被理解为一种新的"再解读"或"重写文学史"思路在新世纪的延续？它在理论方法及文本实践方面究竟有无不同于前提的新突破？又存在哪些可能的问题？

既然"再解读"是"重写文学史"的延续，那么我们重点考察"重返八十年代"和"再解读"及"重写文学史"构成的可能关系即可。程光炜《文学讲稿："八十年代"作为方法》一书中第一部分即"文学史研究"，从中我们可以看出他的基本理解。他的第一讲讨论的话题是历史重释与"当代文学"，"这一讲，主要想谈一谈近 30 年来当代文学学科与历史重释（即'重评'）之间的关系"。程光炜认为当代文学的重新提出，和肇始于 20 世纪七八十年代之交的"历史重释"运动是分不开的。1979 年开始于整个政治界、思想界的思想解放运动其实是从"学科外"对整个当代文学进行了一次彻底的"重新解释"。由于要对"文革"及其以前的极"左"路线进行全面检讨，就必然会对过去的社会历史进行重新解读，文学在这种语境中，

---

[01] 温儒敏、贺桂梅等：《中国现当代文学学科概要》，北京大学出版社 2005 年版，第 190 页，注释 92。

显然更有了"当代"意义——许多内容都会不同于以前任何一个时期的文学史描述。通过对"十七年""文革"做出重评，对"当代文学"的概念与内涵进行必要的"分离"与"植入"，建立起一套新的价值和解释系统，"新时期"文学就这样被重新确立，并引发后续的各种深化运动。从 80 年代前期的作家作品重评，到 80 年代中期新文学"整体观"的提出，再到 80 年代后期的"重写文学史"专栏，一个连续的文学史实践链构成了。而"20 世纪中国文学论"的提出，在很大程度上则标志着这一文学史重写过程中一种新话语的出现。90 年代"重写文学史"运动在海外版《今天》一直得以延续，其中一些文章结集成为"再解读"——也可以理解成对文学史一些作品的"历史重释"。李陀在《先锋文学运动与文学史写作》一文中曾有过这样一段评论："这是一本有关'重写文学史'的论文集，文章全部选自《今天》'重写文学史'专栏——这个专栏始于 1991 年第三、四期合刊号，终于 2001 年夏季号，历时十年整。"《今天》的"重写"专栏共发表 29 篇文章 [01]。李陀认为一个学术性很强的专栏由《今天》这样一个文学刊物坚持十年并不多见。他特别解释道："重写文学史"作为一个重要的历史"重写"活动，并不是《今天》首先发动的，开设这样的一个专栏，恰恰是担心这个运动半途而废，那就太可惜了。笔者查阅到当时的"编者按"如下：1988 年，《上海文论》开辟了一个栏目——"重写文学史"，由此引起了一场风波。在反对者看来，文学史（以及所有的"史"）是不准重写的，可恰恰是历史告诉我们：一切叫作历史的东西都在历史中不断地被重写。中国是崇尚历史的国家，有人甚至把中国文化称作"史官文化"；因此历史话语不仅享有崇高的、高高在上的位置，成为一种具有特别权威的话语，而且也成为权力激烈争夺的对象。在这方面，康有为写《新学伪经考》，胡适写《白话文学史》，范文澜写《中国通史简编》，都是很好的例子。其实不管你"准"还是"不准"，历史总是要被重新叙述的，文学史也是如此。真正值得研究的倒是：每个具体的"重写"出来的新的历史话语是如何被生产出来的，为什么会被重写，重写的历史情景是什么，等等。

---

[01] 李陀编选：《昨天的故事：关于重写文学史》，生活·读书·新知三联书店 2011 年版。

　　李陀的这段话对于我们今天重新思考"重返八十年代"的意义仍然是有效的。"重返八十年代"的研究已经充分展开，从小打小闹到形成规模，并开始形成自觉的理论与方法。程光炜是这样理解和设想的："我们应该怎样在学科范围内建立起研究的历史意识和理论意识呢？那就应该选择一个最为典型的'年代'为对象，作为相对稳定的文学史研究的知识平台。首先把它'历史化'，建立一种知识谱系和系统，然后再通过它重新去整理别的文学年代。"对于"重返八十年代"，除了继续做"80 年代文学"研究外，"也可能逐步会扩大到'80 年代社会''80 年代媒体''80 年代中国与世界''80 年代都市与乡村'等'泛文学'的研究"。[01]

　　然而，"重返八十年代"以后究竟想要干什么？笔者的意思是，如果把 20 世纪 80 年代至今的各种"重写"历史拿来做一番对照，这次"重返"比之于"再解读"和"重写文学史"究竟有何新意？当然，研究对象首先会有明显区别。许多学者都认为 80 年代文学在当代有着不容忽视的独特性，因此天然地使 80 年代文学有了特殊的学术价值。此前的"当代文学"更多的是"左翼文学"传统下相对单一的文学样态，而此后的文学则真正开始走向"多元化"，具有值得研究的传承性、过渡性和置换性相混杂的历史特点。这个时代的"学术形成史"（即对当代文学史的理解）与本时期许多作品和事件有着非常密切的关系。目前学术界的许多关节点、话题方式和想象方式以及一些具体结论，不光可以从 80 年代中找到"原型"，而且也会有更多明晰的历史拐点和线索。然而，现行的文学史论述却会形成一种新的遮蔽和简化，因此有必要"重返八十年代"把一些问题重新打开，重新理解，以便更好地认识和处理一些当代文学史的问题。

　　李陀曾指出，国内近来对"重写"的讨论试图突破体制的束缚，为某种更具批判性的"重写"开辟空间的尝试不是没有，例如对钱理群、黄子平、陈平原三人提出的"20 世纪中国文学"的有关批评，就是很典型的例子。但是，认真检阅就不难看出，这些批评无论在大的理论框架上，还是在具体的概念分析上，都受制于学术体制在命题、方法、范畴等方面的规定，要想有真正的解放性的突破，几乎不

---

[01] 程光炜：《当代文学的"历史化"》，北京大学出版社 2011 年版，第 237—239 页。

可能。笔者自然也会想到，"重返八十年代"在这方面做得如何？它能否突破体制的局限，产生比"再解读"或者"重写文学史"更为独特的学术意义？目前看来，除了一些具体的文本分析外，笔者还是没有充分感受到"重返八十年代"整体性的突破点。笔者以为"重返八十年代"本质上仍然是"再解读"或者"重写文学史"的一种延续，是"历史研究"的一次具体化的学术操作。

笔者没有明确看到程光炜对"重返八十年代"区别于"再解读""重写文学史"的论述，但从一些论述中可以感受到关于"重返八十年代"学术研究价值的思考。比如他对"再解读"的反思：受海外汉学冲击的主要有两部分人，一部分是从中国台湾前往美国的李欧梵、王德威等人，他们试图在新批评和后现代的视野里"重建"中国现代文学史；另一部分是从中国大陆留学到海外的学者，比如黄子平、孟悦、唐小兵、刘禾、张旭东等。这两拨儿人对中国现当代文学的影响是不言而喻的。海外学者的文化语境、个人经历与教育背景等决定了他们喜欢采用一种"解构"式的理解。程光炜认为，如果说 20 世纪 80 年代文学创作和批评存在一种"自我本质化"的形态，那么"再解读"批评家们则有着"自我西方化"的嫌疑——这两种现象都值得我们保持适当而必要的警惕。再者，一些国内学者比如吴亮主编的《日常中国》一套丛书中，收集了涉及当代几十年不同阶段读书、日常生活、历史经验等方面的文章。吴亮约了 80 年代许多作家、批评家和学者写回忆录。类似的著作还有诗人柏桦，他曾写了一本《左边——毛泽东时代的抒情诗人》（牛津大学出版社 2001 年版）。这种凭借诗人、作家、编辑的个人经验和经历，以他们个人的立场和评判而形成的回忆录式的文学史，一方面有其独特的学术价值，会给现行的文学史写作带来种种新鲜的材料和角度，另一方面，在这种"再叙述"中，程光炜作为一个亲历者发现，"再叙述"中的 80 年代变了样，走了形，被"重新"建构了。他们是按照 90 年代（即回忆、写作、出版年代）的历史语境来完成对 80 年代文学生活的回忆，在这个过程中存在着"历史"被"轻松化""休闲化"的可能，那些曾经"丰富的痛苦"在"话题化"的过程中被稀释掉了许多内容——而这些，会影响到对 80 年代文学问题多层化、理性、自我反省的研究。

　　那么，20 世纪 90 年代文学研究应该如何展开？又应该避免哪些成规套路，显示其"独特"的文学意义与价值？虽然"重新解释"是破除旧迷思，确立新价值的不二法宝——但我们更需要在进入角度、视野、理论与方法方面有新的思考。旷新年认为："重写文学史"已经成为中国现当代文学研究的一种"方法"，已经固化为缺乏自我反思能力的新教条，沦为新的僵化思维——生成了"纯文学"的意识形态和体制[01]。他认为今天我们应该批判性地重新检讨充满了意识形态的"预设"或"后设性"的"重写文学史"运动，瓦解这些已经被常识化的故事，摧毁这些被认为是万古不变的教条和"常识"，尤其是摧毁有关"纯文学"和"文学性"的神话，让中国现代文学重新回到其发生发展的具体历史场景，最大限度地历史化文学。"重写文学史"的终结并不是重写文学史的终结，而是意味着已经体制化的"重写文学史"已经成了一种新的压抑，需要通过对于形成的文学"常识"的反思，形成新的知识和文学史叙述。王尧在《"重返80 年代"与当代文学史论述》一文中的视角也许值得我们借鉴：这篇文章最重要的观点就是把"重返 80 年代"这个文化事件纳入整个当代文学史中来讨论，并认为这并非文学一个学科的事。虽然全文都在讨论"80 年代"，但始终围绕着 80 年代的"前世""今生"——新时期文学、"文革"文学、十七年文学及 90 年代甚至新世纪文学在思考。"当我们在文学史论述中考察文学的文化语境时，已经无法将 80 年代文学背景孤立起来，它与之前之后的关联，正是'经典社会主义体制'形成和变革的全过程"，这样的考察"可能会使文学当代历史的复杂关系有更多的揭示，而这些，正是我们的文学史所缺少的"[02]。90 年代文学显然不可能脱离 80 年代、新世纪文学呈现完全独立的意义，笔者特别想强调的是，目前的当代文学整体上过多地依赖于"中国当代文学"自身的历史和"西方化"的影响，正如"再解读"学者们擅长的"局限"一样——他们虽然有了"世界"与"中国"的双重眼光，却并没有完全摆正关系。与此同时，我们虽然也一直强调"中外"交流、"东西文明"的融合，却更多地承受着"被看""输入"的角色。这种整体的格局和心态会影响到许多具

[01] 旷新年：《写在当代文学的边上》，上海教育出版社 2005 年版，第 180 页。
[02] 王尧：《"重返 80 年代"与当代文学史论述》，《江海学刊》2007 年第 5 期。

体的立场与结论。90 年代文学一方面内部存在着巨大的转型，另一方面却是全面走向"世界"的又一次开始，也许我们只有把它放在世界文学的格局中，结合中国当代文学自身的发展历史，深入文本内部，去寻找、打捞、整合中外文学界的共同观察结果与不同意见，才有可能在一定的时间体系中确立起 90 年代文学之于中国当代文学最为独特的意义。

第二节　20 世纪 90 年代文学的文学史叙述

　　未来的中国文学史将会如何描述"90 年代文学"？虽然目前已经有许多中国当代文学史涉及 20 世纪 90 年代文学的描述，然而，面对这个甚至还没有完全淡出我们视野的年代，我们的叙述是否可靠？按照许志英的理解，"当代文学"是一个流动的概念，始终指近十年的文学[01]。我们当然知道他是指"当前、当下"及批评意义上的"当代文学"。另一方面，反观中国当代文学史，"十年一代"似乎也能基本成立。如果这样，那么站在 2012 年回望渐渐走向历史的 20 世纪90 年代，我们大概正如程光炜研究 80 年代文学时所强调的那样：跟踪当前文学创作的评论活动经过文学评论、选本和课堂筛选已经变成"过去"的文学事实，无疑产生了历史的自足性。"创作"和"评论"已经沉淀为当代文学史的若干个"部分"，成为"历史化"的对象。作为一个"断代"史的考察，90 年代文学同样应该放在整个当代文学史甚至更长的历史中，才能充分揭示它的历史分量，前提当然是我们有理解 90 年代足够好的理论视野与方法。

[01] 许志英：《给"当代文学"一个说法》，《文学评论》2002 年第 3 期。

转型与深化——20世纪90年代文学研究

一、篇幅：当代文学史的"90 年代文学"叙述概况

从已有的当代文学史著述考察他们对"90 年代文学"的描述、评价与定位，这既是我们很好的起点，也不失为一种可靠的方法。按照许子东教授对当代文学史所做的一个统计：截至 2008 年 10 月，中国内地已出版"当代文学史"至少 72 种[01]。因为我们要考察的是 20 世纪 90 年代文学，所以出版于 20 世纪 90 年代中期之前的文学史著述应该全被排除，如果从 1997 年算起有 25 种。以 2000 年后出版（或修订）的"当代文学史"为重点参考，大约有 14 种。如果再缩小一下范围，我们以那些权威的、被大家广泛使用和讨论的文学史著述为例，数量就会更少。许子东选择了洪子诚、陈思和、陶东风、顾彬四部作品作为他的讨论对象。关于当代文学史著述的比较讨论，似乎也是当代文学界很感兴趣的一个话题。比如郜元宝《作家缺席的文学史——对近期三本"中国当代文学史"教材的检讨》（《当代作家评论》2006 年第 5 期），李扬《当代文学史写作：原则、方法与可能性——从陈思和主编的〈中国当代文学史教程〉谈起》（《文学评论》2000 年第 3 期），李扬、洪子诚《当代文学史写作及相关问题的通信》（《文学评论》2002 年第 3 期），孟繁华《"现代性"与中国当代文学的历史叙述——评陈晓明的〈中国当代文学主潮〉》（《海南师范大学学报》（哲学社会科学版）2010 年第 2 期），樊星《追求整体的当代文学史——读孟繁华、程光炜〈中国当代文学发展史〉的随想》（《当代作家评论》2005 年第 3 期），等等。在某些专著中也可以看到对不同"当代文学史"的评论与比较，如《中国现当代文学学科概要》《文学讲稿："八十年代"作为方法》等。本文将综合以上这些文章提到的文学史著述，选定以下 6 部"当代文学史"作为考察 90 年代文学的依据。借助这些文学史对"90 年代文学"的定位，提出自己的思考意见。

一、洪子诚《中国当代文学史》（北京大学出版社，2007 年 6 月第 2 版），下文简称洪著。

---

[01] 许子东：《四部当代文学史》，王德威、陈思、许子东：《一九四九以后——当代文学六十年》，上海文艺出版社 2011 年版。其后有附录：中国内地已出版"当代文学史"七十二种列表。

二、陈思和《中国当代文学史教程》（上海复旦大学出版社2010年4月第2版），下文简称《教程》。

三、董健、丁帆、王彬彬《中国当代文学史新稿》（北京师范大学出版社2011年3月第2版），下文简称《新稿》。

四、顾彬著，范劲等翻译《20世纪中国文学史》（上海华东师范大学出版社2008年9月第1版），下文简称顾著。

五、孟繁华、程光炜《中国当代文学发展史》（北京大学出版社2011年10月第1版），下文简称《发展史》。

六、陈晓明《中国当代文学史主潮》（北京大学出版社2009年4月第1版），下文简称《主潮》。

我们重点从篇幅的角度比较这六本"当代文学史"对20世纪90年代文学的叙述，观察它们是否存在着共同的特点、有何区别以及这样安排可能的原因。特别要和80年代文学的叙述进行比较，虽然这不见得完全合理，但其中也有值得我们体味的理由。

洪著出版以后，在学界的整体反响较好。对于这本书的评价以及与其他当代文学史的比较，因为已经有了上文各位专家学者的论述，这里不再赘言。继1999年第1版后，从2006年春天开始，洪子诚对该书进行了修订。在总体框架和评述方式上，修订版和初版本没有大的变化，用他自己的话概括就是："基本上仍维持那种简括式评述的'文体'，材料、史实也仍大多压缩在注释和年表之中。"（修订版序）但在笔者看来，修订版最明显的变化就是增加了90年代文学的内容。对此，洪子诚也在序中讲得很清

洪子诚《中国当代文学史》
北京大学出版社2007年版

楚："但修订版也有不少改动。主要是：一，调整了若干章节的设计，适当增加90年代文学的分量，对80年代文学的总体描述也有一些改变。"这一条修改确实很重要，让这本著作有了明显的"当代"色彩。该书正文约360页，分"50—70年代的文学"（第5—184页）、"80—90年代的文学"（第185—361页）两编。其中涉及90年代的文学状况、诗、小说共三章（第327—361页，另有第23、24两章有部分内容）约34页。相对于同样只有10年的80年代文学来说（第185—323页），这个"加厚"了的90年代的文学史分量显然还

是很"薄"！在篇幅上仅占 80 年代文学的 1/4 左右。难道是 90 年代文学分量本来就这么轻、不值得文学史书写吗？让我们再来看看其他几个版本的情况。

《教程》在体例上和其他文学史有明显不同，最直接的特征是在章节上取消了常见的"时间"命名，取而代之的是"主题"式命名。陈思和在前言里讲：中国 20 世纪文学是一个开放性的整体，当代文学只是其整体发展过程中的一个阶段，一般特指 1949 年以后的中国大陆文学。陈思和强调了当代文学发展的阶段性、开放性和整体性，所以他的章节命名就会淡化时间，凸显主题。他

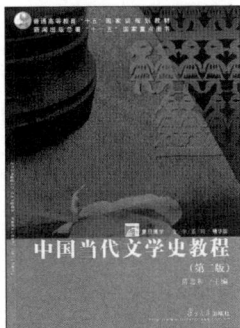

陈思和《中国当代文学史教程》复旦大学出版社 2013 年版

通过对当代文学史教学的三种对象（专科及非中文本科、本科、研究生）和三个层面的分析，确定自己的文学史当作"初级教程来编，突出教学第一层面，是一本以文学作品为主型的当代文学史，同时又能体现其个人研究成果和风格的学术性专著"。因此，他以自己的"多层面""潜在写作""民间""共名与无名"这样的关键词来组织具体作品。全书正文部分约 380 页，虽然取消了明确的"时间"划分，但如果从内容上大致来区分，关于 90 年代的文学应该从"社会转型与文学创作"（第 321 页）到末章（第 380 页），约 60 页，约占全书篇幅的 1/6。而 80 年代文学则从"'五四'精神的重新凝聚"（第 189 页）到 90 年代开始部分，约 130 页，是 90 年代的 1 倍多。

《新稿》也是近年来总被讨论的一本当代文学史。该书修订说明解释道："2005 年 8 月由人民文学出版社初次出版，后来又由该社重印过几次。现将修订本交由北京师范大学出版社出版。"所谓"修订"，一是增加了近 10 万字，将原来没有说得很清楚、充分的问题，说得更充分和清楚些；二是改正了一些技术性的错误。该著是这 6 本文学史中对时间划分最详细、明确的一本。另一个特点是每一部分里都包括了"台港文学"。绪论阐释了该书的文学史基本观点以及分期理由。全书正文约 460 页，90 年代文学是第五编（第 384—460）约 85 页，其中大陆 90 年代文学约 55 页。而第四编（第 247—382）其实讲的是 80 年代文学，其中大陆部分约 125 页，篇幅也是 90 年

代文学的 1 倍多。

　　顾著正文大约 370 页，一共分为"现代前夜的中国文学"（第 3—20 页）、"民国时期（1912—1949）文学"（第 21—232 页）、"1949 年后的中国文学：国家、个人和地域"（第 233—369 页）三章。包括台港澳文学在内的中国当代文学 60 年约占全书篇幅的 1/3，仅有 136 页。而新时期以来约占 65 页，并且论述对象基本止于 80 年代末。虽然该书有一节是"展望：20 世纪末中国文学的商业化"，其中涉及了对 90 年代文学的整体评价，但细读这部分内容就会发现，整个 90 年代文学在这本著作里几乎缺失了。笔者有幸跟随顾彬教授在德国做研究，因此有机会对他的中国文学研究进行相对全面的梳理。顾彬 60 岁生日时，学生和同事把他的各类作品大体归类并编了目录，作为送给顾彬六十大寿的贺礼。这份目录收入截至 2008 年 10 月顾彬的主要学术成就，里边确实有许多当代文学的论述，包括对王安忆等人作品的论述，但 90 年代以后的作品论述相对较少。笔者在做完相关文献资料的整理后，曾就该书中当代文学篇幅过于短小的问题当面请教过顾彬教授，他表示那是因为对象太多，需要做出自己的选择。而对于较少论述 90 年代文学的原因，他表示，一方面需要和 90 年代拉开距离才能做出更准确的判断；另一方面，在其他文章里有过许多 90 年代具体作家、作品的评论，所以在文学史里不想重复[01]。

　　《发展史》已经有了三个版本，本文采用的是北京大学出版社 2011 年版。第二版（2009）和第一版（2004）相比还是有较明显的变化，新增加了"当代文学在 80 年代的'转型'"（程光炜）、"新世纪文学"（孟繁华）两章内容。"其他章节在文字上也做了相应的调整和修改，规模超出原著 1/3"（第二版后记），并插入近 200 幅重要作家、作品图片。因此，修订后的《发展史》将中国当代文学发展的历史一直叙述到当下。北京大学修订版后记讲："这次修订，主要是添加、充实了一些新内容，规模比前两个版本更大一些，内容当然也更丰富一些。"从出版字数来看，其实只是由 44.7 万字增加为 46.1 万字；从结构上看，章节名称、顺序、内容确实都有调整。正如书名揭示的一样，这本"发展史"的确也以极快的速度在不断的修订中

[01] 刘江凯：《关于中国文学研究与中国当代文学——与顾彬教授访谈》，《东吴学术》2010 年第 3 期；刘江凯：《枳橘之间：顾彬的中国当代文学研究》，《理论与创作》2011 年第 1 期。

体现着中国当代文学的发展。在笔者看来，"新世纪文学"进入发展史，可能也是当代文学学科的"历史化"进程的一环，虽然这一环可能还没有完全锻造好并扣紧文学史的链条，却结结实实地可以听到铸造它的打铁声了。该书正文共 20 章约 430 页，90 年代文学有 3 章（第 327—384 页）约 60 页，约占全书 1/7 篇幅，而 80 年代的篇幅是 90 年代的 1 倍多。

　　《主潮》应该是近年来最新出版的一本有关当代文学史的个人专著文学史。该书的理论性很强，主要是从现代性的角度来论述中国当代文学史，所以内容有些艰深。该书在文学史观、内容、体例、具体

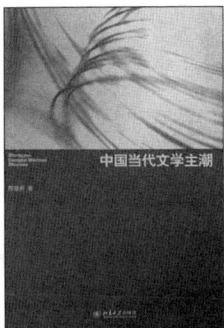

陈晓明《中国当代文学主潮》
北京大学出版社 2009 年版

观点等方面都有许多创新之处。尤其是对于 20 世纪 90 年代文学的强化论述，明显不同于上述当代文学史。就个人观点而言，虽然 80 年代文学的确很重要，但如果在一个更长的历史整体性视域里观察，笔者认为 90 年代文学才是当代文学史里最重要的一个文学时代。作者在后记中认为时下的文学史大都论述到 20 世纪 90 年代初，而 90 年代中期至 2015 年的文学发展变化却纷纭杂沓、气象万千；这些文学现象的复杂和矛盾，也是亟待阐释的文学史难题，自然不能回避这一段，也是要写上 10 来万字。绪论明确了本书对文学史的分期划分

及理由：第一时期（1942—1956 年），这是社会主义现实主义的起源与基础建构阶段；第二时期（1957—1976 年），这是社会主义现实主义文学不断激进化阶段；第三时期（1977—1989 年），这是"新时期"文学阶段，也是社会主义现实主义修复与重建阶段；第四时期（1990—2000 年），这是中国当代文学由社会主义现实主义的一体化转向多元格局的时期。在陈晓明看来，如果要做一个更加截然的划分，可以将 1942—1992 年看成一个时期，理由是这 50 年的当代文学都处于社会主义现实主义的审美领导权统治下，进行的是现代性激进化的文学建构。而 1992 年后的当代文学则进入了现代性解体和后现代性建构的时期。似乎许多学者更倾向于把 1992 年作为一个新的历史节点，比如顾彬也觉得 1992 年邓小平"南方谈话"后的中国和从前有了很大不同，还有张志忠《1993：世纪末的喧哗》等。陈晓明紧紧抓住现代性与"历史化"来理解当代文学史，确实提供了许多

理论的思考点。事实上，他早在 2002 年就专门讨论过这个问题，是国内最早系统运用"历史化"来阐释当代文学史的学者。该书正文约 595 页，其中 90 年代文学大约从第十五章"历史祛魅时期的新写实与晚生代"开始（第 368 页）到书末，除去其中约 20 页的新世纪文学论述，大约有 230 页的论述，篇幅占到全书的 1/3。而 80 年代文学如果从第十章"'文革'后的伤痕文学及其反思性"（第 240 页）算起，大约有 120 页，仅为 90 年代文学的一半左右。

总结一下以上 6 本"当代文学史"关于 20 世纪 90 年代文学论述的篇幅。内容最少的是顾著，几乎没有真正展开相关论述，其理由一是要拉开历史的距离，二是自己不想在文学史里重复。当然，顾彬在访谈中还提到了另一种可能的理由：在中文出版的过程中，被删除了一些内容。论述最多的是陈晓明的《主潮》，约 230 页，几乎比 80 年代文学多一倍，是以上文学史中唯一一部篇幅超过 80 年代文学的著述。这一点必须要格外注意。其他四本书的情况如下：洪著 90 年代文学约 34 页，是 80 年代文学的四分之一；陈思和的《教程》90 年代文学约 60 页，是 80 年代文学的一半左右；董健等《新稿》90 年代文学约 55 页，是 80 年代文学的一半左右；孟繁华、程光炜的《发展史》90 年代文学约 60 页，是 80 年代文学的一半左右。同样是当代文学十年，差距为什么会这么大？《教程》《新稿》《发展史》的相似性仅仅是一种巧合还是某种潜意识的学界共识？而洪著、顾著和《主潮》的突破，是否相互之间或者共同对前者构成一种复杂的挑战或者对话关系？考察一下各种文学史体例安排，就不难发现，篇幅及对象的变化除了可以充分地显示每个作者的文学史观及其操作方法，往往也和著者心目中的重要性排序有直接关系，有时可能是有意识的，有时甚至是无意识的。

二、首语：当代文学史的"90 年代文学"叙述策略

全面展开对以上 6 本"当代文学史"20 世纪 90 年代文学的内容的比较分析，显然远远地超过了本节的负荷。因此，我们将选择"节点"的方式——关于 90 年代文学开篇首语进行具体的分析比较。

比较一下以上 6 本"当代文学史"对于 20 世纪 90 年代文学的开篇叙述是一件很有意思的工作："'90 年代'是否可以，或在什么

意义上可以作为一个文学阶段看待，文学界一直存在争议。"（洪著）"80 年代末到 90 年代初，中国社会发生了急剧的转型，国家经济领域的改革开放步伐正在加快，商品经济意识不断渗透到各个社会文化领域，社会经济体制也随之转轨，统治了中国近四十年的社会主义计划经济体制向社会主义市场经济体制转型。"（《教程》）"20 世纪 90 年代的中国，全面进入了现代化的物质实践阶段。"（《新稿》）"中国的文学批评界更愿意把 1985 年当成中国当代文学的转折点，而不是 1989 年。"（顾著）"80 年代终结和 90 年代开始，是 90 年代文学出现的历史前提。"（《发展史》）"在怀旧的人们的叙述中，80 年代文学和文化总是呈现出黄金时代的辉煌；然而，90 年代文化和文学的整体性分离的情势，对于中国随后的文化和文学的转型来说，或许意义更为重大。"（《主潮》）

　　仔细琢磨这些开篇首语会很有意思。比如洪著是以一种疑问的方式提出 20 世纪 90 年代文学作为一个文学阶段的文学史地位。它显示了作者小心谨慎的态度，既有对 90 年代文学的肯定，也有一些尚未清晰的疑虑。洪子诚接着解释了"分歧主要基于与 80 年代文学关系的不同理解，即八九十年代文学的'延续'与'断裂'关系的不同认识。八九十年代之交，社会文化并没有出现'文革'结束后那样大规模、有意识的全面调整，'当代'确立的文学规范在 80 年代的瓦解趋势，在 90 年代仍在继续推进"。洪著开篇即直奔"文学"主题，他的疑虑和分析都围绕着"文学"进行，社会文化的背景相对其他文学史会淡化很多，只能让读者能联想到这种背景，却让叙述的重心始终落在"文学"上。《教程》的开篇相对于洪著来说，更侧重于"社会"的整体描述，至少在开篇中，它是突出"背景"，没有"文学"的。在 100 字左右的论述中，连续出现两次"转型"，一次"转轨"以及"政治""经济""文化""体制"等"重量级"的词汇。《教程》没有洪著的那种犹疑，对于"转型"的判断是非常坚决的。洪著则是通过一条注释来客观呈现《教程》里的这种判断：文学界普遍意识到 90 年代社会生活和文学创作发生的变化，但对这种变化的理解和估计，却看法纷纭。其中较有影响的是"新时期"结束论和"后新时期"概念的提出。虽然"后新时期"的概念并未得到普遍的认同，但 90 年代中国社会发生了"转型"却得到了普遍的认同，尤其是 1992

年邓小平"南方谈话"后。不论如何，《教程》对 90 年代文学的论述用"无名"来概括，不仅富有新意，而且在具体文学作品分析中得到了充分的贯彻，值得学习。《新稿》强调了 90 年代的中国全面进入了现代化的"物质实践"阶段，这个表述也很有意味。其实，联系前面分析，不难理解，就是指"市场经济""以经济建设为中心"国策的提出。《新稿》指出这种从之前的精神层面到物质现实层面的转化，使现代性基础开始逐渐走向全球经济的"一体化"进程，于是 90 年代中国的文化、价值理念也随之步入了一个复杂的转型期。这里有两个问题也许值得我们进一步思考：其一，中国思想文化的"一体化"解体和全球经济"一体化"的形成，二者是如何互为影响的？其二，"以经济建设为中心"作为一项基本国策，对于中国文化、价值观念的负面冲击是什么？笔者以为这种负面影响对于中国社会从整体到个人都构成了巨大的改变。多年来，我们一直沉浸在 GDP 高速增长的喜悦中，我们的物质生活也确实得到了极大的发展，这项国策的正面价值当然是毋庸置疑的。然而，它对后来中国社会文化、道德、个人价值观念的负面影响，我们却很少看到高质量的主流分析。对于学界，这种巧合不应该像某些人简单地用一句"转型社会的阵痛"来表达。

董健、丁明、王彬彬
《中国当代史新稿》
人民文艺出版社 2005 年版

相对于中国学者，顾著对于 20 世纪 90 年代的论述再次体现了一个海外学者没有束缚的直率意见。他曾和笔者在访谈中提起，中文版"删除"或"软化"了许多重要的论述。他显然比较过中文版和德文版的内容，因为他说："如果是《20 世纪中国文学史》（中文版）的话，他们根本不知道，也不考虑到这本书不能代表我，因为百分之二十的内容被出版社删掉了，包括我最重要的思想，最重要的理论。"[01] 而这些内容，往往又是他论述相关文学对象的理论基础。关于中国八九十年代之交的论述也有被"删除"或"软化"的内容，如"我和中国学者有差异。但这个和政治、和意识形态有关。我们从 1989 年以后，更多思考从 1917 以来、1989 年结束的那个社会

---

[01] 刘江凯：《关于中国文学研究与中国当代文学——与顾彬教授访谈》，《东吴学术》2010 年第 3 期。下两处同出。

主义。特别是德国学者，他们在这方面发展了一个很强的理论，这个理论是在苏联、民主德国基础上发展的。但是因为中国也有这种类似的历史，有些观点可以用。我敢面对一些中国学者经常面临的问题"，"这个我都写过，用英文发表过，翻译成中文，但大部分都被出版社删掉了"。

顾彬的开篇虽然简短，意思却非常明确——1989 年才是中国当代文学的转折点，这种意见在国内的文学史里并非没有，往往通过文学史分期来表现，比如《新稿》。顾彬对 20 世纪 90 年代文学的基本定位是"商业化"，这一点从他的标题"展望：20 世纪末中国文学的商业化"可以直接看出。我们知道顾彬对中国当代小说是持批评态度的，其中最重要的原因之一就是他认为：中国当代小说家向市场投降了，他们玩文学，想赚钱，甚至和体制合作，失去了一个作家应有的独立批判的精神。从顾著接下来的分析中，他认同市场经济思维日益渗入到图书市场，越来越多地左右着写作，各种意识形态或信念甚至使对文学的责任感全都退居幕后。同时，他认为"艺术和商业完全能够并行不悖"，并以莫言作品的畅销和电影改编的成功为例，指出他"不仅利用市场，也利用意识形态"。

《发展史》的开篇着眼于 20 世纪 80 年代与 90 年代的关系或者对比，他的小节题目就是"80 年代终结和 90 年代开始"。这也是该著和其他文学史最显著的区别之一。两个年代其实相隔并不遥远，作者却指出"这两个年代之间有一种隔世之感，然而就在这种隔世的惊讶中，90 年代揭幕了"。接下来，作者还是从与 80 年代的对比关系中分析："80 年代末后的几年中，人们普遍感到迷茫，不知中国的未来在哪里。"当时的工人不愿做工，公务员、教师纷纷下海，中国社会处在断裂和转变中。比较一下就会发现，《发展史》对于 90 年代文学的论述，始终有一个 80 年代文学的参照，这一点虽然其他文学史也会有，但《发展史》尤为突出。其他诸如 1992 年邓小平"南方谈话"及社会、经济、文化体制的转型等分析，基本上和其他文学史没有太大出入。对于 80 年代、90 年代文学的关系以及文学史地位的评价，将会成为我们接下来观察这几本文学史的重要视角之一。《发展

孟繁华、程光炜
《中国当代文学发展史》
北京大学出版社 2011 年版

史》留给我们的突出感觉是：80 年代的重要性是无可置疑的，对于 80 年代文学的深入研究，将会对 90 年代文学、新世纪文学起到重要的作用。这一点和《主潮》的观念将形成直接的碰撞。

《主潮》的开篇也有 20 世纪八九十年代的对比，它肯定了 80 年代作为"黄金时代的辉煌"，却笔锋一转，用一种表面商榷、其实十分肯定的语气表明：90 年代文学对于中国随后的文化和文学转型意义更为重大。联系以上 6 本"当代文学史"，唯有《主潮》对于 90 年代文学的叙述篇幅远远地超过 80 年代，这种判断应该也直接在文学史写作中得到了书面保证。作者接着分析："80 年代被称为新时期，实际上它的精神实质与五六十年代有着密切的内在联系；而 90 年代则是向着另外的历史方位移动。这种移动被多重力量推进，以至于没有任何一个社会群落可以预计它的目标。"笔者非常赞同陈晓明对 90 年代文学的定位与判断。虽然我们对 80 年代文学有着非同一般的美好印象，而且 80 年代文学也确实有许多重要的文学表现，但如果把它放在更长的中国历史及世界体系中来看，笔者认为 90 年代文学的意义远远没有被充分挖掘出来，这种"转折"意义甚至不比 1949 年和 1919 年的"转折"低下。《主潮》认为"90 年代走向了一个价值重估的时代"，当我们把对 90 年代文学的观察不仅仅局限于 80 年代文学、当代文学、现代文学的范畴时，当我们把 90 年代文学放在鸦片战争以来甚至更为久远的古代文学体系中，并在世界文学的视野中体会中国 20 世纪 90 年代的"转型"时，它在不同体系中的"价值重估"应该并不完全一样。在中国当代文学学者中，陈晓明是以理论见长的一位，他的理论视野和学识积累，帮助他以很罕见的方式突出了 90 年代的分量，窃以为这种勇气会随着时间的流逝渐渐显示出他的"先锋"意义来。

综上，通过对以上 6 本"当代文学史"关于 20 世纪 90 年代文学篇幅、首语的分析比较，我们其实可以管窥到这些编著者基本的义学史观，以及他们对 90 年代文学的基本定位。从开篇来看，洪著以疑问的方式谨慎地开始了 90 年代文学的叙述，并且开门见山，直奔"文学"主题，而把 90 年代的社会、政治、经济、文化背景淡化于具体的叙述过程中。在篇幅上也表现出相应的压缩。《教程》《新稿》《发展史》在篇幅上却表现出令人吃惊的相似性，90 年代文学叙述都控制在 60 页左右，是 80 年代文学的一半左右。从开篇来看，也有着大致相似的叙述策略，都会从社会整体背景论述 90 年代中国社会的"转型"意义以及对于文学的影响。《教程》虽然在写作观念、对象方面有着许多勇敢地突破，但就 90 年代文学的开篇来讲，则几乎没有多少新意，写得客观平缓。只是这种平淡在具体作品解读中因为"无名"观念的潜在作用，使得这部分内容变得好读起来。《新稿》的开篇突出了"物质实践"，似乎隐约透露出一点反思批判意识，然而，细读后边的论述，就会发现它仍然是以一种客观的描述为主，和其他文学史的相关论述比较，也没有体现出新鲜的意见。《发展史》最大的不同在于它的"80 年代文学"背景，这个特点是明显不同于另外几本文学史的。如果联系程光炜其他关于 80 年代文学的研究意见，就会觉得《发展史》对于 90 年代文学的论述是以 80 年代为基础的——这个当然是正确的，笔者想强调的是，《发展史》这种强烈的 80 年代文学意识影响了他们对 90 年代文学的基本定位——如果和《主潮》比较的话，这种感觉就更加明显。顾著虽然对 90 年代文学描述的篇幅最少，然而在具体的论述与作品解读中，却体现出一种有趣的"枳橘之间"的意味来 [01]。抛开顾著中存在的各类缺陷不说，他的话语资源与海外视角以及强烈的个人化研究意见都对我们有着积极的意义。

三、难点：文学史的时代、区域、视野

除了以上 6 本"当代文学史"外，其他"当代文学史"对"90 年代文学"的叙述当然还有很多。笔者的疑惑在于，如何判断这些文学史著述对于"90 年代文学"的评判？我们应该相信或者看重哪些文学史著述的判断？

文学史研究是个难度很大的热门领域，学界对于当代文学史的不断"重写"与评论，也从一个侧面反映了它的"热闹与困难"。笔者对这一问题也怀有浓厚的兴趣，基本上阅读了常见的各类中国当代文学史或其他系列研究丛书、著述等。因为博士论文是关于中国当代文学海外接受方面的研究，因此，也观瞻了海外部分 20 世纪中国文学

[01] 刘江凯：《枳橘之间：顾彬的中国当代文学研究》，《理论与创作》2011 年第 1 期。

史、现代文学史或者戏剧史、散文指南各类综合、专门的研究著述。比如杜博妮和雷金庆合著的《20世纪中国文学史》，笔者基本通读了一遍，有许多直接的观感。按照许子东的统计，截至2008年，仅大陆当代文学史就有72部之多。笔者猜想没有几个人能真正把这些文学史全部细致地阅读、比较、分析一番。顾彬曾表示："你看一个中国学者的书，可以不看剩下的99本书，因为都一样。第二，中国学者的理论经常很差。他们的资料可以，但是理论是有问题的，有些话他们不敢说。"[01] 那么，笔者就会想，如何才能有效地区分不同当代文学史写作上的创新与突破？怎样才能衡量出一部当代文学史的分量？如果我们寻找几个观察的角度，应该是哪些？

通过以上6本"当代文学史"的比较分析，笔者以为时代、区域、视野可以作为观察文学史写作的重要参考角度。"时代"在这里指对于一些特殊的文学史年代的处理，比如"90年代文学"（或者其他）、"'文革'文学"。"区域"主要指对于"港澳台"地区文学的处理方式，显然这是以上几部文学史都处理得比较困难的一个问题。"视野"在这里不仅指从国门以里走向世界之中，也不仅指材料由中文转向外语，而且指观察中国当代文学时所要具备的理论与方法甚至一种文化体验。

前文已经以"90年代文学"部分的开篇作为切入点，详细比较分析了六本文学史的不同特点。现在以"'文革'文学"和"港台文学"为例简要分析：洪著除了整体上以"50—70年代的文学"划分外，在具体章节里也是采用"主题"加"类型"的章节命名。而对于"港台文学"，洪著在前言里提到：如何在文学史中"整合"港台文学并不是"简单地并置"问题，而是需要提出另外的文学史模型予以解决，所以该书没有涉及此项内容。

陈思和的《教程》对于"'文革'文学"的处理非常有创新性，他通过"潜在写作"等概念挖掘了传统"主流"之外的文学创作，不失为一种精妙的方法和角度，对于"民间"的发现也支撑起他的主要学术构建。对于"港台文学"，他的"整体观"当然是包括在内的，但"目前它却无法沟通、涵盖这些文学现象"（前言），虽然他表示

---

[01] 刘江凯：《关于中国文学研究与中国当代文学——与顾彬教授访谈》，《东吴学术》2010年第3期。

"如果缺乏对台、港文学的研究，对当代文学的评价和定位也会把握不准。"但在实际的写作中，该书还是没有涉及港台文学。笔者非常赞同通过港台文学来更好地评价和定位当代文学这一观点，事实上，这样做仍然不够——而是应该把 20 世纪中国文学包括大陆、港澳台、海外华文文学放在尊重本土性的世界接受视野里，才能更清楚地评价和定位当代文学。

董健等《新稿》对于"'文革'文学"有明确直接的论述，采用的是比较传统的方式，划出时间然后分别论述思潮、运动、创作。但该书把"文革"十年切割，放在第二编"1962—1971 年间的文学"和第三编"1971—1978 年间的文学"两部分中，这一更为详细的划分显示了它和其他文学史明显不同的处理方式。"港台文学"则相应地在每一时间片断里进行描述。除了时间外，没有看到更有效的"整合"方式，虽然该书提供了陈思和所说的"港台文学"的参照，却有一种洪子诚所强调的"简单地并置"嫌疑。

顾著写法上体现了鲜明的个人性，从视野、材料、方法到写法上都有许多"新鲜"的变化，当然同样也有许多值得探讨的"问题"。总体而言，作为海外专门的《20 世纪中国文学史》，该书带给我们的启示价值应该多于它的争议。该著在章节目录里并没有出现"文革"，却在第三章第一节有"从边缘看中国文学：台湾、香港和澳门"（第 235—251页）。"'文革'文学"（第 291—305 页）作为

顾彬《二十世纪中国文学史》华东师范大学出版社 2008 年版

一段内容出现在第三章第四节"中华人民共和国文学"里，写法上除了自己的国际视野带来的个人思考外，显然还参考了陈思和的方法。

孟繁华、程光炜的《发展史》对"'文革'文学"也有直接表现的一章，即第九章"革命文学的高涨"（第 189—200 页），细读之后就会发现，这一章的写作吸取了文学史研究与其他"文革"研究的新成果，注重"'文革'文学"的发展脉络，在处理革命文学的合理性方面做出了自己的努力，尤其是在文化领导权的建构方面。在第二章"当代文学的建立"里有一节"海峡两岸的'文学战线'"（第 29—34 页），专门讨论了 50 年代台湾的"反共文学""战斗文艺"的状况，其他部

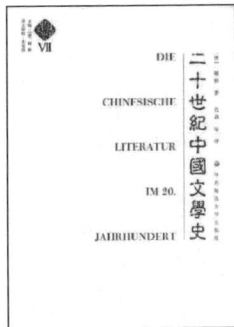

分没有涉及港台文学内容，所以这一节内容显得有点孤立和突兀。

陈晓明的《主潮》第九章是"'文革'时期的文学"（第 221—240 页），整体思路感觉和《发展史》有点像，但在具体操作上《主潮》很注重使用文学作品实例，并且展开的角度也有不同，比如从红卫兵文学角度论述等，很好地体现了"理论开路，作品跟进"的写作策略，保证了不同层次的阅读需要。作者在后记中写道："受篇幅和知识面所限，本书没有讨论台港澳文学，这是一个缺憾。"所以，这本著作也没有具体讨论港台文学的内容，但其潜在的理论视野显然还是有所考虑的，只是没有机会在著作中表现出来。

除了以上 6 本"当代文学史"外，笔者也对其他各类当代文学史或"20 世纪中国文学史"及类史著作有所涉猎。就当代文学史而言，对"'文革'文学"和"港台文学"的处理似乎是当代文学史写作中的一个困难。正如洪子诚所言，如何有效地"整合"港台文学并不是"简单地并置"问题，可能需要提出另外的文学史模型予以解决。而如何有效地叙述"文革"文学大概也不是简单的呈现问题，即使这些"当代文学史"努力做出自己的尝试，也如陈晓明所讲这可能是"寻找一个有效的理论视野来贯穿和阐释当代中国文学史"的问题。在这方面，他从"现代性"和"历史化"的角度做出新的解释，值得我们在此基础上继续思考。这几本文学史，或长于材料，或精于思路，有的视野开阔，有的注重方法，各有各的特点。相对而言，陈晓明的《主潮》理论性确实很强，他对 20 世纪 90 年代文学的大胆重用，应该是这几本文学史里最有突破性的表现。

相对于《新稿》对"港台文学"的处理方式，笔者以为顾著在这方面倒体现了值得我们反思的叙述策略。仔细阅读，就会发现这是一种在世界文学视野下对港台文学进行"融合"式的叙述，而不是简单的"并列"。顾彬认为台湾部分文学"穿着纯粹的日语外衣。它们应该算作日本文学史，而不是中国文学史的一部分"。"如今也存在类似的情况，不少中国人在国外开始用英文、法文或德文写作。我们可以举哈金（1956 年生）或戴思杰（1954 年生）为例。他们的作品虽然以中国为主题，却是美国及法国文学，而不是中国文学的一部分。"顾彬的国际视野让他发现许多新的问题，虽然笔者并不同意顾彬的这种判断，但他显然给本来就很难"整合""港台文学"的当代文学史又提出了一个难题：如何处理那些用外文创作的中国人（或华人）的作品？再创立一个类似"华文文学"的新概念？

笔者在研究海外中国当代文学接受的过程中，其实也很自然地产生了一个的疑问：被翻译出去的海外的中国现当代文学究竟是否属于中国文学？如果是，为什么现行（包括一致获得好评）的中国现当代文学史中缺少这方面的专门论述？如果不是，那么我们翻译成中文的世界各国文学应该被视为中国文学的组成部分吗？显然这是极其荒谬的结论。事实上，从黄子平、钱理群、陈平原"20世纪中国文学"的内容来看，包括严家炎在给《20世纪中国小说史》（第一卷）所作的序言，中国现当代文学与世界文学的关系一直都是挥之不去的重要命题。一百年来，我们一直疲于"西学东渐"的学习和研究，却很少关注"东学西渐"的事实。现在，随着中国的发展，思考这个问题正当其时。

因此笔者认为：作为中国文化海外传播与影响的重要组成部分，现行文学史的研究模式忽略了中国现当代文学海外传播这一重要的事实与视角，这是我们文学史研究模式和视野里的一个"盲点"。而这种新角度、新材料的挖掘，必然会带动起相关的新理论与方法，并最终推动整个文学史研究的发展。海外学者如夏志清等已经对中国现代文学史的写作产生了重要的影响。当代文学方面，虽然目前这一领域的研究成果还不足以正式进入文学史，也存在很多需要探讨的疑问，但作为一个问题，我们有必要提出并思考解决的方案，至少应该从基础文献资料方面开始相关的整理、发现与剖析，为进一步的研究做好准备。这其实就是笔者要讲的第三个观察角度：视野。这种从国门里走向世界中，从中文材料转向外文文献，从理论方法到文化体验的"视野"，可能是我们未来文学史研究的新可能。这一点，笔者已经从一些学者合作的著述中看到了希望，虽然前面要走的路依然很长，困难很多，但这不影响我们从这种视野去思考现有的文学史模式的弊端。顾彬对于中国当代文学有隔膜、有误读甚至也有错误，但他的文化背景、语言能力、世界视野是一般大陆学者欠缺的。所以他在"从边缘看中国文学：台湾、香港和澳门"一节里表现出自然的"融合"叙述方式。陈晓明、程光炜、陈思和则从理论和方法的角度同样进行了富有启示意义的探索。

第三节　当代文学与"历史化"

　　当代文学与"历史化"之间是否构成一种悖论？还是悖论表象下的深刻统一？"历史化"是个复杂的学术问题，它和"当代文学"发生联系后，会呈现出更为纠结的状况。我们有必要就"当代文学"与"历史化"的关系做认真的梳理与思辨，了解这个重要问题在当代文学中的讨论背景、基本内涵与发展过程，进而反思它们之于当代文学及我们要讨论的20世纪90年代文学可能的意义与影响。

一、什么是"历史化"

　　"历史化"已然成为近年中国当代文学史研究中的一个重要话题，甚至成为一种文艺思潮。其理论与实践出现了不少优秀成果[01]，综合这些研究以及牵连出的其他成果，我们可以对当代文学的"历史化"梳理出大致脉络。我们知道"历史化"的主要理论来源是杰姆逊《政治无意识里》的"永远历史化"、福柯的"知识考古学／谱系学"和布尔迪厄的"反思社会学"等。20世纪90年代开始的"文学

[01] 陈晓明：《个人记忆与历史的客观化》，《当代作家评论》2002年第3期；程光炜：《历史重释与"当代"文学》，《文艺争鸣》2007年第7期；程光炜：《当代文学学科的认同与分歧反思》，《文艺研究》2007年第5期；程光炜：《当代文学学科的"历史化"》，《文艺研究》2008年第4期，等等。李扬、蔡翔、查建英等都有相关论述。

史转向""文化批评"现象，尤其是新历史主义等理论的启发，是中国当代文学走向"历史化"的直接背景。80 年代展开的"重写文学史"等活动、思潮、现象则构成了更为深刻的间接背景。洪子诚及其 1999 年《中国当代文学史》、2002 年《问题与方法》可被视为标志性的人物和实践成果。显然，中国当代文学的"历史化"在概念还没有明确之前，已经有了理论来源、文化背景及实践成果。因此，张清华指出："'历史化'是近年浮出水面的一个新话题，也是近年来文学研究与批评的最明显的'增长点'。不过在笔者看来，当代文学的历史化并非'现实'，而是一个长久以来一直持续不断地发生着的运动。"那么作为一个概念，"历史化"最早是由谁在何种意义上使用？"明确提出'历史化'概念的大概是李扬，在其 2002 年出版的《50—70年代中国文学经典再解读》一书'后记'中。"[01] 李扬的这段话是：

> 詹姆逊声言他对那些"永恒的""无时间性"的事物毫无兴趣，他对这些事物的看法完全从历史出发。按我的理解，这里的"历史化"是指任何理论都应当在特定的历史语境中加以理解才是有效的，与此同时，"历史化"还不仅仅意味着将对象"历史化"，更重要的还应当同时将自我"历史化"。

张清华认为这是近年来当代文学"历史化思潮"的一个节点性论述。这一看法不但是对 20 世纪 80 年代以来当代文学界所建构的"纯文学神话"的批评，是对"启蒙主义文学史观"或"自由主义文学史观"的反思，也是对新一轮左翼文学之历史研究展开的一个理论推动，是对 90 年代后期以来"红色经典再解读"研究的一个理论提升。尤其是李扬所提倡的"将自我历史化"的说法，对于调整当代文学研究主体的观念与尺度也具有比较深远的意义。虽然我们可以找到比李扬更早的当代文学"历史化"文章，[02] 作为一种节点性的论述，李扬

[01] 张清华：《在历史性与当代性之间》，《文艺研究》2009 年第 12 期，前后两处引用出处相同。

[02] 参见张荣翼：《不断历史化——文学批评的历史因素》，《学术交流》1999 年第 1 期；朱安玉：《论当代文学批评的历史化潮流》，《当代文坛》1993 年第 2 期。两文的"历史化"内涵其实也吻合了当时的"文化研究"理论及后来出现的"历史化"思潮。只是他们更多地直接把西方"历史化"理论挪用到中国当代文学批评中，较后来出现的中国当代文学"历史化"实践运动，显得单薄了许多。而更早（80 年代）出现的其他戏剧"历史化"等文章则并不属于这一范畴。

显示出来的理论自觉性确实有分水岭的意义。程光炜、李扬、蔡翔等学者可以看作中国当代文学"历史化"实践的又一拨推动者。程光炜2005年在中国人民大学开设的"重返80年代"讨论课，以及2006年和李扬共同在《当代作家评论》主持开设的"重返80年代"栏目等学术活动，最终使中国当代文学的"历史化"受到关注。以上算是笔者对中国当代文学"历史化"这个概念的理论来源、文化背景、标志成果、概念提出、发展壮大等方面进行的简要知识谱系梳理。

令人疑惑的是：为什么"历史化"在近年来会迅速发展成中国当代文学的一个重要关键词？"历史化"究竟是什么？

"……化"渐渐成为现代汉语的一个大家族，如现代化、全球化、市场化、多元化、数字化以及我们要讨论的历史化。从语法构成来讲，往往是加在名词或形容词后边构成具有动词意味的新名词（或动词），其基本的含义包含了使指称对象成为……的过程。而"过程"必然会和"时间"联系在一起，这应该是我们理解所有"……化"词汇的起点。因此"历史化（historicize）"最基本的含义应该是"使指称对象成为自己（历史）的过程"。"历史化（historicize）"的英文解释有两项基本意思：其一，按照历史发展的结果来阐释事物；其二，赋予……以历史意义，使成为历史事实[01]。可以看出，英文的"历史化"对中文历史化的"过程"有了更为具体的解释：它强调了在"时间的过程"中要赋予指称对象"历史意义"，实现使之"成为历史事实"的目标，并且作为历史发展结果的"阐释"显然还要经得起历史的检验。但不论是中文还是英文，都没有说明历史化的方法、标准、步骤等。这也是理所当然的：历史只负责验收结果，抵达结果前的标准和方法应该是人类的任务。所以，如何"历史化"其实成了问题的关键。

"Always historicize"（永远历史化），这是杰姆逊在《政治无意识》序言里的第一句话[02]。接着他强调这是个绝对的口号，甚至可以说这是一切辩证思维的"超历史"规则——也毫无疑问地成为"政

---

[01] http://dictionary.reference.com/browse/historicize, based on the Random House Dictionary, Random House, Inc. 2012.

[02] Jameson Fredric. *The Political Unconscious: Narrative As Socially Symbolic Act*. Cornell University Press, 1981.

治无意识"的核心准则。实现"历史化"主要有"客体"和"主体"两条路径。作为中国当代文学"历史化"思潮重要的理论来源之一，杰姆逊的这句话其实充满了悖论式的辩证思维。"历史"往往意味着经过时间沉淀的稳定结果，而"化"却像一根不断搅动的棍子——在这个过程中，它可以促使出现稳定的结果，也可以将稳定的结果再次翻腾起来。结合前面的语法分析，如果指称对象是"现代""多元""数字"，那么加上"化"使这些指称对象成为自己的过程，并没有内在的冲突。但"历史"本身却有"时间与结果"这样的内涵，并具有某种终极的价值意义。加上"化"后就构成了一种悖论："历史化"的最终目标是经历了"过程"后出现结果，赋予意义，成为历史事实；而"历史化"本身的含义却强调了走向最终目标的过程，尚未完成的结果，不稳定的意义，即它同时解构了自己的最终目标——历史。杰姆逊"永远历史化"的绝对口号更是将这种悖论推向极致。我们知道杰姆逊在《政治无意识》里吸纳了不同流派的思想，如弗洛伊德精神分析、阿尔都塞意识形态和结构主义等思想理论，发展出一套新的马克思主义阐释学，认为坚持"永远历史化"的方法，马克思主义的辩证批评可以包容其他众多流派理论，并克服这些阐释的局限性。的确如此，"永远历史化"正是通过不断自我修正的方式保证自己是历史的产物，它从表面看是悖论，其实体现了辩证的统一，充满了科学精神。

二、如何理解当代文学的"历史化"

现在，我们可以讨论中国当代文学的"历史化"了。当代文学的"历史化"指什么，又是如何进行的？

前文已经分析：不论是"历史化"的概念、语法意义还是理论来源，都没有具体说明其方法和标准等，这让如何"历史化"成了问题的关键。这也是国内出现大量"历史化"论述分歧的根源所在，形成了一个主题，多种表述的现象。学界公认洪子诚在中国当代文学"历史化"实践方面首先取得重要突破，他是如何理解当代文学"历史化"的？

　　90 年代中期以来，思想界、文学界某种"共识"的破裂、分化，也在文学史编写中显现。粗略的区分，存在两种

互异的取向。一种是"经典化"的方法，即以一种具有普遍
性意义的尺度、标准，来对文学现象、作家作品进行遴选、
评析，试图在文学历史上，建立一种有连贯性的、以经典性
文本作为中心的传统。

　　另一种取向则是强调"历史化""语境化"（或"重新历
史化"）。这一取向的文学史写作，遴选、评判当然不可或
缺，但重点是关注文学现象、作家作品的形态、结构、内在
逻辑，以及导致、制约它们的社会政治、文化、文学传统等
诸种因素。[01]

不难看出，中国当代文学的"历史化"转向确实发生于20世纪
90年代中期，而在90年代末期就出现了洪子诚那本备受好评的当代
文学史专著[02]。李扬认为："如果我们将文学批评定义为批评家对当
下作家作品的研究，而文学史则既指以进化史观组织文学现象，也
指文学研究中的一种历史意识，那么，从90年代开始的以洪子诚为
代表的所谓'文学史转向'，应该说主要是在后一种意义上展开。"[03]
可以看出，洪子诚所说的"历史化"在李扬那里是指以进化史观组织
文学现象，是文学研究中一种历史意识的体现。洪子诚没有否认文学
史写作中的"评判"（批评或经典化）因素，但他更强调"历史化"
的重点是关注文学现象、作品本身的内在逻辑，以及制约它们的其他
复杂因素。在笔者看来，他的当代文学史最明显的特点便是：淡化评
判，尽量客观地呈现文学事实，通过有距离的观察将历史眼光附着在
作家作品及制约文学的复杂因素中，材料的取舍间接地体现了他关于
当代文学的历史意识。

　　李扬关于"历史化"的理解我们前文已有论述，另一位学者陈晓
明其实也很早就讨论过这个问题。他认为：重新书写历史与现实，就
是一种"历史化"过程。"历史化"说到底是一种现代性现象，它对

[01] 洪子诚：《"文学史热"及相关问题》，《韩山师范学院学报》2009年第2期。
[02] 郜元宝：《作家缺席的文学史——对近期三本"中国当代文学史"教材的检讨》，《当代作家
评论》2006年第5期；李扬：《当代文学史写作：原则、方法与可能性——从陈思和主编
的〈中国当代文学史教程〉谈起》，《文学评论》2000年第3期；李扬、洪子诚：《当代文
学史写作及相关问题的通信》，《文学评论》2002年第3期；许子东：《四部当代文学史》，
《一九四九年以后：当代文学六十年》，上海文艺出版社2011年版。
[03] 李扬：《为什么关注文学史》，《南方文坛》2003年第6期。

人类已经完成的和正在进行的实践活动，有着总体性的认识，并且是在明确的现实意图和未来期待的指导下，对人类的生活状况进行总体评价和目的性的表现。[01] 陈晓明的这段话背后其实一直潜存着"人"这样的主体，凸显了人的主体意识，他对"历史化"的理解和李扬可以说是异曲同工：一方面是要将对象"历史化"，另一方面更重要的是同时将自我"历史化"。

　　程光炜是中国当代文学"历史化"讨论与实践活动的重要推动者。他以"重返八十年代"为契机，围绕着当代文学"历史化"做了许多研究，具有学界公认的影响力。我们来了解一下他对中国当代文学"历史化"的基本理解。他在一篇讨论诗歌研究的文章中提到："除去对当下诗歌现象和作品的跟踪批评之外的研究，一般都应该称其为'诗歌研究'。它指的是在拉开一段时间距离之后，用'历史性'眼光和方法，去研究和分析一些诗歌创作中的问题。正因为其是'历史性'的研究，所以研究对象已经包含了'历史感'的成分。"[02] 他强调了诗歌研究中拉开时间距离和历史性眼光的重要性，在另一篇文章中则进一步解释了当代文学学科的"历史化"："首先与跟踪当前文学创作的评论活动不同；其次，它指的是经过文学评论、选本和课堂'筛选'过的作家作品，是一些'过去'了的文学事实，这样的工作，无疑产生了历史的自足性。也就是说，在当代文学学科的'历史化'过程中，'创作'和'评论'已经不再代表当代文学的主体性，它们与杂志、事件、论争、生产方式和文学制度等因素处在同一位置，已经沉淀为当代文学史的若干个'部分'，是平行但有关系的诸多组件之一。"[03] 这里他有意识地"切除"了跟踪性的当代文学"批评"，强调研究的是经过"筛选"的"过去"的文学事实。在其专著《当代文学的"历史化"》（北京大学出版社 2011 年 5 月）的封底，他再次对自己所理解的"历史化"进行简要的概括："我理解的'历史化'，不是指那种能对所有文学现象都有效处理的宏观性的工作，而是一种强调以研究者个体历史经验、文化记忆和创伤性经历

[01] 陈晓明：《现代性与文学的历史化——当代中国文学变革的思想背景阐释》，《山花》2002 年第 1 期。
[02] 程光炜：《诗歌研究的"历史感"》，《新诗评论》2007 年第 2 期。
[03] 程光炜：《当代文学学科的"历史化"》，《文艺研究》2008 年第 4 期。

转型与深化——20 世纪 90 年代文学研究

为立足点，再加进'个人理解'并能充分尊重作家和作品的历史状态的一种非常具体化的工作。"这段话里重点强调了"亲历性"和具体化的工作，这一点联系"重返八十年代"及本书的内容并不难理解。只是笔者有一个疑问：如果真如他自己强调"以研究者个体历史经验、文化记忆和创伤性经历为立足点，再加进'个人理解'"——如此强烈的"亲历性"基本会使研究者限定在他的同代学人里，我们应该如何理解他的那些"80后"学生的研究成果——他们不可能深刻地亲历80年代文学。所以我觉得这段话更多地表露了他个人对80年代文学的亲历感受，而学生虽然局限于一些"具体化"的研究工作，缺少了夹杂亲历情感体验后的那种特别的韵味，但正如李扬在一次访谈中所指出的：没有亲历也许可以成为他们的优势。在这本书的总序里，程光炜再次解释了"历史化"：

> 本丛书主张当代文学史研究的"历史化"。认为先划出一定历史研究范围，如"十七年文学""80年代文学"等也许是有必要的，它会有利于研究问题的分层、凝聚和逐步展开。对具体历史的研究，可能比鸿篇大论更有益于问题的细致洞察，强化研究者对自身问题的反省，所谓的历史化也只能这样进行。

这段话体现了"历史化"的具体操作方法及研究范围。划定一小块范围仍然是想把研究落实到"具体"的实处。通过以上几段论述，程光炜的中国当代文学"历史化"的大概面貌基本可以被勾勒出来：拉开时间距离，采用历史眼光，去除批评的浮华，沉淀出文学事实，结合亲历性体验，划出一定的历史范围，做具体的工作。笔者认为他研究中最大的亮色显然是"结合亲历性体验"，这从根本上保证了"重返八十年代"的研究除了学术的理性之光外，还有飘然而出的个人体验。从其著述来看，他最早的时候可能并不一定有自觉的理论意识，而是"亲历性"体验帮助他敏感地发现了问题所在，在具体实践的过程中才渐渐完善了相关的理论方法。历史的列车仍然不断地前进，"历史化"的履带也将不断地碾实新出现的路面。虽然目前"历史化"的主要讨论范围是"十七年文学"和"80年代"文学，但我相信，"90 年代"和"新世纪"也必将出现在未来的"历史化"履带下。

三、当代文学为什么要"历史化"

当我们对中国当代文学"历史化"有了以上理解后，另一个问题很快就会浮现：中国当代文学为什么要"历史化"？

这和"当代文学"的概念以及学科的发展密切相关。关于当代文学概念的生成、描述、分裂，洪子诚在《"当代文学"的概念》一文中已经有了非常清晰的论述 [01]。他特别指出，通过分析"新文学""现代文学""当代文学"等几个相关概念，从概念的相互关系上，从文学史研究与文学运动开展的关联上来厘清其生成过程。讨论的是概念在特定时间和地域的生成和演变，以及这种生成、演变所反映的文学规范性质。洪子诚在这篇文章里没有从"语义"或者概念的"本质"上来讨论"当代文学"的含义及相应的分期方法。一方面，他认为这也许不是没有意义的，另一方面，这应该属于另一篇文章的任务。

这里我们从"当代文学"的"语义""本质"继续展开讨论，先来看一下"当代"。"当代"读"dang（一声）代"时，见于《后汉书》《史通》《明诗纪事甲籤》，意为"过去那个时代"。同时，又有读音"当（dang 四声）代"，见于杜甫的《奉简高三十五使君》、梅尧臣的《太史公挽词》、瞿秋白的《十月革命前的俄罗斯文学》，意为"目前这个时代" [02]。值得注意的是，"现当代文学"这个词中"当"，本为四声，我们现在读为一声，因此与前一个"当（dang 一声）代"同音。但是两者在语言学上来说，应该是两个不同的词。只是随着语音的变化，由同形异音词演变而成了同形同音词。这种变化一个重要原因据推测应该是与"现"连在一起，很可能瞿秋白那个时代还是读"四声"的"当代"。后来随着汉语的简化趋势，把"现代当代"简称为"现当代"。换句话说，"dang（四声）代"读成了"dang（一声）代"应该是发生在"现代"这个词引进之后，在语言学上，这种现象叫作"语流音变"，和英语中"连读变音"有着相似性，使发音更舒服。

---

[01] 洪子诚：《"当代文学"的概念》，《文学评论》1998 年第 6 期。

[02] 罗竹风主编：《汉语大词典》（缩印本），上海辞书出版社 2007 年版。相关语言学知识系和同事交流时所得。

　　"当代"（Contemporary）在英语的解释里主要强调了以下几点：同一个时代，正在发生的，符合现代或当前思想的风格、时尚、设计等。它是拉丁语的"*com*-together（共同的）+ *tempor ā rius*-relating to time（有关时间）"演化而来。国外其实很难从语义上区别"近代""现代"和"当代"。比如欧美汉学界的"现代"往往包括了我们所谓的"当代"部分，而日本就把"现代化"称为"近代化"。在国内，大概只有中国现当代文学专业的人才会明确区别这两个概念，"现代"特指 1919—1949 年间文学，而"当代"则指 1949 年以后的文学。其他情况下，人们一般也会视"现代"和"当代"为同义词。

　　我们了解，词语或者概念本身会有生长、变化和迁移，但也会保留相对稳定的意义。以上分析可以帮助我们更好地从词源角度理解"中国当（现）代文学"的概念。首先，我们可以明确"现代""当代"是个时间概念，任何一个时代都可以称自己为"现代"（或当代）。据说早在 1127 年，巴黎修建的一座修道院在当时就被称为"现代作品"（opus modernum）[01]。其次，从"现代"的词源来看，它开始就与"改革""革新""注重现在"以及人道主义等密切关联。这和"当代"的词源本意"共同的时间""同一个时代""正在发生的""目前这个时代"也能合上内在的逻辑节拍。这意味着"现代、当代"除了"时间"外，也具有某种性质和意义的隐含界定。这样我们就不难理解洪子诚在《"当代文学"的概念》一文中的许多分析：他全文的核心就是"想看看'当代文学'这个概念是如何被'构造'出来和如何被描述的"，指出陈思和对"现代文学"与"当代文学"的划分是"人为的划分"，这些概念中"意识形态"的含义以及注重历史过程的视角，是讨论问题的起点。他从中国现当代文学学科的角度，结合翔实的史料对"当代文学"的生成过程、内涵描述以及后期概念分裂的讨论都变得更加清晰有力。虽然他没有在文章中正面展开"现代""当代"的概念本质、词源辨析，但其实这篇文章潜在的起点正是建立在除了时间概念外，"性质"意义上的"当代"上。

　　当代文学"历史化"另一个强劲推力和学科的发展密切相关，或

---

[01] 姚乃强：《现代主义》，赵一凡等：《西方文论关键词》，外语教学与研究出版社 2006 年版，第 651 页。

者说，和当代文学的学科合法性有着直接关系，这也算是从事这一学科研究人员的某种认同"焦虑"吧。当代文学研究者当然不会仅仅出于对自我认同的焦虑有意去"历史化"该学科，而是这个问题随着时间的延长将会变得越来越难以避免。打个或许不太确切的比喻，"当代文学历史化"就像一个必然出世的孩子一样，从"当代文学"的概念进入"历史"那一刻起就在不断生成、孕育、繁殖，经过 60 多年，它的出世并不奇怪。程光炜在"当代文学史研究丛书"总序开篇就讲"从 1949 年全国第一次文代会算起，中国当代文学的建史和研究，已经足足 60 年"[01]，语气之中显然有 60 年并不算短的感慨（尤其相对于现代文学 30 年）。一方面，当代文学的确发生在人们还能共同记忆的历史时段；另一方面，60 年放在更长的中国历史中似乎也确实不值得惊诧。因此我们也会理解中国当代文学学科为何没有像古代和现代文学那样建立学术的自足性、规范性，反而屡屡地被人误解和贬低。他还明确指出：如果当代史观到今天还没有在幅员辽阔的大地上成为一种"社会共识"，那它势必会不断动摇与该史观息息相关的当代文学史的思想基础和学科基础。当代文学史学科自律性一直缺乏的另一个原因，是它的下限始终无法确定。有这种困惑的显然不止程光炜一人，比如洪子诚也明确表示了这种困惑（或者不满？）："为什么胡适、朱自清写在距新文学诞生仅有五年或十余年的书，就可以列入现代文学史的评述范围，而且被给予颇高的评价，没有人说他们当时不应该做'史'的研究，而在 80 年代'当代文学'已经过了三十多年，却还提出'不宜'写史呢？这个问题我就想不通了。"[02] 贺桂梅在《当代文学的历史叙述与学科发展》开篇也讲："当代文学"作为诸多文学专业中最年轻的一个研究方向，它的学科合法性自 80 年代以来，一直处在一种暧昧状态中。这不仅指一直存在的关于当代文学能否写"史"或是否有"史"的质疑，更是指作为学院体制中的一门学科与其历史叙述之间所存在的矛盾性。在很大程度上，前一问题正是由于后一问题产生的 [03]。贺桂梅认为 20 世纪 80 年代的"重写

[01] 程光炜：《"当代文学"的历史化》，北京大学出版社 2011 年版。
[02] 洪子诚：《问题与方法》，北京大学出版社 2010 年版，第 45 页。
[03] 温儒敏、贺桂梅等：《中国现当代文学学科概要》，北京大学出版社 2005 年版，第 141 页。第十一章"当代文学的历史叙述与学科发展"由贺桂梅撰写。

文学史"是当代文学面临质疑的原因之一。这种不同于以左翼文学为核心的文学史叙述脉络，其实是对50年代后期建立的文学史规范进行调整和改写，建立新的文学史观和规范。50—70年代的文学品质致使"当代文学"有了丧失"历史性"的嫌疑。质疑之二是"新时期"文学实践的丰富性和复杂性，与之前文学史体例和叙述有了明显裂缝，甚至"断裂"，呈现出"多元"的文学格局。这使得当代文学本身的主体性叙述有一种"拦腰截断"的困境。在她看来，90年代后期文学史研究的突破，主要表现为对80年代"重写文学史"的再重写——这一观察，和张清华认为当代文学的"历史化"是一个一直存在的事实相呼应。事实上，笔者也认为所谓当代文学的"历史化"本质上还是一次"重写"，是杰姆逊"永远历史化"口号在中国当代文学领域里的一次具体实践。而且，经过前面历次文学史观念、理论、实践的准备，它应该也有可能形成更好的成果。笔者以为，不论是程光炜等人的"重返八十年代"研究，还是李扬对50—70年代文学的研究，以及贺桂梅、蔡翔等人的相关研究，都可被视为某种"历史化"行为。正如我们前文已经指出的："历史化"的概念内涵里没有规定具体的方法、标准，他们只是"历史化"众多可能性的几种呈现。

四、永远"历史化"

通过以上分析，笔者理解中国当代文学的"历史化"大概有以下内容：

"历史化"在中国应该是个新造词汇，是个本身充满悖论和统一的中性词。从汉语语法构成来讲，"历史化"最基本的含义应该是"使指称对象成为自己（历史）的过程"。而英文"historicize"对中文"历史化"的"过程"有了更为具体的解释：强调了在"时间的过程"中要赋予指称对象"历史意义"，实现使之"成为历史事实"的目标，并且作为历史发展结果的"阐释"显然还要经得起历史的检验。但这些都没有说明"历史化"的方法、标准、步骤等。所以，如何"历史化"成了问题的关键，也成为各种"重写""再解读"等理论与实践的分化原点。因此有了中国当代文学"历史化"的丰富表达和不同实践。它的悖论和统一体现在："历史"本身有"时间与结果"这样的内涵，并具有某种终极的价值意义。而"化"强调了"过程"

中出现结果，赋予意义，成为历史事实。因此"历史化"其实意味着走向最终目标的过程，尚未完成的结果，不稳定的意义。即它同时解构了自己的最终目标——历史。然而，这个看似矛盾的新词语，却因此也有了某种理论阐释的"永动机"效果，杰姆逊大概也是看到了这一点，才大胆地提出"永远历史化"的口号而不用担心缺乏历史动力吧？

虽然"历史化"本身是个中性词，但在被使用时却可以浸染那个时代人的主体性，就是李扬所说的自我"历史化"，而不可避免地具有杰姆逊所强调的"政治无意识"，会在使用和实践过程中呈现出不同意识形态立场，甚至截然相反的结果。对于"当代文学"而言，正如张清华等人所指出的，"历史化"活动从来就有。程光炜等人展开的当代文学的"历史化"是通过"重返八十年代"这样非常具体的范围、文本进行的。强调拉开时间距离，采用历史眼光，去除批评的浮华，沉淀出文学事实，结合亲历性体验，划出历史范围，做好具体工作，并取得较好的影响。这种影响和 20 世纪 90 年代洪子诚的当代文学史专著形成了某种知识的联动效应，也和张旭东《重访 80 年代》一文的某些想法形成呼应 [01]。而"再解读"系列（唐小兵、黄子平、李扬、王晓明等），80 年代的"重写文学史""新文学整体观""20世纪中国文学"概念的提出等能否也看成"历史化"的理论或方法之一？有观点认为 1978 年前后对于《部队文艺工作座谈纪要》以及"文化大革命""左倾"文艺路线的否定，也可以视为"重写文学史"的起点 [02]。笔者想到的是，既然 20 世纪七八十年代之交的中国社会与文学可视为一个多重意义的"重建"过程，那么"文革"时期江青搞的"样板戏"，表面上是对"十七年"的某种"断裂"，实质是否也可以看作另外一种"历史化"的企图呢？只不过这是被证明失败的历史化企图。如此想来，"对象历史化"是必然的选择，而"自我历史化"才可能是我们真正面临的困难。

中国当代文学的"历史化"和"当代文学"的概念以及学科的发展密切相关。从中国"当代"的词源角度看，至少在唐代杜甫的《奉简高三十五使君》里已经明确有了这个词语，并且意为"目

---

[01] 张旭东：《重返 80 年代》，《读书》1998 年第 2 期。
[02] 旷新年：《"重写文学史"的终结与中国现代文学研究转型》，《南方文坛》2003 年第 1 期。

前这个时代"。英语"当代"（Contemporary）是由拉丁语词源 "*com-* together（共同的）+ *tempor ā rius*–relating to time（有 关时间）"演化而来，其解释也强调了"当下、当前""同一个时代，正在发生的"意义。因此它不仅仅是一个时间的概念，也有性质的判断。这就不难理解对一个正在发生的、当下时代的文学做出某种性质判断的困难与争议了。"当代"这个词语的概念核心与来源注定了"当代文学"及其"历史化"都会成为不容易沉淀下来的研究对象。尤其是作为"学科"发展，一方面它需要"历史化"；另一方面，它的天然属性和中国当代文学本身的特殊性又给它造成了种种困难。这一特征如果和"历史化"本身的悖论及其统一联系起来，将会带来更多理解的变化和障碍。这一切意味着"历史化"的主体——那些提出具体方法与实践的人们，需要有足够审慎的智慧处理他们的对象。

然而，当我们以一种方法论的眼光来思考当代文学的"历史化"，来研究诸如"重返八十年代""再解读""重写文学史""新文学整体观""20世纪中国文学"甚至"十七年""文革"的某些文学观念与活动时，就会强烈地感受每一代人渴望将对象和自我"历史化"的冲动与努力。历史大度地给予"当代"人自由选择的意志与权利——同样也将"历史化"的接力棒交给了他们的"后代"。纵观中国近代以来170多年的历史，面对传统文化、五四、现代文学、"十七年"、"文革"，我们的观察与结论已经不止一次地泛起、沉淀，然后再泛起，"历史化"从来就没有停止过。今天我们还在讨论"重返80年代"，明天"90年代"也会成为"历史化"列车履带下的内容。时间会继续前进，强调"当前""批评意义"的"当代文学"也将永远存在，只是笔者相信经过"历史化"三番五次地搅动和沉淀下来的那些成果，才能最后真正进入文学史。在这个意义上，笔者更强烈地感受到了杰姆逊在《政治无意识》里对马克思主义阐释其他各派学说能力的自信，也更愿意相信他那句绝对口号——永远"历史化"！

参考文献

[1] 朱寨 . 中国当代文学思潮史 [M]. 北京：人民文学出版社，1987.

[2] 叶易 . 中国近代文艺思潮史 [M]. 北京：高等教育出版社，1990.

[3] 李泽厚 . 启蒙与救亡的双重变奏 [M]// 李泽厚十年集·中国现代思想史论 . 合肥：安徽文艺出版社，1994.

[4] 张韧 . 文学的潮汐：九十年代文学的六大模式 [M]. 北京：中国文联出版社，1994.

[5] 陈晓明 . 剩余的想象——90 年代的文学叙事与文化危机 [M]. 北京：华艺出版社，1995.

[6] 谢冕，张颐武 . 大转型——后新时期文化研究 [M]. 哈尔滨：黑龙江教育出版社，1995.

[7] 陈思和 . 理解九十年代 [M]. 北京：人民文学出版社，1996.

[8] 王晓明 . 人文精神寻思录 [M]. 上海：文汇出版社，1996.

[9] 吴中杰 . 中国现代文艺思潮史 [M]. 上海：复旦大学出版社，1996.

[10] 张志忠 . 1993 世纪末的喧哗 [M]. 济南：山东教育出版社，1998.

[11] 戴锦华 . 隐形书写——90 年代中国文化研究 [M]. 南京：江苏人民出版社，1999.

[12] 王一川 . 汉语形象美学引论：20 世纪 80—90 年代中国文学新潮语言阐释 [M]. 广州：广东人民出版社，1999.

[13] 祝晓风 . 知识冲突 九十年代文化界十五大案采访录 [M]. 沈阳：辽海出版社，1999.

[14] 杨匡汉 . 九十年代文学观察丛书：10 卷 [M]. 太原：山西教育出版社，
　　　1999. 包括《批评的增长与危机》(贺桂梅)、《九十年代的文学地图》
　　　(张志忠)、《仿真的年代——超现实文学流变与文化想象》(陈晓明)、
　　　《城市像框》(李洁非)、《双调夜行船——九十年代的女性写作》(徐
　　　坤)、《画在沙滩上的面孔——九十年代——世纪末文学的报告》(王
　　　绊)、《走向边缘的诗神》(刘士杰)、《繁华遮蔽下的贫困——九十年
　　　代散文之路》(楼肇明)、《精神的出场——现实主义与今日中国小说》
　　　(周政保)、《母语与写作》(曼乐).

[15] 张志忠 . 九十年代的文学地图 [M]. 太原：山西教育出版社，1999.

[16] 陈思和，杨扬 . 90 年代批评文选 [M]. 北京：汉语大词典出版社，
　　　2001.

[17] 王岳川 . 中国镜像 90 年代文化研究 [M]. 北京：中央编译出版社，
　　　2001.

[18] 徐俊西 . 无主题变奏 90 年代文学的审美特征 [M]. 上海：上海文艺出
　　　版社，2001.

[19] 杨飏 . 90 年代文学理论转型研究 [M]. 北京：中国社会科学出版社，
　　　2001.

[20] 贺仲明 . 中国心像：20 世纪末作家文化心态考察 [M]. 北京：中央编
　　　译出版社，2002.

[21] 黄发有 . 准个体时代的写作——20 世纪 90 年代中国小说研究 [M].
　　　上海：三联书店出版社，2002.

[22] 赖大仁 . 九十年代文学批评丛书：10 卷 [M]. 北京：华夏出版社，
　　　2002.

[23] 公羊 . 思潮——中国"新左派"及其影响 [M]. 北京：中国社会科学
　　　出版社，2003.

[24] 李新宇 . 走过荒原 20 世纪 90 年代中国文坛观察笔记 [M]. 南宁：广
　　　西师范大学出版社，2003.

[25] 许纪霖 . 中国知识分子十论 [M]. 上海：复旦大学出版社，2003.

[26] 张学昕 . 真实的分析 [M]. 沈阳：春风文艺出版社，2003.

[27] 安德森 . 想象的共同体：民族主义的起源与散布 [M]. 上海：上海世
　　　纪出版集团，2005.

[28] 张清华 . 天堂的哀歌 [M]. 济南：山东文艺出版社，2005.

[29] 张旭东．全球化时代的文化认同 [M]．北京：北京大学出版社，2005.

[30] 甘阳．八十年代文化意识 [M]．上海：世纪出版集团、上海人民出版社，2006.

[31] 黄子平．害怕写作 [M]．南京：江苏教育出版社，2006.

[32] 孔范今，施战军．中国新时期新文学史研究资料 [M]．山东文艺出版社，2006.

[33] 於可训，李遇春．中国文学编年史·当代卷 [M]．长沙：湖南人民出版社，2006.

[34] 查建英．80 年代访谈录 [M]．北京：生活·读书·新知三联书店出版，2006.

[35] 周海波，姜异新，尹萍，等．最后的浪漫：二十世纪九十年代文学研究 [M]．北京：中国文史出版社，2006.

[36] 洪子诚．中国当代文学史（修订版）[M]．北京：北京大学出版社，2007.

[37] 唐小兵．再解读——大众文艺与意识形态（增订版）[M]．北京：北京大学出版社，2007.

[38] 朱栋霖，等．中国现代文学史（1917—2000）[M]．北京：北京大学出版社，2007.

[39] 顾彬．二十世纪中国文学史 [M]．范劲，译．上海：华东师范大学出版社，2008.

[40] 马航飞．消费时代的缪斯：20 世纪 90 年代以来中国小说的欲望叙事研究 [M]．北京：中国社会科学出版社，2008.

[41] 北岛，李陀．七十年代 [M]．北京：生活·读书·新知三联书店出版，2009.

[42] 陈庆祝．九十年代中国文论转型：接受研究的视角 [M]．北京：中央编译出版社，2009.

[43] 程光炜．文学讲稿："八十年代"作为方法 [M]．北京：北京大学出版社，2009.

[44] 陈晓明．中国当代文学主潮 [M]．北京：北京大学出版社，2009.

[45] 邓晓芒．灵魂之旅——90 年代以来中国文学的生存意境 [M]．上海：上海文艺出版社，2009.

[46] 洪子诚，程光炜．重返八十年代 [M]．北京：北京大学出版社，2009.

[47] 孟繁华.众神狂欢：世纪之交的中国文化现象（最新版）[M].北京：中国人民大学出版社，2009.

[48] 杨扬.中国新文学大系 1976—2000 第二十九集　史料·索引卷一 [M].上海：上海文艺出版社，2009.

[49] 张清华.文学的减法 [M].长春：吉林出版集团，2009.

[50] 陈思和.中国当代文学史教程（第二版）[M].上海：复旦大学出版社，2010.

[51] 贺桂梅."新启蒙"知识档案：80 年代中国文化研究 [M].北京：北京大学出版社，2010.

[52] 吴秀明.中国当代文学史写真 [M].简明读本.北京：北京大学出版社，2010.

[53] 程光炜.当代文学的"历史化"[M].北京：北京大学出版社，2011.

[54] 董健，丁帆，王彬彬.中国当代文学史新稿（第二版）[M].北京：北京师范大学出版社，2011.

[55] 李陀.昨天的故事：关于重写文学史 [M].北京：生活·读书·新知三联书店，2011.

[56] 孟繁华，程光炜.中国当代文学发展史（修订版）[M].北京：北京大学出版社，2011.

[57] 王德威，陈思和，许子东.一九四九以后——当代文学六十年 [M].上海：上海文艺出版社，2011.

[58] 袁苏宁.从文学视角的转换看九十年代文学的走向 [J].湖北大学学报（哲学社会科学版），1992（3）.

[59] 王宁.中国 90 年代文学研究中的若干理论课题 [J].天津社会科学，1992（5）.

[60] 张颐武.对"现代性"的追问——90 年代文学的一个趋向 [J].天津社会科学，1993（4）.

[61] 黄江平，王恩重.开创文学繁荣的新局面——"中国新时期文学走向"研讨会综述 [J].社会科学，1993（9）.

[62] 蔡桂林.论九十年代文学理想 [J].理论学刊，1994（1）.

[63] 张法.九十年代中国文艺境遇三题议 [J].文艺争鸣，1994（1）.

[64] 杨经建.90 年代文学：市民社会和市民文化的时代投影 [J].理论与创作，1994（3）.

[65] 雷达，白烨，吴秉杰，等．九十年代的小说潮流 [J]．上海文学，1994（1）．

[66] 张颐武．论"新状态"文学——90 年代文学新取向 [J]．文艺争鸣，1994（3）．

[67] 王干，张颐武，张未民．"新状态文学"三人谈 [J]．文艺争鸣，1994（3）．

[68] 王一川．从启蒙到沟通——90 代审美文化与人文精神转化论纲 [J]．文艺争鸣，1994（5）．

[69] 张炯．从结构到重构——也谈九十年代文学的"新状态"[J]．文艺争鸣，1994（5）．

[70] 徐德峰．边缘乌托邦——90 年代文学的一种价值定位 [J]．天津社会科学，1994（6）．

[71] 陈晓明．超越情感：欲望化的叙事法则——九十年代文学流向之一 [J]．花城，1995（1）．

[72] 罗洪涛．"无所往"与新状态文化印象 [J]．文艺争鸣，1995（1）．

[73] 消鹰．反叛与拯救：新时期小说十五年 [J]．文学评论，1995（1）．

[74] 陈思和．关于九十年代小说的一些看法 [J]．海南师范学院学报（人文社会科学版），1995（2）．

[75] 於可训．九十年代：对当代文学史的挑战——兼论当代文学史的时间、空间与观念诸问题 [J]．文学评论，1995（2）．

[76] 邹平．转型期文学：对九十年代文学的一种概括 [J]．文学评论，1995（2）．

[77] 兰爱国．到民间去——九十年代文学的主潮 [J]．文艺评论，1995（5）．

[78] 丁柏铨，王树桃．九十年代小说思潮初论 [J]．江苏社会科学，1996（1）．

[79] 季水河．九十年代文学的四脉流向——市场经济与文学走向系列研究之二 [J]．文艺评论，1996（1）．

[80] 刘康，王一川，张法．中国 90 年代文化批评试谈 [J]．文艺争鸣，1996（2）．

[81] 谢南斗．文化机制论：90 年代文学群体动力探索 [J]．中国文学研究，1996（2）．

[82] 董之林 . 论 90 年代文学与文化保守主义 [J]. 文学世界，1996（3）.

[83] 陶东风 . 90 年代文化论争的回顾与反思 [J]. 学术月刊，1996（4）.

[84] 戴锦华 . 奇遇与突围——90 年代女性写作 [J]. 文学评论，1996（5）.

[85] 刘康，王一川，张法 . 中国 90 年代文化批评试谈 [J]. 文艺争鸣，1996（6）.

[86] 丁帆 . 九十年代小说走向再认识 [J]. 江苏社会科学，1997（2）.

[87] 陈晓明 . 先锋派之后：九十年代的文学流向及其危机 [J]. 当代作家评论，1997（3）.

[88] 陈晓明 . 九十年代：文学怎样对"现在"说话 [J]. 北京文学（精彩阅读），1997（4）.

[89] 柏定国 . 九十年代文学背景批评及时代确认 [J]. 理论与创作，1997（5）.

[90] 李欣复，郭锐 . 市场文学论——兼谈 90 年代文学的位移与嬗变 [J]. 西北师大学报（社会科学版），1997（2）.

[91] 雷达，李洁非，孙小宁 . 九十年代文学散点透视 [J]. 新华文摘，1997（2）.

[92] 王岳川 . 九十年代文学和批评的"冷风景" [J]. 文学自由谈，1997（3）.

[93] 葛红兵 . 九十年代小说转向 [J]. 南方文坛，1997（4）.

[94] 马沙 . 当前文学状况 [J]. 理论与当代，1997（4）.

[95] 葛红兵 . 90 年代文化转型：从老年走向青年 [J]. 探索与争鸣，1997（5）.

[96] 李大卫 . 也说九十年代小说 [J]. 南方文坛，1997（5）.

[97] 南帆 . 90 年代文学批评：大概念迷信 [J]. 天津社会科学，1997（5）.

[98] 王蒙 . 关于九十年代小说（在中国小说学会第三届年会上的讲话）[J]. 天津师大学报（社会科学版），1997（5）.

[99] 王干 . 保卫九十年的文学批评 [J]. 南方文坛，1997（5）.

[100] 王蒙 . 关于九十年代小说 [J]. 天津师大学报，1997（5）.

[101] 蓝爱国 . 飞扬的欲望——90 年代文学的市场品格 [J]. 文艺评论，1997（6）.

[102] 王光明 . 文学批评的学术转型：九十年代文学批评的一种倾向 [J]. 南方文坛，1997（6）.

[103] 杨匡汉，陈晓明．九十年代文学中的"仿真"问题[J]．天津文学，1997（12）．

[104] 陈晓明．从虚构到仿真：审美能动性的历史转换——九十年代文学流变的某种地图[J]．当代作家评论，1998（1）．

[105] 蔡翔．九十年代小说和它的想象方式[J]．当代作家评论，1998（1）．

[106] 敬文东．追逼九十年代——关于九十年代小说写作的六个问号[J]．小说评论，1998（1）．

[107] 张志忠．试论90年代文学的文化视野[J]．文学评论，1998（1）．

[108] 孙萍萍．论90年代文学的变革[J]．荆州师范学院学报，1998（3）．

[109] 李丽芬．九十年代小说——具象写作的回归[J]．云南师范大学学报（哲学社会科学版），1998（3）．

[110] 杨匡汉，孟繁华，旷新年．寻找九十年代文学地图[J]．天津文学，1998（3）．

[111] 赵婕．失落与拯救：90年代文学的创作与发展[J]．河南师范大学学报（哲学社会科学版），1998（4）．

[112] 南帆．双重的解读——八九十年代中国文学的一种扫描[J]．文学评论，1998（5）．

[113] 王泽龙．新文学现代品格与90年代文学变革——湖北省鲁迅学会、现代文学学会97年学术年会综述[J]．鲁迅研究月刊，1998（5）．

[114] 孙萍萍，葛红兵．抛弃·觉醒·误差——也论九十年代文学的变革[J]．当代文坛，1998（6）．

[115] 吴义勤．九十年代小说格局[J]．社会科学阵线，1998（6）．

[116] 陈思和．关于90年代文化思潮的一点想法[J]．山花，1998（8）．

[117] 张颐武．超越文化论战——反思90年代文化的新视点[J]．天津社会科学，1998（8）．

[118] 程光炜．文学理想的陷阱——对90年代文学与文化批评的一点思考[J]．文学前沿，1999（1）．

[119] 段崇轩．人物退隐的九十年代小说[J]．文学自由谈，1999（2）．

[120] 王岳川．90年代文化研究的方法与语境[J]．天津社会科学，1999（4）．

[121] 陈晓明．"历史终结"之后：九十年代文学虚构的危机[J]．文学评论，1999（5）．

[122] 陈思和，张新颖，王光东．知识分子精神的自我救赎 [J]．文艺争鸣，1999（5）．

[123] 郑春．试论九十年代小说穿凿的人间关怀 [J]．东岳论丛，1999（5）．

[124] 徐肖楠．在历史中寻求地位的形式主义小说 [J]．南方文坛，1999（5）．

[125] 陈晓明．90 年代中国文学如是说 假象的胜利：个人性与多元化——关于 90 年代中国文学主导倾向的思考 [J]．南方文坛，1999（6）．

[126] 杨扬．从 90 年代中国文学看其发展的可能性 [J]．南方文坛，1999（6）．

[127] 杨经建．欲识庐山真面目：90 年代文学的"新状态" [J]．理论与创作，1999（6）．

[128] 王宏图．透视 90 年代 [J]．当代文坛，1999（6）．

[129] 杨扬．90 年代文学关系的变化 [J]．上海文学，1999（8）．

[130] 黄发有．日常叙事：九十年代小说的潜性主调 [J]．上海文学，1999（10）．

[131] 陈伟军．90 年代文学批评："命名"的发生学探讨 [J]．学术研究，1999（11）．

[132] 孟繁华．90 年代文学批评的回顾与检讨 [J]．钟山，2000（1）．

[133] 李复威．90 年代文学：趋时应变，蓄势待发 [J]．国际关系学院学报，2000（2）．

[134] 赖大仁．关于 90 年代文学转型 [J]．创作评谭，2000（2）．

[135] 邵建．邵建专栏：文坛内外之十一——"我"，还是"们"？——90 年代文学话语中的一个问题 [J]．小说评论，2000（2）．

[136] 王宏图．透视 90 年代 [J]．南方文坛，2000（2）．

[137] 郜元宝．90 年代中国文学漫议 [J]．杭州师范学院学报（人文社会科学版），2000（3）．

[138] 杨剑龙．论新时期文化思潮与文学创作 [J]．上海师范大学学报（哲学社会科学版），2000（4）．

[139] 王福湘．当代文学史写作与 90 年代文学考察——中国当代文学研究会第 11 界学术年会综述 [J]．江西大学学报，2000（4）．

[140] 段吉方．中国 90 年代文学批评的后现代文艺景观 [J]．社会科学家，2000（4）．

[141] 古远清 . 对90年代中国文学批评的批评 [J]. 学术研究，2000（5）.

[142] 黄浩 . 批评失语症：90年代文学批评把脉 [J]. 毛泽东文艺思想研究，2000（5）.

[143] 杨扬 . 论90年代文学批评 [J]. 南方文坛，2000（5）.

[144] 董之林 . 女性写作与历史场景——从90年代文学思潮中"躯体写作"谈起 [J]. 文学评论，2000（6）.

[145] 孟繁华 . 九十年代：先锋文学的终结 [J]. 文艺研究，2000（6）.

[146] 孙桂荣 . 女性写作与历史场景——从90年代文学思潮中"躯体写作"谈起 [J]. 文学评论，2000（6）.

[147] 王光明 . 批评：自我反思与字理寻求——关于90年代文学批评的对话 [J]. 山花，2000（10）.

[148] 陈思和 . 从"共名"到"无名"：90年代文学反思录（一）[J]. 当代文学研究资料与信息，2000（18）.

[149] 陈思和 . 试论90年代文学的无名特征及其当代性 [J]. 复旦学报（社会科学版），2001（1）.

[150] 范钦林 . 论新时期后文学的转型 [J]. 当代作家评论，2001（1）.

[151] 黄发有 . 九十年代小说与城市文化（博士学位论文节选）[J]. 当代作家评论，2001（1）.

[152] 黄茵，殷睿 . 上海举行的"90年代文学研讨会"略记 [J]. 文艺理论研究，2001（1）.

[153] 李玲 . 思想的交锋 课题的深入——90年代文学思潮暨现当代文学课题研讨会综述 [J]. 文学评论，2001（1）.

[154] 刘俐俐 . 90年代中国文学：自我认同的尴尬与出路 [J]. 甘肃社会科学，2001（1）.

[155] 王干 . 90年代文学论纲（上）[J]. 南方文坛，2001（1）.

[156] 杨剑龙 . 文学应该如何跨入新的世纪——对90年代文学创作的几点思考 [J]. 当代文学研究资料与信息，2001（1）.

[157] 王素霞 . 九十年代长篇小说论 [J]. 当代作家评论，2001（1）.

[158] 王爱松 . 重写与戏仿：九十年代小说创作的新趋势 [J]. 首都师范大学学报（社会科学版，2001（1）.

[159] 张军 . 90年代文学的审美透视 [J]. 广西师院学报（哲学社会科学版），2001（1）.

[160] 邹平 . 九十年代小说人物谱系 [J]. 小说评论，2001（1）.

[161] 方克强 . 九十年代文学与开放性 [J]. 文艺理论研究，2001（2）.

[162] 汤学智 . 90 年代文学危机原因透视 [J]. 文艺争鸣，2001（2）.

[163] 汤学智 . 90 年代文学理论批评走向考察 [J]. 文艺评论，2001（2）.

[164] 王干 . 90 年代文学论纲（下）[J]. 南方文坛，2001（2）.

[165] 殷睿，黄茵 . 世纪之交文学的收获与缺失——"90 年代文学研讨会"纪实 [J]. 文艺争鸣，2001（2）.

[166] 王纪人 . 个人化、私人化、时尚化——简论 90 年代的文学写作 [J]. 文艺理论研究，2001（2）.

[167] 王雪瑛 . 生长的状态——论王安忆九十年代的小说创作 [J]. 当代作家评论，2001（2）.

[168] 张新颖 . 批评从生命表达的质朴要求出发 [J]. 南方文坛，2001（2）.

[169] 陈晓明 . 走出 90 年代文学批评的迷雾 [J]. 长江文艺，2001（3）.

[170] 赖大仁 . 90 年代文学研究：一种新视野 [J]. 文艺评论，2001（3）.

[171] 严家炎 . 文学史分期之我见 [J]. 复旦大学学报，2001（3）.

[172] 张志忠 . 90 年代文学的青春变奏曲 [J]. 文艺评论，2001（4）.

[173] 刘泰然 . 没有完成的个人：90 年代文学话语之我见 [J]. 文艺争鸣，2001（4）.

[174] 郜元宝 . 90 年代文学漫议论 [J]. 杭州师范学院学报（人文社会科学版），2001（5）.

[175] 王多 . 文学史馆的碰撞与冲击 [J]. 探索与争鸣，2001（6）.

[176] 王一川 . "全球性"境遇中的中国文学 [J]. 文学评论，2001（6）.

[177] 徐志伟 . 简论九十年代小说创作倾向 [J]. 文学评论，2001（5）.

[178] 郜元宝 . 九十年代中国文学之一瞥 [J]. 当代作家评论，2002（1）.

[179] 张韧 . 世纪告别——文学规律性现象的思考 [J]. 学习与探索，2002（1）.

[180] 金进 . 世纪末文学回顾——试论 90 年代文学写作的三种姿态 [J]. 西安电子科技大学学报（社会科学版），2002（2）.

[181] 张业松 . 关于二十世纪九十年代文学的文学史意义 [J]. 复旦大学学报（社会科学版），2002（2）.

[182] 黄发有 . 论九十年代小说的叙事视角 [J]. 齐鲁学刊，2002（3）.

[183] 向荣 . 转型与变化：90 年代文化语境中的中国小说 [J]. 西南民族

大学学报（人文社科版），2002（3）.

[184] 孙桂荣．90 年代文学的媒体批评 [J]．文学评论，2002（4）.

[185] 熊六良．90 年代文学理论热点评述——"失语症"论的历史错位与理论迷误 [J]．文艺评论，2002（4）.

[186] 董正宇．20 世纪 90 年代"散文热"的再思考 [J]．湖南社会科学，2002（5）.

[187] 刘起林．90 年代文学批评的非学理化倾向 [J]．高等学校文学学报文摘，2002（5）.

[188] 赵亮．九十年代小说的民间情节 [J]．山东文学，2002（6）.

[189] 周志雄．二元对立、多元化与 90 年代文学文化问题 [J]．文艺争鸣，2002（6）.

[190] 朱玉月．当代文学的深刻反思和新的文学批评体系的建构——读吴培显《诗、史、思的融合与失衡——当代文学的一种反思》[J]．当代文坛，2002（6）.

[191] 董之林．当代文学与"大众文化市场"学术研讨会侧记 [J]．文学评论，2003（1）.

[192] 裴毅然．20 世纪 90 年代文学与现实主义流变 [J]．固原师专学报，2003（1）.

[193] 巫晓燕．试论二十世纪九十年代中国小说崇高美的重塑 [J]．解放军艺术学院学报，2003（1）.

[194] 张卫中．90 年代文学的文化个性及其渊源 [J]．文艺评论，2003（1）.

[195] 周志雄．理想的颠覆与重构——一个难以割舍的文学命题 [J]．山东师范大学学报（人文社会科学版），2003（2）.

[196] 杨扬．20 年来中国文学思潮 [J]．华中师范大学学报（哲学社会科学版），2003（3）.

[197] 曹山柯．迷失·偏食·失语——对中国 20 世纪 80 年代—90 年代文学的反思 [J]．广东商学院学报，2003（5）.

[198] 张文红．缺席与呼唤——从八、九十年代小说写作中艺术想象力匮乏谈起 [J]．文艺评论，2003（5）.

[199] 刘忠．90 年代以来文学的生存状态 [J]．社会科学战线，2003（6）.

[200] 吴义勤．在怀疑与诘难中前行——20 世纪 90 年代中国文学批评的

反思 [J]. 山东文学，2003（6）.

[201] 刁栋林 . 行进中的"历史"和"历史写作"——对总结 90 年代文化现象的论著的考察 [J]. 探索与争鸣，2003（8）.

[202] 刘钊 . 90 年代文学特征论 [J]. 长春师范大学院学报，2004（3）.

[203] 王学谦，张福贵 . 论 20 世纪 90 年代中国文学 [J]. 北华大学学报（社会科学版），2004（4）.

[204] 周利荣 . 论 90 年代文学审美意识走向 [J]. 延安大学学报（社会科学版），2004（3）.

[205] 陈振华 . "策略"选择与 90 年代文学 [J]. 文艺评论，2004（4）.

[206] 何锡章 . 价值范式、思想与文学研究——对 20 世纪 90 年代文学研究之反思 [J]. 华中师范大学学报（社会科学版），2004（5）.

[207] 管宁 . 消费文化语境中文学美感形态的"物化"倾向——上世纪 90 年代以来文学一个侧面的考察 [J]. 人文杂志，2004（6）.

[208] 张霖 . 日常生活：90 年代文学的想象空间 [J]. 文艺评论，2004（6）.

[209] 裴毅然 . 走向人性深处的九十年代文学 [J]. 山东社会科学，2004（10）.

[210] 王慧灵 . 新老对峙的九十年代小说创作 [J]. 语文学刊（呼和浩特），2004（10）.

[211] 江腊生 . 失落还是希望——关于中国 90 年代文学主体性的思考 [J]. 当代文坛，2005（1）.

[212] 张光芒 . 从"启蒙辩证法"到"欲望辩证法"——20 世纪 90 年代以来中国文学与文化转型的哲学脉络 [J]. 江海学刊，2005（2）.

[213] 杨蓉蓉 . 90 年代"人文精神"大讨论之反思 [J]. 兰州学刊，2005（5）.

[214] 管宁 . 二十世纪九十年代小说人性叙写的极端化与符号化 [J]. 文艺研究，2005（8）.

[215] 江腊生 . 虚拟与消费——90 年代以来小说游戏历史的现实诉求 [J]. 文学评论，2006（1）.

[216] 饶先来 . 20 世纪 90 年代文学批评功能的偏失及其反思 [J]. 甘肃社会科学（西宁），2006（5）.

[217] 赵淳 . 学界对 20 世纪 90 年代文学理论和批评的建构性反思 [J]. 当

代文坛，2006（4）.

[218] 王琳，李怡. 人文关怀的多侧面意义——20 世纪 90 年代学者散文刍议 [J]. 甘肃社会科，2006（5）.

[219] 罗慧林. 问卷解读：90 年代文学思潮演变规律探寻 [J]. 当代文坛，2006（6）.

[220] 张治国，张鸿声. 启蒙的变异与坚执——20 世纪 90 年代中国文学的一个侧面 [J]. 江汉论坛，2006（6）.

[221] 洪治纲. 主体性的弥散——对 90 年代文学的一种反思 [J]. 扬子江评论，2007（2）.

[222] 贺仲明. 文化批评：方法还是目的？——对 90 年代文学批评的一种反思 [J]. 扬子江评论，2007（2）.

[223] 饶先来. 20 世纪 90 年代文学批评的活力与嬗变 [J]. 青海社会科学（西宁），2007（2）.

[224] 方涛，李萍. 八九十年代小说的集体主义认知视角嬗变 [J]. 小说评论，2007（6）.

[225] 罗长青，王小波. 研究综述 [J]. 海南师范大学学报（社会科学版），2008（3）.

[226] 王世诚. 断裂时代的肯定性写作（上）：九十年代文学精神极其思考 [J]. 扬子江评论，2008（5）.

[227] 王世诚. 断裂时代的肯定性写作：九十年代文学精神极其思考（下）[J]. 扬子江评论，2008（6）.

[228] 梁鸿. "狂欢"话语考：大众文化的兴起与九十年代文学的发生 [J]. 当代作家评论，2009（5）.

[229] 李刚. 大众文化语境下 20 世纪 90 年代文学写作的策略选择 [J]. 中北大学学报（社会科学版），2010（1）.

[230] 焦沈军. 20 世纪 90 年代文学"怀旧热"现象探源 [J]. 宿州学院学报，2010（4）.

[231] 崔宗超. 20 世纪 90 年代母亲形象的主题书写——以《你是一条河》和《丰乳肥臀》为例 [J]. 郑州大学学报（哲学社会科学版），2010（6）.

[232] 魏天无. 中年写作：怀旧与新生 [J]. 暨南学报（哲学社会科学版），2010（6）.

[233] 高小弘 . 贬抑化的男性形象书写——二十世纪九十年代女性成长小说中对男性想象的一种方式 [J]. 理论与创作，2011（2）.

[234] 苏静 . 崇高的暧昧——多元化审美标准语境下的 20 世纪 90 年代文学 [J]. 海南师范大学学报（社会科学版），2011（3）.

[235] 刘文辉 . 20 世纪 90 年代文学"改造"的转移 [J]. 中国文学研究，2011（4）.

[236] 刘文辉 . 20 世纪 90 年代文学的经济性 [J]. 江淮论坛，2011（4）.

[237] 张清华 . 重审"90 年代文学"：一个文学史视角的考察 [J]. 文艺争鸣，2011（16）.

[238] 苏静 . 崇高的暧昧——多远文化审美标准语境下的 20 世纪 90 年代文学 [J]. 海南师范大学学报（社会科学版），2011（3）.

[239] 葛红兵 . 20 世纪 90 年代中国文学整体批判 [J]. 社会科学，2012（5）.

[240] 刘雪松 . 90 年代文学批评的回顾与反思 [J]. 大家，2012（5）.

备注

其他作品、报纸、网络参考资料不再详细罗列，可参考本书正文及注释、附录中的相关资料。

后　记

　　我已经多次修改书稿和后记，有太多的话想说却不知从何说起。好多事情大概是经不起反复认真推敲的。中国有一种智慧叫"难得糊涂"，对于像我这样凡事喜欢较真的人来说，难免常常陷入失望当中，当然首先是对自己的失望。

　　2011 年 6 月我完成论文答辩，获得北京师范大学文学博士学位。9 月顺利完成了德国为期两年的留学任务后，我开始在浙江师范大学工作。一切都充满了陌生的新鲜感：备课、讲课、参与各种活动、发文章、申请课题、修改准备出版的博士论文等，那半年忙得不亦乐乎。2012 年 10 月拿到北京大学出版社寄给我的专著时，正逢莫言获得诺贝尔文学奖，当时我也跟着沾了一些光，接受了一些媒体的采访，谈了些自己的研究心得。以现在的眼光看，虽然我的博士论文不敢说学术性有多么强，但扎实系统的第一手资料和一些前瞻的问题意识确实可以让自己感到安心，按照答辩委员会老师的说法，也有一定的"补白性"。这可能也是其中的大部分章节内容能发表于相关专业核心期刊上的原因吧。真得感谢德国两年与世隔绝、心如止水般的学术环境，让我几乎将全部的时间和精力都集中于写作上。

　　《转型与深化：20 世纪 90 年代文学研究》是我继博士论文《认同与"延异"：中国当代文学的海外接受》（北京大学出版社，2012 年）之后的第二本专著，但我却没有收获大的欢喜，更多的是遗憾和不安。

　　有时候一本书、一个研究选题和一个人的相遇也是要有缘分

转型与深化——20世纪90年代文学研究

的。我对 20 世纪 90 年代文学的研究兴趣当然和我多年学习积累形成的观点分不开，这个观点形成后就慢慢长大，直到另一个偶然或者必然因素的出现，促使我把它先以某种形式"固定"下来——大约是 2011 年底的某一天，高玉、曹禧修、邹贤尧三位老师约我一起吃饭，我们聊的就是这本书稿的事。之后我接手了这本 20 世纪 90 年代文学的写作，当时大概有不到一年的完成时间。虽然知道时间很紧，仓促之间难以写好，但因为读博士期间曾经跟随张清华老师做过 90 年代文学的编年史资料整理工作，算是有点基础，加之对这一时期的文学也确实有研究兴趣，所以抱着逼迫一下自己的态度开始了写作。

　　整个写作过程既紧张劳累，也有发现的快乐。我放下了手头的其他工作，全力来完成这部书稿。最早拟定的结构完全不是现在的样子，我当时野心勃勃地想在这本书里系统地表达自己的一些想法：把 20 世纪 90 年代最重要的作家、作品、文学现象纳入自己理解的"现代民族国家文学"体系中，结合自己研究当代文学海外接受的经验与心得，在中国与世界的双重视野里，重新对 90 年代文学做出自己的论述。

　　结果随着时间与进度冲突的加剧，这个想法不断地被压缩、修改甚至放弃，从结构到内容都大踏步地后撤：放弃原来设定的一些章节内容和写法，一些章节则通过资料选择来展现观点，淡化自己的主观阐释与思考认识，尽量选取已有相关积累的研究对象，放弃了一些应该分析的作家作品，比如王小波以及阎连科、毕飞宇等在 20 世纪 90 年代崛起的作家。原来还想对 90 年代的文学批评展开研究，甚至想从"海外传播"的角度进行一种"融入"式的写作，但都没有实现。

　　完成初稿后，因为各种原因并没有按时出版，我也失去了最初的雄心和动力。一则因为自己的惰性不愿推倒重来，二则各种生活杂事使我很难再有相对完整的时间。只能对其中一些章节进行力所能及的修订、改写和扩充。想法总是好过实力，所以遗憾必然留在身后。

　　整个写作过程我一边苛求自己一边原谅自己（但我绝不敢奢求读者的谅解）。回报当然也有：在查阅报刊原始资料和调整写作思路的过程中，我发现了一些新的研究题目，比如关于《中流》杂志与20世纪90年代文学，关于王蒙在八九十年代之交的特殊意义，关于作家的"文学"与学者的"文学"，关于当代文学的"重返"现象，等等。

　　很多事情大概是不能着急的，年轻的好处是冲劲十足，但在火候的把握上容易躁进，有意识地克制与调整才能渐入佳境。人生漫长，有些成就需要集中精力去完成，有些成就则需要慢慢接近，也许我应该把这本书的写作当成一种不成熟的积累和过渡。

　　这次写作也让我深刻地体会到了某种"不自信"。我一直向往严谨的学术和高尚的生活，厌恶和鄙视各种学术包装、炒作以及利用各种"巧"实力、"软"实力经营学术的行为。经历了一些事情后才发现很多人、很多事还是保持遥远的距离比较美好，自己也并非永远能做到独善其身。"无物之阵"的力量过于强大，让我意识到自己的渺小和有限。只能一边反省抵抗着前进，承认自己的缺陷和不足，然后全力地付出和追求，在某种底线之上学会更宽容地对待自己、别人还有这个社会，多做一些力所能及的具体事件，这大概是我今后一个阶段的基本姿态。

　　很幸运在人生和学术成长的道路上，遇到过许多对我影响深远的老师。感谢硕士导师张学昕教授当年对我的严格要求和殷切期待，让我对学术的标准有了起码的敬畏，没有陷入肤浅的开始之中。我的博士导师张清华教授，不论我是在北京还是德国学习期间，甚至参加工作以后，一直在鼓励和支持着我，并教导我放眼长远，坚持品质。德国导师顾彬（Pro.Dr.Wolfgang Kubin）教授对我的学术观点给予充分的尊重，那种"和而不同"的风范令人钦佩。在北师大读书期间，方维规、张柠两位教授都对我有过交流指导，张健教授更是给过我许多切实的帮助和忠告，我工作以后，他也在生活和学术上一直给予我关心和引导，让我参与他的重点课题，督促和鼓励我不断前进。在北京读书期间，我有幸聆听了北京大学陈晓明教授、中国人民大学程光炜教授、首都师范大学张志忠教授、沈阳师范大学孟繁华教授的指导意见。2015年我更有幸重新回到北京师范大学，跟随黄会林资深教授做博士后。2017年，我博士后出站后留在北京师范大学追随黄先生从事中国文化国际传播研究事业。先生以耄耋之龄行伏枥之志，以赤子之心担民族大义，倡导知行合一、践行学术的理念，以孺子牛精神提携奖掖后辈。老师们的学术风范我虽不能至却心向往之，常常用来勉励自己。

2011年博士毕业参加工作以来，有许多人支持和帮助过我，正是这些温暖的力量让我有勇气继续认真地坚持下去。我的同事、朋友和学生在我最为困难的时候，都真诚地给予我前进的动力。特别感谢高玉教授对我的信任与支持，没有他的适时提醒与"催促"大概也不会有这本书稿出现。也感谢程伟、傅丽、尤善培、王宇栋、沈米莎几名同学，程伟整理了附录，其他四名同学帮我收集过第二章"文学事件与现象"里的基础资料，极大地方便了我的写作。

还要特别感谢博士、硕士同门的支持和鼓励。博士同门曹霞、薛红云、安静、冯强、赵坤、吴锦华、周蕾、褚云侠等，在写作和修改过程中给了我各种帮助，我们像生活在一个大家庭里，相互支持和鼓励，收获成长的幸福。其中，曹霞、褚云侠和我的硕士同门、南京大学的博士闫海田更是直接给予了写作帮助和合作，对于他们的劳动我也在书稿相应小节做出说明，以示尊重。

感谢家人对我无限的宽容、理解与关心。很幸运地有一个幸福的大家庭：大哥、大姐、二姐都在父母身边工作和生活。不论我遇到多少困难，他们总是第一个伸出援手，无私地帮我解决掉许多后顾之忧，坚定地支持我做出的任何选择。在我的第一本书《认同与"延异"：中国当代文学的海外接受》出版时，我曾表示"此书献给我的父母和老师"，可惜最后不知出于什么原因没有在扉页上印刷上去。现在，我愿意把第二本书"献给我的兄弟姐妹和朋友",感谢我的人生中有你们,并祝你们健康、快乐、幸福!

还要感谢《文学评论》《文艺研究》《当代作家评论》《文艺争鸣》《南方文坛》《小说评论》等期刊,本书中一些文稿曾以单独的文章形式发表于其中一些刊物。正因为有包括本书在内众多编辑认真、高效的工作,文字才变成了真正意义上的交流。需要特别说明的是:本书插图多是通过网络筛选,因无法联系原始作者,这里一并感谢并希望获得他们的理解!

最后,感谢生活给了我各种考验、挫败后仍然接纳了我,也感谢自己仍能坚持有一颗奔驰勇敢的心,用生命去体验和领悟每一次新的变化,不论对与错、是与非,我会一直努力下去。

刘江凯

2012 年 8 月 29 日初稿于浙江师范大学

2014 年 4 月 21 日一改

2015 年 5 月 15 日再改

2015 年 11 月 19 日三改

2019 年 10 月 26 日改定